U0924099

ITALO CALVINO

看不见的城市

[意大利] 伊塔洛·卡尔维诺 著

张密 译

译林出版社

图书在版编目（CIP）数据

看不见的城市 /（意）伊塔洛·卡尔维诺著；张密译. —南京：译林出版社，2023.10
（卡尔维诺精选集：百年诞辰纪念版）
ISBN 978-7-5447-9898-3

Ⅰ.①看… Ⅱ.①伊… ②张… Ⅲ.①长篇小说 - 意大利 - 现代 Ⅳ.①I546.45

中国国家版本馆 CIP 数据核字（2023）第 170800 号

著作权合同登记号 图字：10-2018-427 号

看不见的城市 ［意大利］伊塔洛·卡尔维诺 / 著 张密 / 译

策　　划 吴荀东
责任编辑 竺文治
装帧设计 韦　枫
校　　对 梅　娟
责任印制 闻媛媛

原文出版 Arnoldo Mondadori Editore S. p. A., Milano, Italia
出版发行 译林出版社
地　　址 南京市湖南路 1 号 A 楼
邮　　箱 yilin@yilin.com
网　　址 www.yilin.com
市场热线 025-86633278
排　　版 南京展望文化发展有限公司
印　　刷 南京爱德印刷有限公司
开　　本 850 毫米 × 1168 毫米 1/32
印　　张 5.75
插　　页 4
版　　次 2023 年 10 月第 1 版
印　　次 2023 年 10 月第 1 次印刷
书　　号 ISBN 978-7-5447-9898-3
定　　价 268.00 元（全五册）

译林版图书若有印装错误可向出版社调换。质量热线：025-83658316

目　录

二

三

四

五

六

七

八

九

前言

《看不见的城市》的第一版是在1972年11月由都灵的埃伊纳乌迪出版社出版的。在这本书出版的时候，从1972年底到1973年初，卡尔维诺曾在多家报纸的文章和访谈中谈到它。

下面用卡尔维诺1983年3月29日在纽约哥伦比亚大学写作硕士班的一次讲座中的文字，来介绍“奥斯卡”丛书中的这个新版本。讲座原为英文，这里用的是意大利文本，它是以1972年到1973年的两次访谈为基础的，并且大部分在意大利没有发表过。（这篇讲稿后来以“卡尔维诺在看不见的城市里”为题，发表在美国的文学刊物《哥伦比亚》1983年第8期上，第37页到第42页；意大利文本的一些部分以“幸福的和不幸的看不见的城市”为题，发表在1972年12月的《意大利时尚》第253期上，第150页到第151页。）

在《看不见的城市》里人们找不到能认得出的城市。所有的城市都是虚构的；我给它们每一个都起了一个女人的名字。这本书是由一些短小的章节构成的，每个章节都应提供机会，让我们对某个城市或泛指意义上的城市进行反思。

这本书每次只产生一小段，并且间隔的时间也长，就像是我跟随着各种各样的灵感而写在纸上的诗。我是以系列的方式进行写作的：我有许多文件夹，里面放着我根据那些在我头脑中萦绕的思绪而偶尔写出的纸页，或者只是我想要写的东西的简要记录。我的文件夹中有一个专用于物体，一个专用于动物，一个专用于人物，一个专用于历史人物，还有一个专用于神话中的英雄；我有一个关于四季的文件夹和一个关于五种感觉的文件夹；我在一个文件夹里汇集了有关我经历过的那些城市和风景的纸页，而在另一个文件夹里则是那些超越于空间和时间的想象的城市。当一个文件夹渐渐被纸装满时，我就开始思考我能从这里提取出来的那本书了。

就这样，最近这些年里我一直都把这本书带在身边，断断续续地写，每次一小段，经历了一些不同的阶段。有的时候我只想象悲惨的城市，有的时候则只想象幸福的城市；曾有一个时期我把这些城市比作繁星密布的天空，而在另一个时期我总免不了要谈到每天从城市中泛滥出来的废物。它差不多变成了一本日记，记录下我的心情与思考；所有的一切最后都转变成了城市的图像：我当时读的那些书，我参观的那些艺术展览，与朋友们的那些交谈。

但是所有这些纸页合在一起还没有形成一本书：一本书（我相信）是某种有开始有结尾的东西（即使不是一本严格意义上的小说），是一个空间，读者必须进入它，在它里面走动，也许还会在它里面迷路，但在某一个时刻，找到一个出口，或许是多个出口，找到一种打开一条走出来的道路的可能性。你们中的某个人会对我说，这个定义能够适用于一部有情节的小说，却并不适用于一本像这样的书，人们应该像读诗、散文或至多是像读短篇小说一样读这本书。那么，我想要说，即使是一本这样的书，由于要成为一本书，它就应该有一个结构，也就是说人们必须在其中发现一个情节，一个旅程，一个结论。

诗的书我从来没有写过，但短篇小说的书我写过多本，当时我发现自己面对要给那些单独的篇章排序的难题，这有可能成为一个令人烦恼的难题。这一次从一开始我就在每页纸的顶头加了一个系列标题："城市与记忆""城市与欲望""城市与符号"，第四个系列我曾经起名为"城市与形式"，这个标题后来显得太普通了，于是最终被分配到另外三类里去了。有一段时间，在继续往下写的同时，我在增多系列，或是将系列减到极少（最前面的两个系列是基本的），或者使它们全部消失之间举棋不定。有许多片段我不知如何将它们归类，于是我寻找新的定义。我将那些有点抽象的空幻的城市编为一组，后来我称这一组为"轻盈的城市"。有一些城市我将它们定义为双重的城市，后来我认为最好还是将它们分到其他的组里。另一些系列，在开始时没有预见到，到最后跳了出来，我把按别的方式分类过的，特别是像"回忆"和"欲望"那样的片段进行重新分配，例如"城市与眼睛"（其特点是其视觉属性）和"城市与贸易"，这是以交换为特征的：记忆、欲望、路程、目的地的交换。"连绵的城市”和“隐蔽的城市”，这却是我“故意”写的两个系列，也就是说，在我已经开始明白应该给予这本书以形式和意义时，就带有一个明确的意图。正是在我堆积的材料的基础上，我研究最好的结构，因为我想要这些系列相互交替，相互交织，而同时，这本书的旅程又不过多地脱离时间的顺序，那些单独的片段都是按这个时间顺序而写的。在结尾时，我决定将自己固定在十一个系列，每系列五个片段，这些片段被重新组合进由不同系列的片段构成并且有着某种普遍气氛的章节里。各个系列进行相互交替的方式尽可能是最简单的，尽管有人在这里做过大量的研究以解释它。

我还没有说出我在一开始就应该说的话:《看不见的城市》就像是由马可·波罗向鞑靼人的皇帝忽必烈汗所做的一系列的旅行汇报。(在真实历史中，成吉思汗的后裔忽必烈是蒙古人的皇帝，但马可·波罗在他的书中称他为鞑靼人的大汗，而这在文学传统中保留了下来。)我并不打算追寻这位幸运的威尼斯商人的旅程，他在十三世纪一直到达了中国，然后从那里作为大汗的使者访问了远东的很大一部分地区。现在，东方是一个已经留给专业人士的主题，而我不是这样的人士。但是在所有的世纪里，有一些诗人和作家从马可·波罗的游记中获得启发，就像从一个幻想性的异域情调的舞台背景获得启发一样：柯勒律治在他的一首著名的诗中，卡夫卡在《皇帝的圣旨》中，布扎第在《鞑靼人的沙漠》中。只有《一千零一夜》能够肯定自己有一个相同的使命：这部书变得就像是一些想象出来的大陆，在这里，另一些文学作品找到它们的空间；这是些“别处”的大陆，在今天，“别处”可以说已经不再存在了，整个世界趋向于变得一致。

这个忧郁的皇帝，他明白他的无边的权力并无多大价值，因为整个世界正在走向毁灭，一个幻想的旅行者在向他讲述一些不可能存在的城市，例如一个微小的城市，它越来越大，最后成为由众多正在扩张的同心城市构成的城市，一个悬在深渊上的蜘蛛网城市，或者是一个像莫里亚纳一样的二维城市。

在这本书每一章的前面和后面都另有一段文字，马可·波罗和忽必烈汗在这里进行思考和评论。马可·波罗和忽必烈汗的第一个片段是我为第一章而写的，只是到后来，当我面对那些城市时，我才想到其他那些章的这种片段。或者不如说，第一个片段我付出了很多劳动，并且剩余了很多材料，于是到了某个时刻，我将这些剩余材料（使节们的言语、马可的手势）的各种变体继续进行下去，于是就产生了各种各样的谈话。随着我继续写城市，我展开了关于我的劳动的思考，也就是马可·波罗和大汗的评论，而这些思考每个都是来自其自身；于是我试图让每一篇谈话自己进行下去。这样我就有了另一批材料，我努力使它们与别的材料平等地进展下去，并且在这里，我做了一点在这样一种意义上的蒙太奇，这就是，某些对话中断，然后重新开始，总之，这本书是同时在辩论和诘问中进行的。

我相信这本书所唤起的并不仅仅是一个与时间无关的城市概念，而是在书中展开了一种时而含蓄，时而清晰的关于现代城市的讨论。从某个身为城市规划专家的朋友那里，我听说这本书涉及了许多他们的问题，并且不是一个偶然事件，因为背景是相同的。但并不是仅仅到了快要结束时，“人口众多”的大都市才在我的书中出现；那似乎是对一个古老城市的回忆的东西，只是因为被与眼前的今天的城市一同去想和写，才有了意义。

对于我们来说，今天的城市是什么？我认为我写了一种东西，它就像是在越来越难以把城市当作城市来生活的时刻，献给城市的最后一首爱情诗。也许我们正在接近城市生活的一个危机时刻，而《看不见的城市》则是从这些不可生活的城市的心中生长出来的一个梦想。今天人们以相同的顽固谈论着自然环境的破坏和巨大的技术体系的脆弱，这种脆弱有可能制造连锁故障，使各个大都市整体瘫痪。过于巨大的城市的危机是自然危机的另一面。“特大城市”，也就是正在覆盖全世界的连续的、单一的城市图景，也统治着我的书。但是，预言灾难和世界末日的书已经有很多了，再写一本将是同义重复，再说也不符合我的性格。我的马可·波罗心中想的是要发现使人们生活在这些城市中的秘密理由，是能够胜过所有这些危机的理由。这些城市是众多事物的一个整体：记忆的整体、欲望的整体、一种言语的符号的整体；正如所有的经济史书籍所解释的，城市是一些交换的地点，但这些交换并不仅仅是货物的交换，它们还是话语的交换、欲望的交换、记录的交换。我的书在幸福城市的图画上打开并合上，这些幸运城市不断地形成并消失，藏在不幸的城市之中。

几乎所有的评论都针对这本书的最后那句话："在地狱里寻找非地狱的人和物，学会辨别他们，使他们存在下去，赋予他们空间。"由于这是最后的几行，所有的人都将它视为结语，"寓言的寓意"。但这是本由多面构成的书，几乎在所有的地方都有结语，它们是沿着所有的棱写成的，并且也有不少简洁或简明的寓意。当然，如果这一句是在书的结尾出现的，这并不是偶然，但我们开始说，这最后的小章节有一个双重的结语，它两方面的组成部分都是必不可少的：关于乌托邦的城市（即使我们没有发现它，我们也不能放弃寻找它）和关于地狱的城市。另外，这只是大汗地图册上"斜体字"的最后部分，这种一直为评论者们所忽视的文字从第一个片段到最后一个片段，所做的只是向这整本书推荐各种可能的"结论"。但是还有另一种途径，这种途径认为一本对称的书的意义要在书中寻找：有一些心理分析的批评家在马可·波罗对威尼斯的回忆中找到了这本书的深深的根，而马可·波罗的回忆就像是对记忆的最初原型的回归；而结构符号学的研究者们则说，应该在这本书的正中心点寻找：他们找到了一种不存在的图像，名叫宝琪的城市[1]。在这里有一点是清楚的：作者的意见是多余的。这本书，正如我解释的那样，差不多是自行完成的，只有文字本身能够允许或排除这种或那种阅读。第五章在这本书的中心展开了一个轻的主题，它与城市主题奇异地联合在一起，作为和其他读者一样的读者，我可以说在这一章里有某些片段，我认为是较好的，就像是幻想的物象，也许这些更加纤细的形象（“轻盈的城市”或其他）是这本书最为闪光的地带。我不能再说什么了。

（陆元昶　译）

1　在这里，关于心理分析的批评，卡尔维诺提到的是在书目中所引的 G. 波努拉的评论；关于符号学的批评，提到的是保罗·法布里的评论。——编注

一
Uno

当马可·波罗描述他旅途走访过的城市时，忽必烈汗未必全都相信，但是有一点可以肯定，那就是这位鞑靼君王听我们这位威尼斯青年的讲述，要比听任何信使和考察者的报告都更专心，更具好奇心。在帝王的生活中，总有某个时刻，在为征服的疆域宽广辽阔而得意自豪之后，帝王又会因为意识到自己将很快放弃对这些地域的认识和了解而感到忧伤和宽慰；会有一种空虚的感觉，在黄昏时分袭来，带着雨后大象的气味，以及火盆里渐冷的檀香木灰烬的味道；会有一阵眩晕，使眼前绘在地球平面图上的山脉与河流，在黄褐色的曲线上震颤不已；会将报告敌方残余势力节节溃败的战报卷起来，打开从未听人提过姓名的国王递来的求和书的蜡封，他们甘愿年年进贡金银、皮革和玳瑁，以换取帝国军队的保护：这个时刻的他，会发现我们一直看得珍奇无比的帝国，只不过是一个既无止境又无形状的废墟，其腐败的坏疽已经扩散到远非权杖所能救治的程度，而征服敌国的胜利反而使自己承袭了他人的深远祸患，从而陷入绝望。只有马可·波罗的报告能让忽必烈汗穿越注定要坍塌的城墙和塔楼，依稀看到那幸免于白蚁蛀食的精雕细刻的窗格。

城市与记忆　之一

从那里出发，向东方走三天，你会到达迪奥米拉，这城市有六十个银色的圆屋顶、诸神的青铜塑像、铺铅板的街道、一个水晶剧场，还有一只金鸡在塔楼顶上每天报晓。旅客们熟悉这些美景，因为他们在别的城市也见过。然而这座城市的独特品质在于，倘若九月的黄昏来到此地，白昼渐短，你将看到炸食店门口同时亮起多彩的灯光，听见某处凉台上传来女人的叫声：啊！真让人羡慕那些人，他们觉得自己曾经度过这样的一个夜晚，并且在那时是幸福的。

城市与记忆　之二

一个人长时间骑马行走在丛莽地区，自然会渴望抵达城市。他终于来到伊西多拉，这里的建筑都有镶满海螺贝壳的螺旋形楼梯，这里的人能精工细作地制造望远镜和小提琴，这里的外来人每当在两个女性面前犹豫不决时总会邂逅第三个，这里的斗鸡会导致赌徒之间的流血争斗。在他盼望着城市时，心里就会想到所有这一切。因此，伊西多拉便是他梦中的城市，但只有一点不同。在梦中的城市里，他正值青春，而到达伊西多拉城时，他已年老。广场上有一堵墙，老人们倚坐在那里看着过往的年轻人；他和这些老人并排坐在一起。当初的欲望已是记忆。

城市与欲望　之一

描述多罗泰亚有两种方法：你可以说，城墙上高耸着四座铝质塔楼，七个城门口装有弹簧控制的吊桥跨越护城河，河水流进四条绿色的运河，把城市纵横划分成九个区，每个区有三百所房屋和七百个烟囱。每个区的婚龄少女都要嫁给其他区的小伙子，双方父母要交换各自专有的商品——香柠檬、鲟鱼子、紫水晶——以此为基础，就能推导出整个城市的过去、现在和将来；你也可以像把我带到那里的赶骆驼的人一样说："我很年轻时来到这里，那天早上，许多人匆匆赶往集市，女人都长着一口漂亮的牙齿，直率地望着我的眼睛，三个士兵在高台上吹着小号，到处是车轮滚滚，到处是彩旗飘飘。在那以前，我只知道荒漠和商队车路，而那个多罗泰亚的早上使我觉得今生今世没有比这更美好的感受。在后来的岁月里，我的目光又回头审视荒漠和商队车路；而我现在知道，这只是那个早上让我走进多罗泰亚的许多道路中的一条。"

城市与记忆　之三

至高无上的忽必烈汗啊，无论我怎样努力，都难以描述出高大碉堡林立的扎伊拉城。我可以告诉你，高低起伏的街道有多少级台阶，拱廊的弧形有多少度，屋顶上铺的是怎样的锌片；但是，这其实等于什么都没有告诉你。构成这个城市的不是这些，而是她的空间量度与历史事件之间的关系：灯柱的高度，被吊死的篡位者来回摆动着的双脚与地面的距离；系在灯柱与对面栅栏之间的绳索，在女王大婚仪仗队行经时如何披红结彩；栅栏的高度和偷情的汉子如何在黎明时分爬过栅栏；屋檐流水槽的倾斜度和一只猫如何沿着它溜进窗户；突然在海峡外出现的炮船的火器射程和炮如何打坏了流水槽；渔网的破口，三个老人如何坐在码头上一面补网，一面重复着已经讲了上百次的篡位者的故事，有人说他是女王的私生子，在襁褓时就被遗弃在码头上。

城市就像一块海绵，吸收着这些不断涌流的记忆的潮水，并且随之膨胀着。对今日扎伊拉的描述，还应该包含扎伊拉的整个过去。然而，城市不会泄露自己的过去，只会把它像手纹一样藏起来，它被写在街巷的角落、窗格的护栏、楼梯的扶手、避雷的天线和旗杆上，每一道印记都是抓挠、锯锉、刻凿、猛击留下的痕迹。

城市与欲望　之二

一直向南走上三天，你就会到达阿纳斯塔西亚。这座城里有许多渠道汇聚在一起，空中有许多风筝飞翔。我应该开列一个在这里能买到的上好货品的单子：玛瑙、石华、绿玉髓及各种其他的玉髓；我应该赞美那用陈年的香桃木烤熟的、涂满大量牛至的金黄色的野鸡；还应该提到那些在花园水池里沐浴的女人，据说她们有时还邀请过路者脱掉衣服，跟她们一起在水里追逐嬉戏。不过，所有这些还并非城市的真正本质所在：因为对阿纳斯塔西亚的描述，只能唤起你的一个个欲望，再迫使你把它们压下去，而某天清晨，当你在阿纳斯塔西亚醒来时，所有的欲望会一起萌发，把你包围起来。这座城市对于你好像是全部，没有任何欲望会失落，而你自己也是其中一部分，由于她欣赏你不欣赏的一切，所以你就只好安身于欲望之中，并且感到满足。阿纳斯塔西亚，诡谲的城市，拥有时而恶毒，时而善良的力量：你若是每天八个小时切割玛瑙、石华和绿玉髓，你的辛苦就会为欲望塑造出形态，而你的欲望也会为你的劳动塑造出形态；你以为自己在享受整个阿纳斯塔西亚，其实你只不过是她的奴隶。

城市与符号 之一

你在树木与石头之间一连数日行走。你的目光很难停留在一个物体上，只是在认出它是表明另一事物的符号时才会驻目观察：沙上的足迹说明曾有老虎经过；一片沼泽说明有一脉水流相通；木芙蓉花意味着冬季的结束。其余的一切都是寂静无声的，可以互相替换的；树木和石头只是树木和石头。

旅途终于把你带到了塔马拉。你沿着两边墙上挂满招牌的街巷走进城市，眼中所见的不是物品，而是意味着其他事物的物品的形象：牙钳表示牙科诊所，陶罐表示酒馆，戟代表卫队营地，天平代表蔬菜水果铺。雕像和盾牌上描画着狮子、海豚、塔楼和星辰：是以狮子、海豚、塔楼或星辰为符号的某种东西。还有禁止在某处做某事的标志（车辆不得进入小巷，不得在凉亭后面解手，不得在桥上垂钓），以及某些准许做的合法行为（给斑马饮水、打木球、焚烧亲友尸体）。在寺庙门口，能够看到各种神灵的雕像，都带有特殊的象征：羊角、沙漏、水母，信徒可以借此辨认神灵，并向它们正确地倾诉祷告。如若一座建筑没有招牌或什么形象标志，那它的形式本身和在城里的位置就足以说明它的职能：王宫、监狱、铸币厂、学校、妓院。就连商贩在货摊上陈放的商品的价值也不在于其自身，而在于作为符号代表其他什么东西：绣花的护额带代表典雅，镀金的轿子代表权力，阿威罗伊的书卷代表学识，脚镯代表淫逸。你放眼打量街巷，就像翻阅写满字迹的纸页：城市告诉你所有应该思索的东西，让你重复她的话，而你虽以为在游览塔马拉，却不过是记录下她为自己和她的各部分所定下的名称。

无论在这些林立的招牌下城市包含或隐藏着什么，当你离开塔马拉时，你都不会了解她的真实面貌。城外空旷的土地延伸至远方的地平线，无际的天空，朵朵白云流过。偶然的机缘和风儿给了云朵形状，你已经在辨认它们的轮廓：一艘帆船、一只手、一头大象……

城市与记忆　之四

在六条河流与三座山脉的那边就是左拉，一座你只要看上一眼就会终生难忘的城市。这并不是因为她能像其他值得记忆的城市一样给人留下什么不同寻常的印象，左拉的独到之处在于她能一点一滴地留在你的记忆中，那些连贯的街巷、街道两旁的屋宇、房屋的门窗等等，虽然并不显得特别漂亮或罕见，却都能占据你的记忆。她的秘密在于能使你的目光浏览其一幅幅画面的方式，就像在读一部乐谱，任何一个音符都不能遗漏或移动。熟悉左拉每一个角落的人在晚上睡不着觉时，可以想象自己走在左拉的街上，依次记起大铜钟、理发店的条纹窗帘、九眼喷泉的水池、天文馆的玻璃塔楼、卖西瓜的货亭、隐士与雄狮的雕像、土耳其浴室、街角的咖啡店、通往海港的小巷。这座城市无法让你从记忆中抹去，就像一套盔甲或一个蜂巢，在每一个小窝里都能贮存想要记住的东西：杰出人物的姓名、品德、数字、植物与矿物的分类、战役的日期、星座和名言片段。在每个观念和每条路线的转折点之间，你都能确立帮助唤起你记忆的相似或相对立的关系。于是，世界上最博学的人就是把左拉印在记忆里的人。

但是，我要登程走访左拉却是徒劳的：为了让人更容易记住，左拉被迫永远静止不变，于是就萧条了，崩溃了，消失了。大地已经把她忘却了。

城市与欲望　之三

到苔斯皮那去有两条途径：乘船或者骑骆驼。这座城市呈现给从陆路和海路而来的人不同的风貌。

在高原上赶骆驼的人，看到地平线上出现的摩天大厦的尖顶、雷达的天线、随风飘动的红白两色的风向袋和冒着烟雾的烟囱，就会想到一条船，明知是一座城市，也还是把她看作将自己带离荒漠的一条船：一条即将解开缆绳的帆船，尚未全部打开的帆已经鼓满了风；或者是一条汽船，龙骨上的锅炉已经在震动；他会想到所有的海港，想到起重机在码头上卸下的外国货，想到各国水手们在酒馆里用酒瓶相互敲打脑壳，想到楼房底层亮着灯光的窗口，每个窗口都有一个正在梳妆的女子。

在迷雾缭绕的海岸，水手辨认出正在一摇一摆行进着的骆驼的轮廓，带着斑点的两座驼峰之间是流苏闪亮的绣花鞍垫，他明知这是一座城市，却仍然把她看作一头骆驼，身上驮满大大小小的酒囊、蜜饯果脯、枣酒和烟叶，甚至已经看见长长的商队离开海边的沙漠，走向错落起伏的棕榈树荫下的淡水绿洲，走向墙壁刷成白色、庭院铺满瓷砖的宫殿，赤脚的舞女们摇动着薄纱下时隐时现的手臂。

每个城市都从她面对的荒漠获得自己的形状；于是，赶骆驼的人和水手所看到的，就是这样处在沙的荒漠与水的荒漠之间的苔斯皮那。

城市与符号　之二

从吉尔玛城归来的旅人，都带了不一样的记忆：一个盲眼黑人在人群中大喊大叫，一个疯子在摩天大厦的楼顶飞檐上摇摇欲坠，一个女孩牵着一头美洲豹散步。其实，许多手持棍杖敲打着吉尔玛石子路面的盲人都是黑人，每座摩天大厦上都有人在变疯，所有疯子都在摩天大厦的飞檐上消磨时光，也没有哪头美洲豹不为任性的女孩子所饲养。这是一座夸张的城市：不断重复着一切，好让人们记住自己。

我也从吉尔玛回来：我的记忆还包括与窗子平齐的四处飞行的飞艇、开满为水手文身的店铺的街巷、挤满肥胖妇女的闷热的地下列车。然而与我同行的旅伴们却发誓说，只见过一艘飞过城市塔尖的飞艇，只见过一个文身匠在收拾长凳上的钢针墨水和文身图案，只见过一个胖女人在月台上为自己扇着风。记忆也在夸张：反复重复着各种符号，以肯定城市确实存在。

轻盈的城市　之一

伊萨乌拉，千井之城，据说建在一个很深的地下湖上。只要在城市范围之内，居民们随便在哪里挖一个垂直的地洞就能提出水来：城市的绿色周边正是看不见的地下湖的湖岸线，看不见的风景决定着可视的风景，阳光之下活动着的一切，都是受地下封闭着的白垩纪岩石下的水波拍击推动的。

结果，伊萨乌拉就有两种宗教形式。一些人相信，城市的神灵栖息在给地下溪流供水的黑色湖泊深处。另一些居民则认为，神灵就住在系在绳索上升出井口的水桶里，在转动着的辘轳上，在水车的绞盘上，在压水泵的手柄上，在把水井管里的水提上来的风车支架上，在打井钻机的塔架上，在屋顶的高脚水池里，在高架渠的拱架上，在所有的水柱、水管、提水器、蓄水池，乃至伊萨乌拉空中高架上的风向标上。这是个一切都向上运动着的城市。

被派到边疆省份巡查的使节和税务官准时回到蓟门府[1]，立即到木兰花园朝见可汗，忽必烈一边在木兰树荫下散步，一边听取他们的长篇报告。使节中有波斯人、亚美尼亚人、叙利亚人、埃及人和土库曼人；皇帝对于他的每一个臣属来说都是外国人，而只有通过外国人的眼睛和耳朵，帝国才能向忽必烈汗表明自己的存在。使节们用可汗听不懂的语言，禀报从他们也听不懂的语言那里得来的消息：浓重含糊刺耳的声音吐露出帝国征收了多少赋税，被撤职和处死的官吏的姓名，天旱时引水灌溉的运河有多长多宽。但是，年轻的威尼斯人在上奏时却与

1 原文作 Kemenfù，应为《马可·波罗游记》中的 Chemeinfù。——编注

皇帝建立了一种完全不同的沟通方式。马可·波罗刚来不久，还不懂东方语言，只能靠手势、跳跃、惊奇或惊恐的叫声、鸟兽的叫声或从行囊里掏出的物件来表达：鸵鸟毛、投石枪、石英，把它们像下棋一样摆在面前。每当完成忽必烈的使命归来，这位机灵的外国人都会演出即兴哑剧，让皇帝揣摩：第一座城市是一条鱼逃离了鸬鹚的长嘴，却又落入了渔网；第二座城市是一个赤条条的男子跳过火堆，竟安然无恙；第三座城市是一个骷髅头，发绿霉的牙齿咬着一颗圆圆的白色珍珠。可汗能看懂他的手势，却弄不清它们跟他所到城市之间有何关系；他不明白马可究竟想说明旅途中的奇遇，还是想讲述某城的创建者的业绩，还是转达占卜者的预言，还是隐喻人名的字谜或画谜。不过，不论寓意晦涩还是清晰，马可展示的所有物品都有一种象征的力量，谁看过一次都不再忘记，也不会混淆。在可汗的头脑中，帝国是由沙粒一样的短暂易逝的、能互相更换的数据构成的荒漠，而沙堆上出现的，就是威尼斯青年的字画谜里的城市和省份的形象。

随着时间的推移和不断的巡视，马可·波罗掌握了鞑靼人和其他民族与部落的语言。现在，他的报告是可汗听到的最精确、最详细的报告，能完全满足可汗的一切疑问与好奇。然而，每当得到关于某地的新消息，皇帝都会想起当初马可做过的手势或展示的物件。新消息从象征中得到新的意义，又同时给象征增添新的意义。忽必烈想，也许帝国只是头脑里精神幻觉中的一幅黄道十二宫图。

“到我明白了所有象征的那一天，”可汗问马可，“我是否就终于真正拥有了我的帝国呢？”

“陛下，”威尼斯人答道，“别这样想。到那时，你自己就将是众多象征中的一个。”

二
Due

“其他使者都给我提出关于饥荒、舞弊和犯罪阴谋的警告，或者报告新发现的绿松石矿、价格合算的貂皮，或提议购买镶嵌宝石的刀剑。而你呢？”可汗向马可发问，“同样是从偏远的地方归来，你却只会告诉我某人晚上坐在自家门槛上乘凉时想些什么。你的跋山涉水究竟有何用？”

“此刻是晚上，我们坐在皇宫的台阶上吹风，”马可·波罗回答，“不管我的话能唤起你对哪个地方的想象，你都会处在自己的位子上，作为观察家来看它，即使在皇宫里，也能看到木桩上建造的村庄，也能感到带有河口海湾泥腥气味的微风。”

“我承认，我的目光是那种凝神沉思者的目光。可你的呢？你走遍诸海群岛与冰封的苔原，越过崇山峻岭。可你即使足不出户，也能说出这些话。”

威尼斯人很清楚，忽必烈之所以生他的气，是因为想更好地跟上他的思路；而他的回答与争辩都正是可汗头脑中那些话语的一部分。换言之，他们二人之间无论是大声谈论，还是继续无言静默，其实都是一样的。事实上，他们沉默着，半闭双目，躺在吊床的软垫上摇摇晃晃，吸着玛瑙嘴的长烟斗。

马可·波罗想象着自己回答（或者忽必烈汗想象着他的回答）说，越是在远方城市陌生的小区里迷失方向，就越能了解为到达该城所经过的那些城镇，再回首追溯旅程各站，重新认识当初起航的海港和年轻时所熟悉的地方，孩提时终日奔跑过的威尼斯的小广场和自家周围的一切。

这时，忽必烈汗打断马可或想象着打断他，或者马可想象着被可汗的提问打断："你前进的时候总是回头向后看吗？"或者："你所见过的一切总在你的背后吗？"或者："你的旅行总是发生在过去吗？"

这都是为了让马可·波罗能够解释，或者自己想象解释，或者被想象成解释，或者终于能够解释，他所追寻的永远在自己的前方，即使是过去的，也在旅行过程中渐渐变化，因为旅行者的过去会随着他的旅行路线而变化，这并非指每过去一天就补充一天的最近的过去，而是指最遥远的过去。每到一个新城市，旅行者就会发现一段自己未曾经历的过去：已经不复存在的故我和不再拥有的事物的陌生感，在你所陌生的不属于你的异地等待着你。

马可在一座城里，看见某人在广场上所过的一生或一个瞬间，而这一生或一瞬也许就是他自己的；假如时间能停止在很久很久以前，现在的那个人可能就会是他自己；假如当年他没有在岔路口上取道相反的方向，在漫长的旅行过后，或许自己就会在广场上取代那个人的位置。如今，他已经被排除在那个真实的和假想的过去之外；他无法停下来；他必须继续走向另一个城市，而那里等待他的是他的另外一段过去，或者某种当初也许是他的可能的未来，而现在已是他人的现在的事物。未曾实现的未来仅仅是过去的枝杈，干枯了的枝杈。

“你是为了回到你的过去而旅行吗？”可汗要问他的话也可以换成：“你是为了找回你的未来而旅行吗？”

马可的回答则是：“别的地方是一块反面的镜子。旅行者能够看到他自己所拥有的是何等的少，而他所未曾拥有和永远不会拥有的是何等的多。”

城市与记忆　之五

在莫利里亚，旅行者应邀进城游览，并且欣赏一些反映城市旧貌的彩色明信片：同一个广场，现在是公共汽车站的地方从前站着一只母鸡，现在是拱桥的地方从前是演奏音乐的凉台，现在是火药厂的地方从前站着两位打着白阳伞的小姐。若不想让市民失望，旅人们就要称赞画面上的城市，夸奖她胜过今日的城市风貌，但是同时又必须非常小心，使自己的惋惜表现得在确切的限度之内：首先应承认变成大都市的莫利里亚所具有的繁华与壮观，可惜同昔日作为旧省城的莫利里亚相比，又不免失去些优雅的气质，人们只能在画片里欣赏这种优雅；然而当初作为省城的莫利里亚若是没有这番巨变，在人们眼里就一点优雅气质也显不出来；无论如何，今日的都市更具魅力，因为只有通过她变化了的今日风貌，才能唤起人们对她过去的怀念，而抒发这番思古怀旧之情。

留神不要对他们说出，同一地点、同一名字下的不同城市，有时会在无人察觉之中悄然而生，或者默默死去，虽是相继出现，却彼此互不相识，不可能相互交流沟通。有时，居民的姓名、音调甚至容貌都不曾变化，但是栖身于这些名字之下和这些地点之上的神灵却已经悄然离去，另一些外来的神灵取代了他们的地位。询问新的神灵比起老的神灵究竟更好还是更坏，是毫无意义的，因为他们之间毫无关系，就像那些彩色明信片并不代表莫利里亚，而是代表一座偶然凑巧也叫作莫利里亚的昔日的旧城。

城市与欲望　之四

灰石建造的城市菲朵拉的中心有一座金属建筑物，它的每间房内都有一个玻璃圆球。在每个玻璃圆球里都能看到一座蓝色的城市，那是另一座菲朵拉城的模型。菲朵拉本可以成为模型里的样子，却由于种种原因变成了现在我们所见到的模样。在每个时代里都有某些人，看着当时的菲朵拉，想象着如何把她改建成理想的城市，然而当他们制作理想城市的模型时，菲朵拉已经不再是从前的城市，而那个直至昨日还是可能的未来城市也就只能成为玻璃球里的一件玩具。

今日收藏那些玻璃球的建筑物是菲朵拉的博物馆：每个市民来参观，选择符合自己愿望的玻璃球里的城市，仔细端详着，想象着汇集运河水的水母池中倒影的飘逸（倘若它今日没有干涸的话），想象着骑在配有篷伞的象背上，行走在大象专用道上的滋味（可现在已经禁止大象进城了），想象着顺着清真寺螺旋形塔尖往下滑行的乐趣（可现在连塔身的基础都找不到了）。

在你的帝国的版图上，伟大的可汗啊，应该既能找到石头建造的大菲朵拉，又能找到玻璃球里的小菲朵拉。这并非由于她们都同样真实，而是由于她们都同样是假想的。前者包含了被当作必需而接受的东西，但其实尚非不可或缺；而后者被想象为有可能存在，但瞬间之后就再也不可能了。

城市与符号　之三

人在旅途，不知前面路上等待着自己的是怎样的城市，就揣摩她的王宫、兵营、磨房、剧院和市场会是什么样子的。帝国里的每一座城市，每一座建筑都不相同，其排列顺序也不一样；但是，一个异乡人一走进这座陌生的城市，目光扫过那些塔尖柱饰、楼阁与干草棚，掠过弯弯曲曲的运河、菜园和垃圾堆，就能一下子分辨出来，哪是王子的宫殿，哪是大法师的庙宇，哪是旅馆、监狱或贫民窟。有人说，这证明了一种假设，那就是每个人心里都有一座仅仅由差异构成的城市，一座既无形象又无形态的城市，而那些特别的城市则填充了它。

而佐艾城不是这样。你可以在这座城里的每个地方睡觉、制造器具、烧饭、积蓄金币、脱衣服、治理朝政、卖货或向演说家提问。她的任何一座金字塔式屋顶之下的建筑，都既可以是麻风病院，又可以是后宫姬妾的浴所。旅人四下漫步，只有满腹疑问：他无法将城里各个地方区分开来，即便那些在他脑子里觉得最清晰的都混淆起来了。他如此推论：假如存在的每个瞬间都属于其全部，佐艾城就是一个无法分割而存在的地方。可为什么是城市呢？有哪条线可以划分城里与城外的界限，什么才能区别车轮声与狼嚎声呢？

轻盈的城市　之二

我现在要讲的城市是珍诺比亚，其绝妙之处在于虽然处于干燥地区，却完全建筑在高脚桩柱上，房屋是用竹子和锌片盖的，高低不同的支柱支撑着纵横交错的走廊和凉台，相互间用梯子和悬空廊连接，制高点是瞭望台，还有贮水桶、风向标、滑车、钓鱼竿和吊钩。

是什么样的需求、命令或欲望使珍诺比亚的创建者赋予城市如此的风貌？没有人记得了，所以不能说我们今日所见的城市是否合乎他们的理想，经过历年的增建扩建，最初的设计恐怕早就面目全非了。但是，可以肯定的是，倘若你让居住在珍诺比亚的人描述他心中的幸福生活，那一定是像珍诺比亚一样，有高脚桩柱和悬空梯子的城市，那也许是与珍诺比亚不同的城市，有随风飘扬的旗子和彩带，但永远是这原始模型与其他成分的组合而已。

既然如此，就无需将珍诺比亚划归幸福的还是不幸福的城市范畴。按照这种类别区分城市是没有意义的，如果要区分，则另有两类：一类是经历岁月沧桑，而继续让欲望决定自己形态的城市；另一类是要么被欲望抹杀掉，要么将欲望抹杀掉的城市。

城市与贸易　之一

迎着西北风走上八十公里，你就会到达欧菲米亚，每年的冬夏至和春秋分，七个国家的商人都会聚集此地。载着生姜和棉花驶来的船只，扬帆而去时满载的是开心果和罂粟籽，刚卸下肉豆蔻和葡萄干的商队，又把一匹匹金色薄纱装入行囊，准备回程上路。不过，这些人顺着河流或穿越荒原远道而来，绝不仅仅是出于做生意的愿望，因为在可汗帝国的版图内外，所有集市上的商品都是一样的，铺在脚下陈列商品的都是同样的黄席子，头上撑着的都是同样的防蝇布篷，做招徕的都是同样的虚假减价。到欧菲米亚来绝非只为做买卖，也是为了入夜后围着集市四周点起的篝火堆，坐在布袋或大桶上，或者躺在成叠的地毯上，聆听旁人所说的词语，诸如“狼”“妹妹”“隐蔽的宝藏”“战斗”“疥癣”“情人”等，篝火旁的每个人都要讲述一个关于狼、妹妹、隐蔽的宝藏、战斗、疥癣和情人的故事。当你离开欧菲米亚这个每年冬夏至和春秋分都有人要来交换记忆的城市时，你知道在归程的漫漫旅途上，为了在驼峰间或平底帆船舱内的摇摇晃晃中保持清醒，你会再度翻出所有的记忆，那时你的狼会变成另一只狼，你的妹妹会成为另一个妹妹，你的战斗也变成另一场战斗。欧菲米亚是个在每年冬夏至和春秋分交换记忆的城市。

……马可·波罗刚来不久，而且完全不懂东方语言，要表述什么，就只能靠从行囊里掏出一件件物品：鼓、腌咸鱼、疣猪牙穿成的项链，再加以手势、跳跃、惊异或惊恐的喊声，或模仿豺狼和猫头鹰的叫声。

对于皇帝来说，有时环节之间的联系并不清楚；那些物件可以表示不同的意思：装满矢镞的箭囊有时表示一场战争的临近，有时又代表收获丰厚的狩猎，还可以是出售兵器的商店；沙漏可以代表已经或正在流逝的时间，又可能是制作沙漏的作坊。

但是，这位口齿不清的报告人所提供的每件事情或每个消息，令忽必烈最感兴趣的是它们周围的空间，一个未用言语充填过的空间。马可·波罗对所走访过的城市的描述具有这种特色：你可以在思想中漫游、迷失，停下来乘凉，或者径自跑开。

随着时间的推移，马可·波罗的讲述中词语逐渐替代了物件和手势：先是感叹，孤立的名词、干巴巴的动词，接着是绕弯子的句子，层次繁多的复杂的陈述、明喻和暗喻。外国人学会了说皇帝的语言，或者说皇帝学会了听外国人的语言。

可是，两个人之间的沟通似乎不如从前那么愉快了：语言当然比那些物件和手势更能表达每个省份和城市的重要的事物——建筑、市场、风俗、植被和动物；但当波罗讲述那些地方每天每夜的生活时，又找不到合适的言语，结果，还是回到用手势、表情和目光来表达。

于是，在用准确的语言讲述了城市的基本情况后，他会对每座城市进行一番无言的评论：伸出手掌，掌心或手背向上或向两侧，直截了当或拐弯抹角，动作迅速或缓慢。他们之间建立了一种新型的对话方式；可汗戴满戒指的白皙的手动作庄重地回答商人结实灵活的手。两人之间的默契与日俱增，他们手的动作也就开始采取固定的姿态，这些姿态代表各自在各种时刻的心情变化。而代表事物的词汇为丰富的实物样品所补充更新，无声的评论趋于封闭和定型。双方对采用语言对话的兴致逐渐在减少，他们的对话，大部分时间是在沉默与静止状态下进行的。

三

Tre

忽必烈汗发现马可·波罗的城市几乎都是一个模样的，仿佛完成那些城市之间的过渡并不需要旅行，而只需改变一下她们的组合元素。现在，每当马可描绘了一座城市，可汗就会自行从脑海出发，把城市一点一点拆开，再将碎片调换、移动、倒置，以另一种方式重新组合。

马可继续汇报他的旅行，但是皇帝已不再聆听，打断他说：

“从现在开始，由我来描述城市，而你则说明是否真的存在我所想象的城市，她们是否跟我想象的一样。首先，我要讲的是一座台阶上的城市，坐落在一个半月形的海湾，常有热风吹过。现在，我再来讲讲她的一些奇景：一个像大教堂那么高的玻璃水池，供人们观看燕鱼游水和飞跃的姿态，并以此占卜凶吉；一棵棕榈树，风吹树叶，竟弹奏出竖琴之声；一座广场，环绕着马蹄形的大理石桌子，上面铺了大理石台布，摆着大理石制的食品和饮料。”

“陛下，你走神了。你刚才打断我的时候，我正在讲这座城市呢。”

“你知道她？她在哪里？叫什么名字？”

“她既无名称又无地点。我再向你说明一次描述她的缘故：在可以想象的城市的数目之中，那些元素组合缺乏联系的线索，缺乏内在的规律，缺乏一种透视感和一番故事的城市，必须排除在外。城市犹如梦境：所有可以想象到的都能够梦到，但是，即使最离奇的梦境也是一幅画谜，其中隐含着欲望，或者是其反面——畏惧。城市就像梦境，是希望与畏惧建成的，尽管她的故事线索是隐含的，组合规律是荒谬的，透视感是骗人的，并且每件事物中都隐藏着另外一件。”

“我既无欲望又无畏惧，”可汗说，“我的梦境不是由心灵，就是由偶然而生。”

“城市也认为自己是心思和机缘的产物，但是这两者都不足以支撑起那厚重的城墙。对于一座城市，你所喜欢的不在于七个或是七十个奇景，而在于她对你提的问题所给予的答复。”

“或者在于她能提出迫使你回答的问题，就像底比斯通过斯芬克司之口提问一样。”

城市与欲望　之五

从那里出发，再走上六天七夜，你便能到达佐贝伊德，月光之下的白色城市，那里的街巷互相缠绕，就像线团一样。这一现象解说了城市是怎样建造而成的：不同民族的男人们做了同一个梦，梦中见到一座夜色中的陌生的城市，一个女子，身后披着长发，赤身裸体地奔跑着。大家都在梦中追赶着她。转啊转啊，所有人都失去了她的踪影。醒来后，所有人都去寻找那座城市。没有找到城市，那些人却汇聚到了一起，于是，大家决定建造一座梦境中的城市。每个人按照自己梦中追寻所经过的路，铺设一段街道，在梦境里失去女子踪影的地方，建造了区别于梦境的空间和墙壁，好让那个女子再也不得脱身。

这就是佐贝伊德城，那些人在这里定居下来，期待着终有一夜梦境再现。但是，无论在梦境中还是在清醒时，谁也没有再见到那个女子。城里的街巷就是他们每天上班工作要走的路，与梦中的追逐再也没有什么关系。久而久之，连梦也被遗忘了。

其他国家的人们也做过同样的梦，他们便来到这里，并且从佐贝伊德的街巷中看出某些自己梦中的道路，于是就改变一些拱廊和楼梯的位置，使它们更加接近梦里追赶那个女子的景况，让女子失踪的地方再也没有任何可逃遁的出路。

最早来的人们想不通，是什么吸引那些人来佐贝伊德，走进这个陷阱，这座丑陋的城市。

城市与符号　之四

远道而来的旅人要面对改变语言的问题，但没有一次能比得上我在伊帕奇亚的经历，因为所涉及的不是语言，而是事物。一天早上，我走进伊帕奇亚，一座木兰花园倒映在一片蓝色的湖水中，我在夹道的篱笆间走着，满以为能看到美丽的少女戏水：可是水底却是螃蟹，正咬着脖子上拴着石头、头发里缠着绿色海带的自溺者的眼睛。

我感到受了欺骗，决定找苏丹讨个公道。我走上最巍峨的大圆顶皇宫的斑岩石台阶，穿过六进建有喷泉、铺有瓷砖的院落。中央的大堂有铁栏围着：戴着黑色铁镣的囚犯正在一个地下采石场挖掘玄武岩石。

我只好请教哲学家。走进大图书馆，在装满羊皮纸书卷几乎要倒塌的书架间迷了路，只好按照消失了的字母表的字母顺序，在走廊、扶梯和小桥间上上下下，来来回回。在最偏僻的纸莎草的小隔间里，我看到一片烟云，一个躺在席子上的年轻人目光呆滞，嘴上噙着鸦片烟筒。

“智者在哪里？”

吸鸦片烟的人用手指了一下窗户外面。那是一座儿童游乐园：木瓶、秋千、陀螺。哲学家就坐在草地上。他说：

“符号形成一种语言，但那不是你们自以为了解的语言。”

我明白了，我必须从引导我追寻事物直至此地的形象中解脱出来：只有那时，我才能理解伊帕奇亚的语言。

现在，我只要听见马嘶和鞭响的声音，就会春潮涌动：在伊帕奇亚，你必须到马厩和驯马场，才能见到骑在马鞍上的美貌女子，她们裸露着大腿，小腿戴着护甲，若有年轻的外国人出现，她们就立即把他推倒在干草堆或锯末堆上，以自己结实的乳房挤压他。

当我的灵魂只需要音乐的营养与刺激时，我晓得应该到墓地去：音乐家们都躲在墓穴中，笛子的颤音和竖琴的和弦在坟头间彼此呼应。

当然，总有一天，我在伊帕奇亚的唯一愿望将是起身离去。我知道，不该走向海港码头，而必须爬上城堡最高的尖塔，去等候一条路经那里的船只。但是能否有船驶过呢？没有一种语言是绝对不骗人的。

轻盈的城市　之三

阿尔米拉成为这个样子，究竟是由于没有建造完毕，还是由于某种魔法或者任性所致，我无从知晓。她没有墙壁，没有屋顶，也没有地板：总之，没有一点看上去像个城市的地方，只有管道除外。那些管子在应该是房屋的地方垂直竖立着，在应该是地板的地方横向分岔，真像一片管子的树林，每个末端都是水龙头、淋浴喷头、虹吸管或溢流管。蓝天之下，反衬着白色的洗手盆、浴缸或其他白色洁具，好像晚熟的果子挂在干枯的枝条上。有人会说，一定是水管工完成了自己的工作，不等泥瓦匠来砌墙盖顶就匆匆离去；要不然，就一定是坚不可摧的输水系统竟然逃过了一场大劫难、大地震或白蚁的蛀食。

无论阿尔米拉是在有人居住之后还是之前被遗弃，我们都不能说她是一座空城。无论什么时候，只要你抬眼望去，就会在水管丛中见到身材不高但苗条纤细的年轻姑娘，在浴缸里悠闲地浸泡着，在悬空的喷头下弯腰屈身，在沐浴，在擦拭，在喷香水，或者在对着镜子梳理长发。阳光下，喷头里洒出的扇面形水线、水龙头里流出的水柱、喷出的水丝、溅出的水花和海绵浴刷上的皂沫都闪动着七彩光。

我所得到的解释是这样的：进入阿尔米拉的水管网络的一些水流一直受水泽仙女和水神的统辖。众仙习惯了在地下的水路里悠游，便容易进入这个新的水系王国，随着众多的喷泉水柱跃到地上来，找到新的镜面、新的游戏、新的享受水的乐趣的方式。也许是她们的入侵赶走了当地居住的人类，也许是因为人类滥用了水源，冒犯了水仙，于是建造阿尔米拉作为对水仙们的供奉。总而言之，似乎她们现在是心满意足了，这些小巧的女人，早上还能听到她们的歌声呢。

城市与贸易　之二

在克洛艾这座大城市里，在街上走动的人们彼此都互不相识。每次碰面时，他们都想象着关于对方的各种景况，可能发生在他们之间的相遇、对话、惊奇、爱抚、轻咬。可是，竟然谁也不和他人打招呼问候，他们的目光相遇时，仅仅彼此对视一秒钟，然后转移视线，去寻求其他的目光，永远不会停留。

一个少女走过，转动着肩上的阳伞，自己浑圆的臀部也微微晃动着。一位身穿黑色衣服的女人走过，面纱下一双不安的眼睛和颤抖的双唇，更显出饱经风霜的年岁。还有一个文身的高大巨人、一个白发小伙子、一个女侏儒、两个穿着珊瑚红色衣裳的孪生姊妹。他们之间有什么东西在穿梭移动，互相投出的目光就像线条把一个个形象连接起来，并且画出那个瞬间能组合成箭头、星形、三角形等所有图形，而此刻又有其他人物走入这个场景：一个牵着驯豹的盲人、一个手持鸵鸟羽扇的高级妓女、一位美男子、一个比男人还粗壮的女人。这些人偶然会在门廊下避雨，在集市的篷伞下购物，或者在广场上聆听乐队演奏，彼此互不开口，指头也不会动一下，甚至连眼皮也不会抬一下，却能发展成约会、引诱、通奸、纵欢。

克洛艾，这座最贞洁的城市，时刻都被肉欲推动着。如果男人们和女人们开始实现他们朝露般短暂的梦，每个幽灵都会变成人，上演一段追求、虚伪、误解、冲突与压迫的故事，而幻想的旋转木马就会停止转动。

城市与眼睛　之一

古人在湖畔建造了瓦尔德拉达，有阳台的房子层层叠叠，高处的街道临湖一面都修了护栏和围墙。来到此地的游人便能看到两座城市：一座临湖而坐，一座是湖中倒影。无论湖畔的瓦尔德拉达出现或发生什么，都会在湖中的瓦尔德拉达里再现出来，因为这座城市的结构特点就是每一个细节都能反映在它的镜子中，水中的瓦尔德拉达不仅有湖畔房屋外墙的凹凸饰纹，而且还有室内的天花板、地板、走廊和衣柜门上的镜子。

瓦尔德拉达的居民都知道，他们的一举一动都会成为镜子里的动作和形象，都具有特别的尊严，正是这种认识使他们的行为不敢有丝毫疏忽大意。即使是一对恋人赤身裸体地缠绕在一起肌肤相亲时，也要力求姿态更美；即使是凶手将匕首刺进对方颈项动脉时，也要尽量使刀插得更深，血流得更多，因为重要的不在于他们的交合或者凶杀，而在于他们在镜中交合或者凶杀的形象要冷静清晰。

这面镜子有时可以提高事物的价值，有时又予以贬低。镜子外面似乎贵重的东西，在镜子中却不一定贵重。这对孪生的城市并不相同，因为在瓦尔德拉达出现或发生的一切都不是对称的：每个面孔和姿态，在镜子里都有相对应的面孔和姿态，但是每个点都是颠倒了的。两个瓦尔德拉达相互依存，目光相接，却互不相爱。

大汗梦见一座城市，他向马可·波罗描述：

“港口坐南向北，在阴影中。码头比黑色的海水高出许多，黑浪拍打着海堤护墙；石阶上铺满了滑溜溜的海藻。码头上停泊着涂上沥青的小船，等待着那些向家人依依道别的旅客登船起航。告别是无言的，泪水在流淌。天气寒冷，所有人头上都裹着围巾。船夫的一声吆喝打断了所有人的拖延，旅客们聚集在船头，依然聚集在岸上的家人凝望着渐渐变小的游子；他们的面目已经难以分辨；海上有薄雾；小船靠近一艘抛了锚的大船，最后一个缩小的人影爬上了扶梯，消失了；人们能隐约听到锈蚀的铁链在拉起时碰撞锚链孔的声音。岸上的人们依然站在码头的大石块上，目送着大船驶出海湾，不断挥动着白手帕。

“你上路吧，搜索所有的海岸，去寻找这座城市，”可汗对马可说，“然后再回来告诉我，我的梦是否符合实际。”

“请原谅，我的主人，毫无疑问，我迟早会从那个码头登船起航，”马可说，“但不会回来向你报告。这个城市确实存在，而且有一个简单的秘密：她只知道起航，却不知道返航。”

四

Quattro

忽必烈汗嘴里叼着镶着琥珀嘴子的烟斗，胡须垂到紫晶项链上，脚趾在缎子拖鞋里紧张地弓起，连眼皮都不抬一下，听着马可·波罗的汇报。这些天，每到黄昏，总有一股淡淡的忧郁压在他的心头。

“你的那些城市现在不存在，或许从来就不曾存在过，肯定将来也不会存在。你为什么拿这些宽心的童话来哄人消遣？我知道，我的帝国像一具沼泽地里的尸体一样在腐烂，它的病毒都已经传染给啄食它的乌鸦和把它当作肥料的竹子。你为什么不跟我谈这些呢？你为什么要对鞑靼人的皇帝说谎呢，外国人？”

波罗善于顺从皇帝的恶劣心境。“是的，帝国是染上了疾病，并且还在努力使自己习惯于自身的伤口，而这是更糟糕的事。我探察的目的在于：搜寻尚可依稀见到的幸福欢乐的踪迹，测量它缺失的程度。如果你想知道周围有多么黑暗，你就得留意远处的微弱光线。”

有时候，可汗会一时心情愉快，离开坐垫，在铺了地毯的小路上大步行走，靠在亭台栏杆上，用迷茫的目光环顾被香柏树上的灯笼照亮的整座御花园。

“我也知道，”他说，“我的帝国是用水晶材料建筑的，它的分子排列形式完美无瑕。正是元素的激荡才产生出坚实无比、绝妙无伦的金刚石，产生整座有许多切面的透明的大山。为什么你的旅行总是在令人失望的情况下停止，而从来都抓不住这不可阻挡的进程？为什么你总是在不必要的忧伤中流连？为什么你要对皇帝隐瞒他辉煌的命运？”

马可答道：“陛下，只要你做一个手势，就会筑起一座美轮美奂、独一无二的城市，然而我得去收集其他那些为让位于她而消失了的城市的灰烬，那些城市既不可能重建，也不会被人记起。只有当你辨认出任何宝石都无法补偿的不幸的废墟时，你才会准确计算出最后的金刚石该有多少重量，才不会在开始时估计失误。”

城市与符号　之五

英明的忽必烈汗啊，没有人比你更清楚，不能将城市本身与描述城市的词句混为一谈。然而两者之间确实存在着关系。我若要给你描绘奥利维亚这座物产丰富的城市，表现它的繁华康泰，只能列举镶金錾银的宫殿和双扇窗台前的流苏软垫，庭院围栏内旋转的喷水嘴子在浇灌绿草坪，一只白色孔雀在开屏。但是，从这番言辞之中，你也能立刻就联想到奥利维亚城市上空笼罩着的煤粉和油烟怎样把房屋的墙壁弄得污秽不堪，吵闹喧嚣的街道上过往的拖车是怎样把行人挤到墙根上。我若要给你描绘市民如何勤劳，就得提及散发着皮革臭味的鞍具店，边说边笑着编织棕席的妇女，还有推动磨坊水车的运河流水。但是，这些词句在你明智的内心里，唤起的印象却好似铣床齿轮咬合的心轴，按照预定的转速，经千万只手的轮班操作，千万次地重复着同样的动作。我若试图说明奥利维亚人如何倾向更自由的生活和精细的文明，就会讲述那些驾着灯火通明的独木轻舟、唱着歌儿在夜色里划过青色河口的女人；不过，也只是提醒你，每夜都有成队的梦游者一般的男男女女拥向市郊，总有人在黑暗里爆发出一阵大笑，引起串串玩笑和讥讽。

也许你还不知道，我不能用其他话语描述奥利维亚。如果真存在一个有双扇窗与孔雀、鞍具店与编席女工、独木舟与青色河口的奥利维亚，那一定是一个爬满苍蝇的丑陋不堪的黑洞，要描述它，我还要借用煤粉、刺耳的车轮声、反复的动作、讥讽等比喻。虚假永远不在于词语，而在于事物自身。

轻盈的城市　之四

索伏洛尼亚是由两个半边城市构成的城市。在一边，有驼峰般陡峭山壁间的巨大过山车、装有链条轮辐的旋转木马、有旋转舱的摩天轮、蹲伏的摩托骑士的死亡飞跃、正中吊着空中飞人荡秋千的马戏团大圆顶帐篷。另外半边城市，则是石头、大理石和水泥建成的银行、工厂、宫殿、屠宰场、学校，等等。两个半边城，一个是永久固定的，另一个则是临时的，时限一到，就会拔钉子、拆架子，被卸开、运走，移植到另一个半边城市的空地上。

于是，每年都有一天，工人们会拆下大理石屋檐，推倒石头墙和水泥柱子，拆除市政大楼、纪念碑、船坞、炼油厂和医院，把它们装上拖车，依照每年固定的路线，一个广场一个广场地迁移。留下来的半边索伏洛尼亚，还有射击场和旋转木马，猛然冲下的过山车暂时停止了尖叫，它开始计算还要等上多少个月、多少个日夜，才能盼回车队，重新开始完整的城市生活。

城市与贸易　之三

踏进以埃乌特洛比亚为首府的地区，旅人见到的不是一座城市，而是散布在起伏不平的高原上的许多城市，她们大小相同，形态相似。埃乌特洛比亚不是一座，而是所有这些城市的名字，每次只有其中一座住人，其余都是空城；这情形总是依次出现。我来告诉你们其中的原由。如果有一天，埃乌特洛比亚的居民厌烦了，再也忍受不了他们的工作、亲属、房子、街道、债务，以及那些他们必须打招呼的人和对他们打招呼的人，全城市民就决定迁移到邻近那座一直在等待他们的崭新的空城里，在那里，每个人都开始从事新的职业，娶一位新的妻子，打开窗户就能看见新的景致，每晚跟新的朋友做新的消遣，谈新的闲话。于是，他们的生活在一次次搬迁中不断更新，而每座城市的方位、倾斜度、水流和风向都使她显得与其他城市不同。因为他们的社会是有序的，人们的财富和权力没有多大差别，所以从一个职业换到另一个职业几乎没有什么波折；多样化的职业保障了人们工作的多姿多彩，以至于极少有人要在一生中重复已经做过的工作。

这样，城市在她空着的棋盘上不断移动着，重复着她始终如一的生活。居民们反复演出同样的场景，只是更换了演员；他们重复着同样的台词，不过改变了口音而已；他们张开不同的嘴巴，打着同样的哈欠。在帝国的所有城市中，只有埃乌特洛比亚保持始终不变。这个城市最尊崇的无常之神墨丘利造出了这种暧昧的奇迹。

城市与眼睛　之二

是观看者的心情赋予珍茹德这座城市形状。如果你吹着口哨昂首而行，你对她的认识就是自下而上的：窗台、飘动的窗帘、喷泉。如果你指甲掐着手心低头走路，你的目光就只能看到路面、水沟、下水道口的盖子、鱼鳞和废纸。你无法说这种风貌比那种更加真实，但是关于珍茹德高处的情况，你大多要靠来自别人的记忆，他们正在向珍茹德的底部下行，每天都沿着相同的街道行走，都能看到前一天的愁闷沉淀在街角墙根。所有的人，或迟或早都将视线顺着排水管移动，再也离不开铺设路面的石子。与此相反的情形并不排除，但是肯定罕见：因此，我们继续在珍茹德的街道上行走，目光投进地窖、地基和水井中。

城市与名字　之一

关于阿格劳拉，我所能告诉你的，不外乎当地居民们口头常说的话：一系列关于道德的箴言、一系列关于过错的格言、一些奇谈怪论，还有一些对规则的执拗的见解。对古代的观察家，我们没有理由怀疑他们的诚实，而他们都认为阿格劳拉具有持久的混合的品质，当然也少不了把他们那个时代其他城市的品质融合进去。无论是传说的还是看到的阿格劳拉，比起当初或许都没有多少变化，但是她的奇特之处在于，从前认为平常的，如今已经变得古怪；从前以为怪诞的，如今已经成为习惯。而且德行与过错观念的改变，使得它们不再带来美誉或恶名。就这一方面的意义而言，有关阿格劳拉的一切说法都不属实，但是它们已经为这座城市建造了坚固可靠的形象，而凭借居住在城市里所能得出的评论却少有实质。结论是：传说中的城市很大部分是其实际存在需要的，而在她自己的土地上存在的城市，却较少存在。

那么，如果我要根据自己亲眼所见与亲身经历向你描绘阿格劳拉，就只能告诉你，那是一座毫无色彩、毫无特征、只是随意地建在那里的城市。但是，这话也并不真实：在某些时刻、某些街道上，你会看到某种难以混淆的、罕见的，甚至是辉煌的事物；你想讲述这件事物，可是那些关于阿格劳拉的所有传说已经把你的词汇给封住了，你只能重复那些传说的话，却讲不出自己的话来。

因此，当地居民始终相信他们居住的是一座建立在自己名字之上的阿格劳拉城，而不能发现那座生长在自己土地上的阿格劳拉城。虽然我愿意在记忆中将两座城市区分开保存，但是只能向你讲述其中一座，另外那座则无法用言语表述，因为她早已消逝了。

可汗说过："从今往后，由我来描绘城市，而你则在你的旅行中验证它们是否存在。"

但是，马可·波罗眼中所见的城市总是跟皇帝想象的不一样。

"我在头脑里建造一座样板城市，可以按照她来演变出所有可能的城市来，"忽必烈说，"她包含一切符合常规的东西。鉴于现有的城市都或多或少偏离常规，我就只需预先料想到常规的种种例外，便能计算出它们最可能的组合形式了。"

"我也曾经想过一个样板城市，由此而演变出其他所有城市来，"马可·波罗回答，"她是由各种例外、障碍、矛盾、不合逻辑与自相冲突构成的。假如这般组合的城市的存在可能性最小，那么只需减少一点不正常的成分，就可以提高其存在的可能性。所以，只要我剔除我的样板模式中的一些例外，无论按照什么程序进行，都能到达一座总是作为例外而存在的城市。不过，不能把我的这类活动推出一定的界限：否则我将会得到一些可能性过高、反而不真实的城市来。”

五

Cinque

可汗在皇宫高高的阳台上，注视着帝国的壮大。起初是边界线容纳进了新征服的领地，然后是前行中的军队开进人烟稀少的地区，那里只有茅舍零落的村庄、稻麦不生的沼泽、瘦弱多病的百姓、干涸的河床和芦苇。“我的帝国已经向外扩展得太远了，”可汗心想，“到了该让它向内生长的时候了。”于是，他梦想成片的石榴树林里熟透的果子裂开，穿着牛肉串的烧烤叉子在火上滴着油滴，地壳运动塌陷的地表露出闪光的黄金矿脉。

如今，连年的丰收把谷仓装得满满的。涨水的河流带来大批的木材，用作支撑庙宇和宫殿铜顶的大梁。大队的奴隶搬动若干座蛇纹大理石山，跨越了整个陆地。可汗注视着他的帝国已经遍布城市，重压着大地和百姓，到处是财富，到处是拥挤繁忙的交通，到处是过多的装饰和庞大的建筑，是复杂的等级结构，是臃肿、紧张、沉闷。

“帝国正在被它自身的重量压垮。”忽必烈心想。于是，他梦境里出现了像风筝一样轻盈的城市、花边一样通透的城市、蚊帐一样透明的城市，还有叶脉一样的城市、手纹一样的城市，能够看透其晦暗、虚构的厚重的金银镶嵌的城市。

“我把今夜梦到的城市讲给你听，”他对马可说，“在一片黄色的平原上，散落着一些陨石和不规则形状的岩石，我望见远方有一座城市的塔尖高耸，那些纤细的尖顶似乎专门供旅行中的月亮轮流在上面休憩，或者在起重机的缆绳上摇摆游荡。”

波罗则说：“你梦到的城市是拉拉杰。她的居民提供这些夜空中的休憩点，是为了让月亮能赐予城中一切事物永无止境的成长力量。”

“还有一点你不知道，”可汗补充道，“月亮赐给拉拉杰最罕见的特权：在轻盈中成长。”

轻盈的城市　之五

你愿意相信我，那很好。现在我告诉你，奥塔维亚这座蛛网之城是怎样建造的。在两座陡峭的高山之间有一座悬崖，城市就悬在半空中，用绳索、铁链和吊桥与两边的山体相连。你在狭小的木板上走动，战战兢兢唯恐脚步踩空，要么你也可以抓紧大麻绳编织的网桥。你身下是万丈悬崖，只有几片白云飘过，白云下面，才能望到深邃的谷底。

这便是城基：一张网，既当通道，又做支撑。其余的一切，不是在网上，而是在网下吊着：绳梯、吊床、麻袋似的房子、晾衣架、小艇似的凉台、皮水袋、煤气嘴子、淋浴喷头、高架秋千、游戏套圈、高架索道、吊灯、盆栽的下垂植物。

虽然悬在深渊之上，奥塔维亚居民的生活并不比其他城市的更令人不安，他们知道自己的网只能支撑这么多。

城市与贸易　之四

在艾尔西里亚，为了建立维系城市生命的关系，居民都在房屋角落之间拉起黑、白、灰或黑白色的绳子，绳子颜色视彼此亲缘、交易、权威和代表关系而定。当绳子多到让人连路都走不通时，居民们就会搬迁，拆掉房屋，只留下绳子及其支撑物。

带着家中器具露宿山坡的艾尔西里亚难民们，回望平原上那些由竖起的木桩和木桩间拉起的绳索构成的迷宫。那里仍是艾尔西里亚城，而他们则算不上什么。

他们在另一处再建艾尔西里亚，要编织另一张类似的绳网，但更加复杂，更加有规则。后来，他们再度离弃那里，把家搬到更远的地方。

于是，当你在艾尔西里亚境内旅行时，会看到一处处被遗弃的旧城废墟，不耐久的墙壁早已消失，死者的骸骨也早已被风吹走：只有那些交织纠缠着的关系的蛛网在寻找一种形式。

城市与眼睛　之三

在树林里走上七天，去宝琪的旅人还见不到城市的影子，其实他已经到了。地面上竖起的一根根高高的细长支架一直穿进云层，它们间隔很远，支撑着上面整座城市。登上云梯，你就能走进城市。那里的居民极少下到地面来：上面有他们所需要的一切，他们不喜欢下来。城市的一切都不接触地面，除了那些黄脚绿鸠似的高脚支架，再就是晴天时投射在植物叶片上的有孔多角的影子。

关于宝琪的居民，有三种假设：他们憎恨地球；他们敬畏地球，乃至尽量避免与地面的任何接触；他们喜欢自己出生之前的地球，以至利用各种望远镜不知疲倦地观察着每一片树叶、每一块石子、每一只蚂蚁，着迷地冥思自己杳然的存在。

城市与名字　之二

有两种神灵保护着莱安德拉城。两种神灵都非常细小，以至非肉眼所能看到，他们为数众多，以至无法数清。一种神灵栖身房屋门口及室内衣架和伞筒处；在搬家时，他们也随着交出钥匙的住户，定居在新住所里。另一种神灵就在厨房里，喜欢藏在炊具下、壁炉罩里，或者在放扫帚的储藏间里：他们属于房屋的一部分，当住户搬迁离去之后，他们仍留下来，与新来的住户做伴。在房子建造之前他们就或许已经栖息于当地，躲在杂草丛中，藏在生锈的罐头盒里；如果把房子拆掉，再就地建造一座容纳五十户人家的楼房，那么他们的数目肯定也会相应增长，分别安身于五十个厨房之中。为了对他们加以区别，我们把前者称为宅神，后者则称为守护神。

在一所房屋里，宅神和守护神并不总是泾渭分明，互不混淆。他们互相交往，一起在飞檐和暖气管道上散步，就家政加以评论，他们很容易发生争吵，但也可以和平共处上几年；如果让他们排成一行，你肯定分不出谁属于哪一类。守护神看着带着不同出身和风俗的宅神穿墙而来；而宅神则要跟衰败了的豪华宫殿里傲气十足的守护神争抢地盘，与铁皮破屋里火气大、疑心重的守护神设法相处。

莱安德拉的实质就是他们永远争辩不休的题目。哪怕是去年刚刚来到的宅神，也认为自己是城市的灵魂，并且相信自己离开这里时会把莱安德拉一同带走。守护神则认为宅神是不速之客，是令人厌烦的侵略者；真正的莱安德拉是他们的，是他们使一切内涵具有了形态，是他们在这些暴发户抵达之前就栖息于此，在那些家伙离开之后仍将继续留下来。

两种神灵有一点共同之处：家里或城里发生的一切，都值得他们论说一番。宅神总是重提太公、曾祖母、曾叔公等先人；守护神则言必称被人们毁坏了的环境当年如何如何。但是，他们不总是生活在回忆中，他们也憧憬未来：宅神想象孩子们长大成人后如何立业成家，守护神在判断那栋房子或那片地方今后会在擅长持家者手中变成什么样子。如果竖起耳朵聆听，特别是在夜间，你会听到他们在莱安德拉房室内的低声谈话、彼此插话、发怒、嘲弄，夹杂着讥讽的、强抑的笑声。

城市与死者　之一

在梅拉尼亚，每当你走进广场，都会听到一段对话：吹牛皮的军人和寄生虫走出门来，遇见年轻的纨绔子弟和妓女；吝啬的父亲在门槛上向坠入情网的女儿发出最后的叮咛，却被愚蠢的仆人打断，而他正要去给拉皮条的女人送一张字条。许多年过后，当你重返梅拉尼亚时，还会听到同样的对话在继续，不过寄生虫、拉皮条的女人和父亲已经去世，吹牛的军人、女儿和愚蠢的仆人替代了他们的位置，而这些人又正为伪君子、女友和星相家所取代。

梅拉尼亚的人口生生不息：对话者一个个相继死去，而接替他们对话的人又一个个出生，分别扮演对话中的角色。当有人转换角色，或者永远离开或者初次进入广场时，就会引起连锁式变化，直至所有角色都重新分配妥当为止。此时，愤怒的老人还会继续叱责伶牙俐齿的小女仆，放高利贷者继续追逐被剥夺继承的年轻人，护士还在宽慰伤心的私生女，然而他们的目光和声音已经跟上一场景的人物完全不同了。

有时候，同一个人同时扮演两个或更多角色：暴君、恩人、信使；有时候，同一个角色分别由两个或者成百上千的梅拉尼亚居民扮演：三千人演伪君子，三万人演寄生虫，十万人演流落街头、等待机会恢复地位的王子。

时光流逝，角色也不完全与过去的相同；当然，剧情错综复杂，情节多变，虽然线索混乱、障碍重叠，演出还是朝最后收尾接近。如果你一直在观察这个广场，就会听到对话如何一场接一场地变化，而梅拉尼亚的居民寿命实在太短，还来不及发觉这些变化。

马可·波罗一块石头一块石头地描述一座桥。“可是，支撑桥梁的石头是哪一块呢？”忽必烈汗问。“整座桥梁不是由这块或者那块石头，”马可答道，“而是由石块形成的桥拱支撑的。”忽必烈汗默默地沉思了一阵，然后又问：“你为什么总跟我讲石头？对我来说，只有桥拱最重要。”波罗回答：“没有石头，就不会有桥拱了。”

Sei

“你可曾见过跟这座城相似的城市？”忽必烈汗对马可·波罗发问，从御舟的绸缎顶篷下伸出戴满戒指的手，指点着运河上的桥梁，大理石台阶浸泡在水中的富丽堂皇的宫殿，摇着长桨曲折行进的轻舟，在办着集市的广场边卸下一筐筐蔬菜的运货船，还有阳台、平台、建筑物的圆顶、钟楼，以及在灰色湖水中的青翠的花园式小岛。

皇帝正由他的外国宠臣陪伴着驾幸昆塞[1]，旧王朝的故都，可汗王冠上的最后一颗明珠。

“没有，陛下，”马可回答，“我从未想到会有这样的城市。”

1 系 Quinsai 的音译，马可·波罗游记称这是一个极富丽的城市，并解释 Quinsai 一名的意思是“天上之城”。——编注皇帝试图看透他的眼睛。外国人垂下了目光。忽必烈整天都一言不发。

日落之后，在皇宫的平台上，马可·波罗向君王报告自己出使的经历。可汗已经习惯每晚半闭双目地倾听他的这些讲述，直到他的第一个哈欠暗示侍从点起火把，领他回寝宫。可是，忽必烈今天似乎存心抗拒倦意。“再讲一个城市吧。”他坚持说。

“……离开那里，顺着东北风和东北偏东风骑马走三天……”马可·波罗继续他的报告，列数许多地名、风俗习惯和物产。他的阅历之丰富，可以说到了取之不竭、述之不尽的程度，可现在也不得不认输了。天就要亮了，他说：“陛下，我已经把我所知道的所有城市都讲给你听了。”

“还有一个你从未讲过。”

马可·波罗低下头来。

“威尼斯。”可汗说。

马可笑了：“你以为我一直在讲的是其他的什么东西吗？”

皇帝不动声色：“可我从未听你提及她的名字。”

波罗说：“每次描述一座城市时，我其实都会讲一些关于威尼斯的事。”

“当我问起别的城市时，我想听那些城市的事；当我问起威尼斯时，就想听关于威尼斯的事。”

“为了鉴别其他城市的特点，我必须总是从一座总隐于其后的首要的城市出发。对于我，那座城市就是威尼斯。”

“那么，你的每一个故事都要从旅行的开始讲起，详细地如实描述威尼斯，完整地讲述，不疏漏任何一点记忆中的事物。”

湖面轻轻泛起涟漪，宋王朝故宫的树枝倒影裂成闪亮的碎片，像水面漂浮的叶片。

“记忆中的形象一旦被词语固定住，就给抹掉了。”波罗说，“也许，我不愿意全部讲述威尼斯，就是怕一下子失去她。或者，在我讲述其他城市的时候，我已经在一点点失去她了。”

城市与贸易　之五

在水城斯麦拉尔迪那，一张运河渠道网与街巷道路网相互交织着。从一处到另一处去，你总有陆路和水路可选择。在斯麦拉尔迪那，两点之间最短的路线不是直线，而是具有多处分支的曲线，因而供行人选择的路线就远远不止两条，倘若你喜欢水陆两种交替使用，你的选择余地就更大。

于是，斯麦拉尔迪那的居民就省却了每日行走相同路线的厌烦。不仅如此，行走的路线绝不止限于一个层面上，而是一路上有上上下下的台阶，有驻足的平地，有驴背式的罗锅桥，还有架空的路。各段不同层面的路线组合变化，使每个居民每天去同一地点时能观赏不同路线的景色。在斯麦拉尔迪那，最平常、最宁静的生活也不会千篇一律。

但是，这里也如同其他地方一样，大部分秘密和冒险生活都受到种种限制。斯麦拉尔迪那的猫儿、小偷与地下情侣，走的都是高处断断续续的路线，有时要从一个房顶跳到另一个房顶，有时要从屋顶平台跳到阳台上，有时则用走钢丝的步法取道屋檐的水槽。在下面，成群的老鼠在阴暗的下水道里流窜，阴谋家与走私者们从地洞和排水管口向外窥探，往来于地道、地沟，抬着乳酪片、违禁品、成桶的火药，利用地下通道横穿城市。

斯麦拉尔迪那的地图应该用不同颜色标出所有这些固体与液体的、明处与暗处的路线。最难标示的是飞燕的路线，它们划破屋顶上方的空气，以不动的翅膀画出看不见的抛物线，俯冲着吞食蚊虫，盘旋着上升，掠过塔顶，在它们空中路线的每一点之上俯视整个城市的每个点。

城市与眼睛　之四

来到菲利德，你会非常欣赏架在运河上的各式各样的桥梁：驴背式罗锅桥、有顶篷的桥、有柱脚的桥、驳船托着的桥、悬空桥、带雕花栏杆的桥。还有临街的各种式样的窗子：双扇窗、摩尔式窗、哥特式窗、镶着半月形或圆花饰彩色玻璃的窗。道路由各种材料铺砌：鹅卵石、青石板、碎石子，还有蓝色与白色的瓷砖。城市的每个地方都向游人展示着她令人惊奇的景色：城堡墙头上伸出来的一丛刺山柑，梁柱上端的三个女王雕像，洋葱式圆屋顶上串着三个小洋葱加一个尖顶。你会赞叹："能够每天都看到菲利德所包含的看不完的景致的人，他们是多么幸福啊！"而当你在仅仅看上一眼便不得不离开这座城市时，你会惋惜。

反之，你若必须在菲利德住上一段时间，甚至度过自己的余生，眼前的城市很快就会褪色，圆花饰彩色玻璃窗、梁柱上端的女王雕像、洋葱式圆屋顶都会消失。就像所有菲利德居民一样，你走过曲折的街道，分辨阳光与阴暗的地区，这里一扇门，那里一段台阶，这是你可以放篮子的板凳，那是不小心就会让你跌跤的坑洼。城市的其余部分都是看不见的。菲利德是一个空间，虚无中各点之间都连着通道：你可以走最快捷的路线，不必经过某债主的门口就到达某商贩的帐篷。你的脚步追随的不是双眼所见的事物，而是内心的、已被掩埋、被抹掉了的事物。如果你觉得两个拱廊之中的一个更为惬意，那是因为在三十年前曾有一个穿绣花宽袖衣服的姑娘走过那里，或者是因为那个拱廊在某一时刻里的光线使你联想起另外一个地方的什么拱廊。

上百万只眼睛向上望着窗户、桥梁、刺山柑，但他们看见的也许只是一张白纸。像菲利德这样的城市很多，它们能够躲过所有凝视的目光，却躲不过那些出其不意投来的目光。

城市与名字　之三

对于我，在好长一段时间里，皮拉是一座海湾斜坡上的城堡式城市，高大的窗户和高大的塔，像有一个罩子扣着，市中心有一个井一样深的广场，广场中央有一眼井。我从未见过她。她是我未曾涉足过的城市之一，我只能通过名字来想象那些城市的样子：埃乌伏拉西亚、奥迪莱、马尔加拉、杰图利亚。在这些城市之中，皮拉有自己的位置，和她们各有所不同，也和她们有相似之处，在我心目中绝不会混淆。

终于有一天，旅行把我带到了皮拉。一踏上这块土地，我就立即忘掉了以前的所有想象；皮拉变成了皮拉自己的样子；我相信自己一直知道，隐藏在起伏的沙丘后面的大海是远离城市的；街道是笔直的，长长的；屋宇有间隔地集中着，它们都不算高，中间有存放木料的地方和木工厂；风儿吹动着抽水泵的叶轮。从那以后，皮拉这个名字在我脑海唤起的就是这幅景象、这种光线、这种嗡嗡的声音、这种黄尘浮动的空气。很显然，除此之外，这个名字不可能具有其他意义。

我脑海里继续容纳着那许多我尚未见过并且将来也见不到的城市，她们的名字附带着一种形象，或者想象的形象中的一景一点：杰图利亚、奥迪莱、埃乌伏拉西亚、马尔加拉。海湾上的高城依然在那里，她的中央广场中间依然是那口井，可我怎么也叫不出她的名字，并且想不起我怎么会给她起一个意义完全错误的名字。

城市与死者　之二

我所经历的旅行，从来没有把我带到比阿德尔玛更远的地方。上岸时正好赶上黄昏。那个在码头上接过缆绳将它系在系缆桩上的水手，很像一个跟我一起当过兵的人，那人已经死了。那正是鱼类批发市场开市的时候，一位老人把一筐海胆装上手推车，我觉得似乎认识他，可刚一转身，他就消失在一条小巷里了；不过我明白，他的相貌很像我童年时的一位老渔夫，而那个人是不可能活到今天的。一个蜷缩在地上的寒热病人让我看了很难受，他头上裹着一条毯子：我父亲临死前那几天，黄黄的眼睛和长长的胡子茬就跟他一模一样。我转过头去，再也不敢直视任何人的面孔。

我想：如果阿德尔玛是我梦里见到的城市，如果我在这里见到的都是已死的人，这个梦太让我害怕了；如果阿德尔玛是一座真实的城市，居住着活生生的人，那么只要我继续盯着那些人，他们相貌的相似之处就会消失，就会变成陌生的脸，苦闷焦虑的脸。无论如何，我还是最好不盯着他们看。

一个卖菜的小贩正在称一棵卷心菜，然后把它放进凉台上的少女用绳子放下来的吊篮里。这少女跟我故乡的一位姑娘长得一样，那位姑娘因失恋而发疯，后来自杀了。卖菜的小贩抬起头来：简直就是我的祖母。

我想：人到生命的某一时刻，他认识的人当中死去的会多过活着的。这时，你会拒绝接受其他面孔和其他表情：你遇见的每张新面孔都会印着旧模子的痕迹，是你为他们各自配戴了相应的面具。

搬运工人排成一行，背着大坛子和木桶，弯腰弓背走在石阶上，他们的面部被头上披着的麻袋片遮着。“现在，他们该站住，伸直腰，我又该认出他们了。”我想着，心里又焦急，又害怕。但是我的目光始终离不开他们。我差一点就把视线转向狭窄的街道上拥挤的人群，那就会看到意想不到的面孔，那些远处的面孔都在对着我，好像在等待我识别，也好像在识别我，好像他们已经认出了我。或许，对于他们每个人来说，我也像某个去世的人。我才刚刚来到阿德尔玛，就已经成为他们当中的一员，已经在他们那边，被吸入那眼睛、皱纹和扭曲的面孔的万花筒之中。

我想：也许阿德尔玛是人们垂死时抵达的城市，每个人都能在这里与故人重逢。这就标志着我也是死人。我又想：这也标志着彼世并不快乐。

城市与天空　之一

埃乌多西亚向上下两个方向延伸，有许多弯弯曲曲的小巷、台阶、死胡同、棚屋茅舍，城里保存着一块地毯，它能使你看到城市的真实形态。乍看上去，埃乌多西亚跟地毯上的图案毫不相像，整块地毯都是对称图形，图案沿着直线和周边重复着，间杂着色彩鲜艳的螺旋纹饰。可是，假如你认真观察，就会认为地毯的每一处都与城里的某一处相符，而且整个城市都包容在地毯的图案中，甚至连比例顺序都完全正确，是熙熙攘攘的人群分散了你的注意力而看走了眼。埃乌多西亚很混乱，有骡子的叫声、煤烟的污垢、海产的腥味，这是你所观察到的不完全的城市景色，而地毯则证明某一点能够展示城市的真正透视图，它的几何图形绝对不会疏漏任何一个微小细节。

在埃乌多西亚很容易迷路：但是，只要你专心审视地毯，就会看出你所寻找的街道就在一条深红、或深蓝、或紫红色的线上，它环绕着的那片紫才是你的目的地。埃乌多西亚的每个居民都拿地毯的固定不变的图形跟自己心目中城市的形象做对照，能在地毯的图案里找到解除自己忧愁苦闷的答案，找到自己人生的故事和命运的转折。

就地毯与城市这两件差异悬殊的事物之间的关系，有人请教过先知。先知回答说，其中之一是上帝赐予的星空和行星运转的轨道的形状；另一个则如同所有人工制造的东西一样，是前者的近似的影像。

有相当长一段时间，占卜者都确信地毯上的图案是神灵所为，从这个意义上注释了先知的断言，从来没有任何争议。但是，用同样的方式，你可以得到完全相反的结论：宇宙的真正地图就是埃乌多西亚城，一片不成形状的污斑，其中有曲折蜿蜒的街道，有灰尘中乱成一堆的破房子，有火灾，还有黑暗中的尖叫声。

“……如此看来，你这可真是记忆中的旅行！”一直认真聆听的可汗，每当听到马可发出忧伤的叹息，就在吊床里直起身子，喊道，“你跑了那么远的路，只是为了摆脱怀旧的重负！”或者：“你远征归来，舱里满载的是悔恨！”或者不无讥讽地补充说：“说实话，对一个威尼斯王国的商人来说，这真是很不划算的交易！”

这就是忽必烈汗关于过去与未来的一切提问的最终目的。他做这种猫捉老鼠游戏已经整整一个小时，现在终于把马可逼到墙角，扑到他身上，一只膝盖抵着他的胸口，揪着他的胡须，逼问：“这就是我想从你口中得知的，坦白交代吧，你走私什么货色：心情、幸福，还是挽歌？”

这些言语和动作也许都是想象的，其实，两个人都静静的，一动不动，注视着烟斗冒出的烟缓缓上升。那小片云，有时被一阵风吹散，有时一直悬浮在空中。答案就在那片云中。马可看着风吹云散，就想到那笼罩着高山大海的雾气，一旦消散，空气变得干爽，遥远的城市就会显现。他目光想要达到的地方，正是飘浮着的烟雾屏障以外的地方：事物的形态在远处才分辨得更清楚。

或许，刚刚离开唇边的烟雾，浓浓的、缓缓的，还悬浮着，给人以另外一种景象：都市上空那吹不散的浊烟、压着柏油路面的瘴气。记忆既不是短暂易散的云雾，也不是干爽的透明，而是烧焦的生灵在城市表面结成的痂，是浸透了不再流动的生命液体的海绵，是过去、现在与未来混合而成的炅酱，把运动中的存在给钙化封存起来：这才是你在旅行终点的发现。

七

Sette

忽必烈：我真不知道你怎么会有时间来走访你向我讲述的那么多城市。我觉得你从未离开过这座花园。

波罗：我所见到的和做过的每件事物，都是在头脑的空间里具有意义的，那个空间跟这里一样宁静，有同样的半明半暗的光线，同样的树叶沙沙的恬静。当我凝神思索时，即使我在一刻不停地逆着满布鳄鱼的绿色河流航行，或者在清点装进船舱的腌鱼桶数，我仍然觉得自己就在这座花园里，在这黄昏中，面对着你的威严。

忽必烈：我也不知道自己到底是在花园里的斑岩喷泉之间散步，听着泉水飞溅的声音，还是浑身染着血汗，骑在马上率领大军正夺取你所描述的那些国家，或者正挥刀砍向包围着城市并爬上城墙的敌人。

波罗：也许这座花园就在我们垂下眼睑后的阴影中，我们始终忙碌着：你在战场上扬起尘土，我在远方集市上为胡椒的买卖讨价还价，即便在拥挤喧闹之中，只要一闭上眼睛，就会抽身回到这里，穿上绸缎的袍子，思考我们的见闻与生活，引出结论，从远处来凝神静想。

忽必烈：我们这段对话，也说不定是绰号叫忽必烈可汗和马可·波罗的两个叫花子之间的对话；他们正在翻腾一个垃圾口袋，把生锈的废铁、布头、废纸堆在一起，喝上几口低劣的葡萄酒，在几分醉意之中把自己周围闪闪发光的东西看成东方宝库。

波罗：也许，整个世界就只剩下一片堆满垃圾的荒地，还有可汗的空中花园。是我们的眼睑把它们分开，但我们并不清楚究竟哪个在外面，哪个在里面。

城市与眼睛　之五

你涉水渡河，穿越关口后，眼前忽然闪现的就是莫里亚纳，它的雪花石城门在阳光照耀下是透明的，珊瑚柱子支撑着镶了蛇纹石的三角门饰，别墅都是玻璃制造的，像水族馆一样，水母形的吊灯下，披着银色鳞装的舞女在灯影下游弋。若不是第一次出门远行，你一定知道，这样的城市肯定会有她的反面对应：只要绕半个圈子，你就会看到莫里亚纳掩饰着的另一副面孔，一大片生锈的铁板、麻袋片、楔着钉子的木板、沾满煤灰的管子、成堆的废铁罐、挂着褪色的招牌的墙壁，藤条破损了的椅子框架，只适于把自己吊在腐朽的屋梁上的绳子。

从这面到那面，城市的各种形象在不断翻转，但是却没有厚度，只有正反两面：就像一张两面都有画的纸，两幅画既不能分开，也不能对看。

城市与名字　之四

克拉莉切，光荣的城市，有着一部痛苦的历史。她不只一次地衰落又复兴，但始终以最初的克拉莉切为无与伦比的辉煌的楷模，拿今日的城市与之相比，总少不了在星光暗淡时引发叹息。在几个世纪的衰败过程中，几度瘟疫闹得城空人尽，梁柱檐篷坍塌了，地势变化了，昔日的巍峨不见了，人们心灰意懒，人去街空；然后，躲过灾难洗劫的幸存者又逐渐走出地窖和洞穴，不仅像耗子似的急于搜索和啃咬，而且像鸟雀一样抓紧收拾和补缀。他们抓住一切可以到手的东西，拿到别的地方另派用场：织锦窗帘变成了床单，大理石尸骨坛成了种紫苏的盆子，闺房的铁窗花拆下来当了烤猫肉的架子，精美镶嵌的木料拿来烧火。把旧日克拉莉切没有用处的那些零杂物安置在一起，形成劫后余生的新克拉莉切，有茅舍、阴沟和鸽子笼。然而，克拉莉切往日的辉煌几乎还都全部保存着，全都在那里，虽然排列顺序有所变化，却仍像从前一样符合居民的需要。

贫困过去后，就是快乐的时代：克拉莉切从褴褛的蛹变成了华丽的蝴蝶；新的富足，使城市到处充满新的建筑材料；新的移民从外地纷纷涌入；一切的一切都与昔日的克拉莉切大不相同；新城越是在克拉莉切旧城的地址和名称上兴旺发达，就越发现自己在远离她，而且比老鼠和霉菌更迅速地摧毁她。人们虽然为新城的富丽感到骄傲，但内心深处却觉得自己成了不相称的外人，成了篡位者。

于是，当初被另派用场而得以幸存的最初辉煌时代的碎片如今又被重新安置：罩在玻璃罩下，锁在橱窗里，放在丝绒垫上。这倒不是因为它们不再有什么用处，而是人们要凭借它们重现那座已经无人了解的城市。

克拉莉切又经历了几番衰败，几番复兴。人口和风俗也多次改变；只有名字、地方和那些打不破的东西保留了下来。每次新兴的克拉莉切都像有生命的肌体一样，有自己的气味和呼吸，把死去的克拉莉切的那些碎片当作至宝向人炫耀。谁都不晓得那些古希腊式柱头何时装饰过哪些柱子：人们只知道有一个柱头在一个养鸡场里支撑母鸡生蛋的篮子，过了不知多久才和其他展品一起被搬到柱头博物馆里。一般人都相信曾经有第一座克拉莉切城，但是没有任何证据。柱头可能先在鸡舍，后在庙宇里用过；大理石坛可能先种紫苏后来才装了尸骨。能够肯定的只有一点：一定数量的物体在一定空间移动，有时被一些新物体遮盖，有时被消耗而得不到替换；规律是每次都要混杂一气，然后再重新拼凑在一起。也许克拉莉切一直就是华而不实的混杂体，分类混乱不清，而且陈旧过时。

城市与死者　之三

没有任何城市能比埃乌萨皮娅更倾向于无忧无虑地享受人生。为了使由生到死的过渡不那么突然，这里的居民在地下建造了一座一模一样的城市。所有尸体都经过特殊脱水处理，只剩下一副骨架包着一张黄皮，被送到地下去继续生前的活动。至于活动内容，是死者生前最喜欢的开心时刻的活动：大多数人坐在饭桌旁，或者跳舞，或者吹奏小号。但是埃乌萨皮娅的生者从事的商业及各种职业，至少是他们最心满意足的工作，在地下也还继续经营着：钟表匠身边还是他店铺里那些停了摆的钟表，他正把干枯的耳朵凑到走了音的老摆钟跟前；理发匠握着干刷子，正往一位演员的颧骨上涂肥皂沫；而那位演员正睁着空洞的双眼读着剧本；一位面带笑容、骨瘦如柴的女子，正在给一头小母牛的骨架子挤奶。

当然，很多活人都要求死后能够改变命运，过另外一种生活：这座地下城市里挤满了狩猎狮子的猎人、次女高音歌手、银行家、小提琴师、公爵夫人、被情夫供养的女人、将军，其数目之多，是活人的城里所从未达到的。

有一个戴蒙面头罩的兄弟会，任务是护送死者到地下城市并给他们安排适当位置。除他们之外，谁也不能进入死人的埃乌萨皮娅，有关地下城市的一切消息都是从他们那里打听来的。

听说，死者当中也有兄弟会，而且也乐于帮助他人。戴蒙面头罩的兄弟去世后，会在另一个埃乌萨皮娅从事同样的工作。据说他们中间有人已经死了，但是在继续上上下下。在活人的埃乌萨皮娅，这个兄弟会是极有权威的。

据说，每次下到地下埃乌萨皮娅的时候，他们都能发现一些变化：死人们也在自己的城市进行改革，虽然不多，却是深思熟虑的，决非任性胡来。听人说，死人的埃乌萨皮娅能在一年之间变得让人认不出来。而活着的人，为了赶上潮流，兄弟会的人所说的一切，他们也要做一做。于是，地上的埃乌萨皮娅就模仿地下的姊妹城。

人们说，这不仅是现在才发生的事：事实上，是那些死人依照地下城市的样子建造了地上埃乌萨皮娅。还有人说，在这两座姊妹城里，没办法知道谁是死者，谁是生者。

城市与天空　之二

在贝尔萨贝阿，有一个信念世代相传：在城市上空另有一座贝尔萨贝阿，城里最高尚的美德与情感都在那里得到充分的释放，地上的贝尔萨贝阿若以天上的贝尔萨贝阿为楷模，二者就会浑然一体。按照传说，那是一座黄金之城，有白银的门锁和钻石的城门，一切都是雕镂镶嵌的，可谓以最精湛的技巧加工最贵重珍奇的材料而形成的一座宝城。贝尔萨贝阿的居民坚持忠于这个信念，处处为天上的城市增添光彩：他们积攒贵重金属和稀有宝石，不敢有瞬间的松懈享乐，始终保持得体端庄的仪态。

这些居民还相信，另有一座地下贝尔萨贝阿，那里包容了地上所有卑劣丑恶的事物，因而他们不断努力消除与地下相关和相似的一切。在他们的想象中，地下的屋顶就像开口朝下的垃圾筒，干酪皮、油腻的纸团、洗碗的脏水、残羹剩菜、污垢的绷带，不断地纷纷自上而落。甚至是一种深色的能挤压延伸的脏东西，就像人类排出的粪便，从一个黑洞排向另一个黑洞，直到在最底层盘绕堆积起来，一层层堆成一座顶尖歪扭着的粪便城。

贝尔萨贝阿人的信念中有真实的一部分，也有错误的一部分。真实在于城市同时伴有天上地下两个投影；错误在于它们的实质。地下深处的贝尔萨贝阿是最有权威的建筑师设计的，用的是市场上最贵重的材料，每个机械装置、齿轮和钟表都运转良好，所有管道和连杆都装饰着皮穗、流苏和花边。

为了得到更高层次的完美，贝尔萨贝阿已经把不断充填自己空壳的狂热当作美德，却不知道要豪爽地舍弃，自我解脱，舒展放松一下。在贝尔萨贝阿的上空确实有一个天体，地上城市的所有东西都收拢在那个废物库里：飘扬着的马铃薯皮、破伞、旧袜子，闪光晃眼的玻璃碎碴、脱落的衣扣、糖果纸、废车票、修剪下来的指甲和老茧皮、鸡蛋壳。天上的城市就是这般模样，而它拖着的长长的彗星尾巴，则是吝啬贪婪的贝尔萨贝阿居民在唯一不小气的自由快乐的时刻排泄出来的粪便。

连绵的城市 之一

莱奥尼亚每天都在更新自己：清晨，人们在新鲜的床单被单中醒来，用刚从包装盒里拿出的香皂洗脸，换上崭新的浴衣，从新型冰箱里拿出未开启的罐头，打开最新式样的收音机，听听最新的歌谣。

在马路边的人行道上，昨天的莱奥尼亚的废弃物包在塑料袋子里，等待着垃圾车。除了挤过的牙膏皮、烧坏了的灯泡、报纸、容器、包装纸，还有热水器、百科全书、钢琴、瓷器餐具。莱奥尼亚的富足，与其以每日生产销售购买量来衡量，不如观察她每天为给新东西让位而丢弃的物资数量。你甚至会琢磨，莱奥尼亚人所真正热衷的究竟是享受不同的新鲜事物，还是排泄、丢弃和清除那些不断出现的污物。当然，清洁工们像天使一样宽容大度，他们的任务是将昨日的遗物搬走，充满敬意地、默默地、以一种近乎宗教仪式的虔诚工作着，也许是因为人们一旦丢弃这些东西，就不愿意再想它们。

至于清洁工每天把这些东西搬运到何处去，从未有人问过：肯定是运到城外。但是，城市在逐年扩大，清洁工就得越走越远；垃圾越堆越多，越堆越高，所占面积的半径也越来越大。另外，莱奥尼亚新材料的制造工艺越来越高，垃圾的质量也随之越来越高，经久耐腐、不发酵、不可燃。于是，莱奥尼亚周围的垃圾变成坚不可摧的堡垒，像一座座山岭耸立在城市四周。

结果是：莱奥尼亚丢弃得越多，就积攒得越多；她过去的鳞片已经焊成一副无法脱卸的胸甲；城市一面在每日更新，另一面在把一切都保存于唯一一种形态中：昨日的废物堆积在前天以及更久远的过去的废物之上。

莱奥尼亚的垃圾也许将一点一点侵占整个世界，不过，这漫无边际的垃圾堆最外围的斜坡那面，也还有其他城市在排泄那些堆积如山的垃圾。也许，莱奥尼亚之外的整个世界都已布满了垃圾的火山口，各自环绕着一座不断喷发垃圾的城市。这些彼此陌生并敌对的城市之间的边界，就是一座座污染的碉堡，各个城市的废物相互支撑，相互重叠，混杂在一起。

垃圾堆积得越高，倒塌的危险越大：只要一个罐头盒、一个废轮胎，或一只大肚酒瓶滚向莱奥尼亚，就会引起破鞋、陈年日历、枯花的大雪崩，整个城市就将被淹没在她始终力图摆脱的过去中，与邻近城市的周边混合在一起，终于彻底干净了。一场大灾变，把肮脏的群山夷为平地，每日更换新衣的城市被抹掉了一切痕迹。而附近那些已经准备好轧路机的城市，则等待着平整这块土地，拓展自己的领地，扩大疆域，让自己的清洁工走向更远的地方。

波罗：……也许这座花园的平台只能面对我们心中的湖泊……

忽必烈：……无论作为军人和商人的艰苦使命把我们带到多么遥远的地方，我们都会守护着心里这片宁静的阴凉，这段断断续续的对话，这个永远不变的夜晚。

波罗：除非我们做相反的假设：那些在战场和港口奔忙的人之所以存在，是因为我们封闭在这竹篱笆墙内，一直在静止不动地想着他们。

忽必烈：根本就不存在那些辛苦、呐喊、伤疤、恶臭，只有这株杜鹃花。

波罗：搬运工、石匠、清洁工、拔鸡毛的厨师、俯身在石头上的洗衣女、一边给婴儿喂奶一边烧饭的母亲，他们之所以存在，是因为我们在想着他们。

忽必烈：说实话，我从来没有想过他们。

波罗：那么他们就不存在。

忽必烈：我觉得，这个猜测不适合我们。没有了他们，我们就不可能在这吊床里荡来荡去。

波罗：那么，这个假设应该排除。因此，另一种假设该是真的了：是他们存在，而我们不存在。

忽必烈：我们已经证明了，如果我们过去在这里，我们将来就不会在这里。

波罗：而事实上我们就在这里。

八

Otto

可汗王位脚下伸展着一条铺着瓷砖的通道。马可·波罗，这位不说话的报告者，在上面摆了从帝国边境旅行带回来的各种样品：头盔、贝壳、椰子、扇子。他按照一定次序，把这些东西放在黑白两色的方砖上，慢慢将它们移动，试图让它们在君主眼中代表自己旅行中的经历变化，帝国的状况和遥远的州府特征。

忽必烈是一名下棋的好手，他观察着马可的动作，注意着某些棋子接近其他棋子或阻止其他棋子的靠近，某些棋子沿着一定路线运行。忽略了棋子的不同形状，就能领会在一个格子上的棋子对于其他棋子的作用与地位。他想：“假如每个城市就是一局棋，我掌握各种规则的那天，就是我终于掌握整个帝国之日，即使我还没能认识它所包含的所有城市。”

其实，马可·波罗根本不用靠那些小物件表达他的意思：只需要一个棋盘和它原来的那副棋子。每个棋子都可以分别赋予适当的含义：马代表一匹真马或一辆车，一支行进中的部队，或者一座骑士雕像。女王可以代表在凉台上张望的女人，也可以是一个喷泉、一座尖顶教堂，或者一棵榅桲树。

马可·波罗最近旅行归来，发现可汗已经坐在棋盘前等着他。君王做了一个手势，邀请他坐在自己对面，并用棋子描述所到过的城市。威尼斯人并不慌张。可汗巨大的棋子是磨光的象牙做的，棋盘上布满高大的车马，排列着两军的兵卒，马可像女王一样步伐庄重地走着直线或斜角线，创造着月下黑白双色的城市的透视空间。

忽必烈观赏着这实质性的景色，考虑着维系城市的无形的秩序，思量着它们形成、崛起、昌盛的规律，以及如何适应季节的转换，怎样从衰落到变成废墟。有时，他感到只差一丁点就能发现在千差万别、不相协调的表面之下的一种和谐的机制，但是任何模式都无法与棋局相比拟。或许，与其煞费苦心地借助象牙棋子唤起注定要被遗忘的形象，不如索性依照规则下一盘棋，观察棋盘上的局势变化，看形式系统怎样将无数形式组合在一起形成一种形式，再破坏掉它。

现在，忽必烈不必再差遣马可·波罗出使远方了：留着他下一盘接一盘的棋局。对帝国的了解就隐含在马的跨角移动、象的斜线出击、国王与小卒步步为营的移动，以及每一棋局无法避免的局势变化之中。

可汗努力全心沉浸于棋局，但现在他却忘记了为什么下棋。每一局无论胜负都有一种结局，可是赢的或输的究竟是什么？真正的风险是什么？终局擒王时，胜方拿掉了国王，棋盘上余下的就是黑白两色的方格子。通过把自己的胜利进行支解，使之还原为本质，忽必烈便得到了最极端的运算：帝国国库里的奇珍异宝不过是虚幻的表象，最终的胜利被化约为棋盘上的一块方格：虚无……

城市与名字　之五

如果你在点灯时分向高原边沿外探望，所见到的城市就是伊莱那，透过清澈的空气，它的玫瑰色的居住区在你脚下展开：这里窗户密密麻麻，那里小巷灯火稀疏，这里是花园的浓厚阴影，那里是塔楼上的信号火光；如果晚上有雾，朦胧的光线就像吸满奶汁的海绵在谷地里涨起。

高原上的旅人，赶羊的牧人，守着网子的捕鸟人，采药的隐士，所有人都向下张望，都谈论伊莱那。有时风儿吹来低音鼓和小号的乐声，节日焰火的响声；有时则是机关枪的连响和火药库的爆炸声，内战的火烧红了天空。居高俯瞰的人会揣测城里发生了什么，会琢磨当晚去伊莱那是否能快乐。他们并没有打算进城——通往山谷的路糟透了，但伊莱那吸引着上面人们的目光和心思。

这时，忽必烈期待着马可·波罗作为来自伊莱那城里的人讲述这座城市。而马可无法做到：高原人称作伊莱那的城市，他无从知晓。再说，这也并不重要：当你从城里观看她，她就是另外一座城市。伊莱那是一座从远方看到的城市的名字，如果走近她，她就变了。

在路过而不进城的人眼里，城市是一种模样；在困守于城里而不出来的人眼里，她又是另一种模样；人们初次抵达的时候，城市是一种模样，而永远离别的时候，她又是另一种模样。每个城市都该有自己的名字；也许我已经用其他名字讲过伊莱那；也许我讲过的那些城市都只是伊莱那。

城市与死者　之四

阿尔嘉与其他城市不同之处在于她有的不是空气而是尘土。道路都满布着灰尘，房间里的泥土一直塞到屋顶，每座楼梯都另有一座反面楼梯，每个房顶都压着一层层岩石，好像多云的天空。居民是否能够在城里走动，是否得挤在虫蚁的地穴和树根伸展的间隙中，我们不得而知：潮气摧毁人体，使他们没有多少力气；最好还是躺在那里不动弹，反正是一片黑暗。

从上边看阿尔嘉，什么也看不见；有人说“她就在下面”，我们只能听信。地方是荒芜的。夜间，你将耳朵贴着地面听，有时就能听到砰地关门的声音。

城市与天空　之三

来泰克拉的旅人所看到的，除了木板围墙、帆布屏障，就是脚手架、钢筋骨架、绳子吊着的或架子撑着的木浮桥、梯子和桁架。你会问：“为什么泰克拉的建设会持续如此之久？”居民们会继续提着一个个水桶，垂下一条条水平锤坠线，上下挥动着长刷，回答说：“为了不让毁灭开始。”你若问他们是否害怕一旦拆除脚手架，城市就会倒塌，垮成碎块，他们会连忙低声说：“不只是城市呢！”

如果对这些回答还不满意，有人会透过木板围墙的缝隙窥视，看到起重机吊起其他起重机，支架支着其他支架，梁柱架着其他梁柱。他会问：“你们的建设有什么意义呢？一座建设中的城市的目的如果不是一座城市，那又是什么呢？你们执行的规划、蓝图又在哪里？”

“今天的工作一结束，我们就给你看，现在我们不能停手。”他们回答。

日落时分，工作结束了。工地上笼罩着一片夜色。天空繁星点点。“喏，蓝图就是它。”他们说。

连绵的城市　之二

到达特鲁德时，若不是看见特大字母拼写的城市名字，我还以为是到了刚离开的飞机场呢。他们驱车送我经过的郊区跟其他地方的郊区别无二致，都是一些黄黄绿绿的小房子。循着同样的路标，穿过同样的广场，绕过同样的花坛。市中心的街道陈列着同样的商品、装潢和招牌。我是第一次到特鲁德，可是已经对将要下榻的宾馆很熟悉了；我已经听见和进行了跟买卖五金制品商人的对话；我已经度过同样的时日，透过同样的酒杯，看过同样的肚脐在来回摆动。

你为什么来特鲁德？我问自己。

我已经想启程离去。“你随时可以启程而去，”他们说，“不过，你会抵达另外一座特鲁德，绝对一模一样：世界被唯一的一个特鲁德覆盖着，她无始无终，只是飞机场的名字在更换而已。”

隐蔽的城市　之一

在欧林达，你若拿着放大镜仔细寻找，就能在某个地方看见针头大的一个点，稍加放大，就能看见里面的屋顶、天线、天窗、花园和水池，悬挂在街道上方的横幅，广场上的报亭，跑马赛马的场子。这个点不是静止不变的，过上一年，它会变得有半个柠檬那么大，然后像一朵牛肝菌那样大，然后像一只汤盘那样大。然后它就变成自然大小的城市，封闭在原来的城市里面：一座新城市在原先的城里长大，再向外面扩展。

欧林达并非唯一像树木一年长一圈那样按同心圆发展的城市。可是其他城市旧城墙里面围着的是钟楼、尖塔、无楞瓦房顶和大圆顶，而新区则像一条解开的腰带，松松垮垮地绕在外层。欧林达则不然：旧城墙和旧市区一起扩展，按照比例横向扩大城区边界；城墙围着比较新的市区，而这些新的城区也在边缘成长，而且变细了一些，以便给从里向外挤压过来的更新的城区让位，依此一环接一环，直达城市的核心：一座全新的欧林达。虽然缩小了尺寸，但保持了最初的和后来所有从中衍生出来的欧林达的特征与活力；在最中心的圈子里，虽然很难察觉，却已经萌发出下一个欧林达和今后将诞生成长起来的欧林达们。

……可汗努力全心沉浸于棋局，但现在他却忘记了为什么下棋。每一局无论胜负都有一种结局，可是赢的或输的究竟是什么？真正的风险是什么？终局擒王时，胜方拿掉了国王，棋盘上余下的就是黑白两色的方格子，此外什么也没有。通过把自己的胜利进行支解，使之还原为本质，忽必烈便得到了最极端的运算：帝国国库里的奇珍异宝不过是虚幻的表象，最终的胜利被化约为棋盘上的一块方格。

于是，马可·波罗说："陛下，你的棋盘是两种木头镶嵌的：乌木和枫木。你现在注视的方格子，是一个干旱年份里生长的树干上的一段，你看到它的纤维纹理了吗？这里是勉强可见的一个结节：早春萌生的树芽被夜间一场霜给打坏了。"直到那时候，可汗还不知道这位外国人竟能够如此流利地用他的语言表达思想，但是令他惊奇的还不是语言的流利。“这是一个较深的孔。也许曾经是一个幼虫的洞穴，不过肯定不是蛀虫，因为蛀虫一生下来就不停地挖洞，这应该是一只毛毛虫，这家伙吃树叶，所以这棵树被砍了……这个边上木匠用半圆凿刻过，好让它跟邻近比较突出的木块更合拢……”

在一块光滑的空木头上能看出如此之多的事物，这使忽必烈大为震惊；波罗已经开始谈论乌木林、顺流而下的运木材的木排、码头和窗口的女人……

九

Nove

可汗有一本地图册，上面画了帝国和邻近王国的所有城市，以及它们的每一幢屋宇、每一条街道，还有城墙、河流、桥梁、港口与山崖。他知道，从马可·波罗的讲述中不可能得到关于这些地方的报告，再说那也是他自己所熟悉的：比如中国的首府大都，三座四方城一座套着一座，每座城都有四座庙宇和四座城门，依照季节轮流打开；爪哇岛上发怒的犀牛如何用足以置人于死地的独角攻击，马阿巴尔沿岸的居民怎样下到海底采珍珠。

忽必烈问马可："回到西方后，你还会把讲给我的故事再讲给你们那里的人听吗？"

"我讲啊讲，"马可回答，"但是听的人只记着他希望听到的东西。你以慈悲侧耳倾听我描述的是一个世界，在我回家后第二天在搬运工和贡多拉船夫中流传的却是另外一个世界；而我晚年如果成了热那亚海盗的俘虏，跟一位传奇小说作家[1]同囚一室，口述一次，那又将是另外一个世界。掌控故事的不是声音，而是耳朵。”

“有时候，我觉得你的声音来自远处，而我自己是一个浮华且难以居留的现实的囚徒，所有人类共存的形态都已经到了周期的极端处，无法想象他们会取怎样的新的形态。我从你的声音里听到了使城市得以存活的无形理由，也许通过这些理由，它们还会在死亡之后再复活。”

可汗有一本地图册，上面画了整个地球全图，每个大陆的分图，以及最遥远国度的边界，船只航海的路线，各大海洋的海岸线，最著名的都市和最富饶的港口的详图。他在马可眼前翻阅，以便考察他的见识。旅行家看到一座城市三面临海，坐落在狭长的海湾上，而且是一个死海，他认出来，那就是君士坦丁堡；他记得耶路撒冷在高低不一、相互对峙的两座山间；他毫不迟疑地指出哪里是撒马尔罕和它的花园。

1 马可·波罗回国后，参加威尼斯同热那亚的海战，被俘，同传奇小说作家鲁斯蒂凯罗（《马可·波罗游记》中作“鲁斯蒂科·达·比萨”）同囚一室。他口述自己的经历，鲁斯蒂凯罗笔录，乃成《马可·波罗游记》。

至于其他城市，他只能依靠口头转述的描绘，或凭借少得可怜的线索猜测：例如哈里发的彩虹色珍珠是格拉纳达，北方整齐的港口是吕贝克，盛产黑色檀木和白色象牙的是廷巴克图，上百万居民每天带着长面包回家的是巴黎。地图上用彩色微缩画描绘的形式怪异的居住地，那里只有露出树尖的棕榈树，隐藏在沙漠褶皱里的一片绿洲，只能是内夫塔；城堡建在流沙上，牛群在海潮浸过的咸涩草场上放牧的地方，只会让人记起圣米歇尔山；不是楼阁建在城墙里面，而是城市建在楼阁里面的，只能是乌尔比诺。

地图册里还有一些城市，无论是马可还是地理学家都不知道是否存在，建在何处，但作为可能存在的城市的形式又必不可缺：库司科城辐射形式的多扇面布局反映出它完好的贸易秩序，青翠的墨西哥位于蒙特苏马宫俯视的湖畔，诺夫哥洛德到处是球根状圆顶，拉萨的白色屋顶耸立在云雾缭绕的世界屋脊之上。对于这类城市，马可都能叫出一个名字，其实是什么名字并不重要，并能指出一条去往那里的路线。谁都知道，世界上有多少种语言，名字就会有多少种变化；每个地方都是可以从另外的地方抵达的，可以取道不同的路线或航线，可以骑马、乘车、划船或飞行。

“我觉得你靠看地图比亲自前去更能了解城市。”皇帝一边合上地图册，一边对马可说着。

波罗则答道："人在旅行时会发现城市差异正在消失，每座城市都与其他城市相像，它们彼此调换形态、秩序和距离，形态不定的尘埃入侵各个大陆。而你的地图却保存了它们的差异：它们千差万别的风格组合，就像其名字的字母组合那样各不相同。"

可汗有一本地图册，上面收集了所有城市的地图：那些在坚实的基础上筑造城墙的城市，那些城墙坍塌并且被黄沙吞噬掉的城市，那些现在只是野兔出没，但有朝一日将出现的城市。

马可·波罗一页页翻阅，认出了杰里科、吴尔、迦太基，指出了斯卡曼德罗河口，当年阿凯亚人在这里耐心等待了十年，直到尤利西斯制造的木马被拉进城门，围城的士兵才乘船返回。不过，说到特洛伊，人们赋予它的是君士坦丁堡的形态，并且预见到穆罕默德会长达数月地围城，还会像狡猾的尤利西斯一样，绕过佩拉和加拉塔，趁夜色把船只从博斯普鲁斯海峡逆流拉到金角湾。这两座城市混合起来，形成了第三座城市，它可能是旧金山，它轻巧的长桥跨越金门湾，有轨电车从海湾一直穿过所有街道上行，经过三百年的围城，使黄色、黑色和红色人种与幸存的白色人种混合在一起，在一个比可汗的帝国更辽阔的国家里，建成一千年后的太平洋上的大都市。

地图册具有这样一种品质：它能披露尚未形成、尚无名称的城市的形态。这里有一座像阿姆斯特丹的城市，朝北的半圆形，一条条呈同心圆状分布的运河，吸引着一些王子、皇帝和豪门绅士；这里有一座城市，样子像约克，建于荒野高地，围有城墙，筑有许多高塔；这里还有一座城市，样子像新阿姆斯特丹又名纽约（新约克），椭圆形岛屿位于两条河之间，密密麻麻挤满玻璃的和钢铁的高楼大厦，除百老汇以外，所有街道都像运河一样笔直。

形式的清单是永无穷尽的：只要每种形式还没有找到自己的一座城市，新的城市就会不断产生。一旦各种形式穷尽了它们的变化，城市的末日就开始了。地图册的最后几页撒满了一些无始无终的网络，像洛杉矶形状的城市，像京都和大阪形状的城市，不成形状的城市。

城市与死者　之五

每一座城市都像劳多米亚一样，旁边就有另外一座城市，两座城市的居民有着相同的名字：这是死者的劳多米亚，是墓地。不过，劳多米亚独特之处在于她不仅是双胞胎，而且是三胞胎，即还有第三个劳多米亚，那是尚未诞生者的城市。

孪生城市的特点尽人皆知。生者的劳多米亚越是发展，死者的劳多米亚也越要扩展到墓地墙外的地方。死者的劳多米亚的道路宽度刚刚能够使工人推车通过，道路两旁都是没有窗户的建筑；街道的样式和房屋的顺序都仿照生者的劳多米亚，而每个家庭都越来越拥挤，密密麻麻地重叠着。遇上好天气的下午，生者去祭拜死者，在石头墓碑上见到自己的姓氏：和生者的城市一样，死者的城市也叙述着劳苦、愤怒、幻想和各种情欲的故事；所不同的是，在这里，一切都变成必要的，不再受机缘左右，并分类装盒整齐排列好了。为了感到踏实，生者的劳多米亚人需要到死者的劳多米亚来寻找对自己的解释，找到多少都无所谓：为什么会有一个以上的劳多米亚，为什么可以诞生的不同城市却未诞生，或者是一些不完整的、自相矛盾的、令人失望的理由。

劳多米亚人给那些尚未出世的人留下了同样面积的地方，这很对，当然这个空间与那个未来无限大的人口数目是不成比例的，但是，既然是块空间，四周都是壁龛、凹陷和沟槽式建筑，而且未出生人的形状可以想象成任何大小，像老鼠、桑蚕、蚂蚁甚至蚁卵那么大，什么也阻止不了我们，想象他们究竟是直立着，还是蹲伏在墙壁的每一个突出的物体或托架上，在每一个柱头或柱脚上，排成行列或是散布各处，思考着未来的生活，那么在一块大理石的纹路上，你说不定能看到成百上千年后的劳多米亚，众多的居民身着前所未见的衣装，诸如紫茄色的粗毛布服装，包头巾上插着火鸡毛，你还能认出自己的后代，认出朋友和冤家、债主和债务人的后代，他们都仍在忙忙碌碌地交易、复仇、为爱情或利益而结缘订婚。劳多米亚的生者经常造访尚未出世者的家居：脚步在空荡荡的屋顶下发出回音，人们在沉默中提出问题，生者的问题都是关于自己的，而不是关于未来人的。有人关心自己能否流芳百世，有人希望后人忘掉自己的羞耻，所有人都想知道自己行为的后果，但是他们越是睁大双眼，就越看不清那条延续的线索；劳多米亚的后来者都是像尘埃一样的颗粒状的，超然于他们以前和以后的人们。

未出世者的劳多米亚并不像死者的劳多米亚那样，给活的劳多米亚城的居民们某种安全感，她给人的是恐慌感。造访者的思绪只能有两条路可循，却不知哪个蕴涵的苦恼更多：一是想到未出世者的数目要远远大于所有生者与死者之总和，那么石头上每一个小孔里都有看不见的人群拥挤在漏斗似的斜边上，就像在热门大赛时体育场的看台上一样；鉴于劳多米亚每一代人都在成倍增长，所以每一个“漏斗”都又开出众多的“漏斗”，每个漏斗里有上百万人伸长脖子、张大嘴巴呼吸，否则就有窒息的危险。另一个想法是劳多米亚也会消失，不知什么时候，整个城市和她的居民会同归于尽；换言之，居民一代接一代，直至达到某一数目为止，那时，死者的劳多米亚和未出世者的劳多米亚就像一个不可倒置的沙漏的两个细颈瓶，每一个从生到死的过渡都是穿过细颈的一粒沙子，当劳多米亚的最后一个婴儿诞生时，最后一颗沙粒也将落下，而它现在还在沙堆的顶端，等待着。

城市与天空　之四

应邀而来的天文学家，为佩林奇亚的奠基观察星象，确定时间和地点，画出反映太阳的黄道带和天空旋转轴心的交叉线，按照十二宫，在图纸上划分区域，使每个区域和每座庙宇都能有福星照临；他们确定在城墙上开城门的位置，设计到每个门洞都能在今后一千年内框住一次月蚀景观。他们保证，佩林奇亚反映了上天的和谐，自然的理性和神灵的护佑一定能保护居民的命运。

严格遵照天文学家的精确计算，佩林奇亚建成了，形形色色的人前来落户定居；在佩林奇亚出生的第一代人在城墙内长大，也到了结婚生子的年龄。

在佩林奇亚的街巷和广场上，你会遇到瘸子、矮子、驼背、胖子和长胡子的女子。但是，最糟糕的是看不见的：地窖和阁楼传来粗哑的号叫声，那里藏着各家生出的三头六脚的畸形儿。

佩林奇亚的天文学家面对着艰难的选择：要么承认他们的所有计算都是错误的，他们的数字不能反映天象；要么说明天国的秩序就是这座魔鬼般的城市所反映的样子。

连绵的城市　之三

在我每年的旅行中，我都在普罗科比亚稍做逗留，在同一家旅店下榻，在同一间房间过夜。自从第一次开始，我每次都要掀开窗帘，凝望那里的风景：一道土坑、一座桥梁、一堵矮墙、一棵花楸树、一块玉米地、一丛缀着黑莓的刺藤、一个鸡舍、一座黄色的山包、一朵白云和一块不规则四边形的蓝天。我确信，第一次没有见到任何人；一年后，我才在树叶的晃动中看见一张扁圆的脸在啃玉米棒子。又过了一年，矮墙上骑坐着三个人，到我回程时，看到的已经是六个人，他们并排坐着，手放在膝盖上，盘子里有些花楸果。我每年一走进房间，就立即掀开窗帘，数着又多了几张面孔：十六个，包括土坑里的那些人；二十九个，其中八个人爬在花楸树上；不算鸡舍里那些，四十七个。他们面貌相像，似乎都是彬彬有礼的，脸颊上都有雀斑，微笑着，个别人嘴角还沾着黑莓汁。很快，我看到桥上挤满了圆脸的人，因为没有活动的空间，他们都蜷缩着；他们啃着玉米棒子，然后啃玉米芯。

于是，年复一年，我亲眼看着土坑、树木不见了，只有一排排嚼着树叶的圆脸挡住全部的视线。你无法想象，那一小块玉米地的空间能容纳多少人，尤其是抱膝坐着的人。其数量肯定比表面看到的更多：我看到山包上的人口越来越稠密；自从桥上的人养成相互骑跨在肩膀上的习惯后，我就再也看不见桥那边了。

今年，我终于又掀开窗帘，整个窗口框住的只有一张张面孔：从这个角到那个角，上下左右，远远近近，在众多扒着前面的人肩膀的手之间，到处都是静静的平平的圆脸，带着一丝微笑。就连天空都消失了。我索性离开了窗户。

现在我要活动也不容易了。我的房间里有二十六个人：我要挪动双脚，就得打扰地上蹲着的人。我从坐在五斗柜上的人的膝盖和轮流靠在床上的人的肘臂之间挤过：幸好大家都是很有礼貌的人。

隐蔽的城市　之二

在莱萨，生活并不幸福。在街上行走的人都边走边搓手，骂着正在啼哭的孩子，靠着河边护栏，双拳抵着太阳穴，早上从一场噩梦中醒来，而下一场噩梦会接踵而至。在柜台之间，你的手指随时会被锤子打中，或者被针扎中，或者你得面对商家和银行账簿上那一行行错得一塌糊涂的数字，或者面对下等酒馆柜台上的一溜空杯，庆幸那些低垂着的面孔使你免遭冷眼的困境。在房屋里的情况更糟，不必进门就能得知：夏天的窗户被吵架和打破杯盘的声音震得乱响。

不过，在莱萨，每时每刻都会有一个孩子从窗口朝着一条跳上棚顶去叼一块玉米饼的狗发笑；那块饼是脚手架上的瓦匠掉下来的，他当时正向下面的女招待高喊："我的小宝贝，让我尝尝吧！"女招待端着一盘西红柿肉酱面满心欢喜地送给一位伞匠；伞匠正在庆贺交易成功，那把白色花边的阳伞被一位贵夫人买去到赛马场上炫耀；贵夫人爱着一位青年军官，马背上的军官在跳跃最后一道障碍时朝她微笑，他很幸福，可他的马更幸福，因为在跳栏时看到空中有一只鹧鸪在飞；鸟儿刚刚被一位画家从笼子里释放出来，快乐的画家完成了一本书上的插图，描绘出鸟儿的每根红黄斑点的羽毛；在那本书上哲学家说道："即使在悲伤的莱萨城，也有一根看不见的线把一个生命与另一个生命连接起来，瞬间后又松开，然后又将两个移动着的点拉紧，迅速勾画出新的图案，这样，这座不幸的城市每时每刻都包含着一座快乐的城市，而她自己却并未觉察到自身的存在。"

城市与天空　之五

安德里亚的建筑技巧绝妙之至，每一条街道都遵循一颗行星的运行轨道，建筑物和公共场所的设计也遵循星座和最明亮的星星的位置安排：心宿二、壁宿二、五车二、造父变星。城市的日程也被安排得使工作、事务和典礼符合那个日期的天象：因此地球的白昼与天空的黑夜相互对应。

尽管城市的生活受制于周密的规章管理，像天体运行一样平静，它仍然要求这种现象的必然性，以摆脱人类意志的控制。对于安德里亚居民，若要称颂他们的勤奋和安详的精神，我就不能不说："我颇为理解你们自认为是恒久不变的天空的一部分，是精密时钟里的一枚齿轮，因而极力避免对你们的城市和习俗作任何改变。安德里亚是我所了解的唯一一座宜于在时间中保持不变的城市。"

他们目瞪口呆:“为什么? 谁说过这种话?”他们带我去看竹林上方新近开放的一条悬空街道，一家在城市养狗场旧址上正在兴建的皮影戏院，那家养狗场已经迁移到原先的老检疫所里，自从最后一批疫症患者痊愈，检疫所就关门了，他们还带我去看刚刚建成的一个河运港口，一座塔莱斯[1]雕像和一个滑雪场。

“这些新建设是否打乱了你们城市的星象节律?”我问。

“我们的城市与天空完全相符合,”他们回答说,“城里的每一变化也与星辰的某一变化相吻合。”每当安德里亚发生什么变化，天文学家在望远镜里就能搜索到一颗新星的爆炸，或者发现远方苍穹一点橙黄转为黄色，一片星云扩大，或者银河一角变成弧形。每一变化暗含着一系列的变化，安德里亚和星辰一样，城市与星空永远不会一成不变。

关于安德里亚居民的性格，有两种美德值得一提：自信与谨慎。他们坚信，城市的任何改革都会影响天象，在做出每一变革决策之前，都要对给自己、城市和整个世界带来什么风险与利益做一番认真的权衡。

1 塔莱斯(约公元前624年—约公元前546年): 古希腊数学家、天文学家和哲学家。——译注

连绵的城市　之四

你抱怨我没有说明两座城市之间相距的空间，就直接把你带进一座城市，也许她们之间隔着大海、黑麦田、落叶松林或者沼泽。那么我来用一个故事回答你。

在名城切奇利雅的街上，我遇到一位牧羊人赶着戴铜铃的羊群沿街边行走。

“上帝赐福的人啊，”他停下来跟我打招呼，“你能告诉我，我们所在的是什么城市吗？”

“愿神灵与你同在，”我回答说，“你怎么会不认识这大名鼎鼎的切奇利雅呢？”

“请别见怪，”他说，“我是个流浪牧人，我和羊群有时也穿过城市，但是分不清它们。若问我牧场的名字，我能一一道出：岩下、青坡、绿草。对我而言，城市没有名字：它们是没有树叶的地方，把一片牧场与另一片牧场隔开，羊儿到了城里就吓得乱跑散群。我和牧羊犬还得奔跑着把它们赶到一起。”

“和你相反，”我说，“我只了解城市，分不清城外的一切。在无人居住的地方，每块石头和每棵草都跟其他的石头和草一样。”

又过去了很多年，我又了解了不少城市，走过几个大陆。有一天，我在一排排相同的房子之间行走迷失了方向。我问一个过路人：“愿神灵保佑你。你能告诉我这是什么地方吗？”

“这是切奇利雅，真不幸！”他说，“我和羊群已经在这里走了很久，可还没有找到出路……”

虽然胡须变白了，我依然认出了他，他就是多年前我遇到的那位牧羊人。跟着他的还有几只长着疥疮的羊，几乎没有了臭味，因为已经瘦得皮包骨头。它们低头啃着垃圾筒里的废纸。

“不可能！”我叫了起来，“我也进了一座城，在里面街道上越走越深，一直走了很久。但是，这是另外一座城市，距离切奇利雅很远，而且我还不曾出城，怎么会来到你所说的地方呢？”

“各地都混合起来了，”牧羊人说，“到处都是切奇利雅，这里曾经是鼠尾草场，我的羊认出了交通安全岛那边的草。”

隐蔽的城市　之三

有人向一位占卜女人问马洛奇亚的命运，她说："我看见两座城市：一座是老鼠的，另一座是燕子的。"

神谕的解释是：在今天的马洛奇亚，人们在铅灰色街巷里像老鼠一样东奔西窜，相互争抢着最强悍的同类牙缝里偶然漏下的食物残渣；但是，一个新的纪元就要开始，那时候，马洛奇亚的所有人都会像飞翔在夏空中的燕子，彼此像在游戏中互相呼唤着，炫耀着自己用静止的翅膀飞行的本领，在急速下滑中消灭空中的蚊虫。

"现在是结束老鼠时代的时候了，燕子世纪即将开始。"坚信者如是说。事实上，在老鼠般短浅凶狠的目光斜视下，在一些不起眼的人中间，已经蕴涵着燕子般的腾飞心理，瞄准透明的天空，准备一抖尾巴就冲上去，用翅膀尖画出一道新世界的弧线。

过了若干年，我又回到马洛奇亚；人们认为占卜女人的预言已经应验多时：旧时代已经被埋葬，新纪元正在鼎盛期。城市确实变了，也许变得更好了。但是我所见到的翅膀却只是那些互不信任的雨伞，伞下那些沉重的眼皮低垂着；相信自己能飞的人有之，但其实只不过是扇动着蝙蝠式的外衣，刚刚离开地面而已。

有时候，你沿着马洛奇亚坚固的城墙走着，在最预想不到的时候能看见眼前的厚墙出现一道缝隙，里面显现出一座不同的城市，瞬间之后，她就消失了。也许关键在于知道按照什么顺序和节奏，说什么话，做什么动作；或者只要有某人的一个目光、回话或姿态，就足够了；只要有人仅仅为快乐而做什么事情，而他的快乐能够变成他人的快乐，就足够了：那时，所有的空间、高度和距离都变了，城市也变了，变成水晶的，像蜻蜓般透明。但是，这一切必须是偶然发生的，不能看得太重，不能想着正在完成什么决定性动作，要意识到旧的马洛奇亚随时可能回来，把石屋顶、蜘蛛网和发霉的东西统统重新压在人们的头上。

占卜女人错了吗？未必。我对她的解释是：马洛奇亚是两座城市，老鼠的和燕子的；二者都随着时间在变化，但是她们之间的关系不变：后者正待摆脱前者。

连绵的城市　之五

要跟你讲潘特熙莱雅，就得从描述城市的入口开始。你一定会想象，在尘土飞扬的平原上会看见远处一堵城墙拔地而起，你一步步走近城门，守在门边的收税官已经在斜眼观察你的行囊。在你走进城门之前，你还是在城外；穿过拱形门洞，你便发觉自己已经在城里了。城墙的厚度包围着你，城墙的石头上有刻痕，只要你跟踪它那粗糙的线条，就能看出某种图形来。

你若如此以为，就错了。潘特熙莱雅与众不同。你走了好几个小时，却弄不清你究竟是在城里还是在城外。就像一个几乎没有堤岸的湖泊，淹没在沼泽地里，潘特熙莱雅是一座像汤汁般稀释在平原上的城市。色调暗淡的建筑，背靠背站在荒芜的草原上，其间混杂着木板钉的围墙和铁皮小屋。在道路两边不时见到一丛丛高高低低的门面简单的建筑，就像一把缺齿的梳子，让人觉得再往前就该是市中心了。可是你继续前进，看到的还是说不清的地方，然后是一片工场和仓库，一片墓地，有摩天轮的游艺场，屠宰场；你走过一条挤满小店铺的巷子，尽头是一片片不毛的荒野。

你遇见行人，可以向他们打听："去潘特熙莱雅怎么走？"他们会做出一个动作，使你不明白究竟表示"就在那边"，还是说"就在这里"，或者是"在相反的方向"。

你会坚持问："城市在哪里？"

"我们每天早上来这里工作。"有人会如此回答，而另有人会说："我们每天回这里睡觉。"

"可是城市在哪里？"你还问。

"应该是在那里。"有人会说，抬手指着地平线上的一丛阴影，另有人会指着你身后的一些尖顶建筑。

"那么，是我走过了城市而毫无觉察？"

"不是，你再往前走走看。"

于是你继续走啊走啊，从一个郊区走到另一个郊区，终于到了该离开潘特熙莱雅的时刻。你又打听出城的路，你又走过凌乱分散的一个个郊区，入夜了，窗口的灯光时而密集，时而稀疏。

这个四周裂着口子的口袋阵或褶皱区里，是否隐藏着一座能让人辨认并且让人记住的潘特熙莱雅，或者潘特熙莱雅是否仅仅是自己的郊区，她的中心分散在各个地方？你放弃了对她的理解。你现在脑子里盘算着的问题更让人头疼：潘特熙莱雅的外面还有外面吗？或者无论你向外走多远，只能从一个过渡区走进另一个过渡区，却永远无法走出去？

隐蔽的城市　之四

特奥朵拉在数百年的外来侵略中备受折磨；刚赶走了一个敌人，另一个敌人就强大起来，威胁着劫后余生的百姓。天上的秃鹰飞走了，他们还要对付地上的群蛇；蜘蛛消灭了，苍蝇又黑压压地繁殖起来；战胜了白蚁之后，城市又落到木蛀虫手里。那些同城市不可调和的物种都应该被打败，被消灭。人们剥掉它们的鳞片与甲壳，拔掉它们的鞘翅和羽毛，让特奥朵拉成为只属于人类的城市，至今还保留着这一特征。

但是，在过去很长的时间里一直都不能确定，是否能战胜最后一个与人类争夺城市主权的物种：老鼠。人类无法斩尽杀绝的一代代老鼠的幸存者，继续繁衍出更加强健的后代，它们不怕任何捕鼠器，不怕各种毒药，只需几个星期，就可以塞满特奥朵拉的地下阴沟。最终，借助一场极端的大屠杀，人类凶残而多方面的才能战胜了敌人具有压倒性优势的生命力姿态。

城市，这座动物的大坟场，终于埋葬了最后一批带着跳蚤和细菌的老鼠腐尸。人类终于重新建立起被自己打乱的世界秩序：再也没有活着的物种能够对此提出疑问。为了让人们记住曾经有过的动物，特奥朵拉图书馆的书柜里收藏着布封和林内的著作。

于是，至少特奥朵拉的居民相信，已经被遗忘多年的动物再度从沉睡中苏醒是实在遥远的假想。在漫长的岁月里，曾经销声匿迹，被驱逐出永不灭绝的物种体系之外的一些动物，又在保存古籍的地下书库里蠢蠢欲动：它们从柱头和水道上跳出来，钻到入睡者的床头。人面狮、狮身鹰、羊身蛇尾狮、龙、鹿羊、鸟身女妖、九头蛇、马身独角兽、以眼杀人的怪蛇重新在城市里称王称霸。

隐蔽的城市　之五

贝莱尼切是一座不公正的城市，她的绞肉机是用三条竖线花纹、圆柱顶板和排挡间饰来装饰的，负责擦拭的人仰起下巴，把头探出栏杆以外观赏门厅、台阶和前厅，就感觉自己像囚犯，并且身材矮小。可是我要给你讲的是隐蔽着的贝莱尼切，她是一座正义的城市，在店铺后面、楼梯阴面忙碌着，把钢丝、管子、滑轮、活塞和配重盘用相宜的材料连接起来，像一株攀缘植物缠绕在大齿轮之间；一旦它们卡住，哒哒的低声就会宣布一个新的精密机制将控制全城。我不想描述不公正的贝莱尼切人如何躺在温泉浴缸香喷喷的水里，花言巧语编造诡计，以主人的目光观看浴室里女奴圆润的肌肤；我想说，正义的人们随时都提防着佞人的监视和打手的围捕，他们凭借说话的方式，特别是引号与括号的发音，方可彼此相认；他们节俭单纯，排除一切复杂阴郁的情绪；他们的饮食俭朴而味美，唤起人们对古老的黄金时代的思念：大米加芹菜的热汤，煮蚕豆，炸嫩菜瓜。

你可以从这些情况推论出未来的贝莱尼切的形象，它比任何现在的资料都更接近真实的贝莱尼切。你必须铭记我正要告诉你的这些话，公正之城的种子里埋藏着一颗毒种：认定自己公正并比那些自称公正的人更为公正的自信和骄傲。这颗毒种在怨恨、敌对和报复中萌芽，向不公正者报复的自然愿望，伴随着取而代之的渴望。于是，另一座不公正的城市，尽管与前者有所区别，正在渐渐钻出公正的贝莱尼切与不公正的贝莱尼切的双重叶鞘。

说了这些，我不希望你得到一个变形了的印象，我应该将你的注意力吸引到一种品质上，在这座不公的城市里，秘密的公正城市的种子在秘密发芽：即一种热爱公正的人可能的觉醒，就像一个激情冲动者打开窗户，虽然尚无规律，却能再构成一座比孕育不公之前更加公正的城市。但是，你若仔细审视这个公正的新胚胎，就会发现一个小点正在扩大，不断增长的倾向是采用不公的强制手段实施公正，这也许是一个庞大的都市的胚胎……

我的话会使你得出这样的结论，贝莱尼切是不同的城市在不同的时间里的交替延续，既公正又不公正。可我想提醒你的是：贝莱尼切未来的所有城市此时此刻就已经存在着，有时是一个含着一个，贴得紧紧的，怎么也分不开。

可汗的地图册里还有那些在想象中已经神游，但是尚未发现或建设的城市的地图：新大西岛、乌托邦、太阳城、大洋城、塔墨埃、和谐城、新拉纳克、伊卡里亚。

忽必烈问马可：“你去过周围许多地方，见过很多标志，能不能告诉我，和风会把我们吹向未来的哪片乐土？”

“关于这些港口，我无法在图纸上绘出航行路线，也不能确定登陆日期。有时候，在一种不协调的景色中打开的一个小口，在浓雾中闪烁的一点光线，来往行进中相逢的两个路人的一段对话，都能成为出发点，一点一点拼凑出一座完美的城市，它们是用剩余的混合碎片、间歇隔开的瞬间和不知谁是接收者的信号建成的。如果我说，我要登程走访的城市在空间和时间上并不是连续的，时疏时密，你不能认为就可以停止对这座城市的寻找。也许就在我们如此谈论的时候，它已经在你的帝国疆域内散乱地显露出来；你不妨追寻它，但是要用我告诉你的方法。”

可汗已经在翻阅地图册里那些在噩梦和咒语中吓人的城市地图：以诺，巴比伦，野胡，布图阿，美妙新世界。

他说：“如果最后的目的地只能是地狱城，那么一切都没有用，在那个城市的底下，我们将被海潮卷进越来越紧的旋涡。”

波罗说：“生者的地狱是不会出现的；如果真有，那就是这里已经有的，是我们天天生活在其中的，是我们在一起集结而形成的。免遭痛苦的办法有两种，对于许多人，第一种很容易：接受地狱，成为它的一部分，直至感觉不到它的存在；第二种有风险，要求持久地警惕和学习：在地狱里寻找非地狱的人和物，学会辨别他们，使他们存在下去，赋予他们空间。”

马可瓦尔多

[意大利] 伊塔洛·卡尔维诺 著

马小漠 译

译林出版社

图书在版编目（CIP）数据

马可瓦尔多 /（意）伊塔洛 · 卡尔维诺著；马小漠译. —南京：译林出版社，2023.10
（卡尔维诺精选集：百年诞辰纪念版）
ISBN 978-7-5447-9898-3

Ⅰ.①马… Ⅱ.①伊… ②马… Ⅲ.①中篇小说－意大利－现代 Ⅳ.①I546.45

中国国家版本馆 CIP 数据核字（2023）第 169808 号

著作权合同登记号 图字：10-2018-427 号

马可瓦尔多 ［意大利］伊塔洛 · 卡尔维诺 / 著 马小漠 / 译

策　　划 吴荀东
责任编辑 竺文治
装帧设计 韦　枫
校　　对 梅　娟
责任印制 闻媛媛

原文出版 Oscar Mondadori, 2015
出版发行 译林出版社
地　　址 南京市湖南路 1 号 A 楼
邮　　箱 yilin@yilin.com
网　　址 www.yilin.com
市场热线 025-86633278
排　　版 南京展望文化发展有限公司
印　　刷 南京爱德印刷有限公司
开　　本 850 毫米 ×1168 毫米 1/32
印　　张 5.25
插　　页 4
版　　次 2023 年 10 月第 1 版
印　　次 2023 年 10 月第 1 次印刷
书　　号 ISBN 978-7-5447-9898-3
定　　价 268.00 元（全五册）

目　录

春天

1 城里的蘑菇

从远方吹进城的风，给城市带来了不同寻常的礼物，只有少数一些敏感的人才会察觉得到，就像得了枯草热[1]的人，闻到其他土地上的花粉就会直打喷嚏。

一天，不知道从哪里飘来一阵裹着孢子的风，吹到城里路边的花坛里，于是几簇蘑菇就在这里发了芽。除了小工马可瓦尔多，没有人发现这事，他每天早上正是在那里乘电车。

这个马可瓦尔多，有着一双不是很适合城市生活的眼睛：标志牌、红绿灯、橱窗、霓虹灯、宣传画，那些被设计出来就

1 也称花粉热。

是为了吸引人注意力的东西，从来都留不住马可瓦尔多的目光，他看这些东西就好似一眼扫过沙漠里的沙子。然而，树枝上一片发黄的树叶，缠在瓦片上的一根羽毛，却从来也逃不过他的眼睛：没有一只马背上的牛虻，没有一个桌上的蛀虫洞，没有一块人行道上被碾扁的无花果皮，是不会被他注意到、不会被他作为思考对象的，通过它们，可以发现季节的变化、心里的欲望、自身存在的渺小。

于是一天早上，当他等着电车把自己带到那个他做体力活的 Sbav 公司去时，在站牌附近，他找着了什么不同一般的东西，就在沿着林荫道的那片没有生育能力、生着硬皮的土地里：在某些地方，比如树桩上面，好像都隆起了一堆堆肿块，这边一点儿，那边一点儿地露出了那圆圆的地下部分。

他蹲下身来系鞋带，又仔细看了个清楚：是蘑菇，真正的蘑菇，它们正从城市的中心冒出头来！马可瓦尔多觉得，那个一直包围着他的吝啬的灰色世界陡然变得慷慨起来，充满了秘密的财富，除了以小时计算的合同薪水，除了工资补贴，除了家庭津贴，还可以从生活中指望点别的什么东西了。

这一天他工作时，比平时更心不在焉了：他想，就当自己在那里卸包裹和箱子时，在泥土的黑暗中，那些只有他认识的蘑菇，正在安静而缓慢地酝酿着自己多孔的果肉，吸着地下的汁液，撑破土块的硬皮。“只要一夜的雨水，”他自言自语道，“就可以收获了。”他迫不及待地要把这个发现告诉妻子与孩子们。

“这就是我要跟你们说的！”在寒酸的午饭饭桌上，他这样宣布，“一个星期内，我们就可以吃上蘑菇啦！一盘炸蘑菇！我跟你们保证！”

那些最小的孩子还不知道蘑菇是什么。于是，他满怀激情地给他们解释了品种众多的蘑菇有多么美妙，解释了它们味道的鲜美，甚至还解释了应该怎样来烧蘑菇。就这样，他把妻子也拉进讨论中来，这之前，她一直都有点儿漫不经心，一副怀疑的模样。

“那这些蘑菇在哪里？”孩子们问，“告诉我们它们长在哪里！”

听到这个问题，马可瓦尔多的热情一下子被一种多疑的考虑抑制住了：“如果现在我跟他们说在什么地方，他们肯定会和平常一起玩的那些小调皮一块去找蘑菇，这样一来，消息就会传遍整个小区，蘑菇就会落到别人家的长柄平底锅里了！”那个曾迅速用大爱来充盈他心灵的发现，现在却使他狂热地想占有起蘑菇来，他被嫉妒和猜疑包得严严实实的。

“长蘑菇的地方我知道，也只有我知道，”他跟孩子们说，“如果你们泄露一个词出去，可就倒霉了。”

第二天早上，他走近电车站时，是满心的焦虑。他蹲在花坛边，看到蘑菇长大了一点，但不是很多，几乎还完全藏在泥土底下，心里颇为宽慰。

他这么蹲着，甚至都没发现背后有人。他突然站起身，尽力摆出漠不关心的模样。有个清洁工，撑着扫帚，正看着他。

蘑菇正是长在这个清洁工的管辖区里，他是个戴眼镜的年轻人，瘦高个，叫阿玛蒂吉。马可瓦尔多看不惯他已经有一段时日了，也许是因为那副眼镜总是盯着沥青路，搜寻着每一个大自然的痕迹，好用扫帚把它们抹除掉。

这是个星期六，马可瓦尔多把半天的休息时间都耗在了花坛附近。他踱来踱去，一副心不在焉的模样，远远地监视着清洁工和蘑菇，同时盘算着还需要多长时间蘑菇才能长好。

晚上下雨了：就像经历了数月干旱的农民，他们单听见几滴雨声，就会从睡梦中醒过来，会高兴得手舞足蹈。可在整座城里，就只有马可瓦尔多一个人是这样，他倏地从床上坐了起来，呼唤着家人。“是雨，是雨”，他努力呼吸着从外头飘进来的湿尘味和新鲜霉味。

拂晓时——是个星期日——他和孩子们一起，拎着个借来的小篮子，赶紧跑到花坛边。蘑菇出来了，直直地挺在菌柄上，菌盖高耸在泥土外，还浸着雨水。“太好啦！”他们扑过去采起了蘑菇。

“爸爸！你看那边那个先生捡了多少蘑菇啊！”米凯利诺[1]说。父亲抬起头，看见阿玛蒂吉正站在他们旁边，胳膊上也挽

1 “米凯利诺”是“米凯莱”的昵称。

了个小篮子，篮子里装满了蘑菇。

“啊，您也来采蘑菇？”清洁工说，“那就说明这蘑菇没问题，可以吃了？我摘了一些，但不是很有把握……路的那头，还有一些更大的蘑菇……好了，现在我知道可以吃了，我得去通知我的亲戚，他们还在那里讨论是该采摘呢，还是该丢掉别管……”说完就大步走开了。

马可瓦尔多一句话也说不出来：还有更大的蘑菇，而他竟然不知道。一场从未希冀过的收获，就这样从他鼻子底下溜走了。他非常地气愤，恼火，僵在那里好一会儿，然后——就像经常会发生的那样——那种个人情感的崩溃转眼就变成了一种慷慨的冲动：“嘿，大家伙儿！今天晚上你们想来一盘炸蘑菇吗？”他冲着簇拥在电车站里的人群吼道，“在这条路上长出了好些蘑菇！你们跟我来！每人都有份！”于是他就跟在阿玛蒂吉后面，而他身后尾随着一大群人。

所有的人都找着了蘑菇，因为没有篮子，他们就把伞打开来装蘑菇。有人说：“如果大家中午能一起吃个饭，该多好啊！”然而每个人都是捡了自己的蘑菇，就奔回各自的家了。

但他们很快就又见面了，甚至就在当天晚上，就在医院的同一间病房里。食物中毒后，他们都给洗了胃，被救了过来：中毒都不重，因为每个人吃掉的蘑菇量都相当有限。

马可瓦尔多和阿玛蒂吉的病床挨得很近，他们怒目相视。

夏天

2 长椅上的假期

每天早上去上班时，马可瓦尔多都会经过一片绿荫，那是一个树木林立的广场，一块被夹在四条路中央的方形公园。他抬起眼睛望着七叶树，那里枝叶茂密，只有几道黄色的阳光能射进树叶透明的阴影中，他听着树枝间那看不见的麻雀走调的吵闹声。他觉得那是夜莺，于是自言自语道："哦，我真想有那么一次，能在鸟儿们婉转的鸣叫声中醒来，而不是在闹钟的铃声中，不是在刚出生的保利诺[1]的尖叫声中，不是在我老婆多米蒂拉的痛斥中醒来！"或是想："哦，我要是能睡在这里就好了，

1 "保利诺"是"保罗"的昵称。

一个人，在这一片凉爽的绿荫下，而不是在我那个低矮潮湿的房间里；在这里，在这片寂静中，而不是在整家人的鼾声和呓语中，不是在电车在路上跑的声音中；在这里，在这夜晚自然的黑暗中，而不是在那紧闭的百叶窗制造出来的黑暗中，那种会被车灯反射光打出一道道条纹的黑暗，我要是能在睁开眼睛的时候就看见树叶和天空，那该有多好啊！”小工马可瓦尔多每天就是带着这些心思，开始他每天八小时的工作——还不算加班。

在那个广场上的一角，在一个七叶树的圆顶下，有一条被半遮住了的长椅，地点十分僻静。马可瓦尔多早就把它选作自己的长椅了。夏日炎炎的那些夜晚，当马可瓦尔多在挤着五个人的房间里无法入睡时，就开始梦想着那条长椅，就好像一个无家可归的人梦想着皇宫里的床一般。一天夜里，当妻子打着呼，孩子们在睡梦中乱踢着脚时，马可瓦尔多从床上爬起来，穿上衣服，夹着枕头，出门朝广场走去。

那里清爽而宁静。他已经提前感受到和木板接触时的快意了，那木头——这个他敢肯定——柔软而舒适，怎么说都比他床上的那张烂床垫要好；他还能看上一分钟的星星，然后再合上眼睛，这一场睡眠会补救他在一天中所经历的所有冒犯。

清爽和宁静是有的，但那椅子却被占了。那儿坐着一对恋人，两人对望着。马可瓦尔多谨慎地退出了。“迟了，”他想，

“他们不至于在这外面过夜吧！总会停下那喁喁私语的！”

但那两个人根本就不是在喁喁私语：是在吵架。恋人之间的争吵从来就说不准什么时候才能结束。

他说：“可你为什么不承认，你说那话的时候，是知道我会生气的，而不是想让我高兴的，但还装着是想让我高兴的？”

马可瓦尔多明白这事儿会闹得很久。

“不，我可不承认。”她回答。马可瓦尔多就知道她会这么说。

“你为什么不承认？”

“我永远都不会承认的。”

“哎呀。”马可瓦尔多想。他把枕头紧紧夹在胳肢窝下，去附近转上一转。他去看了月亮，那天是满月，在树木和屋顶之上显得硕大无比。他又回到长椅附近，远远地踱着，生怕打搅到他们，但其实是想烦一烦他们，借此劝他们离开。但他们争执得太过激烈，以至于都没注意到他。

“那你是承认了？”

“不，不，我才不承认呢！”

“那我们假设你承认了呢？”

“就算我承认了，我也不会承认你想叫我承认的事儿！”

马可瓦尔多回去看月亮了，然后又去看了看再往那边去一些的红绿灯。红绿灯显示着黄色、黄色、黄色，持续地亮起，再亮起。马可瓦尔多就比较了一下月亮和红绿灯。月亮虽说也是黄色的，可神秘而苍白，底子里却偏绿，而且还泛着蓝，而红绿灯呢，它那点黄色，颇为庸俗。月亮十分沉静，虽然偶尔会被文以薄薄的残云，但却形容庄严，毫不在意，不紧不慢地放着自己的光辉；红绿灯总在那里亮了又暗，亮了又暗，急促不安，虚假而疲劳地活跃着，似被奴役了一般。

马可瓦尔多又回去看那姑娘承认了没有：什么呀，她还没承认，相反，不是由她来不承认了，而是由他。情势完全转变了，现在是她在跟他说："那么，你承认不？"而他就说"不"。就这样，又过了半个小时。最后他承认了，或者是她，总之，马可瓦尔多看见他们站起来，手牵着手走开了。

他赶紧跑向长椅，躺下来，可同时，在等待的过程中，他原先期望会在这里找到的那一份甜蜜，现在却再没心情去体会了，就连家里的床他也不记得有这么硬。但这些都是细节问题，他要在露天享受那个夜晚的主旨还是相当明确的：他把脸埋到枕头里准备入睡，好像早已不习惯这么睡了。

现在他已经找到了一个最舒适的姿势了。他无论如何都不会再移动一毫米了。只可惜他这么躺着，自己的目光并不能落在一片只有树木和天空的景致上，如果是那样的话，他就会在一片自然而绝对宁静的景象中合眼睡去。陆续远远呈现在他面前的，要么是一棵树，要么是将军纪念像上高举着的一把剑，要么是另一棵树，或是广告牌，接着是第三棵树，然后，再远一点的地方，就是红绿灯那个断断续续亮着的假月亮，它仍大睁着它的黄色、黄色、黄色。

要说明的是，最近这一段时间，马可瓦尔多的神经系统是如此地脆弱，以至于就算他已是累死过去了，哪怕是一件极小的事情，只要是他认定有什么事儿让自己不舒服了，他就再也睡不着了。现在那个亮了灭、灭了亮的红绿灯让他非常不舒服。红绿灯在那边远远的，像一只眨着的黄眼睛，孤零零的：这本没什么好奇怪的。但马可瓦尔多肯定是神经衰弱了：他盯着那灯的亮起和熄灭，反复对自己说："要是没有那玩意，我该睡得有多好啊！"他闭上眼睛，觉得那个愚蠢的黄色仍在自己的眼皮下亮起与熄灭；他挤了挤眼睛，看到十来个红绿灯；再睁开眼睛，还是老样子。

他站起来。他得在自己和那盏红绿灯间放上一面幕布。他一直走到那个将军的纪念像那里，望了望四周。在那座纪念像底部，有一个桂冠花环，漂亮而厚实，但早已干枯了，花瓣也掉了一半，架在小棍上，上面一条褪了色的宽带子上写着：第十五团执矛骑兵贺胜利周年纪念日。马可瓦尔多爬上底座，提起花环，把花环插在将军的军刀上。

夜间巡警托尔纳昆奇其时正骑车穿过广场，马可瓦尔多就躲到雕像后面。托尔纳昆奇看到地上雕像的影子在动，于是就停了下来，满腹怀疑。他仔细查看了一下军刀上的花环，明白有什么东西不对劲，但也搞不清究竟是怎么回事儿。他把手电筒的光对准那上面，读道：第十五团执矛骑兵贺胜利周年纪念日，他点了点头，表示批准，然后就走了。

为了让托尔纳昆奇走远点儿，马可瓦尔多在广场上又转了一遭。在附近的一条路上，有一队工人正在电车的轨道上修理道岔。夜里，在空无一人的街道上，那一小群男人蜷缩在气焊机的闪光旁，那声音刚一响起就即刻减弱下去，一切都有种神秘的气息，像是在筹备一些白天的居民永远不应该知道的事情。马可瓦尔多靠过去，专注地看着火苗，看着工人的举动，他有一点局促不安，而他的眼睛也因为困倦而变得越来越小。为了让自己清醒些，他在口袋里找起烟来，却没有火柴。“谁能帮我点个火？”他问那些工人。“用这个？”拿着氢氧焰的男人说，射出一团飞溅的火花。

另一个工人站起来，递给他一支点燃的烟。“您也上夜班？”

“不，我上白班。”马可瓦尔多说。

“那您这个时候还醒着做什么？我们一会儿就要下班了。”

他回到长椅边，躺下。现在红绿灯从他的视线中消失了。终于可以睡觉了。

之前，他并没有注意到什么噪声。现在，那阵嗡嗡声，就如同被抽进的什么阴郁气息，同时还好像一种无休止的刮擦声，也好像是什么劈劈啪啪的声音，在持续地充斥着他的耳朵。再没有什么比那焊铁的声音更摧残人了，那是一种低声的尖叫。马可瓦尔多一动不动地蜷缩在椅子上，就算脸抵着枕头的褶皱，还是无法摆脱那折磨，噪声不断让他想起被灰色火焰点亮的场景，火焰向周围喷洒着金色的火星，蹲在地上的男人脸上戴着被熏黑的玻璃面罩，他们手里快速震动而抖个不停的焊枪，工具车周围，还有一直顶到电线上的高空支架周围是阴影般的光晕。他睁开眼睛，在椅子上翻了个身，看着树枝间的星星。无动于衷的麻雀仍在那上面的树叶间睡觉。

像鸟那样睡觉，有可以撑着头的翅膀，一个陆地世界之上的悬着枝叶的世界，在那上面，可以大概猜度一下底下的世界，遥远而且像是被削弱了一般。只要能开始不接受自己的现状，谁知道能到达什么境界：现在，马可瓦尔多为了能睡觉，需要一种他也不是很能搞得清楚的什么东西，就连一种真正的安静也不能满足他了，他需要一种比安静更柔软的声响背景，一阵掠过灌木深处的微风，或是在一片草地上涌出并流走的汩汩流水声。

他脑子里有了主意，站了起来。其实也不是什么主意，因为沉沉的睡意已经把他弄得十分迟钝了，任何想法都不是很清晰的；但是他记得在那附近，好像有什么东西是和水、和低声哀怨流动的概念有关的。

那附近确实是有一口喷泉，一个从雕塑艺术和水利工程观点上来看都很杰出的作品，喷泉里有仙女、半人半羊形的农牧神、河神、喷口、瀑布等各种装饰。只不过那里面没有水：在夏日的夜晚，由于城市的供水系统连最少的供应量都达不到，他们就把这喷泉关上了。马可瓦尔多就像夜游者一般，在那周围转了一会儿，出于本能直觉而非理性思考，他知道一个水槽肯定是有个水龙头的。这就好像那些有眼力的人，闭着眼睛也能找到要找的东西。他打开水龙头：从海螺里，从胡须里，从马鼻子里喷出了高高的水柱，人造的沟壑被闪烁的水帘掩住，所有的那些水，所有的窸窣声和倾泻声汇集在一起，那么哗哗响着，就像空旷大广场上的管风琴齐鸣一般。在各家门下塞小纸条的托尔纳昆奇，黑着身子，骑着自行车经过广场，看到自己眼前像放了液体烟火一样突然喷出这么多水，差点没从鞍座上掉下来。

马可瓦尔多试着尽可能小地睁着眼睛，为了不让那一丝自己好像已经抓住的睡意溜走，他赶紧跑回去，直扑向椅子。好了，现在他仿佛身处一条激流的边缘，头上是森林，好了，他睡着了。

他梦见了一顿午餐，盘子是被盖住的，好像是为了避免面凉。他把盖子掀开，里面有只死老鼠，发着臭。他看了下妻子的盘子：另一具老鼠的尸体。在孩子们面前，是其他一些小老鼠，更小一些，但也是烂掉一半的。他又揭开了一个汤碗，看见里面漂着一只肚皮朝上的猫，恶臭把他弄醒了。

不远处有辆城市清洁卡车，它夜里会去掀垃圾箱的盖子。在车灯的半明半暗中，他认出了一蹦一跳又叽里呱啦作响的起重机，认出了在似山般垃圾堆顶部那直挺挺的人影，他们正用手引导着悬在滑车上的容器，他们把容器里的东西倒在卡车里，用铁锹拍了几下，用类似于起重机那种阴沉而断裂的拖拽声，喊道："抬高……松开……滚开……"还有一阵如无光泽铜锣的金属碰撞声，然后是缓慢重新启动发动机的声音，这声音又在前面不远处停了下来，并再次操作起来。

但是马可瓦尔多的睡眠已经处在一片各种噪声再也无法到达的区域，那些噪声尽管是如此令人厌恶而刺耳，传来时却像是被一种柔软的、削弱了的晕圈包裹住一般，也许是因为卡车里满箱垃圾的质地：但是恶臭使他一直保持清醒，一种"对这恶臭忍无可忍"的想法更是激化了这恶臭，那些噪声，那被弱化了的遥远噪声，逆光中有着起重机的卡车形象，不管是在听觉上还是在视觉上，都无法到达他的意识，唯独除了那恶臭。马可瓦尔多焦躁起来，徒劳地用鼻孔想象着玫瑰园里的花香。

当夜警托尔纳昆奇隐约看到一个人影匍匐着快速爬向花坛，狠狠地扯下一些毛茛属植物后就消失了的时候，他感到自己的额头都被汗沁湿了。但他想，如果这是一条狗，那是逮狗队的事；如果是一种幻觉，那得看精神病医生；如果是一个变狼狂患者，那他都不大知道应该找谁，但最好别是他。于是他就闪开了。

就在这时，马可瓦尔多回到他的床铺旁，对着鼻子压上一束乱七八糟的毛茛属植物，企图用它们的香味来填满自己的嗅觉：但他只能从那些几乎无味的花朵中挤出很少的一点儿味道来；可是露水、土壤、被捣碎的青草香味就已然算是一种上好的香油了。于是他赶走了垃圾的纠缠，睡着了。

他再次醒来时，洒满阳光的天空在他的头顶上豁然大开，太阳好像把树叶都抹干净了，慢慢地，他半瞎的视线中又出现了树叶。可马可瓦尔多却也不能多耽搁，因为一阵哆嗦把他吓得跳了起来：政府的园丁们正在用消防栓里的水浇灌着花坛，使他的衣服上淌满了清冷的溪流。电车、市场上的卡车、手推车、小货车在四周噔噔作响，工人们骑着电动自行车跑向工厂，店里的金属门直冲向高处，各家窗户上的百叶窗也卷了起来，玻璃上光芒四射。马可瓦尔多还没有完全醒过来，嘴巴上、眼睛里都黏兮兮的。他脊背僵硬、侧髋瘀青地跑去工作了。

秋天

3　市政府的鸽子

鸟儿们迁徙时遵循的路线，不管是往南还是往北，不管是秋天还是春天，都很少穿过城市。大群的鸟沿着森林的边界，飞过画着道道条纹的圆丘田地，高高地切过天空，有时好像是顺着河流、山谷沟壑的曲线飞，有时好像是跟着轻风那看不见的线路飞。但是，当它们一看到城市铁链一般的屋顶出现在面前时，就会远远地飞开。

但是，有一次，一群常在秋季迁徙的丘鹬却出现在一条街上方的那片天空中。只有马可瓦尔多发现了它们，他走路的时候总是鼻子朝天。他那时正骑着一辆三轮运货车，突然看到了鸟，蹬车蹬得更猛了，就好像要去追赶它们一样，他被一种自己就是猎人的幻想攫住，尽管除了士兵的枪，他还从来没有挎过别的任何枪。

他走路的时候眼睛一直盯着飞翔的鸟，就这样骑到了一个十字路口的中央，信号灯正红着，周围全是车，他差一点被撞到。就在一个脸色绛紫的警察在小本子上记下他的名字和地址时，马可瓦尔多还在用目光追寻着天空中的那些翅膀，但是它们早就无影无踪了。

在公司里，一张罚款单给马可瓦尔多带来了尖锐的指责。

“你连红绿灯都不会看？”仓库主任维利杰莫先生对他大吼道，“你到底在看什么，你长了空壳脑袋啊？”

“一大群丘鹬，我在看……”他说。

“什么？”维利杰莫先生问。主任是一个老猎手，听了这话两眼放光。马可瓦尔多就说了一下经过。

“星期六我要带上狗和步枪！”主任说，他愉快极了，早就忘了发脾气，“猎人们已经开始往丘陵上挺进了。鸟儿肯定是被那上面的猎人吓怕了，就拐到城市上空来了……”

于是那一整天，马可瓦尔多的脑子就像一口磨似的磨来磨去。“这个星期六，丘陵上很可能会聚满了猎人，不知道会有多少丘鹬掉在城里呢；如果我能想到办法的话，星期天就能吃上烤丘鹬了。”

马可瓦尔多住的公寓里，屋顶上有个阳台，上面挂着很多根用来晾衣服的铁丝。马可瓦尔多带着一桶粘鸟胶、一把刷子，还有一包玉米粒，同自己的三个孩子爬了上去。就在孩子们四处撒玉米粒的时候，马可瓦尔多在栏杆上、铁丝上、烟囱顶部的边缘刷满了粘鸟胶。他涂得太多，以至于菲利佩托，玩着玩着差点把自己也粘在上面。

那天晚上马可瓦尔多梦见屋顶上布满了被粘鸟胶粘住的、一跳一跳的丘鹬。他更为贪吃和懒惰的妻子多米蒂拉，梦见已经烤熟的鸭子摆在烟囱的顶部。他浪漫的女儿小伊索拉，梦见了可以装饰帽子的蜂鸟。米凯利诺梦见在上面找到了一只鹳鸟。

第二天，每过一小时，孩子中的一个就跑到屋顶上去检查：其实就是在天窗上稍稍地露出点头，因为这样一来，如果其时有鸟正好要栖落，就不会受惊了，然后孩子再回到下面去汇报消息。消息从来就没好过。直到接近中午的时候，保利诺回来时大叫道："有了！爸爸！你快来！"

马可瓦尔多背上一只袋子爬到上面去。被粘鸟胶粘住的是一只可怜的鸽子，一只城里那种灰色的鸽子，它们早已习惯了人群，习惯了广场上的聒噪。其他鸽子在周围飞来飞去，忧伤地注视着它，而它，正在试图把翅膀从那团自己轻率落脚的糊状物上挣脱。

当马可瓦尔多一家人正在给那只瘦弱多筋、被烤熟的鸽子剔骨头时，他们听见了敲门声。

那是房东家的仆人："太太找您！请您赶紧来！"

他非常担心，因为他已经拖了六个月的房租了，很怕她要逐他们出去。马可瓦尔多去了太太家，是在楼里的第二、第三层。他刚进大厅，就看见那里已经有一个访客了：那个脸色绛紫的警察。

"您过来，马可瓦尔多，"太太说，"有人告知我，在我们的阳台上，有人在猎市政府的鸽子。您什么都不知道吧？"

马可瓦尔多感到自己都要冻僵了。

"太太！太太！"就在那时，一个女人的声音大叫着。

"怎么了，古恩达琳娜？"

洗衣女工进来了。"我去阳台上晾衣物，所有的衣物都给粘在上面了。为了取下来我就拽了一下，结果给撕破了！所有的衣物都扯坏了！究竟是怎么回事呀？"

马可瓦尔多一手揉着胃，就好像不能消化一般。

冬天

4　消失在雪里的城市

那天早上，把他弄醒的是寂静。马可瓦尔多从床上起来的时候就感到空气中有什么奇怪的东西。他不知道那时是几点，从百叶窗叶片间透进来的光线与白天黑夜中任何时刻的光线都不同。他打开窗子：城市不见了，取而代之的是一张雪白的纸。在那白茫茫的世界中，如果眯起眼睛仔细去看的话，也还能辨别出来几道几乎被抹掉的线条，是与平日习以为常的情景相符的：那附近的窗户、屋顶、路灯，都消失在夜间降下的白雪下。

“下雪啦！”马可瓦尔多对妻子喊着，也就是说他是想喊的，但声音一从他嘴里出来就减弱了。好像那雪不仅落在了线条、颜色和景色上，还落在了声音上，更准确地说，是落在了发音的可能性上；就好像声音挤在一个塞满了东西的空间里，振动不得。

马可瓦尔多步行去上班，因为大雪，电车停运了。一路上，马可瓦尔多自己给自己开着路，感到从来没有如此地自由过。在城里的街道上，人行道和车行道之间的每一处差别都消失了，车辆不能通行了，而马可瓦尔多虽然每走一步半条腿都会陷在雪里，甚至都能感到雪渗到袜子里去了，但他现在成了马路的主人，可以步行在马路中央，可以肆意践踏花园，可以踩在斑马线外过马路，可以走出“之”字形的路线。

不管是小街还是大道，好像都成了群山围出的洁白峡谷，伸向无垠而荒芜的远方。谁知道藏在那面雪白披风下的城市还是不是原来的那座，或是被替换成了另一座？谁知道藏在那些白色小丘壑下的还是不是加油站、报亭、电车站，或只是成堆成堆的雪？马可瓦尔多一边走着，一边幻想着自己迷失在别的城市中：然而他的脚步却把他带到了每天都去上班的地方，那个惯常的仓库，一跨过门槛，小工马可瓦尔多就惊讶地发现自己又回到了一成不变的那几面墙之间，就好像把外面世界都抹除掉的变化独独忘了他的公司。

在仓库里等着他的，是一把比他还高的铲子。仓库主任维利杰莫先生，一边把铲子递给他，一边说道：“公司外面人行道上的雪应该由我们来铲，也就是说应该由你来铲。”马可瓦尔多扛上铲子就又出门了。

铲雪非同儿戏，尤其是当一个人饿着肚子的时候，但马可瓦尔多觉得这雪就像是自己的朋友，也好像一种什么成分，能消除掉把自己的生活囚禁于其中的牢笼。这活儿他干得很是努力，眼见着大铲大铲的雪被他从人行道上抛到了马路中央。

同样对这雪充满了感激之情的，还有失业人员斯基斯蒙德，因为这天早上临时被政府招去铲雪，眼前这几天的工作终于可以得到保证了。但是与马可瓦尔多那种含糊的幻想有所不同的是，他的这种情感是精确到多少立方米的雪要从多少平方米的路面上清除开来的；总之他就是想要扫雪队队长看到自己有多卖力。然后借机弄个一官半职什么的（这才是他藏而不露的野心）。

可是斯基斯蒙德转身看到了什么？他刚刚铲好的那一段车行道又给乱七八糟的一铲铲雪给盖住了，旁边人行道上有个家伙正在气喘吁吁地铲着雪。他气得差点儿要中风。他跑到那个家伙跟前，用自己沾满雪的铲子指到那个人的胸前。“嘿，说你呢！是你把雪铲到我这条道上的吗？”

“嗯？怎么啦？”马可瓦尔多吓了一跳，但也没否认，“啊，好像是的。”

“这样吧，要么你赶快给我用铲子把你铲过来的雪弄走，要么我能让你把这雪吃得连一片雪花也不剩。”

“可我得铲人行道上的雪啊。”

“我反正要铲路上的雪。怎么说吧？”

“那我人行道上的雪搁哪儿？”

“你是政府招来铲雪的吗？”

“不是。我是 Sbav 公司的。”

斯基斯蒙德于是就教马可瓦尔多如何把雪堆在人行道的边上，马可瓦尔多帮斯基斯蒙德把他那一段路也铲干净了。完了他们俩把铲子插在雪里，心满意足地欣赏着干完的活儿。

“有烟吗？”斯基斯蒙德问。

就在他们忙着点各自那半根烟的时候，一辆铲雪车从这条路上开过，两排白色的巨浪被掀了起来，又落在两旁。事实是，那天早上的任何声响都化成了一种窸窸窣窣的声音。于是当他们俩抬起眼睛的时候，发现刚铲干净的那一段又铺满了雪。“怎么回事儿啊？又下雪啦？”他们仰头望向天空。而那辆转着大刷子的铲雪车已经拐过弯去了。

马可瓦尔多学会了怎么在把雪堆在一起的时候把雪拍实了。如果他继续这么堆下去，简直可以为自己造出路来了，他的这些路可以把他带到只有他知道的地方去，而其他所有的人都会在他造出来的路上迷路。重建这座城市，堆出跟房子一般高的小山丘，这样一来别人都分不清哪些是堆出的山丘、哪些是真正的房子了。或者，也许所有的房子从里到外都已经变成雪做的了；整座城市，连同城里的雕像、钟楼，还有树木，也都变成雪做的了，一座用一铲铲的雪就可以毁掉，当然也可以用其他方式重建的城市。

人行道旁边某一处有一大堆雪。当马可瓦尔多快要把自己那一堆雪堆到边上那堆雪的高度时，他才意识到那堆雪其实是一辆汽车：董事会主席、授勋骑士阿博伊诺的豪华轿车，全被雪覆盖住了。既然一辆车和一堆雪之间的差别这么小，马可瓦尔多干脆用铲子塑起一辆车子形状的雪堆来。堆出来的效果还不错：在这两堆雪之间，还真辨别不出哪一个是真车了。为了给自己的作品再最后润色一下，马可瓦尔多还用上了一些他铲雪铲到的废弃物：一个生锈的罐子，可以弄成车灯的模样；而水龙头呢，正好可以当车门的把手。

当授勋骑士阿博伊诺主席从大门里出来的时候，门卫、门房、勤杂工什么的纷纷脱帽致敬。近视眼的主席坚定而充满活力地快速朝自己的车子走去，他一把握住突在外面的水龙头，猛地往外一拉，脑袋一矮，一头钻进了雪堆里，雪一直没到了颈子。

而马可瓦尔多那时早已转过了拐角，去铲院子里的雪了。

院子里的孩子搭了一个雪人。“还差一个鼻子！”他们中的一个喊着，“我们放什么好呢？一根胡萝卜！”接着他们就各自跑回家，在厨房的蔬菜堆里找胡萝卜去了。

马可瓦尔多注视着那个雪人。“就是说嘛，根本看不出这底下都只是雪呢，还是什么东西叫雪盖住了。只有一种情况例外：这里面是人，因为我就是我，不是这里的这个雪人，这个是可以知道的。”

马可瓦尔多只顾着沉思，没注意到房顶上有两个男人正冲着他嚷嚷：“嘿，先生[1]，麻烦您让开点儿！”是那些把屋瓦上的雪往下弄的人。就这样，突然间一大团三公担[2]重的雪正好落在他身上。

孩子们带着他们的战利品胡萝卜回到院子里来。“哎！有人又堆了个雪人！”在院子中央，有两个一模一样的雪人，紧紧地挨在那儿。

“我们给它们俩都安上鼻子！”接着就把两根胡萝卜分别插在了两个雪人的脑袋上。

马可瓦尔多被埋在那个雪做的包裹物里，被冻得半死不活的，突然感到有食物送进来了，就顺便嚼了嚼。

“我的妈呀！胡萝卜没了！”孩子们都给吓坏了。

最勇敢的那个孩子没泄气。他还有一个备用的鼻子：一个菜椒。他把菜椒贴在雪人的头上。雪人把菜椒也给吞下去了。

于是他们又试着在它鼻子的部位安上一块煤炭，一小条一

1 原文中“先生”一词为皮埃蒙特大区方言。

2 一公担等于一百公斤。

小条的那种。马可瓦尔多花了全身的气力一口把炭吐了出来。“救命啊！是活的！是活的！”孩子们逃开了。

在院子的一个角落有一面格栅，云一般的一团热气正从里面冒出来。马可瓦尔多迈着雪人般沉重的脚步走了过去，在那里待着。慢慢地，他身上的雪化了开来，雪水在衣服上淌成一道道“小溪”：浑身已经冻肿了的马可瓦尔多又现身了，他的鼻子因感冒而堵住了。

为了暖暖身子，他拿起铲子，在院子里干起活来。他鼻尖上有个喷嚏停顿在那里，好像马上就要出来了，却又怎么都不肯出来。马可瓦尔多铲着雪，半眯着眼睛，而那喷嚏呢，就一直那么栖在他的鼻尖上。忽然，只听见轰隆隆地传来：“啊啊啊啊啊……”的一声，紧接着“……嚏！”也出来了，这一声比地雷爆炸还要响。受这个爆炸般喷嚏带来的空气置换作用力的影响，马可瓦尔多被冲到了墙上。

这哪里是空气置换啊：这个喷嚏带来的简直就是一阵龙卷风。院子里所有的雪都给扬了起来，像下暴风雪似的纷飞旋转着，然后都被吸了上去，在天空中化成粉末。

当马可瓦尔多从昏厥中苏醒，再次睁开眼睛的时候，院子里全空了，连一片雪花都见不着了。在马可瓦尔多看来，院子又呈现出了原来的模样：灰秃秃的墙，仓库里的箱子，各种东西又像往常那样棱是棱、角是角的，充满了敌意。

春天

5　黄蜂疗法

冬天过去了，却留下了风湿痛。正午微弱的太阳让这一天都变得喜悦起来，马可瓦尔多坐在一条长椅上，看了几个小时的树叶吐芽，等着回到公司去。一个小老头来到他身边坐下，那老头驼着背，身上的大衣打满了补丁：他是某个里奇耶里先生，退了休，在世上孤身一人，也是洒满阳光的长椅的常客。这个里奇耶里先生时不时地会抽一下身子，大叫道："啊呀！"然后在他的大衣里驼得更厉害了。他患有风湿病、关节痛、腰痛，这是他在潮湿寒冷的冬季里落下来的病，可这病却会一年四季地伴随着他。为了安慰那老头，马可瓦尔多就给老头解释自己的、他妻子的，还有他的大女儿伊索丽娜[1]患风湿病各个阶段的不同情况，伊索丽娜那个小可怜，成长得不是很健康。

马可瓦尔多每天把中饭裹在报纸里；他坐在长椅上，将报纸打开，把那份皱巴巴的报纸递给迫不及待伸手而来的里奇耶里先生，说："我们来看看有什么消息。"他永远带着同样的兴趣来读报，即使那是两年以前的。

于是有一天，他在报纸里找到了一篇文章，介绍用蜜蜂毒汁治愈风湿的方法。

"可能是用蜂蜜。"马可瓦尔多说。他总是倾向于乐观主义。

"不，"里奇耶里说，"是用毒汁，这里说了，是用那蜇针里的毒汁。"他于是给马可瓦尔多读了几段。他们长时间地讨论了蜜蜂，讨论了它们的功效，还有采用这种治疗要花费多少钱。

自那以后，马可瓦尔多在路上走时，总是侧耳聆听着各种嗡嗡声，用目光追随着飞在他身边的各种昆虫。就这样，他观察到了一只盘旋着的黑黄间隔、腹部饱满的黄蜂，还看见它挤进了一棵树的树洞，其他的黄蜂正从里面爬出来：那里嘁嘁喳喳的声响和黄蜂的来来往往说明树干里有一个完整的黄蜂巢。马可瓦尔多立刻开始了追捕。他随身带着一个玻璃罐子，里面还留有两指厚的果酱。他把打开的罐子放在树旁。很快一只黄

1 "伊索丽娜"是"伊索拉"的昵称。

蜂就被那甜味吸引，嗡嗡地飞来，钻进去了；马可瓦尔多敏捷地用纸盖捂住了罐子。

他一看见里奇耶里先生，就说："快，快，我这就来给您注射！"还给他看了看那个小瓶子，里面囚着那只愤怒的黄蜂。

小老头犹豫不决，但马可瓦尔多怎么都不愿推迟试验，并且坚持就在他们常坐的长椅上做：病人都不需要脱衣服。里奇耶里先生怀着恐惧与希望，撩起了大衣、外套和衬衫的衣角边，在内衣有洞的地方拨开一处，露出他常腰疼的地方。马可瓦尔多把瓶口贴在那里，扯走用来做瓶盖的纸片。开始的时候，什么都没发生；黄蜂静止不动：它睡着了吗？马可瓦尔多为了叫醒它，就敲了敲罐子底部。这一敲真是必要：昆虫直冲向前，把蜇针戳进了里奇耶里先生的腰部。老头发出一声尖叫，疼得站了起来，就像阅兵时走正步的士兵那样踱了起来，一边揉着被蜇的地方，吐出了一连串含糊不清的骂人话。

马可瓦尔多十分满意，那小老头从没有这么雄赳赳地挺过身子。但一个警察在那附近停了下来，惊讶地瞪大了眼睛看着他们；马可瓦尔多挽上里奇耶里的胳膊，吹着口哨离开了。

他回家时罐子里又装着另一只黄蜂。说服他妻子也给蜇一下并不是件容易的事，但最后他还是说服了她。过了一会儿，多米蒂拉只是抱怨了一下被黄蜂蜇过的灼痛。

马可瓦尔多于是开始全速投身于捕捉黄蜂的活动之中。他给他女儿也注射了一次，然后又给妻子来了一针，因为只有按疗程治才能奏效。然后他决定也给自己扎上一针。大家都知道孩子们是怎么样的，他们嚷嚷着“我也要，我也要”，但马可瓦尔多更愿意让他们带上罐子，打发他们去逮新的黄蜂，以供应每天的消耗。

里奇耶里先生来家里找他；和他一起的还有一个小老头，乌尔力克骑士，他拖着一条腿，想立即开始治疗。

消息传开了；马可瓦尔多现在有条不紊地工作：他总有半打黄蜂作为备用，每一只都待在自己的玻璃罐里，被列在搁板上。他把玻璃罐敷在病人的背部，就好像在打针，然后抽掉纸盖，等黄蜂蜇过后，他就像一个颇有经验的医生那样，从容地在刺过的地方擦抹酒精棉。他家只有一个房间，那里睡着整个一家人；他们用一面临时屏风把房间分成两半，这边是候诊室，那边是诊室。马可瓦尔多的妻子把顾客领入候诊室，并在此收取诊疗费。孩子们带着空罐子，跑到有黄蜂巢的地方去，准备供给。有几次，黄蜂也蜇过他们，但他们几乎都不再哭了，因为他们知道黄蜂有益于健康。

那一年风湿病就像章鱼的触角一样在人们中蔓延；马可瓦尔多的疗法远近闻名起来；一个星期六的下午，他可怜的阁楼里挤满了一小群饱受折磨的男人和女人，他们一手按着腰背或捂着胯部，有些人还是衣衫褴褛的乞丐相，其他人则是阔绰人的模样，他们都被那个新颖的疗法吸引而来。

“快”，马可瓦尔多对自己的三个儿子说，“你们拿上罐子，给我去捉尽可能多的黄蜂回来。”孩子们就去了。

那是有太阳的一天，路上嗡嗡嚷着很多黄蜂。孩子们已经习惯在离有黄蜂巢的那棵树远一些的地方捕捉，专找独自活动的黄蜂。但那天，米凯利诺为了尽快地逮到更多的黄蜂，就在那个黄蜂巢的开口旁捉起了黄蜂。“必须这样做”，他对弟兄们说着，一只黄蜂刚停落，他就把它赶到瓶子的上方，企图这样逮住它。但是那只黄蜂每次总是飞走，并在离黄蜂巢越来越近的地方歇脚。现在它就停在树干洞口的边缘，米凯利诺正要把它从瓶口赶进瓶中时，他听到另外两只巨大的黄蜂冲着他猛扑而来，就好像想蜇他的脑袋。他躲开了，但仍感到了针刺的剧痛，痛得直叫唤，瓶子也丢掉不管了。但是，对自己闯祸的担心很快就抹去了他的疼痛：瓶子掉进黄蜂巢的洞里去了。再也听不见嗡嗡声了，再没一只黄蜂从那里头出来了；于是当从黄蜂巢里喷出一朵厚厚的黑云并伴着震耳欲聋的嗡嗡声时，米凯利诺连喊的气力都没有了，他后退了一步：所有的黄蜂都被激怒了，成群地飞了出来。

弟兄们听到米凯利诺大喊了一声，还跑了起来，他这一辈子从没这么跑过。他就像是一列蒸汽火车，身后的那团黄蜂云就像是烟囱里的浓烟。

一个被追赶的孩子能往哪里逃呢？往家里逃！米凯利诺就是这样的。行人根本就来不及明白那个介于云雾和人形之间的东西究竟是什么，只见它混着嗡嗡的巨响，在街上全速飞奔。

马可瓦尔多正在对他的病人说："您要有耐心，黄蜂马上就到。"当门打开时，那一大群黄蜂就闯进了房间里。他们甚至都没有看到米凯利诺把脑袋一头埋在水盆里：整个房间里满是黄蜂，还有徒劳挥舞着胳膊企图赶走黄蜂的病人们。可风湿病患者的动作却是奇迹般地敏捷，他们僵硬的四肢在剧烈的动作中变得灵活自如。

消防队员来了，然后是红十字会的人。马可瓦尔多躺在医院里的病床上，他的顾客被蜇得浑身浮肿，难以辨认，在病房里其他病床上对他破口大骂，他却一声都不敢回。

夏天

6 一个有着阳光、沙子和睡意的星期六

“为了您的风湿病，”职工医疗互助会的医生说，“今年夏天您可得好好做做沙浴。”于是一个星期六的下午马可瓦尔多就去考察河边的沙滩了，他想找到一块干燥且能照到太阳的沙地。但只要是有沙子的地方，河里就全是一片生锈铁链吱嘎作响的声音；挖掘机和起重机忙个不停：那些老旧的机器就像恐龙一样，在河里挖来挖去，然后把挖上来的大斗大斗的沙倒在停在柳树林中的建筑公司的卡车里。一连串的挖掘机铲斗垂直着升上去，再被倒扣着降下来，起重机沿着自己长长的颈子，抬起一个鹈鹕嗉囊似的东西，那上面还滴着从河底带出来的乌黑色淤泥。马可瓦尔多俯身去摸沙子，在手心里捏了捏；沙子是潮

湿的，就像一团泥，一团淤泥：虽然在太阳能照得到的表面也形成了一层干燥而松散的硬皮，但那层硬皮一厘米以下，就又是湿湿的沙子了。

马可瓦尔多把自己的孩子也给带了过来，本来是指望让他们干点儿活儿，想让他们用沙子把自己埋起来的，可是他们却急不可耐地要下水玩耍。“爸爸，爸爸，我们跳水吧！我们在河里游泳吧！”

“你们疯了吗？牌子上写着‘下水极度危险’呢！会淹死人的，就像石头那样沉到河底去！”接着还解释说，挖掘机把河底挖空了，所以现在河底就跟一个个空漏斗似的，在把水流往下吸的时候，会形成各种旋涡和涡流。

“旋涡，让我们看看旋涡！”对孩子们来说，“旋涡”这个词听起来很是欢快。

“旋涡是看不见的：你在游泳的时候，它会抓住你的脚，然后把你往下拽。”

“那个东西呢，为什么不往下沉？那是什么，一条鱼吗？”

“不，那是只死猫，”马可瓦尔多解释道，“它能浮在水上是因为肚子里灌满了水。”

“旋涡会抓住猫的尾巴吗？”米凯利诺问。

长着草的河岸坡子上，有那么一块地既开阔又平整，那里竖着一面大筛子。两个采砂工人正在筛一堆沙子，他们一铲一铲地把沙子铲向筛子，再一铲一铲地把筛出来的沙子铲到一艘低矮的黑色货船里，那是一只类似于驳船的船，被系在柳树上，在河里荡来荡去。那两个大胡子正顶着酷热干活，他们戴着帽子，穿着褴褛不堪甚至有点儿发霉的夹克，光着腿脚，刚及膝盖的裤子也已经破成碎布片了。

正是在那堆被筛选出来的、要晾上好几天的沙子中，马可瓦尔多认出了自己所需要的沙子，那从渣滓里分离出来的沙子颗粒细、色相浅，好像海边的沙子一般。但他发现得太迟了：他们已经在往船上堆沙子了，它就要被带走了……

不，还没有：采砂工人整好了这一船沙后，却抽出了一瓶酒，他们这么你一口我一口地几大口下去后，便在白杨的树荫下躺了下来，等待一天中最热的时段过去。

“只要他们还在那里睡着，我就能躺在他们的沙子里做沙浴！”马可瓦尔多这么想着，赶紧低声支使起孩子来，“快点，快来帮我！”

他跳到装沙的船上，把衬衫、裤子、鞋子全脱了，钻进沙子里。“快把我埋起来！用铲子！”他对孩子们说，“不，头不要埋；我得靠头呼吸啊，头要留在外面！其余的地方全埋起来！”

对孩子们来说，这就好像是用沙子堆出各种东西。“我们用沙滩模具堆？不，我们要堆一个有城堞的城堡！什么呀，搞一个玻璃弹珠跑道才好呢！”

“现在你们都给我走开！”马可瓦尔多在他的沙棺里喘着粗气说，“我是说，你们走之前，先弄个纸帽子，盖在我的额头和眼睛上。然后你们再跳回岸上去，去远一点儿的地方玩儿，要不采砂工人醒了后就得赶我走了！”

“我们可以在岸上用绳子牵着船，让你在河上漂。”菲利佩托提议道，说着手上的绳索已经解掉一半了。

马可瓦尔多僵在那里，歪着嘴巴、斜着眼睛训斥起他们：“如果你们再不赶紧走开，那就是逼着我从这里面出来了，看我怎么用铲子打你们！”孩子们连忙逃开了。

太阳很晒，沙子很灼人，马可瓦尔多在纸帽子下面大汗淋漓，就在他忍受一动不动地躺在那里给沙子烧的痛苦时，他也感到了一种满足感，那是一种受罪的治疗和讨厌的药物带来的满足感，因为人们常常这样认为：你越觉得难受就说明疗效越好。

绳索顺着缓缓的水流一张一弛地牵着船，马可瓦尔多就这么被摇睡着了。而那个绳索上的结呢，之前就已经被菲利佩托解掉一半了，现在来回摇晃，就完全解开了。于是这艘装满了沙子的船，就自由自在地顺流而下了。

那是午后最热的时候，一切都在沉睡：被沙子埋掉的男人，趸船码头上的架子，空无一人的桥梁，舷墙后时不时冒出来的、百叶窗紧闭着的房子。河的水位很低，但那船被水流推着，总能让开那些时不时冒出来的淤泥浅滩，就算是碰到了河底，船也会被送到水流更深的地方去。

正是在这些轻轻的碰撞中，马可瓦尔多睁开了眼睛。他看到洒满了阳光的天空，天空中飘着那种夏天才会有的低低的云。“这云跑得好快呀，”他这么想着，“连一丝风都没有哎！”然后他看见了电线：电线也像云一样跑得很快。他把眼睛往侧面转了转，可压在身上的沙很沉，不允许他大幅度地转头。右边绿色的河岸很远，正跑着；左边灰色的河岸也很远，也在跑着。他一下子明白过来，自己乘坐的船正在河中央航行着：没人理会他：他一个人，被埋在一艘没有桨也没有舵的、偏了航的船上。他知道自己应该赶紧起来，让船靠岸，并向别人求救；可是同时，那个做沙浴时要求绝对静止的想法占了上风。他觉得自己应该尽可能地保持静止状态，才好不错过宝贵的治疗时间。

就在那时，他看见了一座桥；通过装饰桥上栏杆的雕像和路灯，根据拱孔划过天空的宽度，他认出了这是哪座桥：他没想到自己已经走了那么远。就在船进入桥拱抛出来的那片不透明的阴影地带时，他想起来这河有一段急流。过了桥的一百多米处河床会有一个落差；而这船也会顺着瀑布翻下去，他呢，将会被沙、水、船所吞没，没有任何活着出来的可能。但就算是这样，在那一刻，他最大的顾虑却还停留在即将因此而失去的沙浴疗效上。

他等着船摔下去。这也确实发生了：但只是翻了个底朝天。在这个低水位的季节，在湍流的边缘堆着很多泥滩，有些泥滩上甚至长出了一丛丛稀疏的绿色芦竹和灯芯草。平平的船底水下部分就这么搁浅了，整艘船上的沙子和沙子里埋着的男人都给颠了出去。马可瓦尔多就像是被弹射器弹到了空中，就在那时，他看到了底下的河流。准确点儿说：他压根就没看到什么河，只看到了河里满满的都是熙熙攘攘的人。

那是一个星期六的下午，这段河里挤着一大群游泳的人，河里的水很浅，只到肚脐的高度，好几个班的小学生都在水里嬉戏，胖女人和一些先生仰面浮在水面上，姑娘们穿着比基尼，小混混们互相厮打着。河里还有充气垫、球、救生圈、汽车轮胎、划艇、带桨的船、有桅杆的小船、橡皮艇、汽艇、救生艇、划船协会的快艇，拖着三层刺网的渔民，举着钓鱼线的渔民，撑着伞的老太太，戴着草帽的大姑娘，狗，狗，还是狗，从迷你贵宾犬到圣伯纳犬，就这样，整条河里连一厘米深的水都看不到。马可瓦尔多就这么飞着，不确定自己是会摔在充气垫上，还是会落在什么臃肿贵妇人的怀中，但有一件事情是可以肯定的：掉下去的时候他肯定不会沾上一滴水。

秋天

7　饭盒

那个被唤作“饭盒”的、圆圆扁扁容器的乐趣首先在于它是可以拧下来的。单是这个拧盖子的动作就足以让人流口水了，而如果还不知道那里面是什么，那就更妙了，比如，妻子每天早上准备的饭盒。揭开饭盒，就能看见里面被捣碎的食物：小香肠煮小扁豆，或者是熟鸡蛋加甜萝卜，再或者是玉米糊配鳕鱼干，一切都在那片圆周区域中被安排得很好，就好像在地球仪上的大陆和海洋一样，即使东西不多，也有丰盛厚实的效果。盖子一旦被拧开，就成了盘子，于是就有了两个容器，就可以开始分配盒里的东西了。

小工马可瓦尔多，拧开饭盒后，迅速吸了口饭香，伸手去拿他总是随身携带在口袋里被裹起来的餐具，这是从他不回家吃饭，而改为用饭盒吃午饭以后开始养成的习惯。用叉子捣的前几下是用来唤醒那有点僵掉的食物的，让它像刚刚上桌的菜那样富有立体感和吸引力，那里头的食物已经蜷缩成一团好几个小时了。于是他观察起来，东西不多，他就想“最好慢慢吃”，可那前几叉的饭却被极为迅速和贪婪地送到了嘴边。

第一种滋味，是吃冷菜时的悲伤，但是很快他就能愉悦起来，因为会找到熟悉的饭桌上的味道，这味道被复制到一个不同寻常的布景中去。马可瓦尔多这会儿已经徐缓地咀嚼起来了：他坐在一条林荫道的长椅上，一个靠近他单位的地方；因为他家很远，中午时回家是既浪费时间，也浪费电车票上的孔，于是他就改用饭盒吃中饭，还特意买了饭盒，在露天吃饭，看着过往的行人，然后在一口喷泉里接水喝。如果是秋天，还有太阳，可以选择阳光所及之处；红色油亮的树叶从树上掉下，给他用来当餐巾纸；香肠皮扔给流浪狗吃，它们很快就跟他交上了朋友；在路上没有人经过的时候，麻雀会拾起面包屑。

他在吃饭的时候，想着：“为什么我老婆做的菜我在这里会喜欢，然而在家里，伴着吵架、哭泣，还有会从每一场谈话中蹦出来的债务问题，我却喜欢不起来？”然后他就想了：“现在我想起来了，这些是昨天晚饭的剩菜。”这就又让他不快起来，也许是因为他不得不吃冷的、有点儿馊的剩菜，也许是因为饭盒的铝皮给食物染上一种金属的味道，但在他脑子里萦绕的想法是：“这就是多米蒂拉的意图，连远离她的中饭也要给我毁掉。”

就在那会儿，他发现自己都快吃完了，很快他又感到，那菜里有什么非常味美和罕见的东西，于是他又满怀着热情和虔诚，吃掉了饭盒底部的最后一点残羹，那些闻起来最有金属味的残羹。然后，他注视着空无一物、满是油腻的饭盒，又开始悲伤起来。

于是他把一切都裹了起来，塞进了口袋，站起来。回单位还早，在大衣宽敞的口袋中，餐具在空荡荡的饭盒里如打鼓一般咣当作响。马可瓦尔多去了一个酒馆，让人给他倒上一杯满到杯子边缘的酒，或是一杯咖啡，小口小口地饮；然后看看玻璃橱柜里的糕点，看看一盒盒的糖果和果仁糖饼，劝服自己不是真的想要那些东西，劝服自己真的是什么都不想要。他又看了一会儿桌上足球赛，说服自己只是在消磨时间，而不是在抑制食欲。他又回到路上。电车里重新挤满了人，接近回去上班的时间了；他也往回走。

马可瓦尔多的妻子多米蒂拉，出于某种原因，有时候会买上大量的香肠。然后接连三天晚上，马可瓦尔多总会在晚饭中吃到香肠配萝卜。现在，那香肠该是狗肉做的了；单是那味道就足以让他丢了胃口。至于萝卜，那种苍白而乏味的蔬菜，是唯一一种马可瓦尔多从来就不能忍受的素菜。

中午的时候，饭盒里还是冰凉而油腻的香肠配萝卜。他是那般健忘，仍旧充满好奇地馋嘴拧开了盖子，一点儿都不记得他昨天晚饭都吃了什么了，于是每天都是同样的失望。第四天，他把叉子插了进去，又一次闻到那味道，他从长椅上站起来，手里托着敞开的饭盒，心不在焉地在林荫道上走了起来。行人们看见这个男人散着步，一手拿着叉子，另一手托着一盒香肠，就好像是还没决定要不要把这第一叉菜送进嘴里。

这时一个男孩从一扇窗子里说：“嘿，你，男的！”

马可瓦尔多抬起了眼睛。在一幢豪华别墅的夹楼间，一个男孩胳膊肘撑在窗台上，窗台上搁着一盘菜。

“嘿，你，男的！你吃什么？”

“香肠烧萝卜！”

“你真有福！”男孩说。

“唉……”马可瓦尔多含糊地答。

“你想想，我得吃炸脑子……”

马可瓦尔多望着窗台上的盘子。那里有一盘炸脑子，柔软而弯曲的就像是一堆云。他的鼻孔在颤抖。

“为什么？你不喜欢吗，脑子？……”他问男孩。

“不喜欢，他们把我关在这里受罚，因为我不想吃脑子。但我还是要把这菜从窗户里扔掉。”

“那香肠你喜欢吗？……”

“哦，当然，那就像条蛇……我们家从来不吃……”

“那么你把你的盘子给我，我把我的给你。”

“太好了！”男孩高兴坏了。把自己那花饰陶制的盘子和雕满花纹的银叉子递给了男人，而男人则把自己的饭盒递给他，里面有把锡叉子。

这样，他们两人都吃了起来：男孩在窗台上，马可瓦尔多坐在对面那边的长椅上，两人都舔着嘴唇，说是从没有尝过如此美味的食物。

突然，男孩的身后出现了一位双手背在臀部的女管家。

“少主人！我的上帝！您在吃什么？”

“香肠！”男孩说。

“谁给您这香肠的？”

“那边那位先生。”他指了指马可瓦尔多，马可瓦尔多停下了对那一口脑子缓慢而勤奋的咀嚼。

“您快扔掉！我都听到了什么呀！您快扔掉！”

“但很好吃……”

“您的盘子呢？叉子呢？”

“在那位先生那里……”他又指了指马可瓦尔多，马可瓦尔多正把叉子举在空中，叉子上戳着一块被咬过的脑子。

那女人就叫了起来：“抓贼啊！抓贼啊！那餐具！”

马可瓦尔多站了起来，又看了一眼剩下一半的炸脑子，来到窗子旁，把盘子和叉子搁在窗台上，鄙视地盯了女管家一眼，退出身去。他听见饭盒滚到了人行道上，男孩的哭声，窗子被很不客气地关上的拍砸声。他弯下身来捡饭盒和盖子。饭盒和盖子有一点点擦破；盖子也拧不紧了。他把东西都塞进口袋里，去上班了。

冬天

8 高速公路上的森林

寒冷在这世上的游移有着上千种的形态和方式：在海面上，它就像一群马匹在奔跑；在田野里，它就似一群蝗虫猛扑而至；在城市中，它就如一叶刀片，切入街道，钻进没有暖气房间里的裂缝中。那天晚上，在马可瓦尔多的家里，最后的几根干树枝也没了，于是一家人就都裹在大衣里，看着炉子里的火炭渐渐黯淡下去，看着自己每呼吸一次都会从嘴巴里升起的团团雾气。他们什么都不再说了，那团团雾气就在替他们说话：妻子把这气吐得很长很长，就像是在叹息；孩子们把这气吐得相当专注，就像是在吹肥皂泡；马可瓦尔多一惊一乍地把这气往上喘，就像是什么转瞬即逝的灵机一动。

终于，马可瓦尔多下定了决心：“我去打柴火；谁知道能不能找得着呢。”他把四五份报纸塞进外套和衬衫之间，好像什么用来御寒的盔甲，然后将一把长长的锯子藏在大衣下。就这样，他在深夜出了门，身后是家人那盈满希望的绵长目光，他每走一步都会发出报纸沙沙的摩擦声，锯子也不时地从翻领中冒出来。

去城里打柴，说得简单！马可瓦尔多立刻朝两条路中间的一小块公共花园走去。那里一个人也没有。马可瓦尔多打量着一株株光秃秃的植物，想着牙齿冻得打战的家人，正在等自己回家……

小米凯利诺，正哆嗦着牙齿读一本童话故事书，这是他从学校图书馆借来的。书里讲的是一个伐木工人的孩子，带着斧子出门，去森林里打柴。“这才是该去的地方，”米凯利诺说，“去森林里！那里肯定有木柴！”他生在城市，长在城市，这森林他甚至都没有远远地瞧过。

说干就干，他和两个弟兄商量好了：一个操斧头，一个拿钩子，还有一个拎绳子，他们告别了妈妈，去寻找森林。

他们在灯火通明的城里走着，只能看得到房子，至于森林，是影子都没见着。他们碰到很少的几个行人，但都不敢问他们哪里会有森林。就这样，他们来到了不再有城里那种楼房的地方，那里的路也变成了高速公路。

在高速公路的两边，孩子们看见了森林：一片长着奇形怪状树木的茂密植物，遮住了他们的视野。这些树有着纤细的树干，或挺直，或歪斜；树冠扁平而宽阔，形状和颜色都是最奇怪的，当有车经过时，车灯把它们照得通亮。树枝有牙膏形的、人脸形的、奶酪形的、手掌形的、剃刀形的、酒瓶形的、奶牛形的、轮胎形的，上面布满了字母组成的单词叶片。

“太好啦！”米凯利诺说，“这就是森林！”

他的弟兄们着迷地望着月亮从那些奇怪的阴影中冒出来：“真美呀……”

米凯利诺赶忙提醒他们此行的目的：打柴。于是他们就砍倒了一株黄色报春花形的小树，把它劈成了几截，带回家去。

马可瓦尔多载着他少得可怜的几根湿树枝回了家，发现炉子正旺着。

“你们是从哪里弄到的？”他指着广告牌的残余物惊叹，由于那广告牌是用胶合木板做的，所以很快就烧完了。

“在森林里！”孩子们叫着。

“什么森林？”

“高速公路上的那片森林。那里全是树！”

既然如此简单，而且家里又没柴火烧了，马可瓦尔多干脆效仿起孩子们来。他又带着锯子出门了，来到高速公路上。

路警阿斯多尔夫有一点儿近视，又是晚上，他骑着摩托车执勤，他应该戴眼镜的；但他对谁也没说，怕因此影响自己的前途。

那天晚上，有人告发了这样一件事，高速公路上有群淘气鬼，把广告牌弄倒了。路警阿斯多尔夫便去检查情况。

在公路的两旁，森林般奇形怪状的形象伴随着阿斯多尔夫，既像是在警告，又像是在招手示意，他转着那双近视眼，一个个地仔细检查着这些形象。这不，借着摩托车的车灯，他突然发现一个小鬼头正攀在一块广告牌上。阿斯多尔夫刹住车："喂！你在那里干什么？马上给我跳下来！"可那小鬼一动不动，还朝他吐舌头。阿斯多尔夫靠过去，才发现那是一则奶酪广告，上面是一个舔着舌头的小胖子。"是啊，是啊。"阿斯多尔夫说，又赶紧上路。

过了一会儿，在一块巨型广告的阴影中，被照出一张惊慌而忧愁的脸庞。"站住！别想溜！"可并没有人溜，那是一张痛苦的人脸，被画在一只生满鸡眼的脚中间：一则鸡眼药的广告。"哦，抱歉。"阿斯多尔夫说着跑开了。

治偏头痛药的广告，是一个巨大的人头，他因为头痛而捂住了双眼。阿斯多尔夫经过，车灯照亮了爬在广告顶部的马可瓦尔多，他正举着锯子，想锯下一块木板。马可瓦尔多被车灯照得睁不开眼睛，身子越缩越小在那里一动不动，他抓住那个大脑袋上的一只耳朵，锯子已经锯在了额头中央。

阿斯多尔夫仔细地研究了一番，说：“啊，是啊，斯塔帕止痛药！这广告很有表现力！这个主意好！上面那个拿着锯子的小人儿象征着偏头痛，痛得把脑袋劈成了两半！我一下就明白了！”然后就心满意足地离开了。

周围寂静而寒冷。马可瓦尔多宽慰地叹了口气，在那个并不舒适的支座上重新调整了一下坐姿，继续干起他的活来。在被月亮照亮的天空中，锯子锯木板那微弱的唧唧呱呱声四下蔓延。

春天

9 好空气

“这些孩子，”职工医疗互助会的医生说，“需要呼吸一点好空气，要到有点儿高度的地方去，还需要在草地上跑跑……”

医生坐在这个半地下室的床与床之间，马可瓦尔多一小家子人就住在这里，医生把听诊器按在小特瑞萨的背上，她松脆的肩胛骨就像小鸟羽毛未丰的翅膀一样。那里有两张床，床上有四个孩子，四个都病了，他们在两张床的床头和床尾露出头来，面颊发热，两眼放光。

“广场上花坛里的草地行吗？”米凯利诺问。

“摩天大楼的高度行吗？”菲利佩托问。

“空气好得可以吃吗？”皮埃特鲁乔问。

高瘦的马可瓦尔多和他矮壮的妻子多米蒂拉，他们各用一只胳膊肘，撑在一个摇摇晃晃的屉柜两侧。然后撑着的胳膊肘不动，他们又抬起另一只胳膊，并让那只胳膊落在身侧，同时嘟囔道："他想让我们去哪里，八张嘴，满身的债，他想我们怎么做？"

"我们能把他们弄到最好的地方，"马可瓦尔多指出，"就是街上。"

"这好空气我们是会吸到的，"多米蒂拉总结道，"当我们被赶走的时候，我们就不得不睡在满天繁星底下了。"

一个星期六的下午，孩子们的病刚好，马可瓦尔多就带他们到丘陵上去散步。他们住在城里一个离丘陵最远的区域。为了爬到山上去，他们乘电车走了很长一段路程，那电车上拥挤不堪，孩子们只能看到他们周围乘客的腿。慢慢地，电车里的人都下去了；在终于空出来的车窗外，出现了一条上坡的林荫道。就这样，他们到了底站，开始步行。

那是初春，一点温热的阳光就已叫枝头开满了花。孩子们到处张望着，有点不知所措。马可瓦尔多领着他们走上一条绿树簇拥的台阶路。

"为什么会有上头没房子的台阶？"米凯利诺问。

"这不是一座房子的台阶，这就好像一条路。"

"一条路……那车子怎么爬台阶呢？"

周围是花园的护墙，护墙里面是些树。

“没有屋顶的墙……是炸弹轰掉的吗？”

“这些是花园……某一种院子……”父亲解释，“房子在里面，在那些树后面。”

米凯利诺摇了摇头，不是很信服的样子：“但院子是在房子里面的，又不是在外面的。”[1]

特瑞斯纳[2]问道：“在这些房子里住着树吗？”

他们爬得很慢，马可瓦尔多感到自己身上那种仓库里的霉味正在褪去。在仓库里，他每天要搬上八小时的包裹，同样在褪去的还有他住处墙上的湿斑，还有那一小扇窗户打出的光锥中落下的金色灰尘，还有深夜里的阵阵咳嗽声。他觉得孩子们现在也没以前那么面色发黄和羸弱虚脱了，几乎已经融入那光与绿色之中了。

“你们喜欢这里吧，对吗？”

“是啊。”

“为什么？”

“因为没有警察。可以随便摘花拔草，扔石子。”

“那呼吸呢，你们呼吸到了吗？”

---

1 意大利的院子多是在建筑里面的。

2 “特瑞斯纳”是前面提到的“特瑞萨”的昵称。

“没有。”

“这里空气很好。”

但他们却咕哝着说：“好什么呀。什么味道都没有。”

他们几乎一直上到山顶。在一个转弯口，能看见那底下的整片城市，无边无垠地铺在道路织成的灰网上。孩子们在草地上打着滚，就好像他们这一辈子就再没干过别的事情。袭来一阵风；已是晚上了。城里的几盏灯已经点起来了，朦胧地亮着。马可瓦尔多心里涌起一股感情，他想起年轻那会儿刚来到城里，他曾被那些道路、那些灯光吸引，就好像期待着什么未知的东西一样。燕子们在城市上空俯冲下去。

于是，他因为还得回到那下面而伤心起来，在凝成块的风景中，他辨认出自己那个街区的一片阴影：他觉得那旦就像是一片铅灰色的荒原，停滞而污浊，被鳞次栉比的屋顶、缭绕在树枝和烟囱上的缕缕烟雾覆盖着。

天凉了下来，也许该叫孩子们回去了。但是看着他们静静地挂在一棵树最矮的树枝上前后晃来晃去，他便打消了那个想法。米凯利诺来到他身旁，问：“爸爸，为什么我们不来这里住？”

“哎呀，傻孩子，这里没有房子，这里一个人都没有！”马可瓦尔多生气地说，因为他居然幻想能住到这上面来。

但米凯利诺又问了：“一个人都没有？那些先生呢？你看！”

空气灰了起来，从那底下的草地上来了一群男人，各个年龄的都有，所有人都穿着一件笨重的灰衣服，从系带子的方式来看就像是睡衣，每个人都戴着帽子，拄着拐杖。他们一伙伙地过来，有些人在高声讲话，有些人则在大笑，或把拐杖撑在草里，或把拐杖弯曲的手柄挂在胳膊上，在地上拖着。

“他们是谁啊？他们去哪里啊？”米凯利诺问父亲，但马可瓦尔多一声不吭地望着他们。

一个人走过来。那是四十岁上下的一个大个子男人。“晚上好！”他说，“那么，您给我们带来了城里的什么消息？”

“晚上好，”马可瓦尔多说，“您指的是什么消息？”

“没什么，也就是随便问问。”男人停下来说；他有张宽大的白脸，只是在脸颊最突出的地方，闪着一点儿玫瑰红或是红色，就像一片影子。“对每个从城里上来的人，我都这么问。我在这上面已经待了三个月了，您要明白。”

“那您从不下去吗？”

“谁知道啊，那要看医生什么时候愿意了！”他短促地笑了一声，“全看它们了！”他用手拍拍自己的胸部，还是那样短促地笑着，但有些气喘，“他们已经赶过我们两次了，说是痊愈了，但我一回到工厂，啪嚓，又病了！然后他们又把我送到这上面来了。谁知道，多好啊！”

“他们也是吗？……”马可瓦尔多问，指了指其他那些已经分散开来的人们，同时也用目光搜寻着菲利佩托、特瑞斯纳和皮埃特鲁乔，他们不在视线范围内。

“都是来度假的朋友，”男人说，挤了下眼睛，“这是归营前的自由活动时间……我们上床很早……这可以理解的。我们不能离边界太远……”

“什么边界？”

“这里仍是肺病疗养院的地盘，您不知道吗？”

马可瓦尔多赶紧牵上米凯利诺的手，米凯利诺一直胆怯地听他们说话。夜晚已经爬到了山上；那底下的街区再也分辨不出来了，但倒不像是被这阴影吞噬掉的，而是那街区把自己的阴影扩大到四处。是时候该回去了。“特瑞斯纳！菲利佩托！”马可瓦尔多喊着，找起他们来。“对不起，您知道吗，”他跟那男人说，“我看不见其他孩子了。”

那男人站到台阶边。“他们在那里，”他说，“在摘樱桃。”

在一个坑里，马可瓦尔多看见了一棵樱桃树，那周围都是穿着灰衣服的人，他们用拐杖的弯柄把树枝钩过来，也摘起了果子。特瑞萨和其他两个孩子跟他们在一起，都很愉快的模样，摘着樱桃，并从那些男人手里把樱桃接过来，和他们一起笑得正欢。

“晚了，”马可瓦尔多说，“挺冷的。我们回家吧……”

大个头男人挥动着拐杖头，指着那底下亮起的排排灯火。

“晚上的时候，”他说，“我就这样用拐杖，在城里散步。我选上一条路，一排街灯，就这么跟着，就这样……我会停在玻璃窗前，会遇见人群，还会跟他们打招呼……您以后在城里走路的时候，可以偶尔这样想想：我的拐杖正跟随着您……”

孩子们回来了，头上戴着树叶编成的花环，牵着病人们的手。

“这里真好啊，爸爸！”特瑞萨说，“我们还会回来玩吧，是吧？”

“爸爸，”米凯利诺脱口而出，“为什么我们不也来和这些先生一起住呢？”

“太晚了！你们跟这些先生们说再见！说：‘谢谢这些樱桃。’走啊！我们走！”

他们走上了回去的路。疲惫不堪。孩子们问的问题他一个也没回答。菲利佩托想让他抱，皮埃特鲁乔坐在肩上，特瑞斯纳拽着他的手，赖着不肯走，老大米凯利诺，一个人走着，踢着路上的石子。

夏天

10　和奶牛们旅行

夏夜城里的声响，从敞开的窗户中飘进因炎热而无法入睡的人的房间，当发动机平庸的嗡鸣声在某一刻突然稀薄并匿去时，夜晚城市真正的声音才可以听得清清楚楚。它会从寂静之中冒出来，谨慎而清晰，根据距离的远近而渐变着，还有夜游人的脚步声，一支夜间警卫队自行车的窸窣声，远处减弱下来的喧闹声，从楼上传来的打呼声，一个病人的呻吟声，一个仍在整点报时的老时钟。直至拂晓时，所有工人家庭的闹钟会开始上演一场交响乐，轨道上也会经过一辆电车。

这样的一天夜晚，马可瓦尔多挤在大汗淋漓的妻子和四个孩子中间，闭着眼睛听，想象着，在这团微弱声响的尘埃中，会有多少声音能从那人行道的路面上，穿过矮矮的窗户，渗入到底下，到他这个半地下室的尽头来。他听见一个赴约迟到女人的鞋跟欢乐而快速地踏着，听见捡烟头的人踩着磨破的鞋底走走停停，听见一个人感到孤独而吹起口哨，还能听见朋友们聊天，只需只言片语就能猜出他们是在谈体育还是在谈钱。但是在那样炎热的夜晚，那些声响都会失去所有的特点，它们就像被挤在空旷小路上的闷热熔化掉了，被削弱了，可它们好像同时也想要主宰并征服那一片无人居住的疆域。每一次有人出现的时候，马可瓦尔多都会伤心地认他们作兄弟，他们跟自己一样，就连在假期中，也会被债务、被家庭负担、被微薄的工资钉在那个灰尘缭绕而灼热不堪的水泥炉灶上。

就好像那个“不可能有假期”的想法，反倒即刻为他打开了梦想之门，他感觉自己听到了远处牲口的颈铃声、狗吠声，还有牛哞哞叫的声音。但他的眼睛是睁着的，不是在做梦：他竖起耳朵，试着去寻找支持那些模糊感觉的证据，或是否定；而后，还真传来一阵声响，就好像是成千上万的脚步声，缓慢、凌乱、低沉，正在徐徐靠近，盖去了其他声音，当然，那个生了锈的铃响声除外。

马可瓦尔多爬起来，穿上衬衫、裤子。“你去哪儿？”妻子说，她睡觉时很警觉[1]。

1 “睡觉警觉”用意大利语来表达是：睡觉时睁一只眼闭一只眼。

“有一群牲口正从路上经过。我去看看。”

“我也去！我也去！”总是会挑时候醒来的孩子们嚷嚷着。

那是一群像其他那些会在初夏夜间穿过城市，走向高山牧区的牲口。他们来到街上，因为没睡醒，眼睛还只是半睁着的，孩子们看见这灰色而有花斑的脊背，似河流一般涌入了人行道，蹭着贴满广告的围墙，擦着放下来的金属门帘，贴着“禁止通行”的告示牌，贴着加油泵缓缓走过。奶牛们迈着蹄子，踏着谨慎的步伐，从台阶上下到十字路口，它们那从不会因为好奇而惊跳的嘴脸贴在它们前面奶牛的腰上，随身携带着草味和田野的花香、奶味，还有颈铃无精打采的声响，这城市好像压根就触碰不到它们，它们是如此地专注，就好像已经进入了自己的世界，那里草地湿润，山雾弥漫，可以在激流中涉水。

然而，放牛人却显得烦躁不堪，就像因为进城而紧张不已。他们在牛群旁边忙来忙去，小步而无意义地跑着，挥着棍子，吼出一些送气、中断的叫声。而对人类的任何行为都不会感到奇怪的狗，正炫耀着自己的从容，它们的嘴巴直直地伸在前面，用力摇晃着颈铃，认真地执行着任务，但能看得出来，其实它们也是不安而拘束的，否则它们就会心不在焉，还会去嗅街角、车灯与路上的污迹，城里任何一条狗的第一反应都应该是这样的。

“爸爸，”孩子们说，“奶牛就跟电车一样吗？也会停站吗？奶牛们的终点站在哪里？”

“它们和电车没关系，”马可瓦尔多解释道，“它们去山里。”

“它们去滑雪吗？”皮埃特鲁乔问。

“它们去牧场，去吃草。”

“它们破坏草坪不会被罚款吗？”

没问问题的米凯利诺，在他们中间最大，对奶牛早已有了概念，现在只需要注意去验证这些概念，去观察那温厚的牛角、牛背与深浅不一的颈部垂皮。于是他跟着牛群，就像牧羊人的狗一般，跟在它们身边小跑着。

最后一群牛走了之后，马可瓦尔多牵上孩子们的手准备回家睡觉，却找不到米凯利诺了。他回到房间里，问妻子：“米凯利诺已经回来了？”

“米凯利诺？他不是和你在一起吗？”

“他跟上了牛群，谁知道走到哪去了。”他想，又赶紧跑回路上。牛群已经穿过了广场，马可瓦尔多得在牛群经过的路上找他。但马可瓦尔多感觉那天夜里，同时有好几群牛都在穿过城市，每一群走的路线都不一样，每一群都往自己的山谷里走。马可瓦尔多找到并追上了一群牛，才发现这不是刚才的牛群；他看见四条路以外的一个路口，另一群牲口正在齐头前行，他就又奔向那里；在那里，放牛人告诉他，他们之前碰到另一支队伍，往相反的方向去了。于是，直到牲口颈铃的最后一阵声响隐没在拂晓的光线中时，马可瓦尔多还在徒劳地四处乱转。

接手马可瓦尔多儿子失踪案的警官说："混进了牛群里？那肯定是去山里了，去度假了，他真有福。你等着瞧吧，他回家的时候一定是又壮又黑的。"

几天以后，与马可瓦尔多同公司的一个职员证实了警官的说法，他刚从第一轮休假[1]回来。在一个山口处，他碰见了那个小伙子：小伙子和牛群在一起，并请那位职员跟他父亲问好，他状态很不错。

马可瓦尔多在那个多尘酷热的小城里，用思绪跟着自己幸运的儿子，儿子现下肯定在一棵冷杉的荫翳下消磨时光，嘴里含着一片草叶，吹着口哨，望着底下草地上缓缓移动的奶牛，在山谷的阴影中听着溪水汩汩流动。

妈妈却等不及要他回来。"他会乘火车回来吗？还是公共汽车？已经一个星期了……已经一个月了……天气要不好了……"她怎么都平静不下来，尽管每天餐桌上都可以少一个人，可这也难以安抚她。

"他好得很，正凉快着呢，肚子里满是黄油和奶酪。"马

1 意大利暑期全国放假，分好几个阶段，轮班放假。

可瓦尔多说。每当他站在路的尽头，而那被腾腾热气遮住的、如浮雕般的白灰色群山在他面前若隐若现时，他就感到自己好像沉进了一口井里，井口上方的光线让他觉得是看到了槭树和栗树枝叶间的闪烁，让他听到了野蜜蜂的嗡嗡飞舞，而米凯利诺就在那上面，在牛奶、蜜汁，还有成排的黑莓中间，慵懒而幸福。

马可瓦尔多也在夜夜期盼着儿子的归来，但不会像儿子的母亲那样，去操心什么火车、汽车的时刻表：夜里他聆听着路上的脚步声，好像房间里的小窗户是荡漾着回声的海螺开口，把耳朵贴在上面就听得到大山里传来的声响。

这天夜里，马可瓦尔多突然从床上坐起来，这不是幻觉，他听见路上那无法混淆的踏步声正在靠近，那种伴随着颈铃声的分趾蹄的脚步声。

他们跑到路上，他和一整家人。牛群回来了，缓慢而庄重。在牛群的中央，他骑在一头牛的脊背上，双手紧握在项圈上，牛每走一步他的头就跟着抖一下的正是米凯利诺，都快睡着了。

他们把他接下来，又是抱，又是亲的。而他却糊里糊涂的。

“你怎么样？漂亮吗？”

“哦……漂亮……”

“你有没有想过要回家？”

“想过……”

“山里漂亮吗？”

他站在那里，面对着他们，皱着眉头，目光硬朗。

“我就像骡子一样地工作。”他说，往前吐了一口痰。他已经是一副男人的模样。“每天晚上都要把奶桶搬给挤奶人，从这头牲口走到那头，从那头再走到另一头，然后要把奶倒进大桶里，动作还要快，越来越快，一直到晚上。一大早，就要把大桶滚到卡车边，因为他们要把这些大桶运进城……还要数数，总是要数：数牲口，数大桶，数错可就糟了……”

“可你在草地上待过吗？当牛去吃草的时候？……”

“根本就没时间。总有什么活要干。挤奶，备草，收粪。这都是为什么？就因为我没有劳动合同，他们付了我多少钱？真是少得可怜。但如果现在你们以为我会把钱给你们，你们就错了。行，就这样，我们去睡觉吧，我都累死了。”

他耸了耸肩，吸了一下鼻子，走进了家门。

牛群带着干草那迷惑人而无精打采的味道，摇着颈铃的叮咚声，在路上渐行渐远。

秋天

11　毒兔子

当出院那天到来时，这个人从一大早起床开始就会知道，如果他已经能下地走路了，就会在病房里转悠，重新找回外面世界的步伐。他会低声吹着口哨，祝其他病人们早日恢复健康，这倒不是要叫人羡慕，而是因为能使用一种鼓励人的语调很叫他享受。他从玻璃窗里看着外面的太阳，如果下雾的话，那就看着外面的雾。他听见城里的声响：一切都与以往不同了，以前，每天早上他在那病床的护栏间醒来的时候，都能听见那声响穿进来，那光亮和声响来自一个不可抵达的世界。现在外面又是他的世界了：病愈的人自然能习惯性地把它识别出来；突然某一刻，他又闻到了医院的气味。

一天早上，大病初愈的马可瓦尔多，等医生在他的职工医疗本上写离院事项的时候，就是这么嗅着四周的。医生拿出本子，对他说：“你在这里等着。”然后就把他一个人丢在自己的实验室里了。马可瓦尔多望着自己曾非常厌恶的釉面白色家具，望着装满狰狞物质的试管，试图让自己为就要离开所有这一切的想法激动一下：但他却无法体会到那种他所企盼的愉悦。也许是想到又要回到公司里卸箱子了，或是想到在这期间孩子们肯定会闯下来的祸；最主要的原因还是那外面的雾，这让人感到自己得离开这里，进入一片空洞之中，并在一种潮湿的虚无中融化掉。就这样，他眼睛四处转着，模糊地觉得自己需要喜欢上这里面的什么东西，但他看到的每件东西都让他感到厌烦而不自在。

就是在这时，他看见了一只笼子里的兔子。那是一只白兔子，有着又长又绒的毛，一个小三角形的玫瑰色鼻子，一双惊愕的红眼睛，几乎还没长出毛来的耳朵贴在背上。它个头不大，可是因为被关在那个窄小的笼子里，它蜷缩着的卵形躯体胀在金属网里，一撮撮因为轻微颤抖而抖动的毛戳到外面来。笼子外，在桌上有一些剩下来的青草，还有一根胡萝卜。马可瓦尔多就想了，它该是多么地不幸啊，被关在那个狭窄的地方，看着那根胡萝卜却吃不着。他把那个笼子的小门给它打开。兔子却不出来：它在那里一动不动，只是嘴鼻部稍稍地翕动着，就好像装腔作势地在假装咀嚼着什么。马可瓦尔多拿起胡萝卜，把胡萝卜靠近它，然后再慢慢地把胡萝卜抽回来，好引它出来。兔子就跟着他，谨慎小心地咬住胡萝卜，辛劳地从马可瓦尔多的手上啃起胡萝卜来。马可瓦尔多抚摸着它的背脊，同时也捏了捏它，看它够不够肥。他觉得毛底下的兔子瘦得能摸到骨头。从这点以及它拽胡萝卜的方式上可以看得出来，他们应该没喂饱它。“如果是我养，”马可瓦尔多想，“我一定会把它喂成一个球。”他带着饲养人爱怜的眼神望着它，这眼神能把他对动物的善意和烤兔肉的可能性包含在同一种款款深情中。可不，在凄惨地住了这么多天医院以后，就在要出院的那一刻，他发现了一个本可以填充自己时间和思绪的友善存在。现在却得离开它了，就为了回到那个多雾的城市，一个碰不着兔子的地方。

胡萝卜就快被吃完了，马可瓦尔多把那牲畜抱进怀里，四处给它找其他吃的东西。他把它的鼻子靠在医生写字台上花盆里的一小株天竺葵前，但那牲畜表示不能接受这东西。就在这时，马可瓦尔多听见医生正在进来：怎么跟他解释自己为什么会把这兔子抱在怀里呢？他身上穿着工作服，收腰的那种。于是他迅速地把兔子塞到衣服里面，扣上扣子，为了不让医生看到他胃部那跳动的隆起，他就把兔子移到后面，收在背上。兔子呢，一受惊，倒老实了。马可瓦尔多拿上自己的文件，因为得转身出去，又把兔子挪回了胸前。就这样，外套里藏着兔子的马可瓦尔多，离开了医院，去上班了。

“啊，你的病终于好了？”仓库主任维利杰莫先生看见他的到来，这样说了一句。“你那儿长了什么东西？”他指着他凸出的胸部。

“我这里贴着抗痉挛的发热膏药。”马可瓦尔多说。

就在这时，兔子抽动了一下，马可瓦尔多就像癫痫病人那样也跟着跳了一下。

“你怎么了？”维利杰莫问。

“没什么，打嗝。”他答，并一手把兔子推到背后。

“我看你还是有点状态不佳呀。”主任说。

兔子正企图从他的背上往上爬，马可瓦尔多耸了耸肩膀，把它弄了下去。

“你在哆嗦。你回家再休息一天吧。明天争取能恢复好。”

马可瓦尔多回到了家，手里拎着兔子的耳朵，就像一个走运的猎人。

“爸爸！爸爸！”孩子们欢呼着，迎着他跑去，“你在哪里逮到的？是送给我们的吗？是给我们的礼物吗？”马上就想抓住兔子。

“回来了？”妻子说，马可瓦尔多从她看他的那一眼就能明白，他住院的这段时日无非是给她积累了对自己怨恨的新理由。“一只活的动物？你想拿它怎么样？它会把到处都搞得脏兮兮的。”

马可瓦尔多把桌子腾出来，把兔子放在桌子中央，它紧贴着桌面就好像想要消失一般。“谁要是敢碰它，有你们好看的！”他说，“这是我们的兔子，直到圣诞节前，它要安静地长肉。”

“这是只公兔子，还是母的？”米凯利诺问。

马可瓦尔多倒没想过它有可能是只母兔子。很快他的脑海中就有了一个新的计划：如果它是母的，就可以让它生小兔子，还可以发展养殖业。于是在他的想象中，屋里潮湿的墙壁已然消失，出现了一片田间的绿色农场。

然而这只是公的。但是那个饲养兔子的想法已经深深印入马可瓦尔多的脑海中了。是只公的，但是一只很漂亮的公兔子，可以给它找一个老婆，找其他组建家庭的方式。

“如果我们都没有东西吃，能给它吃什么？”他妻子尖刻地说。

“让我来解决。”马可瓦尔多说。

在公司里，他每天早上都得把领导办公室里盆装的绿色植物搬出去浇水，并搬回原位，于是第二天，他从每株植物上都摘下一片叶子：在这边采些光亮宽阔的叶片，在那边弄些无光泽的叶子，再把叶子塞进制服里。然后，他对一个捧着鲜花来上班的女职员问道：“这是情人给您的？您不送我一枝吗？”接着把那枝花也插进口袋。他又对一个削梨的小伙子说：“你把梨皮给我。”就这样，这里一片叶子，那里一卷果皮，地上一朵花瓣，他指望靠着这些东西给小东西充饥。

突然，维利杰莫先生派人来叫他。“难道脱了毛的植物被发现了？”马可瓦尔多自问，他总是习惯性地感到内疚。

在主任那里，有一位医院里的医生，两位红十字会的医务人员，还有一位警察。“你听着，”那医生说，“我实验室里的一只兔子没了。如果你知道什么事情，最好别耍小聪明。因为我们给那只兔子注射了一种可怕的病菌，它可能会把疾病传播到整座城市。我不问你有没有把兔子给吃了，因为你要是吃了的话，是活不到这个时候的。”

外面等着一辆救护车；他们迅速上了车，警铃一直尖声响个不停，穿过了小巷大街，朝着马可瓦尔多家奔去：在他们经过的马路上，留下了一条由树叶、果皮和花瓣组成的行迹，这是马可瓦尔多忧伤地从车窗里扔出来的。

那天早晨，马可瓦尔多的妻子实在不知道锅里还能放什么。她望着丈夫前一天带回家的兔子，它此时正待在一个塞满碎纸片的临时笼子里。“它来得可真及时，”她自言自语道，“钱是没有了；这个月的工资已经花到了额外的医药费上，职工医疗会又不补贴；杂货铺再也不给我们赊账了。还养什么兔子啊，还等什么圣诞节的烤兔肉啊！我们自己都吃了上顿没下顿的，还要把兔子养肥！”

“伊索丽娜，”她对女儿说，“你已经大了，得学学怎么烧兔子了。你先把兔子宰掉，剥掉它的皮，然后我再给你解释该怎么做。”

伊索丽娜正在读报上的连载言情小说。“不，”她哼哼唧唧地说，“你来宰它，剥它的皮，然后我再来看你是怎么烧的。”

“好孩子！”母亲说，“我是不敢杀它的。但我知道这事容易极了，只需拎住它的耳朵，然后在它后颈上狠敲一下。至于剥皮嘛，我们之后再说。”

“我们什么都看不到的，”女儿说，鼻子都没从报纸上抬一下，“我是不会敲活兔子的后颈的。至于剥皮更是想都别想。”

三个男孩竖着耳朵听完了这番对话。

母亲沉思了一会儿，看了看他们，然后说：“孩子们……”

孩子们就像是商量好的一般，朝母亲背过身去，走出房间。

“你们等一等，孩子们！”母亲说，“我想跟你们说，你们想不想带着兔子一起出去。我们给它在脖子上系一根漂亮的带子，你们一起去散散步。”

孩子们停下来，互相交换了一下眼神。“去哪里散步？”米凯利诺问。

“呃，你们可以四处走走呀。然后去找迪奥米拉太太，把这兔子带到她那里去，然后跟她说能不能帮忙把这兔子杀了，再给它剥个皮，她很能干的。”

妈妈这话真是说得再合适不过了：大家都知道孩子们是怎么样的，他们会被自己喜欢的东西打动，其余的东西都懒得去想。于是他们找来一根淡紫色的长带子，用带子在那个小东西的脖子上拴了一圈，他们互相抢着这根牵狗绳似的带子，那只不愿挪动的兔子被拉在身后，给勒得半死。

“你们跟迪奥米拉太太说，”母亲嘱咐道，“她可以留一条腿！不，还是跟她说留脑袋吧。啊呀，随她吧。”

孩子们刚出家门，马可瓦尔多的住处就给团团包围住了，护士、医生、警卫、警察全闯了进来。马可瓦尔多半死不活地挤在他们中间。“被从医院带走的那只兔子是在这里吗？您赶紧指给我们看它在哪里，但别碰它：它携带了一种可怕的病菌！”马可瓦尔多把他们领到笼子前，可笼子是空的。“已经吃掉了？”“不，不！”“那在哪里？”“在迪奥米拉太太那里！”捕捉者们又开始了追踪。

他们敲了迪奥米拉太太家的门。“兔子？什么兔子？你们疯了吗？”看见自己家里涌进这么多穿着白衬衫和制服的陌生人，还在找一只兔子，老太太都快中风了。她对马可瓦尔多的兔子一无所知。

事实是，那三个孩子，想把兔子从死亡线上拯救出来，就琢磨着要把它带到一个安全的地方去，和兔子玩一会儿后，就把它放走；他们没有在楼梯平台处的迪奥米拉太太家停下来，而是决定爬到屋顶平台上去，可以跟妈妈说兔子弄断了带子，逃跑了。但是好像没有一种动物会比那兔子更不适合逃跑了。让兔子爬上所有那些台阶都是个问题：它每上一级台阶就惊恐地缩在那里。他们最后只好把它抱在怀里，带到上面去。

在屋顶平台上，他们想让它跑一跑：它不跑。他们试着把它放到屋檐上去，想看看它能不能像猫那样走路：但它好像眩晕。他们试着把它举到电视天线的架子上，想看看它能不能保持平衡：不行，它掉下来了。小伙子们玩腻了，扯断了带子，放掉了小东西，然后就走了，于是在兔子面前展开了通向各家屋顶的条条去路，好像一片倾斜而多角的海洋。

当兔子单独待着的时候，它走动了起来。先试了几步，看了看周围，又改了方向，转了个身，一步一小跳地，在屋顶上走了起来。它是一只生来受囚的牲畜：对于自由没有太大的期许，除了能有一刻不用担惊受怕，它不知道生命中还有其他什么更好的东西了。好了，这下它能动了，周围也没任何会让它害怕的东西了，也许它这一辈子还没遇到过这种情况。这个地方是不寻常的，但它从来就没创建过一个东西是寻常的还是不寻常的清晰概念。自从它感到体内有一种模糊而神秘的疼痛在折磨自己以来，整个世界就越来越难提起它的兴趣。它这样在屋顶上走着；猫们看见它一跳一跳的，搞不明白它是谁，害怕地退开了。

与此同时，兔子的行走路线并不是没有被阁楼里、玻璃天窗下与屋顶平台上的人注意到。有人开始在窗台上摆出几盆凉拌生菜，然后从小帘子后窥视着它的去向；有人把梨子残核扔在屋瓦上，然后在那附近布下绳套；有人在屋檐上准备了一排一直通到自家阁楼里的小萝卜块。于是所有住在顶楼的家庭中间都流传着这么一道暗语："今天炖兔子""烩兔子肉丁"，或者"烤兔子"。

那牲畜发现了这些诡计，发现了这些默不作声的食物供应。尽管它饿了，还是满腹怀疑。它知道每当人类想吸引它过去的时候，总是会给它食物，然后就总会发生什么不妙和痛苦的事情：要么是在肉里给扎上一针，要么被切入手术刀，要么是被强行塞进扣上扣子的外套里，要么是被脖子上的带子拖着走……对于这些不幸的回忆，体内的疼痛，它感到的器官的缓慢变化，和对于死亡的预感合为了一体，还有饥饿。但就好像它知道，所有的这些不适，只有饥饿是可以缓解的，也就好像它承认，这些不足信的人类——除了残忍的折磨外——还可以给它一种保护，一种家庭温暖，而这，也是它所需要的，它决定让步，决定依从人类的游戏：该怎么样就怎么样吧。于是，它跟着那一条行迹，吃起了小萝卜块，它很明白，他们又会把它囚禁起来，虐待它，但还是继续品尝着也许是最后一次的世间蔬菜美味。就这样，它靠近了阁楼的窗户，此时一只手应该会伸出来把它抓住：然而，突然，窗户关了起来，把它关在外面了。这跟它的经验是完全不相符的：一个拒绝奏效的圈套。兔子转过身，去寻找周围其他的埋伏痕迹，以便在其中选择一个值得自己投降的。然而周围的凉拌菜叶却给收了回去，绳套也给撤掉了，原先探头探脑的人们一下子没了踪影，他们关上了窗户和天窗，屋顶平台上一下子荒凉起来。

原来是这样的，一辆警车开遍了整座城市，用一个扬声喇叭大喊道："注意了，注意了！一只长毛白兔失踪了，它患有一种严重的传染性疾病！谁要是找到它，要知道它的肉是有毒的，即使是接触也可能被传染有害病菌！不管是谁看到它，都请通知最近的警局、医院或者消防队！"

恐慌在屋顶上蔓延。每个人都很警惕，人们一发现兔子柔软地从一个屋顶跳到另一个屋顶时，就赶紧发出警报，然后所有的人就消失了，好像一大群蝗虫正在逼近一般。兔子在屋顶线脚上犹豫不决地走着；那种孤独感，就在它刚发现自己需要接近人类的时候，更让它感到可怕而无法容忍。

这时，老猎手乌尔力克骑士，已经给他的猎枪上好了打兔子用的子弹，他在一个屋顶平台上的烟囱后埋伏了下来。当他看见雾里冒出了兔子的白影子时，就开了枪；他想到这牲畜的恶行，心里太激动，结果一大朵弹丸像下冰雹般射过去，却偏了一点儿，落到了屋瓦上。兔子听到枪声在身边响起，同时感到一粒子弹穿过了自己的耳朵。它明白了：这是开战的宣言，和人类的所有关系已然断绝。它鄙视他们，鄙视这种行径，从某种程度上来说，它觉得这就是种无动于衷的忘恩负义，它决定结束自己的生命。

一面铺着金属板的屋顶是往下倾斜的，下沿悬在空中，悬在雾气不透明的虚无之中。兔子把四只爪子都搁在那上面，一开始的时候很小心，然后就完全听之任之了。它就这么滑着，被痛苦吞噬和包围着，走向死亡。在沿边上，檐槽拦了它一秒，然后它就失去了平衡，掉了下去……

然而它却掉在了戴着手套的消防员手里，他正爬在消防梯的顶端。就连那个关乎动物尊严的极端举动也被阻止了，兔子被放在救护车上，汽车疾速驶向医院。车上也有马可瓦尔多、他妻子，还有他的小孩们，他们将被留院观察，还要接受一系列的疫苗试验。

冬天

12　下错了的车站

对于一个居住条件恶劣的人来说，家里是很难待得下去的，寒冷冬夜中最好的避难所永远是电影院。马可瓦尔多特别喜欢彩色电影，因为那种大银幕可以呈现出各种最辽阔的场景：广袤的草原、岩石嶙峋的山峰、赤道地区的森林、鲜花遍地的海岛。同一部电影他一般要看两遍，直到电影院关门才出来；出来后思绪却依旧徜徉于那些景色之中，他甚至还能呼吸得到那些色彩。但是，在一个下着毛毛雨的夜晚回家，在电车站等着30路电车的到来，以及意识到在他的生活中除了电车、红绿灯、半地下室、煤气炉、晾出来的衣服、仓库、包装间，自己什么其他场面都没见过，所有的这一切，都使之前电影在他心中留下的光彩消散在一团褪了色的灰色忧伤中。

那天晚上，马可瓦尔多看的电影是在印度森林里拍的：从沼泽地里的灌木丛间升起一团团雾气，一条条的蛇缘着那些藤本植物，攀爬在雨林覆盖住的古老神庙的雕像上。

马可瓦尔多站在电影院门口，睁开眼睛，朝路上望去，然后把眼睛闭上，接着再睁开：他什么也看不见。绝对是什么也看不见，连离鼻子一拃远的地方都看不见。就在他在电影院里看电影的时候，大雾侵袭了整座城市，那雾又厚又暗，把一切东西和声音都裹在其中，把距离压成一个没有维度的空间，把光线卷入黑暗中，并把它转化成没有形状也没有方位的闪光。

马可瓦尔多机械地往30路车站走去，鼻子一不小心撞到了指示牌的杆子。就在那一刻，他发现自己是幸福的：正是因为大雾抹去了周边的世界，他才得以把电影银幕上的种种情景保留在自己的视觉里。现在也不像刚才那么冷了，这团云雾就像是一床被子，包住了整座城市。马可瓦尔多裹紧大衣，感到自己被保护在各种来自外部的感觉之外，在一个空的空间中翱翔，同时还可以用印度、恒河、热带雨林与加尔各答的风景给这个空间填色。

电车缓缓地摇着铃，像幽灵一般若隐若现地驶来了；窗外的事物都是点到即止地存在着；对于马可瓦尔多来说，在那样一个晚上，背对着其他乘客坐在电车的尽头，透过玻璃窗注视着外面空荡荡的夜晚，注视着这夜幕中模糊的光斑和那些比黑暗更黑的影子，这一切的一切，才是完美的状态，因为这样他就可以睁着眼睛做梦了，不管走到哪儿，他都可以在眼前这片无限的屏幕上不间断地放映电影。

他这么想着想着，也没注意电车都停了哪些站，突然想起来问自己这是到哪儿了；这时他才发现电车里几乎已是空无一人，他透过玻璃窗目不转睛地观察着，大概搞明白了那些依稀可见的亮光都是些什么，确定自己该在下一站下车，于是他赶紧跑到车门口，及时下了车。他打量着周围，想看看有什么参照物是可以帮着辨别方向的。但是他的眼睛可以捕捉到的那一点点光和影并不能构成任何可以识别的形象。他下错了车站，不知道自己在什么地方。

如果能遇到一个行人，叫人家指个路什么的就好了；可是在这么一个偏僻的地方，都这个时辰了，又碰上这种鬼天气，路上可不是连个人影都没有。终于，他看到了一个人影，便想等着人家走过来。但是没有：那人越走越远，也许是在过马路，也许只是在路中央走着，也许都不是在走路，而是在骑车，骑着一辆没有灯的自行车。

马可瓦尔多大声喊起来：“劳驾！劳驾，先生！您知道邦克拉齐奥·邦克拉齐埃蒂路在哪儿吗？”

那个人形却仍在远去，甚至都快看不到了。就在这时那人说道：“往那儿走……”但是搞不清他指着什么方向。

“右边还是左边？”马可瓦尔多叫着，但也不知道自己是否只是对着空气问的。

回答，或者说是回答的尾声传了过来：“……边！”可以是“左边”，也可以是“右边”。但总之，只要他们都没看到对方是朝着什么方向的，右边和左边也都没有任何意义。

现在马可瓦尔多正朝着一点儿亮光走去，那亮光好像就在对面人行道上，只要走几步就到了。然而实际的距离却要远得多，甚至需要穿过一个小广场，那广场中央有一块杂草丛生的安全岛，还有一些指示车辆转弯的箭头（也是唯一可以辨认的标记）。时间已经很晚了，但是肯定还有什么咖啡店、小酒馆是开着门的；霓虹灯招牌上刚刚打出“Bar”的字样，灯突然就灭了；那如同刀片一样薄的黑暗，就好像金属帘门一样，落在本该有面打着灯的玻璃上。这家酒水咖啡店也在关门了，直到那时他才明白，自己离那儿还远得很。

还不如换一个目标光源：马可瓦尔多走路的时候不知道自己走的是不是直线，也不知道他正在朝那里走的光点是不是还是之前的那个，或是已经变成了两个或是三个光点，甚至是已经变了位置。空气中荡漾着一种奶状的黑色尘埃，它是如此的细密，以至于马可瓦尔多走路的时候似乎都能感到这尘埃正在穿过大衣，挤进了织物的针线之间，就像是穿过一面筛子那样，渗入到大衣里面来，把他给浸湿了，自己就像是吸了水的海绵那样，浑身上下湿漉漉的全是灰尘。

这回他找到的那一点光来自一家小酒馆烟雾缭绕的门口。里面的人有坐着的，有站在酒吧桌前的，但是，也许是光线不好，也许是大雾弥漫，在那里的景象与人形也是模糊不清的，正如电影里才能看到的那种年代久远、地处偏僻的什么小酒馆一样。

“我在找……如果他们知道的话……邦克拉齐埃蒂路。”他开口说，但小酒馆里吵得很，酒鬼们哈哈大笑着，以为他也喝醉了，他能问出的那些问题，与他能得到的那些解释，于是也变得朦胧而含糊起来，再说，也是为了暖暖身子，或者更准确地说是受了吧台前那些人的摆布，他也要了一点酒，起初只是四分之一升，然后又来了半升，最后还被那些拍着他肩膀的酒鬼请了好几杯。总之，当他从小酒馆里出来时，他对回家应该走哪条路的概念不但没有比之前更清楚，反而更模糊了，这大雾好像比任何时候都包含了更多的陆地和颜色。

借着被酒暖热的身子，马可瓦尔多又足足走了一刻钟。走路的时候，他的脚步时刻感到需要向左右两边探测，以便弄明白人行道的宽度（如果他还是在人行道上走的话），而他的双手也时刻感到需要去摸摸身边的墙（如果他还是沿着墙走的话）。走着走着，他思绪间的迷雾好像稀薄了些；但是身外的那片大雾还是很浓厚。他记得在小酒馆里的时候，别人叫他走条什么路来着，说是走个百来米后再问人。但现在他也不知道离小酒馆有多远了，也许自己只是在围着刚才的那块安全岛打转。

这里的砖头墙就好像工厂的围墙，感觉跟没人住似的。在一个拐角处，确实有一块写着路名的路牌，但是路灯的光是悬在马路中央的，根本照不到那牌子上去。马可瓦尔多为了看清那牌子上的字，就爬上了旁边一根挂着“禁止停车”标志牌的杆子。他爬啊爬，直到把鼻子都贴在那牌子上了都看不清上面写了什么，因为那字已经褪了色，而他身上又没带火柴，不能把字照亮了看。路牌上方的那堵墙是一个制高点，那里平坦宽阔，马可瓦尔多从那块“禁止停车”的牌子上探出身去，居然也跨到了那堵墙的墙头上去。这时他隐约看到墙头的边上竖着一块白花花的大牌子。他在墙头上挪了几步，来到那牌子前；这里的路灯把白底牌子上的黑字照得亮亮的，但牌子上写的是“未经授权，严禁入内”，这种标志一点儿启示作用也没有。

这墙头上面还挺宽，足以让人保持平衡，走起路来也没有问题；仔细想想的话，甚至可以说，在这上面走比在人行道上走要好，因为路灯正好就能照到这墙头上的路，在黑暗中打出一条光带。走着走着，墙突然就到头了，拦住马可瓦尔多的是一根柱子的柱顶；不，还没有到头，他拐了个直角弯后，继续往前走……

就这样，几经拐角、凹陷处、岔口、柱子之后，马可瓦尔多的路走出了一个不规则的图形；好几次他都觉得路要走到头了，结果只是换了一个方向罢了；弯弯折折地走多了，他自己也不清楚拐到什么方向上去了，也就是说，如果还想回到底下的路面上去，他也不知道应该往哪个方向跳了。跳……地面和这墙头之间的落差会不会增加？他蹲在一根柱子上试着往下看，不管是墙这边还是墙那边，没有一束光是能照到地面上去的：可能只是两米的这么一个高度，也可能是一个深渊。他只能继续沿着墙头走。

出路很快就出现了。与墙尽头相连的是一块泛白的平地：马可瓦尔多又在这块在黑暗中延伸下去的平地上走了起来，他意识到这可能是什么建筑的水泥房顶。很快他就后悔继续走下去了：现在自己可是什么参照物都没有了，他离开始的那排路灯已经很远了，他现下迈出的每一步都可能把他带到房顶的边缘，或者更远的地方，比如空中。

那个空中可就真是个无底洞了。下面隐隐约约地闪着小粒小粒的光，好像是从很远的地方打上来的，如果那光是路灯打出来的，那地面就应该在更下面的地方。马可瓦尔多就悬在这么一个自己难以想象的空间中：突然他上方出现了一些绿色和红色的灯光，这些光不是按着规则的图形排列出来的，而是像星座一样。他正仰起脸研究着那些光呢，一不留神往外跨了一步，跌了下去。

“我要死了！”他这么想着，可是就在那时，他却跌坐到一块柔软的地面上；他的双手摸到的全是草；他跌到了一块草坪中央，安然无恙。那些之前看上去如此遥远的灯，其实是那种嵌在地上的一排排小灯。

安这种灯的都不是什么寻常的地方，但是这很方便，因为这灯给他指出了一条路来。现在他脚下踩的不再是草地，而是沥青了：在草地的中央横穿过一条很宽的沥青路，路被两旁的埋地灯照得通亮。周围呢，几乎什么也没有，只有一些彩色的亮光，在高空中时隐时现。

“一条沥青路总能走到什么地方去的。”马可瓦尔多这么想着，于是走上了这条路。他来到一个岔路口，准确地说是一个好几条路的交叉口，每一条岔路都被那两排小小、矮矮的埋地灯照着，这些路的地面上也都标着巨大的白色数字。

马可瓦尔多泄气了。选哪条路走有什么意义呢，这周围不过都是些平整的大片草地和空空如也的大雾。就在这时，他看见了跟人差不多高的光束在动。那是一个人，真的是一个人，正张着双臂站在那里，（好像是）穿着一身黄色的制服，正挥着两块发光的牌子，就像是火车站站长指挥火车运行的那种信号牌。

马可瓦尔多朝这个人跑去，还没跑到他跟前，就开始上气不接下气地说道："嘿，您，能不能跟我说说，我，在这么大的雾里，该怎么办，您听我说……"

"您别担心，"穿黄衣服的男人平静而客气地说道，"一千米以上就没雾了，您尽管放心地走吧，梯子就在前面，其他人已经上去了。"

这话说得很晦涩，但是很鼓舞人心：马可瓦尔多听到不远处还有其他人，特别地高兴；于是他赶紧往前走，去追那些人了，也没再多问。

那个之前被神秘提到的梯子其实是一小节阶梯，台阶高度很适中，台阶两旁是扶手，白花花的，在黑暗中尤其显眼。马可瓦尔多上去了。在一扇小门的门槛处，一位姑娘非常礼貌地向他问好，客气得都让他觉得那姑娘不可能是在向他问好。

马可瓦尔多恭敬地连声说道："小姐，向您致意！祝您好运连连！"他浑身上下又冷又潮，简直不敢相信自己能找到这么一个避寒处……

他进去了，被里面的亮光晃得睁不开眼睛。他不是在一个房子里。那究竟是在哪儿？一辆公共汽车，他这么以为，一辆有着很多空座位的很长的公共汽车。他坐下了；一般回家他是不乘公共汽车的，而是乘电车，因为电车票便宜一点儿，但是这次不一样，他在这么偏远的地方迷了路，这种地方当然是只通公共汽车的。他还挺走运的，居然能赶上这班车，大概是最后一班了吧。车上的座位真柔软、真舒适！马可瓦尔多现在知道公共汽车上的服务是这样的，以后就都坐公共汽车回家了，尽管乘客得服从一些命令（“……乘客们——广播里的声音说道——请不要吸烟，请把安全带系上”），尽管启动时发动机的嗡嗡声大得有些过分。

一个穿着制服的人在座位间走动着。“抱歉，售票员先生，”马可瓦尔多说道，“您知道在邦克拉齐奥·邦克拉齐埃蒂路附近停站吗？”

“先生您说什么？第一站是孟买，然后是加尔各答和新加坡。”

马可瓦尔多环顾了一下四周。其他座位上坐的都是些长着大胡子、缠着头巾、面无表情的印度人。也有几个女的，身上裹着绣花的纱丽，额头上点着吉祥痣。窗外的夜空中布满了繁星，飞机穿过了厚被子般的浓雾，在明净的高空中飞行。

春天

13 在河水更蓝的地方

有段时间，就连那些最简单的食物里都藏着种种隐患，食材掺假屡见不鲜，食品安全受到威胁。那阵子，报纸上没有一天不是在说买菜时市场里那些可怕的发现：奶酪是用塑料做的，黄油是用蜡烛做的，在蔬菜水果中含砷杀虫剂的比例比维生素要高得多。为了让鸡长膘，就把某种合成药丸塞进去，这种药丸使你只要吃它一根大腿就能变成一只鸡。所谓新鲜的鱼，也都是去年从冰岛捕上来的，只消给鱼眼睛化化妆，就好像是昨天才钓上来的。有的牛奶瓶里还会冒出一只不知死活的耗子。油瓶子里流出的不是金色的橄榄油汁，而是老骡子身上的油脂，还是通过特殊蒸馏法提炼出来的。

马可瓦尔多不管是在单位还是在咖啡馆里，总能听到这种事情，每当他听到这些事情的时候，就像是胃部给驴子踹了一脚，食道里窜着一只老鼠似的。以前，他的妻子多米蒂拉买菜回家的时候，篮子里装着的芹菜、茄子，还有杂货铺和熟肉店专用的那种粗糙多孔的纸袋，总是能给他带来巨大的欢喜，可如今这个篮子只能引起他的恐慌，仿佛什么有害物质就要穿墙而入了。

马可瓦尔多暗暗发誓："现在我的全部精力都应该放在为家人提供食物上，要找那些投机骗人的商家还没经过手的食物。"马可瓦尔多早上去工作的时候，有时会看到一些拎着钓鱼线、踩着橡胶鞋的男人往河边走。"这就上路子了。"马可瓦尔多自言自语。但是流经城市的那段河水汇聚了很多垃圾和从排水管、阴沟里排出的污水，只能引起他深深的反感。"我得找个地方，"他心想，"那里的水要真的是水，鱼也要真的是鱼。只有在那里，我才会抛出我的钓鱼线。"

于是一天的时间开始变得漫长起来：马可瓦尔多每天下班后都骑着他的机动自行车，去探索处在城市上游的那一段河流、周边的小溪以及它的各个支流。他最感兴趣的首先是那些离沥青马路最远的溪流。他抄上小路，在柳树林间穿行，到了机动自行车开不了的地方，他就把车丢在矮树丛中，继续步行前进，直到找到水流为止。有一次他迷路了：他在灌木丛生的陡峭坡子上转来转去，怎么都找不到路，连河在什么方位都不清楚了。他无意拨开树枝，突然看见离自己几臂远的下方，河水正静静地流着，那是一片河流的开阔处，一小块河水缓流的流域，水的颜色蔚蓝蔚蓝的，就好像山里的湖泊。

激动之情并没能阻止他仔细观察河流的微波。这不，他的坚持得到了回报！只见一条鱼跃出了水面，接着又是一条，还有一条，阳光下闪闪发光的鱼鳞是不可能看错的，他幸福得不敢相信自己的双眼：整条河里的鱼都汇集在那个地方，这是渔民的天堂，除了他以外，现在也许还不为人所知。他往回走的时候，天已经黑了，为了能重新找到来路，他不时停下来，在榆树皮上刻上记号，并在某些地方堆上石头。

现在他唯一要做的就是弄全装备了。这他还真早就想过：在邻居和公司职员中间，他已经锁定了十来个钓鱼爱好者。他闪烁其词地跟每个人许诺，一旦自己能确定这个只有他一个人知道的、游满了丁桂鱼的地方，就立刻告诉他们，就这样，向这个人借一点儿，向那个人借一点儿，他居然成功地搞到了一套前所未有最齐全的渔具。

这下，他就什么都不缺了：鱼竿、钓鱼线、鱼钩、鱼饵、渔网、捕鱼靴、鱼篓、一个阳光灿烂的早晨、去工作以前的两个小时（从六点到八点）、一条满是丁桂鱼的河流……他怎么可能捕不到鱼。的确是这样的：钓鱼线一投下去，鱼就给捕着了；

丁桂鱼毫不怀疑地上钩了。既然用钓鱼线都这么容易，马可瓦尔多就直接撒了渔网：丁桂鱼心甘情愿地埋着头往网里跑。

当他要离开的时候，他的鱼篓里已经装满了鱼。他找着一条路，沿河而上。

“喂，我说您哪！”在柳树林间河岸边的拐角处，一个戴着看守人帽子的家伙，直挺挺地站在那里，正恶狠狠地盯着他。

“是说我吗？怎么啦？”马可瓦尔多回答，感到自己的丁桂鱼正受到一种未知的威胁。

“那些鱼，您是从哪儿弄来的？”看守人问。

“什么？为什么这么问？”马可瓦尔多的心都提到嗓子眼了。

“如果您是从那底下打上来的，就赶紧把鱼放走，您没有看到那上面的工厂吗？”的确，看守人正指着一座又长又矮的建筑物，马可瓦尔多这会儿拐过弯来了才看见，在柳树林的后面，那座建筑物正往空中吐着黑烟，同时往水里排着一团浓云，那云有着不可思议的、介于青绿色和紫色之间的颜色。“那水都是什么颜色，您至少看到了吧！那是一家油漆厂。就因为那种蓝色的排放物，整条河都是有毒的，还有河里的鱼。您赶紧把鱼放掉，否则我要没收的！”

马可瓦尔多现在当然是想赶紧把鱼篓从身上卸下来，然后把鱼扔得远远的，越远越好，好像单是这味道都能叫他中毒似的。但是在看守人面前，他可不想丢那个面子。“那如果我是在上面逮到的鱼呢？”

“那就是另外一回事儿了。我不仅要没收这鱼，还要罚您的款。工厂上面是一个鱼塘。您看见那牌子了吗？”

马可瓦尔多赶忙说道：“我真的只是带着钓鱼线来做个样子的，想让我朋友知道我去钓鱼了，但这鱼是我从附近村子里的卖鱼人那儿买的。”

“那就没什么好说的了。您要把这鱼带进城的话，只需要付个税就行了：我们这是在城外。”

马可瓦尔多却早已把鱼篓打开，把鱼放到河里去了。有几条丁桂鱼应该还是活着的，因为它们快活地扑腾着游走了。

夏天

14 月亮与 GNAC

夜晚持续二十秒，然后是二十秒钟的 GNAC。在那二十秒钟的时间里，可以看到深浅不同的蓝色天空中飘着团团黝黑的云朵，可以看到金黄色镰刀形的新月被划了一道极细的光晕，然后还能看见星星，越是盯着它们看，那些小小的颗粒就越是稠密，甚至还有些刺眼，直至能看见银河那密密麻麻的光带，所有这一切都看得匆匆忙忙，目光所滞留的每处细节都是整体中的一部分，可看到了细节，又会失去了整体，因为二十秒钟很快就会结束，GNAC 又会亮起来。

GNAC 是正对面屋顶 SPAAK-COGNAC[1] 广告牌上的一部

1 “COGNAC”意为白兰地,“SPAAK”则为公司名。

分，它亮上二十秒，熄上二十秒，当它亮起的时候，其余什么东西都看不见了。月亮倏然褪了色，漆黑的天空变得均匀而扁平，星星失去了光泽，公猫和母猫发出爱意绵绵的叫唤已经有十秒钟了，它们沿着屋檐和脚线，一个挨着另一个，软绵绵地走动着，现在，GNAC一亮，它们就竖起了浑身的毛，藏到屋瓦上的霓虹灯的磷光中去了。

马可瓦尔多一家探在所住顶楼的窗前，各种迥异的思绪正在一家人中间涌过。夜深了，伊索丽娜已经是个大姑娘了，那明亮的月光让她心驰神往，而内心则饱受着折磨，以至于楼下收音机里叽里哇啦的微弱声响传到她耳中，也成了一支叮咚作响的月下情歌；GNAC又亮了起来，那台收音机好像也换了一支调子，一支爵士乐，伊索丽娜想着灯火辉煌的舞厅，而她这个小可怜，孤身一人待在这顶楼上。皮埃特鲁乔和米凯利诺睁大了眼睛望向夜空，他们任由自己被一种温暖而柔软的害怕闯入，害怕自己被满森林的土匪包围住；然后，GNAC！他们翘起大拇指，向前伸着食指，突然跳起来互相指着："举起手来！我是超人[1]！"多米蒂拉，他们的母亲，每当灯灭下去的时候，她就会想："现在得让这些孩子们离开这里，这气氛可不好。伊索丽娜这个时候还把头探在外面可是不行！"可之后，一切又会重新亮起和令人不

1 原文为英语。

安起来，屋外屋里一般通明，这让多米蒂拉感到自己仿佛身处一个体面的人家。

费奥尔达里基是一个忧郁的小伙子，每当GNAC熄灭的时候，在字母G的旋涡中，都会出现一小扇微微被照亮的阁楼窗户，而在那玻璃后，有一张姑娘的脸庞，那脸有着月亮的颜色、霓虹灯的颜色、夜晚自然光亮的颜色，她有着一张几乎还是小女孩的嘴巴，他刚朝她微笑一下，她就难以察觉地张开一点嘴，而当那嘴已经好像就要展开一个笑容时，GNAC中那个无情的G就又会从黑暗中突然射出来，姑娘的脸于是就失去了轮廓，化成一片微弱而浅淡的阴影，这让他也无从知道姑娘那孩童般的嘴是否回应了他的笑容。

在这些暴风骤雨般的情感中，马可瓦尔多却尝试着给孩子们教授一些天体方位的常识。

“那是大车星座[1]，一颗，两颗，三颗，四颗，那里是辕[2]，那是小车星座[3]，还有指示北边的北极星。”

“那么那个呢，指示什么？”

“那指示着C。但它不属于星星。它是单词COGNAC的最后一个字母，而星星是指示基本方向的。北、南、东、西。月

1 即中文中的“大熊星座”。

2 即中文中大熊星座中的“勺”。

3 即中文中的“小熊星座”。

亮现在的月峰朝西。峰面西，上弦升。峰面东，下弦落。”

“爸爸，那么 COGNAC 也要落下来了是吧？ C 的弦峰是朝着东的！”

“这跟弦峰没关系，不管是升还是落：这是 SPAAK 公司安上去的一个字母。”

“那月亮是哪个公司放上去的？”

“月亮不是什么公司放上去的。它是一颗卫星，永远都在。”

“如果它永远都在的话，为什么会改变弦峰呢？”

“月亮有四个月相。能看到的只是一个部分。”

“那个 COGNAC 也是只能看到一部分。”

“那是因为皮尔贝尔纳尔迪大楼的屋顶更高。”

“比月亮还高？”

就这样，每当 GNAC 亮起来时，马可瓦尔多的星星就和地球上的商业广告混在了一起，伊索丽娜把自己的叹气化成了轻声吟唱时的急促呼吸，而阁楼里的姑娘就这样消失在那圈耀眼而冰冷的光环里，光环隐去了她对费奥尔达里基飞吻的回应，那可是他鼓足了勇气才用手指尖送出去的，菲利佩托和米凯利诺把拳头举在脸前，做出飞机上机关枪的模样，他们对准那二十秒钟以后就会熄灭的闪亮字迹“嗒—嗒—嗒—嗒……”地扫射起来。

“嗒—嗒—嗒……你看见没？爸爸，我只用一发扫射就把那灯打灭了。”菲利佩托说。但是，没了霓虹灯，他对战争的狂热也已消失殆尽，眼里充斥着睡意。

“那敢情好！”父亲失口说出，“最好能打得粉碎！我就能让你们看看狮子星座、双子星座了……”

“狮子星座！”米凯利诺突然来了兴趣，“等一下！”他想到一个主意。他拿起一把弹弓，从口袋里掏出身上经常装着的小石子，安在弹弓上，并使出全力，对准 GNAC 弹出一发石子。

只听见一连串散乱的石子落在对面屋顶的屋瓦上，落在屋檐的金属板上，一扇被击中的窗户玻璃叮咚作响，一块石头敲打在底下的车灯槽里，咣当响了一声，街上也响起一个声音："下石头了！嘿，楼上怎么搞的！混蛋啊！"但那闪耀的字迹恰巧就在石头射过去的时候灭掉了，因为它该亮的二十秒钟到头了。于是顶楼上所有的人都默默地数了起来：一,二,三……十,十一,一直到二十。他们数到了第十九秒时，都屏住了气，数出了第二十秒，还数了第二十一、二十二秒，他们担心是不是数得太快了，但是没有，什么都没有，GNAC 并没有再次亮起，仍是漆黑一片，很难识得清楚，在它的支撑架上缠作一团，好似葡萄藤架上的葡萄。“啊——！”所有的人都大叫了一声，他们头顶上升起的天穹布满了无边无际的星斗。

马可瓦尔多很想给米凯利诺后脑勺一巴掌，手都抬起来了，却又停住了，他感到自己就像是被投射在了宇宙之中。现在统沿着屋顶那个高度的黑暗就像一面幽深的屏障，把下面的世界排除在外，在底下，象形文字般的黄色、绿色与红色霓虹灯仍在继续旋转，红绿灯眨着眼睛，空荡荡的有轨电车打着灯行驶着，看不见的汽车推着车灯的光锥前行。从这下面的世界中升上来的只是一团弥漫的磷光，像烟雾一样模糊不清。抬起眼睛的时候，再也不会感到强光刺眼了，眼前展开了一片宇宙的全景，星宿在天空的深处不断放大着，苍穹之中处处都在旋转着，整个天空就好像一个球体，囊括了一切，然而却没有任何界限能够容纳得了它，在星空这纱帐之中，只有一片稀薄之处，仿佛一道缺口似的，朝着金星打开，好让它独自跃到地球的轮廓之上，而金星那刺人的静止光亮，爆炸般地聚集在一点之上。

新月悬在这片天空中，并没有炫耀那个抽象的半月形容貌，而是展现出一个不透明球体的自然风貌，它因地球的遮挡，只是被太阳的光斜照着，可尽管是这样，它仍保留着——就像只能在初夏的某些深夜里才能看到的那样——暖暖的色调。月亮在那里被切成了暗部与明部，马可瓦尔多看着那明暗之间似海岸一般的窄窄切线，不由得体尝到一种怀念，他怀念能到达一片海滩，那里在夜间也能奇迹般地阳光灿烂。

就这样，他们在顶楼里张望着，孩子们被自己的举动造成的无法估量的后果吓坏了，伊索丽娜则好似陶醉在狂喜之中。在所有人中间，费奥尔达里基是唯一一个发现微亮阁楼的人，他终于等到了姑娘月亮般的微笑。妈妈回过神来，说："快点，快点，都夜里了，你们还探在这里干什么？在这通明的月亮下，你们会生病的。"

米凯利诺把弹弓对准了高处。"我把月亮也射灭了。"说罢，他就被逮住送上了床。

于是，那天晚上的剩余时间和第二天的整个晚上，对面屋顶上的照明字迹只写着：SPAAK-CO，于是从马可瓦尔多的顶楼里，就可以看见星空了。费奥尔达里基和月光姑娘用指尖互传着飞吻，也许他们这样默不作声地说着话，都能商定好一次约会了。

但是第三天的早上，在屋顶上发光字迹的支架间，出现了两个穿工作服的电工的纤瘦身形，他们正在检查灯管和线路。马可瓦尔多带着一副能预见天气的老者神情，把鼻子伸到外面，然后说："今天晚上将又是一个 GNAC 之夜。"

有人在敲顶楼的门。他们打开门，是一位戴眼镜的先生。"很抱歉，我能从您家的窗户上看看吗？谢谢了，"然后他自我介绍起来，"我是戈蒂弗雷多博士[1]，是照明广告公司的代理人。"

"我们完了！他们想让我们赔偿损失！"马可瓦尔多想，他瞪着孩子们，就像要把他们吃掉一样，忘记了自己也曾陶醉在

1　意大利只要不是工科的大学毕业生，都称为博士。

那天空中。“现在他从窗户上看，就会明白石头只可能是从这里投出去的。”想到这里，他觉得还是把话说在前面比较好。“您看，他们还是孩子，石头就是这样随便扔出去的，打麻雀玩的，都是些小石子，我也不知道那石子怎么就把‘SPAAK’那行字给砸坏了。但我已经惩罚过他们了，唉，我可是都惩罚过他们了！您放心，这事再也不会发生了。”

戈蒂弗雷多博士表现出一副很认真的样子。“说真的，我是为‘COGNAC TOMAWAK’公司工作的，不是‘SPAAK’公司。我来是为了研究一下在这边的屋顶上安置一面照明广告的可能性。但请您讲下去，您讲您的，我很感兴趣。”

就这样，半小时以后，马可瓦尔多和“SPAAK”公司的主要竞争对手“COGNAC TOMAWAK”公司缔结了一份合约。每当那行字又被修好亮起来的时候，孩子们就得用弹弓把 GNAC 打掉。

“这件事顶多也就是‘溢出花瓶的那一滴水’[1]。”戈蒂弗雷多博士说。他没说错：因为巨额的广告开销，“SPAAK”公司已经濒临倒闭，现在，他们把自家最华丽的照明广告接连不断的损毁现象看作一个不祥之兆。那行时而是 COGAC，时而是 CONAC，时而又是 CONC 的字迹，给其公司的债权人传播

1 这种说法类似于“压倒骆驼的最后一根稻草”。

了一种混乱的感觉；后来，因为“SPAAK”公司仍付不清欠款，连广告公司也拒绝修补其余的损坏了；那行字的彻底熄灭加剧了债权人的不安心理；最后“SPAAK”公司破产了。

在马可瓦尔多的天空里，月亮又在自己璀璨的光辉中圆了起来。

最后一个月相中的一天，几个电工又爬上了对面的屋顶。当天晚上，比之前还要高一倍与宽一倍的火红字体，COGNAC TOMAWAK，闪亮了起来，于是就再也没了月亮，没了星空，没了天空，没了黑夜，只有每两秒钟就亮起或灭掉的COGNAC TOMAWAK，COGNAC TOMAWAK，COGNAC TOMAWAK。

在所有人中间，最受打击的是费奥尔达里基；月光姑娘的阁楼在那巨大的、不可穿透的W字母后消失不见了。

秋天

15　雨水和叶子

在公司里，马可瓦尔多除了要完成各种各样的任务，每天早上还要给公司门口花盆里的植物浇水。那是一种一般养在家里的绿色植物，它的茎细细直直的，茎上交错着生出长长的叶柄，叶柄上长着宽阔而油亮的树叶：总之，它就是那种植物，长着植物该有的模样，它的叶子也长着叶子该有的模样，不太像是真的。可它终归还是植物，像它这种植物，如果那样挤在窗帘和伞架中间，会因为缺少光线、空气和雨露而痛苦。马可瓦尔多每天早上都会发现一些糟糕的迹象：比如一片叶子的叶柄弯了，就好像再也承受不住叶子的重量了；比如另一片叶子上出现了很多小的斑点，就好像一个得了麻疹的孩子的脸颊；

再比如，第三片叶子的叶尖发黄了，直至其中的一片叶子“啪嗒”一声掉到地上。然而（最让人揪心的是），那盆植物的茎越来越长，越来越长，但不再是井井有条地枝繁叶茂，而是光秃秃的，活像根拐杖，只是在茎的顶端长着一小撮叶子，搞得跟棕榈树似的。

马可瓦尔多把地上的落叶扫走，掸了掸那些还健在的绿叶，往它的根部浇上半壶水（得缓缓地倒，以防那水溢出来，脏了瓷砖地），那水很快就被花盆里的土壤给吸干了。马可瓦尔多在这些简单的举动中投入的心思比做其他任何工作投入的心思都要多，这植物就像是他一个遭遇了不幸的家庭成员，他对它几乎是报以同情的。他不时地叹气，也不知道是为这植物，还是为他自己：因为这一株被囚在公司四壁之间、瘦高发黄的灌木，让他感觉找到了患难兄弟。

那植物（它就是被这么简单称呼的，就好像在那样一个由它独自代表整个植物世界的环境中，任何一个更准确的名字都是没有意义的）就这样进入了马可瓦尔多的生活中，以至于叫他日日夜夜、时时刻刻地牵挂着。他现在用来观察天空中密布着乌云的目光，不再是以前那种城里人看到阴天会自问要不要带伞的目光了，而是一种日复一日地期盼着旱灾尽早结束的庄稼汉的目光。这不，当他把头从手上的工作中抬起，透过仓库的小窗户，逆着光看到了外面的雨帘开始细细密密、悄无声息地落下的时候，马上丢下手里的活儿，一溜烟儿地跑到植物跟前，一把抱过花盆，把它放到了外面的院子里去。

那植物呢，感到了流淌在叶子上的雨水，便提供出更多的面积来获得雨水，好像膨胀开了一样，仿佛因为现在能用更为鲜亮的绿色来染饰自己了而喜悦：或者至少马可瓦尔多是这么感觉的，他站在那里注视着那盆植物，甚至忘了躲雨。

他们就这么伫立在院子里，这人和这植物，面对面地。这人几乎能像植物那样体会到淋着雨的感受，而这植物呢——还没有习惯过来户外的空气以及这许多自然现象——就像一个从头到脚突然被全身淋湿的人那样惊愕不已。马可瓦尔多仰面望着天，品尝着雨水的滋味，那已经是一种——对他而言——近乎森林和草地的味道了，他便在脑海中追寻起那些模糊的记忆来。但是在这些记忆中，最清晰也最靠近的，却是有关风湿病的回忆，这风湿病每年都得折腾他；于是，他赶紧回到屋里去了。

下班时间到了，公司要关门了。马可瓦尔多向仓库主任问道："我可以把那植物留在外面的院子里吗？"

他们的头儿，维利杰莫先生，是一个特别怕为麻烦事儿担责任的家伙。"你疯了吗？要是被偷了怎么办？谁来负责？"

但是马可瓦尔多看着雨水给植物带来的好处，实在接受不了要把它再关进去的事实：那简直就是浪费了上天的馈赠。"我可以带着它，一直带到明天早上……”他提议道，“我可以把它放在自行车后面的架子上，把它带回家……这样我就可以让它尽可能充分地淋到雨了……”

维利杰莫先生想了一下，总结道：“这就是说你将承担全部责任。”然后就同意了。

马可瓦尔多穿着一件带帽子的防风雨衣，整个身子都弓在机动自行车的把手上，在倾盆大雨中穿过城市。他身后的车架子上捆着那个花盆，于是那车、那人、那植物，就浑然一体了，更准确地说，那个弓着背裹在雨衣里的人不见了，只能看见一盆植物坐在自行车上。马可瓦尔多不时地从帽檐下叵过头去，直到能看见身后摇曳地滴着雨珠的叶子为止；每一次回头的时候他都觉得这植物变得更高更茂盛了。

马可瓦尔多抱着花盆刚刚进家——一间在屋顶上有窗台的阁楼——孩子们就围着圈叫道：

“圣诞树！圣诞树！”

“什么呀，不是的，你们想到哪儿去了？圣诞节还早着呢！”马可瓦尔多抗议道，“你们小心叶子，这叶子很娇嫩的！”

“在这个家里，光是我们都已经挤得像罐头里的沙丁鱼了，”多米蒂拉嘟囔道，“你现在再抱回来一棵树，我们都要给挤出去了……”

“可这只是一小株植物！搁窗台上就好了……”

从房间里就能看到窗台上植物的影子。晚饭时马可瓦尔多不看着自己的盘子，却总是望向玻璃窗外。

自从他们把地下室换成阁楼以来，马可瓦尔多和他家人的生活质量就提高了很多。但是住在顶楼也有它的麻烦：比如说，天花板时常会漏水。每过一段时间就会滴个四五滴水，而且间隔非常有规律；马可瓦尔多呢，就在滴水的地方放上盆或是平底锅。下雨的夜晚，大家都上床的时候，就能听到雨滴“叮当咚”地落下，这让人不寒而栗，好像是风湿病发作的征兆。然而那天晚上，每当马可瓦尔多从不安的睡眠中醒过来的时候，总是要竖起耳朵去寻找那“叮当咚”声，那就像是什么欢快的音乐：因为这说明雨还在下，还在继续滋养着那盆植物，虽然是细雨，但也没停过，雨水推着树液沿着细细的枝梗流下，把绿叶展成了帆。“明天，我探头出去的时候，就会发现它又长高了！”他这样想。

但是他再怎么想也没有想到，早上他推开窗子的时候，完全不相信自己的眼睛：那植物已经把半面窗户都遮住了，树叶的数量至少翻了一倍，而且不再是沉沉地垂着，而是直直地绷在那里，锋利得就像一把剑。马可瓦尔多紧紧地抱住花盆下了楼，把它捆在机动自行车后的架子上，赶向公司。

雨停了，但天气仍阴晴难定。马可瓦尔多还没下车呢，几粒雨珠子又掉了下来。“这雨对它的好处既然这样大，我还是把它留在院子里好了。”他这样想。

在仓库里，他不时地把鼻子凑到面对院子的窗前。但是他工作分心，仓库主任可不大喜欢。“哎呀，你今天怎么搞的？外面有什么好看的？”

“它又长高了！您也过来看看，维利杰莫先生！”马可瓦尔多向他打了个手势，几乎是低声说的，就好像这植物不该知道似的，“您看，它长得多好！是吧，是长高了吧？”

“嗯，是长高了不少。”头儿承认道，对马可瓦尔多来说，这就已经可以算是公司生活难得会为职工提供的乐事之一了。

星期六到了。这天的工作一点就结束了，工人们要星期一才回来。马可瓦尔多还是想把这植物带在身边，但是已经不下雨了，他也找不到借口了。不过，天并没有晴：滚滚的乌云依然四处散布着。他去找头儿，他们的这个头儿呢，正好痴迷气象学，他桌子上方甚至挂着一个气压表。“天气怎么样，维利杰莫先生？”

“不行，还是不行，”他说，“再说，这边虽然没下雨，但我住的那个区域正在下，我刚给我老婆打过电话。”

“那么，”马可瓦尔多赶紧建议道，“我把这植物带到下雨的地方去转一圈。”他说到做到，这就回去把花盆捆在机动自行车后的架子上了。

于是，星期六的下午和星期天马可瓦尔多是这么度过的：

他带着身后的植物，骑着他的机动自行车四处奔波，他不时地观察天空，专门找那些看起来能下得出雨的云，他在大街小巷中穿行着，直到碰上雨区为止。他不时地回头去看那植物，每次回头时都会发现植物又长高了一点：先是跟出租车一样高，接着是跟小卡车一样高，最后甚至是跟电车一样高！叶子呢，也越来越宽了，从叶子上流下的雨珠落到他的雨衣帽檐上，就像在冲淋一样。

现在两只轮子上载着的已然是一棵树了，这棵树在城里奔走着，把警察、司机、行人都弄糊涂了。就在同时，天上的云循着风走过的路线跑，把雨吹到一个个小区里去，但很快就又弃之而去；行人们一个个地把手伸出伞外，接着把伞收起来；马可瓦尔多追着他的云，走过街道、马路和广场，他伏在车把手上，跟着开足马力的发动机突突突地颠簸着，浑身被裹得只剩下凸在外面的鼻子，他身后的植物追着雨的轨迹，就好像是云把雨往后面拽，而雨又被树叶缠住了，于是这一切都被同一股力量拖着跑：风、云、雨、植物、车轮。

星期一的时候，马可瓦尔多空着手来到维利杰莫先生面前。

“植物呢？”仓库主任立马问道。

“外边呢。您跟我来。”

“在哪儿？”维利杰莫问，“我没看见呀。”

“就在那儿！它长高了一些……”他指了指一棵有两层楼高

的树。那植物不再是种在先前的花盆里了，而是被种在一个桶一样的东西里，马可瓦尔多的机动自行车也没了，他不得不弄了辆机动小货车。

“那现在怎么办？”头儿生气了，“我们现在怎么把它弄到门厅里来？它连门都过不了！”

马可瓦尔多耸了耸肩。

“唯一的办法就是，”维利杰莫说，“把它还给苗圃，然后换一盆大小合适的植物来！”

马可瓦尔多于是又坐上车垫。“我这就去。”

他又在城里的路上跑起来。那树用绿叶填满了道路中央。他每到一个路口，都会被担心他影响交通的警察拦下来；然后，马可瓦尔多就跟他们解释，自己为了把这桶植物从路上弄走，正在把它往苗圃送，警察于是放他继续赶路。但是他转啊转啊，总也下不了决心去走那条通往苗圃的路。要和自己成功拉扯大的小家伙分开，他实在不忍心：他这一生中，从这株植物里获得的成就感比从其他任何事儿中获得的成就感都要大。

于是他又继续在小路上、广场上、河边、桥上穿梭往返起来。现在它已经变成某种热带植物了，它不断蔓延，甚至盖过了他的头、他的肩、他的胳膊，直到让他完全消失在那片绿色之中。不管是在大雨倾盆砸下的时候，还是在雨珠越来越稀疏的时候，甚至是在雨完全停下来的时候，所有的树叶、树叶的叶柄，还有它的茎（茎已经是细得不行了）一直都东摇西晃地，就好像是在哆嗦个不停。

雨停了。这时候太阳也快下山了。在路的尽头，在房子的空隙间，落下一种彩虹般朦胧的光线。那植物，在经历了被大雨拔起的那一番奋力迅猛生长之后，现在已经是筋疲力尽了。马可瓦尔多继续漫无目的地开着车，甚至没有发现他身后的树叶一片片地从深绿色变成了黄色，一种金黄色。

马可瓦尔多其实没有发现，当他带着他的植物穿过全城的时候，树后慢慢地跟上了一条由机动自行车、汽车、自行车和年轻人组成的队伍，而且已经跟了好一阵儿了，他们喊着："猴面包树！猴面包树！"伴随着叶子一片片地变黄，他们就颇为欣赏地大叫着："哦——哦。"每当一片叶子从茎上脱落并飞走时，就会有好多只手伸出去抓那叶子。

起风了；金黄色的叶子，一串串儿地、打着旋儿地被吹到空中，飞走了。马可瓦尔多还以为自己身后的那棵树仍旧绿着、密着呢，突然——可能是因为发现自己没有挡风的东西了——他转过身去，才发现树没了：那里只有一根细长的杆子，杆子上只留下了一圈圈光秃秃的枝梗，茎的顶部还挂着最后一片黄树叶。因为街道上被那彩虹的光给笼罩着，所以剩下的一切都好像是黑乎乎的：不管是人行道上的人，还是人行道两边房子的立面；就在这片黑乎乎的背景中，上百片亮闪闪的金色树叶在空中飞扬着；上百只红色、粉色的手从那片黑影中伸出来，要去抓那些树叶；金色的树叶却被风扬了起来，飞向那尽头的彩虹，同样扬起来的还有那些手和尖叫声；最后一片叶子也落了下来，它从黄色变成了橘色，接着又变成了红色、紫色、蓝色、绿色，最后又变回了黄色，然后就消失不见了。

冬天

16 马可瓦尔多逛超市

一到傍晚六点，城市就陷入了消费者的手中。整整这么一天下来，从事生产的人一直忙的都是生产：生产消费品。每天一到点，就好像开关切换一般，他们突然都停止生产了，然后呢，走！所有的人都扑去消费了。每一天，在被灯光打亮的橱窗里面，都会及时绽放出花团锦簇般的商品，挂在那里的一串串红色熏肉，像塔一样一直堆到天花板上的陶瓷盘子，像孔雀开屏般展开的、成卷成卷的布料。这不，消费者们闯进了商场，他们要拆毁、吞噬、肆意掠夺那里的一切。一支不间断的队伍沿着人行道、柱廊游动着，再穿过玻璃门延伸到大商场里，围到货架前，他们每个人的胳膊肘都拱在后一个人的肋骨上，就好像活塞运动般敲个不停，队伍正是靠着这种方式前行的。尽情地消费吧！他们摩挲着那些商品，拿起又放下，放下又拿起，有时还会抢起来；尽情地消费吧！人们逼着那些苍白的售货员把一堆堆的家居用品摊在台子上；尽情地消费吧！一团团的彩绳就像陀螺一样旋转着，印着花的纸张像鸟儿抬起翅膀那样，把人们购买到的东西包进一个个大中小不等的盒子里，每个盒子上都给打了个蝴蝶结。接着，那一个个大中小型的盒子，一个个大大小小的袋子打着旋儿地堵在收银台，于是一只只手在小包里掏着小钱包，一根根手指在小钱包里翻找着零钱，在那下面，夹在森林般密集的陌生小腿肚子和大衣下摆之间的，是不再被人牵着手的孩子们，他们迷了路，一个劲儿地哭。

就在这样的一个晚上，马可瓦尔多带着全家去散步。因为没有钱，他们的散步也就仅限于观看别人购物；因为钱这个东西吧，周转得越快，那些没有钱的人就越会期待："这些钱迟早都会流通到我的钱包里来的，哪怕只有一点点儿。"然而马可瓦尔多本来就没多少工资，他家里人还多，又要支付各种分期付款和欠债，所以总是钱一到手就哗哗地花光了。总之，光是看看也是不错的，尤其是在超市里逛一圈。

超市是自助的。在超市里有小推车，也就是那种架在轮子上的铁篮子，每个顾客推着自己的推车，并在推车里装满各种商品。马可瓦尔多进来的时候也推了一辆推车，他妻子也推了一辆，然后他四个孩子也是人手一辆。就这样，他们推着各自的小推车加入了购物长队，挤在堆成山的食品货摊前徘徊，指着熏肉和奶酪，念着它们的名字，就好像在人群中认出了朋友或者至少是熟人的脸。

“爸爸，我们可以拿这个吗？”孩子们每一分钟都要问一下。

“不可以，不能碰，这是禁止的。”马可瓦尔多这样说。他时刻提醒着自己，这么一圈转下来，最后等待他们的将是结账的收银员。

“为什么那边那个阿姨能拿呢？”孩子们执意问道。他们看见所有的这些居家女人，到这里本来只是要买两根胡萝卜和一根芹菜的，但面对着搭成了金字塔形的罐子，完全无法抗拒这其中的诱惑，于是“通！通！通！”，她们用一种搞不清是无意还是投降的举动，把装着西红柿酱、蜜桃糖浆、油浸鳀鱼的各种罐子咣咣当当地扔进了推车里。

总之，如果你的推车是空的，而其他人的推车都是满的，你也是撑不了很长时间的：很快你就会嫉妒，会伤心，然后你就抗拒不了了。于是，马可瓦尔多在嘱咐过老婆和孩子们什么都别碰以后，很快就在货架间的第一条过道那儿拐了弯，避开了全家人的眼光，从架子上拿下一盒海枣，并把它放进推车里。他仅仅想体会一下那种带着海枣逛十分钟超市的愉悦之感，然后像别人一样也展示一下自己买到的东西，最后再把它们放回原来的位置。除了那盒海枣外，还有一个辣椒酱的红瓶子、一袋咖啡粉，以及一袋蓝色包装的面条。马可瓦尔多很确定，自己只要小心行事，就可以享受至少一刻钟那种挑东西的乐趣，而且一分钱也不用付。但是如果被老婆和孩子们发现可就麻烦了！他们肯定很快就会模仿他拿起东西来，到时候还不知道会乱成什么样呢！

马可瓦尔多在组组货架间穿过来穿过去，一会儿跟着忙前忙后的女佣，一会儿跟着穿着皮大衣的妇人，尽量不让家人发现自己的足迹。然而，不管是女佣还是妇人，她们都会时不时地伸出手拿上个黄灿灿、香喷喷的南瓜，或是一盒三角形的奶酪，而他呢，也就跟着她们学。广播里放着愉快的音乐：消费者们跟着音乐的节奏走走停停，时候到了，就伸出胳膊，拿起一个东西，再把它放在推车里，一切都跟着音乐来。

马可瓦尔多的推车里现在堆满了货物；现在他的脚步把他带到了那些没什么人的货架前面；商品的名字越来越难念，它盒子上的图案让人搞不清，这里面装的究竟是莴苣用的化肥还是莴苣的种子，或者就是莴苣本身，或是毒死莴苣上虫子的药，再或是引诱鸟来吃掉那些虫子的鸟食，甚至是生菜沙拉或者烤野禽用的配料。马可瓦尔多反正拿了那么两三盒。

就这样，他在两排很高的货架间走着。突然那路就走到头了，路尽头是很长一片空地，空无一人，那里的霓虹灯把地砖照得通亮。马可瓦尔多一个人站在那里，他的推车里放满了东西，而在那片空地的尽头，就是有着收银台的出口。

马可瓦尔多第一个本能的反应是，低下头，推着他坦克一样的推车赶紧跑走，在收银员按下警铃前带着自己的战利品逃出超市。但是就在那时，从旁边的过道里也冒出了一辆推车，那辆车里的东西比他车里的东西还要多，而推着车的人正是他的妻子多米蒂拉。接着从另一边也冒出一辆推车，菲利佩托正用尽全力地推着车。那是很多条摊位过道的汇聚点，每条过道的出口都冒出马可瓦尔多的一个孩子，每个人都推着一车像货船一般满满的东西。每个人的想法都是一样的，现在在这里碰到了，才发现他们把超市里的每一类商品都各拿了一件，就像给这里所有的货取了样一般。“爸爸，所以我们很有钱，是不是？”米凯利诺问道，“够我们吃一年了，是不是？”

“回去！快点儿！都离收银台远一点儿！”马可瓦尔多一边嚷嚷着一边推着他的食物向后转，赶紧藏到了货架后面；甚至跑了起来，他的身子弓成了两半儿，就像在躲避敌人的射击一样，然后就又消失在货架间了。然而他身后突然轰隆隆地响了起来；他转过身去，只见整个一大家子人，都推着各自火车车厢似的推车，紧跟着自己狂奔而来。

“真要是结账了，他们能问我们要上百万里拉！”

超市很大，而且庞杂交错，就跟迷宫一样：在里面能转上好几个小时。那里陈设出来的储备又那么多，马可瓦尔多和家人甚至可以不用出来，直接在那里面过冬就行。但是这时广播里的通知中断了音乐，有个声音说道："大家请注意！再过一刻钟，本超市即将关门！请大家尽快去收银台结账！"

要把车里东西处理掉的时刻到了：现在再不处理以后就再没机会了。被广播召去付账的顾客突然跟发了狂似的，就好像全世界就这么一家超市了，而这家超市从明天起就再也不开门似的，超市里乱作一团，大家不知道是要把剩下的东西都拿走呢，还是就把东西留在那里，总之货架周围那就是一个挤，而马可瓦尔多和多米蒂拉以及孩子们则趁机把商品再放回货架上去，或者干脆丢到别人的推车里。他们把商品放回去的时候也比较随便：粘蝇纸放到了火腿肉的架子上，卷心菜放到了蛋糕的架子上。一位女士推着一辆睡着婴儿的小推车，他们没注意，把婴儿车当成了购物车，还往里面塞了一瓶红葡萄酒。

他们甚至还没有品尝一下自己拿上的东西，就又要把东西放回去了，这种感觉可真是痛苦得让人想哭。于是，就在他们放回一管蛋黄酱的时候，如果手边正好有一把香蕉，他们也会拿回来；再或者是把尼龙长柄刷子放回去的时候又摸上来一只烤鸡；这样一来，他们推车里的东西拿出去的越多，放回来的也越多。

他们一家人推着他们的储备在旋转梯上上下下地跑着，在每一层的每一个角落总能碰到一个站岗似的女收银员，守在某条必经通道的对面，仿佛举着一挺机关枪似的举着一台劈啪作响的计算器，对准了所有看上去正准备出去的顾客。马可瓦尔多和家人这么逛着逛着，却越来越像是被关在笼子里的野兽，或是被囚在灯火通明、墙上镶着彩色嵌板的监狱里的犯人。

有一面墙上的嵌板给揭掉了，取而代之的是一架木梯、几把锤子，以及其他一些木匠或泥瓦匠的工具。一家建筑公司正在给超市搞扩建。一到下班的时间，工人们手上的活儿一丢，就全都回家了。马可瓦尔多推着身前的一车储备，穿过了墙上的那个洞口。洞外面黑黢黢的一片，他继续往前走着。一家人于是也都推着车跟在他后面。

推车的橡胶轮子先是在一条被掀掉路面的路上颠颠簸簸地滚着，有的地方还有些沙子，然后那路就成了一块块已经断裂的木板。马可瓦尔多在一块木板上平稳地走着，其他人都跟着他。突然间，他们发现自己的前方、后方、上方、下方都洒满了来自远方的光，他们的周围是空的。

原来他们是在一座七层楼高的脚手架木板上。城市在他们的下方呈现出来，光芒四射，这光来自一扇扇窗户，来自一块块霓虹灯招牌，来自一道道电车上天线的电光闪现；再往上看去，是繁星密布的夜空，还有广播电台天线上的红色小灯。脚手架在所有那些胡乱堆在一起货品的重压下晃来晃去。米凯利诺说：“我怕！”

这时从黑暗中升起一团黑影。那是一张很大的、没有牙的嘴，正沿着自己长长的金属脖子向前伸着，并在缓缓地打开：原来是一辆吊车。这张嘴在他们上方徐徐落下，停到他们的高度，这张嘴的下颌顶住脚手架的边缘。马可瓦尔多把推车斜了一下，把里面的货品倒在铁嘴巴里，往前跨了一步。多米蒂拉也照着他这样做了。孩子们呢，当然也模仿了父母的做法。吊车把嘴合上，那嘴里全是从超市里缴获的战利品，滑轮吱吱嘎嘎地转着，吊车收回了脖子，慢慢地远去了。底下，一组彩色的字母打着转地亮着，正在邀请人们来这家大型超市里买东西。

春天

17　烟、风和肥皂泡

每天，邮差都会在楼里住户的信箱里放进几个信封；唯独马可瓦尔多的信箱里从来就什么都没有，从来也不会有人给他写信，如果不是那些强制缴纳电费和煤气费的单子，他的信箱真是一点儿用也没有。

“爸爸，有信！”米凯利诺叫了一声。

“什么呀！”马可瓦尔多答道，“还不是那些广告！”

所有的那些信箱里都塞着一张折起来的蓝黄色相间的纸。上面说在所有的同类产品中，最好的肥皂水就是“白太阳”牌的；还说只要出示这张蓝黄色的纸，就能获得免费样品。

这纸又细又长，有些纸戳到信箱口外面来了；其他还有一些给搓成了一团儿被扔在地上，还有一些只是有点儿皱，因为很多住户打开信箱的时候习惯把太占地方的广告纸扔出去。菲利佩托、皮埃特鲁乔，还有米凯利诺，从地上捡几张，再从信箱缝里抽几张，有时甚至是用铁丝从信箱里钩几张出来，就这样收集起“白太阳”牌的赠券来。

“我的多！”

“不可能，你再数数！我们打赌看是不是我的券儿更多！”

“白太阳”牌的广告宣传遍布了整个小区，家家户户，没有一家漏过的。于是三兄弟也就跟着跑遍了整个小区来囤积赠券。有些看门人会嚷嚷着赶走他们：“淘气鬼！你们来偷什么东西？我可要打电话给保安了！”而其他看门人呢，看到他们却蛮开心的，因为这样一来就有人把每天堆在那里的纸给弄干净了。

晚上的时候，马可瓦尔多那两个可怜的房间就塞满了“白太阳”蓝黄色的纸；孩子们把这些纸数来数去，然后把它们堆成一摞一摞的，就像银行里的出纳员数钞票时那样。

“爸爸，如果我们有很多券的话，我们是不是就能开一家洗衣店了？”菲利佩托问。

那些天，洗衣粉制造界内掀起了轩然大波。“白太阳”的广告宣传把其他的竞争公司弄得很紧张。为了推销自己的产品，其他公司开始往城里的每一个信箱里塞小票，人们凭着这些小票，就可以领到分量越来越多的免费样品。

于是马可瓦尔多的孩子们在接下来的这几天忙得不可开交。信箱每天早上都会像春日里的桃树一样绽放：那些上面画着绿色、桃红色、天蓝色和橘红色图案的小票，向所有会使用金泡牌、亮洗牌、黎明牌和净衣牌洗衣粉的客户承诺洁净的洗涤。对于孩子们来说，收集到的小票、赠券种类越来越多样化。同时他们也扩大了收集的领地，有时会扩展到其他街道的楼道里。

自然，这个举动是不可能不被注意到的。邻居家的孩子们很快就明白了米凯利诺和他的兄弟整天搜寻的究竟都是什么玩意儿，于是，那些他们从来就没有正眼看过的纸张很快就变成了一种大家都渴求的战利品。有那么一段时间，各个帮派的淘气鬼之间很敌对，在这个小区还是在那个小区收集广告纸变成了各种纠纷和争执的主要缘由。然后，经过了一系列的交换和谈判，他们终于达成了一致：有组织的狩猎会比胡乱的抢劫更有利可图。于是这事儿变得有条有理起来，每当送洁精牌或者速清牌的人来各个门洞里塞广告纸的时候，他的行踪都会被步步侦察并紧紧跟随，那些材料一被分发出去很快就会被淘气鬼们收走。

谁来指挥各种行动呢？自然是菲利佩托、皮埃特鲁乔和米凯利诺，因为这个主意起初就是由他们想起来的。他们甚至说服了其他的孩子，说这些小票是公共财产，应该统一保管。“就跟银行一样！”皮埃特鲁乔进一步解释道。

“我们是洗衣店或是银行的老板吗？”米凯利诺问道。

“不管是什么，我们都是百万富翁！”

孩子们兴奋得甚至晚上都睡不着觉，不住地计划着将来：

“我们只需要去兑换所有的样品，就能攒到很多很多的洗衣粉了。”

“可是放哪儿啊？”

“我们得租一个仓库！”

“为什么不租一艘船啊？”

这广告吧，就跟鲜花和水果一样，是季节性的。几个星期以后，洗衣粉的季节过去了，信箱里只有一些治鸡眼的广告。

“这种我们也要收吗？”有人提问。但是集中力量赶紧把那些积累起来的财富兑换成洗衣粉的意见占了上风。这也就是说，他们得去指定的商店用赠券换样品，一张券换一包：但是这个看起来极为简单的计划新阶段，操作起来却要比之前那个阶段要漫长和烦琐得多。

这些行动需要分头执行：每个孩子一次只能去一个店。一次甚至能带上三四张条子，只要牌子不同就行了，如果店员只肯给一种牌子的样品，其他牌子不给的话，那么就得说：“我妈妈几个牌子都想试一试，看哪个牌子更好。”

但是有些时候会麻烦一些，因为在很多店里，只有消费了才能获得免费样品；妈妈们从来没有见过孩子们这么想被差使到杂货铺买东西。

总之，把赠券转换成商品的过程拖了很久，而且带来了额外的花费，因为妈妈给他们用来买东西的钱很少，而有待巡逻的店铺却很多。为了搞到足够的资金，他们不得不立即进入计划的第三阶段，把已经领到的洗衣粉再卖出去。

他们决定去一家一户地按门铃，推销洗衣粉。“阿姨！您感兴趣吗？洗得那叫一个完美！”接着就赶紧把“速清”的盒子或是“白太阳”的袋子递过去。

“好的，好的，给我吧，谢谢啦。”有的阿姨接过样品，说罢就猛地关上门，门都快砸到他们脸上了。

“什么？钱呢？”他们一个劲儿地捶起门来。

“付钱？不是免费的？滚滚滚，淘气鬼！”

的确，就在那几天，很多牌子的代表都在挨家挨户地赠送免费样品：由于赠券、小票的宣传没有什么成效，整个洗衣粉行业发动了一股新的广告攻势。

马可瓦尔多的家就好像是间杂货铺，里面装满了洁精、净衣、亮洗牌的产品，但是这些货却连一分钱也造不出来；这些都是送的，就像喷泉里的水一般。

自然，这些洗衣粉的公司代表很快就听到了风声，说是有些小孩儿跟他们走着同样的路线，正在挨家挨户地兜售那些他们恳请客户免费收下的产品。在贸易界，常常会出现悲观主义的思潮：大家开始说，人们对那些白送他们洗衣粉的人说不知道该拿这洗衣粉怎么办，却从让他们付钱买洗衣粉的人那里购买洗衣粉。于是不少公司的调研部聚在一起开了个会，他们咨询了“市场研究”的专家：最后得到的结论是，如此无信义的竞争局面只可能是那些被盗商品的窝藏者造成的。警方在收到对这些未知肇事者的合法告发后，开始对整个小区的小偷和赃货窝藏点进行搜查。

于是洗衣粉随时都会变得像甘油炸药一样危险。马可瓦尔多怕了：“我们家连一丁点儿洗衣粉也不能留！”但是又不知道该把这些洗衣粉往哪儿放，因为没人想把它弄到家里。最后决定由孩子们去把这些洗衣粉投到河里去。

于是，那天拂晓前，桥上来了一辆装满了金泡和亮洗牌洗衣粉盒子的小车，皮埃特鲁乔在前面拉着，他的小兄弟们在后面推着，旁边是另一辆相同的小车，由他们对面门房的儿子乌古奇奥内拉着，然后还有很多很多其他的小车。他们走到桥的中间时停住了，等一个回头看看究竟的好奇的骑车人过去后，只听到一声“扔！”，米凯利诺就开始把装着洗衣粉的盒子往河里扔。

“你笨啊！你没看见盒子漂在河面上吗？”菲利佩托叫道，“你得把盒子里的洗衣粉往外倒，不是扔盒子！”

于是，从那一个个开口的盒子里，柔柔地降下一团白雾，落在河流上，起先好像被河水吸进去了，接着伴随着许多小泡泡又浮现出来，然后就像是沉到河底去了。“这样就可以了！”于是孩子们继续十公斤十公斤地往桥下投洗衣粉。

“快看，你们看那下面！”米凯利诺一边大叫着，一边指着河谷。

桥前面不远处有一段急流。那里的河要下一个小坡，小泡泡看不到了；然后在更底下的地方重新冒了出来，但是现在变成了很大的泡泡，它们一个个地被从下面挤上来，越胀越大，一道肥皂水滚出来的浪越涨越高，越变越大，那泡沫都已经升到下坡前河滩的高度了，白花花的一片，就好像理发师用刷子拌好的那碗东西一样。仿佛所有竞争品牌的洗衣粉，都在固执地比试各自的起泡能力：河里溢满了肥皂水，一直涌到码头边，而天微微亮时就已经踩着捕鱼靴、站在河里的渔民，赶紧把钓鱼线收了回来，逃似的跑开了。

这清晨的空中吹起一丝风。一串泡泡从河面上脱离，轻盈地飞啊，飞啊，最后飞走了。因为还是拂晓时分，泡泡都染上了粉红色。孩子们一边看着泡泡高高地飘过他们的头顶，一边喊道：“哇……”

泡泡顺着城市上空那些看不见的气流轨道飞着，待飞到屋顶那个高度便涌进条条道路中，并总能避开与棱角和屋檐的触碰。现在紧实的泡泡串儿散开了一些：所有的泡泡都陆续地、自顾自地飞走了，每一个泡泡都因为高度、轻盈度和线路的不同而走上了不同的航向，在半空中游来移去。就好像这些泡泡变多了；更准确地说：真是这样的，因为那河仍在继续往外吐着泡沫，就好像炉子上烧着的奶壶一样。而风呢，风把这一场泡沫堆成的盛宴托到了高处，泡泡拉长了，变成了彩虹色的环状物（太阳已经爬过了屋顶，斜射的阳光掌控了整座城市以及那条河），于是这些泡泡越过了电线和天线，慢慢侵入天空。

工人们深色的身影骑在突突作响的机动自行车上朝工厂奔去，翱翔在他们上方那一片如蜂群般绿色、粉色、蓝色的泡泡紧紧地跟着他们，就好像他们每一个人的车把手上都系着一根长长的线，线的那一头、拖在身后的是一串串的气球。

这番情景是从电车上被发现的："大家快看啊！嘿！大家快看呀！那上头是什么东西啊？"电车司机把车停下，下了车，乘客也都下来了，望向空中，自行车、机动自行车、汽车、卖报人、面包店老板、所有早上行色匆匆的行人，以及夹在他们中间、正赶去上班的马可瓦尔多，他们所有人都停了下来，仰着头追寻那些肥皂泡的行踪。

"不会是什么原子弹一样的东西吧？"一个老太太这么问道，恐慌瞬间在人群中蔓延开来，还有人看到肥皂泡落在自己身上时一边逃着一边嚷道："有辐射！"

那轻盈而脆弱的彩虹色泡泡继续飘舞着，只需要轻轻一吹，噗！就没踪影了；于是，这警报是拉响得快，解除得也快。“什么辐射不辐射的啊！就是肥皂水！小孩玩儿的那种肥皂水！”就这样，一阵狂欢席卷了人群。“你看那个泡泡！那个！还有那个！”他们看到，那些飞舞的泡泡大到了不可思议的尺寸，因为如果泡泡碰上泡泡了，就会合并，变成原来的两倍甚至三倍大，而天空、屋顶还有那些摩天大楼通过这些透明的圆盖，呈现出以前从未见过的形状和颜色。

这时，各个工厂的烟囱，跟每天早上一样，也开始喷吐黑烟了。于是如蜂群般的泡泡就遇上了黑烟的云团，天空就被分成了黑色的烟流和彩虹色的泡沫流，在阵阵旋风中，这两股流就好像在争斗一般，而且有那么一阵儿，就那么一阵儿，烟囱顶好像是被泡泡征服了，但很快这两股流——困住了泡沫彩虹的黑烟和圈住了黑斑颗粒帷幔的泡泡球——就又搅和在一起了，它们搅得如此不分你我，以至于都搞不清是怎么个情况了。直到后来马可瓦尔多无论怎么在天空中找，都再也看不到泡泡了，他能看到的只有黑烟，黑烟，还是黑烟。

夏天

18　属于他一个人的城市

人们一年中有十一个月都非常热爱自己的城市，如果把他们的城市从他们的生活中拿掉，那肯定得出大事儿：什么摩天大楼啊，什么卖香烟的啊，什么全景银幕电影院啊，这些都是它那不竭魅力不可争议的理由。城里唯一一个无法确定给出这种感情的居民是马可瓦尔多；但是他心里想的吧——首先——因为他不是特别会说话，所以就无从得知了——其次——他也不是那么重要，所以知不知道也就无所谓了。

一年这么过着吧，突然就到了八月份了。就这样，大家的感情世界会同时经历一个变化。突然谁都不喜欢自己的城市了：还是同样的摩天大楼，同样的地下人行道，同样的停车场，这些直到昨天还被无比热爱的地方突然变得讨厌而令人恼火。人们唯一希望的就是尽快离开这里：于是，火车几度爆满，高速公路也堵上了，到了八月十五日[1]那一天，几乎所有的人都离开了这里。除了一个人。马可瓦尔多是唯一一个没有离开城市的居民。

这天早上，他出门去市中心散步。他眼前的马路宽敞无垠，街上连一辆车也没有，空无一人；街上房子的正面，不管是落下的一排篱笆般的灰色金属卷帘门，还是无边无际的百叶窗条，都像碉堡前的斜坡那样紧闭着。在一整年的时间里，马可瓦尔多一直梦想着能把这马路当马路使，也就是能走在路中央：今天他终于能这么做了，而且还能闯红灯，斜着穿过马路，或者停在广场正中央。但他也明白，这其中的乐趣并不是在于能做这许多不同寻常的事情，而是在于能以另一种方式来看这一切：马路就像是深谷，或者干涸的河床，房子就像是成片的峭壁，或是礁石的岩壁。

当然，在视觉上显然是缺了一些什么的：缺的倒不是成排停着的车子，或是路口处的交通堵塞；也不是大商场门前的人流，或是挤在电车站安全岛上的人们。为了能把空下的地方填满，或是为了能把那些方方正正的平面弄弯，所缺的最好是一

1　八月十五日是圣母升天节，国家法定休假日。但意大利人一般从七月底、八月初就开始休假了，往往放到八月末。

场水管爆裂造成的水灾，或者是把林荫道路面劈开的树根入侵。马可瓦尔多的目光仔细打量着周围，希望能看到一个不同的城市，一个在由油漆、焦油、玻璃和灰泥构建的城市下，另一个由树皮、鳞叶、树液凝块、脉序构成的城市。可不，他面前这排每天都要经过的房子如今在他看来就好像是个多孔、沙质的灰色石子堆；而工地上的栅栏就好像是新鲜松木做的，上面有着宝石般的木节；在一家大型布料店的霓虹灯招牌上，休息着一排睡着了的蛾子和蛀虫。

这座城市就好像是刚被人类抛弃，就被直到昨天还隐秘居住、今天却占了上风的居民所统治：马可瓦尔多散着步，先是跟了一阵一列蚂蚁走出的路线，然后因为追随了一会儿一只迷路甲虫的飞舞而跟丢了蚂蚁，接着又因为循着一条蚯蚓曲曲折折的庄严前行而耽误了点儿时间。正在侵占这块阵地的不仅仅是动物，马可瓦尔多发现，报亭朝北的那一面墙上，长出了薄薄的一层苔藓，而餐厅门前花盆里的那些小树正在努力地把自己的树叶往人行道阴影的边框外推。城市还存在吗？那个曾经囚禁了马可瓦尔多一天天生活的城市，那个由各种合成材料堆成的凝聚物，现在变成了性质各异的马赛克石片，由于硬度、热度和质地的不同，每一块石头不管是看上去还是摸起来，都非常地不同。

就这样，就在马可瓦尔多忘记了人行道和斑马线的作用，像蝴蝶那样照着“之”字形路线走着的时候，差点儿被一辆时速一百公里的“斯派德”[1]给撞上，那车停下来的时候，散热器离他臀部仅有一毫米。马可瓦尔多一半是给吓的，一半也是给气流冲的，往上蹦了一下，又昏昏沉沉地跌在地上。

只听见汽车“刺溜”一声尖响，原地打了一会儿转才停下来。然后从车里跳出一群衣着随意的小年轻。“这下我得挨揍了，”马可瓦尔多这么想着，“因为我走到马路正中央去了！”

这群小年轻背着奇怪的器具。“我们终于把这个人给找到了！终于找到了！”他们这么说着，团团围住马可瓦尔多。“那么，这位就是，”他们中的一个握着一根银色的小棍，对着嘴巴这样说道，“在圣母升天节这天唯一一个留在城里的人。这位先生，不好意思啊，您想对电视机前的观众们谈谈自己的感想吗?”接着那人就把银色的小棍举到了马可瓦尔多的鼻子下面。

然后就闪出了一道光，刺眼得能把眼亮瞎，那光同时还产生了很多的热量，烘得人就像在烤箱里一样，马可瓦尔多感到自己快要晕过去了。他们把反光板、摄像机和麦克风对准他。他支支吾吾地说了点儿什么，可他每说三个音节，那个年轻人就会把话抢过来，把麦克风拧到自己跟前：“啊，所以，您是想说……”然后自己说上个十分钟。

1　意大利汽车制造商阿尔法罗密欧最经典的车系之一。

他们终归还是采访了他。

“那么现在，我可以走了吗？”

“那是那是，当然，我们非常感谢您……这样吧，如果您没有别的事儿……如果您想赚个几千里拉……您愿不愿意留在这儿给我们搭把手？”

整个广场都给折腾得乱七八糟的：货车、器械车、轨道摄影机、蓄电池、照明设备，穿着工作服的一组组工作人员，一个个都大汗淋漓的，他们在广场的两头踱来踱去。

“她到了，到了！到了！”这时，从一辆敞篷车里走出来一个电影明星。

“加油，大家伙，咱们现在可以开始拍喷泉那一场了！”

电视节目《圣母升天节的狂热》的导演开始下令开拍跳喷泉那场戏，在这场戏里，那个著名女星得跳进他们城市最主要的喷泉里。

他们给小工马可瓦尔多安排了一个活儿，他得扛着带有沉沉支架的聚光灯满广场地跑。现在偌大的广场上响起了各种机器的轰鸣声和各式照明器材的劈劈啪啪声，时不时还能听到锤子敲在临时搭建的金属支架上叮叮当当的声音，以及各种使唤人的嚷嚷声……马可瓦尔多现在就跟瞎了似的，几乎失去了视觉，他觉得那个自己只隐约看到了片刻的城市又被平日的城市取代了，或者也许只是梦到了。

秋天

19　顽固猫咪的小花园

猫的城市和人类的城市是一个包含着另一个的，但它们并不是同一个城市。只有极少的猫还记得那段两个城市之间没有差别的岁月：那时候，人类的街道和广场也是猫的街道和广场，草地、庭院、阳台、泉池也都是共享的：那时候，大家都生活在一种宽阔而多样的空间中。但是最近几代以来，这些家养的猫科动物已经为这个不可居住的城市所囚禁：马路上的交通是致命的，奔驰的汽车川流不息，随时都会把猫轧扁；以前每一平方米的土地上，都会有个小花园、一片空地，或是建筑的废墟遗址，然而现在城里却处处高耸着房子、居民楼和崭新的摩天大楼；每一个通道都停满了车；庭院一个个地，要么被钢筋水泥板覆盖住了，要么变成了车库、电影院或货品的仓库和车间。之前，那些矮矮的屋顶、拱顶花边、观景楼、蓄水槽、阳台、天窗、金属棚就像高原一样，高低起伏，连绵不绝，可如今，在每一个可以加高的房子上都建上了加高层：在路面最底处和如天一般高的顶楼之间的错落消失了；新一代的猫们徒劳地寻找着祖先的行踪，寻找着可以从栏杆上柔软地跳到上楣和檐沟上的落爪处，寻找着可以让它们敏捷攀爬到房顶上的支撑点。

但是，在这个任何空隙都会很快被填满、任何水泥块都会很快和其他水泥块合并在一起的垂直的、被压缩的城市里，同时也出现了一个和这个城市相对的另一个城市，一个反面的城市，一座由墙与墙之间的条条间隙、两座楼左右前后被建筑条款规定留有的最小间距构成的城市；一座由间隙、天窗、通风管、车道、室内小广场、地下室入口构成的城市，就好像在灰泥和沥青做的星球上，铺着一张干涸的运河组成的网。猫这个古老的物种，正是在墙与墙之间夹着的这张网中奔窜着。

马可瓦尔多为了打发时间，偶尔会跟着一只猫。也就是在从十二点半下班到三点上班的那个空当中，当其他同事都回家吃饭的时候，马可瓦尔多——他每天都用包自己带午饭——在仓库的箱子中间，摆开餐具吃起饭来，他嚼完饭，抽上半根托斯卡纳雪茄，一个人懒懒散散地在那附近转悠，等着重新开工。

在那几个小时里，从一扇窗子里探出脑袋的猫咪总是颇受欢迎的陪伴，也是探索新世界的导游。马可瓦尔多和一只胖嘟嘟的虎斑猫交上了朋友，这猫脖子上系着一个蓝色蝴蝶结，肯定住过什么有钱人的家。这只猫和马可瓦尔多有一个共同的习惯，那就是一吃完饭就得散散步：自然而然地也就产生了友谊。

跟着这位虎斑朋友，马可瓦尔多也开始像猫那样通过它们圆圆的眼睛观察各个角落，尽管他公司周遭的环境还跟以前一样，但是现在以猫的眼光来看，这些地方好像也成了什么猫类故事里的场景，而这场景间的改换也只有通过猫那毛茸茸而轻盈的爪子才能实现。尽管这个区域从外面来看好像没什么猫，但是马可瓦尔多每天散步的时候总会认识些新面孔，只消一声喵喵叫，一口吐气，一次弓背炸毛，都能让他明白它们之间的关系怎么样，是在合谋什么，还是在你争我斗。在那时，他会相信自己已经参与了那些猫科动物社会中的秘密：他也能感到自己在被那些眯成了一道缝的瞳孔仔细观察着，被那些如天线般绷紧的胡须监视着，所有的猫都像斯芬克斯那样不可捉摸地端坐在他周围，它们那个粉色的三角形小鼻子与黑色的三角形小嘴巴是连在一起的，只有耳朵尖儿在动，像雷达那样微微颤动。就这样，马可瓦尔多来到了一条窄道的深处，巷子两边的墙都没有窗子，惨惨淡淡的：马可瓦尔多看了看四周，发现所有那些把他一直带到这个地方的猫全都不见了，而且是一起消失的，都不知道是从哪儿消失的，就连他的虎斑朋友，也把他一个人丢在那里。猫的王国有着它们不想让他发现的疆域、仪式及习俗。

作为补偿，猫的城市也会向人类的城市打开一道道料想不到的小口子：有一天，正是他的虎斑朋友领他去发现比亚里茨大饭店的。

谁要想看比亚里茨大饭店，必须要有着猫的大小，也就是说要趴到地上去。用着这种姿势的人和猫就这样，围着一种类似于教堂圆顶的建筑前行着，在这个圆顶的脚下，有一些矮矮的、矩形的小窗户。马可瓦尔多照着虎斑朋友的样子，也往下望了望。底下那个豪华大厅正是通过这些撑开的玻璃天窗来捕捉光线、更换空气的。伴着茨冈人[1]的小提琴声，那烤成了金色的山鹑和鹌鹑，被穿着燕尾服的服务生那戴着白手套的手指稳稳地举在银制托盘里，在大厅里绕来绕去。或者，更准确地说，是扣在山鹑和野鸡上的托盘在绕来绕去，托盘上面是服务生的白手套，光滑的地板悬在空中，晃来晃去，被服务生的漆皮鞋踩在脚上，地板上垂挂着装在花瓶里的丛棡、桌布、玻璃器皿，以及因为装了一瓶类似于钟锤的香槟酒而活像一口钟似的冰桶：所有的东西从马可瓦尔多那个角度看，都是反过来的，

1 尤指住在多瑙河地区的吉卜赛人。

因为他怕自己被人发现，于是不敢把头探到窗户里面去，而仅仅是在斜开着的玻璃窗上反射出来的成像中观察着大厅。

但猫感兴趣的不是大厅里的天窗，而是厨房上面的窗户：往大厅里望去，远远地能看到在厨房里的那些东西，就好像是变了样子一般——非常实际并且是触爪可得的，比如什么被脱了毛的禽类，或是一条新鲜的鱼。这位虎斑朋友正是要把马可瓦尔多往厨房那个方向带，至于原因嘛，如果不是什么无私友谊的表示，就很可能是因为它希望这个人在他的这次突然闯入中可以帮得到它。然而马可瓦尔多可不想离开这个可以欣赏大厅的观景台：一开始的时候，他只是被环境的奢华迷住了，后来是因为那里确实有什么东西吸引了他的注意力。这种好奇心甚至战胜了怕被发现的胆怯，他继续把脑袋往下面探。

在大厅中央，正好就在他那扇窗户下面，有一个小小的玻璃鱼池，就好像什么鱼缸一样，里面游着肥肥的鳟鱼。就在那时，一位贵客靠近了鱼池，他那秃秃的脑袋油亮油亮的，这人一身黑衣，长着一脸黑色的络腮胡子。一个上了年纪的、穿着燕尾服的服务生跟在他后面，服务生手里握着一个小网子，就像是要去捉蝴蝶一样。身着黑衣的先生仔细地看着鳟鱼，表情慎重而小心；然后他抬起一只手，以一种缓慢而庄严的姿势指了指其中的一条鳟鱼。于是服务生把小网子浸到鱼池里，去捞那条被选中的鱼，逮住鱼后，就径直走向厨房，他举着那个网子的架势就像举着长矛一般，网子里的鱼正在使劲地挣扎着。那个黑衣男人严肃得就像大法官一样，给鱼判了死刑后，回到自己的座位上，等待着那条被裹着面粉煎过的鳟鱼再回到自己的桌子上。

“如果我能找到什么办法，往这下面扔一根钓鱼线，然后让一条鳟鱼上钩就好了，”马可瓦尔多这么想，“我这也不能被指控为偷窃，顶多就算是未被许可的垂钓。”于是他也不管那只猫从厨房那头传来的喵喵叫唤了，而是忙着去找他的垂钓用具了。

在比亚里茨大饭店熙熙攘攘的大厅里，没有一个人发现一条挂有鱼钩、鱼饵的细细长线正从天而降，一直降到了鱼池里。但鱼们却看见鱼饵了，一个个全往上扑。在一片混乱中，一条鳟鱼咬到了鱼饵：很快这鳟鱼就开始往上升，升出了水面，扭闪着银色的鱼鳞，越过备满盛宴的酒桌和摆着餐前菜的小推车，越过做柳橙可丽饼的蓝色火炉，升向高处，然后消失在窗户格里的天空中。

马可瓦尔多使出了钓鱼老手收竿子时用的力道，竿子一弹，鱼飞到身后去了。那鱼一落地，猫就扑了上去。鱼还剩下的那一小口气很快就消失在了虎斑朋友的牙齿间。马可瓦尔多刚扔下钓鱼线要去逮鱼，却眼瞅着那条鱼衔着鱼钩以及那一整套东西从自己鼻子底下被带走了。他及时一脚踩住了鱼竿，但因为扯得过猛，剩下的只有那根鱼竿了，而那位虎斑朋友呢，却叼着鱼跑了，鱼的嘴里还拖着钓鱼线。这个猫叛徒！一下就不见了。

但这一次他不会跟丢了：那条长长的钓鱼线跟着猫，指明了它走的是哪条路。虽然猫是没了踪影，但马可瓦尔多可以跟着线头走：这线头滑上了一面墙，翻过了一个小阳台，在一个大门前蛇行了一段，又钻进了一个地下室里……马可瓦尔多慢慢深入那些越来越适合猫生存的地方，他攀上屋檐，翻过栏杆，总是——虽然有时是在消失的前一秒钟——能用目光捕捉到那个活动着的踪迹，正是这踪迹向他指明了偷鱼贼的去路。

现在这条线曲曲折折地前行到一条路的人行道上，来到了马路中央，马可瓦尔多紧跟在后面，几乎就要追上并抓住线头了。他猛扑到地上；好了，逮着了！就在线头快要溜进一扇栅栏门间的时候，他抓住了线头。

在这扇锈了一半栏杆的栅栏门和两小堵被攀缘类植物爬满的墙头后，有一个荒芜的小花园，花园尽头是一个貌似无人居住的小房子。干枯的树叶像地毯一样盖住了路面，两棵梧桐树下的枯树叶落得到处都是，甚至在花坛里堆出了座座小山头来。一个装着绿水的水缸里也浮着一层树叶。这个小花园的周围耸立着巨型的建筑，以及有着成千上万扇窗户的摩天大楼，这些窗户就好像一双双眼睛，谴责似的盯着那一小块长着两棵梧桐、搭了几块砖瓦，以及铺了很多枯树叶的空地，在一个交通繁忙的居民区中央幸存的一小块地。

在这个小花园里，有的猫栖息在柱头和栏杆上，有些猫躺在花坛的枯树叶上，还有些猫攀在树干和屋檐上，它们或四腿静立、尾巴伸得就跟个问号似的，或坐在那里舔洗自己的口鼻部，这里面有虎斑猫、黑猫、白猫、三花猫、叙利亚大理石猫、土耳其安哥拉猫、波斯猫、家猫、野猫、香喷喷的猫，还有长着癣疮的猫。马可瓦尔多明白自己终于来到了猫王国的中心，来到它们的秘密之岛了。他一激动，差点儿都忘了自己是来捉鱼的。

那鱼呢，因为钓鱼线挂在一棵树的树枝上了，就那么吊在连猫跳起来也够不着的半空中，可能是那只偷了鱼的猫为了防止这鱼被其他猫吃到，或是在向其他猫展示这个绝妙战利品的时候，手忙脚乱地，就把嘴里衔着的鱼搞丢了；那线缠得乱七八糟的，马可瓦尔多不管怎么扯都没能把它弄下来。与此同时，为了去够这条它们怎么也够不着的鱼，或者更准确地说，仅仅是为了争取试着够那条鱼的权利，众猫之间也展开了一场激烈的争斗。每只猫都想阻止别的猫去跳：它们一个扑到另一个的身上，跳起来互相撕打，纠缠着滚作一团，同时还伴随着嘶嘶声、呻吟声、呼哧呼哧声、惨兮兮的喵喵声，终于，所有的猫都被拉进争斗了，满地的枯树叶被这场争斗卷得噼里啪啦直打转。

马可瓦尔多在徒劳地拽了很多次以后，发现钓鱼线被解开了，但他往回抽线的时候非常小心：鳟鱼如果掉下来，将掉在那群发狂的猫科动物混战的正中央。

就在这时，从花园墙头上方下进去一阵奇怪的雨：鱼刺、鱼头、鱼尾，还有一些鱼肺和内脏。那些猫立马就对挂在那儿的鳟鱼没兴趣了，都扑过去抢新的食物了。对马可瓦尔多来说，这是把钓鱼线和他的鱼收回来的最佳时刻。但是，他还没来得及行动，从小别墅的百叶窗里突然伸出两只枯瘦的黄手：一只手挥着把剪刀，另一只手端着口平底锅。挥着剪刀的那只手摸到鳟鱼的上方，端着锅的那只手呢，伸在鱼的下方。剪刀剪断了钓鱼线，鳟鱼掉进了锅里，然后手、剪刀和锅就撤了回去，窗户又关上了：整个过程不超过两秒钟。马可瓦尔多傻了。

“您也是猫的朋友吗？”马可瓦尔多身后传来的声音让他转过身去。他突然间被一群小女人围住了，有些已经相当地老了，发型都是那种早就过了时的，其他那些年轻点儿的呢，脸上也是一副老处女的神气，所有人的手里、包里，都有着装了剩肉、剩鱼的纸包，有的人甚至还揣着装着牛奶的小锅。“您能帮忙把这一小包东西扔到栅栏那头去吗？都是给那些可怜的小家伙吃的。”

猫的这些朋友每天都会在这个点聚在枯树叶的花园周围，给她们的宠物送吃的过来。

“可是你们能跟我说说，为什么这些猫全住在这里吗?”马可瓦尔多顺便打听打听情况。

“您觉得它们能去哪儿? 就剩下这个小花园了！这些猫有的甚至是从好几公里以外的小区来的……”

“鸟儿也是一样，”另一个女人接着说，“这些树上的鸟也是飞上了好几百公里，仅仅是为了能住在这几棵树上……”

“还有青蛙，全都躲在那个水缸里，夜里呱呱呱呱地叫个不停……附近居民楼八楼的人都能听得见……”

“这幢小房子是谁的呀?”马可瓦尔多问。现在栅栏外不只是那些小女人了，还有一些别的人：对面加油站的工人、车间里的伙计、邮差、卖菜的，还有些行人。所有的人，不管是男的还是女的，都是不请自答：但凡涉及那些容易引起争议的神秘话题，每个人都有自己的一套说法。

“住在这里的是一个女侯爵，但谁都没有见过她……”

“就为了这么一小块地儿，很多家建筑公司跟她出过价，都上亿了，但她就是不想卖……”

“你们觉得她能拿这上亿的钱做什么? 孤零零的老太婆一个。她当然是更愿意守着自己的房子，就算房子已经破得散架，只要不被强制搬家……”

“这是市中心唯一一块没有被盖上房子的土地……每年都在增值……他们给她出过好多好价钱……”

“仅仅是好价钱？恐吓、威胁、迫害……你们知道的，这些房地产商！”

“她呢，挺着，挺着，这都多少年下来了……”

“她简直就是一个圣人……要是没有她，那些可怜的小动物能去哪儿呢？”

“想都能想得出来，她才不在乎那些猫呢，她就是一个吝啬的老太婆！你们倒是有没有看过她给那些猫东西吃？”

“可是你们觉得她能给猫吃什么呢？她连自己都吃不饱。她是一个没落家族最后的一个后代！”

“她恨那些猫！我看过她用伞敲打着赶那些猫！”

“因为那些猫踩烂了她花坛里的花！”

“什么花不花的呀？自我见到这个花园以来，这里从来就只长过野草！”

马可瓦尔多明白了，大家对这个侯爵老太太的看法可以说是完全不同：有人把她看成天使般的存在，有人把她看成吝啬鬼或是自私的人。

“就连对小鸟也是那样：从没见过她给它们丢点儿面包屑什么的！”

“起码让它们待下来了吧，这还不够？”

“那您是说蚊子也是她让待下来的，对吧。所有的蚊子都是从这儿的水缸里来的。夏天的时候，这里的蚊子都能把我们生吞了，全都是那个女侯爵的错！”

“没人说老鼠吗？这座房子就是一个老鼠的宝库。这枯树叶底下全是老鼠洞，晚上的时候，这老鼠就全从洞里钻出来……”

“要说到老鼠，那不是有猫呢……”

“哎呀呀，您的猫！我们要是能相信它们就好了……”

“这话怎么说？您对这猫有什么意见？”

就这样，随便的议论演变成了一种全体的争吵。

“权威部门应该来干预一下的：直接把这房子给扣了！”其中的一个说。

“根据哪条法律能这么扣房子啊？”另外一个反驳道。

“像我们这么一个现代化的小区，出了这么一个老鼠窝……应该是被禁止的……”

“但是我的房子选在这儿，就是为了能看到这点儿绿啊……”

“什么绿不绿的啊！您想想，这儿能建上多漂亮的一座摩天大楼啊！”

马可瓦尔多也想说点儿什么，可是找不到合适的机会。终于，他一口气喊出来：“那个女侯爵抢了我的鳟鱼！”

这个意外的消息又为那个老太婆的仇敌带来了新的话题，但是她的维护者却把这事儿作为一条证据，来证明那个倒霉的贵妇人身处贫困。不过持两种观点的人，都一致认为马可瓦尔多应当去敲她的门，问个究竟。

门口的栅栏搞不清是锁着的还是开着的：总之，推了推，门吱吱呀呀地也就开了。马可瓦尔多在树叶和猫中间辟出一条路来，走上拱廊下的台阶，重重地敲了敲门。

一扇窗户（就是之前伸出锅来的那扇窗户）上的深色百叶窗给拉了上去，在那个角落里，冒出了一只圆圆的深蓝色眼睛，还有一绺说不清是什么颜色的染过的头发，还有一只干瘦干瘦的手。接着一个声音传出来：“谁啊？谁敲的门啊？”飘出来的同时还有一团油煎味儿的烟雾。

“侯爵夫人，我是那条鳟鱼的主人，”马可瓦尔多解释道，“我不想打扰您的，我只是想跟您说，您可能有所不知，一只猫把那鳟鱼从我手上抢过去了，那鱼是我钓到的，您要是不信的话，只要看看钓鱼线……”

“猫，总是猫！”女侯爵躲在百叶窗后说，那声音尖尖的，还带点儿鼻音，“我所有的不幸都来自这些猫！谁都不知道这意味着什么！你们不知道日夜被这些畜生俘虏在这里意味着什么！还有人故意跟我作对，从墙后面扔进来那些垃圾！”

“可我的鳟鱼……”

“您的鳟鱼！我怎么会知道您的鳟鱼！”说着说着，女侯爵几乎就变成嚷嚷了，就好像是想用这叫嚷声盖过从窗户里传出的平底锅里油煎的声音和煎鱼的香味。“从外面落进来那么多东西，我能明白什么？”

“是，但那条鳟鱼您到底拿是没拿？”

“看在那些猫让我承受的所有损失上，嘿，我倒是要看看！我没什么好说的！我还要说说我都失去了什么呢！这么多年了，这些猫占领了我的房子，我的花园！我的生活只能受这些畜生摆布！你去找那些猫吧，它们才是这里的主人，去问它们要回你的损失吧！损失？那我被毁掉的生活呢：被囚禁在这里，一步都不能离开！”

“可是，不好意思啊，谁又逼着您留在这儿了？”

透过百叶窗的缝隙，原先只能看到那只深蓝色的圆眼睛，或是长着两颗龅牙的嘴巴；现在突然，她的整张脸都露出来了，马可瓦尔多恍惚觉得那就好像是猫的脸。

“它们，把我囚困在这里，它们，这些猫！噢，我倒是想走啊！为了能住进一套完全是我自己的、现代、干净的小房子里，要我干什么都行！但是我不能出去……它们跟着我，横在路中央挡住我的脚步，绊我的脚！”慢慢地，这声音变成了低语，就好像在倾诉心中的秘密，“它们怕我把这地给卖了……它们不让我走……它们不同意……每次那些房地产商来找我签合同的时候，您真得看看那些猫啊！它们挡在路中央，指甲伸得老长，甚至把一个公证员吓跑了！有一次人家都把合同送到我跟前了，我正要签的时候，那些猫居然从窗户外扑进来，把墨水瓶弄翻了，把所有的纸都撕碎了……”

马可瓦尔多突然想起来时间不早了，想起来仓库，想起来仓库主任。马可瓦尔多踮起脚尖踩在枯树叶上，从窗前走开了，而女侯爵的声音呢，被裹在那团煎锅油烟的云里，仍在絮絮叨叨地从百叶窗的缝隙中传出："它们还抓过我呢……我到现在还有疤痕呢……我被抛弃在这里，任由这些魔鬼摆布……"

冬天到了，一簇簇白色的雪花装饰着树枝、柱头和猫的尾巴。雪下面的枯树叶烂成了稀泥。基本上看不到什么猫了，而猫的那些朋友们就更少了；只有自己送上门的猫才能被发到装着鱼刺的袋子。大家有一阵子没见过女侯爵了。她那幢小屋子的烟囱里也没有烟冒出来了。

一个下雪天，她家的花园里突然又回来了好多猫，就跟春天到了似的，像在月夜中那样喵喵地叫个不停。邻居们明白一定是发生了什么事儿了：他们去敲女侯爵的门。没人回应：女侯爵死了。

春天的时候，一家建筑公司在原先是院子的地方开了很大的一片工地。挖土机为了打地基挖了很深很深的坑，水泥浇在钢筋间，一座高极了的吊车把钢管递给搭支架的工人。但是怎么能工作得起来呢？所有的猫都在脚手架上大摇大摆地散着步，把砖头、装灰泥的桶推下去，在沙堆里斗殴。每当工人们要抬起一根钢筋时，钢筋堆的顶部总会有一只蜷在那里的猫，暴怒地吐着气。最阴险的猫会直接爬到泥瓦工的后背上，就像是要打呼噜那样，没有一点儿办法可以把它们赶走。而小鸟也继续在所有的支架上筑巢，吊车的操作间就像是一个鸟巢……没有一桶水是可以用的，因为桶里蹦来跳去的全是青蛙，呱呱地叫个不停。

冬天

20　圣诞老人的孩子

在工商业界，再没有一个时期会比圣诞节以及节前的一个星期更慷慨、更友善的了。风笛那震颤的笛声会从条条街上升起；而那些直到昨天还只冰冷地盘算着营业额和红利的无名公司，突然对温情和微笑打开了心房。董事会现在的唯一想法就是把欢乐传给他人，把附有节日祝福的礼物送给同一集团的姐妹公司和个人用户；每个公司都感到有必要从另一家公司购买大量的产品，作为礼物再送给别的公司；而这些别的公司呢，也要从另一个别的公司购买一大堆的礼物送给其他的公司；这些公司窗子里的灯会亮到很晚，尤其是那些仓库的窗子，那里的员工会加班加点地包装包裹和箱子。在朦朦胧胧的玻璃窗外，吹风笛的人踩着铺着一层冰的人行道，从神秘昏暗的山上走下来，走向远方，驻足在市中心的十字路口上，他们被过亮的灯饰和橱窗里过多的装饰闪得睁不开眼，只能垂头吹着他们的乐器；这风笛声一传出，生意人之间沉重的利益争执就平息下来了，取而代之的是一场新的竞争：谁送礼物的方式最讨喜，谁送的礼物最显眼、最独特。

今年，Sbav 公司的公共关系部提出了这么一个主意，对于那些最重要的人物，圣诞礼物应由一个装扮成圣诞老人的人直接送到家里去。

这个主意获得了各部门主管的一致同意。于是公司就买了一整套圣诞老人的装扮：白胡子、镶着毛的红帽子、红衣服，还有圣诞老人的长靴。接着就开始试衣服了，看哪个勤杂工穿得更合身，但他们不是个子太矮、胡子都拖到地上去了，就是太壮实、连衣服都穿不进去，或者就是太年轻，再或者又太老，老得都不值得化装了。

就在人事部的头儿在从其他部门叫来那些有可能成为圣诞老人的人时，各个部门的主管聚在一起，试着进一步完善这个主意：劳资关系部觉得给全体工人的那些礼包应该通过某种集体仪式由圣诞老人送出；商务部还提出要圣诞老人去各个商店转一圈；广告部则操心如何把公司的名字打出来，或许可以让圣诞老人用一条线牵住四个氢气球，四个气球上分别写着：S，

B，A，V。

一种友好而充满活力的气氛感染着每一个人，并蔓延到富有生产力而充满节日氛围的城市中；人们的身边涌动着各种物质上的美好，也涌动着每个人对他人的关爱，再没有什么比这更美好的事情了；而这种关爱，有趣是这种关爱——正如风琴“呜里哇啦”的声音提醒我们的一样——才是真正重要的事情。

在仓库里，各种关爱——物质上和精神上的——正以一种等待装卸的商品的形式，经过马可瓦尔多的手下。能让他参与到这种普天同庆的节日气氛中来的，不仅仅是装货卸货，还有这样一个心思，在那座堆着上千个包裹的迷宫尽头，一个由劳资关系部专门为他准备的包裹正在等着他；而更让他能参与其中的，则是月底的时候，算算自己能拿到多少第十三月工资和加班费。拿到这些钱，他就也能跑到商店里去买买买、再送送送了，这样一来既符合他最诚挚的情感，也顺从了工商业普遍利益的驱使。

人事部的头儿走进仓库，他手里拿着把假胡子。“喂，说你呢！”他对马可瓦尔多说，“你试试，我们看看你戴上这个胡子怎么样。好极了！圣诞老人就是你了。你到楼上去，快点儿。如果你一天能送五十份礼物上门的话，会得到特殊奖励的。”

就这样，乔装成圣诞老人的马可瓦尔多，骑着一辆摩托小货车在城里穿梭起来，那车上装着满满的包裹，包着彩色纸，装饰着槲寄生和冬青的枝叶，并用漂亮的带子绑在车子上。那白色棉絮做的胡子弄得他有点儿痒，但是正好也能给脖子挡挡风。

他跑的第一趟是自己家，因为他实在经不住想给孩子们一个惊喜的诱惑。“一开始的时候，”他想，“他们可能是认不出来我的。等到后来明白过来了，还不知道要笑成什么样呢！”

马可瓦尔多到家的时候，孩子们正在楼道里玩儿呢。他们也就是稍稍地转了一下身。“你好啊，爸爸。”

马可瓦尔多感到很不是滋味。“嗯，我说……你们难道没有看到我穿成什么样了吗？”

“你以为自己穿成了什么样？”皮埃特鲁乔说，“穿成了圣诞老人，不是吗？”

“你们一下子就认出来我了吗？”

“这能费多大劲儿啊！斯基斯蒙德先生打扮得比你好多了，我们也都认出来了！”

“还有门房的妹夫！”

“还有对面那家双胞胎的爸爸！”

“还有那个扎小辫儿的埃尔内斯蒂娜的舅舅！”

“他们都扮成圣诞老人了？”马可瓦尔多问。他语气中流露出的失望不仅仅是因为他想为家人带来惊喜的愿望落空了，也是因为觉得自己公司的威望受到了某种打击。

“当然，跟你一模一样，哎哟，”孩子们答道，“都装成圣诞老人了，老一套，都戴着假胡子。”说完就已经背过身，专心地玩他们的游戏去了。

是这样的，今年很多公司的公共关系部同时想到了这个主意；他们招募了一大批失业、退休或是流动就业的人，让他们穿上那件红色大袍子，戴上棉絮做的大胡子。头几次的时候，孩子们在那一身伪装下认出了什么熟人或是小区里的人，还是挺高兴的，但是没过多久，他们就习惯了，便不再感兴趣了。

也许是他们正专心玩的游戏很让他们着迷吧。他们聚在楼梯平台上，坐成一圈。“能知道你们在捣什么鬼吗？”马可瓦尔多问。

“别来烦我们，爸爸，我们得准备礼物。”

“给谁准备礼物？”

“为一个穷孩子。我们得找到一个穷孩子，然后给他送些礼物。”

“这都是谁跟你们说的？”

“阅读书上写的。”

马可瓦尔多刚要说“你们就是穷孩子啊”，可就在那个星期，他都已经那么确信地认为自己就是安乐乡里的居民了，在那里所有的人都会买礼物，也很享受，而且还会互送礼物，所以他觉得谈贫穷不是很上规矩，于是宁愿这样宣布道：“现在没什么穷孩子了！”

米凯利诺站起来，问道：“爸爸，就是因为这个原因，你才不给我们带礼物的吗？”

马可瓦尔多听得心都缩紧了。“现在我得去挣加班费了，”他赶紧说道，“挣到了就给你们带礼物回来。”

“这个加班费你怎么挣啊？”菲利佩托问。

“我给别人去送礼物就能挣到了。”马可瓦尔多解释道。

“也给我们吗？”

“不，给别人。”

“为什么不给我们？不是一下子就能送到了吗……”

马可瓦尔多试着解释道：“因为我又不是劳资关系部的圣诞老人，我是公共关系部的圣诞老人。你们明白没？”

“没有。”

“算了。”但是他又希望孩子们能原谅他空手回家的事实，于是想把米凯利诺带在后面，跟着自己去送货。“如果你乖乖的，就可以来看看你爸爸是怎么给别人去送礼物的。”说罢，他就坐到了货车的座椅上。

“走喽，也许我们能找到一个穷孩子。”米凯利诺一边说着，一边跳上车，抓住爸爸的肩膀。

在城里的街道上，马可瓦尔多碰到的全是一些红白相间的圣诞老人，所有的人都跟他一模一样，他们有的开着小卡车，有的骑着摩托货车，有的为拎满包裹的顾客打开店门，或是帮他们把购买到的物品送到汽车前。所有这些圣诞老人的表情都很专注，也都是忙忙碌碌的样子，就好像是“节日”这台巨型器械的维修专员。

马可瓦尔多呢，也跟他们一样，对着名单上标出的地址，从一个地方跑到另一个地方，他从摩托货车的座垫上下来，分拣出货车上的包裹，一次拿上一个，还要把它送到给他开门的人跟前，并字正腔圆地说道：“SBAV 公司祝您圣诞快乐，新年幸福。”然后拿上小费。

这小费有时挺可观的，马可瓦尔多本也可以对自己满意了，但是他总是觉得缺了什么东西。每当他带着跟在后面的米凯利诺去按别人的门铃之前，总是会想象并提前享受一下开门的人看到真人装扮圣诞老人时的那份美妙心情；他也总是期待着各种热情、好奇和感恩之情。可是每次人们对待他就好像他是每天来送报纸的邮差一样。

马可瓦尔多又按响了一家的门铃，这是家豪宅。一个女管家开了门。“哎呀，又来一份包裹，什么地方的？”

“SBAV 公司祝您……”

“行了，您把包裹送到这里来。”然后就领着圣诞老人走过一条到处饰以手工挂毯、地毯以及手绘陶器的长廊。米凯利诺惊讶地睁大了眼睛，跟在父亲后面。

女管家打开一扇玻璃门。马可瓦尔多和儿子来到一个天花板很高很高的大厅里，厅高得居然放下了一棵很大的冷杉树。那是一棵圣诞树，树上亮着彩色的玻璃球灯，树枝上挂着各式各样的礼物和糖果。厅里的天花板上悬挂着沉沉的水晶吊灯，冷杉最高的那些树枝都跟那些亮晶晶的水晶灯垂饰缠在一起了。在一张大桌子上，摆着各式玻璃杯、银质餐具、果脯蜜饯盒，以及一箱箱的葡萄酒。各种玩具零零星星地散在一大块地毯上，多得就像是玩具店，都是些复杂的电子器械，以及宇宙飞船的模型。正是在那张地毯上空出来的一个角落里，趴着一个九岁左右的孩子，噘着嘴，有点儿无聊的样子。他正翻着一本图画书，就好像周边的一切都跟他没有任何关系。

“詹弗兰科，快看，詹弗兰科，”女管家说道，“你看见没？圣诞老人又来送礼物了。”

“三百一十二，”孩子叹了口气，眼睛都没离开书，“您把它放在那儿吧。”

“这已经是第三百一十二个礼物了，”女管家说道，“詹弗兰科很棒，他都数着呢，一个也没漏，他最大的爱好就是数数了。”

马可瓦尔多和米凯利诺蹑手蹑脚地离开了这个家。

“爸爸，那个孩子是个穷孩子吗？”米凯利诺问道。

马可瓦尔多其时正在埋头整理货车上的包裹，没有很快搭话。过了片刻，他才赶紧反驳道：“他穷？你说什么呢？你知道他爸爸是谁吗？是圣诞销售增长联合会主席！还是什么授勋骑士……”

他话还没说完就打住了，因为他找不着米凯利诺了。“米凯利诺，米凯利诺！你在哪儿？”米凯利诺不见了。

“他肯定是看到另一个圣诞老人走过的时候，把那个圣诞老人当成我了，跟着那个人走了……”马可瓦尔多继续送他的货，但还是有点儿担心，急着回家。

回家后，马可瓦尔多看到米凯利诺正好好地和兄弟们在一起。

“你倒是说说，你躲到哪儿去了？”

“我回家了，我回来拿礼物的……嗯，就是拿送给那个穷孩子的礼物……”

“啊！谁啊？”

“就是那个特别难过的孩子……那个别墅里有棵圣诞树的孩子……”

“你给他送？可你能给他送什么礼物啊？你，给他？”

“哎呀，礼物我们给他弄得很好的……有三个呢，都是用锡纸包装好的。”

其他孩子也来插话了：“我们是一起去他家给他送礼物的！你要是能看见他有多高兴就好了！”

“那当然了！”马可瓦尔多说道，“他还真是特别需要你们的礼物，才会高兴呢！”

“对啊对啊，就是要我们的礼物啊……他马上就跑过来把包装纸撕开看里面有什么了……”

“那里面都有什么啊？”

“第一个礼物是一个锤子：就是那个大大的，圆圆的木头锤子……”

“那他什么反应？”

“他高兴得都跳起来了！他一把抓过锤子，马上就用起来了！”

“怎么用啊？”

“他把所有的玩具都砸坏了！还有所有的玻璃杯！然后他也收下了第二个礼物……”

“是什么？”

“是个弹弓。你真该看看他有多高兴……他把圣诞树上所有的玻璃球灯都打碎了。打完了玻璃球灯后他就去打吊灯……”

“够了，够了，我不想听了！那……第三个礼物是什么？”

“我们因为没有什么好送的了，就用锡纸包了一盒厨房里的火柴。这个礼物最让他高兴了。他还说：‘他们从来不让我碰火柴！’接着就开始点火柴，然后……”

“然后什么……”

“他把所有的东西全烧了！”

马可瓦尔多双手插在头发里：“我完了！”

第二天，他去公司上班的时候，感到一场大风暴正在酝酿之中。他赶紧换上圣诞老人的装束，把要送的包裹装到货车上，正纳闷着怎么没人跟他说发生了什么呢，就看到公共关系部、广告部、商务部三个部门的头头儿正在朝他走来。

“停下！”他们对他说道，“把所有的东西都卸下来，快点儿！”

“这下好了！”马可瓦尔多自言自语，已经预料到自己要被辞退了。

“快点儿！得把这些包裹全换掉！”头头儿们说，“圣诞销售增长联合会要开展推销‘破坏性礼物’的运动！”

“就这么突然要搞什么活动……”他们中的一个评论道，“他们之前怎么没想到呢……”

“这是主席的一个突然发现，”另一个头儿解释道，“好像是他的孩子收到了一些十分先进的礼品，我看是日本货，据说他孩子第一次玩得这么开心……”

“这才是最重要的，”第三个人补充道，“这个‘破坏性礼物’就是用来破坏各种产品的：这样就能加快消费节奏，给市场带来新活力……在极短的时间内就能实现，而且是连小孩子都能操作的……联合会的主席眼见着打开了一片新天地，乐翻了天……”

“但是这个孩子，”马可瓦尔多的声音已是细若游丝了，“真的是毁了很多东西吗？”

"哪怕是大概估算一下都很难啊，房子都给烧了……"

马可瓦尔多回到灯火通明的路上，就好像天色已晚一样，路上全是妈妈、孩子、叔叔婶婶、爷爷奶奶、礼物盒、大球小球、木马摇椅、圣诞树、圣诞老人、鸡、火鸡、托尼甜面包[1]、葡萄酒瓶、吹风笛的人、扫烟筒的工人，还有在黑乎乎的、炙热的圆口炉灶边把一锅栗子炒得蹦蹦跳跳的卖栗子的女人。

整个城市好像都变小了，被罩在一个明亮的细颈瓶里面，这个细颈瓶被埋在森林最深最黑的地方，藏在栗树那上百岁的树干和如披风般无垠的白雪间。在黑暗中不知道从什么地方不时传来嗷嗷的狼嚎声；在雪下，在暖暖的红土中，在一层栗子壳下，是一个小野兔们的窝。

一只白色的小野兔跑了出来，来到了雪地里，它抖了抖耳朵，在月光下跑了起来，但因为它全身浑白，所以看不大出来，就好像不存在一般。只有它的小爪子在雪地上留下了一道浅浅的、三叶草般的爪迹。那狼也是看不到的，因为狼是黑色的，又躲在森林的黑暗中。只有当它张开嘴巴的时候，才能看到它那又白又尖的牙齿。

在黑黢黢的森林和白皑皑的雪地交界的地方，有一道线。

1 也称"米兰大蛋糕""意大利面包"，一种多在圣诞节期间食用的甜点。

小野兔在线这头，狼在线那头。

狼在雪地里看到了小野兔的脚印，便跟起这脚印来，但为了不暴露自己，一直藏在森林的黑影中。脚印止住的地方就应该是小野兔藏身之处，狼突地一下从黑暗中钻出来，张开通红的喉咙，露出锋利的牙齿，一口咬了个空。

小野兔在前面更远一点儿的地方，毫不见踪影；它用爪子挠了挠耳朵，跳着逃走了。

在这儿？在那儿？不对，还要再过去一点儿？

然而却只能看到一片浩瀚的白雪地，就像你们眼前的这张白纸。

不存在的骑士

［意大利］伊塔洛·卡尔维诺 著

吴正仪 译

译林出版社

图书在版编目（CIP）数据

不存在的骑士 /（意）伊塔洛·卡尔维诺著；吴正仪译．—南京：译林出版社，2023.10
（卡尔维诺精选集：百年诞辰纪念版）
ISBN 978-7-5447-9898-3

Ⅰ.①不… Ⅱ.①伊… ②吴… Ⅲ.①中篇小说－意大利－现代 Ⅳ.①I546.45

中国国家版本馆 CIP 数据核字（2023）第 169810 号

著作权合同登记号 图字：10-2018-427 号

不存在的骑士 ［意大利］伊塔洛·卡尔维诺 / 著 吴正仪 / 译

策　　划 吴荀东
责任编辑 竺文治
装帧设计 韦　枫
校　　对 戴小娥
责任印制 闻媛媛

原文出版 Arnoldo Mondadori Editore S. p. A., Milano, Italia
出版发行 译林出版社
地　　址 南京市湖南路 1 号 A 楼
邮　　箱 yilin@yilin.com
网　　址 www.yilin.com
市场热线 025-86633278
排　　版 南京展望文化发展有限公司
印　　刷 南京爱德印刷有限公司
开　　本 850 毫米 ×1168 毫米 1/32
印　　张 5
插　　页 4
版　　次 2023 年 10 月第 1 版
印　　次 2023 年 10 月第 1 次印刷
书　　号 ISBN 978-7-5447-9898-3
定　　价 268.00 元（全五册）

01

法兰克王国的军队列阵于巴黎的红城墙之下。查理大帝即将来此阅兵。官兵们已恭候三小时有余，天气闷热。那是一个初夏的午后，浮云布满天空，显得有点阴沉，套在盔甲里的人犹如焖在文火的锅里。在纹丝不动的骑兵队列中并非无人晕倒或作昏昏然状，然而盔甲无一例外地以同样的姿势昂首挺立在马鞍上。蓦地响起三声军号令，头盔顶上的羽毛唰唰地响动起来，仿佛沉闷的空中吹过一阵清风，将那种海啸似的粗重的呼吸声一扫而光，武士们原来一直被头盔的颈套憋得喘息不止。查理大帝终于来了。他们看见他远远地走来，他的坐骑似乎比正常的马要大，他长髯拂胸，手握着鞍头的扶手，威严而英武，英武又威严。他走近了，同他们上次看见他时相比，显得苍老了些许。

查理大帝在每一位军官面前勒住马，转过脸从头到脚地打量他："法兰克的卫士，您是谁？"

"布列塔尼的所罗门，陛下！"军官用最高声调回答，一面掀开头盔，露出一张英气勃勃的面庞；他还添加几句介绍具体情况，诸如："五千名骑兵，三千五百名步兵，一千八百名侍从，征战五年。"

"请退回布列塔尼人的队列，勇士！"查理说罢，"笃卡笃卡，笃卡笃卡"，他走到另一支骑兵队伍的首领前。

"法兰克的卫士，您是谁？"他又问道。

"维也纳的乌利维耶里，陛下！"头盔上的面罩刚刚摘下，这位军官就吐字清晰地回答，还说道："三千名精选骑兵，七千名步兵，二十辆攻城战车。幸蒙上帝保佑和法兰克国王查理的威名恩护，我们打败了异教徒的铁臂将军！"

"干得好，维也纳人是好样的！"查理大帝说道，并吩咐随行军官，"这些马掉膘了，给它们增拨草料。"他往前走。"法兰克的卫士，您是谁？"他又说一遍，语调抑扬顿挫，总是那样一成不变："达打——打打达，达打——达打——打达达……"

"蒙贝里埃的贝尔纳尔多，陛下！我们攻占了布鲁纳山和伽利费尔诺城。"

"蒙贝里埃是座可爱的城市！美女城！"他向随从说，"我们给他晋级吧。"国王的话语令人感到亲切，但是，这一套俏皮话已经老调重弹若干年了。

“您是谁？我认识您的盾徽。”他从盾徽上可以识别所有的人，无须他们说话，但是让他们报出姓名和显露面容是沿袭的惯例。也许因为倘若不如此，则会有人去干比接受检阅更好的什么勾当，而将别的人塞进他的盔甲中，打发到这里来应景。

“多尔多涅的阿拉尔多，阿蒙内公爵的部下……”

“阿拉尔多很能干，教皇这么说啊。”他还说了些诸如此类的话。“达打——打打达——达打——达打——达打——打打达……”

“蒙焦耶的古尔弗雷！八千名骑士，阵亡者除外！”

头盔像浪潮一般晃动。“丹麦的乌杰里！巴伐利亚的纳莫！英格兰的帕尔梅里诺！”

夜幕垂降。面罩的空格之后的脸不大看得清楚了。在这场经年不息的战争中，每个人的任何一句言语，任何一个举动，以至一切作为，别人都可以预料得到，每一场战斗，每一次拼杀，也总是按着那么些常规进行，因而今天大家就已知明日谁将克敌制胜，谁将一败涂地，谁是英雄，谁是懦夫，谁可能被刺穿腑脏，谁可能坠马落地而逃。夜晚，工匠们借着火把的亮光，在胸甲上敲敲打打，损坏之处总是一些固定不变的老部位。

“您呢？”国王来到一位通身盔甲雪白锃亮的骑士面前。那白盔甲上只镶了一条极细的黑色绲边，其余部分皆为纯白色，穿得很爱惜，没有一道划痕，缝合得极为密实，头盔上插着一根大概是一种东方雄鸡的羽毛，闪耀出彩虹般的五颜六色。在盾牌上绘有一袭宽大多褶的披风，两幅前襟之中夹着一枚徽章，徽章里面还有一枚更小的带披风的徽章。图案越变越小，形成一个套一个的一系列披风，中心里应有什么东西，但无法认清，图案变得很微小。“您这儿，穿戴如此洁净……”查理大帝说，因为他看到战争持续越久，兵士们就越不讲究清洁卫生。

“我是，”金属般的声音从关闭着的头盔里传出，好像不是喉咙而是盔甲片在颤动，飘荡起轻轻的回声，“戈尔本特拉茨和叙拉的圭尔迪韦尔尼和阿尔特里家族的阿季卢尔福·埃莫·贝尔特朗迪诺，上塞林皮亚和非斯的骑士！”

“哈哈哈……”查理大帝笑起来，他将下嘴唇往外努，接着发出轻轻的吹喇叭似的声音，好像在说：“假如我应当记住各位的名字的话，岂不是倒霉了！”可是，他很快皱起眉来，“您为什么不揭开头盔，露出您的脸来？”

骑士没有任何表示。他那穿着缝合细密的臂甲的右手更紧地揪住马鞍的前穹，而持盾牌的另一只胳臂仿佛在颤抖，“我对您说话哩，喂，卫士！”查理大帝逼问，“您为什么不露面给您的国王看？”

从头盔里传出干脆利落的回答：“因为我不存在，陛下。”

“噢，原来是这样！”皇帝惊呼，“而今我们还有一位不存在的骑士哪！请您让我看一眼。”

阿季卢尔福仿佛犹豫片刻，然后用一只手沉着而缓慢地揭开头盔。头盔里面空空洞洞。在饰有彩虹般羽毛的白色盔甲里面没有任何人。

“哟，哟！什么也没看见！”查理大帝说，“既然您不存在，您如何履行职责呢？”

“凭借意志的力量，”阿季卢尔福说，“以及对我们神圣事业的忠诚！”

“对，对，说得好，正是应当这样来履行自己的义务。好，好一个机敏的不存在的人！”

阿季卢尔福站在队尾。皇帝已经巡视完全部人马，他掉转马头，向行营驰去。他年事已高，贪图清闲，不把复杂的问题搁在心上。

军号吹出“解散队列”的信号。马队像往常一样散开，林立的长枪倒伏，犹如风过麦田时涌起的层层麦浪。骑士们跳下马鞍，伸腿扭腰地活动筋骨，马夫们揪着缰绳把马牵走。骑士们从队列和飞扬的尘土中走出，三五成群地聚在一起，只见一簇簇头盔上五彩缤纷的羽毛在晃动，他们尽情恣意地开玩笑、吹牛皮、谈女人和夸武功，把在几小时的强迫静止中憋的闷气一股脑儿发泄出来。

阿季卢尔福想扎进这些人堆中去，他朝一伙人走了几步，然后又不知为什么转向另一伙，但是他并没有挤进身去，别人也没有注意到他。他犹豫不决地在这个人那个人身后站立一会儿，也不参加他们的谈话。后来他独自待在一旁。已是黄昏之时，头盔上的羽毛浑然成了同一种颜色，然而白色的铠甲却醒目地独立于草地之上。阿季卢尔福突然间如同意识到自己是赤身裸体一般，将双臂交叉抱在胸前，耸肩缩脖。

后来他想起了什么事情，大步向马厩走去。他在马厩里发现人们没有遵照规定喂马，就大声斥责马夫，处罚小马倌，将全体当班的值勤人员巡查一遍，重新向他们交代职责，不厌其烦地对每一个人解释应当如何做好事情，并且令他们复述他讲过的话，以考察听者是否真听明白了。他还查出他的军官同事们一些玩忽职守的行为，把他们一个一个地从傍晚愉快的闲聊中唤出来，审慎而准确地指出他们的失职之处，迫使他们有的去放哨，有的去站岗，有的去巡逻，等等。他总是有理的，武士们真是在劫难逃，但是他们毫不掩饰自己的不满情绪。戈尔本特拉茨和叙拉的圭尔迪韦尔尼和阿尔特里家族的阿季卢尔福·埃莫·贝尔特朗迪诺无疑堪称一个模范军人；但是大家公认他是一个讨厌的家伙。

02

夜，对于在野外宿营的军队来说，就像天空中的星移斗转一样有条不紊：替换岗哨，定时巡逻，军官轮流值班。此外，战时军队常见的混乱，白天里由于不时发生诸如一匹烈马跳出队列之类的意外事件而产生出的骚动喧嚣，现在都平息下来了，因为瞌睡制服了基督教的全体武士和全体四脚兽类。牲畜成排成行地站立着，间或用蹄子刨一下地上的土，或者发出一声短促的马嘶或驴叫；那些终于从头盔和铠甲里脱身的人，由于各自复归为不会彼此混淆的、有特征的自我而感到满足和舒畅，都已经在那里酣然入梦了。

在另一方，在异教徒的营地里，情形相同：步哨以同样的步伐往返来回，哨所长每次看见计时沙漏里流出最后一丁点沙子时，就去叫醒换班的士兵，军官们则利用值夜班的时间给妻子儿女写信。基督徒巡逻队和异教徒巡逻队双方都向前迈进五百步，离树林只有几步之遥了，却都各自转身折回，两队背向而去，从不碰头。他们回到营地，报完太平无事，就上床歇息。月亮和星星静静地照亮两个敌对的阵地。在任何地方都不如在军队里睡得香甜。

唯有阿季卢尔福没有这种轻松感。在他那顶基督徒军营中最整洁、最舒适的帐篷里，他整整齐齐地穿着那身白色铠甲，仰面躺下，头枕双臂，思维活动延绵不息，不是蒙头入睡的人的那种闲逸飘忽的思绪，而是永远明确而清晰的思考。休憩片刻之后，他抽出一条胳臂，向上举起：他感到需要随便干点什么体力活，比如擦拭刀剑，或往铠甲片的接缝处上点油之类的事情，但是长剑已经明净锃亮了。他这样待了不久之后，站起身来，手持长矛和盾牌走出帐篷，他那白色的身影穿过营地。从一顶顶圆锥形的帐篷之上升起一支熟睡者粗重呼吸的合奏曲。究竟是什么东西能够使人们闭上眼睛，失去自我感觉，沉入数小时的时间空洞之中，然后醒过来，找回与从前相同的自我，重新接起自己的生命之绳，阿季卢尔福无法知晓其中的奥秘。他对存在的人们所特有的睡觉的本领心怀嫉妒，这是对某种不能理解的事物的模模糊糊的妒意。使他更受刺激和更为恼火的事情是看见从帐篷边沿伸出来一双双赤裸裸的脚丫子，脚趾冲天跷起。沉睡中的军营成了躯体的王国，古老的亚当的肉体遍野横陈，腹中的酒气和身上的汗味蒸腾向上，帐篷门口的地上躺着互相枕藉的空铠甲，马夫和仆人将在清晨把它们揩干擦净并归置停当。阿季卢尔福小心翼翼地从中穿行，紧张不安之中显露出自命不凡的傲气，人们的血肉之躯在他心中引出一种类似嫉妒的烦恼，也产生由自豪感和优越感造成的一阵激动。这些可敬的同事、骄傲的勇士成何体统呢？铠甲，他们的等级和姓氏的凭证，记载着他们的功勋、才能、价值，竟在那里蜕成一张皮，变为一堆废铁；而人呢，在一旁打呼噜，脸挤压在枕头上，一道涎水从张开着的口里流出。他不是这样，不可能把他拆散成片，不可能肢解他，无论白天或黑夜，任何时候他都是戈尔本特拉茨和叙拉的圭尔迪韦尔尼和阿尔特里家族的阿季卢尔福·埃莫·贝尔特朗迪诺，上塞林皮亚和非斯的骑士。每一个白天，他为光荣的圣战执行了这样或那样的任务，在查理大帝的军队中指挥了这支或那支部队。他拥有全军中最漂亮和最干净的铠甲，与它从不分离，生死相依。他是一名比许多只会吹牛皮讲大话的家伙强得多的军官，甚至可以说是全体军官中的佼佼者。但是在这夜深人静之时，他却独自忧伤地徘徊不已。

他听见一个声音：“对不起，军官先生，请问接班的人什么时候来？他们已经让我在这儿站了三个小时了。”那是一个哨兵，他拄着长矛，好像拿的是一根拐杖。

阿季卢尔福连头也不回，说道：“你弄错了，我不是值班的军官。”他径直朝前走去。

“请原谅，军官先生。因为看见您在这周围走动，我以为……”

只要发现一点极小的疏漏，阿季卢尔福便会焦急不安地从头到尾检查一番，找出别人所做的事情中的其他错误和疏忽，对做坏了的或做得不恰当的事情，他感到钻心地痛惜……但是，由于在这时候进行一次这样的视察并不是他的职权之内的事情，他的行为将会被认为是多管闲事，甚至被说成是违反纪律。阿季卢尔福竭力控制住自己，只将他的兴趣局限于那些在第二天就将名正言顺地归在他的管辖之下的具体问题上，比如搁放长矛的架子摆得是否整齐，或者干草袋垛得是否稳固……然而，他那白色的身影总是追随着哨所长的脚步，紧跟着值班军官，尾随着巡逻队，一直跟踪到酒窖，他们在那里找到头一天晚上剩下的一坛酒……每逢这种场合，阿季卢尔福总得踌躇片刻，思忖着应当像那些令人肃然起敬的当权者一样挺身而出，以自身的权威加以制止，还是像一个走错了地方的人那样，心甘情愿地退出，假装不曾到过那里。他顾虑重重，犹豫不决。他不能采取前一种或后一种态度，他只感到需要故意惹是生非，他要干点什么事情以便同别人发生一种随便什么样的关系，如大声喊口令，像个二等兵那样骂人，或者像在酒肉朋友之间那样说说风凉话和粗鲁话。然而，他只是咕哝了两句叫人不易听清的打招呼的话，表现出傲慢掩饰之下的胆怯，或者说是被胆怯削去锐气的傲慢。他往前走，但又觉得这些人似乎在对他回话，他刚转过身去说道“哦”，可是马上就明白他们不是在同他说话，他急忙走开，形同逃遁。

他走向营地的边缘，走到无人的偏僻处，登上一座光秃秃的山头。夜是静谧的，只有一些无定型的影子无声地扇动翅膀，轻盈地翩翩飞舞，它们毫无定向地转来转去，这是一些蝙蝠。连它们那种介乎老鼠与飞禽之间的不确定的混合型身体也总归是一种可以触摸得着的实在的东西，可以展翅扇动空气，可以张嘴吞食蚊蝇，而阿季卢尔福和他那一身铠甲却从每条缝隙中被清风穿过，被蚊虫飞越，被月光射透。一股无可名状的怒火在他胸中升起，突然爆发开来。他拔剑出鞘，双手举剑，使尽全身力气，朝在空中低飞的每一只蝙蝠劈过去。白费力气：它们在流动着的空气的推动下继续周而复始地飞旋。阿季卢尔福挥舞抡劈，终于不再攻击蝙蝠了。他的劈砍动作按照最正规的程式进行，根据剑术教程上的规范姿势循序渐进。阿季卢尔福好像已经开始有意识地演习，为即将来临的战斗进行训练，他做出理论规定的横劈、推挡和搭虚架子的动作。

他陡然停止。一个年轻人从山头上的一个掩体旦探出头来，向他张望。那青年只有一柄剑作武器，胸前围着一件轻便的护甲。

“喂，骑士！”他喊道，“我不想打断您！您在为迎战练武吧？因为拂晓将有战事，对吗？允许我同您一起练习吗？”他稍微停顿一下，又说，“我昨天刚来到战场……今天将初次上阵，对于我来说……一切都与我预想的大不相同……”

阿季卢尔福侧立，两臂交叉，一只手将剑握在胸前，一只手持盾牌，整个人遮挡在盾牌之后。“每次战斗的部署由司令部决定，在开战前一小时通知全体军官先生和参战部队。”他说道。

青年抑制住他的激动，略显拘束，但是他克服了轻微的口吃，恢复了起初的热情，接着说：“是这样，我正好赶上……为了替父亲报仇……我恳请您这样的年长者指教我怎样才能在战场上同那条异教徒狗哈里发伊索阿雷直接交锋，对，就是他，我要在他的肋骨上撞折长矛，就像他对我英勇的父亲所做的那样，愿上帝永远保佑先父，已故的盖拉尔多·迪·罗西利奥内侯爵！”

“这很简单，小伙子。”阿季卢尔福说，他的声音里也显出一些热情，这是对规章制度了如指掌的人在炫耀自己的知识，并使对此无知的人听后诚惶诚恐时所特有的得意情绪，“你应当向主管决斗、复仇、雪耻的督察处提出申请，申述你的理由，由他们考虑怎样尽可能满足你的要求。”

青年原来期待提到父亲的英名时，至少可以看到对方惊讶的表示，一听回答的语调先就泄气了，接着讲出的那些话更令他沮丧。他竭力思忖骑士的话，可是从心底里否定那番言语，他努力维持原有的热情：“可是，骑士，我所担心的不是缺少别人的督促，请您理解我，因为自信本人所具备的勇敢和顽强足以挑死不是一个而是上百个异教徒。我受过良好的训练，武功娴熟，您知道吗？我要说的是在混战之中，在我开始出击之前，我不知道……能否找到那条狗，他会不会从我眼前漏过，我想知道您在这种情况下如何做。骑士，请告诉我，如果打仗时牵涉到一个您个人的问题，一个对您至关重要的问题，而且仅仅关系到您自己……”

阿季卢尔福干巴巴地回答：“我严格听从调遣。你也这样做吧，这样你就不会出错。”

“请您谅解我，”小伙子说，他很不自在地挺立在那里，姿态显得有些僵硬，“我不想惹您生厌。如果能同您，一位武士，一起练习剑术，我将深感荣幸！因为，您可知道，我把动作要领背得烂熟，但是有时候，在清晨，肌肉麻木冰凉，不能伸展自如。您也有这种感觉吗？”

“我没有。”阿季卢尔福说道，并已转身走开了。青年向营地走去。这是黎明之前的朦胧时刻，可以察觉出帐篷之间有人开始活动。在起床号吹响之前，参谋部的人们已经起身了。在司令部和连队办公室的帐篷里火把已点燃，烛光与天空中微露的晨曦融合在一起。已经开始的这一切表明这确实是一个有战事的日子。夜里已经走漏了消息吗？新入伍者情绪高涨起来，但这不是预想中的那种紧张，与他一路而来时的急切心情也不相同。或者最好说是，从前是一种实实在在的焦虑不安，现在则是亢奋不已，头脑眩晕得有些飘飘然起来。

他遇见一些武士，他们已经穿好闪光发亮的铠甲，戴上饰有羽毛的有孔头盔，脸被面罩遮住。青年扭过头去看他们，他想模仿他们的动作，他们扭动腰肢走路的雄赳赳的姿态：铠甲、头盔、护肩好像连成了一整片。他终于跻身常胜不败的基督徒武士的行列之中了。他紧握武器，准备像他们一样去战斗，成为像他们那样的人！可是，他正盯着看的这两个人没有跨上战马，而是在一张堆满了纸片的桌子后面坐下了。他们肯定是两名高级指挥官。青年跑过去向他们自我介绍："我是青年骑士朗巴尔多·迪·罗西利奥内，已故的盖拉尔多侯爵之子！为了替父报仇前来从军，父亲英勇地战死于塞维利亚城下！"

那两位把手伸到头盔上，将头盔与颈甲拆开摘下，放到桌面上。从头盔下面露出的是两个秃顶的黄皮脑袋，两张皮肤松弛、眼睑浮肿的脸，两张书生气的脸，两副伏案劳作的老文官的面孔。"罗西利奥内，罗西利奥内，"他们一边说，一边用口水濡湿指头，翻弄一些卷宗，"我们昨天就已经将你登记注册了！你还需要什么？为什么不在你所属的连队里？"

“不需要什么，我不知道为什么，这一整夜睡不着觉，总惦记着打仗。我应当替我父亲复仇，你们知道，我应当亲手杀死哈里发伊索阿雷，于是我就寻找……对了，寻找决斗、复仇、雪耻督察处，它在哪儿？”

“您听，这位刚到就谈起什么事来了！可是，你知道督察处是怎么回事吗？”

“一位骑士告诉过我，他叫什么名字，就是那位穿一身白铠甲的……”

“哼，又是他！我们知道这家伙总是向四处伸他那并没有的鼻子！”

“什么？他没有鼻子吗？”

“由于他自己绝对不会生疮，”桌子后面的那另一位说，“他就以揭别人的疮疤为能事。”

“他为什么不会生疮呢？”

“你让他在哪儿生疮啊？他没有地方，那是一位不存在的骑士……”

“为什么不存在？我看见过他！存在呀！”

“你看见什么啦？铁皮……他是一个空虚的存在，嫩小子，你明白吗？”

年轻的朗巴尔多从前哪能想象得到表面现象竟会如此虚假。自从他来到军营后发现一切都似是而非……

“那么在查理大帝的军队里当一个有姓名有封号的骑士，甚至成为勇敢的斗士和尽职的军官，却可以是不存在的！”

“且慢！谁也没说，在查理大帝的军队里可以怎么样。我们只是说，在我们团里有这么一位骑士。全部事实仅此而已。我们对概括地讲可以有什么或不可以有什么不感兴趣。你懂了吗？”

朗巴尔多向决斗、复仇、雪耻督察处的营帐走去。他已经不会再上铠甲和羽盔的当了。他知道了那些坐在桌子后面，甲胄掩护之下的是蓬头垢面、枯瘦干瘪的老头子。值得庆幸的是里面总算还有人！

“原来是这样，你要为你的父亲报仇，他是罗西利奥内侯爵，一位将军！我们看看，为了替一位将军复仇，最佳方式是干掉三个少校。我们可以分配给你三个容易对付的，你定能如愿以偿。”

“我还没有说清楚，我应当杀死的仇人叫哈里发伊索阿雷。他是杀害我那可敬的父亲的凶手！”

“对，对，我们明白，可是你不要以为将一位哈里发打翻在地是一件轻而易举的事情……你要四个上尉吗？我们保证在一个上午之内向你提供四名异教徒上尉军官。你看，为一个军级将军给四个上尉，你父亲只是旅级将军。”

“我将找到伊索阿雷，把他开膛剖腹！他，我只要他！”

“你将被拘捕，而不是上战场，你当心点！开口说话之前要先动动脑筋！如果我们阻止你与伊索阿雷交锋，也是有理的……比如，假设我们的皇帝正在与伊索阿雷进行谈判……”

军官中有一个一直埋首于纸堆里，这时欢欣地抬起头来：“全都解决了！全都解决了！没必要再干什么了！什么报复，不必了！前天，乌利维耶里以为他的两个叔父在战斗中牺牲了，他替他们讨还了血债！而那两个只是醉倒在一张桌子底下！我们在这里发现了多余的两起替叔父复仇事件，好麻烦的事情。现在所有的这些个事情都可以安排停当：可将一次替叔父雪恨的行为折算为半件替父亲复仇的事情，这样如果我们还欠一件代父报仇的话，就算已经完成了。”

“啊，我的父亲！”朗巴尔多几乎晕倒。

“你怎么啦？”

起床号吹响了。沐浴在晨光中的营地里兵士们熙熙攘攘。朗巴尔多不想把自己与这些逐渐排成小队、组成连队方阵的人混为一体，他只觉得，那些铁器的碰撞仿佛是昆虫的鞘翅在扇动，从干燥的空壳里发出响声。许多武士腰带以上套着头盔与胸甲，腰胯部以下露着穿裤子和袜子的腿，因为要待坐上马鞍之后才套腹甲、护腿和护膝。铁胸甲下面的两条腿显得更细，就像蟋蟀的腿；他们说话时晃动没有眼睛的圆脑袋的模样，还有他们伸屈覆盖着一节节臂甲与掌甲的胳臂的动作，都像蟋蟀或蚂蚁；因而他们的一切忙碌操劳都像是昆虫在糊里糊涂地团团转。朗巴尔多的眼睛在他们之中搜寻着一件东西：阿季卢尔福的白色铠甲。他希望与之重逢，因为也许它的出现能使军队中除它之外的其余部分显得更加实在，或者是因为他所遇见的最坚强的表现偏偏属于那位不存在的骑士。

在一棵松树下找到了，骑士正坐在地上，将落地的松球排成一个规则的图形，一个等边三角形。在这黎明时分，阿季卢尔福总是需要进行一番精确性的练习：计算，把什么东西排列成几何图形，解数学题。这是物体挣脱在夜里一直紧追不舍的黑暗的包围，逐渐恢复本色的时刻，然而，这时它们仅仅露出模糊的轮廓，光明刚从它们的头上掠过，几乎只给它们加上了一道晕圈。这是世界的存在尚不确实的时刻。而阿季卢尔福，他，总是需要感觉到面对的东西像一大堵墙那样实在，他的意志力可与之抗衡，只有这样，他才能保持一种肯定的自我意识。相反，如果周围的世界显得不确实，显得模糊不清，他会感到自己沉沦于这柔和的半明半暗之中，无力在空虚里产生清晰的思想、果敢的决断、执着的追求。他感到很痛苦，这是他发生眩晕的时候，往往要竭尽全力才能使自己不致消散。每逢此时，他就开始计数，数树叶、石头、长矛、松果、他眼前的任何东西。或者把它们排成队，用它们组成方形或金字塔形的图案。从事这些专注的活动，可以使他镇痛祛病，安神醒脑，消愁解闷，恢复平素的敏捷思维和庄重的仪态。

朗巴尔多看见他时，他正在这样做，迅速准确地将松球摆成三角形，然后沿三角形的每条边摆出四边形，不厌其烦地清点组成矩形的松球的数目，并与组成任意四边形的松球数目相比较。朗巴尔多看出这只不过是一种习惯，他在以一种习以为常的方式摆弄着，而在这一行为之下掩盖着的是什么呢？当他想到超过这种游戏规则之外的东西时，他感到一种说不出的恐惧……那么，难道他要报杀父之仇的愿望、渴望参战、渴望成为查理大帝的卫士的愿望，也都只不过是像阿季卢尔福骑士摆弄松球一样，是不甘寂寞、难耐空虚的一种平庸的表现吗？在这突如其来的问题的困扰之下，年轻的朗巴尔多扑倒在地上，放声大哭起来。

他觉得有什么东西搁到了他的头发上，是一只手，一只铁手，但是很轻。原来是阿季卢尔福跪在他身旁："小伙子，出什么事情啦？你为什么哭呀？"

别人身上出现的或是惊慌，或是失望，或是愤怒的情态都能使阿季卢尔福立刻变得心平气静，产生良好的安全感。他意识到自己可以免受存在着的人们所遭受的惊恐和忧愁，便摆出一副保护者的优越姿态。

"很抱歉，"朗巴尔多说，"也许是太疲倦了。我一整夜没有合眼，现在我觉得心烦意乱。如果能打一会儿盹也好……

可是已经天亮了。而您，也早醒了，您是怎么啦？”

“如果我打瞌睡，哪怕只是一瞬间，我就会神志消散，失去我自己。因此，我必须清醒地度过白天和黑夜里的每一分每一秒。”

“那一定很难熬……”

“不。”那声音又变得干涩、严厉起来。

“您从不脱下身上的铠甲吗？”

他又讷讷地说不出口了：“我没有身体。脱和穿对我没有意义。”

朗巴尔多抬起头来，直愣愣地从面罩的缝隙向里面打量，仿佛要在这黑洞洞之中找到闪亮的目光。

“这是怎么回事呢？”

“不这样，又该怎么样呢？”

白色铠甲的铁手还放在青年的头上。朗巴尔多只感觉到它像一件物品搁在头上，没有感觉到丝毫人的接触所特有的抚慰的或恼人的热力，同时觉察出仿佛有一股执拗的劲儿压在他身上。

03

查理大帝一马当先地走在法兰克军队的前头。他们正在进入阵地。形势不显紧迫，他们不紧不慢地走着。卫士们在皇帝身旁密密匝匝地围了一圈，一个个紧抓马嚼子驾驭着烈性的战马。银盾在行进的颠簸中和胳臂肘的碰撞下，像鱼鳃似的时张时合。这支队伍活像一条通身鳞片闪亮的长条形的鱼，一条鳗鱼。

庄稼汉、牧羊人、村镇居民都跑到大路的两旁来了。“那就是国王，那就是查理！”于是，人们纷纷倒地跪拜，他们不是从那不大熟悉的皇冠上辨认出皇上，而是认得他的大胡子。接着他们很快地站起身来指点将领们：“那位是奥尔兰多！不对，那是乌利维耶里！”一个也没猜准，但这也无妨，因为不论是这一位或那一位大将，他们全都在队伍里，老百姓尽可信口开河地发誓赌咒，说自己看见了哪一位。

阿季卢尔福骑马走在卫士之中，他一会儿往前跑一小段，超出旁人，然后停下来等待，一会儿转到后面去，察看队伍走得是否整齐一致，或者抬头看看太阳，仿佛根据日头离地平线的高度来判断时辰。他焦虑不安。在队伍中，只有他，还念念不忘地记挂着行军的秩序、路程、天黑前应该到达的地点。其他的武士认路，开赴前线，无论走快还是走慢，反正总是越走越近，每逢遇到酒店，他们便借口皇帝年迈易倦，停下来畅饮一阵。他们沿途只瞅酒店的招牌和女仆们的圆臀，找机会说几句粗话，对于其他的东西，他们就像是缩进了旅行箱里，一概看不见。

查理大帝仍然是一个好奇心很重的人，随时随地对所遇见的一切事物都极有兴趣。“哦，鸭子，鸭子！”他大喊大叫。一群鸭子沿着路旁的草地蹒跚而行。在鸭群中有一个男人，没人能明白他在搞什么鬼名堂，他蹲着身子走路，两手反剪在背后，像蹼足动物一样跷起脚底板，伸长脖颈，叫唤着：“嘎……嘎……嘎……”那些鸭子对他也毫不介意，似乎已把他视为自己的同类，因为他身上穿的那件（看起来主要像是用麻袋片连缀而成的）土棕色的东西上染着一大片一大片恰似鸭子羽毛的灰绿色斑点，还有一些各种颜色的补丁、烂布条和污渍，如同飞禽身上的彩色斑纹。

"喂，你以为这样就是向皇上鞠躬吗？"卫士们向他叫嚷，他们一直在等待着寻衅作乐的机会。

那人并不回头，但是鸭群被声音惊吓，一齐拍翅飞起来。男子看见它们飞起，稍后，他也鼻孔朝天，平伸出两臂向前跳一步，就这样扇动起挂满碎片的臂膀，一边跳跃，一边笑着叫："嘎！嘎！"他兴高采烈地追随着鸭群。前面有一个池塘。那些鸭子飞扑过去，收敛翅膀，轻盈盈地浮在水面上，排着队游走。那男子走到塘边，跳入齐肚脐深的水里，溅起一大片水花，身子东倒西歪地摇晃起来，嘴里仍然拼命地叫着："嘎！嘎！"后来叫声化成了咕噜咕噜的吐水声，因为他走到了深水处。他从水里冒出头来，试图划水，可又沉了下去。

"他是放鸭的吗？那家伙？"军人们问一名村姑，她手里拿着一根长竿正向这边走来。

"不是，鸭子是我看着的，是我的。不关他的事，他叫古尔杜鲁……"村姑回答。

"他同你的鸭子在一起干什么？"

"什么也不干，他经常这样。他看见它们，就发蒙，以为他是……"

"以为他自己也是鸭子吗？"

"他自以为是鸭群……你们可知道，古尔杜鲁是这么回事：他不在乎……"

“现在他走到哪里去了?”

卫士们走近池塘，古尔杜鲁不见了。鸭群已游过如镜的水面，又迈开带蹼的脚掌穿行于草丛中。水塘的周围，从蕨丛中升起青蛙的合唱。突然间，那男子从水面露出头来，仿佛此时才想起应当吸点空气。他茫然地望着，好像不明白离他鼻尖很近的那些在水中照镜的蕨草是什么东西。在每片蕨草的叶子上都趴着一只小小的滑溜溜的绿色动物，盯着他拼尽全身力气叫：呱！呱！呱！

“呱！呱！呱！”古尔杜鲁高兴地应和。随着他的叫喊声，叶片上所有的青蛙都一下子跳入水中，而水里的青蛙都跳上岸。古尔杜鲁大声一叫：“呱！”纵身跳起，跳到了岸上。他像一只青蛙那样趴下身子，又大叫一声“呱”，重新扑入水中，他的身体沉重，压倒一片芦苇和水草。

“他不会淹死吗?”卫士们问一名打鱼人。

“嘿，奥莫博有时忘事，有时糊涂……淹死倒不会……麻烦的是他同鱼儿一起落进网里来……有一天，他捕鱼的时候就出了这么回事……他把网撒到水里，看见一条差不多要游进去的鱼，他就把自己当成了那条鱼，跳下水去，钻进网里……你们不知道他就是这样，奥莫博……”

“奥莫博?他不是叫古尔杜鲁吗?”

“我们叫他奥莫博。”

"可是那姑娘……"

"噢，她不是我们本地的人，没准在他们那儿是那样叫他吧。"

"他是什么地方的人哪？"

"嗯，他到处流浪……"

骑兵队伍挨着一片梨树林走。果子熟透了。武士们用长矛戳住梨子，送进头盔上的嘴洞里，然后吐出梨核。他们在一行梨树中看见谁了？古尔杜鲁－奥莫博。他像树枝似的弯弯曲曲地举着两只胳臂，手上、嘴上、头上和衣服的破洞里都有梨子。

"看哪，他变梨树了！"查理大帝兴奋地嚷道。

"我来摇一摇他！"奥尔兰多说着，推了他一把。

古尔杜鲁让身上所有的梨子一齐跌落下来，在草坡上往下滚。看着梨子滚动，他也情不自禁地像一个梨子那样沿着草坡顺势滚起来，一直滚到人们的视线外，消失了。

"请陛下宽恕他吧！"一名看果园的老者说，"马丁祖尔有时不明白他不应当与青草或无灵魂的果木为伍，而应当生活在陛下您的忠实的臣民之中！"

"你们叫他马丁祖尔的这个疯子，他想些什么？"皇帝面色和善地问道，"我觉得他也不清楚自己脑子里有些什么！"

"我们又如何晓得呢？陛下！"老者以见多不怪的明智回答道，"也许不能说他是疯子，他只是一个活着但不知道自己存在的人。"

“真巧呀！这儿这个平民活着而不知道自己存在，而那边我的那个卫士自以为活着而他并不存在。我说呀，他们正好是一对！”

鞍马劳顿，查理大帝已经浑身疲乏无力。他倚着权杖，抖动胡子喘息，嘟囔着“可怜的法兰克”，扶着马夫的肩头下了马。皇帝的脚刚沾地，就像是发出了一个信号似的，全军人马立即停步，准备宿营。人们支起行军锅，生火做饭。

“你们将那位古尔古尔……给我带来，他叫什么？”皇帝吩咐。

“这要随他所到之地而定，”睿智的看园老人说，“看他是跟在基督徒军队还是异教徒军队的后面，人们叫他古尔杜鲁、古迪·优素福、本·瓦·优素福、本·斯坦布尔、贝斯坦祖尔、贝尔丁祖尔、马丁本、奥莫博、奥莫贝斯迪亚或者叫他山里的丑鬼，还有让·巴恰索、彼尔·巴奇乌戈。也可能在一个偏僻的牧场里人们会给他取一个与其他地方都不相同的名字。我发现他的名字在各地还随季节的变化而改变。可以说，名字只是在他身上滑过，从来不能粘住。对于他来说，无论怎么样称呼他都是一回事。您叫他，他以为您唤一头羊；而您说‘奶酪’或‘河水’，他却答应：‘我在这里。’”

两名卫士——桑索内托和杜多内——像使劲拖一只口袋似的将古尔杜鲁拽来。他们把他推到查理大帝面前站住。“抬起头来，畜生！你不知道面前是大帝吗！”

古尔杜鲁的脸露出来了。那是一张热汗淋漓的宽脸膛，法兰克人和摩尔人的特征混合在一起，橄榄色的皮肤上有一圈红色雀斑；塌鼻子之上生着一双蓝莹莹的眼睛，下面是一张厚唇的嘴；汗毛发黄而拳曲，中间还夹杂着一些燕麦秆似的直立的细毛；胡须粗硬而直挺。

他匍匐在地行大礼，并开始喋喋不休地说起来。那班贵族老爷在此之前只听过他发出动物的叫声，现在惊奇不已。他说得很快，吐字不清而且语无伦次；有时好像不停歇地从一种方言转换成另一种方言，甚至从一种语言变成另一种语言，有基督徒的语言，有摩尔人的语言。用他那难以听懂并且谬误百出的话语，他大致说了如下一番意思：“我以鼻尖触地，跪倒在您的膝下，我是您卑顺的陛下的尊敬的仆人，您吩咐吧，我一定遵从！”他挥动着挂在裤腰间的一把汤匙，“……当陛下您说‘朕吩咐，朕命令，朕要求’时，您这样挥舞权杖，就像我这样挥动权杖，您看见了吗？您就像我这样大声说：‘朕吩咐，朕命令，朕要求！’你们这些下贱的走狗都应当服从于我，否则我要用桩刑处死你们，而且首先杀掉你这个白发红脸的老头儿！”

“我应当一刀砍掉他的脑袋，陛下，对吗？”奥尔兰多问道，并且已经拔刀出鞘。

“我代他恳求您开恩，陛下。”看园老人说，“他一贯如此疯疯癫癫，对皇上说着话，头脑就混乱起来，弄不清自己和对面的人谁是皇帝了。”

从热气腾腾的军锅里飘出饭菜的香味儿。

“你们给他盛一盒粥！”查理大帝宽厚仁慈地说道。

古尔杜鲁点头哈腰，扯着鬼脸，说些莫名其妙的话，退到一棵树下去吃饭。

“他这是在干什么呀？”

他把脑袋伸进放在地上的饭盒里，好像想钻到里面去。好心的看园老人走过去摇摇他的肩膀：“马丁祖尔，什么时候你才明白，是你吃粥而不是粥吃掉你呀！你不记得啦！你应当用汤匙送进嘴里……”

古尔杜鲁开始一匙一匙地往嘴里送，吃相贪婪。他心急手快，有时竟弄错了目的地。他身边的那棵树的树干上有一块凹陷处，所在的高度正好与他的头平齐。古尔杜鲁把一匙匙的粥灌进树洞里。

“那不是你的嘴巴！是树张开的口！”

阿季卢尔福从一开始就注视着这个肉乎乎的身体的一举一动，他看得很仔细，而且显得颇为局促不安，看见他像在食物里面打滚一般，犹如一头喜欢别人替它搔背的马驹子那么惬意，他不禁感到一阵头晕恶心。

“阿季卢尔福骑士！”查理大帝说道，“知道我要对您说什么吗？我派这个人给您当侍从！好吗？这不是一个好主意吗？”

卫士们会心地微笑了，笑中含着讽刺意味。阿季卢尔福却是事事认真（更何况这是皇帝的命令哩！），他转向新侍从，想向他发出最初的指令，可是古尔杜鲁在享用了粥饭之后，已经倒在那棵树的树荫之下睡着了。他躺在草地上，张着嘴打呼噜，胸膛、胃部和腹部起伏着，如同铁匠的风箱。油污的饭盒滚到他的一只肥胖的赤脚边。一只豪猪也许是被香味吸引，从草丛中钻出来，走近饭盒，开始舔食那最后的几滴汤粥。它边吃边向古尔杜鲁的光脚底板上射箭刺，沿着地上一道细细的粥水舔过来，越往前走，就越加紧向赤脚上射箭。那个流浪汉终于睁开眼睛，环顾四周，不明白那弄醒他的疼痛感来自何处。他看见了那只赤足像一棵仙人球般在草丛中跷起，伸手一摸，像是碰到了刺猬。

“脚呀，”古尔杜鲁开始数落起来，“脚，喂，我跟你说话！你像个傻瓜似的待在那里不动做什么呀？你没看见那头畜生在扎你吗？脚呀，你真笨！你为什么不缩回来？你不觉得痛吗？一只蠢脚！你只要这么移开就行了！只要移这么一点点，这么笨可怎么办哪！脚呀，你听我说。你看看怎么逃避伤害！你缩到这边来，蠢货！我怎么对你说呢！你注意，看我怎么做，现在我做给你看……”他说着，抬起大腿，把脚收回来，离开豪猪，“行了：这多么简单，我一教你就学会了。笨脚，你为什么让它扎了那么久啊？”

他扯了些止痛的草药揉脚，然后跳起身来，吹着口哨，奔跑起来，跳入灌木丛中，接连放了几个屁，便跑得无影无踪了。

阿季卢尔福为寻找他而急得团团转。可是他到哪里去了呢？一块块茂盛的燕麦田，一道道杨梅树和女贞树的树墙将山谷划成了棋盘，清风徐徐吹过，间或有一阵大风挟着花粉和蝴蝶而来，天空中缕缕白云飘动。太阳移动着，在斜坡上画出一块块游移不定的光明与阴影，古尔杜鲁就是在那里销声匿迹的。

不知从何处传出一支走调的歌儿：“从那巴约内桥上走过……”

阿季卢尔福的白色铠甲高高地站在山脊之上，两手抱胸交叉着。

“喂，新侍从什么时候开始干活呀？”同事们向他起哄。

阿季卢尔福用毫无语调的声音机械地说：“皇上口谕既出，立刻产生法律效力。”

“从那巴约内桥上走过……”那歌声渐远，但还能听见。

04

在这个故事发生的时代，世事尚为混乱。名不副实的事情并不罕见，名字、思想、形式和制度莫不如此。而另一方面，在这个世界上又充斥着许多既无名称又无特征的东西、现象和人。生存的自觉意识、顽强追求个人影响以及同一切现存事物相抵触的思想在那个时代还没有普遍流行开来，由于许多人无所事事——因为贫穷或无知，或者因为他们很知足——因此相当一部分的意志消散在空气里。那么，也可能在某一处这种稀薄的意志和自我意识浓缩，凝结成块，就像微小的水珠汇聚成一片片云雾那样。这种块状物，出于偶然或者出于自愿，遇上一个空缺的名字和姓氏（在当时虚位以待的姓氏宗族经常可见），遇上一个军衔，遇上一项责任明确的职务，而且——特别是——遇上一副空的铠甲，因为没有铠甲，一个存在着的人随着光阴流逝也有消失的危险，可以想见一个不存在的人将如何……阿季卢尔福就这样出现了，并且开始追求功名。

讲述这个故事的我是修女苔奥朵拉，圣科隆巴诺修会会员。我在修道院里写作，从故纸堆里，从在会客室听到的闲谈中，从有过亲身经历的人们的珍贵回忆中，撷取素材。我们当修女的人，同士兵们谈话的机会是很少的，那些我不知道的事情我就尽量施展想象力，否则怎么办呢？我不是对这个故事的细枝末节都了解得很清楚，对此您应当加以原谅。我们都是一些乡下姑娘，虽然是贵族出身，也是在偏僻的古堡里长大，后来入修道院的。除了宗教礼仪、三日祈祷、九日祈祷、收庄稼、摘葡萄、鞭打奴仆、乱伦、放火、绞刑、兵匪、抢掠、强奸、瘟疫之外，我们其他什么也不曾见识过。一个可怜的修女对世事能有多少了解呢？因此，我很吃力地写着这个故事，写作是我苦行苦修的方式。现在只有上帝知道我将怎样向您叙述战争，幸蒙上帝保佑，我总是同战争离得远远的，只见过四五次在我们城堡下面的平原上发生的野外冲突。就是在那几次开战时，我们几个女孩子也只是站在城墙上几口烧滚沥青的大锅之间，从垛口里往外张望（后来多少具未经掩埋的死尸在草地上发出熏天臭气！第二年的夏天去草地游戏时，竟在一大群胡蜂乱飞的地方又看见了尸体！），我说过了，关于战争，我真是一无所知。

朗巴尔多对它也是毫不了解。在他的青春岁月里，他一心所想的不是别的，是接受战争的洗礼。现在他骑着马站在队伍里，等待着进攻的号令，而他心里是什么特殊的滋味也还没有体会到。他身上负载的东西太多了：带护肩的网眼铁披风，与护颈、护肩和护兜连在一起的胸甲，只能从里往外看的雀嘴头盔，铠甲外表的装饰物，一块比他本人还高的盾牌，一支挥动起来就要戳着同伴脑袋的长矛，身下是一匹被铁马披严实包住、使人不见其真面貌的战马。

他那誓以哈里发伊索阿雷的鲜血来报杀父之仇的热望几乎冷却下来了。人们早已对他讲清楚了，他们按照事先写好的几张纸片念给他听："当军号吹响时，你策马笔直驱入敌营，矛头所向定可刺中目标。伊索阿雷作战时总是处于敌军队形中的该位置之上。如果你不跑错，肯定与他遭遇，除非敌军全部溃散，此类事情在刚交锋时不会发生。当然，总会出现小的偏差，但如果不是你刺中他，就一定会有你身边的战友上前将他击毙。"在朗巴尔多看来，如果事情仅是如此而已，那他也就不把它看得那么重了。

咳嗽声成了战争开始的标志。他看见前面一阵黄色烟尘滚滚而来，另一阵尘土从脚下升起，原来基督徒们的马也腾身迎上前去。朗巴尔多开始咳嗽，整支帝国的军队都这样闷在铁甲里咳嗽着，催马跃向异教徒们的那堆烟尘，渐渐地已经听得见回教徒们的咳嗽声了。两团尘土连成漫天一大片。整个平原上咳嗽声和长矛刺杀声震耳欲聋。

刚交锋时刺中对手不如把对手撂下马容易，因为有长矛被盾牌折断的危险，而且由于惯性作用，你也有顺势向前摔个嘴啃地的危险。最好是趁对方跃马转身之际，朝他的后脊骨与臀部之间刺过去，准中！你可能扎不准，因为矛头向下时容易碰上障碍，甚至扎进地里，变成一张弓，把你像一颗肉弹似的从马上弹下来。因此，前锋的冲突往往变成一片武士们撑着长矛在空中翻飞的景象。向侧面移动是困难的，由于手持长矛稍一转动，扎不着敌人，却非戳着战友的肋骨不可，于是很快就成了一场不分敌我的混战。这时敢死队的勇士们挺身而出，高擎出鞘的宝剑，骑马冲进人群，一阵奋力挥砍，熟练地在混战中开辟出一条清楚的阵线。

最后形成双方敢死队的勇士们一一对峙的局面。他们开始成对地决斗，而地面上已经遍布尸体与盔甲，他们行动艰难，在无法相互接近的地方，双方就恣意地互相谩骂起来。辱骂的程度与多少是至关重要的，因为这种侮辱分为致命的、血腥的、不能容忍的、中等的或轻微的不同等级，根据级别要求各种不同的赔偿，或者是将深仇大恨传给子孙后代。因此，互相听懂就成了最要紧的事情，这在摩尔人与基督徒之间是一件难事，而且在摩尔人彼此之间和基督徒内部又操着各种不同的语言。

如果有人骂你一句难听的话，怎么办呢？你活该受着并且终生蒙此羞辱。因此战斗进行到这个阶段时，通译们就上场了，这是一支轻骑队，他们携轻便武器，骑几乘驽马，在两支军队的旁边转悠，听到从人们口中飞出的污秽言语，立即译成对方的语言。

“臭狗屎！”

“虫子屎！”

“大粪！臭屎！奴隶！猪！婊子养的！”

双方早已达成默契不杀这些通译。加之他们可以溜得很快，在这场混乱之中杀死一个身负重甲、骑一匹由于脚掌上绑护甲而只能勉强迈动蹄子的高头大马的军人已属不易，我们可以想象得到，谁能奈何这些啄木鸟呢？大家知道，即使战争是屠宰场，也总有人活下来。何况他们仗着会用两种语言骂“婊子养的”，便捞到了这样有点冒险的便宜。在战场上，手脚麻利的人总是能捞到不少外快，掌握好在适当的时机去收捡地上的东西，收获尤其大，那就得在大批的步兵冲进来之前，他们总是将所到之处掳掠一空。

在捡东西时，步兵位置低，更为方便，但是骑兵舒舒服服地坐在马背上只消伸出刀剑轻轻一挑，就把东西弄到手，这个本事也令步兵们惊叹不已。说捡东西并不是说从死人身上往下剥（扒光死尸是一项需要专门技术的活），而是指捡那些掉在地上的东西。由于有人和马全副披挂上阵的习惯，双方刚交锋就会有许多东西松散开来，纷纷坠落于地。这时谁还有心思打仗呢？捡东西便成了一场大的争夺战。晚上回到营地里便做起交易来，或是以物易物，或是用现钞买卖。转来转去，总是那么些相同的东西从一个营地移到另一个营地，在同一营地从一个连队换到另一个连队。于是战争不就变成了这些物品在人们手中的旅行吗？这些物品在倒手过程中成为越来越旧的破烂货。

在朗巴尔多看来，情况与人们事先对他说的大相径庭。他举起长矛向前冲去，急切地迎接两军交锋。说到遭遇嘛，两支军队是相遇了；但是好像全都计算好了，使得每个骑士都能从两名敌人之间的空隙里畅行无阻，甚至互相不发生触碰。两支队伍继续沿着各自的方向背道而驰一阵之后，掉过头来，试图交锋，但是都已经失去了冲锋的势头。谁还能在人群中找得出那位哈里发呢？朗巴尔多与一个瘦得像鳕鱼干似的撒拉逊人[1]相逢，看来他们谁也不想给对方让路：两人在马上互相用盾牌顶住，两匹马则在地上用蹄子踢踹。

那个撒拉逊人，脸像石灰一样苍白，开口说起话来。

“通译！”朗巴尔多喊道，“他说什么？”

1 中世纪欧洲人对阿拉伯人或伊斯兰教徒的称呼。

从那些正闲得发慌的翻译官中走出一个。

“他说要您给他让路。”

“不行，我要生擒他！”

通译译完；对方又说起来。

“他说，他必须去前面传令，否则，战斗就不能按原计划进行……”

“如果他告诉我哈里发伊索阿雷在哪里，我就放他过去！”

撒拉逊人朝一座小山指一指，大声叫嚷。通译说：“在左边那座小山头上！”朗巴尔多拨转马头，飞驰而去。

那位哈里发，一身草绿色穿着，正朝着地平线眺望。

“通译！”

“到！”

“告诉他，我是罗西利奥内侯爵之子，前来替父报仇。”

通译传话，哈里发将一只五指并拢的手举起来。

“他是谁？”

“我父亲是谁？这是你对他的又一次新的侮辱！”朗巴尔多一挥手拔出长剑。哈里发随之效仿，抽出一柄锋利的短剑。正当朗巴尔多处于劣势之际，那个面色苍白如石灰的撒拉逊人气喘吁吁地奔过来，嘴里大声呼叫着什么。

“先生们，请住手！”通译急忙翻译，“请原谅，我弄错了：哈里发伊索阿雷在右边那座小山上！这一位是哈里发阿卜杜尔。”

“谢谢！您是一名可敬的君子！”朗巴尔多说道，并将马退开一步，举剑向哈里发阿卜杜尔告别，然后策马奔向对面的山头。

朗巴尔多是侯爵之子的消息传来时，哈里发伊索阿雷说：“什么？”人们不得不在他耳边大声重复几遍。

最后他明白了，举起长剑。朗巴尔多向他冲杀过去。但是在短兵相接时，他疑心此人也不是伊索阿雷，劲头有些下降。他力求全神贯注地拼杀，可是精神越集中，他对交锋者的身份的怀疑越重。

这种游移不定变成了他的致命弱点。那摩尔人一步步向他逼近。这时在他们周围鏖战正急，一位伊斯兰教徒军官在混战的旋涡中心左右抵挡，并且突然大吼一声。

朗巴尔多的对手听见这叫声，举起盾牌要求暂停，并答复了一句话。

“他说什么？”朗巴尔多问通译。

“他说：‘好，哈里发伊索阿雷，我马上将眼镜送到！’”

“唉，那么，不是他。”

“我是，”对手解释，“替哈里发伊索阿雷送眼镜的专职侍卫官，你们基督徒还不知眼镜为何物吧？就是矫正视力的镜片。伊索阿雷因为近视，不得不在作战时也戴上眼镜，但是镜片是玻璃制成的，每打一仗他都要碎掉一副眼镜，我负责向他补充新的眼镜。因此，我请求停止同您的对打，否则，哈里发会因为视力不佳而战败。”

“噢，掌镜官！”朗巴尔多怒吼一声，盛怒之下他不知道应当将对手打个落花流水还是应当赶去杀那真正的伊索阿雷，可是，同一个瞎眼的敌人打仗能算什么本事呢？

“先生，您应当放我过去，”那送眼镜的又说道，“医为在战书里规定，伊索阿雷应当保持良好的健康状况，如果他看不见就要吃败仗！”他挥动手中的眼镜，朝远处喊道：“来了，哈里发，眼镜马上送到！”

“不行！”朗巴尔多说着，一挥手砍过去，将玻璃片打得粉碎。

就在那同一瞬间，似乎镜片碎裂的响声是他毙命的信号，伊索阿雷被一支基督徒的长矛当胸刺中。

送眼镜的军官说：“现在他去看天堂的美景，不再需要眼镜了。”他策马离去。

哈里发的尸体从马鞍上倒下来，由于脚被马镫子绊住而倒悬着，马拖着尸体行走，一直拖到朗巴尔多的脚边。

看到死去的伊索阿雷倒在地上，他心潮起伏，百感交集，甚至有些自相矛盾，其中有替父报仇雪恨终于成功的喜悦，有对自己打碎哈里发的眼镜而造成他死亡这种方式是否算完成报仇责任的怀疑，有在突然间发现自己追逐的目标丧失而感到的惊怔，这一切在他的心里只存在了短暂的时刻。然后．他觉得战斗中一直压在心头的复仇的思想重担已经卸掉，心情格外轻松。他可以自由奔跑了，可以左顾右盼、东张西望了，仿佛脚上生出了翅膀，可以飞起来了。

在此之前，他一心想着杀哈里发，根本没有注意到战斗的进程，也无暇去想战斗的结局将是什么样的情形。现在他觉得周围的一切是那么陌生，就在这时他才感到恐惧和惊悸。遍地尸首狼藉。人们倒在盔甲之下，横七竖八地躺着，好像是一些胸甲、腿甲或其他的铁护身器成堆地倒在地上。只有些胳膊或大腿还跷在空中。沉重的盔甲有的地方裂开口，内脏从那里暴露出来，仿佛在铠甲里面装的不是完整的人体，而是马马虎虎地填放着一些腑脏肚肠，一遇裂口就往外淌，这种残酷的景象使朗巴尔多不安。他难道能够忘记曾有一些热血男儿使这些铁壳活动起来并赋予它们生气吗？每一件铠甲下都曾有过一个生命，只有一件例外，或者说，他觉得白甲骑士那种看不见、摸不着的人此时遍布整个战场。

他策马快行。他不愿遇见活着的人，不论是朋友还是敌人。

他来到一个小山谷。这里除了死尸以及在尸体上嗡嗡叫的苍蝇，不见人的踪影。战斗进行到了暂时休战的时候，或者激战转移到战场的另一头去了。朗巴尔多在马上仔细察看四周。一阵马蹄声传来，一个骑马的武士在一座山梁上出现。是一个撒拉逊人！只见他迅速地打量周围环境，勒紧辔头逃跑了。朗巴尔多扬鞭抽马，紧追过去。现在他也来到山梁上，他看见那个撒拉逊人在远处的草地上飞驰，一下子又消失在一片核桃树林里。朗巴尔多的骏马像一支利箭射出，它仿佛一直在等待着这次奔跑的机会。年轻人很高兴。终于，在毫无生气的外壳之下，马像一匹马，人像一个人了。撒拉逊人向右拐弯。为什么？此刻朗巴尔多肯定自己能追上他。可是另一名撒拉逊人从右边的灌木丛中跳了出来，截住他的路。这两个异教徒转过身来，一齐面对着他：中了埋伏！朗巴尔多举剑迎面冲过去，并大声喝道："胆小鬼！"

后来的那个与他交上手。只见他那黑色的头盔上缀着两只角，简直像只大胡蜂。青年挡住对方的一击，并将它推回去，使对方的刀背撞击到他自己的盾牌上，可是马突然偏向，是原先的那一位向他逼近了，此时朗巴尔多不得不将长剑与盾牌并用，亦攻亦守，他只能让自己的马夹紧腿在原地左右移动。"胆小鬼！"他大声呵斥，他真的动气了。这真是一场苦战，他一个人同时对付两名敌人，他渐渐感到体力不支，真是精疲力竭了，也许朗巴尔多即将死去，此时世界肯定还是存在的，他不知道现在去世很可悲还是不大可悲。

那两位一齐向他杀过来，他后退，紧紧握住剑柄，仿佛是抓住自己的性命一般；如果这把剑脱手，他就将惨败。就在这时，就在这危急关头，他听见快马疾驰的声音。两个敌人听到这声音，如同听见战鼓一般，一齐从他身边撤离，举起盾牌防护着向后退却。朗巴尔多也转过身去，看见从背后来了一名身佩基督徒军队标志的骑士，在铠甲之外穿一件淡紫色披风。他急速地旋转一支轻便长矛，将撒拉逊人逼退。

现在，朗巴尔多与不相识的骑士并肩作战。骑士一直在旋转着长矛。敌兵中的一个使了一个虚招，想从他手中打掉那支长矛。而紫衣骑士此时将长矛在背架的钩子上挂好，抽出一把短剑。他向异教徒扑过去，两人开始搏斗，朗巴尔多看着这名不相识的救援者那么灵巧地使用短剑，几乎忘掉了别的一切，呆呆地站着欣赏。可是，只是稍待片刻，另一名敌人向他扑来，两人的盾牌重重相撞。

于是，他在紫衣骑士的身旁拼杀起来。每当敌人由于一次出击失败而后退时，他们两人就迅速交换位置，互相接替着与对手交锋，就这样以他们各自不同的熟练武艺搅得敌人眼花缭乱，应接不暇。在一个战友身旁作战比起孤身奋战要美得多：互相鼓励，互相安慰，敌人当前的紧张感与有朋友相伴的欣慰感汇成那么一股热力。

朗巴尔多为了振奋精神，不时向同伴呼喊两句，那位一声不响。青年明白在战斗中以少出大气为好，他也不出声了。但是他没能听见同伴的声音，感到有点遗憾。

激战更趋紧张。紫衣勇士将他的那个撒拉逊人掀下马。那人双脚落地，就向灌木丛中逃窜。另一个向朗巴尔多猛扑过来，可是在交战中折断了剑头，他怕被生擒，掉转马头，也逃走了。

“多谢了，兄弟。”朗巴尔多向救援者说道，同时掀开面罩，露出脸来，“你救了我的性命呀！”他把手伸给对方，“我是罗西利奥内侯爵家的朗巴尔多，青年骑士。”

紫衣骑士不搭腔。他不报自己的姓名，不握朗巴尔多伸出的手，也不露脸。青年面色绯红：“你为什么不回答我呢？”只见那位拨转马头，飞驰而去。“骑士，尽管我欠着你的恩情，我仍将把这种表现看成对我的一次极大的侮辱！”朗巴尔多大声嚷着，可是紫衣骑士已经走远。

对无名救援者的感激、在战斗中产生的默契、对出乎意料的无礼态度的愤怒、对那个神秘人物的好奇心、在胜利之际尚未平息的顽强拼搏的劲头，都令朗巴尔多欲罢不能，于是他催马前行，要去追踪紫衣骑士，并大声喊：“不论你是什么人，我定要报复！”

他用马刺踹马，踹了一下又一下，可是战马毫不动弹。他拉拉马嚼子，马头朝下坠。他拨动马鞍的前穹，马摇晃几下，就像一只木马。他只得动手拆卸马衣，揭开马的面罩，看见马翻着白眼：它死了。撒拉逊人一剑从马衣上两片之间的缝口中扎进去，刺中了心脏，如果不是铁马甲将马蹄和马胯扎紧，使得马像在地上生了根一般地僵立着，这马早就摔倒了。霎时，朗巴尔多对这匹忠实效劳直至站立而死的勇敢战马的痛惜之情压倒了心中的怒火，他两手搂住那匹如雕塑般挺立的马的脖子，吻它那冰凉的面颊。后来他镇静下来，擦干眼泪，跳下马，跑开了。

可是他能上哪里去呢？他沿着依稀可辨的野径乱跑，来到一条河边，岸边杂树丛生，这附近已看不出战争的迹象。那个陌生武士的踪迹已消失。朗巴尔多信步向前走去。他泄气了，明白那人已经逃脱。但是他仍然想："我一定会找到他的，哪怕他在天涯海角！"

经过了那么一个火热的早晨，现在最折磨他的是干渴。他走下河滩去喝水，听见树枝响动。一匹战马被一根绊绳宽宽松松地系在一棵核桃树上，正在啃食地上的青草，笨重的马衣被卸下来，摊放在离马不远的地方。无疑是那个陌生骑士的马，那么骑士不会太远了！朗巴尔多钻进芦苇丛中搜寻起来。

他来到岸边，从芦苇叶子里探出头来，只见武士就在那边，头和背还缩在坚硬的头盔和胸甲里，就像一只甲壳动物，然而大腿、膝盖、小腿的护甲已经脱掉，总之，腰以下全部赤裸着，光脚踩着河里的石头，一蹦一跳。

朗巴尔多不敢相信自己的眼睛。因为那赤裸的部分表明是一个女人：生着金色细毛的光洁的小腹、粉红色的圆臀、富有弹性的少女的长腿。这个少女的下半身（那有甲壳的另一半现在还是一个非人形的无法形容的模样）旋转一圈，寻找一个合适的地方，她将一只脚跨在一道溪流的一侧，另一只脚跨在另一侧，膝盖弯曲，戴着臂甲的手支撑在膝上，头向前伸，背向后弓，姿态文雅而又从容不迫地开始撒尿。她是一个匀称完美的女人，生着金黄的汗毛，仪态高贵。朗巴尔多立刻为之倾倒。

年轻的女武士走下河岸，将身子浸入水中，轻快地浇水洗浴，身体微微战栗。她用那双粉红色的赤脚轻捷地跳着跑上岸来。这时，她发现朗巴尔多正在芦苇丛中窥视她。“猪！狗！（德语）”她厉声怒斥，并从腰际抽出一把匕首向他掷过去。那姿势是妇女大发雷霆时朝男人头上摔盘子、扫帚或随便抓到手的什么东西那样狠狠地一掼，失去了使惯武器的人的准确性。

总之，没有伤着朗巴尔多头上一根毫毛。小伙子羞怯怯地溜开了。可是，过了不久，他渴望再见她，渴望以某种方式向她表达自己的爱慕之情。他听见马的前蹄踢蹬，忙向草地跑去，马已不在那里，她走了。太阳西沉，此时他才想起一整天的时间已经过去了。

长时间的徒步行走之后，他感到身体十分疲劳，接踵而至的幸运事使他的大脑受到刺激而呈现兴奋紊乱的状态。他实在太幸运了。复仇的渴望为更加令人焦灼不安的爱的渴望所代替。他回到宿营地。

“你们知道吗？我替父亲报了仇，我胜了，伊索阿雷倒下了，我……”他语无伦次，说得太快，因为他急于讲到另一件事情，“……我一个对付两个，来了一名骑士援助我。后来我发现那不是一名武士，而是一个女人，她长得很美，我不知道脸生得如何，她在铠甲外面穿一件紫色披风……”

“哈，哈，哈！”帐篷里的同伴们哄笑起来，他们正专心地往伤痕斑斑的胸脯和胳臂上抹香膏，浓重的汗臭味从身上散发出来。每次打完仗脱下铠甲，个个都是一身臭汗。“你想和布拉达曼泰好，小跳蚤！你以为她准会要你吗？布拉达曼泰要么找将军，要么同小马倌厮混！你再拍马屁也休想沾她的边！”

朗巴尔多无言以对。他走出帐篷。西斜的太阳火一样通红。就在昨天，当他看到日落时，曾自问：“明日夕照时我将是什么样呢？我将经受住考验吗？我将证实自己是一个男子汉吗？我将在走过的大地上留下自己的一道痕迹吗？”现在，这正是那个明日的夕阳，最初的考验已经承受过了，不再有什么价值，新的考验和艰难困苦等待着自己，而结论已经在那前面摆着。在这心神不定的时候，朗巴尔多很想同白甲骑士推心置腹地聊聊，他不知道为什么觉得他是唯一可以理解自己的人。

05

在我的小房间下面是修道院的厨房。我一面写作一面听着铝盘锡盘叮当响，洗家什的修女正在用水冲洗我们那油水不多的食堂的餐具。院长给我一项与众不同的任务：撰写这个故事。但是修道院里的一切劳作历来只为达到一个目的：拯救灵魂。这好像是唯一应做的事情。昨天我写到打仗，在水槽里的碗碟的响声中我仿佛听见长矛戳响盾牌和铠甲互相碰撞的声音，利剑劈砍头盔的声音，从院子里传来修女们织机上弄出的嗒嗒声，我觉得那就是骏马奔驰时的马蹄踏地声。我闭上眼睛，将耳朵里听到的那一切都化作图像。我的嘴唇不动，没有语言，而语言跳到白纸上，笔杆紧追不舍。

也许今天的空气燥热一些，白菜的味儿比往常更频繁地飘过来，我的大脑也更加迟钝，无法从洗碗的嘈杂声中驱除法兰克军队开饭时的景象。我看见士兵们在蒸汽缭绕的军用大锅前排队，不停地拍打饭盒和敲响饭勺儿，长柄大勺一会儿碰响盆儿碗儿的边，一会儿在空锅里刮响有水垢的锅底。这种景象和白菜气味在各个连队里都是一样的，无论是诺曼底的连队、昂茹的连队，还是勃艮第的连队。

倘若一支军队的实力是以它发出的声响来衡量的话，那么开饭之时是法兰克军队大显威风的时候了。那响声震撼山谷平川，向远处传播，直到和从异教徒的军锅里发出的相同声响汇合。敌人们也在那同一时辰捧着一盆味道极次的白菜汤狼吞虎咽。昨日战事甚少，今天尸臭味儿不觉太浓。

因此，我只得在想象中把我的故事中的英雄们聚集在伙房里。我看见阿季卢尔福在热腾腾的蒸汽中出现，他往一只大锅上探着身，正在训斥奥维尔涅连队的厨师。这时朗巴尔多出现了，正朝这边跑来。

“骑士！”他还在喘气就说起来，“我可找到您了！是我呀，您记起来了吗？那个想当皇帝卫士的人！在昨天的战斗中我报了仇……是在混战中……后来我一个人，对付两名敌人的……伏击……就在那时候……总之，现在我知道打仗的滋味了。我真想在打仗时把我派到一个更危险的位置上去……或者被派去干一件能建立丰功伟绩的大事情……为我们神圣的信仰……拯救妇孺老弱……您可以告诉我……”

阿季卢尔福好大一会儿仍旧以背对着他，仿佛以此表示厌烦别人打断他执行公务。转过身来之后，他便对着朗巴尔多侃侃而谈，可以看出他对别人临时提出的任何一个论题都能驾轻就熟，而且分析得头头是道。

“青年骑士，从你之所言，我觉得你认为当卫士的途径仅仅是建立丰功伟绩，你想打仗时当先锋，你想干一番惊天动地的个人事业，也就是说诸如捍卫我们神圣的信仰、救助妇孺老弱、保护平民百姓等伟业。我理解得对吗？”

“对。”

“你说得对。你提到的这些确实都是优秀军人身负的特殊使命，但是……”说到这里，阿季卢尔福轻轻一笑，这是朗巴尔多第一次听到从白色铠甲里发出的笑声，是既带嘲弄意味而又不失礼貌的笑，“……但不仅是这些。如果你愿意，我可以轻易地给你逐一列出属于各级卫士的职责，普通卫士、一级卫士、参谋部卫士。”

朗巴尔多打断他：“骑士，我只要以您为榜样，像您那样做就行了。”

“那么你把经验看得比教条重要，这是允许的。你今天正巧看见我在值勤，像每周的星期三一样，今天我是军队后勤部监察官。以此身份，我检查奥维尔涅和布瓦杜连队的伙房，此外，我还将负责掩埋阵亡者的尸首。如果你随我来，你将能慢慢地熟悉这些棘手的公务。”

朗巴尔多大失所望，有点不痛快。但是他不死心，装出对阿季卢尔福与厨子、酿酒师、洗碗工打交道和谈话感兴趣的样子，心里还想着这只是投身于某种轰轰烈烈的壮举之前的一项例行预备活动。

阿季卢尔福反复计算食品的配额，掂量每一份汤的多少，统计饭盒的数目，察看饭锅的容量。“你知道吗，令一个军队司令部最感到头痛的事情，”他向朗巴尔多解释，“就是算准一只军锅里装的汤可以盛满多少只饭盒。在无论哪个连队里这个数字都不对头。不是多出许多份饭，不知怎么处理和如何在花名册上做账，就是减少配额后不够吃，那立刻就会引发怨声载道。实际情况是每个伙房都有一群乞丐、残疾者、穷人前来收集剩饭。但是，大家都知道，这是一笔糊涂账。为了清出一点头绪来，我要求每个连队交上一份在编人员的名单，并将那些经常来连队伙房就餐的穷苦百姓的名字也登记成册。这样嘛，就可以准确地了解每一盒饭的下落。那么，为了实践一下卫士的职责，现在你可以拿着名册，到各个连队的伙房里转一圈，检查情况是否正常。然后回来向我报告。”

朗巴尔多应当怎么办呢？拒绝，另寻功名或者什么都不干吗？就照他说的干吧，否则，有因小失大的危险。他去了。

他快快不乐地回来了，什么也没弄明白。“唉，我觉得只能让事情如此继续下去，”他对阿季卢尔福说，“理所当然是一团糟。另外，这些来讨饭的穷百姓都是亲兄弟吗？”

“为什么是兄弟呢？”

“唉，他们彼此太相像了……简直长得一模一样，叫人无法区分，每一个连队都有这么一个与众不同的人物。起初我以为这是同一个人，他在各连队的伙房之间来回转。可是我查阅了所有的名册，那上面写的名字各不相同：博阿莫鲁兹、卡洛杜恩、巴林加丘、贝尔特拉……于是我向各伙房的军士打听这个人，再与名单核实：对呀，人与名字总是相符合。可是，他们的长相相同是千真万确的……”

“我亲自去看看。”

他们向洛林连的营地走去。“在那里，就是那个人。”朗巴尔多指向一处，那里似乎有什么人在。实际上是有，但是第一眼看过去时，视觉会把那人一身肮脏的黄绿色的破衣烂衫，一张满是雀斑、胡子拉碴的脸同泥土与树叶混淆在一起。

“那是古尔杜鲁！”

“古尔杜鲁？又一个名字？您认识他吗？”

“他是一个没有名字而又可以有无数名字的人。谢谢你，青年骑士。你揭露了我们后勤事务中一起非正常事件。”

阿季卢尔福和朗巴尔多走到古尔杜鲁面前。

“让他去做一件实实在在的工作，是使他懂得道理的唯一办法。”阿季卢尔福说，然后向着古尔杜鲁，“你是我的马夫，这是神圣皇帝、法兰克国王查理的命令。从现在起，你应当事事服从我。我已受丧葬处委派，负责完成掩埋昨天的战死者的善行，你带上锹和镐，我们去战场，替弟兄们受过洗礼的身体盖上黄土，上帝会保佑他们升天。”

他也邀请朗巴尔多随行，因为他认为这是卫士的另一项重要使命。

三人一起走向战场。阿季卢尔福有意让自己的步履显得轻快敏捷，结果像穿上了高跟鞋似的走得一扭一拐；朗巴尔多眼睛睁得滴溜儿圆，朝四下张望，急切地想辨认出那些昨天在枪林箭雨之下曾经走过的地方；古尔杜鲁扛着锹和镐，一路上吹口哨，唱山歌，全然不懂得他将要做的那件事情的庄严性。

他们登上一块高地，昨日发生过激战的平原展现在眼前，遍野尸首纷陈。一些秃鹫使用脚爪钩住尸体的背或脸，将长嘴伸进开裂的腹腔内拨弄着啄食内脏。

秃鹫的此种行径不是一开始就这么顺利的。战斗刚结束时它们就光顾过了，但是战场上的死人都有铁甲护身，任凭这些猛禽的利喙几番敲啄，铠甲上头不见裂纹。天刚刚亮，从阵地对面悄悄爬上来几名盗尸者。秃鹫就飞上天，在空中盘旋，等待他们劫掠完毕。几抹朝晖照亮战场，白花花一片赤裸的尸体。秃鹫重新降落，开始盛宴。但是它们必须加紧享用，因为掘墓人很快就要到来，这些人宁肯让尸体喂地里的爬虫，也不允许空中的飞鸟来吃。

阿季卢尔福和朗巴尔多挥剑，古尔杜鲁舞镐，驱赶这些黑色的来访者，撵它们飞走。然后他们开始了一道令人发怵的必经工序：每人挑一具死尸，抓住两只脚往小山上拖，一直拖到一个适合挖坑的地点。

阿季卢尔福拖着一具尸体，想道："死人啊，你有我从来不曾有过并且永远不会有的东西：这个躯壳。或者说，你没有躯壳。你就是这个躯壳。就是因为它，有时候，当情绪低落时，我会突然嫉妒存在着的人。漂亮的玩意儿！我可以说是得天独厚，我没有它照样也能干活，而且无所不能。无所不能——应当理解——这才是我认为最重要的本事；我能把许多事情做得比存在着的人更好，没有他们身上常见的俗气、马虎、难持久、臭味等缺点。存在着的人总要摆出什么样儿来，显示出一个特殊的模样，我却拿不出来，这一点倒也是事实。可是如果他们的秘密就在这里，在这一袋肠子里的话，谢天谢地，我可不要有。见过这满山遍野残缺不全、赤身裸体的尸首之后，再看到活人的肉体时就不会感到恶心了。"

古尔杜鲁拖着一个死人，想道："死尸呀，你放出的屁比我的还臭哩。我不明白为什么大家都为你哀悼。你失去了什么呀？从前你跑跑跳跳，现在你的运动转移到你滋生的爬虫身上了，你长过指甲和头发，现在你将渗出污水，使地上的青草在阳光下长得更高。你将变成草，然后是吃草的牛的奶，喝牛奶的孩子的血，如此等等。尸体呀，你看，你不是活得比我强得多啦？”

朗巴尔多拖着一具尸体，想道：“死人呀，我跑呀跑，就是为了跑到这里来像你一样被人抓住脚后跟拖走。现在你眼睁睁地死不瞑目，你在石头上磕碰的脑袋面朝青天，在你看来，这将我驱使至此的疯狂劲头究竟是什么呢？这战争狂热和爱情狂热又是什么呢？我要好好想想。死人啊，你使我思考起这些问题。可是能有什么改变呀？什么也不会变。我们除了这些进坟墓之前的日子外没有别的时间，对我们活人是如此，对你们死人也是如此。我不能浪费时日，不能浪费我现有的生命和我将可能有的生命。应该用这生命去为法兰克军队建立卓越功勋，去拥抱高傲的布拉达曼泰。死人哪，我愿你没有虚度你的光阴。无论如何，你的骰子已亮出它们的点数。我的骰子还在盒子里跳跃。死人呀，我眷恋我的追求。不喜欢你的安宁。”

古尔杜鲁唱着歌儿，准备挖坟坑。为了测量坟坑的大小，他将死人在地上摆正，用铁铲画好界线，移开尸体，就非常起劲地挖起来。“死人，也许这样等着你觉得无聊。”他把尸体转为侧身面向坟坑，让它看着自己干活，“死人，你也能挖几铲土吧。”他将死尸竖立起来，往它手里塞一把铁铲。尸体倒下，“算了。你不行。挖坑的是我，填坑的可就是你啦。”

坟坑挖成了，但是由于古尔杜鲁胡乱刨土，形状很不规则，坑底狭小，像个水罐。这时古尔杜鲁想试一试，他走进坑里躺下。“噢，真舒服，在这下面休息真好！多软和的土地！在这里翻个身多美呀！死人，你下来看看，我替你挖了一个多么好的坑呀！”接着他又转念一想，“但是，既然你我都明白是该你来填坑，我躺在下面，你用铲子把土撒到我身上不更好吗！”他等了一会儿，“动手呀！快干呀！你还等什么呀？这样干！”他躺在坑底，举起手中的镐头，开始把土往下扒。一大堆土倒塌在他身上。

阿季卢尔福和朗巴尔多听到一声细弱的呼叫，他们看见古尔杜鲁好好地把自己埋起来，不明白他的叫喊是惊恐还是快活。当他们把浑身是土的古尔杜鲁拉起来时，才发现他几乎因窒息而丧命。

骑士看到古尔杜鲁的活干得很差，朗巴尔多也挖得不够深。他却构筑了一块完整的小墓地，坟坑是长方形的，在坑两旁平行地修了两条小路。

傍晚时他们往回走，经过林中一块空地。法兰克军队的木匠们曾在此伐木，树干用来造战车，枝条当柴火。

“古尔杜鲁，这会儿你该打柴了。”

然而，古尔杜鲁用斧头乱砍一通之后，将干树歧、湿木块、蕨草、灌木、带苔藓的树皮一起打成捆。

骑士将木匠们干的活儿巡视一遍，他检查工具，察看柴垛，并向朗巴尔多说明在木材供应上一个卫士的职责是什么。朗巴尔多并没有把他的话听进耳里，此时一个问题一直烧灼着他的喉咙，眼看同阿季卢尔福一起的散步即将结束，他还没有提出来。“阿季卢尔福骑士！”他打断骑士的话。

“你想说什么？”阿季卢尔福正抚弄着斧头，问道。

青年不知从何说起，他不会找一个假借口来迂回到自己心中念念不忘的唯一话题上去。于是，他涨红了脸，说道：“您认识布拉达曼泰吗？”

古尔杜鲁正抱着一捆他自己砍的柴火向他们走来，听见这个名字，他跳了起来，柴火棒飞散开来，有带着花儿的香忍冬枝条，挂着果子的刺柏，连着叶片的女贞。

阿季卢尔福手里拿着一把极其锋利的双刃斧。他助跑一段，然后将斧头朝一棵橡树的树干猛砍过去。双刃斧从树的一边进，从另一边出，动作干脆利落，技法是如此精确，以至于树干砍断了，却没有离开树桩，没有倒落。

“怎么啦？阿季卢尔福骑士！”朗巴尔多惊跳一步，“什么事情惹您生气了？”

阿季卢尔福此时抱起胳膊，绕着树干一边走一边打量。“你看见了吗？”他对青年说，“一刀两断，纹丝未动。你看看刀口多么整齐。”

06

我着手写的这个故事比我预想的要难写得多。现在到了我该写人间尘世里最疯狂的情感——男女爱恋之情的地方了。修行的誓愿、隐修的生活和天生的羞怯使我回避爱情而来到了这里。我不是说从来没有听人说起过这种事情。就在修道院里，为了提防诱惑，我们在一起议论过几次，凭着朦胧的臆想好像能够略窥其中的奥秘。有时某个可怜的姐妹由于缺乏经验而怀孕，或者有人被不敬畏上帝的强人掳去之后，回来向我们讲述那些人对她的所作所为。每当这些时机，我们便会有所议论。因此，关于爱情，我也将像描写战争那样，随便讲讲我所能想象得到的一些东西。编写故事的技巧就在于擅长从子虚乌有的事情中引申出全部的生活；而在写完之后，再去体验生活，就会感到那些原来自以为了解的东西其实毫无意义。

布拉达曼泰大概对此感受更深切吧？当她历尽女骑士的戎马生涯之后，一种深深的不满足感潜入她的心扉。她当初走骑士之道是出于对那么一种严格、严谨、严肃、循规蹈矩的道德生活的向往，对极其标准规范的武功和马术的爱好。然而，她周围有些什么呢？尽是一些汗臭熏天的男人。他们功夫不到家，打起仗来却满不在乎。一旦从公务里脱身，马上开始酗酒，或者傻乎乎地跟在她身后转悠，等待她从他们之中挑出一个带回帐篷过夜。众所周知，当骑士是一件了不起的事情，可是这些骑士却是这般愚顽，他们对待如此高尚的事业一贯敷衍塞责，马虎至极；他们起初曾宣誓遵守严明的纪律，对于一成不变的死板的军规，懒得动脑筋挑剔反对，但都逐渐学会了在军规之下快活舒服地混日子的本事。打仗嘛，既是厮杀拼命，也是例行公务，不必深究。

布拉达曼泰其实与他们是大同小异，也许她心中念念不忘对简朴而严肃的生活的渴求，正是为了同她真正的性格相对抗。比方说，假若法兰克军队中有一个邋遢的人的话，那就是她。她的帐篷，如果说还算一个帐篷的话，是整个军营中最欠整洁的。可怜的男人还勉强做着那些一向被认为是女人分内的事情，像缝补浆洗、扫地抹灰、清除垃圾等。而她呢，从小像公主一样娇生惯养，在这些事情上从不动手，如果没有那些总是围着连队转的洗衣物和干杂活的老妇——她们个个都是极会侍候人的——她的住处连狗窝都不如。她在里面待的时间不多，她的日子是穿着铠甲在马上度过的。实际上，一旦将兵器披挂好，她就变成了另外一个人，头盔的眼眶里目光炯炯，浑身上下光彩逼人，崭新的锁子甲上密合无缝的块块甲片闪烁出耀眼的金光，串连甲片的是淡紫色的彩带，倘若有一根带子散脱，那可就不得了。她有着要做战场上最辉煌的人物的雄心，再添上女性的自负，她不断地向男性武士们挑战，表现出一种优越感，一股傲气。她认为无论在友军还是敌军中，武器保养得好和使用得妙就是心灵健全完美的体现。如果遇上她认为堪称勇士的人，她就会对其追求给予相当的回报，那时具有强烈爱欲的女性的本性就在她身上苏醒了；也就是说她把一套冷峻的想法抉消得一干二净，突然变成一个温柔而热烈的情人。可是，如果那男人顺势纠缠不休，过分放肆，举止失控的话，她就立刻变脸，重新寻找更坚强的男性。然而她能再找到谁呢？不论基督徒军还是敌军中的勇士里已经没有任何人能打动她的心，她领教过他们每一个的软弱和无聊。

当热切寻找她的朗巴尔多第一次目睹她的真实风采时，她正在自己帐篷前的空地上练习拉弓。她穿着一件短短的紧身衣，裸露的手臂撑着弓，面色由于使劲而微微泛红，头发挽在颈后，蓬蓬松松地系成像马尾似的一大束。但是朗巴尔多的目光并没有停下来如此仔细地端详，他只看见一个完整的女性，她本人，她的色彩，这只能是她，那个他几乎还未见过而又一心渴慕的人儿。他早就觉得，她不可能是别的模样。

箭从弓上射出，正好射中靶心，那里已经插着三支箭了。“我邀请你比试射箭！”朗巴尔多说着，向她跑过去。

青年总是这样追逐着少女。真是对她的爱情在推动着他吗？或许首先不是爱情本身，他是在追求只有女人才能给予的自我存在的确实感吧？青年一片痴情地跑过去，他既感到欢欣鼓舞，又觉得忐忑不安，抱定孤注一掷的决心。在他看来，女人就是眼前实实在在存在着的那一个。只有她才能给予他那种体验。而女人呢，她也想知道自己存在还是不存在。她就在他的面前，她也是心急如焚而又信心不足，为什么青年对此毫无察觉呢？两人之中谁是强者、谁是弱者又有什么要紧呢？他们是相同的。然而，青年不懂得这一点，因为他不想弄懂。他如饥似渴地需要的就是存在着的女人，实实在在的女人。而她懂得更多的东西，或者懂得更少一些；总之，她懂得另外的东西。现在她一心追求的是另一种生存方式。他们一起进行一场射箭比赛。她大声呵斥他，并不赏识他。他不明白她在捉弄他。四周是法兰克军队的帐篷，旌旗随风舞动，一行行战马贪婪地嚼食着草料。男仆们准备军人的饭食。等待午餐的武士们围成一圈儿，观看布拉达曼泰同小伙子一起射箭。

“你射中了靶，但纯系偶然。”

“偶然？我可是箭无虚发呀！”

“你就是百发百中，也是偶然！”

“那么怎样才不算是偶然呢？谁能够必然成功呢？”

阿季卢尔福慢条斯理地从营地边上走过，白色的铠甲之外披着一件长长的黑色披风。他在一旁踱步，明知有人在注意自己，却佯装不睬，自信应当摆出毫不在意的样子，相反心里却是很看重，只是以一种旁人难以理解的与众不同的方式表现罢了。

“骑士，你来让他看看该怎么做……”布拉达曼泰这时的声音里没有了平素轻蔑的腔调，态度也不那么傲气十足了。她朝阿季卢尔福走过去两步，呈上一张弦上搭箭的弓。

阿季卢尔福缓缓地走过来，接过弓箭，向后抖落披风，将两只脚一前一后呈直线摆好，举臂向前，他的动作不像肌肉和神经为瞄准靶子所做的运动，他发放出一股股力量，并将它们依次排列好，使箭头固定在一条通向目标的看不见的直线上，那么他只消拉弓就成，箭离弦，绝对无误，中的之矢。布拉达曼泰大声喝彩：“这才叫射箭！”

阿季卢尔福置若罔闻，两只铁手稳稳地握着那张还在颤动的弓，接着将弓扔到地上。他系上披风，两只手在胸甲前握成拳，抓住披风的衣襟，便走开了，他无话可说，什么也没说。

布拉达曼泰捡起弓，甩一下搭在背上的马尾式长发，张臂举起弓。“没有人，没有别的人能射得这样干脆利落吗？有人能够做得每个动作都像他那样准确无误吗？”她这样说话时，脚踢着地上的草皮，将弓在栅栏上砸断。阿季卢尔福径直远去，没有回头。他头盔上的彩色羽毛向前倾，好像他在弯着腰行走，拳头紧紧地握在胸前，抓着黑色的披风。

围观的武士中有些人坐在草地上幸灾乐祸地看着布拉达曼泰失去常态的情形：“自从她迷上了阿季卢尔福，可算倒了霉，日夜不得安宁……”

“什么？你说什么？”朗巴尔多脱口而出地问道，一把抓住说话人的一条胳膊。

“喂，少年郎，你心急火燎地追求我们的女骑士！她如今只爱那件里里外外都很干净的铠甲哩！你不知道她迷上了阿季卢尔福吗？”

“怎么可能是……阿季卢尔福……布拉达曼泰……是怎么回事？”

“当一个女人对所有实实在在的男人都失去兴趣之后，唯一给她留下希望的就只能是一个根本不存在的男人……”

怀疑与失望时时刻刻折磨着朗巴尔多，一定要找到穿白铠甲的骑士的愿望成了他难以遏制的心理冲动。假如现在找到他，他也不知道怎样对待他，是一如既往地征求他的建议，还是将他看作一个情敌。

“喂，金发美人儿，他躺上床，太轻飘飘没有分量了吧？”战友们大声训斥她。布拉达曼泰这一下摔得真惨，她的地位一落千丈，从前谁敢用这样的语调跟她说话呢？

“你说呀，”那些男人继续放肆下去，“如果你把他的衣服脱光，随后你能摸着什么呢？”他们冷嘲热讽地讥笑。

听到人们这样议论布拉达曼泰和骑士，朗巴尔多承受着双份的心痛，他明白自己与这个故事毫不相干，谁也没有把他看成是事情起因中的某一方。他不由得气恼，本来沮丧的心里爱怜与恼怒交织。

布拉达曼泰这时拿起一根鞭子，挥鞭驱散围观的人们，朗巴尔多也在其中：“你们认为我是一个可以让任何男人随意摆布的女人吗？”

那些人边跑边喊：“哎唷！哎唷！布拉达曼泰，你如果需要我们借给他什么东西，只消对我们说一声就行啊！”

朗巴尔多被人推搡着，跟着这群穷极无聊的大兵走散。从布拉达曼泰那里回来后，他心灰意懒，与阿季卢尔福见面也会使他感到难堪。他偶然在身旁发现了另一个青年，叫托里斯蒙多，是康沃尔公爵府的旁系子弟，吹着忧郁的口哨，眼帘低垂看着地面走路。朗巴尔多与这个他几乎还不认识的青年偶然走在一起，他感到需要向别人倾诉衷肠，便与他搭讪起来：“我初来乍到，不知为什么出乎我的意料，一切希望都落空了，永远不能实现，简直不可理解。”

托里斯蒙多没有抬起眼皮来，只是暂时停止了他那沉郁的口哨，说道：“一切都令人厌恶。”

“是呀，你看，”朗巴尔多回答，“我不算是一个悲观主义者，有时候我感到自己充满热情，也充满爱，我觉得能理解一切事情，然后我自问：我现在是否找到了认识事物的正确角度，在法兰克军队里打仗是否就是这么回事儿，这是否真是我梦寐以求的东西。然而，我对什么都不能肯定……”

“你要肯定什么？”托里斯蒙多打断他的话，“权力、等级、排场、名誉。它们都只不过是一道屏风。打仗用的盾牌与卫士们说的话都不是铁打的，是纸做的，你用一个指头就可以捅破。”

他们来到一个池塘边。青蛙呱呱地叫着在池塘边的石头上跳来跳去。托里斯蒙多转身面向营地站住，对着栅栏上插的旗帜做了一个砍倒的手势。

“但是，皇家军队，”朗巴尔多反驳，他想发泄苦闷的愿望被对方的绝对否定态度压灭了，此时他努力不失掉内心的平衡感，为自己的痛苦找到一个适当的位置，“皇家军队，必须承认，永远为捍卫基督教、反对异教的神圣事业而战。”

“既不存在捍卫，也不存在攻击，没有任何意义。”托里斯蒙多说，“战争打到底，谁也不会赢，或者说谁也不会输，我们将永远互相对峙，失去一方，另一方就变得毫无价值。我们和他们都已经忘记了为什么要打仗……你听见这些青蛙叫了吗？我们的一切所作所为与它们呱呱乱叫和从水里跳到岸上，从岸上跳到水里的举动有着相同的意义和性质……”

“我不认为是这样，”朗巴尔多说，“相反，对我来说，一切都太条理化，正规化……我看见人的力量、价值，却是那样的冷漠无情……有一个不存在的骑士，说实话，他使我感到恐惧……但是我钦佩他，他把任何事情都做得那样完善、扎实，似乎我理解了布拉达曼泰……”他脸红了，“阿季卢尔福当然是我们军队中最优秀的骑士……”

“呸！”

“为什么‘呸’呀？”

“他也是一副空架子，比其他的人更差劲。”

“你说‘空架子’，是指什么而言？他所做的一切，都干得扎扎实实。”

“全不是那么回事！都是假的……他不存在，他做的事情不存在，他说的话不存在，根本不存在，根本不存在……”

“那么，既然同别人相比他处于劣势，他为什么要在军队里找那样一份差使干呢？为了追求荣誉吗？”

托里斯蒙多沉默了一会儿，声音低沉地说：“在这里荣誉也是虚假的。一旦我愿意，我将把这一切全毁掉。连这脚下踩着的土地也不留下。”

“没有任何东西可以幸免吗？”

“也许有，但不在这里。”

“谁呢？在哪儿？”

“圣杯骑士。”

“他们在哪儿？”

“在苏格兰的森林里。”

“你见过他们？”

“没有。”

“你怎么知道他们的？”

“我知道。”

他们都不说话了。只听见青蛙在聒噪不休。朗巴尔多被恐惧感攫住，他真怕这蛙鸣淹没一切，将他也吞进那正在一张一合的绿油油、滑腻腻的蛙腮里去。他想起了布拉达曼泰，想起了她作战时高擎短剑的英姿，便忘记了刚才的恐慌。他等待着在她那双碧绿似水的眼睛面前奋战拼搏和完成英勇壮举的时机。

07

在修道院里，每个人都被指派了一项赎罪的苦行，作为求得灵魂永生的途径，摊到我头上的就是这份编写故事的差事，苦极了，苦极了。屋外，夏日的骄阳似火，只听得山下水响人欢，我的房间在楼上，从窗口可望见一个小河湾，年轻的农夫们忙着光身子游泳，更远一点的地方，在一丛柳树后面，姑娘们也褪去衣衫，下河游起来。一个小伙子从水底潜泳过去，这时正钻出水面偷看她们，姑娘们发觉了，大惊小怪地叫喊。我本来也可以在那边，同与我年纪相仿的青年们，同女佣和男仆们成群结伴，戏谑欢笑。可是我们的神圣的天职要求把尘世的短暂欢愉置于更永久的什么东西之后，更永久的东西……然后，还有这本书，还有我们的一切慈善活动，大家做这些事情时都怀着一颗冷如死灰的心，这颗心也还不是死灰一团……只是同河湾里那些打情骂俏的人相比黯然失色。那些男女之间的调笑挑逗像水面的涟漪一样不断地向四周扩展……绞尽脑汁写吧，整整一小时过去了，笔上饱蘸黑色的墨水，笔底却没有出现半点有生气的东西。生命在外面，在窗子之外，在你身外，你好像再也不能将自己隐藏于你所写的字里行间了，但是你无力打开一个新的世界，你无法跳出去。也许这样还好一些。假如你能愉快地写作，既不是由于上帝在你身上显示奇迹，也不是由于上帝降圣宠于你，而是罪孽、狂心、骄傲作怪。那么，我现在摆脱它们的纠缠了吗？没有，我并没有通过写作变成完人，我只是借此消磨掉了一些愁闷的青春。对我来说，这一页页不尽如人意的稿子将是什么？一本书，一次还愿，但它并不会超过你本人的价值。通过写作使灵魂得救，并非如此。你写呀，写呀，你的灵魂已经出窍了。

那么，您会说，我应当去找院长嬷嬷，请她给我换个活儿干。派我去打井水、纺麻线、剥豆子吗！不可能。我将继续写下去，尽可能地履行好一个文职修女的职责。现在我该描述卫士们的宴席了。

查理大帝违反明文规定的皇家规矩，当其他同席的就餐者尚未来到之时，他就提前入席了。他坐定之后，便开始遍尝面包、奶酪、橄榄、辣椒，总之，尝尽桌面上已摆好的所有东西。不仅吃遍尝尽，而且是用手抓取的。至高无上的权力往往使哪怕最能克己的君主也失去约束，变得骄纵任性。

卫士们三三两两地到来，他们穿着锦缎制成的、镶着花边的军礼服，没忘记将紧身的锁子甲显露出一部分，这种锁子甲的网眼又稀又大，是闲暇时穿的胸甲，像镜子一般锃亮，但只消用短剑挑一下，就会裂成碎片。起初是奥尔兰多坐在他那当皇帝的叔父的右边座位上，随后来了蒙多邦的里纳尔多、阿斯托尔福、巴约那的安焦利诺、诺曼底的利卡尔多和其他的人。

阿季卢尔福坐在餐桌的另一端，仍然穿着他那件一尘不染的铠甲。他没有食欲，没有一个盛食物的胃袋，没有一张供叉子送东西进去的嘴巴，没有一条可将勃艮第出产的美酒灌进去的喉咙，他坐在餐桌边来干什么呢？尽管如此，每逢这种长达数小时的盛宴，他必定出席，从不放弃机会——他善于充分利用这些时间履行他的职责。而且，他也同其他人一样有资格在皇帝的餐桌上占一席之地。他要占据这个位子，并以他在日常其他仪式中表现出的一丝不苟的态度来认真参加宴会。

菜肴是军队里常吃的那几样：填肉馅的火鸡、烤鹅肉串、焖牛肉、牛奶乳猪、鳗鱼、鲷鱼。不等侍者送上餐具，卫士们就扑上去，用手抓取，撕扯起来，弄得胸甲上油渍斑斑，沙司汁水四处飞溅。这情景比战场上还要混乱。汤碗打翻了，烤鸡起飞，当侍者刚要撤去某一盘菜时，就会有一个贪吃鬼赶上去把残余统统收罗进自己的盘里。

相反，在阿季卢尔福所在的那一角里，一切都进行得干净、从容、井然有序，但是，他这个不吃喝的人却比桌上的其他人需要侍者们更多的照顾。第一件事情——当时桌子上胡乱堆放着脏盘子，侍者们只顾上菜而来不及换盘子，人人都怎么方便就怎么吃起来，有的人甚至把饭菜放在桌布上——阿季卢尔福不断地要求侍者们在他面前更换餐巾和餐具：大盘子、小盘子、碗碟、各种形状和大小的杯子、叉子、汤匙、小匙和刀子，刀子不锋利的不行，他对器具的清洁很苛求，只要发现一只杯子或一件餐具上有一块地方不太光洁，就要求退回去。其次，他什么都吃，每样只取一丁点儿，但他是吃的，一道菜也不漏过。比如，他切下一小片烤野猪肉，放入一只盘子里，在一只碟子里放沙司，然后用一把刀子将那片肉切成许多细条儿，再将这些肉一条一条放入另一只盘子里用沙司汁拌和，一直拌到汁水浸透为止，拌好的肉条再放到一只新的盘子里。他每隔一会儿就要唤来一名侍者，吩咐端走刚用过的盘子，换上一只干净的。他在一道菜上就这样折腾了半小时的工夫。我们且不说他怎么吃鸡、雉、鸫了，那都要整小时整小时地对付。如果不送上他指定要的某种特别的刀子，他就不动手；为了从最后一根小骨头上剥离那残留的极细的一丝肉，他多次叫人换刀。他也喝酒，他不断地倒酒，把各种酒分装在他面前的许多高脚酒杯和小玻璃杯里，在银杯里将两种酒掺兑好，不时将杯子递给侍者，让他拿走并换上新杯子。他用掉大量的面包：他不断地将面包心搓成一些大小相同的小圆球，在桌布上排成整齐的队列；他把面包皮捏成碎渣，用面包渣堆起一些小小的金字塔。不到他玩腻时他不会叫仆役们用笤帚打扫桌布。扫完之后他又重新开始。

他做着这些事情的同时，不放过餐桌上的任何话题，总是及时地插话。

卫士们在宴席上说些什么呢？同平时一样，自吹自擂。

奥尔兰多说："我说呀，阿斯普洛山那一仗开头打得不好，就是在我与阿戈兰特国王短兵相接、将他击败并夺得他的杜林达纳宝剑之前。当我一刀砍断他的右臂时，他的手掌还死死地握在杜林达纳剑柄上，攥得那样紧，我只得用钳子把它扳下来。"

阿季卢尔福说："我不想伤你的面子，但是准确的说法应该是，在阿斯普洛山战役之后第五天举行的停战谈判会上，敌人交出了杜林达纳宝剑。它被列入根据停战协议敌方应当交出的轻便武器的清单之中。"

里纳尔多说："无论如何不能与富斯贝尔塔之战相提并论。翻越比利牛斯山时，我遇上了那条龙，我将它一刀斩成两段。你们知道，龙皮比金刚石还硬啊。"

阿季卢尔福插嘴："这样吧，我们把事情的顺序理清楚。经过比利牛斯山的时候是四月份，谁都知道，在四月份龙蜕皮，变得像新生婴儿那么柔软细嫩。”

卫士们说：“可是，是那一天还是另外一天，不是在那里就是在另一个地方，总之，有过这么一回事儿，不要在鸡蛋里挑骨头嘛……”

他们很厌烦。那个阿季卢尔福总是把什么都记得清清楚楚，对于每一件事情他都能说得有根有据，当一桩业绩已经名扬天下，被所有的人接受，连没有亲眼见过的人也能从头至尾原原本本地讲清楚时，他却要把它简化成一件普通的例行公事，就像上交团指挥部的每日简报上所写的东西那样枯燥无味。从古至今，在战争中发生的真事与后来人们的传说之间总是存在一定的差距，而在军人的一生之中，某些事情发生过与否是无关紧要的。有你的人品在，有你的力量在，有你的一贯作为在，可以保证如果事情的点点滴滴不完全是这样，但是同样能够做到是这样，也可能有一次与之相似的经历。而像阿季卢尔福这样的人，不论事情的虚实如何，他本人没有任何可以为自己的行为担保的东西，他所做的事情存在于每天的记录之中，存在于档案里，而他自己是一个无物的空洞，是可怖的一团漆黑。他想使同事们也变成这样，把他们的吹嘘像海绵里的水一样挤干。他们是讲故事的能手，他们替过去做出种种设计，而从不设想现在应当如何，他们替这个人、那个人编造传奇之后，总会找到自己想扮演的角色。

有时候有人会请查理大帝做证人。但是皇帝参加过无数次战争，总是将许多战争互相混淆，他甚至记不清目前正在打的是一场什么仗。他的使命就是打仗，打仗比思考、比战后发生的事情都重要。仗打完就过去了，至于人们的传说，历史学家和说书人自然知道应当去伪存真。如果皇帝应当跟在人们的屁股后面去进行修正，岂不太麻烦。只有发生了一些影响到军队建制、晋级、封爵和赐地的纠纷的时候，皇帝才应当说出自己的主张。他的意见只是说说而已，大家明白，查理大帝的个人意志无足轻重。必须考虑调查结果，依靠已掌握的证据下判断，并使之符合法律和习俗。因此，当有人向他质疑时，他就耸耸肩膀，泛泛而论，有时候他想摆脱某人，就说："可不！谁知道哩！战时误传多得很呀。"说罢一走了事。

阿季卢尔福的手不停地搓面包心，嘴不断地将别人提到的事件一一否定掉，虽然有些人说法欠准确，但这些都是法兰克军队引以为荣的事情。查理大帝真想给这名圭尔迪韦尔尼家的骑士派份苦差事干，可是有人告诉皇上，最繁重的活却是骑士渴望得到的尽忠尽职的考验，因而他不会觉得是吃苦头。

"我不明白你为什么把事情的细枝末节看得很重，阿季卢尔福，"乌利维耶里说，"我们的事业在老百姓的流传中总是被夸大一些，这是真心实意的称颂，我们荣获的爵位和军衔都是以此为依据的。"

“我的可不是这样！”阿季卢尔福反驳道，“我的军阶和爵位都是凭战功获得的，我立下的功勋均经过严格核实，并有无懈可击的文字材料证明！”

“有折扣吧！”一个声音在说。

“谁这么说，请讲明理由！”阿季卢尔福说着嗖的一下站起身来。

“冷静一点，别激动。”旁边的人对他说，“你总是非议别人的事情，你不能禁止别人挑剔你的事情……”

“我不得罪任何人，我只是就事论事，只是想弄清楚事情发生的时间、地点，而且证据确凿！”

“刚才是我说的。我也想说得更具体一些。”一名年轻的武士站起来，只见他脸色苍白。

“托里斯蒙多，我倒要看看你在我的履历中挑到什么可以否定的东西了。”阿季卢尔福向青年说道。那位正是托里斯蒙多·迪·康沃尔。“比方说，也许你想否定我获得骑士称号的原因，确切地说，那是因为十五年前，我救了苏格兰国王的女儿，处女索弗罗妮亚，使她免遭两名土匪的奸污。对吗？”

“不对，我否定这件事。十五年前，苏格兰国王的女儿索弗罗妮亚并非处女。”一阵喊喊喳喳的议论声沿餐桌的四边响起。“当时实行的骑士制度的法典规定，救一名贵族少女脱险并使其贞操得以保全者，立即授予骑士称号；而救出一名已非处女的贵妇人使其免遭强奸者，只给予一次提名表扬和三个月双饷。”

“你怎么能这样认为？这不仅是对我的骑士尊严的一次侮辱，而且是对我剑下保护的一名贵妇人的侮辱。”

“我坚持己见。”

“证据何在？”

“索弗罗妮亚是我的母亲！”

大呼小叫的惊叹声从在座的卫士们嘴里迸发出来。那么托里斯蒙多这个小伙子不是康沃尔公爵家的儿子？

“不错，我是二十年前由索弗罗妮亚生的，当时她十三岁。”托里斯蒙多解释，“这是苏格兰王室的徽章。”他从胸前掏出一枚用金链子挂着的印章。

查理大帝在此之前一直将脸和胡须伏在一盘河虾之上，他觉得抬头的时机到了。“年轻的骑士，”他说话了，从声音里透露出至高无上的帝王的威严，“您知道您的话的严重性吗？”

“完全知道，”托里斯蒙多说，“这对我本人比其他人更为重要。”

四周悄然无声。托里斯蒙多否认他的康沃尔公爵府的血统，他正是作为该家族的子弟，取得了骑士封号。声称自己是一个非婚私生子，虽然出自一名皇家公主，他也将被驱逐出军队。

但是，对于阿季卢尔福来说，不啻是抛出了最大的一笔赌注。在路遇险遭匪徒伤害的索弗罗妮亚并拔刀相助、保护了她的贞洁之前，他是一名身穿甲胄的武艺人，四处漂泊，既无姓名也无封号。还是当一副里面没有武士的空的白铠甲更好（他早就明白了这一点）。他因为护卫索弗罗妮亚立功而取得了当骑士的资格。那时上塞林皮亚骑士的位置空缺，他便得到这个封号。他的参军和后来的一切身份、军衔、称号都是继这个偶然事件之后产生的。倘若证明他所救的索弗罗妮亚不是处女，他的骑士身份也将烟消云散，他后来的一切作为都将被否定，将统统失效，一切称号、爵位都将被废止。因而他的任何职权就将同他本人一样不复存在了。

“我的母亲怀上我的时候，还是一个小女孩，”托里斯蒙多述说，“由于惧怕父母得知此事后生气，她逃出苏格兰王宫的城堡，在高原上流浪。她在荒野里生下我，抱着我在英格兰的田野上和森林中漂泊无定，直到我五岁那年。这些早年记忆中的生活是我一生之中最美好的日子，它被外来的干扰打断了。我记得那一天，母亲让我看守我们居住的山洞，而她像平时一样出去偷庄园里的水果。她在路上遇见两名土匪，他们想奸污她。也许他们之间可能产生友谊：我的母亲时常抱怨她的孤独。但是，这副寻求发迹的空铠甲到来，击退了匪徒。我母亲的王室出身被认出，他将她置于自己的保护之下，把她送进附近的一座城堡里，那就是康沃尔的城堡，把她托付给公爵家。我母亲在适当时机向公爵说出了她被迫遗弃的儿子住在何处。我被举着火把的仆人们找到并被带进城堡。为了顾全与康沃尔家族有着亲戚关系的苏格兰王室的名誉，我被公爵和公爵夫人收养并立为子嗣。像一切贵族子弟的命运一样，我的生活受到许多强行限制，变得烦闷而沉重。他们不允许我再见我的母亲，她在一座遥远的修道院里隐修。假象一直如同一座大山压在我的身上，扭曲了我的生命的自然进程。现在我终于说出了真情。我觉得，无论产生什么后果，也将强似我目前的处境。”

此时甜食端上了桌面，是一种西班牙式的彩色分层面包。但是人们都被这一连串意想不到的事情所惊骇，没有一个人举叉去触动点心，没有一张嘴开口说话。

“您呢，关于这个故事您有什么要说的吗?”查理大帝问阿季卢尔福。在座者都听出他没有称之为骑士。

“纯属谣言。索弗罗妮亚是少女。她是我寄托姓氏和名誉的纯洁的鲜花。”

“您能证明吗?”

“我将寻找索弗罗妮亚。”

“您想在十五年之后找到的她能同从前一样吗?”阿斯托尔福不怀好意地说道，“我们的铁打的铠甲也穿不了这么久哇。”

“我将她托付给那虔诚的一家人后，她立即戴上了修女的面纱。”

“在十五年之内，世事沉浮，基督教修道院屡遭抢劫，人员失散流亡，没有哪一处能够幸免于难，修女们还俗和再修道的机会至少有四五成之多……”

“无论如何，破贞操必有施暴者。我要找到他，让他来证实在哪一天之前索弗罗妮亚可以被认为是处女。”

“如果您愿意，我允许您立即出发，”皇帝说道，“朕料想您此刻心中定是除了被否定的姓名和佩带武器的权利之外别无他虑了。假如这个青年说的是真话，我就不能留您在军队中服务，而且在任何事情上都不能再考虑您，即便是您负债，连欠款也不能再向您要了。”查理大帝情不自禁地在话里表现出明显的扬扬自得的情绪，好像在说：“你们看，我们这不是找到了摆脱这个讨厌家伙的办法了吗？”

白色铠甲这时走上前来，一时显得比任何时候都更加空虚。他发出的声音小得刚刚能让人听见：“是，陛下，我马上就走。”

“您呢？”查理大帝转脸向托里斯蒙多，“说明自己是非婚生之后，您就不能再领受原来由于出身而授予您的爵位了。您考虑过吗？您至少知道谁是您的父亲吧？您希望他承认您吗？”

“我永远不会被他承认……”

“话不能这么说呀。每个人，年纪大了之后，就想将一生的欠债还清。我也承认了情妇们生的所有的孩子，他们为数不少，当然其中有的也可能并不是我的。”

“我的父亲不是一个人。”

“谁也不是吗？是撒旦？”

“不，陛下。”托里斯蒙多平静地说。

“那么，他是谁？”

托里斯蒙多走到大厅的中心处，单膝跪地，抬头望天，说道：“是神圣的圣杯骑士团[1]。”

餐桌上掠过一阵低语。有的卫士在胸前画十字。

“我的母亲曾经是一个大胆的女孩。”托里斯蒙多解释，“她经常跑进城堡周围的森林深处。一天，在密林中，她遇见了圣杯骑士们，他们弃绝尘世，在那里风餐露宿，以磨砺精神。女孩子开始同这些武士交往。从那天以后，只要躲过家里人的监视，她就到他们的营地去，然而，这种少男少女之间往来的时间不久，她就怀孕了。”

查理大帝沉思片刻，然后说：“保卫圣杯的骑士人人都许过禁欲的誓愿，他们之中谁也不能认你为子。”

“我也不想这样，”托里斯蒙多说，“我的母亲从来没有对我特别地谈过某个骑士，而是教育我要像对父亲一样来尊敬整个圣团。”

“那么，”查理大帝插话，“骑士团作为一个整体与这类誓愿没有关系，因此没有什么戒律可以禁止圣团承认自己是某个人的父亲。如果你能到圣杯骑士们那里去，让他们集体承认你是

1　传说中护卫装有基督之血的圣杯的宗教武装。

圣团的儿子，你在军队中享有的一切权利，由于圣团的特权，将无异于你做一个贵族公子时所享有过的那些。”

“我一定前往。”托里斯蒙多说。

在法兰克军营里，当天晚上成了离别之夜。阿季卢尔福仔细地准备好自己的武器和马匹，马夫古尔杜鲁胡乱地往行囊里塞进马刷、被褥、锅碗，将东西捆成很大的一包，行走时妨碍他看路。他走在主人的后头，他的坐骑一边跑一边往下掉东西。

除了一些穷苦的仆役、小马倌和铁匠之外，没有卫士来为阿季卢尔福送行，倒是他们不那么势利眼，他们知道这是一名最令人讨厌的军官，却也是比其他人更加不幸的人。卫士们借口说没有告诉他们启程的时间，便都不露面；也可以说不是借口，阿季卢尔福从走出宴会之后就没有再同任何人说过话。没有人议论他的离去。他的职务被分担，没有留下任何空缺，仿佛出于共同的默契，对于不存在的骑士的离去大家保持沉默。

唯一表现出激动不已，甚至心烦意乱的是布拉达曼泰。她跑回自己的帐篷。“快！”她唤来管家、洗碗女工、女仆，“快！”她抛甩衣服、胸甲、武器和马具，“快！”她这样扔与平日脱衣服或发脾气时不同，而是为了整理，她要清理所有的物品，离开这里。“你们替我把所有的东西打点停当，我要离开，离开，我不要在这里多留一分钟，他走了，唯有他使铠甲具有意义，唯有他才能使我的生活和我的战斗有意义，如今只剩下一群包括我在内的酒鬼和暴徒，生活成了在床铺与酒柜之间打滚，只有他懂得神秘的几何学、秩序、因果规律！”她一边这么说着一边一件件地穿上作战的铠甲、淡紫色的披风。她很快就全副披挂地坐在马鞍上了，除了只有真正的女人才具有的那种刚强的高傲，她俨然一副男子气概。她扬鞭催马，疾驰而去，踩倒了栅栏，踏断了帐篷的绳索，踢翻了兵器架子，很快消失在一片飞扬的尘土之中。

只有那团卷起的尘土看见朗巴尔多在徒步追赶她，并且向她大声呼唤：“布拉达曼泰，你去哪里，我为你而来到这里，你却离我而去！”他用恋人特有的气恼执拗地呼喊。他想说：“我在这里，年轻而多情，她为什么不喜欢我的感情，这个不理睬我、不爱我的人需要什么？难道她所需要的会比我觉得能够和应当奉献给她的还要多吗？”他在激愤之中丧失理智，从某种程度上说，他爱她也就是爱自己，爱自己就是爱她，爱他们两人可能一起拥有而现在没有的那一切。他怒火中烧，奔回自己的帐篷，准备好马匹、武器、背囊，他也出发了，因为只有在矛头交错之中看得见一副女人的芳唇的地方，他才能打好仗，一切东西，伤口、征尘、战马的鼻息，都没有那个微笑具有的芬芳。

托里斯蒙多也在这个晚上动身，他是满怀忧伤，也是满怀希望。他要重新找到那片森林，找回童年时代：潮湿幽暗的森林，母亲，山洞里的日月，密林深处父亲们的淳朴的兄弟会，他们全副武装，通身雪白，守在秘密营地的篝火旁，静默无语。在森林的最茂密处，低矮的树枝几乎碰到头盔，肥沃的土地上生着从未见过阳光的蘑菇。

查理大帝得知他们突然离去的消息之后，腿脚不太灵活地从餐桌边站起身来，向行营走去，他想起了当年阿斯托尔福、里纳尔多、圭多、塞尔瓦焦、奥尔兰多去远征，后来被诗人们编成骑士叙事体诗歌，而现在没有办法调遣那些老将了，除非有紧急军务。“远走高飞创大业，都是年轻人的事情。”查理大帝感叹。他以实干家的习惯在想，走动总归是一件好事情，然而这想法中已经带有老人既失去了以往的旧东西又无法享受未来的新东西的辛酸意味了。

08

夜晚到来，书，我开始写得更加顺畅起来。从河边传来的只有瀑布跌落的轰隆声，窗外蝙蝠无声地飞来飞去，有狗在叫，干草包里窸窣作响。也许院长嬷嬷替我选定的这项苦行还不算坏：我时常感到笔好像自动地疾行纸上，而我跟在它后面跑。我们跑向真实，笔和我从一张白纸开头就一直期待着与真实相遇，只有当我提笔之后能够将懒惰、牢骚、对被幽禁在此受苦的怨恨通通埋葬掉的时候，我才能进入真实的境界。

然后，只要有一只老鼠的跑动声（修道院的阁楼是它们的天下），只要一阵风突然吹动窗棂（每每令我分心，急忙去打开窗子），只要遇上这个故事中一段插曲的结尾和另一段开头或者仅仅是一行的起头，笔就会重新变得沉重如铅，向真实的行进变得步子不稳了。

现在我应当描述阿季卢尔福和他的马夫旅途中的所经之地了，必须在这一页纸上将它们都写进来。尘土飞扬的大道、河流、桥梁，阿季卢尔福来了，骑着他的那匹马轻快地走上桥，“笃——笃——笃”蹄声清脆，大概由于骑士没有躯体，马行千里而不觉乏，而主人是永不知疲倦的。现在，桥面上传出沉重的马蹄声响，砰砰砰！是古尔杜鲁搂着马脖子往前走，两个脑袋靠得那么近，不知是马用马夫的脑袋想事还是马夫用马的脑袋思考。我在纸上画出一条直线，每隔一段拐个弯，这是阿季卢尔福走过的路线。另一条歪歪斜斜、纵横交叉的线是古尔杜鲁走过的路。每当他看见一只蝴蝶飞舞，就立即骑马追逐，他以为自己不是骑在马身上而是坐在蝴蝶背上了，于是离开道路，在草地上乱窜。与此同时，阿季卢尔福在向前走，笔直地继续走他的路。古尔杜鲁的路线与一些看不见的捷径（或许是马自个儿选择了条条小路走，因为马夫不给它指引道路）联结起来，转了许多圈之后，这个流浪者又回到走在大路上的主人身边。

在这河岸边我画一座磨房。阿季卢尔福停下来问路。磨房女主人礼貌周全地回答他，并给他端上酒和面包，可是他谢绝了，只接受了喂马的草料。一路上风尘扑面，骄阳灼人；好心的磨房工人们很惊奇这名骑士竟然不渴。

当他重新上路时，古尔杜鲁到了，马蹄声震响，好像有一团人马来临：“你们看见主人了吗？”

“谁是你的主人呀？”

“一名骑士……不对，一匹马？……”

“你伺候一匹马……”

“不……是我的马伺候一匹马……”

“骑那匹马的是什么人呢？”

“呃……不知道。”

“谁骑在你的马上？”

“唉！你们去问他好啦！”

“你也不要吃不要喝吗？”

“要的！要的！吃！喝！”他狼吞虎咽起来。

我现在画的是一座被高墙围起来的城市。阿季卢尔福应当穿过这座城。守城门的卫兵们要求他露出面容。他们奉上司之命，不能放任何蒙面人过关，因为在郊外有一个打家劫舍的凶恶强盗。阿季卢尔福拒绝，同卫兵们兵戎相见，强行通过，然后迅速离开。

我正在画的是城外的一片树林。阿季卢尔福在林子的前后左右搜寻，直到捉住那个强盗。他缴下强盗的凶器，用链子铐住他，押到那些不肯放他过路的无能的卫兵面前：“我把这个吓得你们要死的人替你们捉来了！”

“啊，感谢你，白甲骑士！可是请你说出你的姓名，还有为什么紧盖着头盔上的面罩。”

“我的名字在我的旅途的终点。”阿季卢尔福说完就跑开了。

在这城里，有人说他是一位大天使，有人说他是炼狱里的幽灵。

“他的马跑起来很轻快，”有一个人说，“好像马背上没有人一样。”

在树林的尽头，有另外一条道路经过这里，也与城市相通。这就是布拉达曼泰走过的路。她对城里的人们说：“我找一个穿白色铠甲的骑士。我知道他在这里。”

“不，不在了。”人们回答她。

“既然是不存在，那正是他。”

“那么你去他在的地方找他吧。他从这里跑开了。”

“你们当真看见他了？一件白色铠甲，里面好像是一个男人……”

“他不是一个男人是什么？”

“一个超过任何其他男子汉的人！”

“我觉得你们搞恶作剧。”一个老人说，“你也在捉弄人，娇声细气的骑士呀！”

布拉达曼泰策马离开。

不久之后，在这城市的广场上，朗巴尔多勒住马头：“你们看见一个骑士走过吗？”

“哪一个呀？两个走过去了，你是第三个。”

“那个跟在另一个后头的。”

“有个真的不是男人吗？”

“第二个是女人。”

“第一个呢？”

“什么也不是。”

“你呢？”

“我？我……是一个男人。”

“上帝万岁！”

阿季卢尔福骑着马在前面走，古尔杜鲁在后面相随。路上跑来一个年轻的女子，头发散乱，衣衫撕破，双膝跪倒在他们面前。阿季卢尔福停住马。“救命呀，高贵的骑士，”她哀哀求告，“在五百步之外有群恶熊围困住我的女主人的城堡，她是高贵的寡妇普丽希拉。在城堡里住的只是几个柔弱无力的妇女。谁都进不去也出不来了。我是让人用绳子从城墙的垛口里吊下来的，上帝显灵，让我从那些猛兽的爪子下逃出来了。骑士呀，请快来解救我们吧。”

“我的宝剑随时替寡妇和弱小者效劳。”阿季卢尔福说，“古尔杜鲁，你把这年轻女子扶上马，让她带领我们去她的女主人家的城堡。”

他们沿着一条山间小路走去。马夫走在前头，但他根本不看路，被他用双手搂住的年轻女子的胸脯上尽是衣衫碎片，露出粉红的肌肤，古尔杜鲁为之心荡神驰。

那女子掉头去看阿季卢尔福。“你的主人举止多么高贵！”她说道。

“唔，唔。”古尔杜鲁答应着，将一只手伸进那温暖的胸脯里。

“他的言语和举动都是这样稳重而高贵……”那女子说着，用眼睛不停地打量阿季卢尔福。

“唔。”古尔杜鲁用两只手动起来，把缰绳套到了手腕上，他弄不明白一个人怎么能同时生得这么结实而又这么柔软。

“他的声音，”她说，“清脆，像金属一样……”

从古尔杜鲁的嘴里只是发出一些含糊的哼哼唧唧的声音，因为他把嘴也伸进了女人的脖颈与肩胛里，陶醉于温馨之中。

“真不知道我的女主人被他解救之后将是多么幸运……啊，我真嫉妒她……你可说话呀。我们走偏了路啦！怎么啦，马夫，你的魂儿飞走了？”

在小路的一个拐弯处，一名隐士伸出乞食的碗。阿季卢尔福每遇乞丐总是固定不变地给三个小钱，他停住马，从钱袋里掏钱。

“谢谢您，骑士。”隐士说着将钱袋装进衣兜里，并做手势要他弯下腰，以便凑近他的耳朵说话，“作为对您的报答，我这就告诉您：小心寡妇普丽希拉！那些狗熊是一个花招，是她自己豢养的，为的是引诱从大路上经过的最勇敢的骑士们去解救，把他们招引进城堡，去满足她那永不餍足的淫欲。”

“事情定如您之所言，兄弟。”阿季卢尔福回答，“但是，身为一名骑士，我不理睬一个妇女眼泪汪汪的求救是不礼貌的。”

“您不害怕那纵欲的邪火吗？”

阿季卢尔福有些语塞：“但是，先看看吧……”

“您知道一名骑士在这城堡里住一夜之后会变成什么模样吗？”

“什么？”

“就像您面前的我。我也曾经是骑士，我也曾经从狗熊的围困中救出普丽希拉，而现在我落得这样的下场。”真可怜，他骨瘦如柴。

“我将珍惜您的经验，兄弟，但是我会经受住考验。”阿季卢尔福扬鞭向前行，赶上了古尔杜鲁和那个女仆。

“我真不明白这些隐士总是嚼什么舌头，”那个姑娘对骑士说，“无论在哪种教徒和不信教的人当中都没有这么多的闲言碎语和造谣中伤。”

“这附近有很多隐士吗？”

“挤满了。不断有新的来。”

“我不会变成他们那样。”阿季卢尔福说道，“我们快走吧。”

“我害怕听见熊吼叫，”女仆尖声叫道，“我害怕！你们让我下去。躲在这篱笆后面吧。”

阿季卢尔福冲进那块矗立着城堡的平地。四周全是黑压压的狗熊。它们看见马和骑士就龇牙咧嘴，一层一层地聚拢过来，挡住去路。阿季卢尔福抡起长矛就刺。有的熊被刺死，有的被击昏，有的被扎伤。古尔杜鲁骑着马赶来用梭镖助战。在十分钟之内，那些还没有像许多块地毯一般躺倒的熊就退入树林深处，躲藏起来。

城堡的大门敞开了。“高贵的骑士，我的款待能报偿我欠您的恩情吗？”普丽希拉被一群妇人和女仆们簇拥着出现在门口。(其中有带领他们至此的那个年轻女子，身上穿的不再是原来那套破烂衣服，而是一件干净、漂亮的罩衫，不知她如何早已进了家门。)

阿季卢尔福由古尔杜鲁跟随着进入城堡。寡妇普丽希拉生得既不高大也不丰腴，但是浓妆艳抹，不宽的胸脯袒露得相当多，黑眼睛熠熠发亮，总的说来，是一个略有几分姿色的妇人。她站在那里，面对着阿季卢尔福的白色铠甲，喜形于色。骑士做出矜持的姿态，但他是胆怯的。

“圭尔迪韦尔尼家族的阿季卢尔福·埃莫·贝尔特朗迪诺骑士，”普丽希拉说，“我已经知道了您的姓名，我很清楚您是什么人和不是什么人。”

听了这两句话，他仿佛摆脱了拘束，不再怯生生的了，表现出足够的风度。他不仅仅躬身施礼，并且单膝下跪，说道："您的仆人。"然后倏地站起身来。

"我多次听人谈论过您，"普丽希拉说，"我早就盼望见到您。是什么奇迹把您引到这条偏僻的道路上来啦？"

"我在旅行，为的是赶在为时太晚之前，"阿季卢尔福说，"查证十五年前一个少女的童贞。"

"我从未听说过骑士事业有一个如此缥缈难寻的目标。"普丽希拉说道，"可是既然十五年都过去了，我不妨冒昧再耽误您一夜，请您留在我的城堡里做客。"她走过来与他并肩而立。

其余的女人一直用眼睛盯住他看个没完没了，直到他同城堡女主人一起走进客厅。于是她们转向古尔杜鲁。

"哟，马夫长得多么壮实！"她们拍手称赞。他像一个傻子一样站在那里，直往身上挠痒。"可惜他身上有跳蚤，臭味儿太重！"她们议论，"来，快来，我们替他洗一洗！"随即把他带到她们的住处，将他身上的衣服剥光。

普丽希拉把阿季卢尔福引至一张为两人就餐而准备好的桌前。"我知道您一向节制克己，骑士，"她对他说，"但是如果不邀请您坐到饭桌前来的话，我就不知道如何开始招待您了。当然，"她又狡黠地添上一句，"我向您表示感谢的方式不仅止于此。"

阿季卢尔福道谢，在女主人的对面坐下，用手指搓捻起面包渣来，一声不吭地坐了一会儿，然后清清嗓子，开始东拉西扯地聊起来。

“夫人，一个游侠骑士命中注定要碰上的机遇，真是奇怪而美妙。它们可以分为各种类型。首先……”他就这样说开了，态度和蔼亲切，语言条理清晰，显得见多识广，有时说着说着就露出讨人嫌的烦琐的老毛病，但是他立即用转换话题的方式自觉地纠正，他在严肃的谈论中插进幽默的语句和总是善意的玩笑，对于涉及的人和事给予既不过分褒奖也不过分贬抑的评价，总是给交谈的对方留下发表见解的余地，主动为她提供发言的机会，用客气的提问来鼓励她说话。

“您是多么有趣的谈话对手。”普丽希拉说，她感到很惬意。

就像他开始说话那样突然，阿季卢尔福一下子陷入了沉默。

“是开始演唱的时候了。”普丽希拉说着就击掌。几个女琴师抱着诗琴走进厅里。其中一个唱起一支名叫《喜鹊将采玫瑰花》的歌；后来又唱了另一支《茉莉花，请使美丽的枕头变得更漂亮》。

阿季卢尔福说了一些夸奖音乐与歌喉的话。

一队少女进来献舞。她们身穿轻柔的长裙，头戴花环。阿季卢尔福伴随着舞蹈动作，用他的铁手套在桌面上敲打着节拍。

陪伴寡妇的妇女们住在城堡的另一侧，在那里人们蹦跳得更加热闹。年轻的女人们半裸着身体玩球，并让古尔杜鲁也参加她们的游戏。马夫也穿一件女人们借给他的紧身长衫，他不站在自己的位置上等别人传球给他，而是在女人的后面追赶，竭力将球抢到手。他将身体重重地朝这个或那个女人身上扑过去，在这种扭打厮混中他常常被一种别的欲念主宰，竟搂着女人往房间四周排放着的一些柔软的床上去滚动。

“啊，你干什么？不行，不行，蠢驴！哎呀，你们看他在对我干什么，不行，我要玩球；哟！哟！哟！”

古尔杜鲁什么话也听不进去了。在她们给他洗温水澡时，香气、雪白与粉红的肌肤已令他神魂颠倒了，现在他唯一的欲念就是要使自己融化进那一片芬芳之中。

“哟，哟，又来这儿，我的妈呀，你听我说，哎唷……”

其他的人好像什么事也没有发生似的玩着球，嬉笑歌唱：“飞呀，飞呀，月亮向上飞……”

被古尔杜鲁拖走的那个女人，在一阵长久的喊叫之后，脸色略显慌张，微微喘息着回到同伴之中，笑着，拍手叫道：“来，来，给我！”重新加入游戏中。

没过多久，古尔杜鲁又把另一个女人揽在怀里。“放开，笨蛋，真讨厌，太性急，不行，你把我弄痛了……”她顺从了。

另一些妇人和少女没有参加游戏，坐在长凳上闲聊。“……因为菲洛梅娜嫉妒克拉拉，你们知道的，可是……”有人觉得腰被古尔杜鲁揽住了，“哟，真吓人！……可是，我说过的，维利吉尔莫认为他同埃乌菲米亚……你把我带到哪儿去呀……?”古尔杜鲁把她扛在肩上。“……你们听明白了吗? 那个蠢女人这时还像平素那样吃醋……”那女人趴在古尔杜鲁的背上，喋喋不休地饶舌，还不停地指手画脚，后来被背走了。

不久之后，她回来了，蓬头散发，一条背带被扯断了，又坐回原地，没完没了地说开了:“我告诉你们，真是这样，菲洛梅娜同克拉拉大闹一场，而那男人却……”

这时，舞女和琴师退出餐厅，阿季卢尔福给城堡女主人开列了一长串查理大帝的乐师们最常演奏的乐曲的名称。

“天黑了。”普丽希拉朝窗外望去。

“黑夜，夜深了。”阿季卢尔福附和道。

“我给您预备的房间……”

“谢谢。您听听花园里夜莺的叫声。”

“我给您预备的房间……是我的那间……”

“您待客真是殷勤周到……夜莺在那棵橡树上鸣唱。我们走到窗边听听。”

他起身，将一只铁臂膀搭在她的肩上，走向窗台，夜莺的歌声使他记起一系列有关的诗句和神话。

但是普丽希拉很干脆地打断他:“总之，夜莺是为爱情而歌唱，而我们……”

“啊！爱情！”阿季卢尔福猛然提高声音感叹起来，那腔调过于生硬，把普丽希拉吓一跳。而他，又从头开始侃侃而谈，发表起关于爱情的长篇演说，普丽希拉激动得瘫软如泥，依靠在他的手臂上，把他推进了一个房间，里面醒目地摆着一张挂有帐幔的大床。“古人们，由于把爱情视为一位神明……”阿季卢尔福仍然滔滔不绝地说着。

普丽希拉用钥匙在锁孔里转了两圈，把门锁好，朝他凑过身来，将头埋在他的胸甲上说道：“我有点冷，壁炉的火熄了……”

“古人们的看法，”阿季卢尔福说道，“关于究竟在冷的房间里还是在热的房间里做爱更好，是有过争论的，但多数人认为……”

“噢，您关于爱情无所不知……”普丽希拉喃喃低语。

“多数人的看法，虽然排除热的环境，却赞成适度的自然的温暖……”

“我应当叫女仆们生火吗？”

“我自己来生。”他审视壁炉里堆着的木柴，夸奖这块或那块没有燃尽的木头，列举出各种在室外或在背风处点火的方法，普丽希拉的一声叹息打断了他的议论。正如他所打算的那样，这些新的话题正起着分散和平息她那已经急不可耐的情欲的作用。他赶紧又扯到关于用火来代表、比喻和暗示热烈的感情之上去。

普丽希拉现在微笑了，双目微合，将手伸向开始噼噼啪啪燃烧起来的炉火上，说道：“这么暖和……在毯子里享受这温暖该是多么甜蜜，躺着……”

提起床铺，又促使阿季卢尔福谈出一套新的见解。他认为，法兰克的女佣不懂得铺床的深奥艺术，在最高贵的宫殿里也只能睡上垫得很不舒服的床铺。

“啊，您告诉我，我的床铺也是……？”寡妇问。

“您的床肯定是一张皇后的床，超过王国领土上的任何其他的床。但是，请允许我这么说，我的愿望是看见您只是为配得上您的十全十美的东西所环绕，这使我对这条褶皱深感不安……”

“啊，这条褶皱！”普丽希拉惊叫，她也已经为阿季卢尔福告诉她的那种完美而担忧了。

他们一层一层地掀开床垫，寻找和抱怨一些小小的凹凸不平、褶子太紧或太松之处，这种挑剔有时变成了一种如针刺般的痛心，有时又让他们扬扬得意、飘飘然起来。

阿季卢尔福将床上的东西从床单到床垫全部翻倒之后，开始按顺序重新整理。这成了一件极其精细的活儿：不能随便放置任何东西，干活时必须小心翼翼。他一边做一边解释给寡妇听。但是，不时会出现一点什么他不满意的东西，那么他又从头干起。

从城堡的另一侧响起一声叫喊，甚至是怒吼或怪叫，令人难以忍受。

“出了什么事情啦？”普丽希拉惊惶不安。

“没什么，这是我的马夫的声音。”他回答。

在这怪叫声中还夹杂着另一些更尖厉的声音，好像尖细的喘息飞上了星空。

“现在这是些什么？”阿季卢尔福问。

“嗯，是姑娘们，”普丽希拉说，“她们闹着玩……当然啦，青春年少嘛。”

他们继续铺床，时时听见夜空中传来的喧闹声。

“古尔杜鲁在叫嚷……”

“这些女人叫得真凶……”

“夜莺……”

“蟋蟀……”

床已铺好，没有丝毫不妥之处。阿季卢尔福转身面向寡妇，只见她一丝不挂。衣服已悄然褪落到地面上了。

“谨向裸体贵妇建议，”阿季卢尔福直截了当地说，“作为情绪最激动的表现，拥抱一个穿着铠甲的武士。”

“好样的，你倒来教我！”普丽希拉说，“我可不是昨日刚出生的！”她说着，跃身向上，攀住阿季卢尔福，用腿和臂紧紧搂住他的铠甲。

她尝试用各种姿势去拥抱一件铠甲，后来软绵绵地倒在床上。

阿季卢尔福跪在床头。“头发。”他说。

普丽希拉脱除衣饰时，没有拆散她的栗色头发盘起的高高的发髻。阿季卢尔福开始说明散开的头发在感觉的传导上所起的作用。“我们来试一试。”

他用那双铁手的准确而灵巧的动作，拆散了她那座辫子筑起的城堡，让头发披散在胸前和背后。

“可是，”他又说道，“有的男人很调皮，喜欢看女人赤裸身体，而头上不仅编好发辫，还披上纱巾和戴头饰。”

“我们试一下吗？”

“我来替您梳头。”他替她梳妆起来，给她编辫子，把辫子盘起来，用发卡在头上固定，动作熟练。最后，用纱巾和宝石项链做成一件华丽的头饰。这样花去一小时。当他把镜子递给普丽希拉时，她看见自己从来没有这般艳丽动人。

她邀请他在自己身边躺下。“人们说，”他对她说，“克莱奥帕特拉夜夜都在梦想同一个穿铠甲的武士上床。”

“我从来没有体验过，”她说出实话，“他们一个个很早就脱光了。”

“好，现在您来尝试一下。”他缓慢地动作，没有弄皱床单，全副武装地爬上了床，端端正正地平躺着，那模样同躺在棺材里毫无二致。

“您不把剑从腰带上解下来吗？”

“爱情不走中间道路。”

普丽希拉闭上眼睛，作陶醉状。

阿季卢尔福用一只胳膊支撑起上身：“火在冒烟。我去看为什么壁炉不导烟。”

窗外明月当空。阿季卢尔福从壁炉向床边走去，他在中间停步了：“夫人，我们上城墙上去欣赏这深夜的月光吧。”

他把她裹进自己的披风里。他们偎依着登上城墙上的钟楼。月光将树林染成银灰色。昆虫在鸣唱。城堡里有些窗子里依然灯火通明，从那里时时传来尖叫、欢笑、呻吟的声音，还有马夫的吼叫声。

“世界充满爱情……”

他们回到卧室。壁炉里的火几乎燃尽了。他们蹲下来吹炭火。两人紧紧地挨靠在一起，普丽希拉粉嫩的膝盖在他那金属的膝上轻轻地蹭来蹭去，产生出一种极单纯的异样的亲密感。

当普丽希拉重新上床躺下时，窗子已被晨曦照亮。“任何东西都不如黎明时分初现曙光能美化女人的容颜。”阿季卢尔福说，可是为了让夫人的脸处于最佳位置承受光线的照射，他不得不挪动床铺和帐幔。

“现在我怎么样？”寡妇问道。

“美极了。”

普丽希拉很快活。可是太阳上升得很快，为了追随光线，阿季卢尔福应当不停地搬动床位。

“天亮了，”他的语调顿改，“骑士的职责要求我此时出发。”

“是呀！”普丽希拉呜咽起来，“正好这个时候！”

“我也深感痛苦，可爱的夫人，但是我重任在身，不敢懈怠。”

“啊，过去的时光是多么美好……”

阿季卢尔福单腿跪下：“为我祝福吧，普丽希拉。”他站起身来，立即呼唤马夫。他在城堡里转了一圈，终于找到了，马夫精疲力竭地倒在一个狗窝里，睡得如死人一般。“快！出发！”但是他只能动手把马夫扛上马背。太阳继续上升，把两个骑马者的影子投射到树林里金色的树叶上。马夫像一只晃晃荡荡的口袋，坐得笔直的骑士像一株挺拔的杨树。

妇人和女仆们将普丽希拉团团围住。

“夫人，他怎么样？他怎么样？”

“啊，这种事情，你们可不知道！一个男子汉，一个男子汉……”

“您说给我们听听，讲一讲嘛，他怎么样呀？”

“一个男子汉，一个男子汉……不眠之夜，一个天堂……”

“他做了什么？他做了什么？”

“这怎么好说呢，啊，他温顺极了……”

“这么简单吗？您多说一点……”

“现在我简直不知道怎么说了……许多事情……而你们，不也同那个马夫？……”

“是吗？什么事情也没有，我不知道，也许你知道吧？不对，是你！什么，我不记得……”

“什么？我听见你们了，我亲爱的朋友们……”

“谁知道，那可怜虫，我不记得了，我也不记得了，也许你……什么？是我？女主人，给我们讲讲他，讲讲骑士，好吗？他怎么样，阿季卢尔福？”

“啊，阿季卢尔福！”

09

我写着这本书，满纸涂鸦，茫然不知所云，一页一页地写下来，至此我才意识到这个古老的故事只是刚刚开了个头。现在才开始真正展开情节，也就是阿季卢尔福和他的马夫为寻找索弗罗妮亚的贞操证据而进行的险象环生的旅行，其中穿插交织着布拉达曼泰的跟踪，钟情的朗巴尔多对布拉达曼泰的追赶，还有托里斯蒙多寻找圣杯骑士的经历。然而，这条情节线索，在我的手指之下伸展得并不顺畅，有时松弛疲软，有时纠结壅塞，而且我一想到需要展现于纸面的还有那么多条路线，那么多艰难险阻，那么些追赶，假象加迷误，决斗及比武，我觉得头晕脑涨，一筹莫展。这种修道院文书的苦差，这种为遣词造句而搜索枯肠的苦行，这种对事物最终本质的冥思苦想，终于使我有所领悟：那种一般人——本人亦属其中——所津津乐道的东西，即每部骑士小说中必有的错综复杂的惊险故事情节，如今我认为它是一种表面装饰物，一种毫无生气的点缀，是我被罚做的功课中最费力不讨好的部分。

我真想奋笔疾书，一气呵成，在一页页纸上写尽一首骑士诗所需的拼杀和征战，然而，一旦搁笔，准备重读一遍，就发现笔墨并未在纸上留下痕迹，竟然仍是张张白纸。

为了如我所设想的那样将故事写下去，必须在这张白纸上变出峭壁突兀、沙石遍地、刺柏丛生的图景。一条羊肠小道蜿蜒伸展，我要让阿季卢尔福从这条路上走过，他挺胸端坐马鞍之上，一副雄赳赳的迎战姿态。在这一页上除了沙石地之外，还需有天穹覆盖在这块土地之上，天空低沉，天地之间只能容聒噪的乌鸦飞过。我的笔几乎划破稿纸，可要轻轻地画呀，应在草地上显示出一条蛇隐匿在青草中爬行的轨迹，荒原上应有一只野兔出没，它一会儿蹿出来，停住脚，翘起短短的胡须向四周嗅一嗅，一会儿又消失得无影无踪。

一切事物都在不知不觉地平静地运动着，外表上没有显示出任何变化，比如地球的内部在运动而凹凸不平的外壳却并无改变，因为地球的里外都只是同一种物质在流动。恰似我所书写的这种纸张，是由同一物质收缩和凝结成了不同的形状、体积和深浅略微不同的颜色，在一个平展的表面上也可能出现花斑，也可能出现像龟背上那样的现象，有的地方毛茸茸，有的地方生刺，有的地方长疙瘩，这些毛、刺、疙瘩有时移动位置，也就是在同一物质的整体分布上发生了各种不同的分配比例变化，而本质上并无任何改变。我们可以说唯一脱离了周围物质世界的是书中的阿季卢尔福，我不是说他的马、他的铠甲，而是那正骑在马上旅行的、那套在铠甲之中的独特的东西，那种对自身的担忧、焦虑。在他的周围，松球从枝头坠落，小溪从碎石中流过，鱼儿在溪水中游动，毛毛虫啃啮着树叶，乌龟用坚硬的腹部在地面上爬行，而这一切只是一种移动的假象，正如浪花中的水永远只是随波逐流而已。古尔杜鲁就正在随波逐流，这个被物质围困的囚徒，他同松果、小鱼儿、小虫子、小石子、树叶子一样沾着泥浆，纯粹是地球外壳上的一个突起的瘤子。

在这张纸上标出布拉达曼泰的路线、朗巴尔多的路线和阴郁的托里斯蒙多的路线，对于我是何等的困难！也许必须在这平坦的纸面上划出一道微微凸起的线条，这只能用别针从纸的背面划出，而这条向上凸起并向前伸延的路线一直是混合与浸润着地球上的普通泥浆，也许感情、痛苦和美正在这里面，真正的消耗和运动正在这里面。

我在白纸上开凿起山谷和沟壑，弄出褶皱和破口，当我在它们之中分辨各个骑士的旅行路线时，纸片开始被我弄碎，我如何才能将故事推向前进呢？也许画一张地图将会帮助我把故事讲得清楚一些。我在地图上标明温暖的法兰西、荒蛮的布列塔尼、泛着黑色波涛的英吉利海峡，上面是苏格兰高原，下面是比利牛斯山脉，还在异教徒手中的西班牙、蛇蝎出没的非洲。然后，用箭头、叉叉和数字标明这位或那位英雄的足迹。现在，我可以让阿季卢尔福沿着一条虽几经曲折却很快到达英国的路线前进，并让他走向那座索弗罗妮亚隐修了十五年的修道院。

他走到了，而修道院只剩下一些残垣断壁。

“您来得太晚了，高贵的骑士。”一名老人说，“这些山谷里至今仍然回荡着那些不幸女子的呼救声，一支摩尔人的海盗船队在这里靠岸，海盗们将修道院不多的财物洗劫一空，掳走全体修女，然后纵火焚烧了房屋。”

“带走了？去哪里了？”

“带到摩洛哥的市场上当女奴出卖了，我的先生。”

“在那些修女中有一个原名叫索弗罗妮亚的苏格兰国王的女儿吗？”

“噢，您说的是帕尔米拉修女！有她吗？那些恶棍一见她就立即动手把她背走了！她不算很年轻了，但依然美丽动人。我清楚地记得她被那些丑鬼抓住时曾厉声呼叫，那情景如在眼前。”

“您目睹了那场浩劫？”

“有什么法子呢，我们这些本镇的人，平时总爱坐在广场上。”

“你们没有去救援吗？”

“救谁呀？唉，我的先生，您说什么，一切发生得那么突然……我们既无人指挥，又没有经验……干好干坏难说呀，与其失败不如不干。”

“嗯，您告诉我，这个索弗罗妮亚，在修道院里恪守教规吗？”

“如今修女有各式各样的，但帕尔米拉可是全教区里最虔诚和最贞洁的了。”

“快，古尔杜鲁，我们去港口，搭船去摩洛哥。”

现在我画的这些曲线就是海水，它们代表一片汪洋大海。这会儿我画阿季卢尔福乘坐的海船，在这边我再画一头巨大的鲸，它背上挂一条写着“奥切亚诺海”[1]的纸带。这根箭头指示船的航向，我再画另一只箭头表示鲸游的方向。啊。它们相遇了。那么在大洋的深处将要发生一场鲸与船的激战了。由于我把鲸画得比船大，船将处于劣势。接着我画出许多指向四面八方的箭头，它们互相交错，意在说明在这里鲸与船进行生死搏斗。阿季卢尔福像以往一样英勇善战，他将矛头扎进鲸的侧身。一股令人作呕的鲸油洒落在他的身上，我用这些射线表示

1　古希腊人所说的环绕大陆的长河名叫奥切亚诺（Oceano），后用以专指大西洋。

鲸油喷出。古尔杜鲁跳上鲸背，将自己的船弃置一旁。鲸摆尾，将船打翻。身穿铁甲的阿季卢尔福只能直直地往下沉。在被海浪完全淹没之前，他大声对马夫说：“在摩洛哥见面！我走着去！”

实际上，阿季卢尔福一尺一尺地坠向海水的深处，双脚踩到了海底的沙地上，他开始稳稳当当地迈步行走，他常常遇见海妖水怪，便拔剑自卫。你们也知道什么是一件铠甲在海底里的唯一不妥之处：生锈。由于从头到脚被淋上了一层鲸油，白铠甲等于涂抹了一层防锈膏。

现在我在大洋中画一只海龟。古尔杜鲁喝下一品脱咸海水之后，才明白不是他应当把海装进身体里，而是应当把他自己置身于海里。他抓住了大海龟的壳。有时由海龟驮着他走，有时他生拉硬拽地拖着海龟前行，他靠近了非洲海岸。在这里他被撒拉逊渔民的一张渔网缠住了身子。

渔网被拖上岸，渔民们看见在一群活蹦乱跳的鲱鱼中有一个满身海藻、衣服发霉的男人。“人鱼！人鱼！”他们喊叫起来。

“什么人鱼，他是古迪·优素福！”渔民队长说，“他是古迪·优素福，我认识他！”

原来，古迪·优素福是古尔杜鲁在伊斯兰教徒军队的伙房里讨饭时被称呼的名字之一，他经常不知不觉地跨越防线，走进苏丹的营地。渔民队长曾在驻扎在西班牙的摩尔人军队里当过兵。他看中了古尔杜鲁强壮的身体和驯服的脾性，将他收留，让他替自己捡牡蛎。

一天晚上，渔民们坐在摩洛哥海岸边的沙滩上逐个地剥海蚌，古尔杜鲁也在其中，水面上冒出一绺缨络，一只头盔，一件胸甲，最后是一整件会行走的铠甲，并且一步步地走上岸来。“龙虾人！龙虾人！”渔民们惊呼，仓皇四散，躲入礁石丛中。“什么龙虾人！”古尔杜鲁说，“他是我的主人！辛苦了，骑士。您是走来的呀！”

“我根本不累，”阿季卢尔福说，“而你，在这里干什么呢？”

“我们在替苏丹找珍珠，”那名从前的士兵插话，“因为他每天晚上换一个妻子，并向她赠送一颗新的珍珠。”

苏丹有三百六十五个妻子，他每夜驾临一处，每个妻子一年之中只能得到一次宠幸。对于获宠的那一个，他习惯带去一颗珠子相赠，因此每天商贾们必须向他提供一颗崭新的珍珠。这一天，商人们的储备用完了，便来找渔民们，叫他们不惜一切代价设法找到一颗珍珠。

“您能在海底走得这么好，”前士兵对阿季卢尔福说，“为什么不来干我们这一行呢？”

“骑士不参与任何以赚钱为目的的事业，如果这项事业是由他的宗教上的敌人所经营，他更不能参加了。异教徒呀，由于您救出并收留了我的马夫，谢谢您。但是，您的苏丹今夜不能给他的第三百六十五个妻子送珍珠的事情却同我毫不相干。”

“于我们却关系重大，我们会挨鞭打的，”那渔民说，“今夜不是一次寻常的欢聚。今天轮到一个新娘，苏丹第一次去看她。她是大约一年前从一些海盗手里买来的，等到现在才轮上班。苏丹空手去看她不合情理。再说，她还是您的一个教友哩，她是苏格兰的索弗罗妮亚，有王室的血统。她被当作奴隶带到摩洛哥后，立即被送进了我们君主的后宫。”

阿季卢尔福不让别人看出他的激动。“我教给你们一个免去麻烦的办法，”他说，“让商人们建议苏丹给新娘不要带寻常的珍珠，而带一件能减轻她对遥远故土的思念的物品，这就是一套基督徒军人的铠甲。”

“我们到哪里去找这种铠甲呀？”

“我这一套嘛！”阿季卢尔福说。

索弗罗妮亚在后宫的住处等着夜晚到来。她从尖顶窗子中望着花园里的棕榈树、池塘、花坛。太阳偏西，穆安津[1]们高声呼喊，花园里夜来香花儿开放，香气袭人。

有人敲门。莫非时辰已到！不，来的是宦官。他们送来了苏丹的礼物，一件铠甲，一件纯白的铠甲。谁知道他是什么意思。索弗罗妮亚又是孤单单一个人了，她又站到窗前。一年来

1　在清真寺尖塔上报祈祷时间的人。

她经常站在那里。当她刚被买来时，他们就派她顶替了一个遭遗弃的侍妾的空缺，是一个要在十一个月后轮上班的位子。她在后宫中无所事事，日复一日，比在修道院里更觉烦闷。

“您不要害怕，高贵的索弗罗妮亚，”一个声音在她背后响起。她转身，是铠甲在说话。“我是阿季卢尔福，曾经保护过您纯洁无瑕的贞操。”

“啊，救命！”他把苏丹的新娘吓得惊跳起来。稍后，她恢复常态：“噢，对，我方才觉得这副白色铠甲有些眼熟。许多年以前，是您及时赶到，制止了土匪对我的暴行……”

“现在我及时赶来救您逃出这耻辱的异教婚配。”

“明白了……总是您来，您是……”

“现在，在这把宝剑的庇护之下，我将护送你逃出苏丹的魔掌。”

“嗯……明白……”

宦官们前来通报苏丹即将驾到时，一个个倒毙在利剑之下。索弗罗妮亚将自己裹在一件斗篷里，依傍着骑士跑向花园。通译们发出警报。回教徒的沉重弯刀难以应付白甲武士敏捷精确的剑术。他的盾牌挡住了整整一小队士兵的长矛的进攻。古尔杜鲁牵着一匹马守候在一棵仙人掌后面接应。在港湾里，一只早已装备好的双桅小帆船立即起航，驶向基督教的国度。索弗罗妮亚站在舱面上凝视着岸边的棕榈树渐渐远去。

现在我在海面上画一只船。我把它画得比先前的那只略大一些，以便万一碰上鲸，不再发生险情。我用这条曲线表示小船的航程，我想让它直驶圣马洛港。不幸的是在比斯开湾的深处已有一团错综复杂的航线，最好将小船从稍微偏上的地方驶过，从这里往上，往上走，糟了，它撞在布列塔尼的礁石上了！船撞翻了，往下沉，阿季卢尔福和古尔杜鲁勉强将索弗罗妮亚救到岸上。

索弗罗妮亚疲乏至极。阿季卢尔福决定让她在一个山洞里藏身，自己和马夫一道返回查理大帝的营地，报告公主的贞操仍如白璧无瑕，因而他的名位应是完全合法的。现在我在布列塔尼海岸的这一处画一个大叉，作为岩洞的标记，便于以后再找到它。我不明白也从这里经过的这另一条线代表什么，在我的这张图纸上指向各个方向的线条交错纠结在一起了。哦，对了，这是托里斯蒙多的旅行路线。因此，当索弗罗妮亚躺在岩洞里时，这个心事重重的年轻人正好从这里经过。他也走进了岩洞，他走进去，看见了索弗罗妮亚。

10

托里斯蒙多是如何到达那里的呢？原来在阿季卢尔福从法国到英国，从英国到非洲，又从非洲回到布列塔尼的这段时间里，这个康沃尔公爵府的假定合法的后裔从南到北、由东至西地横穿直越，踏遍了所有基督教国家的森林，寻找圣杯骑士们的秘密宿营地。由于圣团习惯于每年换一次驻地，从不在世俗人前露面，托里斯蒙多在旅途中很久没有发现任何可供依循的迹象。他便任意流浪，以驱除心中的失落感。在他看来，落寞的感觉是与没找到圣杯骑士团相关的。他是在寻找虔诚的骑士团，还是更多地追忆在苏格兰的荒地上度过的童年呢？有时，一条长满落叶松的苍黛色的山谷豁然出现，或者一道灰色岩石峭壁横空而出，其下涌出一条泛着白色泡沫的溪水，它们使他感到一阵难以名状的激动，他认为这是一种预示。“对，他们可能在这里，就在附近。”如果在那个地区远远地响起低沉的号角声，那么托里斯蒙多就确信不疑了。他一步一步地搜索每条沟壑，找寻骑士们的足迹。但只是偶尔遇见一个惊呆的猎人或一个赶着羊群的牧民。

他来到偏僻的库瓦尔迪亚的地方，在一个村庄停步，向村民讨些鲜奶酪和黑面包。

“给您，很乐意送给您这些东西，少爷。”一个牧羊人说，“可是您看看我、我的老婆和孩子们，都瘦成骷髅一般了！要缴纳给骑士的捐献太多了！这座树林里住满了您的同行，只是穿戴得同您不一样。他们是整整一支军队，您可知道，一切供给全落到我们身上！”

“住在森林里的骑士吗？他们穿什么衣服？”

“披风是白色的，头盔是金子做的，插着两根白色的天鹅羽毛。”

“他们很虔诚吗？”

“哼，他们假装很虔诚。金钱当然不会弄脏他们的手，因为他们身无分文。但是他们有欲望，让我们来满足他们的种种要求！如今发生饥荒，我们都饿成柴火棍了。下次他们再来，我们拿什么给他们呀？”

年轻人已向森林奔跑而去。

一条溪水静静地流过草地，一群天鹅缓缓地顺水游动。托里斯蒙多紧跟着天鹅沿水边走。从树木的枝叶里传出竖琴声："叮咚，叮咚，叮咚！"在枝叶疏朗之处出现一个人的形象，是一个戴着插白色羽毛的头盔的武士，手里拿着一杆长矛，还有一把小小的竖琴，他正一下一下地试拨那根和弦："叮咚，叮咚，叮咚！"他不说话，眼光并不回避托里斯蒙多，但是只从他的头顶上掠过。他仿佛不理睬他，又好像在陪伴着他。当树干和灌木丛将他们隔开时，武士就用那"叮咚"的琴声呼唤他，引导他继续往前走。托里斯蒙多很想同他说话，向他打听，但却只是默默地、小心谨慎地跟着这个武士走。

他们钻进了一块林中空地。四周尽是手持长矛、身穿金甲、披白色斗篷的武士，他们直挺挺地站立着，一动不动，眼睛向空中凝视着。一个武士用玉米粒儿喂一只天鹅，眼睛却望着别处。弹琴的武士奏起一支新曲子，一个骑马的武士吹起号角应答，发出一声长长的呼唤。当号声停息时，全体武士走动起来，每人朝各自的方向前进几步，然后重新站立不动。

"骑士们……"托里斯蒙多鼓足勇气开口说道，"请原谅，也许我弄错了，你们是不是圣杯骑士……"

"永远不许说出这个名字！"一个声音从他背后插进来打断他的话。一个骑士，满头银发，站在离他不远的地方。"你打搅了我们的静默还嫌不够吗？"

"啊，请宽恕我吧！"年轻人转向他说，"同你们在一起我是这样的幸福！你们可知道我找了多久哇！”

“为什么？”

“因为……”想说出心中隐秘的冲动超过了对渎圣罪的顾虑，“……因为我是你们的儿子！”

老骑士听后仍然面无表情。“这里不认父子，”他在沉默片刻之后说，“加入圣团的人弃绝尘世间的一切亲属。”

托里斯蒙多觉得自己被遗弃了，感到很失望，他原来甚至考虑到可能从他的那些道貌岸然的父亲那里得到一个恼羞成怒的否认，而他可以提出证据加以反驳，并动之以骨肉亲情。可是这个答复是如此之平静，并不否认事实的可能性，却不容有任何讨论这个问题的余地，他泄气了。

“我只想被这个圣团承认为儿子，并无其他奢望。”他试图坚持自己的意见，“我对它怀着无限的崇敬！”

“既然你很崇敬我们的团队，”老者说道，“想必你不会没有被它吸收为成员的愿望。”

“您是说，这也是可能的吗？”托里斯蒙多惊呼，他立刻受到这个新前景的诱惑。

“如果你合格的话。”

“应当做些什么？”

“逐渐涤除一切情欲，让圣杯的仁爱主宰自己。”

“哟，您不是说到它，它的名字了吗？”

“我们骑士是可以的，你们凡夫俗子不能。”

“请告诉我，为什么在这里大家都不说话，唯有您说话呢？”

“同世俗人打交道的事情归我管。由于言语经常是不洁的，如果不是圣杯通过他们之口有话要说，骑士们宁愿戒除。”

“请告诉我，从头开始我应当做什么？”

“你看见那片枫树叶子了吗？一滴露水落在它上面了，你站着，不要动，眼睛盯住叶子上的那滴露水，忘掉世界上的万事万物，把自己与那滴露水化为一体，直至你感到失去了自我，而充满了圣杯的无穷力量为止。”

于是他像一棵树似的立在那里。托里斯蒙多直愣愣地看着露珠，看着看着，不由自主地想起自己的心事。他看见一只蜘蛛落在枫叶上，他望望蜘蛛，再看看露水，挪动一只站得发麻的脚。唉！他厌烦了。在他身边骑士们从树林里进进出出，他们脚步缓慢，口张目睁，与天鹅相伴而行，不时抚摩天鹅柔软的羽毛。当中有一人突然张开双臂，向前奔跑几步，发出一声充满向往的叫喊。

“那边的那些人，”托里斯蒙多忍不住向又出现在他身边的老者发问，“他们在做什么？”

“神游。”老者说道，“如果你这样心猿意马和好奇心重，你将永远不能进入这种境界。那些兄弟终于达到了与万物相通之功。”

“而另外那些人呢？”年轻人问道。一些骑士一边走一边扭动腰肢，仿佛浑身都在轻轻抖动，而且嘴里嘿嘿直笑。

“他们还处于中间阶段。在感到自己与太阳和星星化为一体之前，初学者只感到附近的东西进入了自己的身体里，然而这感觉是很强烈的。这对于年轻人有一定的特殊功效。你看见的我们这些兄弟，溪水的流动，树枝的摇动，蘑菇在地下生长，都传给他们一种愉快且轻微的挠痒的感觉。”

“时间长了，他们不累吗？”

“他们慢慢进入高级阶段，那时不仅仅感觉到周围的振动，而且天体的伟大呼吸也输入体内，久而久之就失去了自我感觉。”

“大家都能这样吗？”

“只有少数人。在我们当中只有一个人能修成圆满之功，他就是特选者，圣杯王。”

他们来到一块空地上。一大批骑士在那里演练兵器，在他们前面摆设着一把带有华盖的椅子。在华盖之下好像是什么人坐着，或者说蜷缩着更恰当一些。他毫不动弹，不大像个人，更像是一具木乃伊，也穿着圣杯骑士的军服，但更加奢华。在他那枯皱得像一粒干栗子似的脸上，睁着一双眼睛，甚至是圆圆鼓鼓地瞪着。

“他还活着吗？”年轻人问。

“他活着，但已被圣杯的爱占据，他不再需要吃喝，不需要运动，没有任何需求，几乎不再呼吸。他看不见也听不见。没有人了解他的思想。那些思维一定反映了遥远的行星的运转。”

“既然他看不见，为什么还让他阅兵呢？”

“这是圣杯骑士团规定的礼仪。”

骑士们演习击剑。他们眼睛朝天，一步一跳地挥动长剑，出步沉重而突然，仿佛不知道下一步该怎么办。然而他们的一招一式却没有出错。

“他们带着那么一副半醒半睡的神态怎么能打仗呀？”

“圣杯附在我们身上挥动宝剑，宇宙之爱能变成强烈的愤怒，推动我们欣然刺死敌人。我们的团战无不胜，攻无不克，正因为我们不做任何努力和选择，只让神圣的愤怒通过我们的身体释放。”

“总是很见效吗？”

“是的，对于失去一切个人意志、只让圣杯的力量来控制他的每一细微动作的人来说，是有效的。”

“每一个细微动作吗？您现在的行走也是吗？”

老者像梦游的人一般向前行：“当然。不是我在迈动我的脚，我让脚被推动着走。你试一试。大家都是从腿上开始练的。”

托里斯蒙多开始尝试，可是，首先他没有办法让腿动弹，其次他没有体验到任何感觉。这里是一座郁郁葱葱的森林，到处都有鸟雀啁啾声和翅膀扇动声，他喜欢在这里轻松地奔跑，愉快地寻找野味，以他自身、他的力量、他的劳动、他的勇气去反抗那黑暗，反抗那神秘，反抗那外在的自然界。可他却不得不站在那里，浑身战战兢兢的，像一个麻痹症患者。

“你要放松，”老者告诫他，“让周围的一切占有你。”

“可是我，说实话，”托里斯蒙多忍不住说了出来，“喜欢的是我去占有，不是被占有。”

老者举起两条胳臂交叉挡在脸上，将眼睛和耳朵一起堵住：“小伙子，你要走的路还长着哩。”

托里斯蒙多留在圣杯骑士团的营地里。他努力学习和模仿他的父亲们或兄弟们（他不知道怎么称呼他们），尽量克制他认为太个人化的心理冲动，力图将自己融进那无边的圣杯之爱中。他留心在自己身上体验将那些骑士送进神游状态的每一细微的征兆，可是日子一天天过去了，而他的净化没有任何进展。一切使他们喜欢的东西都令他厌恶：那些叫喊声、那些音乐、那些准备随时发作的颤抖。尤其是同会友们不断接近后，他看见他们半裸着身子穿胸甲，肌肤白惨惨的，有些人略呈老态，年轻人显得娇嫩；又了解到他们爱发脾气，好冲动，个个都是悭吝人；青年觉得他们越来越令他反感了。他们借口是圣杯让他们行动，放纵任性，不守规矩，却一贯以纯洁自诩。

他眼望空中，不去注意别人的所作所为，很快就忘却了自我，这样的精神状态出现使他觉得难以忍受。

征收贡献物的日子到了。森林周围所有的村庄必须定期向圣杯骑士们缴纳一定数量的物品：一块块奶酪，一筐筐胡萝卜，一袋袋大麦，一只只羔羊。

一个村民代表走上前："我们想说，在整个库瓦尔迪亚地区，年成不好。我们不知道怎样养活自己的孩子。灾荒使富人同穷人一样遭到打击。虔诚的骑士们，我们哀求你们，免除这次捐贡。"

圣杯王坐在华盖之下，一如既往地一声不吭，一动不动。在某个时刻，他慢慢地松开原先交叉放在腹部上的双手，朝天举起（他的指甲特别长），嘴里嘘出："噫噫噫……"

听到这声音，骑士们一齐将矛头对准贫苦的库瓦尔迪亚人，朝他们逼近。"救命！我们要自卫！"人们怒吼，"我们去拿斧头和镰刀！"他们向四面逃散。

当天夜里，骑士们在号角和呐喊声中，两眼朝天，冲向库瓦尔迪亚的各个村庄。从一垄垄的啤酒花地里和篱笆里跳出手持干草叉子和整枝剪刀的乡民，他们奋力阻止骑士的进军。但只有少数人能够抵挡住骑士们那无情的长矛。自卫者的几条防线被摧垮，骑士们骑着沉重的战马冲向用石头、稻草和泥巴筑成的茅屋，用铁蹄将它们摧毁，对妇女、儿童的悲泣和牛犊的哀哞充耳不闻。另一些骑士举起熊熊火把，点燃房顶、干草棚、马厩、空粮仓，使村庄变成了一片片火海，不断传出撕裂人心的惨叫声。

托里斯蒙多在骑士的队伍中被推来搡去，他感到十分惊惧，“您告诉我，这是为什么啊？”他大声质问身后的老骑士，那老者作为唯一能够听他说话的人，一直跟在他身后，“这么说，你们对万物充满爱不是真的！喂，小心，你们撞倒了那位老妇人！你们怎么忍心施虐于这些无家可归的人？快抢救呀，火就要烧到那只摇篮了！你们这是在干些什么呀？”

“你不要探问圣杯的意图，见习生！”老者警告他，“不是我们在这么干，是圣杯，它附在我们身上操纵我们的行动！在它这疯狂的爱中寻找乐趣吧！”

但是，托里斯蒙多跳下马鞍，箭一般地快步跑去帮助一位母亲，将摔倒在地上的孩子送回她的怀抱。

“不行，你们不能拿走我的全部粮食！我花费了多少血汗哪！”一个老头子怒吼着。

托里斯蒙多正站在老头的身旁。“放下口袋！强盗！”他向那个骑士扑过去，夺下他的不义之财。

“愿天主赐福于你！你站在我们一边！”一些穷人对他说。他们以一堵墙作掩护，仍然用剪刀、刀子、斧子坚持自卫。

“大家排成半圆形，一齐向他们冲过去！”托里斯蒙多对他们大声喊道，他率领起库瓦尔迪亚的民兵。

他很快将骑士们从房屋里驱赶出来。迎面遇见老骑士和另外两名拿着火把的骑士。“他是叛徒，你们抓住他！”

一场大规模的激战开始。库瓦尔迪亚人用烤肉叉迎战，妇女和孩子们投掷石头。突然响起号角声。“撤退！”面对库瓦尔迪亚人的造反，骑士们从各处撤退，一直退出村庄。

那一伙紧逼着托里斯蒙多的人也退却了。“走吧，兄弟们！”老骑士大声喊，“去圣杯带领我们去的地方吧！”

“圣杯胜利了！”其余的人齐声呼喊，掉转缰绳。

“万岁！你救了我们！”村民们围到托里斯蒙多身边。

“你是骑士，却见义勇为！终于有了这样一位骑士！你留在我们这里吧！你说要什么，我们一定给你！”

“现在……我所要的……我不知道是什么了……”托里斯蒙多结结巴巴地说道。

“在这场战斗之前，我们什么也不懂，不懂得自己是人……现在觉得我们能够……我们需要……我们应当做一切……无论多么艰苦……”他们转而悼念起死难者。

“我不能留在你们这里……我不知道我是什么人……再见……”他翻身上马，飞驰而去。

“你回来！”当地的居民们大声呼唤他，但是托里斯蒙多已经离开村庄，离开圣杯骑士的森林，离开库瓦尔迪亚而远去了。

他重新开始在各国流浪。自从把圣杯骑士团作为唯一的理想来怀念之后，他曾对一切荣誉、一切享乐不屑一顾。现在理想破灭了，他将替自己不安的灵魂找一个什么样的追求目标呢？

他在森林中摘野果充饥，在海边捉岩石上的刺海胆果腹，有时遇到一座修道院，就能喝上一碗豆粥了。在布列塔尼的海滩上，当他进入一个岩洞捉海胆时，发现一名正在熟睡之中的女子。

她那长长的黑色睫毛垂覆在苍白而丰满的面颊上，柔软的身体舒展着，手放在隆起的胸脯上，柔软的鬈发、朱唇、丰臀、脚趾，呼吸均匀。霎时，他觉得那种推动他走遍世界，走遍一处处覆盖着一层柔软的植被、风儿贴着地面低低吹过的地方，度过一个个不出太阳也晴朗的日子的愿望得到了满足。

他俯身向她，当索弗罗妮亚睁开眼睛时，他正凝视着她。“请您不要伤害我，”她软绵绵地说，“您在这荒芜的礁石上寻找什么？”

“我一直在寻找我所缺少的东西，只是在我看见了您的此刻，我才明白它是什么。您是如何来到这海岸边的？”

“我是一个修女，被迫嫁给一个穆罕默德的信徒，但是婚礼并没有完成，因为我是他的第三百六十五个新娘，幸遇一位基督徒拔剑相助，后来在我们返回的途中，船只触礁沉没，我被安置在此洞内，像是被凶恶的海盗掳掠而来。”

“我明白了。您是孤身一人吗？”

“据我的理解，那位救命恩人去皇帝那里办事了。”

“我愿意用我的宝剑为您提供保护，但是我担心您在我身上点燃的感情过分强烈，可能使您觉得我的动机不纯。”

“噢，您不必顾虑，您要知道，我已经遭遇过几次危险了。然而，每次，正在关键时刻，那位救命恩人就跳出来了，总是他。”

“这次他也会来吗？”

“那，说不准。”

“您叫什么名字？”

“阿齐拉，或者是帕尔米拉修女。这要看是在苏丹的后宫里还是在修道院里了。”

“阿齐拉，我好像早就一直爱着您……好像已经为您神魂颠倒了……”

11

查理大帝骑马朝布列塔尼海岸走去。“现在我们去看看，事情就要见分晓了，阿季卢尔福，您不要着急。如果您对我所言属实，如果这个女子十五年来仍然守着一个清白之身，那没有什么可说的，您过去被封为骑士是当之无愧的，而那个年轻人应当向我们解释清楚。为了查证核实，我已经吩咐随从们找一名熟悉妇道人家事情的接生婆来。我们当兵的，对于这些事情，当然是不在行的……”

那老太婆骑在古尔杜鲁的马上，口齿不清地说：“好，好，陛下，一切将办得利利索索，哪怕生的是双胞胎……”她耳聋，还没听明白是怎么回事哩。

两名随行军官首先走进岩洞，举着火把。随后两人返回来，惊愕不已：“陛下，那姑娘躺在一个年轻士兵的怀抱里。”

一对情人被带到皇帝面前。

“你，索弗罗妮亚！”阿季卢尔福惊呼。

查理大帝叫人抬起年轻人的脸：“托里斯蒙多！”

托里斯蒙多跳到索弗罗妮亚面前：“你是索弗罗妮亚吗？啊！我的母亲！”

“索弗罗妮亚，您认识这位年轻人吗？”皇帝问道。

妇人低着头，面色苍白：“既然他是托里斯蒙多，是我把他抚养大的。”她的声音细若游丝。

托里斯蒙多跳上马鞍：“我犯下了可耻的乱伦罪！你们永远不会再见到我了！”他策马向右边的树林跑去。

阿季卢尔福也把马一刺，“你们也不会再看见我！”他说，“我没有了名字！永别了！”他钻进了左边的树林。

众人震惊。索弗罗妮亚双手掩面。

只听见一阵马蹄声在右边响起。原来是托里斯蒙多反身从林子里飞奔而出，向这边跑来。他大声喊道：“这是怎么回事？不久前她还是处女啊？我怎么没有马上想到这一点呢？她是处女！她不可能是我的母亲！”

“请您对我们说明白。”查理大帝说。

“其实，托里斯蒙多不是我的儿子，而是我的兄弟，或者说是隔山兄弟更恰当一些。”索弗罗妮亚娓娓道来，“苏格兰王后是我们的母亲，在我的父王出外作战一年之后，她生下了他。王后有过一次偶然的外遇——好像是——同圣杯骑士团。当国王宣布要班师回朝之时，那个无耻的妇人（我不得已如此评价我们的母亲），她以让我带小弟弟外出散步为名，使我迷失在森林里。她对归来的丈夫编造了一个弥天大谎，说十三岁的我未婚而孕，已经出逃。出于对孝心的错误理解，我一直不曾揭穿母亲的这个秘密。我带着幼小的弟弟生活在荒山野地里，对于我来说，那些年月，与后来我被康沃尔公爵家送进修道院过的日子相比，是自由而幸福的。直至今日早晨之前，我不曾结交过男人，到了三十二岁，第一次接触男人，唉，竟然是一次乱伦……”

“我们冷静地看看到底是怎么回事，”查理大帝安慰地说道，“乱伦的事情时有发生，然而出现在隔山的姐弟之间，还不是最严重的……”

“不是乱伦，神圣的陛下！快活起来，索弗罗妮亚！”托里斯蒙多大声说道，容光焕发，“在我寻根的过程中，得知了一个秘密，我本来打算永远不泄露的：我原以为是我母亲的人，也就是你，索弗罗妮亚，你不是苏格兰的王后所生，而是国王同一个农民妻子的私生女。国王让王后将你收为养女，也就是说，那个我现在得知是我母亲的人，对于你，只是一个养母。现在，我明白了，她在国王的逼迫之下违心地做你的母亲，一直伺机除掉你。她将自己一次偶然过失的苦果，也就是我，推给了你。

你是苏格兰国王和一个乡下妇人的女儿，我是王后与圣团所生，我们没有任何血缘关系，而只有刚才在此两厢情愿地缔结的姻缘，我热诚地希望你愿意重结良缘。”

“我认为，所有的事情都圆满解决了……”查理大帝搓搓双手，说道，“我们不要耽误时间了，赶快去寻找我们的那位了不起的阿季卢尔福骑士，让他放心，他的姓名和封号不再有任何疑义了。”

“陛下，我去！”一名骑士跑上前来说道。他是朗巴尔多。

他走进森林，大声呼唤：“骑士！阿季卢尔福骑士！圭尔迪韦尔尼骑士！戈尔本特拉茨和叙拉的圭尔迪韦尔尼和阿尔特里家族的阿季卢尔福·埃莫·贝尔特朗迪诺！上塞林皮亚和非斯的骑士！真相大白了！您回来吧！”

答应他的只有回声。

朗巴尔多顺着树林的每一条小路搜寻起来，查完道路再翻过一堵一堵悬崖峭壁，沿着道道溪水寻找踪迹，时而呼喊，时而仔细聆听四周的动静。他发现了马蹄印。在一处地方出现了更深的蹄印，似乎马在那里停留过，马蹄从那以后又变浅了，好像马是在此处被放跑了。而在这同一地点出现了另一种痕迹，铁鞋走过留下的脚印。朗巴尔多循脚印走下去。

他敛气屏息，走到一处树木稀疏之地。只见在一棵橡树脚下，散放着一些东西，有一顶翻倒的头盔，上面插着五彩缤纷的羽毛，有一件白色胸甲，还有股甲、臂甲、手套，总之，都是阿季卢尔福的铠甲上的东西，有些像是有意堆成一个正规的金字塔形，有些则散乱地滚在地上。在剑柄上别着一张纸条："谨将此铠甲留赠朗巴尔多·迪·罗西利奥内骑士。"下首有半个花笔签名，仿佛是刚开头就立即煞住了。

"骑士！"朗巴尔多朝着头盔，朝着胸甲，朝着橡树，朝着天空，大声呼喊，"骑士！您再穿上铠甲吧！您在军队里的军衔和您在法兰克王国的贵族封号都是无可非议的！"他把铠甲拼凑在一起，试着让它站立起来，并不断地大声说："骑士，您存在，现在谁也不能否认您的存在了！"没有声音回答他。铠甲立不起来，头盔滚落在地上。"骑士，您仅凭意志的力量坚持了那么长时间，您总是做好每一件事情，就像您确实存在一样，为什么您突然屈服了？"他不知道再向谁呼唤了：铠甲是空的，空得同从前不一样，失去了以前那个名叫阿季卢尔福的骑士，如今他已经消失了，如同一滴水溶化在大海里了。

朗巴尔多解开身上的胸甲，脱下来，穿上白色铠甲，戴上阿季卢尔福的头盔，手握盾牌和长剑，跳上马。他这样全副武装地出现在皇帝及其随从面前。

"啊，阿季卢尔福，您回来了，一切都很好，是吗？"

可是头盔里是另一个声音答话。"我不是阿季卢尔福，陛下！"面罩揭开，露出的是朗巴尔多的脸。"圭尔迪韦尔尼骑士只留下这副白色铠甲和这张将所有权指定给我的纸条。此时此刻，我唯愿杀向战场！”

军鼓声发出警告。一支双桅帆船队将一支撒拉逊军队运送到布列塔尼。法兰克军队紧急列队集合。“你如愿以偿，”皇帝说，“拼杀的时候到了。为你手中的兵器增添荣誉吧。阿季卢尔福虽然性格古怪，却懂得如何当兵打仗！”

法兰克军队迎战侵略者，在撒拉逊人的阵线上打开一个缺口，年轻的朗巴尔多第一个冲上前。他与敌人厮杀开来，出击，防卫，既兴奋又愤怒。穆罕默德的信徒中许多人趴地啃泥。朗巴尔多矛头所指之处，敌人一个接一个地被刺倒。侵略者一队队地向后退却，挤向停泊船只的地方。在法兰克军队的追击之下，除了那些用自己的黑血污染了布列塔尼的灰色土地的人之外，败兵们作鸟兽散。

朗巴尔多毫发无损地从战场上凯旋；可是那铠甲，阿季卢尔福的那一套洁白无瑕、完整无缺的铠甲，现在结了一层泥壳，沾满敌人的血污，伤痕累累，布满洞眼、擦痕、裂口，头盔上的羽毛被折断了，头盔变形了，盾牌上恰恰将那神秘的徽章刮落了。现在青年觉得这身铠甲就像是他的，是他朗巴尔多·迪·罗西利奥内的。起初穿上它时的不适感已经消失，他穿着就像戴手套那么自然。

他骑马独自走上一座山梁。一个尖厉的声音从山谷之底响起。“哎，阿季卢尔福在那上面！”

一个骑士向他跑来。那骑士在铠甲之外穿一袭淡紫色的披风。追赶上来的是布拉达曼泰，“我终于找到你了，白铠甲的骑士。”

“布拉达曼泰，我不是阿季卢尔福：我是朗巴尔多！”他本想对她猛喊，但考虑还是靠近一些说话更好，便拨转马向她迎过去。

“你终于向我跑来了，你这抓不住的骑士！”布拉达曼泰叫嚷着，“嘿，我也要看看你追着我跑的模样，你是唯一不像那班莽汉那样从背后突然向我扑来的男人，他们可真像是一群猎犬呀！”她这么说着，拨马往回走，做出要躲开他的姿态，但又频频回头看他是否落入自己的圈套，是否正在追赶自己。

朗巴尔多急切地想告诉她：“你没有发现，我也是一个笨手笨脚的人吗？我的每一个动作都流露出了我的愿望、不满、焦躁吗？但是我所追求的也只是做一个了解自己的需求的人！”为了说给她听，他紧紧地追在她身后。她笑，并且说：“这是我梦寐以求的日子！”

他看不见她了。那里是一片绿草如茵的幽静山谷，她的马已经系在一棵桑树下。一切都与他第一次跟踪她来此，尚未猜到她是女人时的情景相似。朗巴尔多下马。她在那边，他看见她了，只见她仰面躺在一面芳草坡上，脱掉了铠甲，穿一件黄玉色的短紧身衣。她躺着向他张开双臂。朗巴尔多穿着白色铠甲走上前去。这是对她说话的时机。“我不是阿季卢尔福，您看看您所爱的这件铠甲，您会感觉出里面一个躯体的重量，我的身体年轻而灵活。您没有看出这件铠甲已失去它那无人性的洁白，变成了一件被人穿着冲锋陷阵、承受了各种兵器的攻击的战袍，一件结实而有用的护身器具吗？”他想对她这么说，可是他两手发抖地站在那里，迟疑地朝她那边挪动脚步。也许这时是他袒露真相、脱掉铠甲、以朗巴尔多身份出现的最好时机，她正双目闭拢，面呈期待的微笑。年轻人解下身上的铠甲，他担心，如果布拉达曼泰此时睁开眼睛就会认出他来……不会的，她用一只手蒙住脸，仿佛不愿用视线惊扰不存在的骑士的看不见的靠近。朗巴尔多扑到她身上。

“啊，是真的，我早就相信有这么一天！”布拉达曼泰闭着双眼感叹，“我一直相信，这是可以的！”她紧紧地搂住他，在双方一致的热烈感情中，他们结合在一起，“对啦，对啦，我早有信心！”

现在这桩事情也已做完，是互相对视的时候了。

“她就要看见我啦，”朗巴尔多想道，心里闪过自豪与希望，“她会理解这一切，她将认为这样做是正当而美妙的；她会一辈子爱我！”

布拉达曼泰睁开眼睛。

“哎呀，你！”

她从草堆上欠起身来，推开朗巴尔多。

“你！你！”她怒气冲冲地喊道，眼睛里噙满泪水，“你！骗子。”

她站起身来，挥舞着剑，指向朗巴尔多，朝他身上砍去，但用的是剑背，落在了头上，打得他眼冒金星。他举起两只空手，也许是为了自卫，也许是为了拥抱她，他来得及向她说出的全部话语是：“可是，你说，你说，这不是很美妙吗……？”然后失去了知觉，回答他的只是一阵马蹄杂沓踢蹬声。她走了。

如果说恋人忍受着对他尚不知其味的亲吻的渴望时是不幸的话，那么在刚刚领略那种甘甜之后而不可复得则是千倍的不幸。朗巴尔多继续过他那武士的生活。哪里混战最激烈，他的长矛就去哪里开路。如果在刀光剑影之中看见淡紫的颜色闪现，他就直接奔过去。“布拉达曼泰！”他呼喊，但总是空欢喜。

那个他愿意向之倾诉自己的烦恼的唯一的人，已经一去不复返了。当在军营里走动时，一件穿得笔挺的胸甲，或一个迅速挥臂的动作，都会使他惊跳起来，因为令他想起了阿季卢尔福。莫非骑士没有消失，他找到了另外一套铠甲穿上？朗巴尔多走过去，对人家说：“武士，我不想惹您生气，但是冒昧请求您掀开头盔上的面罩。”

每次他都希望看到对面是一个空洞，然而总是有一个架在两撇拳曲的胡须之上的鼻子露出来。“请原谅。”他嗫嚅着，赶紧走开。

还有人也在寻找阿季卢尔福，他就是古尔杜鲁，每次他看见一只空锅、一根烟筒或一只酒桶时，就站住大喊：“主人先生！您请吩咐吧！主人先生！”

他坐在一条路边的草地上，对着一只长颈大肚的酒瓶长久地唠叨，一直到有人叫他：“古尔杜鲁，你在那里头找谁呀？”

来人是托里斯蒙多，他在查理大帝面前举行了隆重的婚礼，偕新娘一起骑马去库瓦尔迪亚，他已被皇帝任命为那里的伯爵，随行的还有一队穿戴体面的侍从。

“我找我的主人。”古尔杜鲁回答。

“他在酒瓶里吗？”

“我的主人是一个不存在的人，因此他可能像在铠甲里那样待在酒瓶里。”

“可是你的主人消散在空气里了！”

“那么，我成了空气的马夫了？”

“如果你跟我走，你将是我的马夫。”

他们来到库瓦尔迪亚。那地方已经认不出来了。在原来是村庄的地方出现了一座座城市，有石砌的高楼大厦，还有磨房和水渠。

“善良的人们，我回来了，将在你们这里留下……”

“好哇！万岁！新郎万岁！新娘万岁！”

“请听完我带来的消息后你们再欢庆吧：查理大帝将库瓦尔迪亚伯爵的爵位授予了我，诸位应当向神圣的皇帝敬礼致谢！”

“啊……可是……查理大帝……？真的……”

“你们不明白吗？从现在起你们有了一位伯爵！你们将在我的保护之下，不受圣杯骑士们的欺侮。”

“嘿，那些家伙早已被我们赶出了库瓦尔迪亚！您看，长期以来我们一直唯命是从……可是现在我们懂得了不向骑士也不向伯爵进贡就可以生活得很好……我们种地，盖起作坊、磨房，遵守我们自己的法律，捍卫我们的领土，总之，在向前进，我们没有什么可抱怨的了。您是一位慷慨大度的青年，我们没有忘记您曾经为我们出过力……我们希望您留下来……但是以平等的身份……”

“以平等的身份？你们不愿意我当伯爵吗？但这是皇帝的命令，你们不懂吗？你们想违抗是不可能的！”

“嗨，人们总是这么说：不可能……赶走那些欺压我们的圣杯骑士曾经像是不可能的……当时我们只有剪刀和叉子……我们对任何人都不存有恶意，少爷，对您更不同于一切其他的人……您是一位有才华的青年，您比我们见多识广……如果您留在这里，与我们平等相处而不使用强权，也许您同样将成为我们之中的首领……”

“托里斯蒙多，我受尽磨难，不愿再生波折，”索弗罗妮亚揭开面纱说话了，“这些人讲道理，懂礼貌，我觉得这座城市美丽而富庶……我们为什么不设法同他们达成一致呢？”

“我们的侍从怎么办？”

“他们也都将成为库瓦尔迪亚的公民，”居民们回答，“也将得到他们应有的一切。”

“我应当把这个马夫也看成同我一样的人吗？古尔杜鲁连他自己是否存在都不明白。”

“他也能学会的……我们过去也不懂得应当怎样生活在世界上……也是边生活边学会……”

12

我的书呀，你现在到了结尾处。最后这几天，我写得飞快。一行一行地写下来，我穿越了几个国家，跨过了几大洲几大洋。什么原因使得我如此匆忙，如此急切呢？应当说我在等待着某件事情。可是，为了脱离那变化无常的尘世生活而退避这一隅的修女不是一无所求的吗？除了这一页必须填满黑字的白纸和修道院定时的钟声之外，我等待着别的什么东西吗？

来了，只听见一匹马顺着陡峭的山路往上走的蹄声。来了，那匹马恰好在修道院的大门口停步了。骑士敲门。从我的窗口里望不见他，但是我听出了他的声音：“喂，仁慈的姐妹们，请听我说！”

他的声音不是这样吗，还是我记错了？没错，就是这样的！这是朗巴尔多的声音，为了写完最后两页我让他在大门上敲了许久。

“喂，仁慈的姐妹们，请你们发发善心，告诉我，是否有一个女武士隐居在这座修道院里？她是闻名遐迩的布拉达曼泰。”

原来，朗巴尔多走遍世界寻找布拉达曼泰，他当然会来到这里。

我听见看门的修女回答：“没有，当兵的，这里没有武士，只有一些虔诚的可怜女子，她们向上帝祈祷，替你赎罪哩！”

这时，我跑到窗口，大声说道：“哎，朗巴尔多，我在这里，你等着我，我知道你会来的，我马上下楼，我跟你走！”

我急忙摘除头巾，扯下修道院的饰带，脱掉道袍，从箱子里翻出我的黄玉色的短紧身衣、胸甲、肩甲、头盔、马刺、淡紫色的披风。

“朗巴尔多，等着我，我在这里，我是布拉达曼泰！”

对了，还有我的书。讲述这个故事的修女苔奥朵拉和女武士布拉达曼泰，我们是同一个人。有时我驰骋沙场，醉心于拼命和恋爱，有时我隐居修道院，思索和记叙我的经历，以求领悟人生。当我初来这里隐居时，由于得不到阿季卢尔福的爱情而心灰意懒，现在我的心被年轻的朗巴尔多的热情点燃了。

我的笔为此而从某个时候开始跑起来，向着他跑去，它知道他不久就要到来。一页书的价值只存在于它被翻到的时候，而后来的生活定会翻遍和翻乱这本书上的每一页。喜悦的情绪会使你走路时奔跑起来，同样会使你手中的笔飞快地移动。你就要开始书写新的篇章了，你不知道你将要讲述的故事是什么，就像你从修道院走出去，在拐弯的时候，你不知道即将遇到的是一条龙、一群野蛮人、一座美丽的海市蜃楼，还是一次新的爱情奇遇。

我跑下来了。朗巴尔多！我甚至没有同院长嬷嬷告别。她们已经了解我，知道在厮杀、拥抱、失望之后，我总是回到这座修道院里来。可是这次将不同了……将是……

啊，未来，我从对于过去的记叙，从激动得双手颤抖的现在，向你走来了，我跨上了你的马鞍。你将在尚未造起的城楼的旗杆上升起什么样的新旗帜欢迎我？你将在我过去喜爱的城堡和花园里怎样燃起劫掠的硝烟？你安排了多少黄金岁月？你是难以驾驭的，你预报了须以昂贵代价去获取的珍宝，你是我要去征服的王国，未来……

后记

(1960)

我在此卷《我们的祖先》中收集三篇写于1950—1960年代的故事，它们的共同之处在于事件是非真实的，发生在久远的时代和想象的国度中。由于这些共同的特点（尽管还有其他不相同的特点），人们认为，它们组成了，像通常所说的，一部“套曲”，甚至是一部“完整的套曲”（也就是说写完了，因为我不打算写类似的新故事）。这给我提供了重读它们和回答问题的好机会，迄今为止每当人们提出之后我避而不答的问题是：我为什么写这些故事？我想说什么？我实际上说了些什么？这种类型的叙事在当今文学中有什么意义？

我起初写过一些当时所谓“新现实主义”的故事。也就是说，我讲述了一些不是发生在我身上而是发生在别人身上的故事（或者说是想象发生过或可能发生的），如通常所说，这些人是“人民”大众，但总是一些有点非正常的人，至少是一些奇怪的人，不会过多迷失在思想和情感中，而能够只通过他们所说的话和所做的行为来加以描写。我写得很快，使用短句型。那时我想表达的是某种突破，某种写法。我喜欢故事发生在户外，在公共场所，如在车站，许多人际关系在那里产生于偶然相遇的人们之间；心理学说、内心世界、室内场景、家庭、风俗、社会（尤其是上流社会），我对这些不感兴趣，也许从那时起我不曾有过大的改变。

我毫不经意地用游击队员的故事开始写作：结果很成功，

因为这些故事是历险记，充满搏斗厮杀，枪林弹雨，有一点残酷也有一点儿吹嘘，符合当时的精神，还运用了“悬念”，这在小说中像调味的盐。在我于1946年写的中篇小说《通向蜘蛛巢的小径》中，我也大量地运用了新现实主义的生硬手法，而批评家们开始说我是“寓言式的”。我这是在赌博：我深知当讲述无产者和八卦新闻时带有寓言性是优点，而当讲述城堡和天鹅时寓言性就不足以称道了。

于是我尝试写别的新现实主义小说，以那些年里的大众生活为主题，可是我没能写好，将手稿留在了抽屉里。倘若我采用一种欢快的语调述说，显得假腔假调；现实复杂得多，任何风格的模仿终归是装腔作势。倘若我使用一种更加深思熟虑和悲天悯人的语调，一切将变得灰暗、忧伤，我就失去了那种属于我的特征，也就是对写作的是我而不是另一个人这个事实的唯一证明。

是世道变调了：游击战争时期和战后时期的散乱生活随时间转移而远去，再也遇不见那些向你讲述非凡经历的非同寻常的人物，即或还能遇见，却再也辨认不出他们的人和事了。现实步入各种轨道，表面上更正常，变成机构式的；如果不通过他们所在的机构很难判定人们所属的阶级；我也步入一种阶层成为其中的一分子——那种大城市的知识分子，身着灰色套装和白色衬衣。但是我想，归咎于外部环境是太方便的做法；也

许我不是一个真正的作家，我是一个写作过的人，像许多人一样，被推进变革时期的浪潮；过后我的灵感就枯竭了。

于是，我怀着对自己和对一切都感到厌烦的情绪，作为个人消遣，于1951年开始写《分成两半的子爵》。我无意特别支持某一种文学观念，也不想进行道德讽喻，或者狭义的政治讽喻，从来都不。当然我感觉到了那些年里的气氛，尽管不是很理解。我们处于冷战中心，空气中弥漫着一种紧张，一种难以言表的不安，它们不具有看得见的形象，可是主宰着我们的心灵。于是，当我写一个完全是出自幻想的故事时，我不仅在不自觉地宣泄那个特殊时期的压抑感，而且还找到了走出困境的推动力；也就是说，我不是被动地接受消极的现实，而且能够对其注入活力，颂扬、野性、简约风格、强烈的乐观主义，它们曾经属于抵抗文学。

起步时我心里只有这股动力和一个故事，或者更恰当地说是一个形象。在我写每个故事的起始之时，都有一个形象在我脑子里转动，不知是何时诞生的，而且跟随我多年。这个形象逐渐在我头脑里发展成一个有头有尾的故事，而且同时——两个过程经常是平行而又独立的——我相信这个故事蕴含某种意义。但是，当我动手写作时，这一切在我心中初具轮廓，还处于空白状态，只能在写的过程中，一切事物最终各就各位。

那么，一段时间以来我一直在想一个从纵向劈为两半的人，那两半中的每一半都自行其是。一个士兵的故事，发生于一场现代战争？但是常见的表现主义讽刺作品被反复炒腻了：一场远去时代的战争更好一些，土耳其人，一刀劈开——不，一次炮击更好一些，因此一半被认为已经毁坏，后来却又跳将出来。那么是土耳其人开的炮？对，奥地利-土耳其战争，十七世纪末期，埃乌杰尼奥亲王，但是让这一切都显得影影绰绰，那时我对历史小说不感兴趣（现在依旧）。那好：一半活下来，另一半以后再出现。如何区别他们？行之有效的可靠方式就是让一半善良而另一半邪恶，一种史蒂文森式的对立，就像《化身博士》，以及《杜里世家》中的两兄弟。故事就这样完全按照合乎几何逻辑的推理编织起来。而批评家们可能开始步入歧途：他们说我心里想的是善与恶的问题。不是，它在我心中根本不存在，我没有想过善与恶，一分钟也没有。正如一位画家可以使用色彩的鲜明对比来突出某一种图形，同样地我采用了一种众所周知的叙事的对立来突出我所感兴趣的那个东西，这就是分裂。

现代人是分裂的、残缺的、不完整的、自我敌对的；马克思称之为“异化”，弗洛伊德称之为“压抑”，古老的和谐状态丧失了，人们渴望新的完整。这就是我有意置放于故事中的思想-道德核心。但是除了在哲学层面的深入探索工作之外，我注重给故事一副骨骼，像一套连贯机制良好运行，还有用诗意

想象自由组合的血肉。

我不能将现代人所有的残缺类型都安放在主人公身上，他已经肩负推动故事进程的一大堆事情，我分散给一些配角。其中之一——可以说是唯一具有单纯教育作用的——木匠彼特洛基奥多师傅，他建造精良的绞刑架和刑具而试图不想它们做什么用途，这就像……这当然就像现在的科学家或技术人员，制造原子弹或者任何他们不知道社会用途的设备，他们单一的“做好自己的职业”的责任感不足以使良心安稳。“纯粹的”“自由客观的”（或不自由的）科学家与人类现实生活脱节的问题也表现在特里劳尼大夫这个人物身上，但是他的出身完全不同，作为一个史蒂文森意味的小人物，从其他地方流落到那种环境中，他还有着自己独立的精神世界。

麻风病人和胡格诺派教徒属于一种更加复杂的虚构方式，从浪漫幻想的深层背景中诞生，也许受到古老的地方历史传统的启发（麻风村在利古里亚或普罗旺斯腹地；从法国出逃的胡格诺派教徒定居在库尼塞，在南特谕令[1]被撤销之后，或者更早一些，在圣巴托罗缪之夜[2]以后）。对于我而言，麻风病人代表

1 法国国王亨利四世颁布的准许国民信仰自由的谕令，1685年被路易十四撤销。

2 1572年8月23日午夜到24日凌晨，巴黎天主教徒屠杀新教徒事件。

享乐主义、无责任感、快乐的颓废、唯美主义与病态的集合，在某一方面代表了当时流行的也是永远存在的文学艺术上的颓废主义（世外桃源阿卡迪亚）。胡格诺派教徒是与之相反的另一半——道德主义，但是作为艺术形象，有着更为复杂的意义，还因为隐含一种家族秘传（猜测是我的姓氏的起源[1]——迄今尚未证实），是对马克斯·韦伯资本主义新教起源说的一种图解（讽刺与欣赏兼备），以此类推，是对其他一切建立在实用道德主义基础上的社会的图解；是对一种没有宗教的宗教伦理的描写，这种观照赞同多于讽刺。

我认为《分成两半的子爵》中所有的其他人物除了在小说情节中的作用外没有别的意义。有的人物我觉得相当好，即获得了自己的生命，比如奶妈赛巴斯蒂娅娜，还有老子爵阿约尔福，他出场短暂。少女人物（牧羊女帕梅拉）仅仅是与半身人的非人性相对立的一个图解式的女性形象表意符号。

而他，梅达尔多，半身人呢？我说过他比别人少一些自由，按照故事情节走预定的路线。但是，尽管他如此地受强制，却仍然能够表现出一种基本的不确定性，符合作者心中还不很清晰的某些东西。我的宗旨是向人的一切分裂开战，追求完整

1 胡格诺教派属加尔文宗，加尔文与卡尔维诺是同一个词（Calvino）。

的人，这是确定无疑的。但是实际上，开篇时完整的梅达尔多，是无定型的，没有个性也没有面容；结尾时重归完整的梅达尔多让人一无所知；生活在故事里的人只是以半个自己出现的梅达尔多。而这两个一半，两个非人的相反形象，结果表现得更具人性，形成矛盾关系；邪恶的一半，那么地不幸，令人同情，而善良的一半，那么地愧疚，迂腐可笑。我从两种对立的观念出发，对以分裂作为真正生存方式的双方都给予赞赏，并且痛斥“愚蠢的完整”。小说最终不由自主地表达分裂意识，是否因为生活在分裂的时代？或者更恰当地说，是否因为真正的人的完整不是幻想中的一种不明确的总和，或者说齐备，或者说多面，而是坚持不懈地深入认识实在状况，认识自己天然的和历史的条件，个人的自愿选择、自我构建、能力、风格，包括内心自律和主动放弃的个人准则，始终不渝？这个故事以它自然的内在动力将我推向这个我过去和现在一贯的真正主题：一个人心甘情愿地给自己立一条严格的规矩，并且坚持到底，因为无论对他还是对别人，没有这条规矩他将不是他自己。

我们再次遇上这个主题是在另一个故事《树上的男爵》里，它写于几年之后（1956 年至 1957 年间）。这一次也是写作的年代影响精神状态。那是一个对我们在历史运行中可能起到的作用进行反思的时代，新的希望和新的痛苦相互交织。尽管有这

一切，时代朝更好的方向走去；问题在于寻找个人良知与历史进程之间的正确关系。

这一次也是我的头脑里先有一个形象多时：一个攀爬在一棵树上的少年；他爬，会发生什么事情？他爬，走进另一个世界；不对，他爬，遇见奇妙的人物；对了，他爬，每天从一棵树到另一棵树地漫游，甚至不再回到树下，拒绝下地，在树上度过一生。我应当为此编造一个从人际关系、社会、政治等中脱逃的故事吗？不是，那样就太肤浅和无聊，我让这个不愿像别人一样在地上行走的人物不变成一个厌世者，而变成一个不断为众人谋利益的男子汉，投身于那个时代的运动，愿意全面参与积极生活——从技术进步到地方治理和精致生活。只有这样写，我才有兴趣动笔。但是他始终认为，为了与他人真正在一起，唯一的出路是与他人相疏离，他在生命的每时每刻都顽固地为自己和为他人坚持那种不方便的特立独行和离群索居。这就是他作为诗人、探险者、革命者的志趣。

举一个例子，西班牙人的插曲是为数不多的我从一开始就似乎很清楚的情节之一：他们由于偶然的原因生活在树上，当起因消除后就下树了，而那个“攀缘者”相反，他出于内心的志趣，当不存在任何外部理由时他仍然留在树上。

完整的人，在《分成两半的子爵》中我还没有清晰的设想，而这一次在《树上的男爵》中体现在通过自觉进行艰苦磨

砺而充分完成自我的那个人身上。写这个人物时发生了对我来说是不同寻常的事情：我认真地对待他，相信他的所作所为，我把他认同为自己。补充一点，当我为安排一个被树木覆盖的非真实国度而寻找一个往昔的时代时，我被十八世纪及其与后一个世纪之间的动乱时期的魅力吸引住了。于是，主人公柯希莫·迪·隆多男爵走出了可笑的情节框架，来到我面前，成为一个道德楷模，具有精准的文化特质；我的历史学家朋友们关于意大利启蒙主义者和雅各宾派的研究，成为幻想的可贵推动力。那个女性形象（薇莪拉）在文化与伦理方面也发挥了作用：与启蒙主义者的坚定相反，那种对一切事物巴洛克式的和后来浪漫主义的冲动是危险的，险些变成破坏力量，跑向毁灭。

于是，《树上的男爵》在我笔下变得与《分成两半的子爵》大不相同。不是一个时代不详、背景模糊、人物单薄而象征化、童话结构的故事，我在写作时不断地被诱导进行历史的“模仿”，写出一系列十八世纪的人物形象，标明日期和与之相关的名人逸事；风景和自然环境是虚构的，但是以怀旧之情细致描绘；精心设计合情合理和接近真实的情节，甚至包括非真实的开头；总之，我最终品尝到了小说的滋味，这个词最传统的含义。

关于那些次要人物，由于浪漫气氛中的自然繁衍而诞生，可说的不多。做孤独的人似乎是他们共同的特征，每一个人都以一种错误的生存方式，围绕在主人公唯一正确的方式周围。

请看骑士律师，他重现特里劳尼医生的许多特点。十八世纪，奇闻逸事倍出的伟大世纪，仿佛特意为安置这座怪诞人物画廊而存在。那么柯希莫可以被看成一个使自己的不合常规行为具有普遍意义的另类人吗？这样想来，《树上的男爵》没有穷尽我提出的问题。显而易见的是现在我们生活在一个没有奇迹的世界，人们最简单的个性被抹杀了，而且人被压缩成预定行为的抽象集合体。今天问题已经不再是自我的部分丧失，是全部丧失，荡然无存。

我们从原始人缓慢进化成非自然的人，原始上由于与天地浑然一体，因而与生物没有区别，可以称之为还不存在；非自然的人由于混同在产品和环境之中，因而不与任何东西发生摩擦，同周围的事物（自然或历史）不再有关系（斗争与通过斗争得到的和谐），而只是抽象地“发挥作用”，也是不存在的。

这个思考的焦点渐渐地与长久以来占据我心中的一个形象重合：一副行走的盔甲，中间是空的。我尝试着将它写成一个故事（在 1959 年），这就是《不存在的骑士》，它在三部曲中更可能位列第一而不是第三，因为查理大帝武士的年代更早，还因为与其他两个故事相比，它更可以被认为是一个序曲而不是尾声。而且这本书写于历史背景比 1951 年和 1957 年更加动荡不安的年代，强调哲学提问，同时却以激越的抒情方式解决。

阿季卢尔福，不存在的武士，有着广泛散布于当今社会各行各业中那一类型人的精神面貌；我写这个人物很快就得心应手。我从阿季卢尔福的模式（具有意志和意识的不存在）出发，用一种反向逻辑程序（从思想出发走向形象，与我通常所做的相反），挖掘出一个没有意识的存在模式，即同客观世界浑然一体，我创造了马夫古尔杜鲁。这个人物没有能力拥有前者的独立精神。这是可以理解的，因为阿季卢尔福的原型随处可见，而古尔杜鲁的原型仅在人类学家的著作里才有。

这两个人物，一个没有生理个性，而另一个没有意识个性，他们不可能扩展成一段故事；他们只是宣告了主题，应当由其他的人物加以展开，存在与不存在也在他们每一个人的内心搏斗。还不懂得存在与不存在的人，是年纪轻的人；因此一位青年应当是这个故事的真正主人公。朗巴尔多，司汤达式武士，像一切年轻人所为，追求生存的证明。存在的证实在于行动；朗巴尔多将寓意实践、经验、历史。我需要另一位青年，托里斯蒙多，我让他成为绝对精神，对于他存在的证实应当来自别的什么而不是他自己，来自在他之前就存在的，与他相分离的那一切。

对于年轻男性，女人是肯定存在的；我写了两个女人：一个是布拉达曼泰，爱情是冲突，是战争，这就是朗巴尔多的心上人；另一个——寥寥几笔而已——索弗罗妮亚，爱情是和平，是前世的梦中思念，托里斯蒙多的心上人。布拉达曼泰，爱情如战

争，她寻求异己者，即不存在的人，因此她爱上了阿季卢尔福。

我最后该做的事情是举例证明存在是神秘经验，四大皆空、瓦格纳、日本武士的佛教思想；圣杯骑士们现身了。还有与此相反的观念——存在是历史经验，被历史抛弃的人民的觉醒（被卡罗·莱维多次阐述过的观点）；库瓦尔迪亚的居民与圣杯骑士对立，他们穷困并遭受欺压，不知如何活在世上，将在斗争中学会生存。

至此我需要的人齐全了，让他们受自身那许多生存焦虑的支配而活动就行了。但是这一次我不会像在写《树上的男爵》时那样让自己掉进故事里，也就是说我最终不会相信我所讲述的那些东西，这一次故事是并且应该是人们所说的一种“娱乐”。我一贯认为享受这种“娱乐”的人是读者：这不是说对于作者也同样是一种娱乐，作者应当在叙事时保持距离，调节好冷热情绪，自我控制和自发冲动交替，其实写作是最使人疲劳和神经紧张的工作方式。当时我想倾诉写作的甘苦，为此编造一个人物：我变成修道院的文书，假托她在写小说，这使我获得平静而自然的动力，完成最后的篇章。

你们可能会发现在这三个故事中我都需要一个自称“我”的人物，也许通过这个人起到调和与抒情的作用，可以纠正讲寓言故事时完全客观的冷漠态度。我每次选择一个边缘人物，或者至少是与情节无关的人：在《分成两半的子爵》中是一个

少年的“我”，一个卡尔利诺·迪·弗拉塔式[1]的人物，因为在那样一些场景中没有比通过儿童的眼睛看一切更好的方式。至于《树上的男爵》，我的问题是纠正我将自己认同为主人公的强烈冲动，这一次我在作品中放进很著名的塞雷努斯·蔡特布洛姆[2]式的辅助人物，即从起头几句开始我就派出了一个性格与柯希莫相反的人物充当“我”，一个稳重而通情达理的兄弟。而在《不存在的骑士》中，我采用了一个完全置身于故事之外的“我”，一位修女，这样做更是为了增加一种冲突的游戏。

一个叙述者兼评论者的“我”的出现使得我的一部分注意力从故事情节转移到写作活动本身，转移到复杂的生活与以字母符号排列出这种复杂性的稿子之间的关系上。从一定意义上说，与我相关的只有这种关系，我的故事变得只是修女手中那支在白纸上移动的鹅毛笔的故事。

同时我也感觉到，往下写，故事中所有的人物彼此相似起来，他们遭受相同忧虑的摆布，那位修女、鹅毛笔、我的自来水笔、我本人，也是如此，我们大家是同一个人，做同一件事情，感受同一种焦虑，经历同一次结果不满意的追寻。我相信，像小说家一样，任何正在做某件事情的人，他所想的一切都变

1 见于涅埃沃的小说《一个意大利人的自述》。

2 托马斯·曼的小说《浮士德博士》中主人公的挚友兼传记作者。

成他所做的那件事情，于是在小说中，我将这一想法通过最后一次情节转折表达。就是说，我将写小说的修女与女武士布拉达曼泰变成了同一个人。这是我在最后时刻想出的一个戏剧性变化，我认为它的含义不比我刚才对你们所说的那些更多。但是如果你们愿意相信我之所想，那就意味着内心的智慧与外在的活力应当是一个统一体，信不信也由你们自己做主了。

你们既然是随心所欲解释这三个故事的行家里手，就不应该被此刻我对它们的诞生所做的证言所束缚。我想使它们成为关于人如何实现自我的经验的三部曲：在《不存在的骑士》中争取生存，在《分成两半的子爵》中追求不受社会摧残的完整人生，《树上的男爵》中有一条通向完整的道路，这是通过对个人的自我抉择矢志不移的努力而达到的非个人主义的完整——这三个故事代表通向自由的三个阶段。同时我希望它们是三篇如人们所说的“开放性”的小说，首先遵循人物的发展逻辑，它们作为故事是站得住脚的，但是我希望在读者中引发的未曾预料的提问与回答过程中开始它们真正的生命。我希望它们被看成现代人的祖先家系图，在其中的每一张脸上有我们身边人的某些特征，你们的，我自己的。

伊塔洛·卡尔维诺

1960 年 6 月

01

从前发生过一次同土耳其人的战争。我的舅舅，就是梅达尔多·迪·泰拉尔巴子爵，骑马穿越波希米亚平原，直奔基督教军队的宿营地。一个名叫库尔齐奥的马夫跟随着他。大群大群的白鹳在混沌沉滞的空气中低低地飞行。

“为什么有这么多白鹳？”梅达尔多问库尔齐奥，“它们飞往何处？”

我的舅舅是初来乍到，那时他刚刚参军入伍，我们邻近的一些公爵都参战了，他不得不来凑热闹。他在基督徒控制的离战场最近的一座城堡里，得到了一匹战马和一名马夫的配备，赶到帝国的军营去报到。

“它们飞往战场，”马夫回答，神情黯然，“它们将一路陪伴我们。”

梅达尔多子爵早就知道白鹳飞过在当地是吉祥之兆，他看到它们理应表示高兴，可是他感觉到的却是相反的东西，心里忐忑不安。

“库尔齐奥，是什么东西把这些长脚鸟吸引到战场上去的呢？”他问。

“它们也吃起人肉来了，唉！”马夫回答，“自从干旱使土地枯荒、河流干涸以来，哪里有死尸，鹳鸟、火鹤和仙鹤就代替乌鸦和秃鹫往哪里飞去。”

我舅舅那时刚刚成年。这种年岁的人还不懂得区别善恶是非，一切感情全都处于模糊的冲动状态；这种年岁的人热爱生活，对于每一次新的经验，哪怕是残酷的死亡经验，也急不可耐。

“乌鸦呢？秃鹫呢？”他问道，“其他的猛禽呢？它们都到哪里去了？”他的脸色发白，而眼睛却熠熠生辉。

马夫是一个皮肤黝黑、满脸络腮胡子的士兵，从不抬头看人。“由于猛吃害瘟疫死的人，它们也得瘟疫死了。”他举起矛枪指了一下一些黑乎乎的灌木丛，细看之下就发现这些不是植物的枝叶，而是一堆一堆猛禽的羽毛和干硬的腿爪。

“看，不知道谁先死的，是鸟还是人呢？是谁扑到对方的身上把他撕碎了。”库尔齐奥说。

为了免遭灭绝之灾，住在城里的人携家带口地逃避到野外

来，可是瘟疫还是将他们击毙在野地里。荒凉的原野上散布着一堆堆人的躯壳，只见男女尸体都赤身裸体，被瘟疫害得变了形，还长出了羽毛。这种怪事乍看之下无法解释，仿佛从他们瘦骨嶙峋的胳膊和胸脯上生出了翅膀，原来是秃鹫的残骸同他们混合在一起了。

他们已经踏上了打过仗的土地，地面上有着战争的遗迹。他们走得慢了，因为两匹马时时扬起前蹄，不肯前行。

“什么东西惊吓了我们的马？”梅达尔多问马夫。

“先生，”他回答，“没有什么东西能像马肠子的气味一样让马难受了。”

确实，他们一路经过的狭长的平原上马尸横陈：有些仰倒，四蹄冲天；有些趴卧，头颈栽地。

“为什么许多战马倒在这里，库尔齐奥？”梅达尔多问。

“当马感觉到肚子被划破时，”库尔齐奥解释说，“就不让内脏流出。有的将肚皮紧贴地面，有的翻身仰躺。但是死神照样很快把它们带走了。”

“那么在这场战争中是战马先死啦？”

“土耳其弯刀好像是专为一下子剖开马腹用的。再往前走您将看到人的尸首了。先是战马，接着，就该是骑士了。可是我们到了，营地就在前面。”

在地平线边缘出现了帐篷的尖顶、帝国军旗和炊烟。

他们向前急驰，看到前一场战斗的死者几乎全都被运走和埋葬了。只看到有些断肢，特别是指头被扔在庄稼茬子上。

“每隔不远就有一根手指头为我们指路，”我舅舅梅达尔多说，“这是为什么？”

“愿上帝饶恕他们：活人将死者的手指割下，为的是拿走戒指。”

“那边来的是什么人？”一个哨兵问。他穿的大衣上长满绿霉和青苔，活像树皮，他就像是立在寒冷北风中的一棵树。

“神圣的帝国皇上万岁！”库尔齐奥大声说道。

“苏丹[1]该死！”哨兵回答，“不过，我请求你们，到了司令部时告诉他们派人来替换我，我已经在这里生根啦！”

马在这时扬蹄飞奔起来，为的是躲避那像乌云一样笼罩在战场上的苍蝇，它们在粪便堆上嗡嗡叫。

“许多勇士，”库尔齐奥注视着，“他们昨天的粪便还在地上，人已经升天啦！”他在胸前画十字。

在营盘进口处的一侧排列着一行帐篷，从帐篷里走出一些满头鬈发、身着锦缎长裙的妇人，她们袒胸露怀，浪声浪气地叫着笑着迎接他们。

“这里是宫廷贵妇们的住处，”库尔齐奥说，“任何其他军队

1　土耳其古代君主的称号。

里都没有这么漂亮的娘儿们。”

我舅舅早就在马上扭过脸去盯着她们看了。

“当心，先生，”马夫又说，“她们又肮脏又有传染病，连土耳其人都不敢把她们当作战利品抢走。她们身上不仅长了阴虱、臭虫和跳蚤，而且蝎子和壁虎都筑窝了。”

他们从野战炮队前走过，已是傍晚时分，炮兵们在大炮和臼炮的炮筒上烧他们的晚饭清水煮萝卜。由于白天炮击次数太多，炮筒变得像炭火一样通红发热了。

有人拉来满满几车土，炮兵们用筛子筛那些土。

“火药不够用了，”库尔齐奥解释道，“不过打过仗的地方土里含有很多火药，只要肯干，就能收回一些。”

他们走到骑兵的马厩前。兽医们在苍蝇的包围之下，在那里替骡马医治外伤，忙着用针缝合，用热药膏敷好，用绷带缠扎。马匹嘶吼，蹄子乱蹬，医师们也大呼小叫，手忙脚乱。

他们向前走了一大段路，来到步兵营地。夕阳西下，士兵们坐在各自的帐篷前，将赤脚浸泡在温水桶里。由于经常不分白天黑夜地突然发警报，他们洗脚时也头戴铁盔手握长矛。

在一些围成亭台形状的更高一些的帐篷里，军官们往腋下扑香粉，手摇折扇扇风。

“他们这副模样并不是娇气，”库尔齐奥说，“相反，他们是要在艰苦的戎马生活中做出优游裕如的姿态。”

泰拉尔巴子爵很快被引至皇帝面前。皇帝的帷幄里挂满壁毯，装饰着许多战利品。皇上正伏在地图上研究新的战斗部署。桌面上摊满了展开的地图，皇帝往上按图钉，从一位元帅捧着的针囊上取小图钉。图上已经扎上许多图钉，弄得什么也看不清了，看地图时先要拔掉钉子，看完后再按上去。这样拔拔按按，为了腾出手来，皇帝和元帅们都把图钉衔在嘴唇上，只能含糊不清地说话。

皇帝看到了跪在他面前的年轻人，发出呜呜的疑问声，从嘴里取出图钉。

“他是刚从意大利赶来的骑士，陛下。”有人这样向皇上介绍，“泰拉尔巴子爵，出身于热那亚公国最高贵的家族。”

“立即任命为中尉。”

我舅舅马上跳起来，双脚一碰立正站好，这时皇帝威严地大手一挥，所有的地图都转动起来，收卷好。

那天夜里，梅达尔多虽然感到疲倦，却迟迟不能入睡。他在自己的帐篷周围来回踱步，耳里听着哨兵的呼喝、战马的嘶鸣和士兵时断时续的梦中呓语。他仰望着波希米亚夜空中的繁星，想到自己的新军衔，想到次日的战斗，想起遥远的故乡，想起家乡河里芦苇沙沙的响声。他的心中没有怀念，没有忧伤，没有疑虑。他感到这一切都是那么的完满而实在，他本人也是

健全而充实的。如果他那时能够预见到等待着他的可怕命运的话，大概他也会认为那是自然的、注定要到来的痛苦。他凝视着夜空与大地的交接处，知道那里是敌人的阵地。他双臂交叉，用手紧抱肩头，觉得自己把握住了未来的新的现实，同时也对自己新的境遇抱有信心。他踌躇满志。他觉得残酷的战争使大地上汇集了千万道血河，一直流淌到了他这里；他任凭这血的波涛轻轻地撞击自己，既没有产生出义愤填膺之感，也没有激发起悲伤哀怜之情。

02

战斗在上午十点准时开始。梅达尔多中尉骑在马背上，凝视着基督教军队排列好的强大阵容，波希米亚平原上的风吹来稻米的清香，仿佛来自某个沸沸扬扬的打谷场。他把脸转向来风的方向。

“不行，不要向后转，先生。”库尔齐奥惊呼，他佩戴着下士军衔，跟在中尉的身旁。为了解释他的阻拦，他又不慌不忙地补充道：“人们都说打仗前这么做会招来不吉利的事情哩。”

其实，他是不想让子爵看见后面的待援候补队伍，那是由几小队瘸腿跛足的步兵拼凑起来的。他担心子爵明白基督教军队的全部兵力几乎都投入了战场之后会感到沮丧。

但是我的舅舅向远处眺望，遥望着向地平线飘去的白云，心里想的是：“对，那片白云就是土耳其人，真是土耳其人，而

我身边的这些抽着烟的人是基督徒老兵，现在军号吹响的是进攻的信号，我生平第一次进攻，这隆隆的响声和震动，这栽进地里的流星就是炮弹，老战士和战马毫不在乎地看着，这是我有生以来遇见的第一颗敌人的炮弹。但愿不会有那么一天我说：‘这是最后一颗了。’”

他手里高擎着出鞘的利剑，眼睛看着在硝烟中时隐时现的帝国军旗，策马在战场上飞奔急驰起来。我方的炮火从他头上掠过，敌人的炮击在基督教军队的阵地上打开一些缺口，炸起一团团烟尘。他想：“我就要看见土耳其人了！就要看见土耳其人了！”对于参战的人来说，没有什么比同敌人遭遇，并看一看他们是否真像自己想象的那样更令人兴奋了。

他看见他们，看见土耳其人了。两个人正迎面而来，骑着披挂铠甲的战马，手持皮制的圆形小盾牌，身穿黑红条相间的长袍。他们裹着头巾，脸上的皮肤像海豚一般是棕褐色的，胡须真同泰拉尔巴村那个被人叫作“土耳其佬”的米凯一模一样。两个土耳其人中的一个被打死了，另一个杀死了别的一个人。但是谁晓得他们多少人正在走来，一场白刃战即将开始。看见了那两个土耳其人，就如同看见了他们全体。他们也是军人，他们的那些东西也都是军队的装备。他们的面孔像农民的一样饱经日晒，一样显出执拗的神情。梅达尔多，原来一心想看看他们，现在已经看到了；他可以马上回到泰拉尔巴来，趾高气

昂地从我们面前走过，昂首挺胸像只鹌鹑一样。然而他是来打仗服役的。于是他向前冲去，避开了弯刀的袭击，发现了一个步行的小个子土耳其兵，挥剑劈倒了他。既然已经杀了这么一个，他再找一个骑马的高个子兵试一试，结果很糟糕。因为他们小巧灵活，很有攻击力，一直钻到马肚子底下来，用他们的那种弯刀刺剖马腹。

梅达尔多的马撇开腿站立不动了。“你怎么啦？”子爵问道。库尔齐奥赶上前来指着下面说：“您看那里。”马的内脏已经流淌到了地面上。可怜的牲畜向上望望主人，然后低下头去，仿佛想去舔食那些肠子，但这仅仅显示出了英勇无畏的气概：它昏倒了，然后断了气。泰拉尔巴的梅达尔多没有了坐骑。

“请您骑我的马，中尉。”马夫说道，可是他还没来得及勒住自己的马就摔落到地上了，他被土耳其人的箭射伤，那匹马趁机逃脱。

“库尔齐奥！”子爵呼喊着，扑到在地上呻吟的马夫跟前。

“您不要为我担心，先生。”库尔齐奥说道，“只希望医院里还有烈性酒。每个伤员都能分到一碗喝！”

我的舅舅梅达尔多投入混战之中。战斗的胜败尚无定论。在这场混战中，似乎是基督教军队方面取胜。可以肯定的是他们冲乱了土耳其军队的阵线，包围了他们的几处阵地。我舅舅和其他的勇士一起冲到敌人的大炮近前。土耳其人移动炮位，

以便把他们置于炮火射程之内。两个土耳其炮手转动一尊大炮的轮子。他们动作迟缓，蓄着长胡子，战袍垂到脚背，活像两个天文学家。我舅舅说：“现在我上那边去，把他们摆平。”他热情有余，经验不足，他不懂得只能从侧面或后面去靠近大炮，他跃马横刀，直冲大炮口奔去，心想可以吓唬住那两位天文学家。然而是他们对着他当胸开了一炮。泰拉尔巴的梅达尔多飞上了天。

晚上，战事暂停，两辆马车在战场上收拾基督教士兵的躯体。一辆载伤员，一辆装死人。战场上进行的是初步分选。“这个我收，那个你管。”碰到似乎还有救的就放到伤员车上；遇到肢体残缺不全的块块段段就装到死人车上，以便进行安葬；那些已经算不上是一具尸体的残骸就留在原地让鹳鸟吃掉。在那些天里，由于兵员损失与日俱增，决定采取尽量多收伤员的办法。于是梅达尔多的残身就被当作受伤的躯体安置到那辆装伤员的车上了。

再次筛选在医院里进行。仗打完了，战地医院里的景象比战争本身更为残酷可怕。地上摆着长长的一排担架，里面躺着那些不幸的人，医生们聚集在担架四周，手里拿着镊子、锯子、针、线和手术刀。他们一个死人接着一个死人地检查过去，尽力使每具尸体复活。锯掉这里，缝合那里，在创口上塞进药棉，

将血管像手套一样翻过来，重新放回原位，缝线比血管还多，但毕竟是修补好并缝合上了。如果一个病人死去，他所有完好的部分都用于修补另一个人的肢体和器官，如此不断地循环下去。最麻烦的事情是处理肠子：一旦散开来，简直就不知道怎样才能使它们复归原位了。

揭掉被单，子爵残缺不全的身躯令人毛骨悚然。他少了一条胳膊，一条大腿，不仅如此，与那胳膊和大腿相连的半边胸膛和腹部都没有了，被那颗击中的炮弹炸飞了，粉碎了。他的头上只剩下一只眼睛、一只耳朵，半边脸、半个鼻子、半张嘴、半个下巴和半个前额：另外那半边头没有了，只残留一片黏糊糊的液体。简而言之，他只被救回半个身子——右半边。可这右半身保留得很完整，连一丝伤痕也没有，只有与左半身分割的一条巨大裂口。

大夫们都很知足："哟，太巧了！"只要他不当场死去，他们就会设法拯救。他们围着他忙开了，而这时有些可怜的士兵只在一条胳臂上中了一箭，却死于败血症。大夫们缝合、上药、包扎，弄不清他们做了些什么。结果第二天早上，我舅舅睁开了那唯一的眼睛，张开了那半张嘴，翕动了那一个鼻孔，又呼吸起来。泰拉尔巴人特有的强健体质使他终于挺过来了。现在他活着，是个半身人。

03

我舅舅被人抬回泰拉尔巴时，我大约七八岁了。那是在晚上，天已经黑了，是十月里的一天，天空阴沉沉的。白天我们摘收葡萄，从葡萄架中间望见灰蒙蒙的海面上一只帆船正在驶近，船上飘着帝国的旗帜。那时人们每逢见到有船只开来，就说："这是梅达尔多老爷回来了。"这倒不是因为我们盼望他归来，而只是由于有了一件可以期待的事情。那一次我们猜中了。傍晚时我们几个还在地里，一个叫菲奥尔菲埃罗的小伙子站在酿酒桶顶上踩葡萄，突然，他叫喊起来："哟，快看那边！"天几乎全黑了，我们看见山谷的尽头有一行火把沿着骡马走的小路移动，接着过了桥，我们这时看清有人抬着一副担架来了。毫无疑问，是子爵打仗回来了。

消息传遍山谷。城堡的院子里挤满了人：家里的人、仆人、

收葡萄的工人、牧羊人、武士。唯独不见梅达尔多的父亲阿约尔福老子爵。他是我的外公，很久不露面了，连院子里也不来。他厌倦了世上的俗务，在独生子去当兵打仗前夕，宣布把爵位的特权让出。现在他热衷于养鸟，在城堡里设了一只巨大的鸟笼。他一心喂鸟，旁的事情一概不闻不问。他把自己的床也搬进大笼子里，住在里面，白天黑夜都不出来。人们从鸟笼的铁栅栏门里把他的饭菜同鸟食一起送进去，阿约尔福同鸟儿们分享一切食物。他整日摩挲着山鸡和野鸽子的羽毛，等待儿子从战场上归来。

我从来没见过我们家的院子里来这么多人。从前同邻邦打仗时在这里点兵点将和欢庆胜利，那种热闹的场面，我只是听人们说过而已。我第一次发现围墙和塔楼快要坍塌了，院子里遍地泥淖，我们在这里放羊和喂猪。大家一边等待，一边谈论梅达尔多子爵将怎样回来。早就有消息说他被土耳其人伤得很重，但是还没有人确切地知道他是肢体残废了还是内脏受损了，或者只是被伤疤毁坏了容貌。现在看见担架，人们估计情况更糟。

来了，担架被放到地上，人们看见黑色的身影上一只瞳仁在闪亮。高大的老奶妈赛巴斯蒂娅娜走上前去，但是黑影子伸出一只手来做了一个粗暴的动作，表示拒绝。接着只见那个身躯在担架上使劲地顽强扭动一阵，泰拉尔巴的梅达尔多就拄着

一根拐杖站到了我们面前。一件带帽子的黑斗篷从他的头顶一直垂及地面，右半边被掀到身后，露出半个脸和拄着拐杖的半边细窄的身子，左边好像完全被掩藏起来，裹进那件宽大衣服的衣襟和褶皱里。

他立着看了看我们，我们围着他站成一圈，没有人开口说话。也许他那只直愣愣的眼睛并没有看我们，他想的只是依靠自己的力量离开我们这些人。一阵风从海上吹来，刮断了一棵无花果树顶梢上的一根枝条，发出一声呜咽。我舅舅的斗篷飘动着，风把它吹得鼓起来，像船帆一样张开着，这意味着风穿过了他的身体，甚至，那躯体根本不存在，斗篷也许是空的，就像幽灵穿着那样。后来，我们看得清楚一些了，看出它像是挂在一根旗杆上，这根旗杆由一个肩膀、一条胳臂、半边上身和一条腿组成，而他所有的那一切又全都支撑在拐杖上，其余的部分没有了。

那群山羊呆呆地望着子爵，它们全被拴住了，每只羊从各自不同的位置扭过头来，很奇怪地将脑袋同背脊组成一些直角。猪呢，反应更敏锐，动作更迅速，它们尖叫起来，互相碰撞着肚皮要逃跑。这时我们再也无法掩饰住心中的惊恐。“我的孩子！”奶妈赛巴斯蒂娅娜呼唤，并张开了臂膀，“不幸的孩子呀！”

我的舅舅，对于他在我们身上造成的这种反应很厌烦，他

在地上向前挪动拐杖的底端，以两脚规的方式走动起来，朝城堡的大门走去。那几个抬担架的脚夫正盘腿坐在大门口的台阶上哩，赤裸着膀子，戴着金耳环，头发梳理成鸡冠状或马尾式。他们站起身来，其中一个梳辫子的像是头儿，他说："我们在等您付报酬呢，先生。"

"要多少？"梅达尔多问道，似乎是笑了笑。

梳辫子的那人说："您知道用担架抬送一个人的价钱……"

我舅舅从腰带上解下一个钱包，叮当一声扔到脚夫们的脚边，那人刚一掂量那钱包，就叫嚷道："这可比我们讲好的数目少多了，先生！"

梅达尔多呢，这时风掀开了他的斗篷的两襟，说声："一半。"他从脚夫们中间走过，凭着他的独脚，一小步一小步地跳着登上台阶，走进向城堡内敞开着的大门，抡起拐杖去捅那两扇沉重的门板，将它们咣当直响地关上了。因为还留着一条缝，他又推一下，便从我们的视线中消失了。我们依然听得见脚和拐杖交替落地的声音，那声音从走廊上移向城堡里他个人的住处那边，然后在那里响起关门上锁的响声。

他的父亲站在鸟笼的铁栅门后等着他。梅达尔多连他那里也没有去打个招呼，他独自关闭在自己的屋里，不论奶妈赛巴斯蒂娅娜敲多长时间的门，说多少安慰他的话，他都不露面，也不回答。

老赛巴斯蒂娅娜是位身材高大的妇人，穿一身黑衣服，戴面纱，脸色红润，没有皱纹，眼角上的那一道几乎看不出来。她哺育了泰拉尔巴家所有的年轻人，曾与家里所有的老一代的男人同床共眠，还闭合了所有死者的眼睛。现在她在两位闭门自守者的屋子之间来回走动，不知如何帮助他们才好。

第二天，我们照旧摘收葡萄。由于梅达尔多还不露面，葡萄园里没有了往日的欢声笑语，大家只是议论他的命运。这倒不是因为我们很替他担心，而是因为这样一个颇费揣测的话题很是助人谈兴。只有奶妈赛巴斯蒂娅娜留在城堡里，小心地窥视着屋里的动静。

可是老阿约尔福似乎早就预料到儿子回来时会变得如此阴沉和孤僻，早就训练了他最喜爱的小动物——一只伯劳，让它每天飞往城堡另一头的梅达尔多的住处，从窗户飞进那时还空无一人的房间。这天早晨，老人打开铁栅门，放出伯劳，看着它飞至儿子的窗口，然后才转身给喜鹊和山雀撒食，并学鸟儿们的啼叫。

片刻之后，他听见有件东西撞到鸟笼框架上。他伸头探看，只见他的伯劳僵死在檐口上。老人双手把鸟儿捧起，看见它的一只翅膀折了，像是有人打算把它撕下来，一只爪子断了，似乎有人用两个指头硬掰的，一只眼睛也被抠去了。老人将鸟贴在胸口上，呜呜地哭了。

当天他就倒床不起了，仆人们从鸟笼的铁网里看见他病得很厉害。可是谁也不能进去照顾他，因为他人在里面，又把钥匙藏起来了。鸟儿们都围绕在他的床边飞。自从他躺下之后，它们就一齐飞来飞去，不肯停落，不停地扇动翅膀。

第二天早晨，奶妈向笼里张望，发现老子爵阿约尔福死了。所有的鸟儿都停栖在他的床上，好像飞落在一根在海面漂浮的树干上。

04

他的父亲死后，梅达尔多开始走出城堡。又是奶妈头一个发现的。一天早晨，她看见门敞开着，房间里没有人，就派出一小队仆人去野外追踪子爵。仆人们一路小跑，来到一棵梨树下，头一天傍晚他们还看见那上面晚结的果子尚未成熟。“你们看那上面。”一个仆人说。他们朝在曙光逆照中挂着的梨望去，都惊呆了。因为梨都不是完整的了，变成了许多个被竖切一半的梨，每一个还都挂在各自的柄上，而且每只梨都只剩下右边的一半（或者说是左边的一半，这要看从哪边望过去了，但是都留着相同的半边），另外那半边不见了，被切掉或咬掉了。

“子爵到过这里！”仆人们这么说。当然，他把自己关闭了许多天，没吃过饭，前一天夜里他感到腹中饥渴，首先见到这棵树，就爬上去吃梨。

仆人们往前走，看见半只青蛙在一块石头上跳跃，由于青蛙的特性，它还活着。“我们走对了路线！”他们继续追赶，后来迷路了，因为没有看见绿叶掩藏着的半个甜瓜，他们不得不往回走，直到发现了那半个瓜才算回到正确的方向上。

仆人们就这样从田野上找到森林里，他们看见一个切成一半的蘑菇，半个石菌，随后又是半个石菌，半个有毒的红蘑。他们继续向森林中走去，不时看见一个个蘑菇从地面冒出来，只有半边把和半个顶。仿佛有人一刀把它们劈成两半，而另一半连一点渣子也没有留下。这是一些各式各样的蘑菇，有马勃、胚珠、伞菌，有毒的和可食用的数量上差不多是对半分。

仆人们沿着这延伸的痕迹来到名叫“修女地”的草坪上，那里的绿草中间有一口池塘。霞光初照，池塘边的水面映出梅达尔多披着黑斗篷的修长身影，还漂浮着白色、黄色和褐色的蘑菇。这是他摘掉的半边蘑菇，现在都漂散在明净清澈的水面上。水上的蘑菇看起来像是完整无缺的，子爵注视着它们。仆人们躲在池塘的对面，不敢吭声，也盯着漂浮的蘑菇，终于发现这些只是食用菌类。那些毒菌呢？既然他没有丢入池塘，那又派了什么用场？仆人们跑回森林里，没走多远，就在小路上遇见一个提篮子的男孩，篮子里装的净是半边有毒的蘑菇。

那个孩子就是我。夜里我一个人在“修女地”的草坪上玩

要着，一个人突然从树丛里钻出来，真把我吓坏了。当我迎着我舅舅走过去时，他正在惨淡的月光下，用他的一只脚在草地上跳行，手臂上挎着一个篮子。

“你好，舅舅！”我大声招呼。这是我头一次敢同他说话。

他看起来讨厌见到我。“我去采蘑菇了。”他向我解释。

“你采到了吗？”

“你来看。”我舅舅说着，我们坐到了那口池塘边。他开始挑选蘑菇，把一些扔进水里，另一些留在篮子里。

“给你，”他把装着他挑好的蘑菇的篮子递给我，“拿油煎。”

我想问他为什么篮子里的蘑菇都只是半个，可是我知道他不会理睬这个问题，于是说了一声“谢谢”就跑开了。我正要回去用油煎蘑菇时，遇见了那一帮男仆人，才知道全是些有毒的。

赛巴斯蒂娅娜奶妈听他们讲了这件事情后，就说：“回来的是梅达尔多坏的那一半，谁知道今天的审判会搞成什么样啊！”

那天要审判由城堡里的卫士们抓住的一伙土匪。匪徒是我们领地上的，因而必须由子爵来处置他们。开庭审判时，梅达尔多斜着身体坐在椅子上，直咬手指甲。匪徒们被锁着镣铐带上来，为首的就是那个名叫菲奥尔菲埃罗的小伙子，就是他在踩榨葡萄时首先看见担架的。受害的那一方也来了，他们是开往普罗旺斯的几位托斯卡纳骑兵，路过我们

这里时，在森林里遭到了菲奥尔菲埃罗及其同伙们的袭击和抢劫。菲奥尔菲埃罗辩解说，是那些骑兵来我们的领地里偷猎，被他阻拦住，当作偷猎者解除了他们的武装，而卫士们却不认为他们是偷猎者。应当说当时土匪袭击是很普遍的事情，对此法律是宽大的。再说我们这地方又特别适合土匪出没，连我们家族中的一些成员也入伙了，在动乱的年代里，甚至自己纠结成匪帮。至于偷猎就更不用说了，是最轻不过的犯罪。

可是赛巴斯蒂娅娜奶妈的忧虑是有根据的。梅达尔多把菲奥尔菲埃罗和他的全体同伙当作抢劫犯判处绞刑。而被抢的那些人，由于本身是偷猎者，也被判处绞刑，为了惩处干预太迟的卫士们，他对他们也宣判绞刑，因为他们既不懂得预先阻止偷猎的人活动，也不懂得防范土匪的犯罪。

被判死刑的共有二十多人。这一残酷无情的判决使我们深为震惊，那些从前谁也不曾见过的托斯卡纳绅士倒也罢了，对于一般说来并不令人讨厌的那些土匪和卫士，大家痛惜不已。造骡马驮架的木匠师傅彼特洛基奥多负责造绞刑架。他是一位能干而认真的工人，尽职尽责地完成自己的每一项工作。被判决的人中有两个是他的亲人，他忍受着巨大的悲痛，还是制造出一台像树那样多枝丫的绞刑架，而它的全部绳索只用一个绞盘就能提升起来。这台机器庞大而巧妙，一次能吊起的人数比

那天判处的人还多，因此，子爵利用多余的绞索在每两个犯人之间吊上十只猫。僵直的尸体和死猫悬挂了三天，起初谁也不忍心去看。但是人们很快发现那是颇为壮观的景象，我们对这桩惨案的认识也起了变化，产生出不同的感受，对于卸下尸体和拆毁大绞刑机的决定感到很是遗憾。

05

那一阵对于我是快乐时光，总是在林子里跟特里劳尼大夫找海洋动物的化石。特里劳尼大夫是英国人，在一次海难中骑一只波尔多酒桶来到我们这里的海岸。他当了一辈子随船医生，做过许多漫长而危险的旅行，其中有些是同著名的库克船长一起，可是他没有看见过任何世界风光，因为他总是在船舱里玩“三七牌”。这位难民到我们这里之后，很快就贪恋起那种叫“坎卡罗内”的葡萄酒，那是我们这里最苦涩和最浓稠的酒，他再也离不开它，甚至总在肩膀上挎着那么满满一壶。他留在泰拉尔巴，成了我们的医生，但是他并不管病人，而是搞他的科学发现，忙得团团转，我陪着他不分白天黑夜地在田间和林中奔走。他先是热衷于蟋蟀的病，一千只当中仅有一只会生的小毛病，也不会造成什么危害，特里劳尼大夫却要把得病的蟋

蟀全找到并研究出恰当的治疗办法。后来便是对大海覆盖我们这块土地时留下的遗迹感兴趣。于是，我们去背回那些石头块和矽石片。大夫说它们原本是鱼。最后是新近迷上的磷火。他想找一种方法获取并保存磷火，为此，我们夜间在坟地里奔跑，当我们等候到那飘忽不定的荧光从坟冢的杂草中闪现时，就设法把它引向我们，让它跟在我们身后跑，再捉住它，放进容器里不让它熄灭。我们一次次地换用各种器皿做实验：布袋啦，细颈瓶啦，剥去包装草的玻璃坛子啦，手炉、漏勺，都被用来装过磷火。特里劳尼大夫就住在坟场边上的一间茅屋里，从前那是埋尸人的住处，在闹灾荒、战争和瘟疫的年代里需要有一个人专门从事这项职业。大夫在那里设立起他的实验室，里面有用来装磷火的各种玻璃瓶，有用来捕捉磷火的像渔网似的小网子，还有蒸馏器和坩埚，用来研究坟地的泥土和尸体的腐败物为什么会发出绿莹莹的光来。可惜他不是一个能长久地专心致志从事研究的人，他很快就丢开不干了，走出实验室，邀我一道去探索新的自然现象。

我自由得像空气一样，因为我没有父母，既不在仆人之流，也不入主人之列。我是泰拉尔巴家族中的成员，只是后来才被认同，但我不采用他们的姓氏，也没有人愿意教养我。我可怜的母亲是阿约尔福老子爵的女儿、梅达尔多的姐姐，可是她玷污了家族的名誉，同一个偷猎人私奔，那人便是我的父亲。

我出生在偷猎人搭在森林中间一块荒地上的茅舍里。不久后，我父亲在一次口角中被人杀死，而母亲又被蜀黍红斑病夺去生命，她孤零零地死在那间凄凉的破屋里。我在那时由于外祖父阿约尔福起了怜悯心，被收留在城堡里，由大奶妈赛巴斯蒂娅娜抚养长大。记得梅达尔多还是个少年时，我还没几岁，有时候，他让我参加他的游戏，就好像我们处于同等的地位。后来差距随同我们的年龄一起增大了，我留在奴仆群里。现在我把特里劳尼大夫看成一个我从未有过的伙伴。

大夫有六十岁，可是同我一般高。他有一张干栗子一样的皱巴巴的脸，上面戴着三角帽和假发；他的腿呢，因为皮靴筒一直套到大腿中部，显得特别长，像蟋蟀腿那么不成比例，迈开的步子也很大。他穿一件滚红边的灰鸽子色的燕尾服，挎着他的一壶坎卡罗内酒。

他对磷火着了迷，以至于我们夜里长途跋涉到别的市镇的墓地里去，在那里，有时可以看到比我们荒芜的公墓里更艳丽和更大团的火。但是我们的轻举妄动如果被当地人发现就倒霉了，会被误认为是盗墓的贼。有一次，一群人手持大砍刀和三股叉追了我们好几里路。

我们跑到临河的悬崖边，我和特里劳尼大夫飞快地跳上山岩，可是听见愤怒的乡民们从身后追上来了。在一处叫作“冷面跳”的地方，有一座由树干搭起的桥架在一道看不见底的深

渊上。我和大夫没有过桥，躲在了一块正好凌空翘在深渊之上的巨石底下。刚藏好身，乡民们就接踵而至。他们看不见我们了，就大声叫嚷：“那两个杂种上哪里去啦？”一面鱼贯而行，跑上了桥。“轰隆”一声响，几个人惨叫着跌落下去，被底下湍急的水流吞没了。

我和特里劳尼为自身命运感到的恐慌，由于逃脱了危险而减轻了，然而接着又因追踪者们的可怕下场而惊恐不安。我们只敢稍微伸出头来往下观望，乡民们在黑暗的深渊里消失了，再抬头看看残存的桥，一截截的树干仍然紧密相连，只是每一段树干从正中间断开了，好像是被锯开的；用别的解释无法说明为什么粗壮的木头会出现如此笔直的断裂。

“我知道这是谁的手笔。”特里劳尼大夫说道，我心里也早就明白了。

果然，听见了急驰的马蹄声，在山涧边上出现了一匹马和一个半边身子裹在一件黑斗篷里的骑士。这是梅达尔多子爵，他那三角形的嘴边挂着一丝冷笑，默然注视着预谋的可悲得逞。他本人或许也不曾料想会是如此：他肯定是想弄死我们两人，结果却救了我们一命。我们吓得瑟瑟发抖，眼望着他骑着那匹瘦马离去。那马在岩石上蹦跳着，像是一只母羊生的崽子。

我舅舅那时候总是骑马溜达。他让制造驮架的彼特洛基奥

多师傅做了一副专用马鞍，可以把他的身子用皮带稳稳当当地拴在一只脚镫上，另一只脚镫则用一个秤锤固定住。马鞍的一侧挂着剑和拐杖。这样子爵便可以骑在马上了，他头戴插有羽毛的宽边帽，半个身子裹藏在总是飘荡荡的斗篷里。人们听见他的马蹄声就逃开，比麻风病人伽拉特奥从身边走过时还要恐慌，连孩子和牲畜也都带走；又担心地里的庄稼，因为子爵的心肠坏，从不轻易放过任何人，随时随地可能做出最难预料和最不可理解的行为。

他从不生病，因此从不需要特里劳尼大夫医治。可是我不知道万一出现这种情况，大夫如何能逃脱他的魔掌。大夫尽量避开我舅舅，甚至不听旁人议论他。每当同他谈起子爵及其残酷行为时，特里劳尼大夫就摇摇头，撮起两片嘴唇来含糊其词地说："噢，噢，噢！……啧，啧，啧！"好像人们在对他议论不该说的事情。而且，为了转移话题，他就滔滔不绝地讲起库克船长的旅行故事。有一次，我试探着问，依他之见，我舅舅残废得如此严重为何能生存。这个英国人不知道说别的，只是对我一个劲地说："噢，噢，噢！……啧，啧，啧！"好像从医学的角度上，我舅舅的这种病例倒也丝毫不能引起大夫的兴趣。于是我猜想他成为医生也许只是为了服从家人的安排或者图谋实惠，完全不是因为看重这门科学。也许他的船医职业仅仅是靠他玩"三七牌"的高超技术得来的，那些著名的航海家和其

中首屈一指的库克船长是看中了他的这一特长而把他留在船上做牌局伙伴的。

一天夜里，特里劳尼大夫在旧坟场上用网子捕磷火时，突然看见泰拉尔巴的梅达尔多就在面前，他正在坟头上放他的那匹马吃草。大夫害怕极了，慌乱得不知所措，可是子爵还叫他走近一些，并且用那半张嘴发出极不清楚的咬字吐音问他："您是在找夜间的蝴蝶吗，大夫？"

"噢，大人，"大夫回答，声音细若游丝，"噢，噢，不是蝴蝶，大人……是磷火，您知道吗？磷火……"

"知道，磷火。我也时常琢磨它的来源。"

"这一直是我在研究的问题，搞了很久了，还没有什么结果，大人……"特里劳尼说。由于子爵的语气和善，他稍稍地壮起胆子。

梅达尔多尖瘦的半边脸——皮肤紧绷绷的活像个骷髅——抽搐着微笑了。"您作为学者值得给予各种帮助，"他对医生说，"可惜的是，这块坟地已经废弃多时，不再是产生磷火的好场地了。但是，我向您允诺，明天我将出力帮助您。"

次日是规定的执法日，子爵将十个农民判处死刑。因为按照他的算法，他们没有缴足应向城堡交纳的收获物的数量。死者被埋葬在公共墓地里，坟上每夜都冒出大量的磷火。特里劳尼大夫被这一帮助吓瘫了，虽然这对于他的研究很有益处。

在这样可悲的情形之下，彼特洛基奥多师傅制造绞刑架的技术大为完善。他做的那些东西，不仅有绞刑架，还有供子爵对被告人进行酷刑逼供的三角架、绞盘等其他刑具，都堪称木工和机械工的杰作。我时常到彼特洛基奥多的铺子里去，因为看他那么熟练灵巧而且又那么劲头十足地干活，我觉得饶有兴趣。但是敢怒不敢言的苦恼刺痛着这位原本是驮架师傅的心。他制造的可是处死无辜百姓的绞刑架啊。“我怎么办，”他想，“才能让他派我造别的什么东西，一样的精工细作，别样的用途呢？什么是我最喜欢制造的新机器呢？”但是他没有往下想，竭力从头脑里驱除这些念头，想方设法做出最美观和最实用的刑具。

“你应当忘掉它们的用处，”他还这样对我说，“你只当它们是机器。你看它们多漂亮呀！”

我望着那些由横梁、升降绳索、连环绞盘和滑轮组成的装置，尽量不去想在那上面受折磨的躯体。可是我越是努力不想，越是不得不想。我问彼特洛基奥多：“我该怎么办呢？”

“就像我这样做，孩子。”他回答，“就像我这样做，好吗？”

那些日子虽然使人痛苦和恐惧，也自有它欢乐的时光。最美好的时刻是旭日升起之际，看大海万顷金波，听母鸡咯咯下蛋，还有那个麻风病人沿小路吹响的号角声。他每天早上来为

他的不幸的同伴们乞讨。他名叫伽拉特奥，在脖子上挂一把打猎用的号角，老远就通知人们他的到来。妇女们听见号角响，就把鸡蛋，或是丝瓜，或是西红柿，放到墙角边，有时候还会放上一只剥了皮的小兔子，然后带着孩子躲藏起来。因为当麻风病人走过时谁都不应该留在街上，麻风病不接触也会传染，甚至眼睛看见他也是危险的。伽拉特奥沿着空无一人的小路慢慢地走来，手里拄着一根长棍，破烂不堪的长衫拖到了地上。他有一头长而硬的黄头发，一张白惨惨的圆脸，脸上已经有点被麻风病侵蚀。他收集起施舍的物品，把它们装进背篓里，朝避开的农民的房屋大声道谢，说些甜言蜜语，里面总要夹带点逗笑或挖苦人的双关语。

那时候，在沿海地区，麻风病是一种常见病，在我们村旁边就有一个专住麻风病人的小村子，叫布拉托丰阁，我们承担了向他们施舍的义务，就是由伽拉特奥取走的那些东西。

在船上或在乡间，有人一旦染上麻风病，就要离开亲友到布拉托丰阁去度过余生，等待着被疾病吞噬。据说，每次为欢迎新的患者到来，那里都要举行盛大的庆祝，老远就能听到从麻风病人屋里传出的吹奏弹唱声，入夜不息。

关于布拉托丰阁的传说很多，虽然健康的人谁也没到过那里，可是大家都说在那里生活是无穷无尽的狂欢作乐。在变成麻风病隔离区之前，那里曾是一个娼妓窝，各民族和各宗教的

海员都去光顾，现在那里的女人们似乎还保持着当年的放荡作风。麻风病人不事耕种，只有一园草莓。他们终年饮用自制的草莓酒，总是处于微醉的状态之中。麻风病人们的头等大事就是吹拉弹奏他们自己发明的古怪乐器，他们的竖琴弦上挂着许多小铃铛；他们用假嗓音唱歌，还用彩笔涂抹鸡蛋壳，好像永远在过复活节。他们把茉莉花环套在变了形的脸上，沉醉于极为轻柔的音乐声里，这样就忘掉了疾病把他们从人世间那里隔离出来的痛苦。

从来就没有医生愿意治疗麻风病人，可是当特里劳尼大夫来到我们这里定居之后，有人希望他愿意施展医术来治好本地的这个痈疽。我也曾怀有这样的希望，而且想得很幼稚，我早就很想去布拉托丰阁观看麻风病人的联欢会，如果大夫要在这些不幸的人身上试验药效，也许有时候会允许我陪他一起走进村子里面去。可是这样的事情根本不会出现。特里劳尼大夫一听见伽拉特奥的号角声，立即拔腿就逃，显得比谁都更怕传染。有几次我试图向他询问那种病的性质，他给我的答复是含含糊糊、不着边际的，仿佛一提“麻风病”这个词就令他很不自在似的。

说到底，我不知道为什么我们非要死心眼地认定他是大夫不可。对于牲口，特别是对于小动物，对于石头，对于一切自然现象，他满怀一腔关注之情。可是对于人类和他们的疾病，

他心里充满厌恶和恐惧。他害怕鲜血，只用手指尖触碰病人。遇到危重病人，他就用一块在醋酸里浸过的丝绸手帕捂住鼻子。他像女孩子一样害羞，见到裸体就面红耳赤。如果给一个女人看病，他就不敢抬眼看人家，说话也结巴起来。他在漂洋过海的漫长旅途中，似乎从未结交过任何女人，幸亏那时我们这里接生是产婆的事情，要不然的话，真不知道他如何能履行职责。

我舅舅又想起了纵火。夜里，突然间，穷苦农民的干草棚着火，或者是一棵成材的树木，甚至整片树林烧起来。于是，我们只好排成长队传递水桶，将火浇灭，往往要忙到天明。遭殃的总是那些同子爵争执过的人，他们曾经抱怨他的规章越来越苛刻和不近情理，或者指责他加倍提高捐税。他焚毁财物还不解恨，开始放火烧住宅。他好像是夜里溜到屋边，将点燃的火绒扔到屋顶上，然后骑马逃走。但是从来没有谁能当场捉住他。一次烧死两位老人，一次把一个男孩子的头烧得像被剥了皮一样惨。农民中对他的仇恨情绪高涨起来。与他不共戴天的仇敌是那些住在杰毕多山口农舍里的信奉胡格诺教[1]的人家。在那里男人们整夜轮流站岗，防备起火。

没有任何说得过去的理由，一天夜里他跑到了布拉托丰阁的房檐下。那些房子是茅草盖顶，他在房顶上浇上松油，点起

1 法国天主教徒对加尔文教派的称呼。

火。麻风病人有着被烧时无灼痛感的优越之处，如果他们在睡觉时被火烧着，肯定不会再醒过来。可是子爵骑马逃离时，听见村子里响起了一把小提琴的独奏声。原来布拉托丰阁的居民并没有睡觉，正玩得起劲哩。他们都烧伤了，但不觉得疼痛，还在随兴玩乐。他们很快扑灭了火。他们的房子，或许因为也传染了麻风病，被火烧坏得不多。

梅达尔多也糟践自己的财产：在城堡里放火。火从仆人们居住的那一侧烧起来，熊熊烈火中有一个被困的人在声嘶力竭地呼救．子爵置若罔闻，骑马跑向田野。他存心害死自己的奶妈赛巴斯蒂娅娜。女人们都想对自己从小养大的孩子保持永久的权威，赛巴斯蒂娅娜对子爵干的每一件坏事都少不得要数落一番，即使当大家都一致认为他的本性已经变得残忍到不可救药的地步时，她仍然要教训他。赛巴斯蒂娅娜被人从四壁烧焦的屋里救出来时已经烧伤得不成样子了，她只得卧床多日，等待创伤痊愈。

一天晚上，她那间房门被推开，子爵站到她的床前。

“奶妈，您脸上的那些斑点是什么呀？”梅达尔多说着，指了指烧伤处。

“你的罪孽留下的痕迹，孩子。”老妇人说话时神态安详。

“您的皮肤凹凸不平，颜色深浅不一，您生什么病了，奶妈？”

“我的孩子，你如果不悔改，等待着你的是下地狱。相比之下，我的伤痛算不了什么。”

“您应当尽快痊愈。我可不想让左邻右舍的人知道您病成了这个样子……”

“我又不嫁人，用不着为我的容貌担心。我只要良心还在就行。这话对你也合适。”

“您的新郎还在等您，他要带您走，您不知道吗？”

“孩子，你的青春美貌被损坏了，也不要拿上年纪的人来开心啊。”

“我不是说笑话。您听，奶奶，您的未婚夫正在您的窗子下面吹奏……”

赛巴斯蒂娅娜侧耳细听，听见了那个麻风病人在城堡外面吹号角。

第二天，梅达尔多派人把特里劳尼大夫叫来。

“可疑的斑点不知为什么出现在我们一个老女仆的脸上，”他对大夫说道，“大家怕这是麻风病症。大夫，我们全靠您的明鉴了。”

特里劳尼大夫弓了弓身，嗫嚅道：“大人，我的职责……就是永远听从您的吩咐，大人……”

他转身出去，抱着一小桶“坎卡罗内”酒溜出城堡，消失在森林里。一星期不见他的人影。当他再露面时，赛巴斯蒂娅

娜已经被打发到麻风村去了。

她是在一天傍晚太阳落山时离开城堡的。她身穿黑衣，头戴面纱，胳臂上挽着一个装着衣物的包袱。她知道她的命运已经被决定了：她只能去布拉托丰阁。一直关着她的房间这时才打开，她从中走出来，走廊上和房间里都空无一人。她走下楼，穿过庭院，来到屋外。到处不见人，她所到之处人们都躲避起来。她听见了仅有两个音符的低沉的猎号声：在前面的小路上伽拉特奥正把他那件乐器对着天空翘起。奶奶缓慢地挪动脚步；小路蜿蜒伸向前面西下的夕阳。伽拉特奥远远地走在她前头，不时停下来好像是观看在树叶间嗡嗡乱飞的黄蜂，举起号角，吹出凄凉的音调。奶奶打量着她就要永远离开的田园和河堤，觉出人们就在篱笆后面远远地躲着她，她接着往前走，孤身一人，跟着前面离她老远的伽拉特奥，走到了布拉托丰阁。当村子的栅栏门在她背后关上时，小提琴开始奏乐。

特里劳尼大夫让我非常失望。他没有想办法使年老的赛巴斯蒂娅娜不被宣判为麻风病人而进麻风村，他一点儿忙都不帮——明明知道她的疤痕不是麻风病引起的。这是懦弱的表现，我第一次对大夫产生了反感。还有一点，他知道我是捉松鼠和采山莓的好手，对他大有用处，但他逃进森林时不带着我。现在我不像以前那样喜欢随他去找磷火了，而是经常一个人四处

逛悠，物色新伙伴。

现在最吸引我的人是住在杰毕多山口的那些胡格诺教徒。他们是从法国逃出来的，法国国王下令把所有信奉他们那种教的人都剁成肉酱。他们在翻山越岭时丢失了经书和圣器，现在没有《圣经》读，没有弥撒做，没有颂歌唱，没有祷告念。他们像所有那些受过迫害之后移居在异教徒之中的人一样，不信任旁人，不愿再接收别的经文，不听任何关于举行他们的宗教仪式的建议。倘若有人去找他们，称他们为胡格诺兄弟，他们便担心他是乔装打扮的教皇密探，会一声不响地关上门。这些人怀着上帝降恩宠于他们的希望，不分男女，一起从早到晚地干活，在杰毕多山口的坚硬的土地上耕耘着。他们不大懂得什么是犯罪行为，为了不犯错误而定出许多清规戒律。他们用严厉的眼光互相监视，窥探别人是否有用心不良的细微举动。他们模模糊糊地记得自己教会里的争论，绝不提起上帝或其他有关宗教的话题，生怕说错而犯下渎圣罪。于是他们既无任何教规可遵循，又不敢在信仰问题上创建新思想，可是一脸严肃庄重的神情，好像时时刻刻在思索这些问题。相反，久而久之，辛苦的农事劳作制度取得了相当于教规的地位，迫使他们养成勤俭的习惯，以及妇女们善于持家的优点。

他们是一个大家庭，儿孙满堂，媳妇众多，人人都是大高个，个个肌肉发达。他们在地里干活时也穿着黑色的礼服，纽

扣规规矩矩地扣好，男人们戴宽边帽，女人们扎白色头巾。男人们蓄长胡子，出门走路总是肩挎猎枪，但是听说他们除了打麻雀之外从不开枪，因为有禁止打猎的戒律。

石灰质的山地艰难地生长着一些劣质的葡萄和低产的小麦，埃泽基耶莱老头子的声音时时响起。他朝天举起双拳，白山羊胡子抖动不已，眼睛在那顶漏斗式的帽子下骨碌直转，不停地吼叫：“瘟神和灾星！瘟神和灾星！”他朝正在弯腰干活的家里人喊话：“乔娜，锄快点！苏珊娜，快把那棵草拔掉！托比亚，你去撒肥料！”他对一群干活懒散、使用工具材料大手大脚的人怒气冲冲地发号施令和训斥。每次分派完为使土地不致荒芜而必不可少的各种活计之后，他自己也开始干活，一面驱赶人们分头去做事，一面骂道：“瘟神，灾星！”

他的妻子从不大声说话，而且显得与众不同，仿佛坚信着某种秘密的宗教，在许多事情的细枝末节上都很严谨，但她从不向人说教。她只是瞪大眼睛盯住人，绷着嘴唇说：“您觉得合适吗，拉凯莱妹妹？您觉得这样恰当吗，阿龙内兄弟？”这就能使别人脸上少见的微笑从嘴边消失，恢复严峻而专心的表情。

一天晚上，正当胡格诺教徒们做祷告时，我来到杰毕多山口。他们没有动嘴念叨什么，没有举手合掌，没有屈膝下跪，而是在葡萄园里排成队笔直地站着，男人站一边，女人站一边，最前头站着长髯垂胸的埃泽基耶莱老头。他们直视正前方，垂

下肌肉隆起的胳膊，手捏拳头，显得很专心的样子，但是并没有忘记身边的东西，托比亚伸手捉掉葡萄藤上的一只毛毛虫，拉凯莱用鞋底的钉子踩死一只蜗牛，埃泽基耶莱也忽然摘下帽子吓唬飞到麦田上的麻雀。

后来他们唱起圣歌，不记得歌词了，只是哼着歌谱，那调子也不准，时常有人走调，或许大家都总是唱错，但是从不中断，唱完一段又一段，始终不唱歌词。

我觉得有人拽我的一只胳膊，是小埃萨乌，他打手势叫我别作声并跟他走。埃萨乌同我一般大，是老埃泽基耶莱最小的儿子。他徒有来自父母的坚毅而刚强的面部表情，骨子里却很狡黠，是一个十足的小流氓。我们一面往葡萄园外爬，他一面对我说：“他们还要祈祷半个小时。真烦人！你来看看我的洞。”

埃萨乌的洞是秘密的。他藏在那里面，不让家里的人找到他，使他们无法派他去放羊或去菜园子里捉蜗牛。他躲在里面一连几天不干活，而他父亲在田头地里怒吼着寻找他。

埃萨乌贮备了一些烟叶，在一面洞壁上挂着两支长长的花陶瓷烟斗。他装好一支烟斗，让我抽烟。他教我点燃烟锅，然后自己大口大口地吸起来，我从来没有看见过一个孩子抽得这么贪婪。我是头一次抽，立刻感到难受，就停下不抽了。为了给我提神，埃萨乌拿出一瓶烈性酒，给我倒了一杯。这酒又让我咳嗽起来，并烧灼着我的肠胃。他倒像喝水一样。

"我想喝醉。"他说。

"你放在洞里的东西是从哪儿拿来的呀？"我问他。

埃萨乌勾动手指头做了个扒窃的动作，说道："偷来的。"

他领头带着一伙天主教徒家的孩子在四乡偷抢。不仅偷摘树上的果子，而且还进屋子里面偷东西，摸鸡窝。他们骂起人来比彼特洛基奥多师傅更凶，骂的次数也更多。基督徒的和胡格诺教徒的骂人话他们都会，他们之间互相对骂。

"我还干许多别的坏事，"他告诉我，"我做假证，我忘记给豌豆浇水，不尊敬父母，很晚才回家去。现在我要干尽天下的一切坏事，我还没长大而不懂得的坏事也要干。"

"干尽一切坏事情？"我对他说，"也杀人吗？"

他耸耸肩："现在杀人对我还不合适，也得不到好处。"

"我舅舅杀人。人们说，他杀人取乐。"我这么说，是为了找点东西与埃萨乌抗衡。

埃萨乌啐了一口。

"白痴的嗜好。"他说道。

后来响起雷声，洞外下起雨来。

"家里的人要找你了。"我对埃萨乌说。从来没有人寻找我，不过我看见别的孩子总是有父母来找，尤其是天气变坏的时候。我想这也许是件紧要的事情。

"我们就在这里等雨停。"埃萨乌说，"一边等一边玩骰子。"

他拿出骰子和一堆钱。钱我可没有，我赌哨子、小刀、弹弓，我把它们全都输掉了。

“你不要灰心丧气，”埃萨乌最后对我说，“你要明白，我作弊了。”

这时外面电闪雷鸣，大雨滂沱。埃萨乌的洞被水淹了。他开始抢救他的烟草和其他东西，他对我说：“会下一整夜的。我们还是跑回家避雨好一些。”

我们跑进老埃泽基耶莱家门时已淋成了落汤鸡，身上还沾满了泥巴。胡格诺教徒们坐在一张桌子的四周，在一盏小油灯的光照之下，正竭力回忆《圣经》上的某一段内容，认真地复述着一些不大确切的意思和事实，看起来倒好像他们过去真是读过的。

“瘟神和灾星！”埃泽基耶莱看见他儿子埃萨乌和我在门洞里出现，就朝桌子上猛捶一拳，油灯震灭了。

我的上下牙开始磕碰不止。埃萨乌耸耸肩。屋外仿佛全世界的雷电都集中到杰毕多山口来放射了。他们重新点亮油灯，老人挥动拳头，数落着儿子的过失，好像那些是人所能干出的最恶劣行径，其实他所知道的只是一小部分。他的母亲缄默不语，静静地听着。其他的儿子、女婿、女儿、儿媳和孙子孙女都勾着头，下巴抵着胸，双手捂住脸，聆听教诲。埃萨乌啃着一只苹果，简直就像那番说教与他毫不相干。而我呢，在雷声

和埃泽基耶莱的训斥声中，像株灯芯草一样瑟瑟发抖。

几个站岗的人头顶着麻袋，湿淋淋地从外面进来了，打断了老头子的斥责。胡格诺教徒们通宵轮班守卫，手持猎枪、砍刀和草叉，防备着子爵的偷袭，他们已经宣布他是仇敌。

“大人！埃泽基耶莱！”那些胡格诺教徒说，“今夜天气这么坏，那瘸子肯定不会来了。大人，我们可以撤回家了吧？”

“附近没有那个独臂人的行踪吗？”埃泽基耶莱问。

“没有，大人，只闻到闪电留下的火焦气味。今夜可不是让瞎子乱跑的时候。”

“那么，你们留在家里，换掉湿衣服。暴风雨给那个半边人和我们都带来了安宁。”

瘸子、独臂、瞎子、半边人都是胡格诺教徒们用来称呼我舅舅的绰号。我从来没有听他们叫过他的真名。他们在这些对话里显示出对子爵十分熟悉，好像他是个老对头。他们挤眉弄眼、嘻嘻哈哈地交谈着，只要三言两语就互相明白意思：“嘿，嘿，独臂……就是这样，半聋……”似乎他们对于梅达尔多的一切丧心病狂的举动都了如指掌，而且可以事先料想得到。

他们正谈得热闹，听见风雨声中有一只拳头在捶大门。“谁在这个时候敲门呢？”埃泽基耶莱说，“快，去给他开门。”

他们打开门，门槛上是独腿站立的子爵，他缩在那件正在往下滴水的黑斗篷里，带羽毛的帽子已被雨水浸透。

“我把马拴在你们的马厩里了，”他说道，“请你们也收留我。今夜，对出门在外的人来说，天气太恶劣了。”

大家看着埃泽基耶莱。我躲进桌子下面，不让舅舅发现我到他的冤家对头的家里串门来了。

“您坐到火边来吧，”埃泽基耶莱说，“客人在这个家里总是受到欢迎的。”

门槛边有一堆收橄榄时用来铺在树下的布单，梅达尔多就在那上面躺下并睡着了。

在黑暗中，胡格诺教徒们都聚集到埃泽基耶莱身边来。“父亲，这下子，瘸子在我们手心里了！”他们叽叽咕咕地说开了，“我们应当放他跑掉吗？应当让他再去伤害无辜的百姓吗？埃泽基耶莱，还没到这个没屁股的人偿还血债的时候吗？”

老人举起拳头敲击到天花板：“瘟神和灾星！”他声嘶力竭地喊道，如果一个人说话时使尽了全身的气力却几乎没有发出声来，也可以说他是在喊的话，此刻的埃泽基耶莱就是如此。“任何客人都不应当在我们家里受委屈。我要亲自站岗保护他的睡眠。”

他挎起猎枪站在躺着的子爵身边。梅达尔多的单眼睁开了。“您站在这里干什么，埃泽基耶莱先生？”

“我保护您睡觉，客人。很多人憎恨您。”

“我知道，”子爵说，“我不睡在城堡里，就是因为害怕仆人

们趁我睡着了杀我。”

“梅达尔多先生，在我家里也没有人爱您。但是今天夜里您会受到尊重。”

子爵沉默片刻，然后说道：“埃泽基耶莱，我想皈依您的宗教。”

老人一言未发。

“我被不可信的人们包围着，”梅达尔多继续往下说，“我要把他们都遣散，把胡格诺教徒召进城堡。您，埃泽基耶莱先生，将是我的大臣。我将宣布泰拉尔巴为胡格诺教派的领地，开始同各天主教君主交战。您和您的家人来当头领。您同意吗，埃泽基耶莱？您能接纳我入教吗？”

老人挎枪挺胸站着岿然不动：“关于我们的宗教我忘记得太多了，因此我怎敢劝化他人入教呢？我将守在我的土地上，凭我的良心生活。您在您的领地里坚持您的信仰吧。”

子爵单肘支撑着从地上坐起来：“埃泽基耶莱，您可知道，我至今还没有考虑对出现在我的领地之内的异端进行裁判呢。我要是把你们的头颅送给主教，就会立即得到教廷的恩宠。”

“我们的头还在脖子上长着哩，先生，”老人说道，“而且还有比脑袋更难从我们身上移动的东西！”

梅达尔多跳立起来并打开大门。“我不愿待在敌人家里，宁肯睡在那棵栎树下面。”他冒雨蹒跚而去。

老人对大家说："孩子们，圣书上写着瘸子首先来拜访我们。现在他走了，来我们家的小路上空无一人了。孩子们，不要灰心，或许某一天会来一个更好的过客。"

所有留长胡子的胡格诺男教徒和披着头巾的女人都垂下了头。

"即使没有人来，"埃泽基耶莱的妻子补充说，"我们也永远留在自己的土地上。"

就在那时一道电光划破天空，雷声震动了屋顶上的瓦片和墙里的石头。托比亚惊呼："闪电落到栎树上了！现在烧起来了。"

他们提着灯笼跑出去，看到大树的半边从梢顶到根底都被烧得焦黑了，另外半边都完好无损。他们听见一匹马在雨中远去的蹄声，在一个闪电之下，看见裹着斗篷的骑士的细长身影。

"你救了我们，父亲，"胡格诺教徒们说道，"谢谢，埃泽基耶莱。"

东方天空泛白，已是拂晓时分。

埃萨乌把我叫到一旁："我说他们都是些蠢货。"他悄悄地对我说，"你看我在那时候干了什么。"他掏出一把亮晶晶的东西，"当他的马拴在马厩里时，我把马鞍上的金扣钩全都取下来了。我说他们是笨蛋，都没有想到。"

埃萨乌的这种做法我不喜欢，而他家的那些家规令我敬畏，那么我宁愿自己一个人待着。我到海边去拾海贝和逮螃蟹。当我在一块礁石顶上起劲地掏洞里的一只小螃蟹时，看见身下平静的水面映出一把利剑，锋刃正对准我的头，我惊落海里。

“抓住这里。”我舅舅说道。原来是他从背后靠拢了我。他想叫我抓住他的剑，从剑刃那边抓。

“不，我自己来。”我回答道。我爬上一块大石头，它与那堆礁石隔着一臂宽的水面。

“你去捉螃蟹吗？”梅达尔多说，“我逮水蚫。”他让我看他的猎获物。那是一些棕色和白色的又粗又肥的水蚫。它们全被一劈为二，触角还在不停地蠕动。

“如果能够将一切东西都一劈为二的话，那么人人都可以摆脱他那愚蠢的完整概念的束缚了。我原来是完整的人。那时什么东西在我看来都是自然而混乱的，像空气一样简单。我以为什么都已看清，其实只看到皮毛而已。假如你将变成你自己的一半的话，孩子，我祝愿你如此，你便会了解用整个头脑的普通智力所不能了解的东西。你虽然失去了你自己和世界的一半，但是留下的这一半将是千倍的深刻和珍贵。你也将会愿意一切东西都如你所想象的那样变成半个，因为美好、智慧、正义只存在于被破坏之后。”

“哟，哟，”我说，“这里螃蟹真多！”我假装只对找螃蟹这

件事情感兴趣，为的是远离舅舅的剑。我一直等到他带着那些水蝇走远了才回到岸上。可是他的那些话老在我的耳边回响，搅得我心神不安。我找不到一个可以躲开他那疯狂的乱劈乱砍的避难处。不论我去找谁，特里劳尼、彼特洛基奥多、胡格诺教徒，还是麻风病人，我们大家统统都处于这个半边身子的人的威力之下。他是我们服侍的主人，我们无法从他手中逃脱。

06

清晨，泰拉尔巴的梅达尔多把自己的身体在他那匹爱蹦跳的马的鞍子上拴牢之后，踏上高低起伏的山冈，忽上忽下地行走着。他向前探着头，用鹰隼般的那只独眼搜索着下面的山谷。于是他看见牧羊女帕梅拉和她的羊在一块草地中间。

子爵暗自思忖道："我发现在我的一切敏锐的情感中没有与完整的人们称为爱情的那种东西相应的感情。既然一种如此无聊的感情对于他们竟有那么重要，我的与之相应的感情肯定将是极其美好和惊世骇俗的。"他决定去爱帕梅拉。她胖乎乎的，赤着脚，穿一件式样简朴的玫瑰色连衣裙，一会儿打瞌睡，一会儿对羊儿说话，一会儿闻闻野花。

可是，并不是他事先策划好的这种冷冰冰的打算令他产生错觉。一见到帕梅拉时，梅达尔多就感觉到了血液在异样地流

动，他很久没有这种体验了，血流得那么快，冲击着理智，让他心惊胆战。

中午，帕梅拉在回家的路上看见草丛中的雏菊都只有半朵花了，另一半上的花瓣都被扯碎了。“唉呀，”她心里想道，“山谷里有那么多姑娘，他就该正好落到我头上吗！”她明白子爵看中了她。她摘下所有的半朵雏菊带回家，把它们夹进弥撒书里。

下午她去修女草坪放鸭子，让它们在池塘里游水。白色的欧洲防风根花撒满草地，这些花也遭到了雏菊一样的命运，每朵花从花蕊中间开始被剪刀剪去了一半。“我的天哪，”她自言自语，“他想要的真是我呀！”她把那些半朵的防风根花收集起来扎成一束，准备插到梳妆台的镜框上。

后来她不再想这件事了，把辫子盘到头上，脱去衣衫同她的鸭子一起在小池塘里洗起澡来。

傍晚，她踏着草地走回家，到处都长满蒲公英，那草又叫“飞毛毛”。帕梅拉看见它们少了半边的绒毛，好像有人曾趴在地上从一侧向它们吹气，或者是用半个嘴吹气。帕梅拉摘下一些半边的蒲公英，向上吹气，它们柔软的绒毛便远远地飘走了。“我的老天啊，”她对自己说，“他就是要我。这可怎么了结呢？”

帕梅拉家的房子太小了，将鸭子赶进底层，把羊圈入楼上之后，他们一家人就无处安身了。房子四周被蜜蜂包围住

了，因为他们还养了几箱蜂。地下则尽是蚂蚁窝，手不管伸到哪里，抬起来时必定爬满了密密麻麻一片黑的蚂蚁。在如此处境中，帕梅拉的妈妈在干草棚里睡觉，爸爸睡在一只空的酒桶里，而帕梅拉则在一棵无花果树和一棵橄榄树之间挂着的吊床上过夜。

帕梅拉在门口站住。有一只蝴蝶死在那里。一只翅膀和半边体腔都被用一块石头砸烂了。帕梅拉尖叫一声，急忙叫爸爸妈妈。

“谁来过这里了？”帕梅拉问道。

“不久前，我们的子爵从这里经过，”爸爸妈妈说，“他说他在追一只叮过他的蝴蝶。”

“蝴蝶什么时候叮过人呢？”帕梅拉说。

“可不是吗，我们也这样问过他。”

“正经的事情是，”帕梅拉说，“子爵爱上了我，我们得准备应付更糟的情况。”

“哼，哼，你别想入非非，别吹牛。”二老回答她。老人们总是习惯这么对待年轻人，青年们可不敢这样回敬老年人。

第二天，当帕梅拉来到她平常放羊时常坐的那块石头边时，失声大叫起来。一些令人恶心的动物的残肢扔在石头上：半只蝙蝠和半个水母。前者滴着黑血，后者淌着黏汁；一个翅膀折断了，另一个的触角软绵绵而黏糊糊。牧羊女明白这是一

个通知。他要说的是：今晚在海边约会。帕梅拉鼓足勇气，前去赴约。

她坐在海边的碎石子上，听着白色的海浪哗啦啦响。后来响起一阵马蹄踢动碎石子的声音，梅达尔多骑着马沿海滩而来。他勒住马，解开系扣，从鞍子上下来。

“帕梅拉，我，决心爱你。”他对她说道。

“就是为了这个，”她跳起身来，“您把大自然的一切造物都撕碎吗？”

“帕梅拉，”子爵叹息道，“除此之外，我们没有别的语言可以交谈。世界上两个造物的每一次相遇都是一场相互撕咬。你跟着我吧，我对这种恶的本性有所了解，你会比跟别的人在一起更安全。因为我像大家一样干坏事，但是我又与别人不相同，我下手准确。”

“您也像对待雏菊和水母一样把我撕碎吗？”

“我不知道将会同你做些什么。有了你，我肯定能把我现在想象不到的事情办成功。我要把你带进城堡，把你关在里面，别的任何人都不能再见到你，我们将有整天整月的时间，可以想清楚我们该做什么，可以设计我们一起生活的新方式。”

帕梅拉躺倒在沙地上，梅达尔多跪在她身边。他边说边打手势，手在她身边挥动，但是没有去碰她。

“好，我应当知道您要我做的第一件事情。现在您完全可以

给我一点那种生活的尝试，我将决定去不去城堡。”

子爵将他纤细的、指头弯弯的手慢慢地移近帕梅拉的脸颊。那只手颤抖着，弄不清是要抚摸还是要抓伤她。但是还没有碰到她，他突然缩回手，站起身来。

“到了城堡里我再要你，”他边说边跳上马，“我要去收拾让你居住的塔楼。我再给你一天的时间考虑，然后你要做出决定。”

说着他就扬鞭催马离开了沙滩。

第二天，帕梅拉像往常一样攀上桑树采桑葚，听见枝叶间有咕咕的叫声和扑翼声，她吓得险些跌下来。在一根高高的树枝上拴着一只公鸡，翅膀被捆紧了，许多淡蓝色的大毛毛虫正在咬它。那是一种寄生在松树上的害虫，现在被放在鸡的冠子上。

显然，这又是子爵的一个可怕的通知。帕梅拉把它译出来就是：“明天清早我们在森林里见面。”

帕梅拉以采集一袋松果为借口，爬山越岭，走进森林，梅达尔多拄着拐杖从一棵树的树干后面钻出来。

“那么，”他问帕梅拉，“你决定来城堡了？”

帕梅拉躺在松针上。“我决定不去。”她稍微转过身来对他说，“如果您需要我，就到森林中的这个地方来找我。”

“你来城堡吧。你住的塔楼收拾好了，你将是它的唯一主人。”

“您要把我关在那里面当囚犯，以后甚至会放火烧死我，或

者让老鼠咬死我。不，不去。我对您说过了，假如您要我，我将属于您，但是您到这里来。”

子爵靠近她的头部蹲下，手上拿着一根松针。他把它放到她的脖子边，绕她的脖子转了一圈。帕梅拉身上起了鸡皮疙瘩，但她一动也不动。她看到子爵的脸正俯在她身上，即使从正面看过去那半边脸也仍然只是个侧影，那半圈牙齿露出来，形成一个剪刀形的微笑。梅达尔多将松针攥进拳头里，把它捏碎了。他站起身来：“我要把你关进城堡！关进城堡！”

帕梅拉明白她只能豁出去了，就向空中踢蹬着赤脚说：“在这森林里，我不说半个不字；关起来，死也不干！”

“我会把你好好地带去的！”梅达尔多把手放到好像是凑巧走到他身边的马的背上。他跨上马镫，策马离去，顺着林中小路走远了。

当夜帕梅拉睡在橄榄树和无花果树之间的吊床上，早上醒来，可吓坏了！她的怀里放着一只血淋淋的小兽尸。那是半只小松鼠，又像往常一样是被竖劈的，但是黄褐色的尾巴是完好未动的。

“我真不幸哪，”她对双亲说，“这个子爵不让我活了。”

爸爸和妈妈传看这只松鼠的尸体。

“不过，”爸爸说，“他留下了完整的尾巴。兴许是个吉兆……”

“也许他开始变好……”妈妈说。

“他总是把所有的东西切成两半，”爸爸说，“可是对松鼠最美丽的东西，那条尾巴，他还是尊重的……”

“这个信息可能表示，”妈妈说，“他将尊重你所具有的美丽和善良……”

帕梅拉把双手插进头发里：“我还听你们说什么呢，父亲，母亲？！这里面一定有名堂：子爵同你们谈过了……”

“谈到是未谈过，”爸爸说，“但是他派人来告诉我们，他要来找我们，他将关心我们的穷日子。”

“父亲，假如他来找你说话，你就打开蜂箱盖子，让蜜蜂去对付他。”

“女儿，也许梅达尔多正在变得好起来……”老妇人说。

“母亲，假如他来找你们谈话，你们把他捆起来，放到蚂蚁窝上，让他在那里挨咬好了。”

就在那天夜里，妈妈睡的干草棚起了火，爸爸睡的酒桶被拆散。清早，正当两位老人怔怔地望着灾后的残余物时，子爵出现了。

“我很抱歉昨天夜里让你们受惊，”他说，“可是我不知道如何提起话头。事情是我喜欢上了你们的女儿帕梅拉，并且想把她带到城堡里去。因此，我正式请求你们把她交给我。她的生活将会改变，你们的日子也会好过一些。”

“您以为我们会不高兴吗，老爷！”老头儿说道，“可是您

不知道我女儿的脾气！您想想看，她说放出蜂箱里的蜜蜂来蜇您……”

“您想一想，老爷……”母亲说，“她居然说要把您捆起来放到蚂蚁窝上……”

幸亏帕梅拉那天回家早。她发现父母嘴里都被塞进东西堵住，一个被捆在蜂箱上，一个被捆起来扔在蚂蚁窝上，幸喜蜜蜂们认得老头子，蚂蚁忙于别的事情没有咬老太太，她才能救下两个老人。

“你们看到子爵变得多好啦？”帕梅拉说。

可是两位老糊涂却密谋策划。第二天，他们把帕梅拉捆绑起来，和牲畜一起关在家里，然后跑到城堡里去告诉子爵，如果他要他们的女儿，只管派人来接，他们已经安排好，可以把她交给他了。

可是帕梅拉会同她的牲畜说话。鸭子用嘴把绳子解开，羊用角把门撞开。帕梅拉带着她心爱的羊儿和鸭子逃跑了，跑进森林，在一个只有她和一个男孩知道的山洞里住下，那个男孩给她送食物和传消息。

那个男孩就是我。我和帕梅拉在森林里过的日子真好。我给她送去水果、奶酪和炸鱼，她回赠给我羊奶和鸭蛋。她到池塘里或小溪中洗澡时，我就当守卫，不让别人看见她。

我舅舅来过森林几次，但是他离得远远的，还是以他常用

的可悲方式表示他的到来。有时候一堆石头崩裂塌落在帕梅拉和她的牲畜身上；有时候她倚靠着的松树干倒下去，原来树底下被用斧子砍断了；有时候她发现一眼泉水被死去的动物尸体污染。

我舅舅开始打猎，使用一张单臂可以撑开的弓。但是他变得表情更加阴沉，身体更加单薄，仿佛新的罪过在折磨着他那残缺不全的身体。

一天，特里劳尼大夫同我一起在田野上行走，子爵骑马朝我们走来，几乎是向他直撞过去，把他撞倒在地上。那马一只蹄子踏在英国人的胸脯上停下来，我舅舅说："大夫，您给我解释一下：我觉得我的腿无论走多远也不会疲劳，这是怎么回事呢？"

特里劳尼照常又是诚惶诚恐、磕磕巴巴，子爵打马走开了。可是这个问题一定打动了医生的心，他开始用双手托着脑袋思索起来。我过去没有看见过他对人类的医学问题有过这么大的兴趣。

07

在布拉托丰阁村周围生长着一丛丛薄荷和一道迷迭香的矮树墙，不知道是自然野生的，还是香料园里栽培的。我在那里转来转去，胸腔里吸满了香气，寻找一条能到老奶妈赛巴斯蒂娅娜那里去的通路。

自从赛巴斯蒂娅娜在去麻风村的小路上消失之后，我更加经常地想到我是一个孤儿。我不知道她的任何消息，感到很难过。我问过伽拉特奥，当他经过时我爬到一棵树顶上向他大声问话。可是伽拉特奥憎恨孩子，因为他们有时从树上向他身上扔活的壁虎。他用那又尖细又甜蜜的声音回答了几句令人费解的取笑的话。现在我怀着要进麻风村的好奇心和想见奶妈的渴望，在清香扑鼻的灌木丛中不停地转悠。

不料从一丛麝香草中站起一个穿浅色衣服的人，头戴一顶

草帽，向村子里走去。那是一个麻风病老头，我想向他打听奶奶，就走到不用喊也可以使他听见我的声音的距离之内，说道：“喂，站住，麻风病先生！”

然而，就在这个时候，也许是被我的说话声惊醒了，另一个人正好在我的身边坐起身来，伸了个懒腰。他有一张长满鱼鳞斑的脸，像是一块树皮，有一把又浓又硬的白胡须。他从衣袋里掏出一个口哨，朝我吹出一声尖啸，好像是取笑我。我这才发现，午后的阳光下到处躺着麻风病人，他们隐藏在灌木丛中，现在慢吞吞地起身，穿着浅淡的衣服，逆光向布拉托丰阁走去。他们手里拿着乐器或是园丁工具，用它们弄出音响。我朝后退了几步躲开那个大胡子，可是又差一点撞到一个没有鼻子的女麻风病人身上，她正在一株月桂树下梳理头发。我在树丛中跑着，总是遇到麻风病人。我这才发觉我只能朝布拉托丰阁村的方向走去了，它就在那个山坡脚下，装饰着风筝和彩带的茅草屋顶已近在眼前。

麻风病人们只是有时对我眨眨眼睛或吹一下口琴表示对我的注意，但是我觉得自己正好走在他们队伍的中心，像他们捕获的一只动物那样被送往布拉托丰阁。走进村子，只见房屋的墙壁上画着紫丁香，一位半裸的女人站在窗口前，她的脸上和胸脯上也都刺着紫丁香花纹，怀抱着七弦琴，喊了一声“园丁们回来了！”就弹起琴来。别的一些女人从窗口和阳台探出头

来，摇着手铃，唱起来："欢迎归来，园丁们！"

我在那条狭窄的街道上小心翼翼地走着，不敢触碰任何人，但是我像是处于十字路口上，四周全是麻风病人，那些男男女女都坐在自家的门槛上，衣衫褴褛，而且颜色消退，变得透明，连身上肿大的腹股沟淋巴腺和羞处都显现出来了。他们每个人头发里都插着山楂花和白牡丹。

麻风病人举行了一个小小的音乐会，可以说是为欢迎我而举办的。有些人朝我躬身演奏小提琴，拉弓的姿式夸张有力，有些人只要我看他们一眼就学青蛙叫，另一些人给我表演奇特的木偶戏，小木偶在一根绳子上跳上跳下。就是这些如此不协调的动作和音响组成了一台小型音乐会，但是有一句特别的歌词他们不时重复咏唱："没有斑点的小公鸡去采桑葚，也染上斑痕。"

"我找我的奶妈，"我大声说道，"赛巴斯蒂娅娜老太太，你们知道她在哪里吗？"

他们大笑起来，很是得意而且居心叵测。

"赛巴斯蒂娅娜！"我大声呼唤，"赛巴斯蒂娅娜！你在哪里？"

"在这里，孩子，"一个男麻风病人说，"乖乖的，孩子。"他指指一扇门。

那扇门打开了，从里面出来一个橄榄肤色的女人，也许是

个阿拉伯人，身上裸露出刺的花纹，系几根风筝飘带，她开始跳一种放荡的舞。接着发生的事情我那时就不大明白了：男人们和女人们一个扑到另一个的身上，后来我才知道他们是开始了酒神节的狂欢。

我被挤得无处容身，突然间，高大的赛巴斯蒂娅娜老太太拨开那群人走过来了。

“丑脏鬼们，”她说，“至少在一个纯洁无辜的灵魂面前应当稍微检点一些！”

她拉住我的手，把我带开。而那些人还在唱：“没有斑点的小公鸡去采桑葚，也染上斑痕！”

赛巴斯蒂娅娜穿着很像法衣的滚浅色边的紫色衣服，没有皱纹的面颊上已经有了一些斑斑点点。我很高兴与奶妈重逢，但是又很担心，因为她抓着我的手，一定会把麻风病传给我。我把这想法告诉了她。

“别害怕，”赛巴斯蒂娅娜说，“我父亲是海盗，我祖父是隐士。我知道每一种草药的功效，会医治本地人的疾病，也能治好摩尔人的病。他们服用薄荷花和锦葵来寻求刺激；而我悄悄地用琉璃苣和水堇煎水喝下，至死也染不上麻风病。”

“奶妈，那你脸上的斑是怎么回事呢？”我问道，心里轻松多了，但还没有完全放心。

“是涂的希腊松脂。为了让他们相信我也有麻风病。你跟我

来，我让你喝一种滚热的药汤。在这个地方四处走动，谨慎不是多余的。”

她把我带到她的家里，这间茅舍比较僻静，很干净，东西摆放整齐。我们聊天。

“梅达尔多，梅达尔多呢？”她问我，可是每次我的话还没说完她就抢过去说了，“真是无赖！简直像个土匪！恋爱上了！那可怜的女孩子！而这里呢，这里，你们连想也想不到哟！我知道他们浪费多少东西！我们从嘴里省下东西来施舍给伽拉特奥，可是你知道他们在这里都干些什么吗？那个伽拉特奥就不善，你想得到吗？一个坏人，而且不是他一个人那么坏！他们夜里干的那些好事！后来在大白天也干！这些女人，这些不知羞耻的女人，我从来没见过！她们至少应该会缝缝补补吧，可是连这也不会！她们不爱整洁，穿着破衣烂衫！唉，我都对他们当面说过这些话……可是他们，你知道是如何回答我的吗？”

这次见到奶奶，我很高兴。第二天我去钓鳗鱼。

我把钓钩抛进泉水涌集成的小湖里，等着等着就睡着了。我也不知道睡了多久，响动声把我惊醒。我睁开眼睛，看见一只手悬在我的头上，那手上捉着一只长毛的红蜘蛛。我扭头一看，原来是我舅舅，披着他的黑斗篷。

我吓得惊跳而起，可就在这时候红蜘蛛咬了我舅舅的手，

倏地不见了。我舅舅把手放进嘴里轻轻地吮吸着伤口，说道：“你睡着了，我看见一只长毛的红蜘蛛正从上面那根树枝往你脖子上爬。我伸手拦住它，瞧，被它咬了。”

他的话我是一句也不会信的：他用类似的方法害我，少说也有过三次了。但是现在他被红蜘蛛咬了也是事实，并且手肿起来了。

“你是我的外甥。”梅达尔多说。

“是的。”我回答道，颇感诧异，因为这是他头一回表示承认我。

“我一下子就认出你来了。”他说，“唉，蜘蛛！我只有一只手，你偏要把它毒伤！不过，当然，伤了我的手总比伤这个孩子的脖子好一些。”

我知道舅舅从来不这样说话，心里纳闷难道他讲的是真话，转眼间变得善良了？但我很快就想通了：装假和欺骗是他惯用的伎俩。当然，他看上去有很大变化，表情不再那么严峻而残酷，显得衰弱而哀伤，也许是为咬伤感到疼痛和担忧吧。而且他的衣服沾满尘土，式样也与他平时穿的不大相同，给人的印象是这样的：他的黑色斗篷有些破旧了，干树叶和栗子壳挂在衣边上，里面的衣服也不是常穿着的那件黑丝绒的，而是粗毛呢做的，已经褪色；脚上穿的也不是高筒皮靴，而是蓝白条纹的羊毛袜子。

为了表示我对他不感兴趣，我就去看是否有鳗鱼上钩。没有鳗鱼，我却看见鱼钩上钓着一只闪光发亮的镶宝石的金戒指。我把它提上来，宝石上刻有泰拉尔巴家族的徽章。

子爵的目光跟着我，他说：“你不要惊奇。我从这里走过，看见一条鳗鱼在钓钩上挣扎，让我感到很不好受，就把它放了。后来我想到这样做会损害钓鱼人，我想用戒指来赔偿，这是我最后一件值钱的东西了。”

我惊得张开口，又不知说什么。梅达尔多往下说：“我那时还不知道钓鱼的是你。后来我看见你睡在草丛中。见到你，我很高兴，随后发现那只红蜘蛛往你身上爬，又担忧起来。后来的事情你已经知道了。”他说着忧虑不安地看了看那只肿得发紫的手。

也许这一切都是他设下的残酷骗局。可是我想，如果他突然心肠变软该有多么好，会给赛巴斯蒂娅娜、帕梅拉和所有受他狠心残害的人带来多大的快乐啊。

“舅舅，”我对梅达尔多说，“你在这里等着我。我跑去找奶妈赛巴斯蒂娅娜，她认得草药，我让她弄一些治蜘蛛咬伤的药来。”

“奶妈赛巴斯蒂娅娜……”子爵说着，躺倒在地上，受伤的手搁在胸膛上，“她身体还好吗？”

我不敢告诉他赛巴斯蒂娅娜没有得麻风病，只是说：“哦，

还好。我去了。”我赶紧跑开，最想做的事情是问问赛巴斯蒂娅娜，她对这些奇怪的现象如何看。

我在茅屋里找到奶妈。我连跑带急，上气不接下气，对她讲得有些颠三倒四的，但老太太对梅达尔多的咬伤比对他的善行更为关心。“你说是一只红蜘蛛？对，对，我知道该用的草药……有一回他在一个小树林里也被咬肿过一只胳膊……你说他变好了？我怎么跟你说呢，他过去一直就是这么个孩子……他也应该懂得做个好人……我把草药放在哪里啦？替他做一块敷药布就行了。他从小就是一个捣乱鬼，这个梅达尔多！……草药在这里，我把它包在一个小布袋子里存放着……不过，他总是这样，什么时候伤着了，就哭着来找奶妈……这回咬得很深吗？”

“他的左手肿成这样了。”我比画着说。

“哈，哈，孩子……”奶妈笑了，“左手……梅达尔多的左手在哪里呢？他留在波希米亚给那些土耳其人了，魔鬼会收拾那些家伙的，他把身体的左半边全都留在那里了……”

“可不是吗，”我说，“不过……他站在那边，我在这边，他的手是这么伸着的……怎么回事呢？”

“你现在连左右都分不清了？”奶妈说，“你五岁时就学会了呀……”

我不再费心思去想了。肯定是赛巴斯蒂娅娜有理，可是我

记得的完全相反。

“你把这草药送给他，去吧，好好地送去。”奶奶说完，我就跑了。

我气喘吁吁地跑回小湖边，可是舅舅不在那里了。我向四处张望。他带着那只中毒肿胀的手不见了。

天色已晚，我在橄榄树间来回寻找。我终于看见他了，裹着黑斗篷独腿站在海边，倚着一棵树，背对着我向大海眺望。我感到恐惧又袭上心头，我费力地挤出一丝声音，勉强地说出：“舅舅，这是治咬伤的草药……”

那半边脸马上扭转过来，紧绷着，显出一种凶恶的丑相。

“什么草药？什么咬伤？”他恶狠狠地说。

“草药是治咬伤用的……”我说。他原先的温和可亲的表情荡然无存，那原只是昙花一现的时刻，也许现在正慢慢地复现，他板着脸微笑了，但看得清是装出来的假笑。

“对，好孩子……把它放进那个树洞里……我过一会儿再用……”他说道。

我听从他，把手伸进树洞，原来是个马蜂窝，马蜂全朝我扑过来。我拔腿就跑，那一窝蜂紧追在我身后，我纵身跳进河里。我在水下潜泳，这才甩掉马蜂。我把头伸出水面，听见子爵远去的阴险笑声。

他又一次坑骗了我。但是，许多事情我弄不明白，就去找

特里劳尼大夫，想同他谈谈。这位英国人在那间掘墓人的房子里，就着一盏小油灯俯身于一本解剖学书籍之上。罕见的情景。

“大夫，”我问他，“一个人被红蜘蛛咬后能不受伤害吗？”

“你说红蜘蛛吗？”大夫跳起身来，“红蜘蛛又咬了谁？”

“我的舅舅子爵，”我说，“我觉得他变好了，去奶妈那里替他拿了草药，可是我回来他又变坏了，拒绝接受我的帮助。”

“我刚才替子爵治了一只被红蜘蛛咬伤的手。”特里劳尼说。

“大夫，您告诉我：您觉得他是好人还是坏人呢？”

于是大夫对我讲了事情的经过。

在我离开手肿胀着躺在草地上的子爵之后，特里劳尼大夫经过那里。他发现了子爵，就像以往一样感到很害怕，想躲进树林里。可是梅达尔多听到了脚步声，站起身来喊道：“喂，谁在那边？”英国人想：“如果他认出藏起来的是我，不知会怎么处置呢！”他立即逃跑，不想让子爵看见，然而一失足跌落湖里。虽然在船上干了一辈子，特里劳尼大夫却不会游泳，他在湖水中乱扑腾，大喊救命。这时子爵说：“等着我。”他来到湖边，用那只伤痛的手抱住一棵大树根，把腿伸向水面，一直伸到脚被大夫抓住。那条腿又细又长，就像条绳子把大夫拉上了岸。

于是他得救了。大夫结结巴巴地说：“啊，啊，大人……谢谢，真的，大人……我如何能……”他直冲着子爵打了个喷嚏，因为他受凉感冒了。

“祝您健康！”梅达尔多说，“请您披上吧。”他把自己的斗篷披上大夫的肩头。

大夫推辞，比以往更显慌乱。子爵说：“拿着吧，是您的了。”

这时特里劳尼发现梅达尔多的手肿了。

“什么东西咬了您？”

“一只红蜘蛛。”

“让我来替您治，大人。”

他把子爵带到那间掘墓人的小屋，替他在手上上了药，包扎起来。子爵同他谈话时彬彬有礼，通情达理。他们分手时约定尽快再见面，加强友谊。

“大夫！”我听他讲完后说，“您治好的子爵一会又变坏了，他骗我去捅马蜂窝。”

“他不是我治过的那个。”大夫说着，还眨了眨眼睛。

“这怎么说，大夫？”

“你将来会知道的。现在你不要对别人讲。你让我搞我的研究，因为正酝酿着一次大冲突呢。”

特里劳尼大夫不再理睬我，又埋头看那本人体解剖学著作了。他脑子里一定有一个计划，从那以后，他对此一直保持知而不言的缄默，天天聚精会神地从事研究。

可是，从许多方面传来子爵有双重性格的消息。孩子们在

森林里迷了路，他们胆战心惊地被一个拄拐杖的半身人拉着手送回家，还得到他赠送的无花果和薄煎饼；他帮助可怜的寡妇们运送柴火；他给被蛇咬的狗治伤；穷人们在窗台上和门槛上发现神秘的礼物；被风连根拔起的无花果树还没等主人出来就又重新种好了。

然而，与此同时，半边身子裹在黑斗篷里的子爵继续为非作歹：孩子被劫走，后来发现被关在用石头封住的山洞里；树枝和石子撒落在老太太的头上；南瓜刚熟就被人弄碎，纯粹是搞恶作剧。

子爵有一段时间专门虐待燕子。他不弄死它们，而是使它们残废。可是现在人们开始看见空中飞着的燕子，有的爪子上缠绑带和捆上小支棍，有的翅膀粘好或上了药；有时一群燕子像从鸟类医院里治愈出院，小心地飞着。传说是梅达尔多本人治疗的，真假莫辨。

有一次帕梅拉赶着她的那只羊和那只鸭子在远处的一片荒野里遇上暴风雨。她知道那附近有一个山洞，小得只能说是山岩中的一个窟窿眼。她走到那里，看见从里面伸出一只磨破后又补好的靴子，洞里蜷缩着裹在黑斗篷里的半个身子。她正要逃开，可是子爵已经看见她了，走出来站在瓢泼大雨之中，对她说："你到洞里去避雨吧，姑娘，进去吧。"

"我不去里面避雨，"帕梅拉说，"里面刚能容得下一个人，

您想挤扁我呀。”

“别怕，”子爵说，“我留在外边，你可以和你的羊、鸭子舒舒服服地躲在里面。”

“羊和鸭子不怕水。”

“让它们也避一避雨吧。”

帕梅拉听人说过子爵乐善好施的古怪行为，就说：“那我试一试吧。”她钻进洞里，同两个小动物挤在一起。子爵挺立在洞前，把斗篷像帐篷似的撑开，连羊和鸭子也不让被雨淋着。帕梅拉看着他那只举起斗篷的手，好一阵子显出若有所思的神情，她又看看自己的两只手，将它们比较一下，然后突然哈哈大笑起来。

“我很高兴看到你这么快活，姑娘，”子爵说，“如果您允许的话，请告诉我你为什么笑？”

“我笑是因为我明白了使我的乡亲们都变糊涂的事情。”

“什么事情？”

“您有时好有时坏。现在看来这很自然。”

“为什么呢？”

“因为我发现您是另外半个人。住在城堡里的子爵，那个坏的，是一半。而您是另一半，人们以为在战争中失掉了，现在却回来了。您是好的一半。”

“您说得很客气，谢谢。”

“哦，就是这样嘛，我可不是为了讨好您才这么说的。”

下面便是帕梅拉那天晚上听到的梅达尔多的故事了。原来炮弹并没有把他的身体炸碎，而是劈成了两半：一半被军队的收容人员收走了，另一半被埋在基督教徒和土耳其人的尸体之下，没有被发现。深夜，有两个隐修的人路过战场，弄不清他们是信奉宗教还是行巫术的，就像有些人在战争期间那样，他们生活于两军阵地之间的荒野里，或者按照现在人们的说法，他们将基督教的三位一体和回教的真主一起拥抱在怀里。他们发现梅达尔多的半边躯体之后，怀着古怪的怜惜之心，把他带回洞里，用他们储备的香脂和软膏治疗并救活了他。刚一恢复体力，伤员就辞别救命恩人，拄着拐杖蹒跚而行，成年累月地走过许多基督教国家，回到了他的城堡这里，沿途他的善行义举使人们钦佩不已。

善灵的半身子爵向帕梅拉讲完自己的遭遇，又让牧羊女讲她的身世。帕梅拉讲那坏的梅达尔多如何迫害她，她又如何离家出逃到森林里。听着帕梅拉的叙说，善良的梅达尔多被深深地打动了。他既同情被迫害的贞洁的牧羊女，又同情伤心而得不到安慰的邪恶的梅达尔多，还同情帕梅拉可怜而孤独的父母。

“还有他们！”帕梅拉说，“我的父母是两个狠心的老人。您同情他们是不恰当的。”

“啊，帕梅拉，想想他们这时在那破旧的家里该是多么地伤

心，没有人照顾他们，帮他们干田地里和牲口棚里的活。”

“牲口棚在他们头上塌下来才好哩！”帕梅拉说，“我开始看出您有点过分多情。您的另外半边，干了那么多的坏事，您不生他的气，反而对他似乎很同情。”

“怎么不呢？我知道做一个半身人的滋味，我不能不同情他。”

“可是你们并不相同。您也有点疯癫，但是您是善良的。”

于是善良的梅达尔多说：“帕梅拉，这就是做半个人的好处：理解世界上每个人由于自我不完整而感到的痛苦，理解每一事物由于自身不完全而形成的缺陷。我过去是完整的，那时我还不明白这些道理，我走在遍地的痛苦和伤痕之中却视而不见、充耳不闻，一个完整的人不敢相信这样的事实。帕梅拉，不仅我一个人是被撕裂的和残缺不全的，你也是，大家都是。我现在怀有我从前完整时所不曾体验过的仁爱之心：对世界上的一切残缺不全和不足都抱以同情。帕梅拉，如果你同我在一起，你将会忍受众人的缺点，并且学会在疗救众人的伤病的同时医治自己。”

“这非常好，”帕梅拉说，“可是您的另外那一半使我陷入极度苦恼之中，他爱上我，不知他会把我怎么样。”

我舅舅松开手，让斗篷垂落下去，因为暴风雨已经过去了。

“我也爱上了你，帕梅拉。”

帕梅拉跳到洞外：“太高兴了！天上出现了彩虹，而我找

到一个新的爱慕者。这人也是半边身子，但是心地善良。”

他们在还滴着雨水的树枝下面踏着泥泞的小路行走。子爵的半张嘴露出甜蜜的、不完整的微笑。

“那么，我们做什么呢？”帕梅拉说。

“我说上你父母那里去，他们太可怜了，帮他们干些活吧。”

“你乐意你去吧。”帕梅拉说。

“我是乐意去的，亲爱的。”子爵说。

“我留在这里。”帕梅拉说着，同她的鸭子和山羊一起停下再不往前走了。

“一起行善施惠是我们相爱的唯一方式。”

“可惜。我相信还有其他方式。”

“再见，亲爱的。我将给你带些苹果馅饼来。”他拄着拐杖从小路上走远了。

“你对这件事情怎么看，小羊？你怎么看，鸭子？”帕梅拉问道，她孤零零地同两只家畜在一起，“所有这样的人都该摊到我头上吗？”

08

自从大家都知道子爵的另外一半回来了，这一半与原来邪恶的那一半对等，是善良的，泰拉尔巴的生活便发生了很大的变化。

早上我陪特里劳尼大夫去看病人。因为他逐渐恢复行医了，这才了解到有多少疾病折磨着我们这里的百姓，过去数年的长期灾荒毁坏了人的体质，而从前也没有人行医治病。

我们走在乡间的小路上，沿途看见我舅舅来过后留下的标记。我舅舅，我指的是善良的舅舅，每天早晨不仅到病人家里去，而且去穷人、老人那里，凡是需要别人援助的人他都会去看望。

在巴奇恰的菜园子里，那棵石榴树上的果实成熟了，每个石榴都用一条手绢包好。我们一看就明白巴奇恰又牙痛了。我

舅舅把石榴包好，为的是使石榴在目前主人生病不能出来采摘时，不致爆裂和脱出籽儿来；同时也是一种标志，告诉特里劳尼大夫到这里来看病人并带上钳子。

修道院院长切科在阳台上种了一株向日葵，生长不良，从不开花。那天早上我们发现三只母鸡被系在阳台的栏杆上，把鸡食啄个精光，在种向日葵的花盆里拉下一堆堆灰白的粪。我们知道这是说院长拉肚子了。我舅舅把母鸡拴在那里，既让它们为向日葵施肥，又把这一紧急病情告知特里劳尼大夫。

在季洛米娜老太太的台阶上，我们看见一串蜗牛在往门上爬，那是一些可以煮熟后食用的大蜗牛。我舅舅从树林里捉来送给季洛米娜，也是一个标记，通知大夫这位可怜的老太太的心脏病更加严重了，进门时应该轻一些，以免使她受惊。

所有这些信号都由善良的梅达尔多用来替病人向大夫发出不太鲁莽的紧急呼吁，而且也使特里劳尼在进门之前就马上略知病情，从而消除他踏入别人家门的拘束心理，解除他还不了解病人时的精神紧张。

突然山谷里传遍警报：“恶人！恶人来了！”

原来人们看见我舅舅那邪恶的半身骑着马在附近出现了。大家慌忙跑去躲藏，特里劳尼大夫跑在众人的前头，身后跟着我。

我们经过季洛米娜家门前，台阶上的一行蜗牛被踩碎了，

净是黏糊糊的肉酱和碎壳片。

“他来过这里！快跑！”

在切科院长的阳台上，母鸡被系在晒西红柿的筛子上了，它们正往上面拉屎。

“快走吧！”

在巴奇恰的菜园里，石榴都被摔裂在地上，枝头挂着一条条空手绢。

“快跑！”

我们就这样在仁爱和恐怖之间过日子。好人（这是人们对我舅舅左半边的称呼，以便同被叫作恶人的另外那半边相对应）已经被看作圣人。残废人、穷人、弃妇、一切受苦的人都跑去找他。他本来可以趁此机会变成子爵。可是他仍然披着那件破旧的黑斗篷，拄着拐杖，穿着那只打满补丁的蓝白条纹袜子，四处流浪，既为求助于他的人做好事，也向那些恶狠狠地驱逐他的人行善。他又黑又瘦，带着温和的微笑，好像从天而降，来救助有难处的人们，向人们提出一些预防暴力和犯罪的好建议。他所到之处，不再有山羊在峡谷里摔伤腿，不再有醉鬼在酒店里拔刀动武，不再有妻子受诱惑半夜里出去会情人。

帕梅拉一直住在森林里。她在两棵松树之间架起一个秋千，然后替母羊做一个更牢固的，为鸭子做一个更轻巧的。她

和动物们一起荡着秋千度过时光。不过，到一定的时候，好人就会肩扛一个包袱一拐一瘸地走进松林。他从乞丐、孤儿和无亲属照顾的病人那里收集来一些该洗该缝的衣物，让帕梅拉洗净补好，使得她也为别人做些好事。帕梅拉一直待在森林里也很觉烦闷，她动手在小溪里洗衣服，他帮着她洗。后来她把洗净的衣服晾晒在秋千的绳子上，好人就坐在一块石头上念《被解放的耶路撒冷》[1]给她听。

帕梅拉对读书一点也不感兴趣，仰面朝天地躺在草地上，捉身上的虱子（因为住在森林里，她身上沾染了一些小的寄生虫），用一根叫作刺棒的树枝搔痒，打哈欠，用赤脚踢石子，长久地打量自己粉嫩肥硕的大腿。好人却眼睛不离书本，一段一段地往下念，一心想要在这位村姑身上培养出文雅高贵的风度。

可是她无心追随书里的故事情节线索，而且感到厌烦，悄悄地唆使母羊去舔好人的那半边面颊，鸭子跳上他的书本。好人向后跳起，举着那本已经合上的书。正在此时恶人骑马从树林里走来，向好人猛砍一刀，砍在了书上，垂直地把那本书对半劈开，有装订线的一半留在好人手里，被砍掉的那一半分成千张碎页飘散在空中。恶人骑马逃走。他肯定是想砍掉好人的那半个头，恰巧那时两只畜生跳到好人身上。塔索的

1 意大利诗人塔索（1544—1595）写的长篇叙事诗。

书一页页带着半行诗和白边随风飘荡，挂在松树枝上，落到草地上和流水里，帕梅拉站在一个土冈上观看片片白纸飞舞，说：“多美呀！”

有几片半页书纸飞到特里劳尼和我正经过的小路上。大夫抓到一张飞着的纸片，翻来覆去地看，试图把这些没头没尾的字连成句子，最后摇着头说：“可是一点儿也看不懂……啧……啧……”

好人的名声传到胡格诺教徒们那里，人们经常看见埃泽基耶莱老头站在枯黄的葡萄园最高的平台处，朝从山谷底蜿蜒而上的石子铺成的骡马道上观望。

“父亲，”他的一个儿子说，“我看您往山下看，像是等什么人来。”

“在等那个人来，”埃泽基耶莱回答，“一个正派人，信赖地期待他；一个坏人，就要提心吊胆地等候了。”

“父亲，您等的是那个瘸了另一条腿的跛子吗？”

“你也听人说过他了？”

“山下的人现在除了左撇子不谈别的了。您认为他会到我们这上面来吗？”

“既然我们这里是诚实人生活的地方，而他活得很诚实，没有理由他不来呀。”

“对于依靠拐杖行走的人来说，这条骡马道太险陡了。”

“可是一位瘸子骑马来过了。”

别的胡格诺教徒听见埃泽基耶莱说话，便钻出葡萄藤围拢到他身旁。他们听见说的是子爵，都吓得说不出话来，浑身发抖。

“父亲大人，埃泽基耶莱，”他们开口说话了，“那天夜里细长个儿来时，雷电烧毁了半棵栎树，您说过也许有一天一个更好的过客会来拜访我们。”

埃泽基耶莱低头表示同意，胡子垂到胸前。

“父亲，现在说到的这一位瘸子同另外那个有着相同的残疾，只是部位相反，他们不论在身体上和心灵上都相反：这位好心，那位残忍。这是您预言过的来访者吗？”

“每条路上的过路人都可能来拜访我们，”埃泽基耶莱说，“因此，他也可能来。”

“那么，我们都希望来的是他。”众胡格诺教徒说道。

埃泽基耶莱的妻子推着一车干葡萄藤走过来，眼光直视前方。“我们总是盼着各种好事情，”她说，“但是，即使有人跛着腿走到我们这山上来，也只能是在战争中受伤致残的可怜人，不论心眼好坏，我们天天都应当仗义行事，而且不停地种我们的地才是呀。”

“这我们知道，”胡格诺教徒们回答，“难道我们说了意思相

反的话吗？”

“好，既然大家想的一样，”那妇人说，“我们大家就都回去锄地和刈草吧。”

“瘟神和灾星！”埃泽基耶莱生气地说，“谁对你们说停下来不干活了？”

教徒们纷纷走向地里，拾起扔在田垄边的工具，但就在这时候，趁父亲不注意爬上无花果树吃早熟的果子的埃萨乌大声喊道：“看那下面！是谁骑着骡子上山来了？”

确实有一头骡子爬着山坡走上来，驮架上缚着个半身人。这是好人，他买下了一头衰老多病的骡子。因为连屠宰场也不要那头骡子，人们要把它推入河里淹死。

“我只有半个人的重量，”他心里想，“这头老骡子还经受得住。我有头牲口骑，就可以到更远的地方去做好事。”就这样，第一次出远门，他便来看望胡格诺教徒们。

教民们排好队，笔直站立，唱着颂歌欢迎他。随后老人走上前，像对兄弟一样向他问好。好人跳下老骡子，庄重有礼地回答问候，吻了一下板着脸、面带愠色地站在一旁的埃泽基耶莱妻子的手，问候了每一个人，又伸手抚摸向后退缩的埃萨乌粗硬的头发。他关心地询问每一个人的疾苦，倾听他们讲述受迫害的经历，显得很受感动并且愤愤地为他们鸣不平。自然，他们避开了宗教上的分歧，只是把这些事情看作应归咎于人类

普遍罪恶的一连串不幸来议论而已。梅达尔多略过来自他所隶属的教会的迫害事实，而胡格诺教徒们则不谈及他们的教义，也害怕说出在神学上是错误的东西。他们都表示不同意任何暴力和偏激行为，以含糊的博爱的言辞结束了谈话。大家见解一致，但总的来说气氛显得有些冷淡。

接着，好人参观田地，对庄稼歉收表示同情，但对至少还有裸麦能获好年成表示欣喜。

“你们卖什么价？”他问他们。

“三个银币一磅。”埃泽基耶莱说。

“三个银币一磅吗？可是泰拉尔巴的穷人们都快饿死了。朋友，他们连一把裸麦也买不起呀！或许你们还不知道，冰雹毁了他们地里的燕麦，只有你们能从饥荒中救出那许多户人家呀。”

“我们知道，”埃泽基耶莱说，“正因如此我们才能卖好价钱……”

“可是请你们对那些穷人发发慈悲，降低裸麦的价格……请想想，做些你们力所能及的好事吧……”

埃泽基耶莱老头在好人面前站住，双臂交叉在胸前，全体胡格诺教徒都学着他的样子站到好人对面。

“兄弟，施舍，”他说，“并不意味着在价钱上让步。”

好人走到田间，看见骨瘦如柴的老人们正在烈日下锄地。

"您的气色不佳，"他对一位正在那里锄地的老人说，"您没感到不舒服吗？"

"一个七十岁年纪的人，肚子里只有一点萝卜汤，锄了十个小时的地，怎么能好受呢？"

"他是我的表兄亚当，"埃泽基耶莱说，"一位杰出的庄稼人。"

"可是您这样的老人，应当休息，应当吃好呀！"好人正在说着话，就被埃泽基耶莱生硬地拽开了。

"我们这里所有的人要挣到面包吃都是非常艰难的，兄弟。"他以不容争辩的语气说道。

刚到时，好人从骡背上下来后，亲自拴好骡子，要了一袋谷草，慰劳它爬山的辛苦。埃泽基耶莱和他妻子相互看了一眼，因为他们觉得这样一头骡子给一撮野菊苣就足够了。但是时值欢迎客人的最热烈场面，他们还是叫人拿来了饲料。现在，埃泽基耶莱老头可要重新考虑了，他实在舍不得让那头骡子吃掉他们不多的一点谷草。他不让客人听见，悄悄地叫来埃萨乌，对他吩咐道：

"埃萨乌，你轻轻地走到骡子跟前，拿走饲料，给它喂点别的东西。"

"治气喘病的药汤，行吗？"

"玉米棒子、豆壳，随你给。"

埃萨乌去了，从骡子那里拿走口袋，被骡子踢了一脚，只得瘸着走了几步，把余下的谷草藏起来，好以后自己卖钱，却说骡子已经全吃完了。

天近黄昏。好人同胡格诺教徒们站在地里，不知再说什么好。

“客人，我们还有整整一个小时可以干活哩。”埃泽基耶莱的妻子说话了。

“那么我不打搅了。”

“祝你交好运，客人。”

好人梅达尔多骑上他的骡子。

“一个打仗而残废的可怜人，”一个女人在他走后说道，“这地方有多少这样的人哪！可怜的人们！”

“真是些可怜的人。”全家人都这么说。

“瘟神和灾星！”埃泽基耶莱老头在田里来回巡视，对做得不好的农活和干旱造成的损失举起拳头怒吼，“瘟神和灾星！”

09

我经常早上去彼特洛基奥多的铺子里看这位聪明的师傅正在制造的机器。自从好人半夜里来找他，责备他的发明用于邪恶的目的之后，木匠便陷入苦恼之中，悔恨不已。好人鼓励他制作造福于人的机器，而不要再造施酷刑的机器。

“那么我应当造什么样的机器呢，梅达尔多老爷？”彼特洛基奥多问道。

“现在我告诉你。比如说，你可以……”好人开始描绘如果他代替他的另外半身当子爵的话，他将要订购的机器是什么样子，解释时还画出一些复杂的图样。

彼特洛基奥多师傅开始以为这机器是一架管风琴，一架键盘能发出极为动听的音乐的巨型管风琴，他着手寻找适合做乐管的木料。他同好人再商谈一次之后，就变糊涂了，因为他觉

得好像好人要从乐管里吹出来的不是空气而是面粉。总之，它应该是一台管风琴同时又是一台磨面机，为穷人磨粮食，而且可能的话，还应该是一个炉子，用来烤饼。好人每天都在改进他的设想，画了一张又一张乱糟糟的草图，但是彼特洛基奥多师傅跟不上他。因为这台又是风琴又是磨子又是炉子的机器还应当从井里提水，用以减轻毛驴的负担，还得有轮子，以便推到各地去满足各村镇的需要，在不工作的日子里，它能升到空中，用它周身安装的网子捕捉飞虫。

木匠怀疑造好机器超过了人的能力，只能把绞刑架和刑具造得实用而准确。实际情况是恶人刚说出一种新机器的设想，他马上就想出制作的办法，并动手干起来。他觉得每一个关键部位都是完善的。无可替代的，已造好的机器成为他的设计和制作技术的杰作。

师傅伤心地说："也许在我的心里只有恶意，是它使我只能造出残酷的机器来吗？"他还是努力而精心地制造刑具。

一天我看见他在一架奇怪的绞刑架旁边干活，白色的绞架装嵌在一块黑色的木板壁里，绞索也是白的，穿过木板上的两个洞滑动，最后缠在转动的绞盘上。

"这是架什么机器，师傅？"我问他。

"吊死半身人的绞架。"他说。

"那是为谁造的呢？"

“为唯一的既审判别人又审判自己的人而造。他用半个头宣判自己的死刑，又将自己的另外半个头套进绞索结子里，勒断他的最后一口气。我想若能把这两半头颅对换一下就好了。”

我明白了，恶人听说他那善良的半身越来越得人心，决定尽快把他镇压。

恶人已经叫过警察，吩咐说：

“一个形迹可疑的流浪汉骚扰我们的领地多时了，他搬弄是非，挑拨离间。限你们明日之内将这个惹是生非的家伙捉拿归案，并且处以死刑。”

“一定照办，老爷。”警察们说完就走了。恶人是独眼，没有发觉他们在回话时互相挤眉弄眼。

要知道那些天正酝酿着一场宫廷政变，巡警们也参与了，说是要把现在的半个子爵抓进监狱，并处以死刑，把城堡和爵位交给另外那半个。而那半个并不知道此事。夜里他醒来时发现他睡的草棚已经被警察们包围了。

“请您不要害怕，”巡警头目说，“子爵派我们来杀您，可是我们憎恶他的残酷独裁，决定杀掉他，让您取代他的地位。”

“什么？你们已经动手了吗？我是说子爵，你们已经把他杀死了吗？”

“没有，但清晨我们一定会干掉他。”

“啊，感谢上天！不，你们别再一次被血污染了，血已经流

得太多了。从犯罪中产生的僭主统治能带来什么好处呢？”

“没关系。我们把他囚禁在塔楼里，这样就可以心安理得了。”

“我恳求你们，不要对他也不要对任何人下手！子爵的暴政也使我感到痛苦，但是除了给他做出榜样，告诉他什么是尊贵和廉洁之外，没有别的补救办法。”

“那么我们就得杀掉您，先生。”

“不！我说过你们不能杀害任何人！”

“那怎么办呢？我们不除掉子爵，就得服从他。”

“你们把这玻璃瓶拿去。这里装着最后几盎司剩下的药膏，波希米亚的隐修士就是用它替我治好了伤。虽然直到现在每逢天气变化时，巨大的伤疤还是会疼痛，它仍是珍贵的良药。你们把它带给子爵，只对他说：这是一个深知血管被堵塞是什么滋味的人送给他的。”

巡警们带着药膏去见子爵，而子爵把他们判处绞刑。为了救出他们，其他参与政变的人们决定起义。他们太笨拙，事前暴露出谋反的行迹，起义被镇压在血泊之中。好人把鲜花献上坟头，并安慰寡妇和孤儿。

对好人做好事从来无动于衷的是赛巴斯蒂娅娜老太太。好人去做他所热衷的事情的途中，常常在奶妈的茅屋前停住脚步，

进去看望她，对她一贯毕恭毕敬，关怀备至。而奶奶每次都要对他进行一番训导。也许是由于她不分彼此的母爱，也许是因为老人开始思想混乱，奶奶不大考虑梅达尔多已经分成两半。对这一半骂另一半干的坏事，向那一半提出只有这一半才能接受的建议。如此等等。

“你为什么砍掉毕金奶奶喂的鸡的头呀？可怜的老人，她只有这么一只公鸡！你这么大的人了，却对她这样的人做出这种事情来……”

“你为什么同我说这个呀，奶奶，你知道这不是我干的……”

“好哇！那我们听听：是谁干的呀？”

“是我。不过……”

“哈！你看！”

“不过不是这里的我……”

“唉，我是老了，你就以为我糊涂了？我一听见人们讲什么恶作剧，就马上想到是你干的。我在心里说：可以起誓，准是梅达尔多的小爪子……”

“可是您总是弄错……”

“我错了……你们年轻人说我们老年人弄错了……而你们自己呢？你把你的拐杖送给伊希多罗老头了。”

“对，那件事情真是我做的……”

“你还自夸？他用来打他老婆，那可怜的女人……”

“他对我说因为关节痛走不了路……”

“他是假装的……你马上把拐杖送给他了……现在他把那根拐杖在老婆的脊背上敲折了，而你却拄着根树枝行走……你没有头脑，你就是这样！永远是这样！你什么时候用烈性酒把贝纳尔多的牛灌醉了？……”

“那件事情不是我干的……”

“对呀，不是你，而大家都说：总是他，子爵！”

好人常去布拉托丰阁拜访，除了出于对奶妈的儿子般的依恋之情外，还因为他利用这机会救济那些可怜的麻风病人。由于他对传染病有免疫力（他一直认为这是得益于隐士们的神奇治疗），他在村里四处走动，详细地询问每个人的需要，不千方百计地替他们办到绝不罢休。经常是他骑在骡背上，穿梭般往还于布拉托丰阁和特里劳尼大夫的小屋之间，向大夫讨主意和取药品。不是大夫现在有勇气接近麻风病人了，而是因为有善良的梅达尔多做中间人，他好像开始关心他们了。

然而我舅舅的考虑太远了。他不仅打算医治麻风病人的身体，还打算医治他们的灵魂。他总是在他们中间宣传道德风范，插手他们的事情，不是表示愤慨就是进行说教。麻风病人对他的这一套无法忍受。布拉托丰阁快乐放荡的生活结束

了。这个单腿独立的人，瘦弱不堪，穿一身黑衣服，神情庄重古板，好教训人，有他在，谁也不能在广场上恣意行乐而不受责备了，谁也不敢恶言恶语地发泄一通了。连音乐他一听也发怒，谴责它是无聊的、淫荡的，不能激发人的美好情感，说得他们心生烦躁，再也不去抚弄乐器，他们的那些独特的乐器上积满灰尘。女麻风病人没有了纵情寻欢的机会，苦恼无法排遣，突然感到面对疾病孤苦伶仃，在哭泣和绝望中度过漫长的夜晚。

“在这两个半边之中，好人比恶人更糟。”在布拉托丰阁开始有人这么说了。

但是，还不只是在麻风病人之中，好人的威信下降了。

“幸亏炮弹只把他炸成两半，”大家都说，“如果变成了三块，我们还不知道会看见什么怪事哩。”

胡格诺教徒们现在轮流站岗放哨，也为了提防他。他现在对他们已经毫不尊重，时时去暗查他们粮仓里有多少袋粮食，指责粮价太高，并且四处张扬，破坏他们的生意。

泰拉尔巴的日子就这么过，我们的感情变得灰暗麻木，因为我们处在同样不近人情的邪恶与道德之间而感到茫然失措。

10

心不恶意的人没有一个月夜不是恶念丛生，像一窝毒蛇盘绕于心间；而心地慈善的人也不会不产生放弃私念和向他人奉献的心愿，像百合花一样开放在心头。梅达尔多的两个半身正是如此，他们忍受着相反的痛苦的煎熬，月夜里在泰拉尔巴的山崖上徜徉。

他们各自下定决心，清早就行动起来，把决心付诸实践。

帕梅拉的妈妈去打水时，踏入陷阱，跌落井中。她抓住一根井绳，高呼："救命！"她看见恶人的逆光黑影出现在井口上，听见他对她说：

"我只想同您谈谈。我是这么想的：人们经常看见一个半身的流浪汉和您的女儿帕梅拉在一起。您应当迫使他娶她为妻。他已经损害了她的名誉，如果是个正人君子，就应当弥

补。我想过的就是这些；您不要让我再做其他解释。”

帕梅拉的爸爸扛着一袋自家橄榄园里产的橄榄果去油坊，可是口袋上有个漏洞，橄榄撒了一路，他感到口袋变轻了，从肩上放下口袋，才发现袋子都快空了。但是他看见好人从背后走来，把橄榄一颗一颗地捡起来，放入斗篷里。

“我跟着您是想找您谈件事情，碰巧有幸为您捡回这些橄榄。我把心里话告诉您吧。我一心想对别人的不幸给予救助，也许正是由于我的存在反而加重了他人的不幸。我将离开泰拉尔巴。但是我的离去至少应当使两个人重新得到和平安宁才行。一个是您的女儿，她现在睡在山洞里，可是等待着她的是富贵的命运；另一个是我那不幸的右半身，他不应该如此孤单地生活。帕梅拉和子爵应当缔结姻缘才是。”

帕梅拉正在训练一只松鼠，遇见了假装来捡松果的妈妈。

“帕梅拉，”妈妈说，“是那个叫好人的流浪汉应该娶你的时候了。”

“您哪来的这种想法？”帕梅拉说。

“他影响了你的名誉，他就得娶你。他是那么高尚，如果你对他这么说，他不会不答应的。”

“可是您的脑子怎么会想得这么多呀？”

“别说了。你知道是谁对我说不要提很多问题的？是恶人亲自对我说的，我们那位尊敬的子爵啦！”

“奇怪！”帕梅拉说着，让松鼠落到自己的怀抱里，“谁知道他在要什么阴谋诡计。”

过了一会儿，她正用两手夹着一片树叶学吹口哨，看见了假装来拾柴火的爸爸。

“帕梅拉，”爸爸说，“现在是你对恶人子爵说同意的时候了，唯一的条件是让他在教堂里同你结婚。”

“这是你的主意还是别人告诉你的？”

“你不愿意成为子爵的夫人吗？”

“回答我的问题。”

“好吧，是那个心肠最好的人说的，人们称他好人的那个流浪汉。”

“啊，他真是没事情可想了，那个家伙。你看我怎么办吧！”

恶人骑着瘦马在树下走着，一路盘算着他的策略：假如帕梅拉嫁给好人，在法律上，她就是泰拉尔巴的梅达尔多的妻子，也就是他的妻子。有了这一权利，他将轻而易举地把她夺过来，对方是那样一个不好斗而随和之人。

可是，他遇见了帕梅拉，她对他说：“子爵，我决定了，如果您同意，我们就结婚。”

“你和谁？”子爵问。

“我和你，我将去城堡里当子爵夫人。”

恶人没有料到事情竟会如此，心想：“那么就没有必要导演让她嫁给我的另一半的戏了，我娶了她，事情就成了。”

于是，他说：“我同意。”

帕梅拉说：“您去同我爸爸商量吧。”

不一会儿，帕梅拉看见好人骑着瘦骡子来了。

“梅达尔多，”她说，“我明白我真爱上你了，如果你要我幸福就该向我求婚。”

那个为了她的利益做出重大牺牲的可怜人，现在张口结舌。“既然她是要嫁给我才能幸福，我就不能让她嫁给别人了。”他想了想，就说，“亲爱的，我赶紧去准备婚礼。”

“我建议你去同我妈妈商量办妥。”她说。

当人们得知帕梅拉要出嫁时，整个泰拉尔巴都轰动了。有人说她要嫁给这个，有人说她将嫁给那个。她的父母以为人们故意这么说以混淆视听。当然，城堡里正在张灯结彩，准备盛大庆典。子爵忙得把黑绒衣裤的袖子上和裤腿上各磨出了一个大破洞。而流浪汉也洗刷了那头可怜的骡子，缝补了衣服的肘拐处和膝盖头。无论事情如何，教堂里点燃了全部蜡烛。

帕梅拉说不到行婚礼的时候不离开森林。我替她置办嫁妆。

她缝制了一件带头纱的白色长裙，裙裾长极了，用薰衣草穗编织了花冠和腰带。因为纱布还剩余几米，她就替母羊做了一件新娘的嫁衣，又替母鸭也做了一件。她在树林里跑起来，身后跟着两只家畜，直到头纱被树枝刮破，裙裾沾满小路上的松针和栗子刺。

可是到了婚礼的前一天夜里，她胡思乱想，有些害怕了。她坐在一座光秃秃的小山顶上，裙裾缠绕在脚上，斜戴着花冠，一只手托着下巴，望着四周的树林直叹息。

我一直跟着她，因为我要和埃萨乌一起当托婚纱的童子，但是他一直还没露面。

“你将嫁给哪一个呀，帕梅拉？”我问她。

“我不知道，”她回答，“我真不知道将要发生的事情，是好事呢，还是坏事？”

从森林里一会儿传出有人放开喉咙大喊的声音，一会儿又传出长吁短叹声。原来是那两位半身的新郎沉浸在结婚前夕的兴奋之中，在山上林间漫步。他们都披着黑色斗篷，一个骑着瘦马，另一个骑着洗刷得毛皮生亮的骡子，也都陶醉于热切的幻想之中不能自持了，不是仰天长啸就是低首叹息。马走沟壑和断崖，骡走山坡高地，两位骑者不曾碰面。

一直到黎明时分，马被催促飞奔，一失蹄落进山涧里，恶人来不及准时赶到婚礼上了。那匹骡子却稳稳当当地缓缓而行。

正当新娘拖着由我和埃萨乌托住的长纱到达时，好人也准时来到教堂。

看到只有好人一个人拄着拐杖来当新郎，大家有些失望。但是婚礼正常进行，新人们都说了“是”并交换了戒指。神父说：“梅达尔多·迪·泰拉尔巴和帕梅拉·玛尔科菲，我将你们结为夫妇。”

就在这时候，子爵拄着拐杖从教堂中殿的另一头走进来了，身上的新绒衣湿透了也揉皱了。他说：“梅达尔多·迪·泰拉尔巴是我，帕梅拉是我的妻子。”

好人跛着腿向他走去：“不对，娶帕梅拉为妻的梅达尔多是我。”

恶人扔掉拐杖，伸手去拔剑。好人也只得同样做。

“看剑！”

恶人扑过来狠劈一剑，好人退步抵挡，但是他们两人都摔倒在地上了。

他们都明白了仅靠一条腿保持平衡是不可能相斗的。必须推迟决斗，以便能够准备得更充分。

“你们知道我怎么办吗？”帕梅拉说，“我回森林去。”她从教堂里奔跑出去，也不要替她托裙裾的童子了。她在桥上找到正等待着她的山羊和鸭子，它们摇摇摆摆地陪着她走了。

决斗定于第二天清晨在修女草坪进行。彼特洛基奥多师傅发明了一种圆规腿，这腿的一头固定在半身人的腰带上，另一头着地。他们的腿可以直立屈伸并前后移动了。麻风病人伽拉特奥健康时是个绅士，所以由他当裁判。恶人的见证人是帕梅拉的父亲和警长；好人的见证人是两个胡格诺教徒。特里劳尼大夫负责医疗救护，带来一大捆绷带和一大瓶药膏，像是上战场抢救许多伤员一样。这对我倒是件好事情，因为我应当帮他搬运这些东西，就能观看那场决斗了。

黎明时的天空泛着青白色。两位细长的黑衣人持剑立正站好。那麻风病人吹响号角，这就是开始的信号。天空像一张绷紧的薄膜似的颤抖着，地洞里的老鼠将爪子抓进土里，喜鹊把头扎进翅膀下面，用嘴拔腋下的羽毛把自己弄疼，蚯蚓用嘴咬住自己的尾巴，毒蛇用牙咬自己的身体，马蜂往石头上撞断自己的蜂刺，所有的东西都在反对自己，井里的霜结成冰，地衣变成了石头，石头化作了地衣，干树叶变成泥土，橡胶树的胶汁变得又厚又硬，使所有的橡胶树统统死亡。人正在这样同自己厮打，两只手上都握着利剑。

彼特洛基奥多师傅又一次做成了绝妙的工具：两位剑客互相扑过去，有防守，有佯攻，木头脚在地上跳来跳去，圆规在草地上画着圆圈。但是他们互相没有碰着。每次利剑直刺，剑头似乎直插对方飘动的斗篷，大家都以为刺中了，实际上

剑却从一无所有的那半边，也就是应该是出击者自己的那半边抽了回来。当然，倘若两位剑客是两个全身的人，就不知道已经受过多少次伤了。恶人怒不可遏地凶猛刺杀，却一直未能真正击中对手。好人的左手剑法很准，但也只是戳破了子爵的斗篷而已。

斗到某个时刻他们的剑柄相撞了，圆规的尖头像耙子一样插入地里。恶人猛地跳起，失去平衡，在地上滚动起来，他滚到好人的身边，成功地出手狠劈，虽然没有正中对方，但也差不多了：那一剑沿着好人躯体上的那条中分线削下去，离中分线太近了，一时让人分不清刺伤了没有。但是我们立即看到，那半边身体从脑袋到大腿根出血了，染红了斗篷，我们无可怀疑了。好人衰弱至极，但他一边倒下，一边几乎是带着怜悯之心把剑朝离自己极近的对手从头部到臀部大幅度地挥了一下。恶人身上的旧伤痕向外涌出鲜血。他们各刺一剑，把全部血管再次切断，从两面再次打开从前将他们分开的伤口。现在他们仰面躺倒在地上，原本是一体的鲜血复归了，在草地上融合起来。

我被这惊人的场面吓呆了，没有想到特里劳尼大夫，当我记起来时，大夫正高兴地跳着那双蟋蟀般的腿，拍着巴掌喊道：“有救了！有救了！让我来处理吧！”

半小时之后，我们用担架把一个整身的伤员抬回城堡。恶

人和好人被用绷带紧紧地捆绑在一起了；大夫已将所有的内脏器官和血管接好，然后用一条一公里长的绷带把他们缠在一起，缠得紧绷绷的，不像是个伤员，倒像是一具木乃伊。

我舅舅在生死之间挣扎，昼夜被守护着。一天早上，奶妈赛巴斯蒂娅娜看着他那贯串着一条从额头到下巴以至脖子的红线的脸，说道："看，他动了。"

确实，肌肉的抽动正在我舅舅的脸上掠过。当大夫看到这跳动从一边脸颊移到另一边脸颊时，高兴得哭了起来。

最后梅达尔多闭上眼睛和嘴唇。起初他的表情是左右不一致的：一只眼睛怒目而视，一只眼睛哀伤忧郁；半边前额蹙着，半边开朗；半边嘴角微笑恬静，半边咬牙切齿。后来逐渐恢复到均衡对称。

特里劳尼大夫说："现在治好了。"

帕梅拉大声感叹："我终于有一个样样俱全的丈夫了。"

我舅舅梅达尔多就这样复归为一个完整的人，既不坏也不好，善与恶俱备，也就是说，从表面上看来，他与被劈成两半之前并无区别。可是他如今有了两个重新合在一起的半身的各自经历，应当是变得更明智了。他过着幸福的生活，儿女满堂，治理公正。我们大家的生活也变好了。也许我们可望子爵重归完整之后，开辟一个奇迹般的幸福时代。但是很明显，仅仅一

个完整的子爵不足以使全世界变得完整。

同时，彼特洛基奥多不再造绞架而造磨面机。特里劳尼不再收集磷火而治疗麻风病和丹毒。我却相反，置身于这种完整一致的热情之中，却越来越觉得少了点什么，为此而感到悲哀。有时一个人自认不完整，只是他还年轻。

我就要跨进青春的门槛了，却还躲在森林里的大树下，给自己编故事。一根松针我可以想象成一个骑士、一个贵妇人或者是一个小丑。我把它拿在眼前晃来晃去，心醉神迷地编出无穷无尽的故事。后来我为这些幻想感到羞臊，就起身从那里跑开。

特里劳尼大夫也要离开我的那一天到了。一个早上，一队飘扬着英国国旗的船只开进我们的海湾停泊下来。泰拉尔巴的全体居民都去海边观看船队，只有我一个人不知道此事而没去。船舷的栏杆边和桅杆上都挤满了海员，他们向大家展示菠萝和乌龟，打开写着拉丁文和英文格言的纸卷。后甲板上，在一群戴着三角帽和假发的军官之中，库克船长用望远镜往岸上看，他刚认出特里劳尼大夫，就下令用旗语发出信息："马上上船，大夫，我们要继续玩三七牌。"

大夫同全体泰拉尔巴的人告别，离开了我们。海员们唱起了颂歌《啊，澳大利亚！》，大夫斜挎着一瓶坎卡罗内酒登上船。接着船就起锚了。

我什么也没看见。我那时正躲在森林里给自己讲故事哩。我知道得太晚了，拔腿就朝海船跑去，嘴里大声呼唤：“大夫！特里劳尼大夫！您带上我吧！您不能把我扔在这里啊，大夫！”

可是船队已经消失在海平线以下，我留在这里，留在我们这个充满责任和磷火的世界上了。

后记

(1960)

我在此卷《我们的祖先》中收集三篇写于1950—1960年代的故事，它们的共同之处在于事件是非真实的，发生在久远的时代和想象的国度中。由于这些共同的特点（尽管还有其他不相同的特点），人们认为，它们组成了，像通常所说的，一部“套曲”，甚至是一部“完整的套曲”（也就是说写完了，因为我不打算写类似的新故事）。这给我提供了重读它们和回答问题的好机会，迄今为止每当人们提出之后我避而不答的问题是：我为什么写这些故事？我想说什么？我实际上说了些什么？这种类型的叙事在当今文学中有什么意义？

我起初写过一些当时所谓“新现实主义”的故事。也就是说，我讲述了一些不是发生在我身上而是发生在别人身上的故事（或者说是想象发生过或可能发生的），如通常所说，这些人是“人民”大众，但总是一些有点非正常的人，至少是一些奇怪的人，不会过多迷失在思想和情感中，而能够只通过他们所说的话和所做的行为来加以描写。我写得很快，使用短句型。那时我想表达的是某种突破，某种写法。我喜欢故事发生在户外，在公共场所，如在车站，许多人际关系在那里产生于偶然相遇的人们之间；心理学说、内心世界、室内场景、家庭、风俗、社会（尤其是上流社会），我对这些不感兴趣，也许从那时起我不曾有过大的改变。

我毫不经意地用游击队员的故事开始写作：结果很成功，

因为这些故事是历险记，充满搏斗厮杀，枪林弹雨，有一点残酷也有一点儿吹嘘，符合当时的精神，还运用了“悬念”，这在小说中像调味的盐。在我于 1946 年写的中篇小说《通向蜘蛛巢的小径》中，我也大量地运用了新现实主义的生硬手法，而批评家们开始说我是“寓言式的”。我这是在赌博：我深知当讲述无产者和八卦新闻时带有寓言性是优点，而当讲述城堡和天鹅时寓言性就不足以称道了。

于是我尝试写别的新现实主义小说，以那些年里的大众生活为主题，可是我没能写好，将手稿留在了抽屉里。倘若我采用一种欢快的语调述说，显得假腔假调；现实复杂得多，任何风格的模仿终归是装腔作势。倘若我使用一种更加深思熟虑和悲天悯人的语调，一切将变得灰暗、忧伤，我就失去了那种属于我的特征，也就是对写作的是我而不是另一个人这个事实的唯一证明。

是世道变调了：游击战争时期和战后时期的散乱生活随时间转移而远去，再也遇不见那些向你讲述非凡经历的非同寻常的人物，即或还能遇见，却再也辨认不出他们的人和事了。现实步入各种轨道，表面上更正常，变成机构式的；如果不通过他们所在的机构很难判定人们所属的阶级；我也步入一种阶层成为其中的一分子——那种大城市的知识分子，身着灰色套装和白色衬衣。但是我想，归咎于外部环境是太方便的做法；也

许我不是一个真正的作家，我是一个写作过的人，像许多人一样，被推进变革时期的浪潮；过后我的灵感就枯竭了。

于是，我怀着对自己和对一切都感到厌烦的情绪，作为个人消遣，于1951年开始写《分成两半的子爵》。我无意特别支持某一种文学观念，也不想进行道德讽喻，或者狭义的政治讽喻，从来都不。当然我感觉到了那些年里的气氛，尽管不是很理解。我们处于冷战中心，空气中弥漫着一种紧张，一种难以言表的不安，它们不具有看得见的形象，可是主宰着我们的心灵。于是，当我写一个完全是出自幻想的故事时，我不仅在不自觉地宣泄那个特殊时期的压抑感，而且还找到了走出困境的推动力；也就是说，我不是被动地接受消极的现实，而且能够对其注入活力，颂扬、野性、简约风格、强烈的乐观主义，它们曾经属于抵抗文学。

起步时我心里只有这股动力和一个故事，或者更恰当地说是一个形象。在我写每个故事的起始之时，都有一个形象在我脑子里转动，不知是何时诞生的，而且跟随我多年。这个形象逐渐在我头脑里发展成一个有头有尾的故事，而且同时——两个过程经常是平行而又独立的——我相信这个故事蕴含某种意义。但是，当我动手写作时，这一切在我心中初具轮廓，还处于空白状态，只能在写的过程中，一切事物最终各就各位。

那么，一段时间以来我一直在想一个从纵向劈为两半的人，那两半中的每一半都自行其是。一个士兵的故事，发生于一场现代战争？但是常见的表现主义讽刺作品被反复炒腻了：一场远去时代的战争更好一些，土耳其人，一刀劈开——不，一次炮击更好一些，因此一半被认为已经毁坏，后来却又跳将出来。那么是土耳其人开的炮？对，奥地利-土耳其战争，十七世纪末期，埃乌杰尼奥亲王，但是让这一切都显得影影绰绰，那时我对历史小说不感兴趣（现在依旧）。那好：一半活下来，另一半以后再出现。如何区别他们？行之有效的可靠方式就是让一半善良而另一半邪恶，一种史蒂文森式的对立，就像《化身博士》，以及《杜里世家》中的两兄弟。故事就这样完全按照合乎几何逻辑的推理编织起来。而批评家们可能开始步入歧途：他们说我心里想的是善与恶的问题。不是，它在我心中根本不存在，我没有想过善与恶，一分钟也没有。正如一位画家可以使用色彩的鲜明对比来突出某一种图形，同样地我采用了一种众所周知的叙事的对立来突出我所感兴趣的那个东西，这就是分裂。

现代人是分裂的、残缺的、不完整的、自我敌对的；马克思称之为“异化”，弗洛伊德称之为“压抑”，古老的和谐状态丧失了，人们渴望新的完整。这就是我有意置放于故事中的思想-道德核心。但是除了在哲学层面的深入探索工作之外，我注重给故事一副骨骼，像一套连贯机制良好运行，还有用诗意

想象自由组合的血肉。

我不能将现代人所有的残缺类型都安放在主人公身上，他已经肩负推动故事进程的一大堆事情，我分散给一些配角。其中之一——可以说是唯一具有单纯教育作用的——木匠彼特洛基奥多师傅，他建造精良的绞刑架和刑具而试图不想它们做什么用途，这就像……这当然就像现在的科学家或技术人员，制造原子弹或者任何他们不知道社会用途的设备，他们单一的“做好自己的职业”的责任感不足以使良心安稳。“纯粹的”“自由客观的”（或不自由的）科学家与人类现实生活脱节的问题也表现在特里劳尼大夫这个人物身上，但是他的出身完全不同，作为一个史蒂文森意味的小人物，从其他地方流落到那种环境中，他还有着自己独立的精神世界。

麻风病人和胡格诺派教徒属于一种更加复杂的虚构方式，从浪漫幻想的深层背景中诞生，也许受到古老的地方历史传统的启发（麻风村在利古里亚或普罗旺斯腹地；从法国出逃的胡格诺派教徒定居在库尼塞，在南特谕令[1]被撤销之后，或者更早一些，在圣巴托罗缪之夜[2]以后）。对于我而言，麻风病人代表

1 法国国王亨利四世颁布的准许国民信仰自由的谕令，1685年被路易十四撤销。

2 1572年8月23日午夜到24日凌晨，巴黎天主教徒屠杀新教徒事件。

享乐主义、无责任感、快乐的颓废、唯美主义与病态的集合，在某一方面代表了当时流行的也是永远存在的文学艺术上的颓废主义（世外桃源阿卡迪亚）。胡格诺派教徒是与之相反的另一半——道德主义，但是作为艺术形象，有着更为复杂的意义，还因为隐含一种家族秘传（猜测是我的姓氏的起源[1]——迄今尚未证实），是对马克斯·韦伯资本主义新教起源说的一种图解（讽刺与欣赏兼备），以此类推，是对其他一切建立在实用道德主义基础上的社会的图解；是对一种没有宗教的宗教伦理的描写，这种观照赞同多于讽刺。

我认为《分成两半的子爵》中所有的其他人物除了在小说情节中的作用外没有别的意义。有的人物我觉得相当好，即获得了自己的生命，比如奶妈赛巴斯蒂娅娜，还有老子爵阿约尔福，他出场短暂。少女人物（牧羊女帕梅拉）仅仅是与半身人的非人性相对立的一个图解式的女性形象表意符号。

而他，梅达尔多，半身人呢？我说过他比别人少一些自由，按照故事情节走预定的路线。但是，尽管他如此地受强制，却仍然能够表现出一种基本的不确定性，符合作者心中还不很清晰的某些东西。我的宗旨是向人的一切分裂开战，追求完整

1 胡格诺教派属加尔文宗，加尔文与卡尔维诺是同一个词（Calvino）。

的人，这是确定无疑的。但是实际上，开篇时完整的梅达尔多，是无定型的，没有个性也没有面容；结尾时重归完整的梅达尔多让人一无所知；生活在故事里的人只是以半个自己出现的梅达尔多。而这两个一半，两个非人的相反形象，结果表现得更具人性，形成矛盾关系；邪恶的一半，那么地不幸，令人同情，而善良的一半，那么地愧疚，迂腐可笑。我从两种对立的观念出发，对以分裂作为真正生存方式的双方都给予赞赏，并且痛斥“愚蠢的完整”。小说最终不由自主地表达分裂意识，是否因为生活在分裂的时代？或者更恰当地说，是否因为真正的人的完整不是幻想中的一种不明确的总和，或者说齐备，或者说多面，而是坚持不懈地深入认识实在状况，认识自己天然的和历史的条件，个人的自愿选择、自我构建、能力、风格，包括内心自律和主动放弃的个人准则，始终不渝？这个故事以它自然的内在动力将我推向这个我过去和现在一贯的真正主题：一个人心甘情愿地给自己立一条严格的规矩，并且坚持到底，因为无论对他还是对别人，没有这条规矩他将不是他自己。

我们再次遇上这个主题是在另一个故事《树上的男爵》里，它写于几年之后（1956 年至 1957 年间）。这一次也是写作的年代影响精神状态。那是一个对我们在历史运行中可能起到的作用进行反思的时代，新的希望和新的痛苦相互交织。尽管有这

一切，时代朝更好的方向走去；问题在于寻找个人良知与历史进程之间的正确关系。

这一次也是我的头脑里先有一个形象多时：一个攀爬在一棵树上的少年；他爬，会发生什么事情？他爬，走进另一个世界；不对，他爬，遇见奇妙的人物；对了，他爬，每天从一棵树到另一棵树地漫游，甚至不再回到树下，拒绝下地，在树上度过一生。我应当为此编造一个从人际关系、社会、政治等中脱逃的故事吗？不是，那样就太肤浅和无聊，我让这个不愿像别人一样在地上行走的人物不变成一个厌世者，而变成一个不断为众人谋利益的男子汉，投身于那个时代的运动，愿意全面参与积极生活——从技术进步到地方治理和精致生活。只有这样写，我才有兴趣动笔。但是他始终认为，为了与他人真正在一起，唯一的出路是与他人相疏离，他在生命的每时每刻都顽固地为自己和为他人坚持那种不方便的特立独行和离群索居。这就是他作为诗人、探险者、革命者的志趣。

举一个例子，西班牙人的插曲是为数不多的我从一开始就似乎很清楚的情节之一：他们由于偶然的原因生活在树上，当起因消除后就下树了，而那个“攀缘者”相反，他出于内心的志趣，当不存在任何外部理由时他仍然留在树上。

完整的人，在《分成两半的子爵》中我还没有清晰的设想，而这一次在《树上的男爵》中体现在通过自觉进行艰苦磨

砺而充分完成自我的那个人身上。写这个人物时发生了对我来说是不同寻常的事情：我认真地对待他，相信他的所作所为，我把他认同为自己。补充一点，当我为安排一个被树木覆盖的非真实国度而寻找一个往昔的时代时，我被十八世纪及其与后一个世纪之间的动乱时期的魅力吸引住了。于是，主人公柯希莫·迪·隆多男爵走出了可笑的情节框架，来到我面前，成为一个道德楷模，具有精准的文化特质；我的历史学家朋友们关于意大利启蒙主义者和雅各宾派的研究，成为幻想的可贵推动力。那个女性形象（薇莪拉）在文化与伦理方面也发挥了作用：与启蒙主义者的坚定相反，那种对一切事物巴洛克式的和后来浪漫主义的冲动是危险的，险些变成破坏力量，跑向毁灭。

于是，《树上的男爵》在我笔下变得与《分成两半的子爵》大不相同。不是一个时代不详、背景模糊、人物单薄而象征化、童话结构的故事，我在写作时不断地被诱导进行历史的“模仿”，写出一系列十八世纪的人物形象，标明日期和与之相关的名人逸事；风景和自然环境是虚构的，但是以怀旧之情细致描绘；精心设计合情合理和接近真实的情节，甚至包括非真实的开头；总之，我最终品尝到了小说的滋味，这个词最传统的含义。

关于那些次要人物，由于浪漫气氛中的自然繁衍而诞生，可说的不多。做孤独的人似乎是他们共同的特征，每一个人都以一种错误的生存方式，围绕在主人公唯一正确的方式周围。

请看骑士律师，他重现特里劳尼医生的许多特点。十八世纪，奇闻逸事倍出的伟大世纪，仿佛特意为安置这座怪诞人物画廊而存在。那么柯希莫可以被看成一个使自己的不合常规行为具有普遍意义的另类人吗？这样想来，《树上的男爵》没有穷尽我提出的问题。显而易见的是现在我们生活在一个没有奇迹的世界，人们最简单的个性被抹杀了，而且人被压缩成预定行为的抽象集合体。今天问题已经不再是自我的部分丧失，是全部丧失，荡然无存。

我们从原始人缓慢进化成非自然的人，原始上由于与天地浑然一体，因而与生物没有区别，可以称之为还不存在；非自然的人由于混同在产品和环境之中，因而不与任何东西发生摩擦，同周围的事物（自然或历史）不再有关系（斗争与通过斗争得到的和谐），而只是抽象地“发挥作用”，也是不存在的。

这个思考的焦点渐渐地与长久以来占据我心中的一个形象重合：一副行走的盔甲，中间是空的。我尝试着将它写成一个故事（在 1959 年），这就是《不存在的骑士》，它在三部曲中更可能位列第一而不是第三，因为查理大帝武士的年代更早，还因为与其他两个故事相比，它更可以被认为是一个序曲而不是尾声。而且这本书写于历史背景比 1951 年和 1957 年更加动荡不安的年代，强调哲学提问，同时却以激越的抒情方式解决。

阿季卢尔福，不存在的武士，有着广泛散布于当今社会各行各业中那一类型人的精神面貌；我写这个人物很快就得心应手。我从阿季卢尔福的模式（具有意志和意识的不存在）出发，用一种反向逻辑程序（从思想出发走向形象，与我通常所做的相反），挖掘出一个没有意识的存在模式，即同客观世界浑然一体，我创造了马夫古尔杜鲁。这个人物没有能力拥有前者的独立精神。这是可以理解的，因为阿季卢尔福的原型随处可见，而古尔杜鲁的原型仅在人类学家的著作里才有。

这两个人物，一个没有生理个性，而另一个没有意识个性，他们不可能扩展成一段故事；他们只是宣告了主题，应当由其他的人物加以展开，存在与不存在也在他们每一个人的内心搏斗。还不懂得存在与不存在的人，是年纪轻的人；因此一位青年应当是这个故事的真正主人公。朗巴尔多，司汤达式武士，像一切年轻人所为，追求生存的证明。存在的证实在于行动；朗巴尔多将寓意实践、经验、历史。我需要另一位青年，托里斯蒙多，我让他成为绝对精神，对于他存在的证实应当来自别的什么而不是他自己，来自在他之前就存在的，与他相分离的那一切。

对于年轻男性，女人是肯定存在的；我写了两个女人：一个是布拉达曼泰，爱情是冲突，是战争，这就是朗巴尔多的心上人；另一个——寥寥几笔而已——索弗罗妮亚，爱情是和平，是前世的梦中思念，托里斯蒙多的心上人。布拉达曼泰，爱情如战

争，她寻求异己者，即不存在的人，因此她爱上了阿季卢尔福。

我最后该做的事情是举例证明存在是神秘经验，四大皆空、瓦格纳、日本武士的佛教思想；圣杯骑士们现身了。还有与此相反的观念——存在是历史经验，被历史抛弃的人民的觉醒（被卡罗·莱维多次阐述过的观点）；库瓦尔迪亚的居民与圣杯骑士对立，他们穷困并遭受欺压，不知如何活在世上，将在斗争中学会生存。

至此我需要的人齐全了，让他们受自身那许多生存焦虑的支配而活动就行了。但是这一次我不会像在写《树上的男爵》时那样让自己掉进故事里，也就是说我最终不会相信我所讲述的那些东西，这一次故事是并且应该是人们所说的一种“娱乐”。我一贯认为享受这种“娱乐”的人是读者：这不是说对于作者也同样是一种娱乐，作者应当在叙事时保持距离，调节好冷热情绪，自我控制和自发冲动交替，其实写作是最使人疲劳和神经紧张的工作方式。当时我想倾诉写作的甘苦，为此编造一个人物：我变成修道院的文书，假托她在写小说，这使我获得平静而自然的动力，完成最后的篇章。

你们可能会发现在这三个故事中我都需要一个自称“我”的人物，也许通过这个人起到调和与抒情的作用，可以纠正讲寓言故事时完全客观的冷漠态度。我每次选择一个边缘人物，或者至少是与情节无关的人：在《分成两半的子爵》中是一个

少年的“我”，一个卡尔利诺·迪·弗拉塔式[1]的人物，因为在那样一些场景中没有比通过儿童的眼睛看一切更好的方式。至于《树上的男爵》，我的问题是纠正我将自己认同为主人公的强烈冲动，这一次我在作品中放进很著名的塞雷努斯·蔡特布洛姆[2]式的辅助人物，即从起头几句开始我就派出了一个性格与柯希莫相反的人物充当“我”，一个稳重而通情达理的兄弟。而在《不存在的骑士》中，我采用了一个完全置身于故事之外的“我”，一位修女，这样做更是为了增加一种冲突的游戏。

一个叙述者兼评论者的“我”的出现使得我的一部分注意力从故事情节转移到写作活动本身，转移到复杂的生活与以字母符号排列出这种复杂性的稿子之间的关系上。从一定意义上说，与我相关的只有这种关系，我的故事变得只是修女手中那支在白纸上移动的鹅毛笔的故事。

同时我也感觉到，往下写，故事中所有的人物彼此相似起来，他们遭受相同忧虑的摆布，那位修女、鹅毛笔、我的自来水笔、我本人，也是如此，我们大家是同一个人，做同一件事情，感受同一种焦虑，经历同一次结果不满意的追寻。我相信，像小说家一样，任何正在做某件事情的人，他所想的一切都变

1 见于涅埃沃的小说《一个意大利人的自述》。

2 托马斯·曼的小说《浮士德博士》中主人公的挚友兼传记作者。

成他所做的那件事情，于是在小说中，我将这一想法通过最后一次情节转折表达。就是说，我将写小说的修女与女武士布拉达曼泰变成了同一个人。这是我在最后时刻想出的一个戏剧性变化，我认为它的含义不比我刚才对你们所说的那些更多。但是如果你们愿意相信我之所想，那就意味着内心的智慧与外在的活力应当是一个统一体，信不信也由你们自己做主了。

你们既然是随心所欲解释这三个故事的行家里手，就不应该被此刻我对它们的诞生所做的证言所束缚。我想使它们成为关于人如何实现自我的经验的三部曲：在《不存在的骑士》中争取生存，在《分成两半的子爵》中追求不受社会摧残的完整人生，《树上的男爵》中有一条通向完整的道路，这是通过对个人的自我抉择矢志不移的努力而达到的非个人主义的完整——这三个故事代表通向自由的三个阶段。同时我希望它们是三篇如人们所说的“开放性”的小说，首先遵循人物的发展逻辑，它们作为故事是站得住脚的，但是我希望在读者中引发的未曾预料的提问与回答过程中开始它们真正的生命。我希望它们被看成现代人的祖先家系图，在其中的每一张脸上有我们身边人的某些特征，你们的，我自己的。

伊塔洛·卡尔维诺

1960 年 6 月

图书在版编目（CIP）数据

分成两半的子爵 /（意）伊塔洛·卡尔维诺著；吴正仪译．—南京：译林出版社，2023.10
（卡尔维诺精选集：百年诞辰纪念版）
ISBN 978-7-5447-9898-3

Ⅰ.①分… Ⅱ.①伊… ②吴… Ⅲ.①中篇小说－意大利－现代 Ⅳ.①I546.45

中国国家版本馆 CIP 数据核字（2023）第 169809 号

著作权合同登记号 图字：10-2018-427 号

分成两半的子爵 ［意大利］伊塔洛·卡尔维诺 / 著 吴正仪 / 译

策　　划　吴荀东
责任编辑　竺文治
装帧设计　韦　枫
校　　对　王　敏
责任印制　闻媛媛

原文出版　Arnoldo Mondadori Editore S.p.A., Milano, Italia
出版发行　译林出版社
地　　址　南京市湖南路 1 号 A 楼
邮　　箱　yilin@yilin.com
网　　址　www.yilin.com
市场热线　025-86633278
排　　版　南京展望文化发展有限公司
印　　刷　南京爱德印刷有限公司
开　　本　850 毫米 ×1168 毫米 1/32
印　　张　3.75
插　　页　4
版　　次　2023 年 10 月第 1 版
印　　次　2023 年 10 月第 1 次印刷
书　　号　ISBN 978-7-5447-9898-3
定　　价　268.00 元（全五册）

ITALO CALVINO

分成两半的子爵

［意大利］伊塔洛·卡尔维诺 著

吴正仪 译

译林出版社

ITALO CALVINO

树上的男爵

［意大利］伊塔洛·卡尔维诺 著

吴正仪 译

译林出版社

图书在版编目（CIP）数据

树上的男爵 /（意）伊塔洛·卡尔维诺著；吴正仪译. —南京：译林出版社，2023.10
（卡尔维诺精选集：百年诞辰纪念版）
ISBN 978-7-5447-9898-3

Ⅰ.①树… Ⅱ.①伊… ②吴… Ⅲ.①长篇小说－意大利－现代 Ⅳ.①I546.45

中国国家版本馆 CIP 数据核字（2023）第 169811 号

著作权合同登记号　图字：10-2018-427 号

树上的男爵 ［意大利］伊塔洛·卡尔维诺 / 著　吴正仪 / 译

策　　划　吴荀东
责任编辑　竺文治
装帧设计　韦　枫
校　　对　王　敏
责任印制　闻媛媛

原文出版　Arnoldo Mondadori Editore S. p. A., Milano, Italia
出版发行　译林出版社
地　　址　南京市湖南路 1 号 A 楼
邮　　箱　yilin@yilin.com
网　　址　www.yilin.com
市场热线　025-86633278
排　　版　南京展望文化发展有限公司
印　　刷　南京爱德印刷有限公司
开　　本　850 毫米 ×1168 毫米　1/32
印　　张　10
插　　页　4
版　　次　2023 年 10 月第 1 版
印　　次　2023 年 10 月第 1 次印刷
书　　号　ISBN 978-7-5447-9898-3
定　　价　268.00 元（全五册）

译林版图书若有印装错误可向出版社调换。质量热线：025-83658316

01

我的哥哥柯希莫·皮奥瓦斯科·迪·隆多最后一次坐在我们中间的那一天是一七六七年六月十五日。我记得很清楚，事情好像就发生在今天一样。大家坐在翁布罗萨我家别墅的餐室里，几扇窗户都嵌满了花园里那棵高大的圣栎树的繁茂枝条。时间正当中午，我们全家人按照老规矩在这个时候坐到餐桌边，虽然那时从不习惯早起的法国宫廷传来的下午吃正餐的时尚已在贵族之中风行。我记得有风从海上吹来，树叶抖动。柯希莫说着："我说过不要，我就是不要！"推开那盘蜗牛。他往常可从来没有闹得这么凶。

在首席上端坐着我们的父亲——阿米尼奥·皮奥瓦斯科·迪·隆多男爵，他头上戴着路易十四式的垂至耳下的长假发，这像他的许多东西一样已经过时了。在我和哥哥中间坐着福施拉弗勒尔神父——我家的食客和我们兄弟俩的家庭教师。对面坐着我们的母亲——女将军科拉迪娜·迪·隆多，和我们的姐姐巴蒂斯塔——住家的修女。在桌子的另一头，与父亲面对面坐着的是土耳其式着装的律师埃内阿·西尔维奥·卡雷加骑士——我们家庄园的总管和水利工程师，而且他作为父亲的非婚生兄弟，是我们的亲叔叔。

几个月前，柯希莫满了十二岁，我八岁，我们才刚被允许上父母的餐桌。也就是说，我沾了我哥哥的光，随他一起提前升级，因为他们不想让我一个人单独在一边吃饭。我说沾光只是说说而已。实际上，无论对柯希莫还是对我来说，欢乐的日子结束了，我们怀念在自己小房间里的进餐，只有我们两个和福施拉弗勒尔神父。神父是一个满脸皱纹的干瘪老头，人们说他是冉森教派[1]信徒，实际上他是从故乡德菲纳托逃跑出来的，为了躲避宗教裁判所的审讯。但是，他那时常为众人所称道的严谨性格，对己对人的苛刻要求，不断地被他的冷漠的天性和与世无争的态度所代替，仿佛他茫然地眨动眼睛所做的长久的沉思默想只是使他进入了万念俱灰的境地。他将一切困难，哪怕是很微小的，都看成他不想反抗的厄运的征兆。我们在神父

1 冉森（1585—1638）：荷兰天主教神学家，其学说被教皇定为异端邪说。

陪伴下的进餐在长时间的祷告之后才开始，一勺勺规规矩矩，合乎礼仪，一声不响地进行。如果谁从盘子上抬起眼来，或者喝汤时发出了轻微的响声，那可不得了。但是，神父在喝完汤时就已经厌倦了，他茫然地呆望着，每啜饮一口酒就咂咂舌头，好像只顾品味这短暂而浅表的感觉。上主菜时我们就可以开始用手抓起来吃了，吃完饭时互相掷梨核玩，而神父不时懒洋洋地说一声："够了！安静些！（法语）"

而如今呢，同全家人一起坐在餐桌边，家庭里的积怨显形了，这是童年中不幸的篇章。父母不停地对我们唠叨，要用刀叉吃鸡啦，身体要坐直啦，胳膊肘不要靠在桌子上啦，简直没完没了！还有我们那位讨厌的姐姐巴蒂斯塔。一系列的叫嚷、气恼、处罚、踹腿、踢脚开始了，直至柯希莫拒绝吃蜗牛并决定把他的命运同我们断开的那天为止。

这种家人之间的怨恨的累积我后来才明白。当时我八岁，觉得全都是在做一场游戏，顶撞大人是所有孩子的脾性，我不明白我的哥哥表现出的执拗劲头中蕴藏着更深厚的东西。

我们的父亲男爵是一个讨厌的人，这是肯定的，尽管他并不坏。他讨人厌是因为他的生活由不合时宜的思想主宰，这在新旧时代交替的时期是常见的事情。时局的动荡让某些人也蠢蠢欲动，但却是完全背道而驰：我们的父亲在那锅中沸水一般的形势之下，竟妄想获得翁布罗萨公爵的爵位，他一心考虑的只是家谱、继承权以及同远近的权贵们的争斗和联合。

因此，在我们家里过日子总像是在进行应邀上访朝廷的大演习，我不知道是奥地利女皇的宫廷还是路易国王的皇宫或者都灵的那些山民的宫殿。一只火鸡端上桌，父亲就紧盯着我们，看我们是否按照宫廷里的规矩切割和剔骨，而神父连味道也不敢尝，以免当场出乖露丑，他还得在父亲训斥我们时帮腔。后来，我们发现了律师卡雷加骑士弄虚作假的底细：他将整条火鸡腿藏入他那土耳其式长袍的下襟里，以便过后躲在葡萄园里随心所欲地撕啃享用。我们敢发誓说（虽然我们从来没能当场捉住他，他的动作太机敏了），他来吃饭时就带了一满兜已经剔好的碎骨，用来放进他的盘子里，代替那几块整个消失了的火鸡肉。我们的母亲女将军不管这一套，因为她在进餐时也使用生硬的军人方式："就是这样，还有一点！好！（德语）"我们谁也不觉得好笑。她对我们不太讲究那些繁文缛节，但讲究纪律，她用练兵场上的口令助男爵一臂之力："擦脸！（德语）擦鼻子！"唯一能够怡然自乐的是住家的修女巴蒂斯塔，她用她独有的外科大夫手术刀式的一些锋利的小刀，孜孜不倦地将鸡肉从骨头上一丝一丝地剔净。男爵本应将她树为我们的楷模，却不敢朝她看，因为她那在浆过的女宽边帽之下瞪大的眼睛，她那黄瘦的耗子般的小脸上咬紧的牙齿，也令他害怕。由此可以懂得，饭桌成了暴露我们之间的一切对立和矛盾的场所，也是显示我们的一切愚蠢和虚伪的地方。正是在饭桌上发生了柯希莫的造反行动，所以我才费了一些笔墨来描述它，可以放心的是，像这样盛大筵席似的餐桌在我哥哥的生活中再也看不到了。

这也是我们同大人们见面的唯一时机。在一天的其余时间里，母亲撤退到自己的房间里编织、刺绣和纺线，因为这位女将军其实只会做这些传统的女红，也只有在这些活计上她才倾注着自己尚武的热情。那通常是一些做成地图样的编织物和绣品。母亲在上面插上大头针和小旗帜，标明王位继承战争的作战部署，她对那些战斗了如指掌。她或者绣大炮，绣出各种从炮口射出的炮弹轨迹，各式交叉射击，不同角度的射击，因为她对弹道学非常在行，并且翻遍她的当将军的父亲的藏书室，找出军事艺术论著、射击图解和地图。我们的母亲过去姓冯·库特维茨，名康拉丁娜，是康拉德·冯·库特维茨将军的女儿，这位将军在二十年前率领奥地利的马利亚·黛莱莎的军队占领我们的土地。她幼年丧母，将军将她带在身边四处征战，无甚浪漫刺激可言，他们在旅途上装备充足，夜宿最好的城堡，带着一群仆从，她成天靠在大沙发的垫子上以编织度日。人们说她也骑马参战，这纯属无稽之谈。就像我们记忆中的那样，她一直是一个肌肤粉红、鼻子微翘的娇嫩的女人，但是身上保留了她父亲对军事的爱好，也许是为了对她的丈夫表示抗议。

我们的父亲在那场战争中是本地贵族中站在帝国军队一边的少数派。他热烈地将冯·库特维茨将军迎进自己的庄园，把自己的仆从让给将军差遣。为了更好地显示自己对帝国事业的忠心，他娶了康拉丁娜。他做这一切都是为了得到公爵爵位。像往常一样，那次他也没有如愿以偿，因为帝国军队很快就开拔了，而热那亚的执政者们课他的重税。但是那次他赚得一个好妻子、女将军。自从她父亲在进军普罗旺斯的征途中亡故，马利亚·黛莱莎寄给她一件衬垫在锦缎上的金颈饰之后，人们就这么称呼她。他对她几乎总是言听计从，百依百顺，尽管她由于在军营中长大，一心梦想的是军队和打仗，抱怨他只不过是一个碌碌无为的凡夫俗子。

但是归根到底，他们两人同属于王位继承战争时代的遗老。她满脑子里想的是大炮，他念念不忘的是家谱、世系；她梦想我们这些儿子将来能在不论什么军队里得到军衔，他则希望我们能娶某位有选帝资格的公爵家的小姐……这一切表明他们是了不起的家长。但是他们又是那样地漫不经心，仿佛我们兄弟两个放任自流便可平步青云，这是好事还是坏事？谁又说得清呢。柯希莫的生活是那样的超凡脱俗，我的一生是如此循规蹈矩、平庸无奇。但是我们的童年是一起度过的，我们两个都无视大人们的恼怒，寻找与人们设计好的轨迹不同的出路。

我们爬树（如今在我的记忆里这些早年无心的游戏被蒙

上了一种启蒙的光辉，是一种预兆。但在当时谁又曾想得到呢？），我们在河里逆流而上，从一块礁石跳到另一块上，我们在海边寻找岩洞，我们沿着别墅楼梯上的玉石栏杆往下滑。这样的滑行有一次成为柯希莫同家长激烈顶撞的原因，他受到惩罚，很不公正，他认为。从那时起，他在心里产生出对家庭（抑或对社会？抑或对整个世界？）的一种怨恨，后来表现为他在六月十五日的决定。

说实话，关于在楼梯的玉石栏杆上滑行一事，我们事先已得到警告。不是由于害怕我们会摔伤大腿或胳臂，我们的双亲大人从不为此担忧，而是由于我们人长大了，体重增加了，可能会把父亲叫人安放在每段楼梯两端支柱上的祖先塑像碰掉。实际上，柯希莫已经将一位戴着高帽、身穿全副道袍的主教模样的高祖像摔碎了一次，他挨了处罚。从那时起他学会了在滑到一段的末尾时停一下，在离塑像恰好还有一丝儿距离时跳下来。我也学会了。因为我总是事事处处学他的样，只是我一向比他胆小而谨慎，我滑到半道上就跳下来，或者断断续续地分小段滑完。有一天，他像箭似的沿扶手往下滑。这时，福施拉弗勒尔神父正慢悠悠地走上楼来，捧着打开的日课经，目光茫然像只母鸡。要是他像平时一样睡意蒙眬就好了。可惜他处于那种偶尔对一切事物都极端注意和紧张的时刻。他看见柯希莫，就想到：扶手、塑像，马上就要撞上了，一会儿他们就会对我也大叫大嚷（因为每当我们淘气时，他也由于对我们监管不力而遭训斥）。他扑到扶手上去截住我哥哥。柯希莫撞到神父身上，撞得他顺着扶手直往下冲去（他是一个皮包骨的小老头），刹也刹不住，以双倍的冲击力撞倒了我们的祖先，为圣地而战的十字军勇士卡恰圭拉·皮奥瓦斯科，三个一起倒在了楼梯脚下，十字军勇士粉身碎骨（他是石膏的）。结果是没完没了的责骂、鞭打、额外作业、只给面包冷汤的禁闭。而柯希莫呢，认为自己是无辜的，因为过错不在他，而是神父造成的，他那样深恶痛绝地反击："我才不在乎您的列祖列宗哩，父亲大人！"这已经预告了他的反叛天性。

在本质上，我们的姐姐是一个样。尽管她在梅拉侯爵少爷的事件之后，被父亲强逼着过一种与世隔绝的生活，她也始终是一个孤独的造反者。侯爵少爷的事到底怎么样，谁也说不清。他是与我们敌对的家族中的孩子，如何混进我家的呢？为什么而来呢？为了引诱，甚至是为了强奸我们的姐姐，在此后两家的长期争吵中，人们这么说。其实，我们从来都难以想象那个生雀斑的笨蛋会是一个诱奸者，更不可能对我们的姐姐下手，她肯定比他力气大，她同马倌们扳腕子是出了名的。还有：为什么是他叫喊起来？为什么随同父亲一起闻讯赶来的仆人们看到他的裤子成了碎片，好像被一只母老虎的爪子撕扯过？梅拉的家长从不承认他们的儿子破了巴蒂斯塔的贞操，不肯同意嫁娶。于是姐姐的青春就被埋葬在家里。她身着修女的袍子，可是她既没有立为主献身的誓愿，也没有声明过要当第三级会友。因为她未必有这样的心愿。

她的恶劣心绪，在烹饪上表现得最为明显。她在烹饪方面是极为出色的，因为她既不缺乏勤劳，也不缺乏想象力，这些是每一位厨娘起码的品质，但是一经她的手，就不知道会把什么难以料想的东西给我们端上来。有一次她做了一些夹馅烤面包片，说实话真的很精致，等我们吃起来并且觉得味道不错时，她才告诉我们，是用老鼠肝做的馅；更不要提用蚱蜢的腿，嵌在一个大蛋糕上拼成花样；还有烤得像蛋糕圈的猪尾巴。那一次她叫人煮熟一只整的豪猪，谁也不知为什么那只猪身上带着全部的箭，大概只是为了在揭开盖子时让我们吓一跳，因为连她也不想品尝其味了，尽管那是一只乳豪猪，粉红粉红的，一定很鲜嫩，而本来对自己做的每样东西她都是照吃不误的。实际上，她的这些吓人的手艺主要只是在外观上下功夫，其次才是为了让我们与她一起品尝这些怪味食品的乐趣。巴蒂斯塔的这些菜是用动物或植物精心搭配而成的杰作：用菜花做成的羊头，插上兔子耳朵，放在一圈羊毛领子上；或者是一个猪头，好像伸出舌头似的从猪嘴里爬出一只鲜红的龙虾，而龙虾的钳爪正抓着猪的舌头，仿佛是它把猪舌给揪掉了。然后就是蜗牛了。我不知道她斩断了多少只蜗牛的脑袋，那些蜗牛脑袋，我想她是用牙签插进软绵绵的甜食上去的，每一块甜馅饼上放一个，好像一群极细小的天鹅飞到了餐桌上。那些美味佳肴的外观令人惊奇。想想巴蒂斯塔制作时当然是费尽心思，您可以想象当她肢解那些动物的小小躯体时，她的那双手该是何等的灵巧。

姐姐用蜗牛表现她那可怕的想象力，促使我们——我的哥哥和我，进行一次捣乱。那是对可怜的受摧残的动物们的同情，是对煮熟的蜗牛的味道的厌恶，也是对一切事和一切人的反抗，以至于倘若说柯希莫是因为此事将他的行动和此后的一切酝酿成熟，也不足为怪。

我们事先设计好一个方案。律师骑士带回家来满满一篮子食用蜗牛，这些蜗牛被盛在一只木桶内放在地窖里，让它们空着肚肠，或只吃些秕糠，使体腔内变得洁净一些。当我们掀开桶上的木盖时，一种地狱般的景象出现在眼前，蜗牛正在残余的秕糠、凝固的半透明涎液和干屎的混合物中沿着桶壁慢慢往上爬，已经奄奄一息了。各色的粪便是它们在野外的美好时光和吃青草的纪念品。它们有的完全露出壳外，探着头、张着角。有的完全缩在硬壳里，只露出警觉的触角。有些像饶舌的女人一样聚在一起围成圈，有些缩成一团昏昏入睡，死掉的那些则壳儿翻底了。为了使蜗牛免遭那个女厨子的毒手，为了使我们自己免用她的美食，我们在桶底凿了一个洞，用切碎的青草和蜂蜜，在地窖里的酒桶和其他杂物中间铺出一条尽可能隐蔽的路，以便将蜗牛引上逃亡之路，一直爬到窗口，那外面是一座荒芜的荆棘丛生的花坛。

第二天，我们走下地窖察看效果，在烛光下往墙壁和过道上搜索。“这里有一只！……那里又有一只！”“……你看，这只爬到那儿啦！”在木桶到窗子之间的地板与墙壁上已经出现了蜗牛按我们画的线排成的一条断断续续的长队。

我们看到小动物们慢吞吞地爬行，遇见酒渣、酒石、霉菌的吸引时，不免晕头转向，在粗糙的墙壁上胡乱地转圈，就忍不住对它们说：“快，小蜗牛！快些爬，快逃命呀！”可是地窖里又黑又乱，道路并不平坦畅通，我们希望没有人发现它们，以便它们来得及全部逃走。

巴蒂斯塔姐姐是个不安分的人，夜里窜遍整座房子捉老鼠，举着一个烛台，腋下夹着一支猎枪。那天夜里她跑进地窖，烛光照见天花板上一只离群的蜗牛，拖着一道银白色的涎迹。她打响一枪。我们大家都从床上惊跳起来，但又立即一头倒在枕头上，因为我们对住家修女的夜间狩猎活动已习以为常了。可是巴蒂斯塔，用那毫无理性的一枪打死了那只蜗牛，并在打掉了一块灰泥之后，开始尖声怪气地呼喊起来：“都跑啦！”仆人们半裸着身子跑来，我们的父亲抄起一把军刀，神父没戴假发，而律师骑士还没弄明白是什么事情，就嫌麻烦地躲到屋外，钻到干草房里睡觉去了。

在火把照耀下，众人开始在地窖里捉起蜗牛来，虽然谁都不热心此事，但是他们已经被弄醒，碍于面子，不愿意承认自己是平白无故地被打搅了。他们发现了木桶上的窟窿，马上猜出是我们干的。父亲跑过来在床上逮住我们，用马夫的鞭子抽打。最后我们背脊上、屁股上和腿上布满一道道青紫色的鞭痕，被关进那间阴森森的小房间，它是我们的牢房。

他们把我们在那里面关了三天，只给面包、水、生菜、牛皮和冷的肉汤（幸亏还有肉汤，这是我们爱吃的）。后来，第一次重新同家人共餐时，好像什么事情也不曾发生过似的。大家准时到来，这就是那个六月十五日的中午。我们的姐姐巴蒂斯塔，这位膳食总管，预备了什么东西呀？蜗牛汤和蜗牛做的主菜。柯希莫连蜗牛壳也不愿碰。“你们要么吃下去，要么马上再关进小房间！”我屈从了，开始吞咽那些软体动物。（这是我的一次颇为软弱的表现，它使得我的哥哥觉得更加孤独了，因此他抛弃我们的行动中也有着对我的抗议，因为我让他失望了。但是我那时只有八岁，何况我的意志力，而且是我幼年的意志力怎么能够同我哥哥与生俱来的那种超人的顽强相比呢？）

“怎么样？”我们的父亲问柯希莫。

“不吃，还是不吃！”柯希莫回答，并推开盘子。

“从饭桌上滚开！”

而柯希莫已经转过身去，背向着我们大家，正要走出餐室。

“你去哪里？”

我们从玻璃门里望见他正在门廊里取他的三角帽和佩剑。

“我知道！”他朝花园跑去。

我们从窗子里看见他很快爬上那棵圣栎树。他穿戴和打扮得非常整齐，他是按照父亲的要求弄妥帖后来吃饭的，尽管他只有十二岁。头发扑上粉，用带子扎起辫子，三角帽，针织领带，绿色燕尾服，浅紫色的短裤，佩剑，白皮长护腿套，护套只包半截，这是唯一的让步措施，使得穿着方式更符合我们的乡间生活。（而我，由于只有八岁，免除了在头发上扑粉，只有在盛大宴会时才要扑，也免挂佩剑，虽然我喜欢佩戴也不行。）他就这副模样往那棵多结的树上爬，手脚并用，以我们长期在一起练就的准确而迅速的动作在树枝上攀登。

我已经说过我们在树上度过许多时光，不是像许多孩子那样图实惠，他们爬上去只是为了找果子或掏鸟窝，而我们是为了爬树的乐趣：越过树干上险恶的蜂巢和树杈，爬到人上得去的最高处，找舒适的地方坐下来观看下面的世界，对着从树下走过的人们呼喊或捉弄他们。因此我认为柯希莫面对那种不公正的强逼，首先想到的是爬上我们熟悉的那棵圣栎树，这是很自然的。圣栎树的树枝向上伸到与餐室窗户相同的高度，使得全家人都看见他的委屈和愤慨。

“小心！小心！（德语）会摔下来呀，可怜的孩子！”母亲焦急地喊道，倘若她看见我们在炮火中冲锋一定满心欢喜，可是，她却为我们的这种游戏而忧惧交加。

柯希莫爬到一条粗枝的分叉处，他在那里可以待得舒适一些。他坐下来，双腿悬垂着，两臂交叉，手掌塞进腋下，脑袋缩进双肩里，三角帽低压在前额上。

我们的父亲从窗口探出身对他喊道：“你在那里待腻了就会改主意的！”

“我决不会改变主意。”我的哥哥在树冠上说。

“只要你下来，我就叫你好看！”

“我决不下树！”他说到做到。

02

柯希莫在圣栎树上。树枝向外伸展，凌空架起一道道高高的桥梁。微风轻拂，艳阳高照。太阳光透过树叶间的缝隙射下，我们为了看清柯希莫不得不举手挡光。柯希莫从树上观望这个世界：每一件东西，从那上面看来，都变了样，这是一件十足的赏心乐事。小路有着另一番景观，花坛、绣球花、山茶花、花园里喝咖啡用的小铁桌，历历在目；远处，树木变得稀疏一些，一小块一小块用石头垒成梯田形的菜园子；深色的高地上是橄榄树林；再往前，是翁布罗萨住宅区陈旧的砖屋顶和石板瓦；在低处的港湾那边挺立着一些船只的桅杆。远处的地平线之上是一片海水，一只帆船在海上缓缓移动。

男爵和女将军来了。喝过咖啡之后，他们走出餐室来到花园里，观赏玫瑰花圃，执拗地不看柯希莫。他们挽起胳膊，但又马上分开，以便发议论和打手势。我来到圣栎树下，装出在那里玩耍的样子，其实是企图吸引柯希莫的注意力；可是他对我怀着怨恨，仍旧从那上面向远处眺望，我不玩了，蹲到一条长凳的后面去继续观察他而又不被他发现。

我哥哥好像在站岗放哨，什么都看在眼里，而什么都漠然视之。一个女人挎着篮子从柠檬树下走过。一个赶骡人揪着母骡的尾巴爬上斜坡。他们互相看不见。那女人听见铁蹄掌的声音，转过身，向大道上探望，但来不及了，于是她开始放声歌唱，可是赶骡人已经拐弯了。他听见了歌声，将鞭子甩得噼啪响，对母骡喊道："哦！咳！"便完全从那里消失了。柯希莫将这一切尽收眼底。

福施拉弗勒尔神父捧着打开的日课经从小路上走过。柯希莫从树上取下什么东西，抛落在他的头顶上。我猜不出那是什么，也许是一只蜘蛛，或者是一小片树皮。神父不曾理会。柯希莫开始用佩剑在树干上的一个洞口里搜索。一只被触怒的黄蜂从里面飞出，他扇动三角帽将它驱赶开，看着它飞到一根瓜藤上，在那里隐身匿迹。像平素一样急匆匆的律师骑士走出家门，踏过花园的台阶，消失在一行行的葡萄架中，柯希莫为了看他往哪里去，跳到另一根树枝头上。那里的树枝中响起鸟儿拍动翅膀的声响，一只乌鸦飞起。柯希莫不满地站在那里，因为自己在树上待了那么许久，竟然没有发现这只鸟。他向阳光里察看是否还有。没有，没有鸟了。

圣栎树与一棵榆树相邻，两树的树冠几乎头碰头了。榆树的一枝伸在比圣栎树的一枝高半米的地方，攀过去对我哥哥来说轻而易举，他就这样轻易地征服了这天堑，我们从前不曾探闯过的榆树顶，由于侧枝太高，从地面爬上去是很难的。他接连找到与另一棵树挨近的树枝，从榆树换到角豆树上，再换到一棵桑树上。我看着柯希莫这样从一个枝头跳到另一个枝头地前进，在花园之上悬空行走。

桑树的一些枝头伸出了我们别墅的围墙，墙那边是翁达利瓦家的花园。我们虽然是邻居，却对翁布罗萨的世袭贵族翁达利瓦侯爵家一无所知。因为父亲对他们世代享有的一些特权存有觊觎之心，两家相互仇视，于是一堵高墙像城堡的主塔一样隔开了两家的别墅，我不知道是我们的父亲还是侯爵叫人筑起的。此外，翁达利瓦家还宝贝地把他们的花园用围墙遮挡起来，据说那里面种满了奇花异木。其实是现在的侯爵的父亲，一位林奈[1]的门徒，从前将遍布法国朝廷和英国朝廷的众多亲戚全部动员起来，让他们把殖民地最珍贵的稀有植物品种寄来。海船年复一年地在翁布罗萨卸下一袋袋种子、一捆捆接穗、一盆盆

1　林奈（1707—1778）：瑞典植物学家，现代动植物分类系统的创始人。

灌木，甚至一整棵一整棵根上裹着大块原土的树木。人们说，直到这座花园里长成一片印度树和美洲树，或许还有新荷兰[1]树的混合林为止。

我们所能够望得见的就只有新近从美洲殖民地引进的一棵树的一些叶子。那是一棵玉兰树，在深色的枝叶顶上冒出一朵朵肥硕的白花。柯希莫从我们家的桑树上跳跃到围墙顶上，在上面稳稳当当地走了几步，然后两手攀住墙头，缘墙的那一壁往下去，玉兰树的叶子和花就在那里。然后他就在我的视线里消失了。现在我要说的那些情况，像这个故事中的许多情况一样，是他本人后来告诉我的，或者是我根据零散物证推断的。

柯希莫爬上了玉兰树。这棵树枝干密布，对于像我哥哥这样一个熟悉各种树木的少年来说，行动起来却极为方便。树枝承受住了他的体重，虽然还不很粗壮，木质也很嫩。柯希莫的鞋尖踢破了树皮，黑色的树皮上裂开白色的伤痕。由于风吹动树叶，叶片翻动，时而是暗绿色，时而碧油油。柯希莫被笼罩在叶子发出的清新的香气之中。

然而整座花园香气袭人，里面植物异常地密集，尽管柯希莫还没能全部扫视一遍，但他已经用嗅觉在探索了。他力图分辨出各种不同的香味，过去每当清风把它们送进我家的花园里

1　新荷兰，即澳大利亚。

时，他已经闻到过。它似乎与那座别墅的神秘气氛浑然一体。他观察每一棵树的枝叶，看到许多新奇的叶片，有些叶子硕大而光亮，仿佛上面流动着一层极薄的水，有些叶子细小而呈羽毛状，而树干有的光溜溜，有的布满了鳞片。

四周幽静宜人，只有小小的柳莺翻飞、啁啾。一阵歌声传来："啊啦啦啦！荡秋千（法语）……"柯希莫朝树下望去，挂在近旁一棵大树的枝丫上的一架秋千在晃荡，上面坐着一位十岁模样的小姑娘。

她是一个金发女孩，梳着对一个女孩子来说未免可笑的高高的发式，穿一件显得过于大人气的浅蓝色连衣裙，秋千荡动时，裙子的花边就鼓胀开来。小姑娘似乎喜欢像贵妇人那样装腔作势，半眯着眼睛，鼻子翘得老高。她在吃一个苹果，不时低下头去啃上一口。那只手捏着苹果又拽着秋千绳，每当秋千荡到弧形的最低点时她就用那双小脚的脚尖蹬一下地作为动力。她从嘴里吐出嚼过的苹果皮碎渣，唱起来："啊啦啦啦！荡秋千……"她还是个小孩子，过一会儿干什么都不专心了，既不用心荡秋千，又不正经唱歌，也不认真吃（但对苹果的兴趣还多那么一点点），她的脑袋里有了新的主意。

柯希莫从玉兰树的顶梢下到最低的那根侧枝上，现在他两只脚各踩住一个树杈，胳膊肘搭在横在他前面的一根枝条上，就像趴在窗口上一样。荡起的秋千把小姑娘正好送到他的鼻尖底下。

她起初心不在焉没有发觉，后来突然看见他戴着三角帽绑着护腿套挺立在树上。“啊！”她惊叫，苹果从她手上跌落，滚到玉兰树下。柯希莫抽出剑，弯下腰来从最低的那根树枝上将剑尖触及苹果。他挑起苹果，将它递给小姑娘：“拿去吧，不脏，只碰破了一点。”

金发小姑娘已经为自己大惊失色的模样而懊悔，恢复了鼻子上翘的傲慢态度。“您是小偷吧？”她说道。

“小偷？”柯希莫反问，他觉得深受侮辱，随后转念一想，觉得这主意倒也不错。“我是。”他说着，拉了拉前额上的三角帽，“有何见教？”

“您来偷什么呀？”

柯希莫看看扎在剑尖上的苹果，忽然想起自己饿了，他几乎不曾动用饭桌上的食物。“这个苹果。”他回答，开始用佩剑削苹果皮。他不顾家里的禁令，将这把剑磨得极其锋利。

“那么您是偷果子的贼。”女孩说。

我的哥哥想起翁布罗萨一群群的穷孩子来，他们翻墙头、跳篱笆、洗劫果园，那是人们教他鄙视并回避的一帮人，但他此刻第一次觉得若像他们那样生活该是多么的自由和令人羡慕。对了，也许他可以成为他们那样的人，从今以后，就那么生活。“对。”他回答。他已经将苹果切成小片，开始在嘴里咀嚼起来。

金发姑娘高声大笑起来，足足笑了秋千从上到下荡个来回的时间：“得了吧！偷果子的那些孩子我全都认识！他们都是我的朋友！那些人赤着脚走路，不穿西服上衣，不梳头，不戴护腿套和假发！”

我哥哥的脸变得像苹果一样通红。不仅他认为无所谓的发粉，而且连他十分重视的护腿套也被取笑，他竟然被看得不如一个偷果子的贼，不如他在此之前一直鄙视的小子们打扮得好，尤其是得知那个摆出翁达利瓦家园的女主人姿态的小大人是所有小偷的朋友，而不是他的朋友，这一切加在一起，使他心里充满了恼怒、羞愧和嫉妒。

“啊啦啦啦……护腿套和假发！”小女孩在秋千上哼唱起来。

他想出一种挽回名誉的办法。“我不是您所认识的那种小偷！”他大声说，“我根本不是贼！我那么说是为了不吓着您，因为如果您知道我真是什么人，您会吓死的。我是一个强盗！一个凶恶的强盗！”

小姑娘继续荡着秋千，超过了他的鼻子，仿佛想达到能用脚尖碰到他的高度。“算了吧！猎枪在哪里呢？强盗都挎着猎枪、长筒猎枪呀！我见过！在从城堡到这里的旅途中，他们五次拦劫我们的马车！”

“可是当首领的不带枪！我就是首领 强盗首领没有猎枪！

他只有剑！”他抽出他的短剑。

小姑娘耸耸肩膀。“强盗头子，”她解释道，“是一个叫贾恩·德依·布鲁基的人，他来的时候总是给我们带一些礼物，在圣诞节和复活节！”

“啊！”柯希莫提高嗓音说起来，家族的宗派情绪涌上心头，“那么我父亲是对的，他说翁达利瓦侯爵是本区一切抢劫行为和走私活动的后台！”

小女孩荡近地面，她没有再蹬脚，而是迅速一伸腿刹住秋千，跳到地面上。空秋千随着绳索的摆动在空中颠簸。“您立即从那上面下来！您未经允许擅自走进我们的领地！”她说着，恶狠狠地用食指指着少年。

“我没有走进来，我也不会走下去。”柯希莫以同样激烈的态度回答，“我的脚没有踏进你们的领地，用全世界的黄金为代价请我，我也不会去哩！”

小姑娘这时竟从容不迫地从一张藤椅上拿起一把扇子，虽然天气并不热，她一边摇扇子一边来回散步。“现在，”她慢条斯理地说，“我要叫仆人来，让他们抓住您用棒子痛打一顿，这样您就不敢再钻到我们的领地里来了！”这个小女孩不停地变换语气，我的哥哥每每被她弄得啼笑皆非。

“我的处所既不是地上，也不是你们的！”柯希莫宣告，他心里已经想好要再加这样几句：“我是翁布罗萨大公，我是全部公国领地的主人！”但是他忍住没说，因为他不喜欢重复父亲经常说的话，现在他已经同他在饭桌上吵过架并出走了，他不喜欢，不认为那是正确的，也因为在他看来那些关于公国的念头是痴心妄想，他柯希莫又何必自吹是大公呢？但他不想自责，继续按照他觉得合适的话说下去。“这里不是你们的，”他重复道，“因为你们所拥有的是地面，假如我踏进了一只脚，那我也算是混进去了。这上面可不是，我想去哪里都成。”

“对，那么是你的啦，那上面……”

“当然！我个人的领土，全在这上面了。”他随意挥手指了指树枝、阳光下的树叶、天空，“树枝上全是我的领土。你说让人来抓我，他们能够抓得着吗！”

现在，他自吹自擂之后，很担心不知她会如何取笑自己。然而她却出乎意料地表现出很感兴趣的样子：“是吗？你的领土一直通到哪里为止呀？”

“树木能够到达的一切地方的上空，这里，那里，围墙外头，橄榄园里，小山丘上，山的那一边，森林里，主教的管辖地……”

“法国也是吗？”

“一直到波兰和萨克森。”柯希莫说，他所知道的只是在母亲讲述王位继承战争时听来的那些地理名词，“我可不像你那么小气，我邀请你来我的王国。”他们两个都已经以“你”相称了，是她起的头。

“那秋千是属于谁的呢？”她问，手执打开的扇子坐上秋千。

“秋千是你的，”柯希莫判定，“但是由于秋千系在这根树枝上，总得附属于我。因此，当你坐在秋千上用脚触地时，是在你的地盘内，当你荡在空中时就是在我的领域里。”

她蹬了一下，飞荡起来，双手抓紧吊绳。柯希莫从玉兰树上跳到那根吊着秋千的粗树干上，从那里抓住绳索开始推摇秋千。秋千越飞越高。

“你害怕吗？”

“不，你叫什么名字？”

“我叫柯希莫……你呢？”

“薇莪兰特，可是人们叫我薇莪拉。”

“他们也叫我米诺，因为柯希莫是老头的名字。”

“我不喜欢。”

“柯希莫吗？”

“不，米诺。”

“噢……你可以叫我柯希莫。”

“休想！听着，你，我们应当订出明确的条约。”

“你说什么？”他说道。他总是被她弄得很尴尬。

“我说，我可以上你的国土去，我是一位神圣的宾客，好吗？我出入自由。而你在你的国土内是神圣不可侵犯的，但是你一旦在我花园的地面落脚，你就变成我的奴隶，就要被戴上枷锁。”

“不，我不会下到你的花园里，连我自己的花园也不会去。它们对于我来说，同样都是敌对疆域。你将到上面来找我。你的那些偷果子的朋友也来，也许我的弟弟彼亚乔也来，虽然他有点胆小怕事。我们组成一支树上的军队，我们将制服地球和它的居民。”

“不，不，我不听你的这一套。你让我向你解释清楚是怎么回事。你拥有对树木的统治权，好吗？但是，只要你一只脚触地，你就失去你的全部王国，变成最卑贱的奴隶。你听懂了吗？即使你是踩断了一根树枝摔下来的，也会失去一切！”

“我从来没有从树上摔下来过！”

“当然，可是你如果摔下来的话，你就会摔个粉碎，风会把你吹走。”

“全是废话。我不会到地上去，因为我不想去。”

“呀，你这个人真没意思。”

“不，不，我们玩吧。比如说，我可以上秋千吗？”

“如果你能坐在秋千上而不沾地面，那就行。”

紧挨着薇萩拉的秋千还有另一架秋千，它挂在同一根树干上，但绳索上打了个结被高高地吊起，以免两架秋千相撞。柯希莫抓住一根绳索从上往下滑，他爬绳的动作非常利索，因为母亲让我们在健身房里练习过许多次。他降到打结处，解开绳结，伸出双脚站在秋千上。为了荡动秋千，他屈膝蹬腿，用身体重量将秋千向前推。他就这样把秋千越荡越高。两架秋千一架荡向这头，一架摆向另一头，达到了相同的高度。他们于半途之中擦身而过。

“如果你坐下来，用脚尖蹬地，你会荡得更高，试试看吧。”薇莪拉怂恿他。

柯希莫冲她做了个鬼脸。

“你下来推我一下，你是好心人。”她说着，朝他微笑，很可爱的样子。

“我不，已经说过我无论如何不应当下去……”柯希莫又弄不明白了。

“你帮帮忙吧。”

“不行。”

“哼，哼！你就要摔下去了。如果你有一只脚落地，就会丧失一切！”薇莪拉跳下秋千，开始轻轻地推柯希莫的秋千。

“啪！”她突然拽住我哥哥踩着的秋千的坐板，把坐板掀翻。幸亏柯希莫紧紧揪住绳索！否则他会像一个傻瓜那样跌落到地上！

“好阴险的人！”他大声斥责，抓住两根绳子往上攀登。但往上爬要比滑下来困难得多，尤其是那个金发小女孩正在搞恶作剧，扯得绳索向各个方向摆动。

他终于爬上那根粗树干，跨开腿站好，用领带擦着脸上的汗。“哈！哈！你没有得逞！”

“只差一点！”

“我再也不把你当朋友了！”

“随你便！”她又扇起扇子来。

“薇茙兰特！”就在这时突然响起一个女人尖尖的声音，“你在同谁说话呀？”

在别墅的白色台阶上出现一位太太：高挑，瘦削，穿一条宽大的裙子，用一副长柄眼镜观望。柯希莫闪进树叶中，提心吊胆。

“同一个年轻人，姑姑（法语）。”小女孩说，“他出生在树顶上，由于魔法而不能脚踩地面。”

柯希莫脸涨得通红，他寻思小女孩这么说是在姑姑面前取笑他呢，还是在他面前戏弄姑姑，或者是继续耍花招，或许因为她对他、对姑姑、对玩弄伎俩全不在乎而信口胡说。他看见那贵妇人从镜片中观察，走近这棵树来，仿佛打量一只古怪的鹦鹉。

“哟，我想这位年轻人是皮奥瓦斯科家的。回来，薇茙兰特。（法语）”

柯希莫屈辱得羞红了脸。那个姑姑态度自然地辨认出他来，甚至不问他为什么在那里。她立即招呼小女孩，态度坚决但不严厉，薇莪拉顺从地、连头也不回，听从姑姑的召唤而去，这一切仿佛意味着他是一个微不足道的、几乎不存在的人。于是那个不寻常的下午蒙上了羞愧的阴影。

但这时他看见小女孩对姑姑做了个手势，姑姑低下头，小女孩伏在她的耳畔说了几句话。姑姑用眼镜再次瞄准柯希莫。“那么，少爷，”她对他说，“您愿意赏光来喝一杯巧克力茶吗?这样我们也就会认识了。”她瞟了一眼薇莪拉，“因为您已经是我家的朋友了。”

他瞪圆了眼睛，愣在那上面看着姑母和侄女。这个柯希莫，他的心剧烈跳动。他是被翁达利瓦家，本地最高傲的门庭所邀请了，刚才的屈辱感变成了出气的痛快，他由于得到了一贯俯视他父亲的仇人们的欢迎，使父亲受到了报复。薇莪拉替他说了话，他终于正式作为薇莪拉的朋友被接纳，他将可以同她一起在这个与众不同的花园里玩耍。这一切就是柯希莫所感到的。但是，与此同时，他有一种相反的感觉，一种包含着胆怯、骄傲、孤独、自尊的混乱的感情。在这种感情的对立之中，我哥哥揪住头上的枝条，跳上去，转移到更浓密的枝叶里，从那里跳到另一棵树上，走得无影无踪。

03

那是一个漫长难挨的下午，像往常一样，不时听见花园里“扑通”一声，一阵窸窣作响，我们就跑向屋外，一心想兴许是他，他决定下树了。可是没有，我看见玉兰树的树梢带着朵朵白花在摇曳，柯希莫从围墙那边出现并翻越过来。

我爬到桑树上去迎接他。他看见我，露出难看的脸色，他还在生我的气。他坐在桑树的一根比我更高的枝头上，开始用短剑在树上刻画，好像不想同我说话。

“爬到桑树上真好，”我说道，真是找话说，“过去我们没有上来过……”

他继续用剑刃划破树干，后来说话了，语气尖酸刻薄：“那么，你喜欢吃蜗牛啦？”

我递过去一只篮子：“我给你带来了两个干无花果，米诺，还有一点蛋糕……”

“他们派你来的吗？”他问，不断地挪远一些，可是他已经咽着口水盯住篮子。

“不是，你要知道，我是悄悄地从神父身边溜出来的！”我急忙说道，“他们想看住我，让我整个下午都上课，使我不能同你联系。可是那老头睡着了。妈妈担心你摔伤，想派人寻找你，可是爸爸从圣栎树上看不见你之后就说你下树了，躲到某个角落里去反省过错，没什么可担心的。”

“我没有下树！”我哥哥说道。

“你去过翁达利瓦家花园了？”

“是的，但始终是从一棵树到另一棵树，从来没有沾过地面！”

“为什么呀？”我问。这是我第一次听他宣布他的那条行动准则，可是他好像在说过去我们早已商定好的一件事情一样，几乎是固执地向我保证他没有违背那项准则，因此我不敢再坚持要求解释了。

“你要知道，”他说起来，并不回答我的问题，“翁达利瓦家的花园是一块需要花好几天时间才能全部摸清的地方！有从美洲森林里移来的树，你去看看！”然后他想起他在跟我吵嘴，不应当有兴致告诉我他的新发现，就停住不往下说了，态度变得生硬：“我无论如何不会带你去那里。从今以后，你可以同巴蒂斯塔一道去，或者同律师骑士一道去！”

“不，米诺，你带我去吧！”我央求道，“你不应当为蜗牛的事生我的气，那些蜗牛真叫人恶心，可是听他们叫骂我受不了！”

柯希莫大口吞咽着蛋糕。“我要考验你。”他说，“你应当表现出站在我这一边，不同他们一道才行。”

“你只管吩咐吧。”

“你必须替我弄来一些绳子，长的、结实的，因为跳过某些地方时我得拴住自己。还有一个滑轮、钩子，那么粗的钉子……”

“你要做什么呀？一架吊车吗？”

“我们必须将许多东西搬上来，想想还要什么：木板、木棒……”

“你要在树上造一间房子呀！在哪里呢？”

“如果可能的话，我们将选择好位置。现在我的联络处设在那棵空心的橡树那里。我用绳子把小篮子放下去，你可以把我需要的东西全部放在里面。”

“可是为什么呀？你说得好像是要躲不知多久似的……你不相信他们会原谅你吗？”

他的脸涨得通红：“我稀罕他们原谅我吗？另外，我不藏起来，我谁也不怕！而你，害怕帮助我吗？”

我并不是没有听懂我哥哥暂时不肯下树，而是假装不懂，为的是引得他说：“是的，我愿意在树上待到吃午茶的时候，或者到黄昏，或者到吃晚饭的时候，或者一直到天黑。”透露出他的抗议行动的期限、规模。但是他没有说出半点这样的东西，我感到有些害怕。

有人在下面呼唤。是父亲在叫喊：“柯希莫！柯希莫！”接着，他明白了柯希莫不会答应。“彼亚乔！彼亚乔！”他又叫我。

“我去看看他们要干什么，然后回来告诉你。”我急忙说道。我承认，这种向我哥哥通报消息的热心是同我想悄悄溜走的焦急结合在一起的，我害怕在桑树顶上同他谈话时被抓住，被迫同他一起分担他肯定要挨的处罚。可是柯希莫好像没有看出我脸上的这种胆怯阴影，他让我走，耸了耸肩膀，显示他毫不在乎父亲可能要说些什么。

当我回来时他还在那里，他在一根截去顶梢的树干上找到一块好坐的地方，下巴靠在膝盖上，两手抱住腿。

“米诺！米诺！”我说着，气喘吁吁地爬上树，“他们原谅了你！正等着我们呢！茶点摆上桌了，爸爸和妈妈已经坐好，他们把切好的蛋糕块都替我们放在盘子里了！今天吃奶油巧克力蛋糕，可不是巴蒂斯塔做的，听明白了吧！巴蒂斯塔活该铁青着脸躲到她的房间里去生气！他们摸摸我的脑袋，对我说：‘到可怜的米诺那里去，告诉他我们讲和，不再提那件事情了。’我们快去吧！”

柯希莫一点一点地啃着一片树叶，他没有动弹。

“我说呀，”他说话了，“你设法拿条被子，不要让人家看见，送到我这里来。夜晚这里一定很冷。”

“你不要在树上过夜！”

他不回答，下巴支在膝盖上，嘴里嚼着树叶，凝视着前方。我随着他的目光望去，看到了对面翁达利瓦家花园的围墙，一朵白色的玉兰花从墙里探出头来，远处一只风筝在空中飘荡。

就这样到了夜晚。仆人们进进出出布置餐桌，大厅里的烛台已点燃。柯希莫从树上应该能把这里的情形看得一清二楚。阿米尼奥男爵对着黑洞洞的窗外大声喊道：“你要留在那上面，你会饿死的！”

那天晚上是第一次没有柯希莫同我们坐在一道吃饭。他高高地骑坐在圣栎树的一根枝头上，因此我们只能看见他晃荡着的两条腿。我说看见，是说假如我们走到窗口，向暗处探看的话。因为餐厅里灯火通明，而外面是漆黑一团。

终于律师骑士觉得有义务出面说几句话，可是他竟像平素那样能够回避对问题表态。他说：“哦哦哦……苍劲的树木……活数百年了……”还有些土耳其话，也许提到过圣栎树。总之，他仿佛是在说那棵树，而不是说我哥哥。

我们的姐姐巴蒂斯塔却对柯希莫流露出一种嫉妒。惯于用种种刁钻古怪的行动闹得全家鸡犬不宁的她，现在发现有人超过了自己。她不停地咬指甲（她咬指甲时不是指头向上伸到嘴边去，而是抬起肘拐将手掌朝外翻着指头往嘴里塞）。

女将军想起一些在营地的树上站岗的哨兵，我不记得她说的是在斯洛文尼亚还是在波美拉尼亚，她说那些哨兵如何发现了敌人，使军队免遭一次偷袭。这番回忆突然把她从母亲的担忧状态带入了她喜欢的战争气氛之中。她认为终于找到了替自己儿子的行为辩护的理由。她不再着急了，还颇引以为豪。没有人听信她的那一套，只有福施拉弗勒尔神父例外，他煞有介事地对那个军营故事和我母亲的类比表示同意，因为这样他就可以抓住随便捞到的一个理由，认为眼前发生的事情是合乎情理的，可以推卸掉心头的责任感和忧虑感。

晚饭后，我们很快就去睡觉了，就连那天晚上我们也没有改变作息时间。双亲大人已经决心不再让柯希莫由于感觉到我们的关心而得意，准备坐等疲劳、不适应和夜间寒冷将他驱赶出巢。每个人都回到自己的卧室，各屋点燃的烛光，像是从窗框里瞪出的一只只金色的眼睛，出现在住宅的外层墙壁上。那个非常熟悉而又近在身边的家，该引起我那在外露宿的哥哥多少思念，多少温暖的回忆！我从我们房间的窗户向外看，想象他蜷缩在圣栎树洞里的身影，他裹着被子睡在枝干之间。我想，为了不坠落，他身上还捆了几道绳子。

月亮姗姗来迟，高高地照在树上。山雀们睡在窝里，像哥哥那样缩紧身体。深夜的屋外，花园的宁静中有各种树叶的沙沙声和远远传来的杂音，清风掠过，时时听见遥远的轰鸣，那是大海。我站在窗边聆听着这忽高忽低的声息，想象在离开了家的保护后听来会是什么感觉。那近在几米之外的人，脱离了家里的亲人，孤单一人在四周漆黑的夜里，唯一能像朋友一样拥抱着的只是一段粗糙的、布满虫洞的树干，爬虫正在那些小洞里酣眠。

我上了床，但不想吹熄蜡烛，也许从他的房间窗子里透出的灯光能够与他做伴。我们共居一室，有两张还是儿童用的床。我看看他的床，原封未动，他在窗外的黑暗中，我在被单里翻动着身体，也许是头一次感受到脱光衣服赤着脚躺在暖和洁白的床上的舒适。同时也能体会到他在那上面捆在粗糙的被子里，脚上绑着护套，身体不能转动，骨头架子断裂似的不舒服劲，这种感觉自那一夜起不曾离开过我，我意识到有一张床、干净的被褥、软和的床垫是多么幸运！在这样一种感觉中，我睡着了。数小时以来，我的思绪一直关注着那个令我们大家都担心的人。后来，我的意识渐渐模糊，便睡着了。

04

我不知道在书本里读到的东西是否真实。据记载，古时候一只猴子假若从罗马出发，从一棵树跳到另一棵树脚不落地地往前走，可以到达西班牙。到我这一辈时，树木这么茂密的地方只有翁布罗萨海湾两个岬角之间的地带和从翁布罗萨山谷底至两旁山顶的区域，我们这个地方因此名传四方。

如今，这些地方已经面目全非了。在法国人来的时候，就开始砍伐森林，仿佛这是些草地，年年割年年长似的。它们没有再生长起来。开始看起来这是战争带来的，是拿破仑造成的，是在那个时代发生的。但此后砍伐没有停止过，光秃秃的高地对于我们这些熟悉它的过去的人来说，真是触目惊心。

当年，无论走到哪里，我们在头顶之上和蓝天之下总是看得见树枝和树叶。在最低处生长的是单一的柠檬树林，但是在那里也会从中间冒出一些弯弯曲曲的无花果树。山坡边上种植着大片的果园，浓密的树叶形成一座座圆顶。它们如果不是无花果树，就是褐色的樱桃树，或者是娇嫩的木瓜树、桃树、杏树、幼小的梨树、多产的梅树，还有花楸果树、角豆树，有时还会遇见一棵老桑树或老核桃树。从果园往上，开始出现银灰色的橄榄树林，像是缠绕在半山腰的一道云彩。山谷里从低处的港口到高处的城堡是分布错落有致的城镇。就是在那里，在屋顶之间，也不断地露出树冠，有冬青槲、梧桐，还有栎树，一片卓尔不群而又意趣索然的树木出现——十分齐整的发泄——那是贵族们修建别墅和围起花园的地方。

在橄榄树之上开始是森林。松树一定曾经遍布整个地区，因为迄今在森林下面沿山坡至海岸的灌木丛和沼泽地中还杂生着落叶松。栎树比现在更常见和更密集，因为它们是斧头下最早的和最被看重的牺牲品。再往高处去，松树让位于栗树，森林沿着山势向上伸展，望不到尽头，这就是我们曾经生活过的充满活力的山林女神的天地，我们这些翁布罗萨的居民那时好像没有发现它的蓬勃生机。

第一个想到它的人是柯希莫。他懂得，由于树木如此繁茂，他可以从一根树枝跳到另一根树枝地走上好多里路，不必下地。有时，一段无树的空地迫使他绕很长的圈子，但是他很快就熟悉了一切必需的路线。他计量距离不再是按照我们的标准，而是根据他在心里记得的必须在树枝上走过的那条弯弯曲曲的轨迹。在有些地方，奋力纵身也难以跃上最近的枝头，他就会想到别的手段。关于这一点我以后会谈到的。现在我们还在他一觉睡醒发现自己在一棵圣栎树顶上的那个早晨，他听见四周紫翅椋鸟喳喳叫，只觉得浑身被清冷的露水濡湿而冻僵了，骨头散了架，胳膊和腿脚发麻，他欣喜地打量着这个崭新的世界。

他来到花园的最后一棵树上，那是一棵梧桐树。山谷在他的脚下平缓地倾斜着向前伸延，山谷上空云雾缭绕，几缕炊烟从乡间农舍的青石板瓦屋顶上袅袅升起，那些隐蔽在山崖背后的房屋，像是一座座垒起来的石堆。高高的无花果树和樱桃树撑起绿叶的穹窿。低矮的李树和桃树张开着粗壮的枝干。一切看得很分明，连地上青草的小叶片也很清楚，但是看不见土地的颜色，大地被瓜类疲软的叶子，或一簇簇莴苣，或一畦畦的甘蓝所覆盖，从山谷的两面看去都是这样。呈“V”形的山谷像是一个向海面倾斜着的漏斗。

在这样的山川之中弥散着躁动不安的气息，它像一种看不见但间或能听见的波动，然而那听得到的足以扩散开来，突然爆发的尖啸声，接着好像是摔倒的扑通声，还有也许是树枝的断裂声，又有呼啸声，但与前面的不同，是愤怒的吼声，它传向尖啸声的来源地。然后，什么也没有了，留下一种空虚感，似乎响动完全在另外一个地方。其实响动和噪声的混合声又会重新响起，山谷中这里或那里可能构成响声来源的地方，总是有樱桃树的齿边细叶在风中摇摆的地方。因此，柯希莫——他的头脑一半是迷迷糊糊的，另一半却是清醒的，并早就了解这一切——浮现出这种想法：樱桃果在说话。

他向最近的那棵樱桃树爬过去，那里有一排枝繁叶茂高大青翠的樱桃树，上面挂满了黑色的樱桃果。但是我哥哥一时还分辨不清结果和没结果的枝条。他停在枝头：原先他听见响动声，而现在听不到了。他站在最低的树枝上，樱桃果全部长在他的上方，他的身体感觉到它们了，他不知道如何解释，这些樱桃好像在向他聚拢。总之他觉得这是一棵长满了眼睛而不是挂满了樱桃的树。

柯希莫抬起头来，一颗熟透的樱桃“啪”地一声砸到了他的额头上！他眯缝起眼睛面朝天空望去（太阳正在那里升高），他看见在这棵树上以及周围的树上有许多孩子栖满枝头。

他们在被人发觉之后就不再是不声不响了，用虽然是压低了的但仍然响亮的声音说起来，比如：“你看那个人他穿得多漂亮呀！”他们拨开面前的树叶，一个个朝着这个戴三角帽的少年爬向略低一些的树枝。他们光着头或者戴着毛边的草帽，有的头顶着布袋子，他们穿着撕破的衬衣和短裤，不是光着脚丫子就是脚上缠着布条，有人将木屐系好挂在脖子上，脱下鞋方便爬树。他们是一大群盗果子的偷儿，柯希莫和我一贯同他们——在这一点上我们服从了家里的训令——离得远远的。然而，在那个早晨我的哥哥似乎寻找的不是别的什么，虽然他自己也不很清楚他期待着什么。

他一动不动地等着他们，他们一边往下爬，一边用他们那种刺耳的低声向他掷过诸如此类的话语："这个人在这里找什么呀?"还朝他吐樱桃核或是扔毛虫咬过的、鸟啄过的樱桃，用投掷运动员的姿势将樱桃甩得围绕着小柄子在空中旋转。

"呜哟！"他们突然惊呼，原来是看见了他挂在身后的短剑。"你们看见他有什么了吗?""揍屁股的家伙。"然后哄然大笑起来。

接着他们安静下来，憋住了笑声，因为他们等待着一个会使他们乐得发疯的恶作剧：两个小无赖悄悄地溜到了一根正好横生在柯希莫上面的树干上。他们张开一只布袋的口对准他的头（这种脏污的袋子当然是他们用来装赃物的，袋子空着时，他们就把它当风帽顶在头上，披到背后），再过一刹那我的哥哥可能来不及弄明白怎么回事就被装进袋子里，他们会像系香肠似的把他捆起来揍一顿。

柯希莫觉察到了危险，或者他完全没有意识到：他听见他们嘲笑短剑，出于自尊心要抽出佩剑。他高高地扬起剑来，剑头碰到了布袋。他手腕一转，将布袋从两个小贼手里挑起，飞甩出去。

这真是漂亮的一招，出手不凡。他们连呼"哟！"，又失望又惊讶，对两位被迫扔掉袋子的同伙用土话啐骂道：“刁鬼！魔王！”

柯希莫却来不及庆幸自己成功了。猛烈的反击平地而起，人们高举起三齿大叉，怒吼、扔石头、大叫大喊：“这次可逃不脱了，小杂种们！”树上的毛贼们纷纷缩回胳膊和腿脚，将身子紧缩成一团。是他们围着柯希莫吵闹的声音惊动了早有提防的果农。

进攻是有组织的。山谷里的许多小地主和佃农眼看着日渐成熟的果实被偷走，怒不可遏，他们结成了联盟。由于小流氓们采取一齐爬进一座果园，抢劫一空之后从另一个方向逃走的战术，所以只有用这样的办法对付他们，即大家一起潜伏在一座园子里等待偷儿到来，当场抓住他们。现在解开了锁链的狗狂吠不止，龇牙咧嘴地在樱桃树下窜。干草叉子在空中挥动。有三四个小偷跳到地上，正好被三齿叉的尖头扎破脊背，被狗咬烂了裤管，鬼哭狼嚎着逃开，一头撞入葡萄架里，于是没有人敢再下树了，惊慌失措地站在树上，柯希莫亦是如此。农民已经往樱桃树上搭梯子了，他们用叉子尖齿开道，往树上爬。

柯希莫花了几分钟才明白因为那一帮流浪儿的恐慌就让自己惊慌失措毫无理智，正如以为他们很能干而自己不行的想法一样无聊。他们像傻子一样愣住的事实已经表明，他们为什么不从周围的树上跳走呢？我哥哥这么想清楚了，并成功地这么逃脱了：他紧一紧头上的三角帽，找到那根先前替他搭桥的树枝，从最后一棵樱桃树上转到一棵角豆树上，吊住角豆树往下落到一棵梅子树上，循序前进。那些家伙，看见他在树枝间行走如同在广场上散步，明白了他们应当立即跟随着他。如果不跟他走，在找到自己的出路之前不知道要吃多少苦头。他们悄无声息地跟在他身后，弯腰曲背地爬过一条曲折的路线。此时的他，爬上一棵无花果树，从那上面越过庄园的篱笆，下落到一棵桃树上。桃树的枝条柔嫩，必须一次一个人地从上面踩过。桃树只是帮助他去抓住从一堵墙里伸出来的那根弯曲的橄榄树干。他从橄榄树上纵身跳到一棵橡树上，橡树的一根粗壮的树丫伸过小河，他转移到了河对岸的树上。

手拿叉子的人们，原来以为偷果子的贼能够手到擒来，却看他们像小鸟一样从空中逃跑了。他们追上去，同狂吠不已的狗一起奔跑，可是他们必须绕过篱笆，接着是那堵墙，然后是小河，河上没有桥，为找可涉水而过的地点浪费了时间，野孩子们跑远了。

他们大模大样地在地面上行走，留在树上的只有我哥哥了。“那个绑护腿套的黑猴石鸟到哪里去啦？”他们看不到他在前面，就互相询问。抬头一看，他在上面往橄榄树上爬。“喂，你下来吧，现在他们抓不到我们了！”他没有下来，在枝叶丛中跳跃，从一棵橄榄树转换到另一棵橄榄树，消失在密匝匝的银灰色叶片里。

那些小流浪汉，头顶着布袋做的风帽，手拿着木棍，现在爬上了山谷深处的一些樱桃树。他们不慌不忙地干起来，一个枝头一个枝头地采摘，当摘到树的最高顶梢，瞧啊，两腿交叉缠在树上，伸出两个指头去掐樱桃果柄儿，然后将果儿放入搁在膝盖上的帽子里——他们看见谁啦？那个绑腿套的少年！“喂，你从哪里来？”他们问他，气势汹汹。但他们泄气了，因为他仿佛是刚刚飞到那里。

我哥哥此时一颗一颗地从帽子里拿出樱桃，送进嘴里，好像饭后吃蜜饯果似的。然后他一口气从嘴里吹出果核，小心地不弄脏西服背心。

“这个吃冰淇淋的人，”有一位说道，“他来我们这里干什么？他为什么跟着我们？他为什么不吃自己花园里的樱桃？”但是他们有点胆怯，因为知道了他爬树的本事比他们大家都强。

“在这些吃冰淇淋的人中间，”另一位说，“有时没准会冒出一个有能耐的。你看，欣富罗莎[1]……”听到这个神秘的名字，柯希莫竖起了耳朵，连他自己也不明白为什么脸上发起烧来。

“欣富罗莎出卖了我们！”有人说道。

“可是她很能干。虽然她也是一个吃冰淇淋的人，假如今天早上有她给吹号角，我们就不会被抓了。”

1　这个名字的意思是“轻佻的女孩”。

“一个吃冰淇淋的人也可以同我们在一起。当然，如果他愿意当我们的人！”

（柯希莫听懂了“吃冰淇淋的人”是指住在别墅里的人，或者是贵族，或者是一切有身份的人。）

“你听着，”有人对他说，“条件很清楚，如果你愿意同我们在一起，你要同我们一起找吃的，把你会的走法都教给我们。”

“你要让我们进你老子的果园！”另一个人说，“有一次他们用盐打我！”

柯希莫听他们说着，却想着自己的心思。然后他问道：“告诉我，谁是欣富罗莎？”

树上的小无赖们立刻全都大笑起来，有的笑得差点从樱桃树上摔下来，有的笑得身子直向后仰，只用腿夹住树干，有的乐得用双手勾住树，吊着身体晃悠起来，他们不停地狂笑和喊叫。

可以想见，这种喧闹声又引来了追捕者。那支带着狗的队伍一定正好到达那里，因为很响的狗叫声传来了。拿叉子的人全都来了。只是这一次他们从上次的失败中得出了经验，要首先占据周围的树木，搭木梯爬上去，在树上用叉子和耙子将小偷们团团围住。狗在地面上，在爬在树上的人们的指挥下，它们没有立即明白应当扑向哪里去撕咬，抬着头朝空中汪汪乱叫。小偷们因此趁狗群混乱之际，飞快地溜下地，各自朝不同的方向奔跑。虽然他们中有人小腿上被咬了一口，或挨了一棒，或遭了一石头子，多数人安全地逃出了那块地方。

柯希莫留在树上。“你下来呀！”别的人一面逃命一面叫他，“你干什么？睡着了吗？趁路上没有人的时候你快跳下地！”可是他呢，用两个膝盖头夹紧树干，抽出短剑。农民从四周的树上朝他戳过来一支支用木棍接长了的叉子，柯希莫抡着圆圈地舞动短剑，将叉子一一挡开，终于抵挡不住，被几支叉子顶住，其中一支对准前胸，他在树上动弹不得。

“住手！”响起一声喝令，“他是小皮奥瓦斯科男爵！少爷，您在那上面干什么？您怎么同那些下等人混在一起！”

柯希莫认出他是朱阿·德拉·瓦斯卡，我们父亲的一个拳师。叉子纷纷退落，许多人脱帽致敬。我哥哥也用两个指头从头上摘下三角帽，躬身施礼。

“喂，你们下面的，拴好狗！”他们大声嚷嚷着，“让他下来！少爷，您可以下树了，您当心，树很高哇！您等一等，我们替您搭一架梯子吧！然后我们送您回家去！”

“不，多谢，多谢，”我哥哥说道，“你们别费神了，我认识我的路，我知道我要走的路！”

他消失在树干之后，在另一根枝头上出现，再绕过树干，又出现在更高的枝头上，再次消失在树干之后，人们只望得见他站在更高的树枝上的脚了，因为高处枝叶密实，只见脚在跳动，后来什么也看不见了。

“他上哪里去了？”人们说着，不知道朝哪里望才好，是往上还是向下。

“他在那里！”他在另一棵树顶上，远远地又不见了。

“他在那里！”他又在另一棵树顶上，摇晃起来，好像被风吹动着，他纵身跳起。

“他摔下去了！没有！他在那边！”晃动的绿色树梢上，只看得见他的三角帽和辫子。

“你有个什么样的主人呀？”那些人问朱阿·德拉·瓦斯卡，“他是人还是野兽？或者是魔鬼变的人？”

朱阿·德拉·瓦斯卡默默无语，画着十字。

只听得柯希莫的歌声传来，一种练嗓子的喊唱：

“啊，欣——富——罗——莎……！”

05

欣富罗莎。一点一滴地，柯希莫从小偷们的谈话中知道了许多关于这个人物的事情。他们用那个名字称呼山谷里的一个小姑娘，她骑一匹白色的矮种小马，同他们这群衣衫褴褛的人交朋友，曾经保护过他们一阵子，她是那么的强悍，还曾指挥过他们。她骑着小白马跑过大道和小路，当她看见无人看守的果园中果实成熟了，就向他们通风报信，像军官似的骑在马上陪同他们一起偷袭。她在脖子上挂一只打猎用的号角。当他们抢劫杏子或梨子时，她就骑马在山坡上巡逻，从那里扫视整个田野，只要她一看见地主或农民表现出可能发现了窃贼并匆匆赶来的可疑行动，就立即吹响号角。听到号角声，无赖们就跳下树来逃跑，因此当小女孩同他们在一起时，他们从来没有被抓住过。

后来究竟发生了什么事情，颇令人费解。欣富罗莎对他们的背叛好像是她把他们引进自家的别墅去吃水果，然后又让他们被仆人痛打一顿；又好像是她偏爱他们中的一个人，一个名叫贝尔·洛雷的，他为了这事现在还受人讥笑，同时又宠另一个叫乌加索的，并且使得这两人互相打架。那顿仆人们的棒打，可能不是发生在偷吃果子的场合，而是当两个争宠吃醋的人最后联合起来向她进行讨伐的时候；或者又说是她多次答应给他们蛋糕，后来终于给了，却是用蓖麻油做的，他们吃下去后，肚子痛了一个星期，这些事件中的某一件或者类似的事件，或者所有这些事件加在一起，使得欣富罗莎同这伙人断绝了往来。而现在当他们说起她时，怨恨难消，但也不无惋惜。

柯希莫留心倾听这些事情，他将所有的细节拼凑出一个他熟悉的形象，最后他决定打听："她住在哪座别墅里，这个欣富罗莎？"

"怎么，你是说不认识她？你们是邻居呀！翁达利瓦别墅里的欣富罗莎呀！"

柯希莫不一定需要这样的证实就可以肯定这些流浪儿的朋友就是薇莪拉，那个秋千上的小女孩。我想，正是因为她先说过自己认识附近所有的小偷，他才立即开始寻找这伙人的。也是从那时开始，他的狂热劲头变得更激烈了，虽然还是模糊的。他一会儿想率领这一伙人去抢摘翁达利瓦别墅果树上的果子，一会儿又想替她效劳去反对这一伙人，也许首先唆使他们去找她的麻烦，以便自己能挺身而出保护她。一会儿他又想做出勇敢的行为，间接地传入她的耳朵里。他被这些意念所困扰，跟着小偷们干，感到越来越疲惫不堪。当他们下树时，他一个人留在树上，忧伤蒙上他的面庞，就像乌云遮住了太阳。

后来他会突然弹跳起来，像猫一样灵活地跃过一根根树枝，跑遍果园和花园，嘴唇不动地哼唱着什么，一种神经质的哼哼，低得几乎听不见，眼睛盯着前方却又像什么也没有看见似的。他真像猫一样在本能地掌握住平衡。

我们几次看见他着了魔似的在我家花园里的树枝上穿行。“他在那里！他在那里！”我们惊呼，因为虽然我们尽力找点什么事情来做，但他自然是我们心中的牵挂，我们计算着他在树上度过的小时数、天数。父亲说：“他疯了！魔鬼附身了！”他对福施拉弗勒尔神父大发脾气：“只有替他驱除妖魔了！还等什么，您，我说您哪！神父，（法语）您袖手旁观！我的儿子，他身上有魔鬼，您可明白，上帝啊！（法语）”

神父像是突然清醒了，“魔鬼”这个词似乎使他心中的一整套有关的思想复苏了。他开始发表极其复杂的关于如何正确认识魔鬼出现的神学演说，别人不明白他是故意同我父亲唱反调还是一般地说说而已。总之，他不谈事实，不说我哥哥同魔鬼的关系是可能存在的或者是根本没有的。

男爵听得不耐烦了。神父中断话题，我早就厌烦了。相反，在我们的母亲那里，母亲的忧虑，作为超过一切的不安感情，已经稳定下来了。她总是不久就想把一切感情化为实际行动并寻找合适的工具，正像是应当解决一位将军的忧虑那样做的。她找到一架野外望远镜，很长，带三脚架。她把眼睛凑上去，就这样在别墅的阳台上度过时光。她不断地调整镜片，以便将焦距对准在树叶丛中的孩子。当我们几乎发誓赌咒地告诉她孩子远在视线之外时，她还是照样忙碌不停。

“你还看得见他吗？”我们的父亲从花园里朝她问。他在树下来回走动，从来也没能看见柯希莫，除非这孩子走到他头顶上来。女将军做出肯定的手势并示意不许说话，她仿佛在跟踪一支在高地上行进的军队，我们万万不可打搅她。显然，有时候并没有看见他，但是她不知为什么估计他一定会出现在某地而不是别处，并把望远镜对准那里。她也会不时悄悄地承认自己弄错了，那么她就把眼睛从镜片上移开，去审视一张摊开在膝盖上的地形图，一只手放在嘴上不动，显出思索的神态，另一只手在图上难辨的字迹上移动，确定出她的儿子应当到达的地点。计算好角度之后，她将望远镜对准叶海中某一树梢，慢慢地调好焦距，从她嘴唇上露出的哆哆嗦嗦的微笑，我们明白她看见他了，他真的就在那里！

这时，她从身旁的凳子上拿起一些小彩旗，她逐一挥动这些彩旗，动作干脆利落而富有节奏感，好像在使用一种商定好的通讯语言。（我对此感到有些气愤，因为我竟不知道我们的母亲藏有那些小彩旗，并且懂得用法。假如她教我们同她一起玩旗子，那该有多美呀，特别是在从前，当我们兄弟都还小的时候。可是我们的母亲从来做事情都不是为了闹着玩的，如今也别指望将来会有这好事。）

我应当说明，她动用了她所有的一切作战装备，也始终仍然是同从前一样的母亲。她提心吊胆，手绢在手心里捏成了团，但是可以说，充当女将军可以使她的精神有所寄托，或者说以女将军的身份而不是普通母亲的身份去经受这份焦虑能使她不致悲痛欲绝。正因为她本是一个娇弱的小妇人，从冯·库特维茨家族继承来的那种军人风度是她唯一的自卫方式。

她在那里一边挥动一面小旗，一边从望远镜里观看，只见她脸上容光焕发，笑了起来，我们明白柯希莫回答她了。我不知道他是如何回答的，也许挥挥帽子，要不就是摇摇树枝。肯定是从那以后我们的母亲变了，她不再像从前那样忧心忡忡了，虽然有这样一个抛弃惯常天伦之乐的奇特儿子，使得她做母亲的命运与别的母亲是如此的不同，她是我们一家人当中第一个接受柯希莫这种反常举动的人，也许现在的招呼就是柯希莫对她的回报。从此以后，他每隔一阵子会突然送来对她的问候，他们互相交换着无言的信息。

令人不解的是每当母亲得到柯希莫的问候后，并不因此而幻想他将结束出走而回到我们当中来。相反，父亲却反反复复地处于这样的思想状况之中。每一个有关柯希莫的新消息，哪怕是极小的事情，都会令他苦苦地空想一番："是吗？你们看见了？他就要回家了吗？"但是我们的母亲，同他相差最远，似乎是能够按他的方式接受他的唯一之人，或许因为她没有试图对柯希莫的表现加以解释。

我们还是回到那一天吧。一会儿，几乎一直未露面的巴蒂斯塔也从母亲身后探出头来，她做出甜蜜的表情，捧着一只装着一些汤汁的盘子，举起一只汤勺："柯希莫……你吃吗？"她挨了父亲一巴掌，回屋去了。谁知道她又做了什么鬼糊糊。我们的兄弟不见了。

我狂热地追随着他，现在知道他参与了那一伙叫花子的活动，就更加起劲了。我觉得他为我打开了通向一个新奇王国的大门，那是一个不再以惧怕和怀疑的眼光去看待的王国，它将获得我的热忱赞同。我不时飞快地从阳台蹿上高高的阁楼，从那里我可以扫视一切树顶，而更多是靠听觉，追随着那帮人从果园里传来的吵嚷声，只见樱桃树的树梢摇摇摆摆，不时露出一只摸索和揪扯的手，冒出一个乱蓬蓬的或者顶着布袋子的脑袋，在叫嚷中我听出还有柯希莫的声音。我自问："他如何爬到那上面去的呢？刚才他还在花园里呀！他难道爬得比一只松鼠还快吗？”

我记得，当吹牛角的声音响起来，他们正在大池塘旁边的红色梅子树上。我也听见了牛角声，但我没有在意，因为我不了解那是怎么回事，他们可不同啦！我的哥哥告诉我，突然重新听见牛角声响，他们立即静默下来，没有记起这是警报，而是互相询问是否听清楚了，是否真是欣富罗莎骑着矮和小马在大路上替他们预告险情。他们都冲出果园，但不是为了逃开，而是跑过去找她，去赶上她。

只有柯希莫仍然留在原地，脸烧得像火一样红，但是他一看到顽童们跑开就明白他们是去找她了。他便开始在树枝上跳跃而行，每走一步都有摔下去折断脖颈的危险。

薇莪拉在一条上坡路的拐弯处，她一手勒住马的缰绳，一手挥动着马鞭，停立在那里。她从下往上望着这些男孩子，把小马鞭的尖儿送到嘴里，轻轻地咬着。她的衣裳是浅蓝色的，牛角上镀着金，用一根细链子挂在脖子上。男孩子们一齐站住，他们也在嘴里啃着什么，梅子或指头，或者是手上或胳膊上的伤痕，或者是布袋的边缘，慢慢地，几乎是为了克服某种内心的不安，而非出自真实的情感，并且似乎还期望被反驳，从他们那含着东西的嘴里开始挤出差不多听不见的话语。他们一字一顿地说着，好像唱歌似的：“你来……干什么……欣富罗莎……你回去……你不再是……我们的伙伴……哈哈……哈，胆小鬼……”

树枝摇晃一下，他来了。柯希莫在一棵无花果树上露面，他在树叶之中喘息着。她呢，嘴里咬着那根小马鞭，自下而上地望着他，他们一律被那同一视线扫视。柯希莫忍不住了，他气喘未平就脱口而出：“你知道我自那以后从未下过树吗？”

基于某种内心的执着追求的事业，应当默默进行不引人注目。一个人如果稍微加以宣扬或夸耀，就会显得很愚蠢，毫无头脑甚至小气。于是我的哥哥话刚出口，他就后悔莫及，他觉得这件事情对他再无丝毫意义，甚至产生了下树一走了事的想法。更要命的是薇莪拉慢慢地移开嘴里的马鞭，说话了，语调可爱动人：“是吗？……勇敢的傻瓜！”

从那些长虱子的赖皮的嘴里起初发出呵呵的大笑，然后爆发成放肆的叫喊哄笑，柯希莫又气又恼，在无花果树上狠跺了一下脚，木质不坚的无花果树承受不住，他脚下的一根树枝断裂了。柯希莫像一块石头一样往下掉。

他跌下去时空张着两臂，没有抓什么。说实在的，那是他在树木上生活期间唯一的一次，他既没有想到也没有出自本能地去攀住什么。然而，礼服燕尾的一侧将他缠在一根矮枝上，柯希莫头朝下地被悬空吊挂起来，离地面很近。

他觉得又羞又恼，血液向头上涌来。当他睁开眼睛，倒着向下看时，只见狂呼乱叫的少年们像是倒立着的，他们发疯似的翻起筋斗来，一个个翻向正立，仿佛双手都抓着深渊之上的一块土地。金发的小女孩骑在前蹄腾空的小马上飞奔。他首先只想到这是他第一次对人谈起他在树上的情况，这也将是最后一次。

他扭动身躯，伸手抓住树枝，跃身上去回到了原处。薇莪拉已经让小马安静下来，好像对刚才发生的事情毫不在意。柯希莫忘记了他在那一瞬间的仓皇失措。小女孩将牛角放到嘴边，吹出警报声的低沉音符。听到这声音，野孩子们开始逃窜（柯希莫不久后评论道，薇莪拉的出现在他们身上产生了刺激作用，他们慌慌张张，就像野兔见了月光）。他们明知她是吹着玩的，好像出于本能的反射，还是跑了起来。他们也是闹着玩，一边模仿着牛角声，也跟在骑着矮腿小马飞奔的小姑娘后面向山坡下跑去。

他们这样拼命地瞎跑一气之后，忽然发现她不在前面了。她改变了方向，跑出路外，把他们远远地撇在身后。她上哪里去啦？她沿着生长在一片平缓向山谷伸延的草地上的橄榄林子跑，寻找着柯希莫。他正在一棵橄榄树上费力地爬着。她绕着他跑了一圈，然后走开。她后来又出现在另一棵橄榄树下，而我哥哥正抓住那棵树的枝叶。他们就这样沿着像橄榄树枝一样弯弯曲曲的路线，一起走下山谷。当小偷们发觉了、看见了那个在橄榄树上跳跃的柯希莫和骑在马鞍上的薇莪拉合谋之后，便开始一齐吹响口哨，一种戏弄人的恶意的口哨声。他们大声吹着这种口哨，向卡佩利城门走去。

只剩下小女孩和我哥哥在橄榄树林里互相追赶。但是柯希莫泄气地看到，当那伙小流氓不在之后，薇苾拉玩这种游戏的高兴劲儿显然减退，她已经开始有些厌倦了。他怀疑她做这一切只是为了惹别人生气，但同时他也希望现在她是故意惹他生气。可以肯定的一点是，她总是需要通过使别人生气以显示自己的娇贵。（这一切感情小男孩柯希莫只是朦胧地感觉到。实际上当他在那些粗糙的树皮上攀缘时什么也不明白，傻里傻气的，我想象得出。）

转过一个土丘时，一阵又猛又密的石子袭击过来。小姑娘将脑袋掩护在马脖子后面逃走了。我的哥哥呢，他站在一个显眼的树杈上，承受着打击。但是石子到达那个高度时偏差太大，除了偶然落在前额或耳朵上的之外，都打不痛他。那些肆无忌惮的家伙，又吹口哨又哈哈大笑，高声喊道："欣——富——罗——莎是讨厌——鬼……"然后撒开腿跑了。

野小子们跑到了卡佩利城门口，城墙上垂挂着碧绿的刺山柑藤条。从周围的茅房棚屋里传出母亲们的呵斥声。但是对于这些孩子，母亲们的斥责不是为了叫他们晚上回家来，而是怪他们回家来吃晚饭，而没有在别处找到东西吃喝。在卡佩利城门那一带，在小茅屋和木棚子里，在断腿的大篷车里，在帐篷里，挤满了翁布罗萨最穷的人，他们穷到被赶到城门外，而又离乡村远远的这般境地。这是一些从遥远的地方和国家流散出来的人，被世界各国蔓延的灾荒和贫穷驱赶而来。正值黄昏时候，披头散发的妇女怀抱婴儿扇着冒烟的炉灶，乞丐们躺倒在阴凉处解开伤口上的绷带，另外一些人在下棋，大惊小怪地呼叫。那一群偷果子的伙伴现在混入了那种炒菜做饭的雾气和争吵叫嚷之中。他们挨了母亲的反手耳光，互相厮打起来，在尘土里翻滚。他们的破衣服已经与其他破衣烂衫混作一色，他们掺和到那群浑浑噩噩的人之中后，就失去了小鸟般的快活劲，只能使那里无聊的事情增加得更多一些。甚至于，他们刚一抬头看到骑马的金发小姑娘和在她身边树上的柯希莫，就现出怯生生的眼神躲避到里面，企图在尘土和炊烟之中隐藏起来，就好像在他们之间突然竖起了一堵城墙一样。

这一切对于他们两人来说发生于一瞬间、一眨眼的工夫。现在薇莪拉将薄暮之中小屋的炊烟和女人孩子的尖叫声抛在了身后，奔跑在海滩的松林里。

那里有大海，听得见沙石在滚动。天色已暗，有一种最清脆的沙粒滚动声，那是奔跑的小马在石头上踩出了火花。我的哥哥从一棵低矮而弯曲的松树上，望着金发小姑娘清晰的身影穿越海滩。一朵浪花刚刚露出黑色的海面，高高地卷起来，雪白雪白的，向前涌来。正当浪花碎裂时，小姑娘骑着马的身影疾驰擦过，而溅起的白色的咸水打湿了在松树上的柯希莫的脸。

06

柯希莫在树上的最初日子里没有目的或计划，只是渴望认识和占有他的那个王国，因此他一天不得空闲。他真想很快地将他的领土勘探一遍，一直到达远处的边境，逐棵树、逐根枝地去发现，调查出那个王国能向他提供的全部资源。我说的是：他想这么做，而实际上我们时常看见他降落在我们的头顶上，以野生动物的那种极其敏捷的奔忙姿态出现，虽然有时人们看见那些动物也会蹲伏着不动，却总是保持着仿佛即将跃起的姿势。

他为什么回到我们的花园里来呢？看见他在母亲的望远镜的视线范围之内转来转去，从梧桐树上跳到圣栎树上，人们会说，促使他回来的动力，他的情感中心自然是那要同我们吵架的情绪，他存心折磨我们或惹我们生气。（我说我们，是因为我自己那时还不会理解他想些什么。当他需要东西时，他同我的联盟似乎是无可怀疑的，其余的时候，他从我头上经过就像没有看见我似的。）

而他来这里仅是路过而已。是玉兰花边的那堵墙吸引着他，我们看见他任何时候都会出没于那里，当那金发小姑娘肯定还没有起床之前或她已经被一群老妈子或姑姑拉进屋里以后，他也会去的。在翁达利瓦家的花园里，树的枝干像奇特的动物的鼻子或吸管一样翘伸着，地上像星星一样铺满了从绿色的藤条上长出的锯齿状边缘的叶子。黄色的竹子轻盈地摇曳，发出翻动纸张似的沙沙声。柯希莫从最高的树上如痴如狂地尽情欣赏那色彩斑斓的绿色，阳光通过层层绿色而呈现的光怪陆离的闪烁。沉浸在这异常的安宁静谧之中，他情不自禁地头朝下倒吊起身子，于是在他的眼里，倒转过来的花园变成了一座森林，一座不属于大地的森林，一个崭新的世界。

往往这时薇莪拉出现了。柯希莫突然瞥见了她，她已经坐上秋千正要荡起来，或者是骑在矮马的鞍子上，要不就是听见从花园的深处响起了低沉的猎号声。

翁达利瓦侯爵家的人对于小女孩外出游玩从不担心。当她走着去时，身后跟随所有的大姑小姨。她只要跨上马鞍就自由得像空气一样了，因为姑姑姨姨们都不会骑马，无法盯住她的去向。另外，她同那些流浪儿的交往太不可思议了，家人们的脑子里连想也想不到会有这样的事情发生。但是对于那个从树上闯入的小男爵，他们马上发觉了，并且提防着他，仍然不失轻蔑高傲的态度。

我们的父亲，与此相反，他把来自柯希莫的捣乱的烦恼，通通化作对翁达利瓦家的仇恨，他几乎要归咎于他们，好像是他们把他的儿子引诱进他们的花园，款待他并鼓励他搞这种造反的把戏。突然间，他决定进行一次捉拿柯希莫的搜捕，不是在我家的庄园里，而是在柯希莫正好在翁达利瓦家花园里的时候。可能是强调对邻居的这种侵犯意图，他不愿由他去率领这次搜查。由他亲自出面向翁达利瓦家要求交还自己的儿子，这件事情，无论如何缺乏真凭实据，也本应是贵族绅士之间的一项光明正大的交道。可是他派了一支由律师埃内阿·西尔维奥·卡雷加骑士带领的仆役队伍。

这些仆人用梯子和绳子武装好之后，浩浩荡荡地来到翁达利瓦家的大栅栏门前。身穿长袍头戴圆筒形无边毡帽的律师骑士，含糊其词地要求放他们进去并致歉意。这使翁达利瓦一家人以为他们是来修剪一些伸进了他家园子里的枝条。骑士一面鼻孔朝天地望着树上，一面踉踉跄跄地跑着，吞吞吐吐地说："我们抓……抓……"人家问道："你们的什么东西逃跑了？一只鹦鹉吗？"

"儿子，长子，继承人。"律师骑士急急忙忙地说着，让人把木梯架在一棵七叶树上，他自己开始往上爬。只见柯希莫坐在上面好像什么事也没有似的晃悠着两条腿。薇莪拉呢，她也像没事一样，沿着小路滚铁环玩。仆人们递给律师骑士一些绳子，他们谁也不知道如何用这些绳子抓住我哥哥。而柯希莫在骑士爬到梯子的半中腰之时，已经到了另一棵树的顶上。骑士吩咐挪动梯子，这样搬来搬去四五次，每次都弄坏一座花坛，而柯希莫两下就跳到了旁边的树上。薇莪拉忽然发现自己被大姑小姨们包围了，她被带进屋里，关了起来，不让她参与那场吵闹。柯希莫折断一根树枝，两手握住在空中一挥，木棒呼啦呼啦作响。

“亲爱的先生们，难道你们不能去你家的大园子里继续进行这种捕捉吗？”翁达利瓦侯爵发话了。他威严地出现在别墅的台阶上。他穿着室内便服，戴着圆形平顶无边便帽，这使他很奇妙地同律师骑士相像。“你们听着，皮奥瓦斯科·迪·隆多全家！”他用手指画了一大圈，包括树上的男爵少爷、私生子出身的叔叔、仆人们和围墙之外的人，我们家所有站在屋外太阳之下的人。

正在这个关口，埃内阿·西尔维奥·卡雷加语气大变，他快步走到侯爵身边，像什么事也不曾发生似的叽叽咕咕地说起来。他开始对他谈起面前的水池里的喷泉，说他想到喷流可以再高一些，就能达到浇灌草坪的效果，只需换一个莲蓬座底。

我们的亲叔叔的性格是多么地令人捉摸不定和难以信任，这又是一次新的证明。他原是受男爵的派遣去那里，身负明确的重任，决意与邻居大闹一场的，为何同侯爵亲亲热热地攀谈起来，好像要向他感恩戴德？律师骑士只是在为自己打开方便之门时才显示出这种谈话本事，而且每次都表现在别人信赖他那貌似腼腆的性格的时候。他这么做的效果还真不错，侯爵听了他的话，并向他提出问题，还带着他检查了所有的水池和喷泉。他们穿着一样，两人穿的都是长长的便服，身材差不多一样高，简直可以把他们弄混。在他们身后是由我家的人和他家的人组成的一支庞大的队伍，那些肩扛梯子的人此时不知该做什么了。

柯希莫趁机畅行无阻地跳到邻近别墅窗子的树上，他要找到在窗帘后面关着薇莪拉的那个房间。他终于找到了，朝窗框上掷了一颗浆果。

窗户打开了，金发小姑娘的脸出现了。她说："我被关在这里都怪你。"她关上窗，拉上窗帘。

柯希莫顿觉失望沮丧。

当我的哥哥怒火中烧时，真是叫人看着担惊受怕呀。我们看见他跑起来（如果跑这个字在离开地面之后还有意义，是指在半空之中一个分多层高度的不规则的支撑体上进行的活动），经常好像要踩空了脚摔下来，却不曾摔过。他在一根横斜的树干上疾速移动脚步，纵身摆荡，一下子跃上一根更高的枝头，就这样摇晃着身体左拐右拐地跳了四五次之后，他隐没不见了。

他去哪儿了？那一次他跑呀跑，从圣栎树到橄榄树到山毛榉，钻进了森林。他停下来喘息。在他身边展现着一片草地。微风低拂，在茂密的草丛上泛起一层波浪，那起伏的绿色变幻出深浅不同的色调，从那叫蒲公英的花球上飞出细细的绒毛。草地中间一棵松树孤傲独立，挂满长长的松果，他无法企及。旋木雀，这些飞得极快的带斑点的棕色小鸟，栖息在密密麻麻的松针之间、树梢之上、树弯之中，有的尾巴向上嘴向下，啄食毛毛虫和松子。

那种要进入一个很难了解的环境的愿望推动了我的哥哥在树上开辟道路，现在这愿望仍在内心起作用，没有得到满足。他表现出一股更仔细地钻研的狂热劲头，渴望与每一片树叶、每一块树皮、每一片羽毛、每一声响动建立联系。这是打猎的人对活物的那种爱，只有通过举枪瞄准才能表达。但柯西莫还认识不到这一点，还是努力用坚持不懈的勘探释放他的爱。

森林密匝匝的，难以通行。柯希莫不得不用短剑来开辟道路。他在不知不觉中一点一点地失去了他的痴迷，被不断面临的问题所困扰，并且有一种因远离熟悉的地方而产生的恐惧感（他不承认但却存在）。他就这样在密林中开路，来到一个地方，看见有两只眼睛紧盯着他，黄澄澄的，从树叶中露出，直勾勾地对着他。柯希莫将短剑握在胸前，拨开一根树枝，再将它轻轻地送回原处。他松了口气，暗笑自己刚才的胆怯，他看清了那双黄澄澄的眼睛是谁的了，是一只猫的。

那只猫的形象，在他拨开树枝刚一瞥见的刹那间，就清晰地印在了他的心上。少顷之后，柯希莫重新感到害怕而浑身发起抖来。因为那只猫虽然和普通的猫完全一样，却是一只吓人的猫，能让人一看到它就惊叫起来。说不出它的什么地方很吓人。它是一只虎斑猫，比一般的虎斑猫更壮硕，但这不能说明什么，它的可怕之处是那像豪猪刺一样挺直的胡须，是那既听得见更看得出的从两排像钩子般的利齿间通过的呼吸，是那双除了听觉之外还有别的用场的耳朵，是伪装着一些细细的软毛的那两团力量的火焰，是那硬挺着的脖子上隆起的一圈金色的脖毛，根根竖立，从这脖毛之后开始生出一些条纹，肚子两侧的条纹颤动着，好像它在抚摸自己的身体，是那停在一种不自然姿态上的尾巴，使人觉得它快翘不住了。这一切柯希莫躲在树枝后面在一秒钟之内都看清了，他赶紧将那树枝推回原处，同时他没有来得及看见的那些东西就都想象得出了：脚上的一撮长毛掩盖着利刀般的爪子，正准备向他扑过来。他还看见，从树叶中盯住他的那两团熠熠闪动的黄光中转动着黑色的眸子。他还能听到那刺耳的呼吸声越来越粗重。这一切使他明白，他面临着森林里最凶恶的野猫。

所有的鸟鸣虫飞都静止了。野猫跳起，但不是朝少年扑来，一个几乎是竖直的跳跃，不仅使柯希莫害怕，更使他吃惊。恐惧随后到来，他看见那猫正在他头顶上的一根树干上。它趴卧在那上面不动，他看见那几乎纯白色长毛的肚皮，钩住木头的脚爪。当它弓起背来时，发出声响：呼呼……它准备压落到他身上来。柯希莫来不及考虑，就以一个准确的动作跳到一根更低的树干上。呼呼……呼呼……野猫哼哼着，每哼一声就跳一下，东一跳西一跳，它又跳到了柯希莫头上的树干上。我的哥哥来回跳动，可是他最后跨在那棵山毛榉树最低的枝干上了。往下去，直接跳到地面上还有一定的高度，但是宁可往下跳也比等着看那头野兽停止那又像呼吸又像猫叫似的刺耳叫声之后会做什么要强。

柯希莫几乎要往下跳了，抬起一条腿，可是两种冲动——天生的自卫本能同宁死不下地的决心——在他心里发生冲突，他又用双膝夹紧了树干。当少年犹豫不决之时，那猫趁机扑了过来，竖着毛，张着利爪，呼哧呼哧。柯希莫不知如何是好，索性闭上眼睛，抽出短剑，胡乱地砍过去，那猫轻易地躲过了，落到了他头的上方，打定主意用爪子将他抓起来。柯希莫的脸上挨了一爪子，但他没有摔下去，他原本用膝盖夹着树干，此时两腿紧紧夹住，身子往后一仰，顺着树干倒翻下去。一切与猫的估计相反，猫的身子倒向一侧，它自己险些掉下去。它想稳住自己，用爪子钩住树干，扭动躯体在空中转一圈。一秒钟，这对于柯希莫足够了，他趁其不备一下子翻身挺起，将短剑刺向猫的腹底，深扎进去，那只猫痛得“嗷嗷”直叫。

他脱险了，浑身沾满血污，举着那柄扎着野物的短剑就像是拿着一根烤肉扦，一边脸颊上被抓破了，留下三道从眼睑至下巴的长长伤痕。他由于伤口的疼痛和胜利的欢欣而放声嘶吼起来。他的头脑还不清楚，在这初次获胜的拼命时刻，只是紧紧地夹着树干，牢牢地握着短剑，死死地揪着那只死猫。现在他体验到赢得胜利要经历何等的痛苦，他明白自己从此踏上了自己所选定的道路，而不能有失败者的退路。

于是我望见他沿着树枝走来，一脸一头直至背心上都是鲜血淋漓，变形的三角帽下发辫松散开来，手里揪着尾巴提着那只死野猫，这时那东西像是一只猫了，也只是一只猫了。

我向站在阳台上的女将军跑去。“母亲大人，”我大声喊，“他受伤了！”

“什么？（德语）伤势如何？”她已经调准了望远镜。

“他伤得像个伤兵！”我说道。女将军认为我的形容很贴切，因为她将望远镜对准他时，他在树上跳得比以前更迅速。她说：“一定是。（德语）”

她立刻叫人准备好纱布、橡皮膏和药膏，像是一个营的救护车应当提供的一应药品，她把这一切交给我，让我送给他，根本就没有提起让他回家来就医。我拿着绷带包，跑进花园，在紧靠着翁达利瓦家院墙的那棵桑树下等他，因为他已经从玉兰树上消失了。

在翁达利瓦家的花园里，他手里提着那只被杀死的野物，神气活现地像个凯旋的勇士。他在别墅前的空场上看见什么啦？一辆正待出发的马车，仆人们往顶层上装放行李箱，在一群管家和穿黑衣裳的表情极其严肃的大姑小姨之中，只见薇莪拉穿着出门旅行的衣服搂着侯爵和侯爵夫人。

“薇莪拉！”他喊道，提着尾巴举起那只猫，“你去哪儿？”

站在马车边的人们一齐举目向树上望去，看见他衣衫褴褛，血迹斑斑，疯疯傻傻地提着那只死兽，开始一阵恐慌的骚动。“他又来了！变成了这副模样！（法语）”那些姑妈姨母像是生气了，一道上前将小女孩推向马车。

薇莪拉高高地翘起鼻子，露出一脸的轻蔑，那是对亲眷们表示厌烦和傲慢的一种轻蔑，但也可能是针对柯希莫的。她清清楚楚地说（当然是回答他的问题）：“他们送我去寄宿学校！”她转身跨上马车，对于他和他的猎获物不屑一顾。

车门已经关上，车夫在他的座位上坐好，而柯希莫还不肯承认出发的阵势，还在设法吸引她的注意力，力图让她明白他那血淋淋的胜利品是奉献给她的，但是他除了朝她大声叫嚷之外不知道如何解释：“我打到一只野猫！”

马鞭噼啪一声甩开，马车在女人们挥动的手帕中启程，从车里传出一声“真棒！”，是薇莪拉的声音，不知是夸奖还是嘲弄。

这就是他们分手的情景。在柯希莫身上，紧张、抓伤的疼痛，由于没有从自己的业绩中获得光耀而产生的沮丧，那种突然的离别带来的伤心绝望，一齐堵在胸口，化作一阵放声痛哭释放出来，他狂呼、尖叫，撕心裂肺地号啕大哭起来。

“滚出去！滚出去！野小子！从我们家花园滚出去！（法语）”女人们叫骂起来。翁达利瓦家的人全体出动，操起长棍或掷石子来驱赶他。

柯希莫抽泣着厉声吼叫，将死猫朝走到他脚下的人脸上摔过去，仆人们提着尾巴捡起那只畜生，扔进一个粪池里。

当我得知我们的芳邻离去时，顿时觉得柯希莫将会下树。我不知道自己为什么把我哥哥留在树上的决心同她联系在一起。

然而他提都没提。我爬上树把绷带和药膏送给他，他自己医治脸上和胳臂上的抓伤。后来他要一条带钩子的钓鱼线，从一棵树干横斜在翁达利瓦家的粪池上面的橄榄树上将死猫钓上来。他剥下猫皮，鞣好，替自己做成一顶帽子。这是我们看见他一生之中戴过的皮帽中的第一顶。

07

最后一次捕捉柯希莫是由我们的姐姐巴蒂斯塔干的，她的独出心裁，像她平素行事一样，自然是不同任何人商量，偷偷摸摸地出笼了。她半夜里走出家门，带着一只盛满粘鸟胶的锅子和一架木梯，把一棵角豆树从梢顶到根座刷上胶。那是柯希莫习惯于每日早晨栖身的一棵树。

早上，被粘住的红额金翅鸟扑打着翅膀，鹪鹩一个个被裹粘在胶糊里不能动弹，还有夜里飞出的蝴蝶，风吹落的树叶，一条松鼠尾巴，还有一片从柯希莫的燕尾服上撕下来的下摆。不知道他真是坐到一棵枝上，然后设法脱身了，还是——更可能，因为我见他早就不穿燕尾服了——那块衣服碎片是他为了捉弄我们故意放上去的。反正那棵树一直脏兮兮地粘满胶，后来就枯死了。

我们开始相信柯希莫不会回来了，我们的父亲也这么想。自从我哥哥沿着树木在整个翁布罗萨的地面上跳来跳去之后，男爵不敢四处走动，以免被人看见，因为他担心公爵的尊严受到损害。他变得日益憔悴，面颊瘪陷，我不知道，其中有多少是作为父亲的焦虑，有多少是为王朝的延续的担忧，而现在这两者已经合为一体。因为柯希莫是他的长子，爵位的继承人，如果说一位男爵像一只鹧鸪似的在树上蹦跳的话，那么让他来当公爵就更糟糕，虽然他还是个孩童。对于有争议的爵位问题，继承人的这种行为表现当然帮不上忙。

然而这些担忧是多余的，因为翁布罗萨的平民百姓把我们的父亲的幻想当作笑话看待，而在这附近有别墅的贵族绅士认为他精神不正常。在中意的地方修建别墅居住的习惯已经在贵族中蔚然成风，他们很少住在领地里的城堡之中了。这表明他们更喜欢像普通的市民一样生活，不愿意忍受闭门幽居的冷清沉闷。谁还关心什么翁布罗萨的古老公爵领地？翁布罗萨的好处恰恰在于它是属于大家而不属于某一个人。翁达利瓦侯爵府对它享有某些权利，几乎是全部土地的领主，但它早已是热那亚共和国之下的一个纳税自由市镇。我们可以宁静地在世袭的土地和一些趁市政府负债累累时没花几文钱就买到的土地上安居乐业，还希求什么呢？在那周围存在着一个小小的贵族社交圈子，他们有别墅、花园和延伸到海边的果园，大家互相拜访，打猎，生活费用低廉，都过得很快活。他们享有在朝廷供职的人的一些利益，而没有皇室、首都、政治的操劳、责任和开销。我们的父亲却没有品味出这些好处，他觉得自己是个被废黜的君主，他同邻近的贵族们终于断绝了一切关系（我们的母亲是异国人，可以说她与他们一向不来往）。这样也自有好处，因为没人登门拜访，我们节省了许多花销，并掩饰住了财政上的窘迫境况。

并不是说，我们同翁布罗萨的老百姓保持了最好的关系。你们可知道翁布罗萨人怎么样？这些人有点吝啬，一心经营他们的店铺。那个时候由于在阔人中饮用加糖的柠檬汁的风气盛行，卖柠檬的生意开始兴旺起来。他们到处种植柠檬树，并且修复了早年被海盗侵犯而毁坏了的港口。他们往来于热那亚共和国、撒丁国王的属地、法兰西王国和教会的领地之间，向所有的人贩卖货物，对谁都不在乎，就只怵那些必须上缴给热那亚的税款，那些一次次让他们冒汗的征税。每年都要发生几次反对共和国税政官的骚动。

每当发生这些抗税的骚乱时，迪·隆多男爵总以为授予他公爵之冠的时机就要到了。这时他走上广场，自愿充当翁布罗萨民众的保护人，然而每次都不得不在一阵腐烂柠檬的袭击之下尽快逃掉。于是，他说那是一次反对他的阴谋，由耶稣会士们策划，通常都是如此说法。因为他以为在耶稣会士们与他之间会有一场殊死的战争发生，耶稣会不干别的，专搞伤害他的阴谋诡计。实际上也发生过争执，为了一块菜园，我们家同耶稣会争夺其所有权，吵了一次架。男爵由于当时同主教大人关系甚好，成功地将省里的耶稣会神父赶出了主教教区。从那之后，我们的父亲认定耶稣会将派人谋害他的性命和侵害他的权益。而他力图拼凑一支由信徒们组成的民兵，以便解救主教，因为他觉得主教已沦为耶稣会士们的囚徒。他向所有声称受到耶稣会士欺侮的人提供避难所和保护，甚至选中那位神志恍惚的半个冉森派教士当我们的忏悔神父。

我们的父亲只信赖一个人，他就是律师骑士。男爵对那位私生子弟弟很是偏爱，就像是对待一个不幸的独生子一样。现在我不能说我们那时意识到了没有，但在我们对卡雷加的看法中肯定含有少许的妒意，因为父亲把那位五十岁的兄弟看得比我们这些小孩还重要。另外，看不惯他的人不单单是我们，女将军和巴蒂斯塔装出尊重他的样子，实际上却不能容忍他；而他在顺从的表面之下显得对一切人和事都不介意，也许他恨我们大家，也恨被他辜负的一往情深的男爵。律师骑士沉默寡言，有时人们几乎以为他是聋哑人或者不懂我们的语言，谁知道他从前如何当律师的，是否同土耳其人打交道之前就这么迟钝了。或许他也曾是一个聪明人，因为他从土耳其人那里学会了那套计算水利工程的本事。这是他现在大概还能胜任的唯一工作，对此我们的父亲给予言过其实的夸奖。我从不清楚他的过去，不知道他的母亲是何人，不知道他年幼时同我们祖父的关系如何（也可以肯定他是受到宠爱的，因为祖父让他学会当律师并叫人封他骑士的头衔），不知道他怎么到了土耳其，也弄不清楚他真是在土耳其度过了很长时间，还是在某个野蛮人的国度里，如突尼斯、阿尔及尔。但是不论怎样，是在一个信奉伊斯兰教的国家里，人们说他也当过伊斯兰教徒。关于他的说法很多，说他出任过要职，当过苏丹的显赫高官，土耳其国务会议的水利工程师，或其他类似的官。后来一次宫廷谋反，或是一次为女人发生的争风吃醋事件，或者是一纸赌债，使他堕入困境，沦为被贩卖的奴隶。据说威尼斯人在一艘俘获的土耳其战船上发现他戴着锁链跟奴隶一起划桨，他们释放了他。在威尼斯他活得比一个乞丐略强一些，直到有一天不晓得又干了些什么，吵了一架（一个如此胆怯的人能同谁吵架，只有上天知晓），他再次沦为阶下囚。经过热那亚共和国从中斡旋，我们的父亲将他赎出，于是一个秃头黑须的小个子男人，穿着一身不合体的肥大衣服，十分局促不安，半聋半哑似的突然出现在我们面前（我当时还很小，但是那天晚上的情景给我留下了印象）。我们的父亲强令大家把他当作一个体面的人来对待，委任他当总管，给他配备了一间事务所，他总是杂乱无章地在那里塞满了纸片。律师骑士穿一件长袍，戴一顶土耳其式的圆筒形无边便帽，就像当时许多贵族和资产者在他们的事务所里通常打扮的那样。但是说实话他几乎从来不去办公室，人们一开始便看见他这样穿戴着在室外转悠，在田野里行走。后来他还穿那一身土耳其装束来到餐桌边。最奇怪的是我们的父亲，那么注重礼仪，却能宽容他。

律师骑士尽管负有总管的职责，却几乎从不同田庄管家、佃户和家奴们打交道，因为他生性怯懦，而又口齿不清，一切管理事务、发号施令、监督检查，实际上统统落到我们的父亲身上。埃内阿·西尔维奥·卡雷加管账本，我搞不清是他管账的方式造成了我们家的财务状况如此不景气，还是我家的财务状况导致他的账目如此糟糕。此外他计算和绘制灌溉工程草案，在一块大黑板上画满横七竖八的道道和写满数字，用土耳其文注释。每隔一段时间我们的父亲就同他在事务所里关门待上几小时（这是律师骑士在那里面停留最长的时间），不一会儿就会从紧闭着的门里传出男爵生气的说话声，忽高忽低的吵架腔调，而骑士的声音低得几乎听不见。后来门打开了，律师骑士走出来，在长袍的下摆之下急速地迈动双脚，圆形帽直直地竖在头顶上。他穿过一扇落地窗，向花园和田地里走去。“埃内阿·西尔维奥，埃内阿·西尔维奥！”我们的父亲追在他身后呼唤着，而那位异母兄弟已经走进一行行的葡萄架中或柠檬树丛里，只看得见红色的土耳其帽子顽固地在树叶中朝前移动。我们的父亲叫着他的名字追随其后。不一会儿我们看见他们回来了。男爵伸着双臂，嘴里滔滔不绝，走在他身边的矮小骑士佝偻着腰背，紧捏的拳头插在长袍口袋里。

08

在那些日子里柯希莫经常向地上的人们挑战，显示他的瞄准功夫和敏捷的身手，也为了检验自己在树顶上所能做到的一切事情的可能性。他跟顽童比赛扔小木头片，一天他们在卡佩利城门附近那些穷人和流浪汉的棚子中间玩，柯希莫正从一棵光秃秃的半枯死的圣栎树上掷木头片时，看见一个男人骑马走来，高高的个子，略显驼背，罩一件黑色披风。他认出是他的父亲。孩子们一哄而散，女人们站在棚屋的门槛上观望。

阿米尼奥男爵骑着马径直走到那棵树下，那是夕阳火红的时分。柯希莫站在没有叶子的树枝之间。他们面对面地互相打量。自从那次吃蜗牛的午饭之后，他们是头一次这样正面相遇。许多日子过去了，事情起了变化，双方都明白现在已经与蜗牛无关，与晚辈的孝顺和父道的尊严之类都不相干了，许多有逻辑有意义的话题都显得不合时宜，可是总得说点什么。

“您演出了一场好戏！”父亲开始说道，语调酸楚，“您真配做一个绅士！”（他称他为“您”，就像他过去在严厉训斥时一样，但此刻这种措辞包含着疏远隔阂之意。）

“父亲大人，一位绅士在地上如何，他在树上也将一样。”柯希莫回答，又立即补充道，“如果他一向行为正派的话。”

“说得不错，”男爵表情严峻地赞同，“然而，此时此刻说话没有意义，您偷佃户的杨梅。”

确有其事。我的哥哥被当面揭穿。他还有什么好回嘴的呢！他微微一笑，可不是表示傲气或玩世不恭的态度，一个怯生生的微笑，并且涨红了脸。

父亲也微笑了，一个苦笑，不知为什么他也脸红了。“如今您同最下贱的流氓和乞丐混在一起。”他接着说道。

“没有，父亲大人，我干我的，大家各行其是。”柯希莫说道，口气很硬。

“我邀请您到地面上来，”男爵说，声音平静，甚至谦逊有礼，“来重新履行符合您的身份的义务。”

“我不想服从您，父亲大人。”柯希莫说，“为此我很难过。”

两个人都怏怏不快，很苦恼。每个人都知道对方将要说的话。“可是您的学业怎么办？您的基督徒的信仰怎么办？”父亲问道，“您打算像一个美洲的野人那样长大吗？”

柯希莫沉默不语。这是他还没有想过，也不愿意想的问题。后来他回答："您以为在高几米的地方，我就不能获得良好的教育吗？"

这又是一个机灵的答复，但好像已经贬低了他的行为的意义，终于表现出了虚弱。

父亲觉察到这一点，于是更逼进一步："反叛行为不是用尺度可以衡量的，"他说道，"有时以为只迈出了几步，却永无掉头回返之机了。"

这时我哥哥可以做出某种新的体面的回答，甚至说了一句拉丁文格言，现在我记不起半句了，但那时候我们会背诵好多句哩。然而他不耐烦站在那里装正人君子。他伸了伸舌头，大声说："可我在树上尿撒得更远些！"话虽无聊，却很干脆地打断了话题。

仿佛他们听见了这句话，在卡佩利城门四周响起了顽童们乱叫乱嚷的声音。男爵的马受了惊。他勒紧缰绳，裹好披风，好像准备走开，却又转过身来，从披风里伸出一只手，指着乌云急速聚集的天空，大声说："小心，儿子，有人能在我们大家头上撒尿！"他策马离去。

渴望已久的雨开始降落，雨点大而稀。在棚屋那边顽童们头顶着口袋向四处逃散，他们唱道："跑呀，跑呀，大家回家！"柯希莫躲进树叶丛里，树叶已经沾了雨水，他一碰就往头上滴水珠。

我呢，刚知道下雨了就替他担忧起来。我想象他被浇成了落汤鸡，虽然紧贴着树干，也躲不开斜打的暴雨。我知道一场暴风雨不足以使他重返地面。我跑去找母亲："下雨了！柯希莫怎么办哪，母亲大人？"

女将军撩开窗帘，观看下雨，她很镇静："下雨的最大坏处是使地面满是泥泞，待在那上面倒是无妨。"

"可是树木能替他遮住雨吗？"

"他将撤进他的营地里。"

"在哪里，母亲大人？"

"他定会想到并及时预备好。"

"您不认为我出去给他送一把伞更好吗？"

仿佛是"伞"这个字突然把她从战场的瞭望所里拉了出来，推入了母亲的忧思之中，女将军开始说道："对，完全正确（德语）。一瓶苹果汁，热乎乎的，塞进一只羊毛袜子里包好！一块油布，可以铺在木头上，不返潮……可是他在哪里？这个时候，可怜的孩子……但愿你能找到他……"

我拿着包裹冒雨出门，撑着一把巨大的绿色的雨伞，要给柯希莫的那把伞夹在腋下。

我吹响我们的口哨，可是回答我的只有大雨不停地落在树木上的“哗哗”声。四周一片漆黑，出了花园我不知道往哪边走，我挪动着脚步，时而踩着滑溜的石头，时而踏着柔软的草地，时而蹚入水坑。我吹哨，为了让口哨声向上传送，我把伞向后倾，雨水抽打着我的脸，从嘴上冲走了口哨声。我想走到长满大树的公产地上去，我想他的藏身之所大概会建造在那里，但是在黑暗中我迷了路，站在那里用双臂紧紧抱着伞和包袱，只有裹在羊毛袜套里的果汁瓶给我少许温暖。

终于找到了，当时我在树木之中看见一团亮光，既不是月亮也不是星星。我好像听见他回答我的口哨声。

“柯希莫！”

“彼亚乔！”雨中传来一声呼唤，来自树顶上。

“你在哪里？”

“这儿哩……！我朝你走来了，可你走快点，我挨着雨淋了！”

我们相遇了。他裹着一床被子，下到一棵柳树的矮杈上，教我如何往上爬，穿过复杂交错的枝丫，最后到达一棵主干很高的山毛榉前，那亮光就是从那上面发出的。我立刻递给他伞和一小部分包袱，我们试图撑开伞往上爬，但是做不到，还是淋湿了。终于到了他引导我来的地方，除了像是从窗帘缝里漏出的一线亮光之外，我什么也没看到。

柯希莫掀开一条缝，让我走进去。在一盏灯笼的光照下，我发现自己在一间小房子里，上下左右都用布帘和毯子铺围得严严的，山毛榉的主干从中穿过，用一层木板把整个小房子架在粗大的树枝上。一时我觉得这是一座宫殿，但是马上就感觉到它很不牢固，因为里面有了两个人，平衡就出现问题，柯希莫不得不立即修补漏洞和塌陷。他把我带来的两把伞也放到外面，打开来盖住棚顶上的两个窟窿，可是雨水从其他许多地方滴落下来，我们两个的衣服都湿透了，感到就像在房外一样冰凉。不过堆放着那么多的被子，足以把我们埋起来，只让头露在外面。灯笼闪烁出跳动的模糊的光，树枝和树叶在这个奇特的建筑物的顶上和四壁印出错综繁复的影子。柯希莫大口大口地喝着苹果汁，发出“噗噗噗”的响声来。

“是座漂亮的房子。”我说道。

“噢，还是临时性的，”柯希莫急忙回答，“我应当把它设计得更好一些。”

“一切都只靠你自己干成的吗？”

“那么你说，同谁来干呢？这里不能让人知道。”

“我以后可以来这里吗？”

“不行，你会把来路暴露给别人。”

“爸爸说过他不再派人找你了。”

“这里仍然应当是秘密的。”

“因为那些偷东西的孩子吗？他们不是你的朋友吗？”

“有时候是，有时候不是。”

“那个骑马的小姑娘呢？”

“跟你有什么关系？”

“我想说她是你的朋友，你们一起玩，不是吗？”

“有时候是，有时候不是。”

“为什么有时候不是呢？”

“因为我不愿意或者她不愿意。”

“这上面，你让她到这上面来吗？”

柯希莫脸色忧郁，使劲地扯平铺在一根树干上的席子，“……如果她来了，我就让她上来。”他神情庄重地说道。

“她不愿意吗？”

柯希莫躺倒下来：“她走了。”

“告诉我，”我悄声说道，“你们订婚了吗？”

“没有。”我哥哥回答，然后长久地缄口不言。

第二天天气晴朗，家里决定让柯希莫重新开始跟福施拉弗勒尔神父上课。没有说怎么上法。男爵语气简单而又略显生硬，请神父（免得他在此盯着那些苍蝇看……）去找我哥哥所在的地方，让他翻译一小段维吉尔的诗。后来他怕太让神父为难了，就尽量地减轻他的任务，对我说：“去告诉你哥哥，半小时之后到花园里来上拉丁文课。”他说这些话时尽量使语气显得自然些，他从此之后要保持这个基调：对待在树上的柯希莫，一切都应如同以前一样。

就这样上课了，我哥哥骑在榆树的一根枝干上，晃荡着两条腿，而神父在树下的草地上，坐在小凳子上面，一起同声诵读六音步诗。我在近处玩耍。我走远了一点就看不见他们，当我回来时，神父也上树了，使劲用他穿着黑袜子的又长又细的腿登上一枝树杈，柯希莫拉住他的一只胳臂帮着他往上爬。他为老头子找到一个舒适的位置，他们一起吃力地读起一段艰深的文章，开始我哥哥好像表现出很用功的样子。

后来我不知道是怎么回事，学生逃走了，也许因为神父在树上也像往常一样心不在焉，朝天翻着两只眼，事实是只有穿黑衣的老神父一个人躲在树枝间，书搁在膝上，看一只白蝴蝶飞舞，他张着嘴跟踪蝴蝶。当蝴蝶飞走了，神父发现自己到了树顶上，他害怕了。他抱住树干，大声喊起来：“救命呀！救命呀！（法语）”不见有人搬梯子来，他便不叫喊了，逐渐镇静下来，爬下了树。

09

总之，柯希莫以他那远近闻名的出走方式，生活在我们身边，几乎同以前一样。他是一个不回避人的孤独者。甚至可以说他心中只有众人。他到农民翻地、撒粪、割草的地方去，有礼貌地从上面向他们致以问候。农民们吃惊地抬起头，他尽量让他们马上明白他在何处，因为过去我们一起上树时经常学杜鹃咕咕叫，并同从树下经过的人们开玩笑，他改掉了这个毛病。起初，农民看见他从树枝上走了那么远的路程，大惑不解，不知道应当像对老爷们那样向他脱帽致敬还是像对一个顽童那样大声呵斥。后来他们彼此熟悉起来，农民们同他聊农事、天气，还对他在上面的游戏表示赞赏，认为这同他们看见的其他有钱人的许多娱乐相比既不好也不差。

在树上，他可以半个小时不动地看他们干活，并询问肥料和种子的情况，这是他走在地面上时从未做过的事情，因为那时他从不与村民和仆人说话，很不好意思开口。有时，他指出田垄打直了还是弯了，或者报告邻居地里的西红柿已经成熟了，有时还自愿替他们办点小差使，比如去告诉一个割草人的妻子送块磨刀石来，或者通知人们给菜园浇水。当他为农民完成这样一些责任重大的使命而奔走时，如果遇见麻雀停在一块麦田里，他就挥动着帽子大声叫嚷，把它们轰走。

当他独自在森林里转悠时，与人相遇的机会虽然稀少，却能结识一些我们碰不上的人，那些交往是令人难以忘怀的。在那些年月里，四处流浪的穷人都到森林里安身，烧炭工、锅匠、玻璃工，还有因饥荒而拖家带口背井离乡的人，用这些不稳定的职业挣口饭吃，在露天里设立作坊，用铁皮盖简陋的房子睡觉。最初，这个身穿毛皮从树上穿过的少年人令他们恐惧，特别是女人，她们把他当作精灵鬼，但到后来他同那些人结下了友谊。他长时间地观看他们干活，当他们晚上坐在篝火边时，他就坐在很近的枝头上，听他们讲故事。

烧炭工们住在用灰土夯实的场地上，人数最多。他们“呼啦、嗬啦”地大声叫喊，那是贝尔加莫[1]老乡的方言，别人不懂。他们是最强大和最抱团的一群人，自成一体——一个遍

1　在意大利的北部，今属伦巴第大区。

各地森林的由血缘关系、亲戚关系组成的争吵不休的行会。柯希莫有时充当这一伙与那一伙之间的中间人，传递消息，被托付办些事情。

“住在红栎树那边的人让我告诉你们：罕法拉哈巴，嗬达洛克！”

“请你回答他们：赫涅嗬贝特，嗬德嗬特！”

他记下那些发送气音的奥妙的语言，使劲地反复念叨，就像他努力模仿每天早上吵醒他的那些鸟儿的鸣叫声一样。

尽管迪·隆多男爵的一个儿子数月不下树的消息早已四处流传，我们的父亲还要竭力对从外面来的人保密。德斯托马克伯爵一家来拜访我们，他们在法国的土伦海湾有些领地，在前往法国途中到这里歇息。我不知道他们暗中搞些什么秘密交易，为了追回一些财产，或许是为了给一个当主教的儿子保留一块教区，需要迪·隆多男爵的赞同。而我们的父亲，打算将他统治翁布罗萨的妄想楼阁建筑在这种联盟的基础上。

大摆筵席，过分讲究的礼节多得烦死人，客人们带来一个花花公子型的儿子，一个戴假发的趾高气昂的青年。男爵把孩子——也就是说只有我一个人——引见给客人，然后说：“那可怜的孩子，”他说，“我的女儿巴蒂斯塔一直深居简出，是个虔诚的姑娘，我不知道你们是否能见到她。”就在这时那个蠢货出来了，修女式的头型，不过用缎带和花结子束到头顶上，脸上扑了粉，戴着半长的手套。可以理解她，自从同梅拉侯爵家的少爷的那桩事情发生之后，她再也没见过一个小伙子，如果不算那些个杂役和乡民的话。德斯托马克伯爵少爷鞠躬行礼，而她呢，神经质地“咯咯”直笑。对女儿已经很失望的男爵在脑子里琢磨新的可能性。

伯爵却显出并不在意的样子。他问道：“阿米尼奥阁下，您不是还有一个儿子吗？”

“是，长子。”我们的父亲说，“可是，很不巧，他打猎去了。”

他没有说谎，因为柯希莫那些天总是携带着枪待在森林里，潜伏起来守候野兔和鸫鸟。枪是我找来给他的，很轻便，就是巴蒂斯塔用来灭老鼠的那支。她忘记了灭老鼠的事，把枪挂在一根钉子上不要了。

伯爵开始打听附近的野物。男爵回答得很空泛，因为像他那样一个不关心周围世界并且不细心的人，是不会打猎的。我插话了，虽然我是被禁止在大人的交谈中插嘴的。

“你年纪这么小，知道这些事情吗？”伯爵说道。

“我去捡我哥哥击中的野兽，我替他把猎物送上……”我正说着，父亲打断了我的话。

“谁请你来多嘴啦？出去玩！”

我们在花园里，已是傍晚时分，因为是夏季，天还亮着。这时柯希莫沿着法国梧桐和英国榆树悠然而来。他头上戴着那顶猫皮帽，枪挎在肩上，矛挂在另一边肩上，腿裹在护套里。

“哎，哎！”伯爵站起身来，转动脑袋以便看得更清楚，他很开心，“谁在那里？在树上的是什么人？”

“什么？我什么也没看见……您认为那是……”我们的父亲说着，并不朝伯爵所指的方向望，而是看着伯爵的眼睛，仿佛为了证实他是否看清楚了。

柯希莫这时正好来到他们的头顶上，张开两条腿站在一个树杈上。

“唉，是我儿子，是的，是柯希莫，这帮孩子，为了吓唬我们一下，您看，他爬到树顶上去了……”

“他是长子吗？”

“是的，是的，他是两个男孩中大的那一个，但大得不多，您看，他们还是两个小孩子，闹着玩哩……”

“不过他能在树上如此行走是很有本事的。身上背着那些工具……”

“嘿，闹着玩……”他努力掩饰，脸都涨红了，“你在那上面干什么？喂！你下来吧！来给伯爵先生敬礼！”

柯希莫脱下猫皮帽，鞠了一躬：“向您致敬，伯爵先生。”

“哈，哈，哈！”伯爵笑起来，“真有本事，真有本事！您让他在那上面吧，让他就在那上面吧，阿米尼奥阁下！在树上行走的勇敢青年！”他笑道。

而伯爵少爷那傻瓜说：“这真奇怪！太奇怪了！（法语）”他一个劲地反复嚷嚷。

柯希莫坐在那树杈上。我们的父亲换了话题，他说呀说，竭力分散伯爵的注意力。可是伯爵不时地向上看看，我的哥哥一直坐在上面，在这棵树或那棵树上，他擦拭猎枪，或者给护腿套上油，或者穿上厚绒衣，因为夜晚来临。

“哈，快看！他什么都会干，在那上面，这个小伙子！哈，我多么喜欢他！哈，我要在朝廷上讲这件事情，一去就讲！我要告诉我那当主教的儿子！我要讲给我的姑妈公主听！”

我父亲着急起来。此外，他还有另一件担心的事情：他看不到自己的女儿，而且伯爵少爷也不见了。

柯希莫离开，侦察一圈后气喘吁吁地回来了：“她把他弄打嗝了！她把他弄打嗝了！”

伯爵不安起来：“哦，真遗憾。我儿子打嗝起来很难受。去吧，勇敢的年轻人，去看看他是否不打嗝了。请你叫他们回来。”

柯希莫蹦跳着走了，然后又回来，比上次气喘得更厉害：“他们在互相追赶，她要把一只活蜥蜴塞进他的衬衣里，好让他不再打嗝了！他不愿意！”他赶紧再跑去观看。

我们就这样在别墅里度过了那个夜晚，其实同别的夜晚没有什么不同之处，柯希莫在树上悄悄地参加我们的生活。但是这一次有客人在，我哥哥行为古怪的名声传遍了欧洲各国朝廷。我们的父亲为此羞愧不已，无缘无故地羞愧。伯爵真的对我们家有一个好印象，因此，我们的姐姐同伯爵少爷订了婚。

10

橄榄树，由于长得弯弯曲曲的，对于柯希莫来说是平坦而舒适的大道，是坚韧而友好的树，踩在那粗糙的树皮上，无论是走过还是停留都很踏实，虽然这种树粗枝较少，在上面活动没有多少变化。在一棵无花果树上的情形就不同了，只要留神是否承受得住自己的体重，他可以不停地走动。柯希莫站在树叶搭成的凉亭之下，看见阳光透过叶片，把叶脉照得十分清晰，青色的果子渐渐胀大，花蕊上渗出的乳液散发出香气，无花果树要把你变成它的，用它的树胶汁液浸透你，用大胡蜂的嗡嗡叫声包围你，柯希莫很快就觉得自己正在变成无花果树，他感到很不舒服，便离开了那里。在坚硬的花楸果树上，或在结桑葚的桑树上，都是挺安逸的，可惜它们很罕见。核桃树也一样，我也觉得它好得没得说了。有时我看见哥哥钻进一棵枝叶繁茂的老核桃树中，就像走进一座有许多层楼和无数房间的宫殿，我就很希望像他那样爬到那上面去。核桃树作为一种树显示出了何等的力量和自信，又是何等的顽强，连它的叶子也是又厚又硬。

柯希莫很喜欢待在圣栎树波状的叶子丛中（或者说是冬青栎，每当我讲到我们家的花园时就这么称呼这些树，也许是受了我们父亲的措辞考究的习惯的影响），他喜欢它那干裂的树皮，每当他出神地想事时，就用手指头从那上面抠下一些碎片片，不是有心毁坏它，而是特意在它漫长艰辛的再生过程中助它一臂之力。有时也剥开法国梧桐的白皮，让那一层层长黄霉的朽木露出来。他还喜欢榆树的有突瘤的树干，从树瘤里生出嫩芽、一簇簇锯齿边的叶子和纸片状的翅果。但是很难爬上去，因为树枝生得很高，又细又密，可供通过的空隙很少。在森林里的各种树木中，他偏爱山毛榉和橡树，因为松树分杈极密，枝杈不结实，还遍布松针，既没有空隙又没有可攀登的地方，而栗树呢，有带刺的叶子，硬壳的果，生得高高的枝条，仿佛有意长成这副拒人于千里之外的样子。

日子一长，柯希莫便逐渐体会出——或者说是认识到这些友情和区别，但是在最初的日子里这些情感就在他身上滋生了，仿佛是天生的本性。他的天地已经变了，这是一个新世界，由架在空中的细长而弯曲的桥，由粗糙树皮上的结节、瘤子和皱褶，由透过或疏或密的树叶帷幕而变幻着深浅的绿色阳光组成，微风一吹，树叶的柄就抖动不已，而当树干摇摆时整棵树的叶子就像一叶船帆飘动起来。而我们的世界呢，是平贴在地面上的，我们看到的是比例失调的形象，我们当然不理解他在那上面的感受。夜里他倾听着树木如何用它的细胞在树干里记下代表岁月的年轮，树霉如何在北风中扩大斑点，在窝里熟睡的小鸟瑟缩着将脑袋钻进翅膀下最软和的羽毛里，毛毛虫蠕动，伯劳鸟腹中的蛋孕育成功。有的时候，原野静悄悄，耳朵内只有细微的响动，一声粗号，一声尖叫，一阵野草迅疾的瑟瑟声，一阵流水的淙淙响，一阵蹚在泥土和石子上的蹄声，而蝉鸣声高出一切之上。响声一个接一个，听觉不断辨别出新的声音，就像那拆着一团毛线的手指，感觉到每根毛线变得越来越细，细得几乎感触不到了。同时青蛙一直在鸣唱，作为一种背景并不影响其他声音的传播，如同太阳光不因星星的不断闪烁而起变化。相反，每当风吹起或吹过，每一种声音都会起变化并成为新的声音，留在耳朵最深处的只有隐隐约约的呼啸声或低吟声，那是大海。

冬天到了，柯希莫替自己做了一件短皮上衣。他自己动手缝制的，用的是他猎获的各种动物的毛皮：野兔、狐狸、松貂和雪貂。头上一直戴着那顶野猫皮帽子。他还用羊毛编织了几条裤子，膝盖处缝上皮子。至于鞋嘛，他最后懂得在树上走最好的鞋是软帮便鞋，他做了一双，我不知道用的是什么皮，也许是獾的。

他就这样抵御寒冷，应当说明的是，那时候我们这里的冬天是温暖的，没有现在这么冷，人们说是拿破仑把冷风从俄国带了出来，让它一直跟到了这里。但是，那时候冬天在野地里露宿也是不好受的事情。

柯希莫找到用皮囊过夜的办法，不再搭帐篷或茅房。皮囊的毛向里，吊在树枝上，他钻入皮囊，头脚全进去，蜷缩着睡得像婴孩。如果夜里有异常响动，从皮囊的口上就会伸出那顶皮帽、枪杆，然后是眼睛睁得大大的他。（人们传说他的眼睛变得像猫和枭一样能在黑夜里发光，这我可从来没有看见过。）

早上的情形相反，当松鸦开始欢叫时，从口袋里伸出两只握拳的手，拳头向上升，两条胳膊向外张开，他缓缓地伸着懒腰，伸着伸着就露出了他那打哈欠的脸，他那肩挎猎枪和火药袋的上身，他那罗圈腿（由于总是匍匐着爬行和蹲立的习惯，他的腿开始变得弯曲了）。这两条腿跳出来，蹦几下，然后耸耸肩，伸手往皮上衣内搔一下痒，柯希莫就清醒了，新鲜得像一朵玫瑰花，开始了他的一天。

他向泉水走去，因为他拥有一眼悬空的泉水，这是他发明的，或者最好说是借助自然条件建造的。有一条溪水流到悬崖边，变成瀑布落下来，瀑布旁边有一棵橡树向上高高地伸出枝干。柯希莫呢，就用一段杨树皮，约有两米长，做成一条水渠，将水引至橡树枝上，这样他就可以喝水和洗浴了。他洗澡我可以做证。因为我看见过几次，洗的次数不多，也不是每天都洗，但他是洗澡的。他还有肥皂。有时心血来潮，他也会用把皂洗衣服。他特地弄了个洗衣盆放在橡树上，最后他把衣物搭在树枝间拴的绳子上晾干。

总之，他在树上什么事情都能做，他还找到了用扦子烤炙野味的办法，也无须下树。他是这样弄的：用火镰点燃一个松塔，将松塔扔到地上事先筑好的灶里（这是我用几块光滑的石头替他垒好的），然后从上面扔下一束束木棍和树枝，用绑在长棍上的火铲和火钳控制火焰，让它烧到悬在两根树枝之间的肉扦上。这一切全要小心地去做，因为在森林里很容易起火。这个炉灶却不要紧，它就设在橡树下面，离瀑布很近，在出现险情时，可以从瀑布中汲到足够的水。

就这样，他把打猎得来的东西吃掉一些，同农民换水果蔬菜用掉一些。他活得相当不错，也不再需要从家里给他拿东西了。有一天我们得知他每日早上喝鲜奶，他同一只母山羊交上了朋友，这只羊攀到一棵橄榄树的矮杈上，离地只有两拃高，很容易上去，甚至，它无须攀登，用后腿搭上去就行。这样他带着一只桶下到树杈上来挤羊的奶。他同一只母鸡也达成了同样的协定，那是一只鲜红的帕多瓦[1]鸡，下蛋很多。他替它在树洞里筑了一个秘密的窝，隔天到那里取一个蛋，用针扎两个小眼之后喝掉。

另一个问题：大小便。起初，在这里或那里，他不在意，反正世界大得很，他随时随地行方便。后来他觉得这样很不体面，于是他在麦尔当佐河的岸边找到一棵生在僻静而合适位置的桤树，他可以很方便地蹲在一根树枝上。麦尔当佐河是一条从芦苇底下经过的深色的河流，水流湍急，两岸的市镇往里面排放下水道里的污水。年轻的皮奥瓦科·迪·隆多就这样文明地生活着，遵从邻居和他自己的行为规范。

在他的猎人生活中，却缺少一种对于人力的必要补充——一只狗。有我哩。我扑向灌木丛中去寻找在半空中遇上他的子弹而栽倒下来的鸫、河雉、鹌鹑，或许还有狐狸，有时他埋伏一夜，能从一群刚刚出现在荒野里的狐狸中截住一只拖着长尾巴的。可是我只能有时候逃出来到森林里去找他。神父的课、作业、弥撒、同父母进餐这些事情绊住了我的身子，家庭生活的上百种责任需要我履行，因为我听见这句话不断地在耳边重复：“在一个家庭里，出一个造反者就够受的了。”它不无道理，在我整个的一生中留下了烙印。

1　意大利北部的一个省。

因此柯希莫几乎总是独自一人去打猎，为了取回猎获物，当遇不到被击毙的黄鹂鸟张着金色的翅膀挂在枝头那样的事情时，他就使用渔具——带线的鱼竿、钩子，但不总是能够得着。有时候打下的一只丘鹬落到了荒地上，就被黑压压的一群蚂蚁吃掉了。

这里我讲的都是衔回猎物的猎犬的任务。因此柯希莫那时几乎只进行潜伏狩猎。他清晨或深夜趴在树上，等候着鸫在树尖停落，或者野兔在草地上出现。如果这样不行，他就追随鸟儿的叫声或者寻觅可能是长毛野兽留下的足迹，随便走动。当听见从野兔或狐狸后面传来了狗的狂吠，他知道自己应当让开，因为这野物不属于他，不属于他这样单独去碰运气的猎人。对一些规矩他是恪守不悖的，虽然从他的可靠的瞭望所可以发现和瞄准被别人的狗追赶的野兽，他从不举枪，而是等候沿着小路跑来的竖着耳朵、睁大眼睛、咻咻直喘的猎人，告诉人家那头野兽往哪个方向去了。

有一天他看见跑来一只狐狸，绿草里翻起一道红色波纹，只听见一阵粗重的呼气声传来，只见它须毛倒竖，窜过草地，消失在荆棘丛里。随之而来的是“汪汪汪”的叫声，一群猎狗。

那群猎狗跑来了，用鼻子嗅地，闻了两遍发现鼻孔里闻不到狐狸的气味了，便拐了个直角掉头而去。

当它们走远时，传来“呜—呜”的嚎叫声，一只畜生划开地上的草窜过来，它蹦得不像一只狗，更像一条鱼，像游水的海豚。它露出了比猎狗尖长的脸颊和下垂的耳朵。屁股呢，像条鱼，好像摆动着鳍游泳。或者说划动着蹼足，没有腿，体形极长。它完全显露出来了，是一只短腿的猎犬。

它肯定是那一群猎狗之中的，落在了后头。它是那么年轻，简直还是一只幼犬。现在那群猎狗生气地“呼呼”直叫，因为它们断了追踪的痕迹。它们改变了一齐向前的跑法，在一块长满非洲菊的草坪上分散成网形向四周围闻嗅，它们过分性急地要重新找到中断了的气味线索，不能仔细寻找，反而丧失了锐气，有的狗已经趁机往石头上撒尿了。

这时短腿猎狗喘息着，不合时宜地高扬着得意扬扬的脸小跑过来，追上了它们。它轻率地嚎叫：“呜哇！呜哇！”仍然那么不知趣。

那群狗立刻冲着它“嗷嗷”狂叫，暂时停止了寻找狐狸的气味，对着它龇牙咧嘴：“嗤！”很快又不理睬它，往前跑开了。

柯希莫跟在短腿猎犬后面，它这会儿在那里乱转。那只狗漫不经心地晃了晃鼻子，看见了树上的少年，并对他摆尾巴。柯希莫认为狐狸可能还藏身在那里。那群猎犬跑远了，突然从对面的高地上传来猎人低沉的催促声和断断续续的不明原因的狗叫声。柯希莫对短腿狗说：“去！去！去找！”

那只猎狗开始用心闻起来，每隔一会儿就回过头向上看看少年。“去！去！”

这一阵子看不到它了。他听见响起一声灌木折断的声音，接着，骤然响起：“汪汪汪！哑，哑，哑！”它把狐狸赶出来了！

柯希莫看见那只狐狸跑上草地，但是可以朝别人的狗撵出的一只狐狸开枪吗？柯希莫让它跑过去而没有射击。短腿狗朝他仰起面孔，眼睛里流露出当狗不理解而又不明白它们不可能理解时特有的神色。接着又鼻孔朝下地去追赶那只狐狸了。

“哑！哑！哑！”那狐狸转了整整一圈。来了，它回来了。他可以开枪还是不可以开枪呢？他不能开枪。短腿狗用一只眼睛痛苦地向上看，它不再叫了，舌头比耳朵下垂得还要厉害，累得精疲力竭了，但是仍在继续追赶着。

它的追赶把那伙猎犬和猎人弄糊涂了。从小路上跑来一位背着沉重的火绳枪的老猎人。“喂，”柯希莫对他说，“那只短腿狗是您的吗？”

“见你的鬼去吧！你和你一家子都见鬼去吧！”那老头大概心绪恶劣，“你看我们像是带短腿狗打猎的那号人吗？”

“那么对它追的那东西，我可要开枪了。”柯希莫坚持说清楚，他要一丝不苟地按规矩办事。

“你还可以朝你的保护神开枪哩！”那人回敬了一句，就跑开了。

短腿狗把狐狸赶回他这里。柯希莫射击并打中了。短腿狗成了他的猎犬，他替它取名为佳佳。

佳佳是一只无主的狗，它出于幼稚的热情投奔那一群猎犬。可是它是从哪里来的呢？为了弄清楚，柯希莫让它在前面带路。

那短腿狗呢，嗅着地面，穿过篱笆，越过小沟，然后回头看看树上的少年是否能跟上它。这条路线是那样的不寻常，柯希莫一时没有明白他们到了何处。当他明白过来时，心在胸膛里剧烈跳动起来：原来是翁达利瓦侯爵家。

别墅已经关门了，百叶窗闩得紧紧的，只有一扇开着，在阁楼上，随风晃荡。无人照管的花园比以往越发显示出异国的森林景象。走过野草侵占的小径，跳过荆棘独霸的花坛，佳佳兴高采烈，好像走进了自己的花园，追逐起蝴蝶来。它钻进矮树丛中，嘴里衔着一根丝带回来了。柯希莫的心跳得更厉害了：“是什么，佳佳？喂，是谁的东西？告诉我！”

佳佳摇摇尾巴。

“送到这边来，送来，佳佳！”

柯希莫下到一根矮枝上，从狗嘴里拿下那根褪色的丝带，这肯定是薇莪拉的一根发带，因而这只狗肯定是薇莪拉的狗了，在他们搬家时被遗忘在这里。而且这时柯希莫好像记起来了，去年夏天，它还是只小狗仔，从金发小姑娘手挽着的一只篮子里探出头来，也许那时别人刚刚把它送给她。

“找去，佳佳！”短腿狗跳入竹林中，出来时叼着她留下的其他纪念品：跳绳，一块风筝碎片，一把扇子。

在花园里最高的一棵树的主干顶上，我哥哥用剑尖刻下了“薇莪拉”和“柯希莫”这两个名字。接着在稍低的地方刻写上：短脚猎犬佳佳。他敢肯定，这会使她高兴的，尽管他替它另取了一个名字。

从那以后，当人们看到树上的少年时，就断定，朝他身上或附近望望，就可以看见短腿狗佳佳肚皮贴着地面跑。他教会它寻找、堵截和送回猎物，一切猎犬的本事，没有哪头森林中的野兽不是他们一起猎获来的。为了把野物送给他，佳佳用两只前腿在树上尽量往上攀，柯希莫下来从它口中取野兔或山鹑时，用手抚摸它一下。他们之间的亲密，他们的欢乐都表现在那一时刻了。但在地下和树上之间用单音节的狗叫、咂舌和打榧子，继续传递着一方同另一方的对话，沟通着彼此的理解。对于这只狗来说，必不可少的伴侣是这个人；而对于这个人来说，是这只狗。无论是它还是他，从不背弃对方。尽管与世界上所有的人与狗如此不同，他们仍可以说自己是幸福的一对。

11

在很长时间内，整个青春时代，柯希莫以打猎为生。还有钓鱼，因为往水塘里撒下钩就可以坐收鳝鱼和鳟鱼。有时会让人想到他的感觉和本能或许已经与我们不相同了，而他穿兽皮的那身打扮似乎证明他的本性已经发生了变化。当然，身体一直贴着树皮生活，眼睛来回盯着羽毛、兽皮、鱼鳞，看着大自然显示出那种五彩斑斓的外表，还有那像另一个世界的血液似的在叶脉里循环着的绿色流体。树干、鸟嘴、鱼鳃，形形色色同人类如此殊异的生存方式，这些他如此之深地进入的野生生物的境地，可能已经塑造了他的心灵，使他失去了人的一切风貌。然而，无论他从同树木的共处和与野兽的搏斗中增长了多少才干，我自始至终都清楚他的位置在这里，在我们这一边。

然而，虽然他不情愿，某些习惯却减少了，或者失掉了。比如同我们一起参加翁布罗萨的大弥撒，开始几个月他想方设法来。每逢星期天，全家人一齐出动，穿戴整齐，我们就会看见他在树上，也以某种方式，试图穿出节日的盛装，比如翻出那件旧燕尾服，或者戴上三角帽而不戴皮帽。我们动身，他在树上跟随。我们就这样在翁布罗萨全体居民的众目睽睽之下（但是他们很快就对此习以为常，我们父亲的窘态也就减少了），在教堂门前点燃蜡烛。我们大家都很拘谨，他在半空中跳动，真是奇异的一幕，尤其是在冬天，他站在光秃秃的树上的时候。

我们走进教堂，坐在我们家专用的长凳上，他留在外面，坐在靠中殿的一棵圣栎树上，位置的高低正好与一扇大窗户齐平。从座位上我们通过玻璃可以看见树枝间柯希莫的影子，他垂着头将帽子握在胸前。我父亲同一个圣器管理人说好，星期天将那扇窗户半开着，这样我的哥哥可以从树上听见弥撒。但是日子长了我们不再看见他来了，因为有风吹进来，那扇窗户关紧了。

多少以前曾是重要的东西，对他不再重要了。春天里我们的姐姐订婚，一年前谁能料到呢？那位德斯托马克伯爵带着伯爵少爷来了，举行盛大的庆祝典礼。我们家灯火通明，附近所有的贵族人家都来了，齐聚一堂跳舞。谁还会想到柯希莫呢！

其实不是这样，大家都在想他。我时时朝窗外张望，看他是否来了。我们的父亲很是伤心，在那样的家庭庆典中，他当然想到不在场的他。而女将军像在演兵场上一样指挥整个晚会，她只是想借此宣泄自己心中为他的缺席而涨满的痛苦。也许那在舞池里旋转飞舞的巴蒂斯塔也是一样，她由于脱去了修女的袍子，戴了个像杏仁甜面点心的假发，穿了一条不知哪个裁缝给做的饰着珊瑚的圆大裙，面目焕然一新，而使人认不出来了。我敢打赌她也想念他。

而他是在的，我没有见到——我后来才知道——他躲在一棵梧桐树顶上，挨着冻，望着灯火辉煌的窗户，看见我们家室内张灯结彩，头戴假发的人们跳着舞。他的心里曾经涌起什么样的情绪呢？至少曾经稍稍地怀念我们的生活吗？他曾想到重返我们的生活只有一步之遥，这一步是那么地近又是那么地容易跨越吗？我不知道他想了些什么，他想做什么。他在那上面的时候，我只知道他从始至终地陪守着晚会，并且陪到了晚会之后，一直到蜡烛一支一支熄灭，没有一扇窗口亮着为止。

总之，柯希莫同家庭的联系，或好或歹，继续存在，甚至同其中的一个成员的关系变得更加亲密，只有如今才能说他开始认识这个人：律师埃内阿·西尔维奥·卡雷加骑士，这个别人从来不知道他去哪里和他干些什么的智力衰退的不可捉摸的人。柯希莫发现他是全家之中唯一忙于许多工作的人，不仅如此，而且他做的那些事情没有一件不是有用的。

他走出家门，正是下午最热的时候，土耳其圆帽扣在头顶上，在长及地面的袍子下步履蹒跚，他像是被地上的裂缝，或是篱笆，或是墙上的石头吸进去了似的消失了。就连柯希莫，这个喜欢总是保持警觉的人（或者最好说，不是喜欢，而是他的一种自然状态，他的眼睛扫射着一个包罗万象的广阔视野），也会突然看不见他了。有时候柯希莫赶紧沿着树枝向他消失的地方奔过去，从来也没有弄清楚他走过的是什么路线。但是在附近总有一种迹象：一些蜜蜂飞来飞去。柯希莫最后断定骑士的出现与蜜蜂有关系，为了找到他，必须跟踪蜜蜂。可是如何跟踪呢？在每一棵开花的植物周围都有一群嗡嗡叫的蜜蜂。必须不被个别的和次要的路线所迷惑，而紧跟上那条蜜蜂往来最繁忙的看不见的空中之路。他走到一大群密密麻麻的蜜蜂像一团烟云一样从一道篱笆后面升起来的地方。那下面的蜂箱，一个或几个，排在一张桌子上。在飞来飞去的蜜蜂中有人专心致志地在那里摆弄着，正是那位骑士。

其实这种养蜂工作是我们这位叔叔的许多秘密活动之一。保密是有限的，因为他自己时常把一个刚从蜂箱里取出的滴着蜜汁的蜂窝拿到餐桌上来。但这种活计全都是在我们家的地产范围之外做的，都是在他显然不想让别人知道的地方进行的。

这一定是他的一种防备措施，不把这种个人勤劳所得的收益混进家庭经营的大漏锅；或者是——因为这个人绝不小气，而且那么一点蜜和蜡对他来说算得了什么呢——为了拥有一点他哥哥男爵不能插手、不能企图牵着他的手走的事业；或者还是为了不把他所喜欢的不多的几件事情，如养蜂，同那许多他不喜欢的事情，如经营管理，掺和在一起。

而且，还存在一个事实，就是我们的父亲不可能允许把蜜蜂养在住宅附近，因为男爵对于被蜂蜇怀有一种不可理喻的恐惧，当他在花园里偶然遇上一只蜜蜂或马蜂时，就会可笑地从小路上逃跑，双手插在假发里，好像防备一只老鹰啄似的。有一次，他这么跑着，假发从头上飞落了，那只蜜蜂被他的突然行为惊动，向他扑来，在他的秃脑门上蜇了一口。他用一块浸过醋的布把头包了三天。他就是这样一个人，在大场面上表现得高傲而强硬，而轻轻的一搔或一蜇就会吓得他失去常态。

因此，埃内阿·西尔维奥·卡雷加把他养的蜂东一点西一点地撒满了整个翁布罗萨山谷。土地的主人们同意他把一箱或两箱放养在他们的地头，拿一点蜜糖作为报酬。而他总是从一处转到另一处，在蜂箱边忙碌着，那动作就好像他的双手是蜂腿。也因为有时为了防蜇，手上戴着黑色的半长手套，脸上罩着黑色的网，系在帽子的四周，好像伊斯兰缠头巾，那网随着他的呼吸在嘴上起落。他挥动一件冒烟的器皿，以便把蜜蜂赶开，好让自己在蜂箱里搜刮。而这一切：纷飞的蜜蜂、面网、烟雾，在柯希莫看来好像是那个男人正在施展一种魔法，要在那里隐没形体、销声匿迹、飞走，然后再生为另一个人，或者重新降生在新的时间或新的地方。可惜他是一个不高明的魔术师，因为他总是原样再现，还吮吸着被蜇起的一个肿包。

春天到了，在一个早晨柯希莫看见空气被从未听见过的一种声音振动得像发了疯一般，那声音从“嗡嗡”响扩大为“隆隆”轰鸣，一大群东西穿过，不是向下降落，而是向横的方向扩散，缓缓地打着旋向四处散布，但是追随着更密集的一长串。那是大量的蜜蜂，周围有绿叶、红花和太阳。柯希莫不明白是怎么回事，只感到一种强烈而焦灼的兴奋。“蜜蜂跑了！律师骑士！蜜蜂跑了！”他开始大声叫喊，一边从树上跑去找卡雷加。

“不是跑掉，是分蜂。”是骑士的声音在说话。柯希莫看见他就在脚下，像一朵蘑菇一样冒了出来，示意不要作声，然后很快地跑开，不见了踪影。他到哪里去啦？

那正是分蜂的时节。一群蜜蜂正跟着蜂王飞出旧巢。柯希莫向四周张望。律师骑士又从厨房的门里出现了，手里拿着一只长柄平锅和一个深底圆锅，现在他用平锅敲击圆锅，当！当！响极了，震耳欲聋，余音经久不息，讨厌得让人堵住耳朵。律师骑士走在蜂群后面，每三步敲一下这两件铜炊具。每一声铿锵响，都使蜂群受到一次震动，迅速飞下飞上，嗡嗡的叫声好像变低些了，飞行变得不太平稳了。柯希莫看得不太清楚，但他觉得现在整个蜂群集中向绿色丛中的某一点飞去，不再往前飞。卡雷加继续敲打着铜锅。

“出了什么事，律师骑士？您在做什么呀？”我哥哥追上去问他。

“快，”他口齿不清地说，“到蜂群停落的那棵树上去，我没有到时，你可千万别碰它们！”

那些蜜蜂停落在一株石榴树上。柯希莫赶到那里，一开始他什么也没看见，然后很快发现在一根树枝上垂挂着一颗硕大的呈松塔形的果实，全部是由一只只互相攀附在一起的蜜蜂组成的，而且在不停地增大。

柯希莫站在石榴树梢上，连大气也不敢出，他的脚底下就挂着那一串蜜蜂，变得越来越粗大，显得越来越轻飘，好像是吊在一根线上。或许比线更细，那是一只老蜂王的腿。在这细细的软骨上，那些蜜蜂都把它们生在黄黑相间的腹腔上的灰色透明翅膀扇得嗡嗡直响。

律师骑士磕磕绊绊地走来了，手上举着一只蜂箱。他把箱子倒翻着在那一串蜂下面打开。“你来，”他轻轻地对柯希莫说，“又轻又快地晃动一下。”

柯希莫刚刚碰了一下那根石榴树枝，几千只蜜蜂组成的悬垂体像一片树叶一样掉了下来，落进蜂箱。骑士用一块木板盖上蜂箱——这就完事啦。

就这样在柯希莫与律师骑士之间产生了一种理解，一种合作，也可以称之为一种友谊，假若友谊这个词对于这两个那么不合群的人来说不显得过分的话。

就是在水利工程方面，我哥哥同埃内阿·西尔维奥也终于相遇了。这可能让人觉得很奇怪，因为住在树上的人很难同水井和水渠打交道，但是我对你们说过，柯希莫设计了那么一条空中泉水，用杨树皮把瀑布水引到一棵橡树上。现在，这自然逃不过律师骑士的眼睛，他虽然是那么漫不经心的样子，但毕竟是终日在整个乡村的流水网络上走动。他在瀑布的上方，躲在一棵女贞树后，看见柯希莫从橡树的枝叶中拖出渡槽（当他不用时就把小槽放回那里。藏起一切东西这本是野兽的习性，很快也成了他的习惯），把它架在橡树的一个树杈上，另一头搭在峭壁上的几块石头间，然后喝起水来。

看到这一景象，不知骑士脑子里转出什么念头，他陷入罕见的兴奋状态。他钻出女贞树，拍手鼓掌，好像攀住了绳子似的往下跳了两三步，溅起水花，差点没掉进瀑布，从悬崖上飞落下去。他开始向少年解释他的想法。想法很复杂，而解释混乱极了。这位正式的律师骑士说的是方言，更多是由于他生性纯朴，而不是由于他在语言上的无知，而在这激动的时刻，他不自觉地从方言直接转用土耳其语，别人就一点儿也听不懂了。

简而言之，他想出一个架一条悬空水槽的主意，用道道由树木支撑起的水渠通到山谷的对面，去灌溉那些干旱的土地。柯希莫根据他的设计，马上提出了改进的建议：在某些地点装上带漏孔的渡槽，用以在苗圃上方进行人工降雨。这条建议竟然使得律师欢喜若狂。

他跑回去一头钻进事务所，在一张张纸上画满草图。柯希莫也忙开了，因为他喜欢能在树上做的每一件事情。他觉得这对于他在树上的地位，赋予了新的意义和威望。与埃内阿·西尔维奥·卡雷加交往，他认为自己找到了一个意外的伙伴。他们在一些矮树上会面，律师骑士搭一架三角梯爬上去，手臂上挂满画卷，两人一讨论就是几个钟头，那条水渠越来越复杂地演变成工程。

可是没有转入实施阶段，埃内阿·西尔维奥厌倦了，来找柯希莫讨论的次数稀少了，没有画完设计图，一个星期后他大概就把这件事情忘记了。柯希莫对此并不惋惜，他很早就看出这工程对于他的生活来说是一件讨厌的麻烦事，而不会有什么好处。

显然，在水利方面我们的这位叔叔可以做更多一些事情。爱好他是有的，这门学科必要的天赋他也不缺少，但是他不善于实施：一个个的设想，昙花一现，落空了，最后一事无成。就像一道流水从漏水的水渠中流过，都被地面吸干了。也许原因在此：这种工程不同于养蜂，他可以一个人干，几乎是秘密地进行，不与旁人发生关系。他虽然时常奉送一些蜜和蜡给人，但并没有人向他讨要。而这些引水工程却让他不得不顾及这个人和那个人的利益，听从男爵或任何聘请他负责这项工程的人的意见和命令。他是一个懦弱而无决断的人，从来不会反抗别人的意志。但是他很快就对工作失去兴趣，并且撂下不管了。

人们时时都可以看见他和一些扛镐和锹的人一起在一块地里，他拿着一杆木尺，一卷地图，指挥人们挖水渠，用脚步丈量土地。由于他的步子极小，他不得不以夸张的方式迈大步。他吩咐人们从某一处开始挖沟，后来又在另一处挖，然后又让停下，重新测量。天黑了，他就这样收工。第二天他很难决定从原来的地方开始干起。他一个星期不再露面。

他对水利事业的热爱中有渴望、冲动和理想，那是他心中的一种怀念，美丽的灌溉良好的苏丹的良田沃土，果园和花园，他在那里一定是快乐的，那是他一生中唯一的幸福时光。他总是将翁布罗萨的田野同蛮族之地或土耳其的那些花园相比较，他不由得想要改造它，要设法把它变得同他记忆里的田园一样。由于他的特长是水利专业，他便把这种变革的愿望寄托在其中，但是在一种不同于以前的现实情况面前总是碰壁，他失望了。

他还用棍卜术[1]，不让别人看见，因为那时还是这等古怪的做法会招致非难、被认为是邪术妖法的时代。有一次柯希莫发现他在一块草坪上转着圈要弄一根带杈的木棍，这也是他想再次告诉别人他以前所见的一种尝试。他没有付诸任何实践，因为他的棍卜术没有结果。

对于柯希莫来说，理解埃内阿·西尔维奥的性格有这样的作用：他懂得了关于离群索居的许多东西，后来为他所用。我是说他总是记着律师骑士的古怪形象，以提醒一个人如果把自己的命运同其他人的命运分隔开来，可能变成什么样子，并且他成功地没有沦为那样。

1 用“魔杖”占测水源或矿脉的迷信活动。

12

“救命！强盗来了！抓住他们！”有几次柯希莫在夜里被这样的呼叫声惊醒。

他迅速地从树上赶往那呼声传来的地方，那不过是一间小地主农舍，半裸着的一家人手捧着头跑出屋。

“我们这里，我们这里，来了贾恩·德依·布鲁基，他把我们收获的东西全拿走了！”

聚集起一大群人。

“贾恩·德依·布鲁基吗？是他吗？你们看见他了？”

“是他！就是他！他脸上戴着面具，手枪这么长，另外两个蒙面人跟着他，他指挥他们！他是贾恩·德依·布鲁基！”

“他在哪里？他去哪里了？”

“唉，对了，勇士，快去抓贾恩·德依·布鲁基！可谁知道这时候他在哪里！”

或者呼救的是一个走在半路上的旅行者，他被抢劫一空，没有了马、钱袋、外衣和行李。“救命啊！遭抢啦！贾恩·德依·布鲁基来啦！”

“怎么发生的？快告诉我们！”

“他从那里跳出来，黑黑的，满脸胡子，端着火枪，我差点死掉！”

“快！我们去追他！他朝哪个方向跑了？”

“从这边！不对，也许是从那边！他跑起来真像一阵风哇！”

柯希莫一心想见见这位贾恩·德依·布鲁基。他追逐着野兔飞禽把森林纵横跑个遍，一面催促着短腿狗：“快找！快找！佳佳！”心里却想的是找到强盗本人，并不为找他做什么或说什么，只是为了亲眼看看这个非常闻名的人物。然而，他从来没有遇见过他，即使他一整夜在林子里转也见不着。“这就是说这一夜他没有出来。”柯希莫自言自语。可是到了早上，在山谷的这里或那里，有一堆人聚在一家门口或者挤在大路的拐弯处，议论着新的抢劫案。柯希莫跑过去，竖起耳朵听那些故事。

“你可是天天在林子里的树上待着的，”有一次有人对他说道，“你没有看见过贾恩·德依·布鲁基吗？”

柯希莫很觉惭愧：“嗯……我想是没有……”

“你怎么能够看得到他呢?”另一个人插嘴,“贾恩·德依·布鲁基有一些谁都找不到的藏身之处,他走的道也认不出来。”

“谁要是抓住他,那笔悬赏金够他一辈子过舒服日子!”

“当然啦!可是那些知道他在哪里的人,他们犯法几乎跟他一样多,如果他们站出来告发,也得被绞死!”

“贾恩·德依·布鲁基!贾恩·德依·布鲁基!总是他在干这些罪孽的事情!”

“太多了,对他的指控多得很,即使他能替自己开脱掉十次抢劫的罪名,很快就将因第十一次罪行被吊死!”

“他抢遍了沿海所有森林!”

“他还杀死过他上面的土匪头子,在年轻的时候!”

“他也被匪徒们赶出来啦!”

“就是因为这样他跑到我们这里躲起来了!”

“因为我们这里的人太好啦!”

柯希莫找锅匠们一起议论这些新消息,那时候在森林里落脚的人中有一批可疑的小商贩:锅匠,编草凳子的,收旧货的。这些人围着屋前屋后转,早上看准了目标,晚上就去偷。他们在森林里,除了作坊之外还有秘密的藏身所、窝赃处。

“你们知道吗,今天夜里贾恩·德依·布鲁基袭击了一辆马车!”

“是吗？当然，什么事情都可能……”

“他抓住马嚼子拦住了马！”

“嘿，要么不是他，要么不是马而是些蛐蛐……”

“你说什么？您不相信是贾恩·德依·布鲁基干的吗？”

“是，是的，想到哪里去了，你？他是贾恩·德依·布鲁基，当然是呀！”

“贾恩·德依·布鲁基什么事情不会做！”

“哈，哈，哈！”

柯希莫听见人们用这种方式谈论贾恩·德依·布鲁基，他不明白是什么意思，他走向森林里的另一个地方，去另一处流浪者的住宿地打听。

“请告诉我，据你们看来，夜里的那辆马车是不是贾恩·德依·布鲁基抢的呢？”

“一切袭击都算是贾恩·德依·布鲁基干的，如果一旦得逞的话。你不知道吗？”

“为什么是‘如果一旦得逞呢’？”

“因为如果没有成功，就意味着真是贾恩·德依·布鲁基干的！”

“哈，哈！那个小废物！”

柯希莫更不懂了：“贾恩·德依·布鲁基是一个无能之辈吗？”

其他的人，这时赶紧改换腔调："不是，不是，他是一个让人人害怕的强盗！"

"看见过他吗，你们？"

"我们吗？谁见过他呢？"

"你们肯定有这个人？"

"问得妙哇！当然有！也假设没有……"

"假设没有？"

"不是有就是没有。哈，哈，哈！"

"可是人人都在议论……"

"当然，应当这么说：是贾恩·德依·布鲁基到处偷东西和杀人，那个可恶的强盗！我们要看谁敢怀疑！"

"喂，你，小伙子，你胆敢对此表示怀疑吗？"

总而言之，柯希莫明白了，在下面的山谷里存在着对贾恩·德依·布鲁基的恐惧，越往上面的森林里走，人们对他的态度就越变得可疑，而且经常是一种公开嘲笑的态度。

想碰见他的一阵好奇心过去了，因为他知道了贾恩·德依·布鲁基对于有经验的人们是无足轻重的。正好是在这个时候他有机会遇见了他。

一天下午柯希莫在一棵核桃树上读书。他刚想起读书不久：一整天端着枪等待一只苍头燕雀来，时间长了毕竟无聊。

因此他读起勒萨日[1]的《吉尔·布拉斯》来，一只手拿书，一只手拿枪。佳佳不喜欢主人念书，它在周围转来转去找借口分散他的注意力，比如对着一只蝴蝶狺狺狂吠，试看能不能让他举起枪来。

来了，一个衣冠不整的大胡子男人气喘吁吁地沿着小路从山上跑下来。他赤手空拳，两名举着明晃晃大刀的警察追在他身后，大声喊道:“截住他！他是贾恩·德依·布鲁基！我们终于找到了他！”

现在强盗同警察拉开了一点距离，但是如果他因为担心走错路或掉进陷阱而接下去跑得不顺当的话，警察就会很快跟上来。柯希莫所在的核桃树没有可供人往上攀登的枝杈，但是树上有一根绳子，他总是随身携带一些绳索以便越过一些难走的地方。他把绳子的一头扔到地上，另一头拴在树上。强盗看见那根绳子几乎打在他的鼻子上，他搓搓手，一时有些犹豫不定，然后抓住绳子，极快地往上爬，表现出他性格中一种摇摆的冲动或者说是一种冲动的摇摆，这种人总是表面上显得没有抓住正确时机，而实际上次次侥幸。

警察到来。绳子早已收上去，贾恩·德依·布鲁基躲在核

1　勒萨日（1668—1747）：法国作家，对现代现实主义小说有重大影响。

桃树的枝叶之中，就在柯希莫身边。这里是一个道路岔口，警察一个向东，一个往西，然后回过头来聚会，弄不清他从哪条路上跑了。正当这时他们看见了正在一旁摇尾巴的佳佳。

“喂，”一个警察对另一个说，“这狗不是和男爵的儿子，那个住在树上的孩子在一起的吗？如果那孩子在这附近，一定能告诉我们一些情况。”

“我在这上面哩！”柯希莫大声说，但不是在他原来待过而现在藏着强盗的那棵核桃树上说话，他已经迅速转移到了对面的一株栗树上，于是警察们立即抬头向他的方向望去，而不往旁边的树上看了。

“您好，阁下，”他们问道，“您没有看见强盗贾恩·德依·布鲁基跑过吗？”

“我不知道是什么人，”柯希莫回答，“但是如果你们找的是一个跑过去的小个子男人的话，他向河那边跑了……”

“一个小个子男人？他可是一个人人害怕的彪形大汉呀……”

“是吗，从这上面看起来你们都是小小的……”

“谢谢，阁下！”他们冲向河边。

柯希莫回到核桃树上，接着读《吉尔·布拉斯》。贾恩·德依·布鲁基一直抱着树干，在那一头粗硬而发红的杂草似的头发和胡子之间的脸白惨惨的，头上沾满了枯树叶、毛栗子和松针。他惊恐地骨碌碌转着绿幽幽的眼睛打量柯希莫；真丑，他是一个长相丑陋的人。

“他们走了吗？”他拿定主意问起来。

“是，是，”柯希莫说道，态度很亲切，“您就是强盗贾恩·德依·布鲁基吗？！”

“您怎么认识我呢？”

“嘿，是呀，久仰大名。”

“您就是从不下树的那位吗？”

“对。您怎么知道的呢？”

“那么，我也是久仰大名呀。”

他们有礼貌地互相打量，就像是两个受尊敬的人偶然相遇并为彼此没有相见不相识而高兴。

柯希莫不知道说什么好，便又开始阅读。

“您读什么好书？”

“勒萨日的《吉尔·布拉斯》。”

“有意思吗？”

“有呀。”

“您还差很多没读完吗？”

“什么？嗯，二十来页。”

“因为我想问您读完之后肯不肯借给我，”他微微一笑，显得有点窘迫不安，“您知道，我白天躲藏起来，不知道干什么好。我说，真希望有时我也有那么一本书。有一次，我拦住一辆马车，东西很少，但有一本书，我就拿了，把它塞进上衣里带到山上。得来的其他一切东西我都可以扔掉，但是留着那本书。晚上，我点亮灯笼，开始读书……它是拉丁文的！我一句话也没看懂……”他摇摇头，“您看，我不会拉丁文……”

“当然啦，拉丁文，天哪，是难懂的。”柯希莫说，感觉他不由自主地转化为一种爱护的态度，“这本书是法文的……”

“法语、托斯卡纳语、普罗旺斯语、卡斯蒂利亚语，我都懂，”贾恩·德依·布鲁基说道，“还懂一点加泰罗尼亚语：‘早安！晚安！大海是多么喧闹！’”

柯希莫在半小时内读完那本书，把它借给了贾恩·德依·布鲁基。

就这样开始了我哥哥同那个强盗之间的交往。贾恩·德依·布鲁基每看完一本书，就马上跑来还给柯希莫，另借一本，躲进他那秘密的贼窝里，一头扎进书里面读起来。

我给柯希莫提供书籍，从家里的图书室搬出来，他读完之后就还给我。从现在开始占据那些书的时间变长了，因为他读完之后又转给贾恩·德依·布鲁基，书拿回来时经常是装订线散开，有了斑斑霉点和蜗牛黏液的痕迹，因为不知强盗把它们放在什么鬼地方。

柯希莫和贾恩·德依·布鲁基于约定好的日子里在一棵树

上见面，交换完书籍就分开，因为森林里时时有警察在搜索。这项如此简单的手续对双方都是危险的，对我哥哥也是危险的，因为他肯定无法为自己同那个罪犯的交情辩护！可是贾恩·德依·布鲁基产生了一股读书的狂热，他整天躲着看书，狼吞虎咽地读完一本又一本小说，一天之内就把我哥哥一星期积攒的书送回来了。那么没办法，他想要一本新的，如果不是约定好的日子，他就在乡间到处跑，寻找柯希莫，吓坏了家家户户的人，使得翁布罗萨的全部公安部队都出动来追捕他。

如今在强盗不断的要求催促之下，我能弄到的书不能使柯希莫满足，他不得不去寻找其他的提供者。他认识一位犹太书商，那位叫奥尔贝凯的人，还供给他一些多卷本的著作。柯希莫从一棵角豆树上去敲响他的窗子，给他送去刚打到的野兔、鸫和山鹑，用以换取那些成套的书籍。

可是贾恩·德依·布鲁基有他自己的趣味，不能随便塞给他一本什么书，否则第二天他就回来找柯希莫调换。我哥哥进入了开始有兴趣读一些正经东西的年龄，可是自从贾恩·德依·布鲁基退回那本《忒勒马科历险记》[1]，并警告说，如果下次再给他一本如此无聊的书，他就要从地面上把树砍倒之后，他被迫放慢进度。

1　法国作家费内隆（1651—1715）写的散文体历史小说。

这时柯希莫想把自己想静下心读的书同那些弄来只是为了借给强盗的书分开来。可还是不行，他不得不至少也浏览一下这些书，因为贾恩·德依·布鲁基变得越来越苛求和越来越疑心重了。他在拿走一本书之前要求给他讲讲故事梗概，如果发现有差池可就不得了啦。我哥哥试着给他一些爱情小说，那强盗怒气冲冲地找来问是否把他当成一个小毛丫头。柯希莫从来也猜不中哪些书合他的胃口。

总之，由于贾恩·德依·布鲁基不断纠缠，读书对于柯希莫来说，从半小时的消遣，变成了主要的工作，整个一天的目的。他拼命接触一本本的书，给贾恩·德依·布鲁基阅读和满足自己日益增长的阅读需求，进行区分和比较，不断增加和更新知识。柯希莫对书本和一切人类的知识产生了极大的兴趣，从清晨到黄昏的时间不够他用来读那些他想读的书，他还点起了灯笼在夜里继续读下去。

终于，他发现贾恩·德依·布鲁基喜欢读理查森[1]的小说，他看完一本，立刻要第二本。奥尔贝凯提供了一大摞这种书，那强盗可以读上一个月。柯希莫清静下来，专心致志地读普鲁塔克[2]写的传记。

---

1 理查森（1689—1761）：英国作家，其书信体小说包括《帕梅勒》《克拉丽莎》。

2 普鲁塔克（约46—约120）：古希腊传记作家和哲学家。

这时，贾恩·德依·布鲁基躺在他的草堆上，沾满枯树叶的红头发直硬地搭在蹙起的前额上，绿眼睛由于使劲看书而发红，他读啊读，扭动着下颌骨吃力地拼读着，举着一个蘸着口水的湿指头，准备随时翻页。在读理查森的作品时，一种在他心灵里潜藏已久的意向明确了，仿佛在折磨他，他渴望正常的家庭生活、亲人、亲情、美德，憎恨恶人和坏人，对环绕身边的一切他都不感兴趣了，或者是满怀着厌恶。除了跑出去找柯希莫换书以外，他不再走出他的洞穴，如果是看一本多集的小说，他就沉醉在故事里了。他就这样生活着，与世隔绝，不考虑在那些过去是他的忠实同伙的森林居民中都酝酿着对他的怨恨情绪，因为现在他们不愿意同一个招来了警察的全班人马而又无所作为的强盗厮混在一起。

在从前的日子里，周围那些犯了法的人，都紧紧地跟随他，虽然有人只是干了些顺手牵羊的小偷小摸的事情，比如那些四处流浪的补锅匠；也有真犯罪的，像他的那些强盗同伙。这些人每次偷或抢都利用他的威名和经验，甚至打出他的名字掩护自己，使他的名字家喻户晓，他们却能隐姓埋名。没有参与作案的人也能以某种方式分享到好处，因为森林里充斥着各种赃物和走私品，必须处理或转卖，那些在这附近过往的人全都在这山里找到了可以贩卖的货物。后来，有人背着贾恩·德依·布鲁基抢劫财物，大声叫嚷着这个可怕的名字去吓唬人，并且捞到了最大的便宜：人们生活在恐怖之中，把每一个歹徒都当成贾恩·德依·布鲁基或是他的匪帮中的一员，吓得连忙解开钱袋上的绳子。

这种舒服的日子持续了很久。贾恩·德依·布鲁基看到自己可以靠定期收益生活，渐渐地疏忽大意起来。他以为一切都可以像从前一样继续下去，可是人心变了，他的名字不再受到任何尊敬。

如今，贾恩·德依·布鲁基对谁还有用处呢？他躲在一边热泪盈眶地读小说，不再出来抢劫，不再有赃物要脱手，谁也不能在森林里做生意了。警察每天都来寻找他，一会儿就把一个显得形迹可疑的倒霉家伙带进拘留所。如果再加上对他脑袋的那笔悬赏金的贪念，贾恩·德依·布鲁基的日子屈指可数了，这应是显而易见的事情。

另外两名强盗，两个从前被他拉入伙的年轻人，他们不甘心舍弃这个蛮不错的土匪头子，想给他一个重整旗鼓的机会。他们叫乌加索和贝尔·洛雷，他们是在那帮偷水果的小偷中混大的。现在，已经是小伙子了，成了拦路抢劫的土匪。

于是乎，他们去贾恩·德依·布鲁基的石窟里找他。他在那里，躺在稻草上。“进来，什么事？”他说着，眼睛没有从书本上挪开。

“我们有一件事情向你建议，贾恩·德依·布鲁基。”

“嗯……什么？”他还在看书。

“你知道税务官柯斯坦佐的家在哪里吗？”

“知道，知道……喂？什么？谁是税务官？”

贝尔·洛雷和乌加索互相交换了一个不满的眼色。如果不把那本讨厌的书从他的眼睛底下拿走，那强盗连一句话也听不明白：“请你把书合一会儿，贾恩·德依·布鲁基，听听我们说话。”

贾恩·德依·布鲁基用双手抓住书，跪立起来，把书抵在胸前，让那书仍然翻开在他刚读到的地方，继续读下去的愿望太强烈了，他紧紧地捧着书，把它向上举起，几乎快伸进鼻子里面了。

贝尔·洛雷想出一个主意。那里有一张蜘蛛网，网上有一只大蜘蛛。贝尔·洛雷双手轻轻地揭起那张蜘蛛网，连上面的蜘蛛一起朝贾恩·德依·布鲁基抛过去，落到了书和鼻子之间。贾恩·德依·布鲁基这个凶狠的人居然被书籍软化得连一只蜘蛛也害怕起来。他感到了鼻子上的那一团蜘蛛腿和黏糊糊的网丝，他还没弄明白是什么，就发出一声惊恐的尖叫，扔掉了书，并开始用手在面前抓扯，眼睛转动着，嘴里不断吐唾沫。

乌加索扑到地上，趁贾恩·德依·布鲁基一脚还未踏到书上之时，及时抓起了那本书。

“还给我那本书！”贾恩·德依·布鲁基说着，一只手尽力拨开蜘蛛和蜘蛛网，另一只手伸出去夺乌加索手里的书。

“不行，你先听我们说！”乌加索说着把书藏到背后。

“我正在读《克拉丽莎》。你们还给我，我看得正起劲……”

“你听着。我们今天晚上要送一批木柴到税务官家里。袋子里不装柴火，要装的是你。到了夜里，你从袋子里爬出来……”

“我要读完《克拉丽莎》。”他终于从最后一些蜘蛛网中脱出手来，打算同这两个年轻人较量一番。

“你听着……夜里你爬出袋子时，拿起你的手枪，让税务官把这一星期的全部税款交给你，他把那笔钱放在床头的保险箱里……”

“你们至少让我读完这一章……你们听话……”

两个年轻人想到过去，贾恩·德依·布鲁基对第一个敢于同他作对的人，曾经用两支手枪一齐射穿了那人的肚皮。他们心里涌起了苦涩的回忆。“你拿钱袋，好吗？”他们悲哀地往下说，“你把钱袋拿出来了，我们就把书还给你，你就可以随时读它了。这样好吗？你去吗？”

“不。不行。我不去！”

“你不去呀……你不去呀……你看着，看！”乌加索扯起书的最后一张（“别！”贾恩·德依·布鲁基大声喊），将它撕了下来（“别！你住手！”），捏成一团，扔入火中。

“啊！你这狗东西！你不能这么干，我将不知道结局如何了！”他追在乌加索后面，要夺回那本书。

“那你去税务官家里吧？”

“不，我不去！”

乌加索撕下另外两页。

“你住手！我还没有看到那里！你不能烧了它们！”

乌加索已经扔进火里了。

“狗东西！《克拉丽莎》呀！不能呀！”

“那么，你去啦？”

“我……”

乌加索又撕下三页，把它们投入火中。

贾恩·德依·布鲁基双手蒙住脸一屁股坐到了地上。“我去，”他说，“但是你们得答应带着书在税务官家的门外等我。”

这强盗头顶着一捆木柴被藏入了一个袋子里，贝尔·洛雷把袋子扛在肩上。乌加索拿着书跟在后面。每隔一会儿，贾恩·德依·布鲁基在袋子里面踢一下或者嘟囔一句，表现出他后悔了。乌加索就让他听听撕下一页书的声音，贾恩·德依·布鲁基立刻就安静了。

他们化装成伐木工人，就用这办法一直把他送进税务官家里，将他撂在那里。他们在不远的一棵橄榄树后埋伏下来，等待着他把钱抢到手。

可是贾恩·德依·布鲁基太性急，在天黑之前就跑了出来，那时屋里还有很多人。“举起手来！”但他再也不是以前的那个人了，他仿佛以旁观者的身份审视着自己的行为，觉得有点可笑。“举起手来，我说过了……都到这屋里来，脸冲墙……”然而，他自己也不知道在干什么，只是这样机械地行事，“你们的人全都在这里了吗？”他没有觉察出一个小女孩溜走了。

无论如何，这是一分钟也耽搁不得的活计。税务官却在拖延时间，他装糊涂，找不出钥匙，贾恩·德依·布鲁基明白他们不再那么怕他了，他在内心深处对此感到欣慰。

终于，他走出了门，胳臂上搭着装金币的钱袋，他几乎是盲目地朝约定碰头的橄榄树跑去。“那里所有的全都拿来了！还给我《克拉丽莎》！”

四条、七条、十条手臂按到了他的身上，把他从肩膀到脚踝死死地压住。他被一小队警察抬起来，捆绑得像根香肠一样。“你到牢里去见克拉丽莎吧！”于是将他送进了监狱。

监狱是海边的一座高塔，一片海松生长在塔楼周围。柯希莫站在一棵海松的顶上，几乎达到了贾恩·德依·布鲁基的牢房的高度，看得见他那在铁窗后面的脸。

强盗根本不在乎提审和判决：无论怎么样进行，他们都将绞死他。而他一心想的是由于不能读书，这些日子在牢里白过了，那部小说只读了一半。柯希莫替他另找到一本《克拉丽莎》，并把书带到松树上来了。

“你读到哪里了？”

“克拉丽莎从妓院逃跑的时候！”

柯希莫把书翻了一会儿，“噢，对，是这儿，好。”他开始大声念起来，冲着铁窗，可以看见贾恩·德依·布鲁基的双手抓在那上面。

预审进行了很长一段时间。强盗扛住了拉肢刑罚。为了让他逐一交代清楚他所犯下的无数桩罪行，需要很多时日。于是每天在提审之前或之后，他都听柯希莫给他念书。《克拉丽莎》念完后，他看上去有些颓唐，柯希莫想起理查森的思想对于一个被关押的人来说，可能太沉闷了，便决定开始给他念一本菲尔丁[1]的小说，希望活跃的情节能够补偿一点他失去的自由。那些审判的日子，贾恩·德依·布鲁基心里只想着大伟人魏尔德的遭遇。

在小说读完之前，行刑的日子到了。贾恩·德依·布鲁基坐在一辆马车上，在一位神父的陪伴下，走着他在人世间的最后旅程。翁布罗萨的绞刑在广场中的一棵高大的橡树上进行，全体居民在四周围了一圈。

---

1 菲尔丁（1707—1754）：英国作家，著有小说《约瑟夫·安德鲁斯》、《大伟人江奈生·魏尔德》和《汤姆·琼斯》。

当绞索套上脖子时，贾恩·德依·布鲁基听见树上一声口哨响。他抬起面孔。柯希莫拿着那本合上的书出现在上头。

“告诉我他的下场。”犯人说。

“把这样的结局告诉你，我很难过，贾恩。”柯希莫回答，“乔纳丹最后被吊死了。”

“谢谢。我也是这样！永别了！”他自己踢开梯子，被勒紧了。

当他的身体不再扭动时，人群走散了。柯希莫骑坐在吊着受绞刑者的那根树枝上，一直留到深夜。每当一只乌鸦飞来要啄食尸体的眼睛或鼻子时，柯希莫就挥动帽子将它赶开。

13

于是，在同那强盗的来往之中，柯希莫对阅读和学习产生了极大兴趣。这种爱好他后来保持终生。现在人们看见他的习惯姿态是手捧一本打开的书，骑坐在一根舒适的枝干上，或者就像坐在课桌前那样靠在一个枝丫上，一张纸摊开在一块小木板上，墨水瓶安放在一个树洞里，手握一杆长长的鹅毛笔在书写。

现在是他去找福施拉弗勒尔神父，请他给自己上课，请他讲解塔西佗[1]和奥维德[2],解释天体的运行和化学反应规律。可是那年迈的神父除了知道一点语法和一点神学之外，可谓一个坠

1　塔西佗（约 55—约 120）：古罗马历史学家。

2　奥维德（前 43—约 17）：古罗马诗人。

入糊涂无知的大海之中的人，对于学生的提问，他摊开双手，两眼冲天上翻。

“神父大人（法语），波斯人可以娶几个妻子？神父大人（法语），萨瓦牧师[1]是什么人？神父大人（法语），您能给我讲讲林奈的植物分类学吗？”

“那么……现在……瞧……（法语）”神父开始讲道，随即慌乱起来，再也讲不下去了。

而柯希莫呢，狼吞虎咽地看完各种书籍，把一半时间用来读书，一半时间用来打猎，以便支付书店老板奥尔贝凯的账，他总是有一些故事要讲。他讲卢梭在瑞士的森林里采集植物标本，讲本杰明·富兰克林用风筝捕捉闪电，讲拉翁唐[2]男爵愉快地同美洲的印第安人生活在一起。

老迈的福施拉弗勒尔以出奇的专心听着这些话题。我不知道他是真正感兴趣还是由于无须讲课而图个轻松而已。他倾听着，当柯希莫问他“您知道是……吗？”时，他就用“不！你告诉我！（法语）”或者“啊！真有意思！（法语）”之类的话对答。当柯希莫讲给他听之后，他这时就会说：“我的上帝！（法语）”这既可能是对上帝的新的伟大之处的赞叹，也可能是对以

1　法国作家卢梭的小说《爱弥儿》中的人物。

2　拉翁唐（1666—1716）：法国军人和作家，曾到美洲历险。

一切形式处处表现出来使世界在劫难逃的恶表示遗憾。

我那时年纪太小，柯希莫在目不识丁的人们之外没有朋友，因此他想谈谈读书心得时就向这位老家庭教师倾诉，抛出许多问题和解答，几乎把他埋葬。而神父呢，众所周知，他有着一切皆空的超脱意识，因此为人处世驯顺随和。柯希莫便利用他的这一特点，两人之间的师生关系便颠倒过来：柯希莫当老师，福施拉弗勒尔当学生。我哥哥获得相当大的权威，竟然能够拖着那个颤颤巍巍的老头子跟着他在树上流浪，能让他吊着两条瘦骨嶙峋的腿在翁达利瓦家花园里的一棵白皮栗树上坐上整整一个下午，凝视着园中的奇花异木和斜照在睡莲池中的夕阳，陪他高谈阔论，讲专制与共和，讲诸种宗教中的真与善，谈中国的礼仪，里斯本的地震，莱顿瓶[1]，谈感觉主义。

我应当上希腊文课的时候，却找不到家庭教师。全家人都被惊动了，一齐跑到野外四处寻找，连鱼塘里也试探了一下，担心总是心不在焉的神父掉下去淹死了。傍晚时他回来了，直说腰痛，抱怨让他很不舒服地坐了几小时。

然而不可忘记的是，在这老冉森教徒身上，这种被动的全盘接受的状态是与他原有的对僵化思想的爱好时时交替出现的。虽然他是一个心神不定、禀性柔顺的人，毫不抗拒地容纳

1　莱顿瓶：存储静电的器件，1746 年前后发现。

任何新的或自由的思想，诸如“法律面前人人平等”“野蛮民族的诚实”“迷信的坏影响”等等，一刻钟后，绝对僵化的思想就会发作起来，支配他，他会把刚刚那么肤浅地接受到的思想加以调和，把他那一整套一成不变的严酷道德规范掺入其中。于是在他的嘴里，自由和平等的公民的责任或者是信奉自然宗教者的道德都变成了一种严酷的惩戒条例，一种狂热信仰的教义。除此之外他只看到一幅腐化堕落的黑暗画景。一切新的哲学家在揭露恶时都过于温和而浅表，通向至善的道路虽然艰辛，却不容许妥协或折中办法。

柯希莫面对神父这些突发的即兴演说，不敢再开口，他怕自己的话会被指责为无条理和不严密，而自己思想中尽力描绘的一个丰富多彩的世界化成了一个竖满大理石墓碑的坟场呈现在眼前，他感到不寒而栗。幸好神父很快就对这样集中思想感到疲乏了，显得精疲力竭，好像把每一种观点都还原到实质的简化工作使他的生命活力耗散殆尽，只剩下几丝活气了。他闭上眼睛，叹一口气，由叹气变为打哈欠，渐入梦境。

但是就在这两种精神状态的支配之下，他已经把他的时日都花费在追随柯希莫的学习之上了。他在柯希莫所在的树木与奥尔贝凯的书店之间穿梭往返，吩咐从阿姆斯特丹或巴黎订购书籍，并取回新到的书。于是酿成了一场灾祸。因为流言传说在翁布罗萨有一个教士熟读一切被教会禁止的欧洲出版物，这谣言一直传到宗教裁判所。一天下午，警察出现在我们的别墅里，来查抄神父的小房间。在他的经书中找出了一本贝勒[1]的著作，还未切边，可是这就足以证明他们是当场拿获。他们把神父带走了。

那是很凄惨的一幕，在那个乌云密布的下午，记得我是从我房间的窗口里惊恐地目睹了那情景。我停止背诵希腊语动词不定过去时的变位，因为不会再上课了。苍老的福施拉弗勒尔神父被武装警察押送着顺大路走向远方，他抬头望着树木，走到某一处时他扭动一下身子，好像要跑向一棵榆树并往上爬，可是他跑不脱。柯希莫那天到森林里打猎去了，他什么也不知道，因此他们没能道别。

我们不能为营救他做任何事情。父亲把自己关在房间里，不肯进食，害怕食物中被耶稣会士们下了毒药。神父在监狱和修道院里，在不断地做弃绝起誓之中度过了他的风烛残年。至死他也不明白在把整个一生奉献给宗教之后，他到底相信什么，然而他努力争取坚定不移地信奉宗教一直到生命的最后一刻。

无论如何，神父的被捕没有妨碍柯希莫学习上的进步。因

1 贝勒（1647—1706）：法国哲学家和评论家，被认为是 18 世纪理性主义的先驱。

为从那时开始他同欧洲最伟大的哲学家和科学家们有了书信联系，他写信给他们，请他们解答自己的疑问和异议。或者仅仅是为了喜欢同优秀人物进行讨论，而且同时又练习了外文。很可惜的是，他所有的信件，由于存放在只有他自己知道的树洞里，从来没有被发现过，当然它们最终将被松鼠毁掉或者霉烂，从那里面原本可以找到出自本世纪最著名的学者之手的信件。

为了保存书籍，柯希莫经常营造各种悬垂式图书室，能避风雨和防蛀咬。但是他按照一时的学习需要和兴趣不断地改换放置的地点，因为他把图书看得有点像飞鸟一般，他不愿意看见它们静止不动或被关在笼子里，尽管他没有说它们会闷得慌。在这些空中书架里最大的那一架上排列着狄德罗[1]和达朗贝尔[2]的大百科全书，这是逐渐从里窝那的一个书商那里寄来的。如果说前一阵他由于厮守在书堆里而变得有点想入非非、不关心自己周围的世界的话，现在阅读大百科全书，有些极好的条目比如蜜蜂、树、木、花园，使他对周围的一切东西都有了新鲜的认识。在他要求寄来的书中，还开始出现了有关专业

1 狄德罗（1713—1784）：法国哲学家和作家，编著了《百科全书》。

2 达朗贝尔（1717—1783）：法国数学家和哲学家，曾向《百科全书》供稿。

知识和技术的教材，例如树木栽培学。他没有找到实验这些新知识的时机。

柯希莫总是喜欢看人们劳动，但是他在树上的生活，他的走动和打猎一直是由互不相干和没有由来的冲动支配的，如同一只鸟儿一般。现在不同了，他要为邻人做些有益的事情。说到底这一点还是他在同强盗的交往中学来的：愿意使自己成为有用之人，喜欢为别人进行一种必不可少的服务。

他学会了修剪树枝的技术。冬季，当树木杂乱地伸展着互相纠缠在一起的枝条，仿佛不愿意变得形状更整齐一些以便开花、长叶和结果时，他就替果园的种植主整枝。柯希莫修剪得很好，而要的报酬少，因此没有哪个小庄园主或佃户不请他去干活。人们看见他早晨在水晶般清澄的空气中，叉开腿站在光秃秃的矮树上，一条围巾将脖子连耳朵一起护好，举起大剪刀，咔嚓！咔嚓！准确地将副枝和多余的顶芽剪除。同样的技术可以运用于庭院里，使用一把短锯去修整庭荫树和观赏树，在森林里他尽量用那把锋利的砍刀去代替伐木工的斧头，不在百年大树的底部乱砍去把它整个砍倒，而只除去它的侧枝和顶梢。

总之，像一切真正的爱护一样，这种对于树木的爱也使他变得残忍和痛苦，因为为了让树木生长得快而形状好，他必须对它们进行截枝，使它们忍受创伤。当然，他在修剪树木和疏整森林时，一向注意不仅替树木的主人的利益着想，而且也为自己考虑，为了来去方便，使他的道路更畅通一些。因此那些在树与树之间起搭桥作用的枝条总是被保留下来，而且由于其他枝条被清除而汲取到更多的养分。结果是他用自己的手艺使他原来就觉得相当良好的翁布罗萨的自然环境，变得越来越对他有利。他那时爱邻人、爱自然并且也爱自己。这种聪明的做法，尤其在晚一些时候收到了效益，那时树木的形状越来越多地弥补了他体力的衰退。后来，轻率鲁莽的一代代人诞生了，毫无远见的贪婪产生了，人们不爱惜东西，也不爱护自己，这一切就消失了。现在一切都改观了，人们不可能再像柯希莫那样沿着树木畅行无阻了。

14

虽然柯希莫的朋友增多了，他也结下了一些仇敌。森林里的流浪汉们在贾恩·德依·布鲁基转向读好书继而垮台之后，处境艰难。一天夜里，我哥哥在系于森林中一棵白蜡树上的皮囊里睡觉，短腿狗的叫声把他惊醒。他睁开眼睛，看见了火光。火来自下方，正在这棵树的脚下燃烧，火舌已经舔着树干了。

一场森林火灾！是谁放的火呢？柯希莫肯定自己当天晚上没有打过火镰。那么是那些歹徒干的勾当！他们想让森林起火以便趁火抢劫木材，同时嫁祸于柯希莫，不仅如此，而且要活活烧死他。

在这个时候柯希莫没有考虑迫在眉睫的人身危险，他想的是那个布满了只属于他一个人的道路和住所的广阔无垠的王国可能要毁于一旦，这才是他所担心的事情。佳佳为了不被火烧而逃开了，它不时回头哀号一声：火已经在树下的灌木丛里蔓延开了。

柯希莫没有惊惶失措。这棵白蜡树是他那时的栖身之处，他像平素一贯那样把许多东西搬运在这里，其中有满满的一大桶杏仁糖浆，准备夏天解渴用的。他爬到桶边，松鼠和守夜的猫头鹰正从白蜡树枝间逃走，鸟儿从窝里飞出。他抓住大桶，正在拧动桶塞，准备浇湿白蜡树干使它不被烧着，这时候，他想到火已经燃烧了野草、枯叶、灌木，将很快烧及周围的全部树木。他决定冒险干一场："你尽管烧白蜡树吧！如果我用这些糖汁能够浇湿旁边火还没烧到的这一片地的话，我就制止了火灾！"他打开桶塞，左右晃动和转圈推动木桶，把水喷洒向地面，洒向最外圈的火舌上浇熄它们。因此在树下灌木丛中的大火外围了一圈湿的草和叶，火无法向前扩大了。

柯希莫从白蜡树顶上跳到旁边的一棵小山毛榉上，他离开得刚好及时：从下面往上烧成了一根火柱似的树干猛地倒下，松鼠发出无用的尖叫。

大火会限制在这块地方吗？已经有火星飞溅开来，周围燃起了小火苗，湿树叶组成的脆弱的障碍肯定阻挡不住火势扩展。"救火呀！救火呀！"柯希莫开始拼命呼喊着，"救火呀！"

"出了什么事？谁在呼救？"有声音回答他。在离这里不远的地方有一座烧炭窑，有一伙贝尔加莫老乡夜宿在这里的一间棚子里。他们是他的朋友。

“救火呀！快报警呀！”

很快，整个山区响起呼救声。烧炭工们分散在森林的各处，用他们那难以听懂的方言呼喊起来。于是人们从四面八方赶来了。大火被扑灭了。

这头一次纵火和烧死他的阴谋本应对柯希莫是一次警告，他应当离森林远一些。相反，他开始操心起如何防止火灾的问题。那是一个干旱而酷热的夏天，在沿海的森林里，从普罗旺斯起，一场漫天大火烧了一星期。夜里人们看到山上高高冲起的火光，犹如晚霞映红天空。空气是干燥的，热烘烘的草木只能是一堆庞大的引火物。看来风将把大火引向我们这里，即使在这之前我们这里不发生什么大意失火或蓄意放火的话，大火也将沿着整个海岸，连接起来变成一条火龙。翁布罗萨危在旦夕，就像一座茅草顶的城堡遭到敌人纵火袭击。对于这场大火，老天好像也难以幸免，每天夜里流星纷纷从天空中掠过，人们觉得就要坠落到自己头上了。

在那些人心惶惶的日子里，柯希莫囤积圆桶，把它们装满水挂在那些长在高处的最高的树上。“作用不大，但总会有些用处。”他不满意，研究起森林里的水流分布情况，而今激流干涸，泉水只滴出一条水线。他去请教律师骑士。

“啊，对！”埃内阿·西尔维奥·卡雷加一拍脑门惊喜地嚷道，“水库！堤坝！必须弄出一个设计方案！”他高兴得又叫又嚷，手舞足蹈起来，同时无数的设想在他的头脑里纷至沓来。

柯希莫让他坐下来计算和绘图，与此同时他动员起私人森林的主人、国家森林的承包者、伐木工、烧炭工，大家齐心协力，在律师骑士的指导下（也就是说，律师骑士被大家强迫着指导他们，也不许他有半点分心），由柯希莫从树上对工程进行管理，修筑起一些蓄水池，这样任何一处一旦发生火警，人们都知道把抽水管往哪里插。

但是这还不够，必须组织一支消防队，在火警发生时能够立即排成一条长蛇阵来传递水桶，把火控制住，不使其蔓延。由此产生一种民兵，轮流进行守卫和夜间巡逻。翁布罗萨的农民和手艺人中的男人，都被柯希莫征集起来，很快地像在每种集体中都会发生的那样，产生一种团体精神，各分队之间展开竞赛，都准备好干一番大事业。柯希莫也感到自己有了一股新的力量，并为此而高兴，他发现了自己组织和领导群众的能力。幸运的是他的这种才干没有被滥用过，在他的一生中只发挥过极少的几次，总是用来争取重要的成就，而且总是取得了一些成功。

他懂得这个道理：集体会使人更强大，能突出每个人的长处，使人得到替自己办事时极难以获得的那种快乐，会为看到那么多正直、勇敢而能干的人而喜悦，为了他们值得去争取美好的东西（而在为自己而生活时，经常出现的是相反的情形，看到的是人们的另一副面孔，使你必须永远用手握住剑柄）。

这个充满火灾的夏季因此而成为一个不错的季节：在大家的心中有一个需要解决的共同问题，每个人都把它放在其他个人利益之前，而且从其他许多优秀人物的赞同和敬佩中得到了满足与报偿。

后来，柯希莫不得不明白，当那个共同的问题不存在之后，集体就不再像从前那么好了，做一个孤独的人更好一些，而不要当首领。但是在那个时期内，既然当了头头，他每天夜里都独自一人在森林里放哨，像过去一样站在一棵树上。

他事先在树顶上安放一口钟，一旦看见某一地点冒出火焰，敲响钟可以使远处的人们听见，发出警报。用这种办法，有三四次火警发生之后，都被及时扑灭，保住了森林。发现了故意纵火行为，查出罪犯就是那两个土匪乌加索和贝尔·洛雷，他们被赶出镇属的地界。八月底开始下大暴雨，火灾的危险过去了。

那一阵子在翁布罗萨只听见对我哥哥的赞扬声。这种褒奖的语言也在我们家里出现了，它们是:“他竟然这样能干！”“他毕竟办成了一些事情。”那语调就像是有人要对信奉异教的人或是对立派的人做客观的评价，故意显示自己的心胸是如此宽广，也可以容纳与自己见解相差甚远的思想。

女将军对这些消息当即做出直截了当的反应：“他们有武器吗？”当人们告诉她由柯希莫组织起来的救火队的事情时，她问道：“他们训练吗？”因为她已经想到建立一支武装民兵，在发生战争的情况下，可以参加军事活动。

相反我们的父亲听这些话时沉默不语，只摇摇头，别人不明白关于那个儿子的每条消息使他感到痛苦，还是他在表示赞许，或许他被奉承话打动了心，只期待着能够重新把希望寄托于他身上。一定是这样，是后面这种态度，因为几天之后他骑马出门寻找他。

他们见面的地方是一块空地，附近有一排树。男爵让马来来回回转了两三趟，没有朝儿子望，却已看见了他。少年从最远处的那棵树上一跳一蹦地过来了。当他来到父亲面前时，摘下草帽（因为是夏天，他换掉了那顶野猫皮帽）说：“早上好，父亲大人。”

“早上好，孩子。”

“您身体好吗？”

“健康与年龄和烦恼并存。”

“看见您这么硬朗，我感到由衷地高兴。”

“我正想对你说这句话，柯希莫。我听说你为镇上谋利益。”

“我心里想的是保卫我所居住的森林，父亲大人。”

“你知道有一段森林是我们的家产，是从你那可怜的已故祖母伊丽莎白那里继承下来的吗？”

“知道，父亲大人，在贝尔利奥那个地方，那里长着三十棵栗树，二十二棵山毛榉，八棵松树和一棵枫树。我有地籍册上所有地图的复制本。正是作为有林地家庭的成员，我要联合一切有关人士去保护这些森林。”

“对。”男爵说，他很欢迎这样的回答。但是他补上一句：“有人告诉我这是一个面包师、菜贩子和铁匠的联合会。”

“也是，父亲大人。包括一切职业，当然都是些规规矩矩的行业。”

“你知道，你是有可能以公爵的头衔去指挥下属的贵族吗？”

“我知道当我比他人有更多的主意时，我把这些主意贡献给他人。如果他们接受了，这就是指挥。”

“目前流行在树上发号施令吗？”男爵话到了舌尖上，何苦旧事重提呢？他叹了口气，凝神深思，后来解开挂佩剑的皮带。“你十八岁了……是别人把你当大人看待的时候了……我在世上的日子不会太多了……”他双手平托着宝剑，“你记得你是迪·隆多男爵吗？”

“记得，父亲大人，我记得我的姓氏。”

“你希望自己配得上你拥有的姓氏和爵位吗？”

“我将尽一切努力以更配得上‘人’这个称号，我将具备他的一切品质。”

“你接过这把剑吧！我的剑。”他站在马镫上向上伸臂，柯希莫站在树枝上俯身。男爵够着把剑给他系上。

“谢谢，父亲大人……我向您保证我将好好使用它。”

“再见，我的儿子。”男爵掉转马头，轻提缰绳，缓缓地离去。

柯希莫呆愣了片刻，考虑是否应当挥剑同他告别，后来又想到父亲把剑赠给他是让他防身自卫用的，不是用来炫耀的，他把剑插进鞘里。

15

在同律师骑士打交道的那些日子里，柯希莫发现他有些奇怪的举动，或许更恰当地说是异常的表现，因为弄不清他是比往常更古怪些还是更正常些。他还是那么呆头呆脑的，但似乎不再是丧魂落魄神不守舍的样子，倒像是一心一意琢磨着什么事情而有些走火入魔了。他现在经常唠唠叨叨。虽然孤僻成性，过去从不进城，现在却成天泡在码头上，不是扎进叽叽喳喳的人堆里，就是同老慈善会会员和老海员一起坐在台阶上，指点进进出出的船只或议论海盗的恶行劣迹。

在我们这儿的远海里仍然有蛮族海盗的双桅帆船闯入，骚扰航程。抢劫的情形已经与从前不一样了，过去遇上海盗的下场不是被卖到突尼斯或阿尔及尔当奴隶，就是被割掉鼻子和耳朵。现在呢，如果伊斯兰教徒们追上了翁布罗萨的一艘双桅三角帆船，他们就抢走货物：一桶桶的鳕鱼干，一块块乳酪，一包包棉花，然后逃走。有时候，我们的人更机敏，能够逃脱，朝他们船上的桅杆开炮；那些野蛮人一边还击，一边啐痰，做出种种怪相丑态，发出狂呼乱叫。

总而言之，这是一种还算客气的抢法。海上拦劫不断发生是因为那些国家的帕夏[1]们要向我们的商人和船主索取欠账——据他们说——有些供货合同没有被认真履行，甚至使他们上当吃亏了。所以他们要用抢劫的办法来一一清算。而与此同时，人们继续做生意，不断地争吵和谈判，因此双方都无意向对方做出致命的伤害。出海航行的旅程中意外事件和危险经常发生，但是还没有出现过命案。

现在我要介绍的这个故事曾由柯希莫讲过许多不同的版本，我保留细节最丰富而且逻辑混乱最少的一种说法。虽然可以肯定我哥哥在讲述他的历险过程时添加了许多的主观臆断，而我由于缺乏其他消息来源，总是尽量用他说的原话。

那么，有一次，柯希莫看见一盏灯在山谷里移动，他在守候火警时养成了夜猫子的习惯。他悄悄地跟踪，踏在树上的脚步像猫一样地轻巧，他发现是头戴圆帽、身穿长袍的埃内

1　土耳其高级官员的头衔。

阿·西尔维奥·卡雷加提着一只灯笼匆匆前行。

律师骑士平时和母鸡一样天黑就上床，这个时辰在外面转什么呢？柯希莫跟在他身后走，注意不弄出声响，虽然他知道，叔叔这么急急忙忙赶路像个聋子，只看到脚前的巴掌大的一块地方。

律师骑士沿着崎岖的小道抄近路来到海边，走上一片沙滩，开始摇动灯笼。天上没有月亮，除了近处的浪花泛起白沫之外，看不清海上的东西。柯希莫在一棵松树上，离海岸较远，因为草木只延伸到那里。在海边要从树上四通八达不是那么容易的事情。然而，他分明看见了那个戴着高高的圆筒帽的小老头站在荒凉的海滩上，朝黑茫茫的海上挥动灯笼，突然间，另一盏灯光从那黑暗处向他回应，好像是刚刚点亮似的，很近。一只飞驶的小船出现，这是一只有一张深色方形帆并带船桨的小船，与本地的船很不相同，它靠岸了。

在晃动的灯光中，柯希莫看见一些裹着缠头巾的男人。有几个留在小船上，轻轻地划动船桨，使船靠近海岸停住，其余的人下了船。他们穿着肥大的红裤子，寒光闪闪的大刀插在腰里。柯希莫注目审视，侧耳细听。叔叔同那些野蛮人低声交谈，他们讲的语言让人听起来似懂非懂，一定是那有名的地中海东岸的混合语。柯希莫不时听出一句我们的话，埃内阿·西尔维奥把它混在其他听不懂的话里再三提起，说的是一些船名，一些大家所熟悉的单桅帆船和双桅帆船的名字，它们有的属于翁布罗萨的船主，有的是往返于这里和其他港口之间的。

不用费心思就可以明白骑士在说什么了！他正告诉那些海盗翁布罗萨的船只到港和出港的日期、装载的货物、航向和船上的武器装备。此时老头子一定把他知道的情况全说完了，因为他转过身来很快地溜走了，同时海盗们爬上小船，消失在黑沉沉的大海上。从谈话的快速方式可以看出他们肯定是经常这样碰头的。真不知这些根据我们的叔叔提供的情报而发生的野蛮人的伏击进行多久了！

柯希莫留在树上，他无力离开那里，离开那空旷的海滩。风萧萧，树摇摇，浪花啃咬石头，我哥哥的牙齿在打架，不是因为天气冷，而是由于这可悲的发现使他的心冰凉了。

这个整天畏畏缩缩而神神秘秘的小老头，我们本来从小就一直认为他是一个危险人物。柯希莫后来逐渐地懂得了尊重和同情他，可是现在发现他竟是一个十恶不赦的内奸，一个恩将仇报的小人，他对把他从潦倒的穷途末路中接回来收养的故乡竟然怀恨在心……为什么？难道就因为他大概曾在异乡度过了一生中唯一一段幸福时光，对那些地方和人民的怀念之情使他走到了这样的地步吗？或者说他对这个人人都知道他的不光彩历史的地方的怨恨是如此之深吗？柯希莫既有冲动要跑去揭发这个奸细，保护我们商人的货物，又想到了我们的父亲将要承受的痛苦，知道他对这异母兄弟有着无法解释的深情，柯希莫的心被撕裂了。他想象到了那个场面：骑士戴着手铐走在警察中间，从旁边两行唾骂他的翁布罗萨居民中走过，被带到广场上。有人把绞索套上他的脖子，把他吊了起来……自从替贾恩·德依·布鲁基守灵之后，柯希莫对自己发誓永远不再观看死刑，而现在却要充当自己亲属的死刑裁决者！

他被这些想法折磨了一整夜和第二天一整天，他踢腿踹脚，伸手攀吊，抱干下滑，焦躁不安地从一棵树转到另一棵树，每当他为某种思想所苦恼时就这么干。终于，他做出决定。他似乎找到了一条中间道路：去吓唬海盗和叔父，不需法律干涉地迫使他们中断不清不白的关系。他将在夜里埋伏在这棵松树上，带上三四支上好子弹的枪（他已经造好一个完整的武器库，以备打猎的各种需要）。假若骑士来同海盗接头，他将连发几枪，让子弹从他们的头上呼啸而过。听到枪声后海盗和叔叔都将各自逃散。骑士自然不是一个有胆量的人，会疑心自己被识破，认定海边的约会地点被监视，不敢轻易再出来同伊斯兰武装分子联络。

事实上，柯希莫携带枪支在松树上守了两夜，不见任何动静。第三夜，那个戴高帽子的小老头磕磕绊绊地跑到了海边的沙地上，用灯笼打信号，小船载着缠头巾的海员靠岸了。

柯希莫的手指头搭在扳机上准备射击，但是他没开枪，因为这一次情况完全变了。商量了一会儿之后，两名海盗上了岸，向船上打手势，其他的人就开始卸东西：桶、箱、包、袋、细颈大肚的瓶子、装满奶酪的筐子。来的不是单独一艘船，而是许多艘，全都满载货物。一队缠头巾的搬运工分散到海滩上，由我们那位隔山叔叔带领着往前走，他摇头晃脑地一路小跑着，把他们引入礁石中的一个岩洞前。那些摩尔人把全部货物放进洞里，这些肯定是新近掳掠来的财物。

他们为什么把这些东西运上岸呢？这个故事的情节后来就很容易重新串联起来了：野蛮人的船队要在我们某一港口抛锚停泊（做一项合法生意，这种生意一向是在抢劫活动中穿插进行的），他们要接受海关检查，因此必须将抢来的货物藏在一个安全的地方，以便归途中取走。结果船队可以显示出它同最近发生的抢劫案无关，巩固国家之间的正常贸易关系。

这些背景是后来才弄清楚的，当时柯希莫没有工夫问问题。海盗们的一批财宝藏在一个石洞里，海盗们乘船走了，把这批东西留在那里，必须尽快地把它们据为己有。我哥哥一时想去叫醒翁布罗萨的商人，他们应当是这些财物的合法主人。但是他旋即又想起了他那些烧炭的朋友及其家人，他们正在森林里忍饥挨饿。他毫不犹豫，沿着树木直接向他们跑去，在一块夯实的灰色空地周围，贝尔加莫老乡们正在简陋的草棚里酣睡。

“快起来！你们都来！我发现了海盗们的财宝！”

在茅屋由树枝和雨布搭成的屋顶下响起了一阵哈欠声，起床的响动声，叽叽咕咕的说话声，最后是惊喜的欢呼声，有人问道：“有金子吗？有银子吗？”

“我没有看清楚……”柯希莫说，“从闻到的气味来看，我想是有不少鳕鱼干和山羊奶酪！”

听了他的这些话，森林里的男人们统统起身了。有火枪的带火枪，没有枪的就带斧头、梭镖、铁锹或铁铲，他们带得最多的是盛东西的器具，连破的炭篓和乌黑的袋子都拿上了。“呼啦！嗬啦！”一支浩浩荡荡的队伍出发了，连女人们也顶着篓子下山，身上披袋子的孩子们举着火把。柯希莫在前面领路。他从山间的松树上跳到橄榄树上，从橄榄树上跳到海边的松树上。

一棵弯曲的无花果树顶上闪现一个海盗的白色身影，他举起大刀，大声报警。这时他们正走到礁石的尖角上，拐过去就是山洞。柯希莫几步跳到他头上的另一根树枝上，用剑顶住他的腰眼，逼着他一步步往前，最后从陡壁上摔落下去。

海盗的首领们正在洞里议事（而柯希莫原先在海盗们卸货的来来往往之中，不曾发现他们留在洞中）。他们听到哨兵的喊声，走出洞来，发现已经被一群满脸烟尘、披着口袋、拿着铁铲的男男女女团团围住了。海盗们举起弯刀，向前冲杀，想要打出一个缺口。“呼啦！嗬啦！”“真主保佑！”战争开始了。

烧炭工人数众多，但是海盗们的武器装备比他们强。双方交手后的情况却是如此这般：他们懂得，对付弯刀，没有比铁铲更好的家伙了。当！当！那些摩洛哥大刀的刃全部变成了锯齿。火枪呢，除了响声大、冒烟多以外，不再起什么作用。有的海盗（看起来是头目）也有外观很漂亮的枪，全都镶嵌着金银花纹，但是燧石在岩洞里受了潮，打不响。最机灵的烧炭工用铁铲敲这些匪首的脑袋，把他们打昏之后摘取枪支。只是脑袋上裹着缠头巾，敲上去像是拍枕头似的。更好的办法是用膝盖撞其上腹部，因为他们露着肚脐眼。

由于石子是唯一取之不尽的东西，烧炭工们开始掷石子。那些摩尔人也扔起石子。他们打起了石子仗，战场上的阵容终于变得整齐起来。但烧炭工们越来越被鳕鱼干的香味吸引，急于进岩洞，而那些野蛮人想要逃向停在岸上的小艇，双方没有恋战的理由。

贝尔加莫老乡们冲开了一处，他们打开岩洞的门，摩尔人在沙石雨中继续抵抗，直到看见海上还有逃路，那么他们还抵抗什么呢？扯起船帆，溜之大吉，才是上策。

三名海盗，都是贵族军官，跑到小艇上，解开船帆。柯希莫从岸边的一棵松树上纵身一跃，跳到了船的桅杆上，抓住桅杆的横梁，他用膝盖夹紧在上面稳住身体，腾出手来抽剑。三个海盗举起大刀。我哥哥左劈右砍，同时招架住这三位，小船还停在陆地上，忽左忽右地倾斜，这时月亮升起来，男爵赠送给儿子的宝剑熠熠生辉，摩尔人的大刀也寒光闪闪。我哥哥顺着桅杆滑下去，将剑尖刺进一个海盗的胸膛，那匪徒跌出船外。他推挡开另外两柄砍过来的大刀，像一只蜥蜴那样灵活地重新爬上去，然后又下来刺中第二个海盗，再上升，同第三位交手较量了一阵子，再次滑下来扎死了他。

三个伊斯兰军官躺在地上，身体一半泡在水里，一半露在外面，胡子上沾满海草，其余的海盗被沙石和铁铲打昏在岩洞口。柯希莫仍然攀缘在桅杆上，胜利地望着四周。这时律师骑士飞快地从岩洞里窜出来，活像一只尾巴上着了火的猫，他在那里面一直隐匿到此时。他勾着头沿着海岸跑来，猛地一使劲把小艇推下了水，跳上去抓起桨，拼尽全身力气划起来，小艇漂出海。

“骑士！您干什么？您疯了？”柯希莫抓着桅杆说道，“回到岸上去！这是去哪里呀？”

唉，显然埃内阿·西尔维奥·卡雷加是想赶上海盗的大船去逃命。他的背叛已经无可挽回地被人发现了，如果他留在岸上，必将死于绞刑架下。他就这样划呀，划呀。柯希莫虽然手里还握着出鞘的剑，而老头子可能是赤手空拳并且年老体衰，他却不知如何是好。说到底，他不忍心对一个叔叔下手，此外，要接触到他就必须从桅杆上下来，这就产生了走到船上是否就等于踏上了地面的疑问，而且从有根的树干上跳到船的桅杆上是否已经违反了他自己心里定下的规矩呢？在那种时刻想到这个问题，实在是太复杂了，于是他没有动手，伸开两条腿骑在桅杆上，舒舒服服地坐好，随波逐流而去，此时微风吹胀了船帆，老头子也没有停止划桨。

他听见一声狗叫，心中涌起喜悦，他在混战中没有看见的狗佳佳，蜷缩在船头，安闲地摇着尾巴，好像什么事情也不曾发生过。柯希莫想来想去，觉得没有什么可着急的：他是在家里呀，同他的叔叔，他的狗，一起乘船，这是多年的树上生活之后，一次愉快的消遣。

海上有一轮明月，老头子已经累了。他吃力地划着桨，哭泣起来，还开始念叨："啊，扎伊拉……啊，安拉，安拉，扎伊拉……啊，扎伊拉，真主保佑……"他就这样说着土耳其语，令人费解，他反复哭喊着这个柯希莫从来没有听说过的女人的名字。

"您说什么呀，骑士？您有什么心事呀？我们去哪里？"

"扎伊拉……啊，扎伊拉……安拉，安拉……"老头子说着。

"谁是扎伊拉呀，骑士？您是想从这里到扎伊拉那里去吗？"

埃内阿·西尔维奥·卡雷加点头表示是，他在哭泣中夹进土耳其话，对着月亮呼喊那个名字。

对于这个扎伊拉，柯希莫的心里马上开始琢磨出种种猜想，也许他正在揭开这个又孤僻又神秘的老头子隐藏得最深的秘密。既然骑士去投奔海盗船，想到这个扎伊拉那里去，那么就说明有一个女人在那边，在那些土耳其人的城市里。也许他的整个身心都被对这个女人的思念所占据；也许她就是他在养蜜蜂或者开凿水渠时要追寻的那种失掉了的幸福的象征；也许她是他在那边的一个情人，一个妻子，在大海对面的国度的花园里；或者更可能是一个女儿，一个他多年不见的女儿，当她还很小时，他就离开了，为了寻找她，他这些年来一直试图同某只驶进我们港口的土耳其人或是摩尔人的船建立联系，终于打听到了她的消息。也许他得知她沦为了奴隶，为了赎回她，他们要求他提供翁布罗萨的船只航行的情报。或者说这是他为同她重新互通音讯和搭船去扎伊拉的城市而不得不付出的酬金。

如今，他的密谋败露，他不得不逃离翁布罗萨，那些野蛮人不能再拒绝带他一起走，把他带到她那里去。在他那急切而含糊不清的话语中混杂着希望之声、祈祷之声，也有恐惧之声。他害怕又不是一次好运，厄运又将把他同思念的人分开。

他不再摇动桨片了，这时小艇已靠近一个黑影，另一只野蛮人的小艇。他们可能在大船上听见了岸上激战的喧嚣声，派出一些侦察人员。

柯希莫下滑到桅杆的中间，让帆布遮住自己。那老头子却开始用地中海混合语大声喊话，让他们来接他，带他上大船。

他向前伸张着双臂，喊叫得声嘶力竭。最后是：两名缠头巾的土耳其近卫军士兵过来了，刚到手伸得着的地方，就一把抓住他的肩膀，轻飘飘地提起来，把他拽上了他们的小艇。柯希莫所在的小艇由于力的反作用而被推开了，船帆鼓满了风，本来已死到临头的我的哥哥逃脱了被发现的危险。

在随风漂开的时候，一阵争吵声从海盗们的小船上传入柯希莫的耳朵里。摩尔人说的一个词，听起来好像是"奸贼！"，而那老头子却像个傻子似的反复说："啊，扎伊拉！"骑士受到的待遇便明白无疑了，他们一定认为是他造成岩洞遭袭击、赃物损失、人员死亡，在指控他背叛了他们……只听见一声惨叫，一声扑通响，然后便归于沉寂。柯希莫想起他父亲在野地里追赶着异母兄弟时的呼唤声："埃内阿·西尔维奥！埃内阿·西尔维奥！"音犹在耳，清晰可辨，他用帆布蒙住脸。

他再次爬上桅杆顶，察看小船在向何处走。有个东西在海上漂浮，好像是被一股激流冲着走。一个物件，一块浮标，然而是一个带尾巴的浮标……一束月光照到那上面，他看见那不是一个物件而是一个人头，一个用带子系着一顶土耳其圆顶高帽的脑袋。他认出了律师骑士那朝上翻着的脸，仍旧带着平素那种惊恐不安的神情，嘴是张开着的，胡须以下的部分全都浸在水里看不见。柯希莫便大声喊："骑士！骑士！您在做什么呀？为什么不上来？您抓住小船呀！我马上帮您爬上来！骑士！"

可是叔父没有回答。他漂着，荡着，他那双瞪大的眼睛朝上望着，好像什么也没看见。柯希莫说："来，佳佳跳下水去！咬住衣领把骑士接上来！去救他！去救他！"

狗顺从地跳入水中。它试图用牙咬住老头子的衣领，不成，它咬住他的胡须。

"咬衣领，佳佳，我说过的！"柯希莫再三命令，可是那狗咬住胡子衔起人头，把他推到船舷边，这时才看清没有衣领，没有躯体，什么也没有，只有一颗头颅——埃内阿·西尔维奥·卡雷加的被弯刀砍下的头。

16

柯希莫最初对人讲的律师骑士的结局与实情相当不符。当风把小船送到岸边时，他趴在桅杆上，佳佳拖着那颗砍下的人头守在一旁，面对随他的呼喊而至的人们，他讲出了一个十分简单的故事——因为他很快借助一根绳子跳到了一棵树上，是在树上说的——骑士被海盗们劫持杀害了。也许这个杜撰的说法，是他替父亲着想。男爵听到兄弟的死讯和看到残余的尸首后感到那么大的悲痛，柯希莫不忍心说出骑士的卑劣行径来加重他的痛苦。当听说男爵悒郁终日时，他接着又想替我们的这位隔山的叔父编造一段假的光荣史，虚构骑士为战胜海盗而进行长期机智的秘密斗争，暴露后又受到折磨，但那是一个漏洞百出并且自相矛盾的故事。因为还有些别的事情他必须隐瞒，也就是海盗们把抢来的财物搬入岩洞和烧炭工们的介入。如果这件事情的真相被人们知道了，翁布罗萨的全体居民将跑上山从贝尔加莫老乡们手中夺回东西，把他们当成窃贼。

几个星期之后，当他确信烧炭工们处理掉了那些东西，他便讲出了袭击岩洞的事情。这时想上山去讨回东西的人只能空手而归，烧炭工们公平合理地分配了一切财物，鳕鱼干一片片地分光，腊肠、乳酪和全部剩余食品，用来摆了一次盛大的林中宴会，足足吃了一整天。

我们的父亲衰老了许多，失去埃内阿·西尔维奥的痛苦使他的性格产生了奇怪的变化。他发疯似的要让异母兄弟的事业继续下去，因此他要亲自去照看那些蜜蜂，他信心十足地做好准备，尽管他在此以前从未走到近前去看过一只蜂箱。为了得到一些建议，他去找曾经学会一些养蜂办法的柯希莫。他不问问题，而是将话题引到养蜂上，听柯希莫说些什么，然后他把这些话当作命令向农夫复述一遍，说话粗声大气，神气活现，好像他很在行似的。他尽量不靠蜂箱太近，害怕被蜇着，但是要显示出不怕的样子，不知他费了多大的劲才做到的。他用同样的方式吩咐人们挖渠开沟，以便完成一项由可怜的埃内阿·西尔维奥提出的设计。如果他能成功便是一件好事，因为已故的那位从来没有把一项工程进行到底。

可惜男爵对于这些具体事务的迟到的兴趣持续时间不长。有一天，他在蜂箱与水渠之间神经质地忙碌着，做了个鲁莽的动作，看见两只蜜蜂朝他飞来。他害怕了，开始挥动双手驱赶，打翻一只蜂箱，他身后带着一大群蜜蜂跑了起来。他闭着眼睛瞎跑，最后跌入那条人们正在灌水的水渠，大家把他从泥浆里拉了出来。

他被安顿在床上，在蜇伤的火辣辣的灼痛和因水淹而受的风寒之中，躺了一星期，后来可以说他是痊愈了。但是他从此一蹶不振，再也不愿起床。

他一直躺在床上，丧失了任何生的意趣。他想做的事情没有一件做成功，关于公爵封地的事情无人再提起；他的长子成了大人仍然留在树上；兄弟被人杀死；女儿远嫁他乡，生活在比她更讨厌的异乡人之中；我还太小，不能同他接近；他的妻子又过分武断和专横。他开始说谵语胡话，说什么耶稣会士们占领了他的家，他不能走出自己的房间，像他这辈子活着时一样，男爵在痛苦和狂躁之中死去。

柯希莫也跟着去送葬，他一路从树上跳着走，但是他无法进入墓地，因为那里的柏树的枝密得像蕨草，没有办法攀上去。他站在围墙上看着棺木下葬，当我们大家往棺材上撒一把土时，他抛下一根带叶的树枝。我想我们大家同我的父亲一直都是相距很远的，就像柯希莫在树上与他距离遥远一样。

现在，迪·隆多男爵是柯希莫了。他的生活没有改变。他经管我们家的产业，这是不假的，但总是那么不定时。当田庄管家和佃户有事要找他时，永远不知道在哪里能找到他；当他们不太想见他时，他却从树上出现了。

他处理一些家务事也是如此。柯希莫现在经常在城里出现，停在广场的那棵核桃树上或者是港口边的那些圣栎树上。人们向他敬礼，称他“男爵先生”。他时常摆出有点老气横秋的姿态，就像一些年轻人有时喜欢干的那样，站在那里对着围在树下的一圈翁布罗萨的闲人夸夸其谈。

他继续讲我们的隔山叔叔的下场，每一次说法都不相同，渐渐地道出了骑士勾结海盗的阴谋。不过，为了使市民们的愤怒不立即爆发，他添加了关于扎伊拉的故事。他讲得就如同卡雷加生前曾经推心置腹地同他谈过一般，这样他使人们甚至被那老头子的悲惨命运所感动。

我相信，柯希莫从纯粹的捏造逐渐地接近于几乎完全与事实相符合的程度。他这样讲了两三次，后来，由于翁布罗萨的人们对故事百听不厌，总有新的听众到来，都要打听新的细节，他势必做些添加、扩大、夸张，插进一些新的人物和事件，于是故事就变形了，变得比一开始更为胡编乱造。

柯希莫已经拥有一批张着嘴听他胡说乱吹的听众。他养成了讲故事的爱好，他在树上的生活，打猎的经过，强盗贾恩·德依·布鲁基以及猎狗佳佳都变成了无穷无尽的故事材料

（我的这些对他生平的回忆录中，许多插曲都是照他在听众的怂恿之下所讲述的故事抄录下来的，我这么说是为了让人们原谅我，如果我所写的似乎不大符合事实和人情事理的话）。

例如，那帮游手好闲者中的某一位问他：“男爵先生，您真的从来没有把脚伸到树外的地方吗？”

柯希莫立即回答：“有过，一次，但那是因为看错了，我踩到了一只鹿的犄角上。我以为是从一棵枫树上走过，原来是一只鹿，从皇家狩猎场里逃出来的，站在那里一动不动。那只鹿觉出了我踩在它角上的重量，向森林逃跑。我不是向你们吹牛！我站在鹿角上感到被从四面八方来的东西刺痛了：尖角、毛刺、森林里的树枝都抽打在我的脸上……那只鹿挣扎着，想把我甩掉，我死死地抓住……”

他把故事停住，那些人就问：“您后来怎么样了，阁下？”

而他呢，每次续上一个不同的结尾：“那只鹿跑呀，跑呀，跑回了鹿群中。看到它带回一个站在犄角上的人来，有些鹿避远一点，有些鹿好奇地靠拢一点。我举起总是挂在肩上的枪，把我看到的每一只鹿都打倒了。我杀死了五十只……”

“在我们这地方哪里有过那么多鹿呀？”那些多嘴多舌的人中有人问他。

“现在绝种了。因为那五十只鹿全是雌的。明白了吧！每次我的那只公鹿想接近一只母鹿，我就开枪，那只母鹿倒地而亡，公鹿不明白是怎么回事，它绝望了。然后……然后它决定自杀。它跑上一座高高的悬崖，往下跳了。我抓住了从悬崖壁上长出的一棵松树，而我的故事也就到此为止啦！”

或者他就说起两只公鹿之间犄角相斗，每顶撞一下他就从一只鹿的角上跳到另一只的角上，后来一次猛烈的撞击把他抛到了一棵橡树上……

总而言之，他染上了讲故事人的那种瘾头，分不清真正发生过的事情和杜撰出来的故事之中到底哪个更美。真事使人回忆起许多属于过去的时光、细腻的感情、烦扰、幸福、疑惑、虚荣和对自己的厌恶，而故事中可以大刀阔斧，一切显得轻而易举。但变来变去，最后发觉自己在回头去讲真实生活中体验过或发生过的事情。

柯希莫还处在讲故事的热情激发生活的愿望的年龄。他认为自己的经历讲起来不够用，于是他出去打猎，一走几个星期，然后倒提着貂、獾和狐狸的尾巴回到广场的树上，向翁布罗萨镇的居民们讲新的故事，从真的讲起变成假编的，从假编的又变回为真的。

但是在他那讲故事的全部热情之中存在着一个内心深处的隐秘的缺憾，一种渴望，在那种对听众的寻求之中存在着另一种寻求。柯希莫还不曾体验过恋爱，没有这种经历，其他的经验又算得了什么呢？如果还没有品尝生活的滋味，就去冒生命的危险，值得吗？

对那些从广场上走过的卖菜或卖鱼的姑娘，以及坐在马车里的小姐，柯希莫从树上投下急切的目光。他还不甚明白为什么在她们身上都有他所寻找的东西，而在任何一个那里都找不到十全十美的。夜里，当各家各户都点燃灯火，而柯希莫在树上孤独地与猫头鹰的黄眼睛相伴时，他开始做爱情的美梦。对于那些在篱笆后和树林中相会的一对对情侣，他满怀艳羡和妒忌。他看着他们走进暗处，如果他们在他的那棵树下躺下，他就会羞愧不已地逃开。

于是，为了克服他那双眼睛里天生的羞怯，他就观察起动物的恋爱。在春季，树上的世界是一个婚配的天下。松鼠交配时的动作和卿卿我我的声音几乎像人一样；小鸟扇动着翅膀交配；连蜥蜴也是成双成对地跑开，把尾巴紧紧地缠成一个结子；豪猪为使它们的拥抱变得更温柔仿佛变得柔软了。猎犬佳佳，一点也不因为自己是翁布罗萨唯一的短腿狗而胆怯，大胆而自负地追求肥大的母牧羊狗或是母狼狗，全凭自然引发的好感行事。有时它被咬得狼狈不堪地回来，但是一次幸福的恋爱机遇就补偿了所有的失败。

柯希莫也像佳佳一样，是一个品种的唯一代表。在他的白日梦里，他看见自己被许多美丽的少女爱恋，可是他在树上，将如何遇上爱情呢？在幻想中，他能够不考虑那些事情在哪里发生，是在地上或是在他现在身处的高处！一个没有地点的地方。他想象，是一个向上去可以到达的地方，不是往下走。对了，或许有一棵很高的树，爬上去可以进入另一个世界，踏上月球。

同时，在广场闲聊的习惯越来越使他感受不到满足感。在一个集市的日子，有那么一个人，来自邻近的奥利瓦巴萨城，他说："嗬，你们也有一个西班牙人！"人们问他此话怎讲时，他回答："在奥利瓦巴萨，有一个西班牙人家族，全都生活在树上！"从此以后柯希莫的心里失去了平静，他开始穿越森林里的树木，踏上去奥利瓦巴萨的旅程。

17

奥利瓦巴萨是个内陆城市。柯希莫冒险跨越了一些树木稀疏的地段，走了两天，到达那里。在途中，他走近村民聚居地时，那些从未见过他的人惊吓得尖叫起来，还有人朝他扔石头，因此他想方设法尽可能不引起人们的注意。渐渐地走近奥利瓦巴萨，他看到无论是砍柴的、放牛的还是采橄榄的，人们遇见他时没有显示出惊奇的表情，相反，仿佛认识他似的，男人们脱帽向他敬礼，讲着肯定不是当地方言的话，比如，这样的句子从他们嘴里很别扭地说出："先生，您好，先生！（西班牙语）"

那时是冬季，一部分树木落叶了，在奥利瓦巴萨，两行法国梧桐和英国榆树横穿闹市区。我哥哥走近那里，看见在光秃秃的树枝间有人，每棵树上坐着或站着一两个或两三个人，仪态庄重，他跳了几下就到了那里。

他们是一些头戴饰有羽毛的三角帽、身披长斗篷的贵族打扮的男人，和一些同样俨然贵族风度的女人，女人们蒙着面纱，三三两两地坐在树上，有的在绣花，有的微微侧动身体朝下面的大街上看看，将一只胳臂靠在树干上，就像是倚在窗台上一样。

男人们同他打招呼，满含着理解与辛酸："您好！先生！（西班牙语）"柯希莫摘下帽子躬身施礼。

一个像是他们之中的最高权威者，过度肥胖，身子卡在一棵梧桐树的树杈里，好像再也不能从那里面站起来，有着肝病患者的肤色，剃过的胡子从皮下透出一片黑色，虽然他的年纪很大了。他似乎在问身旁一个穿黑衣服、瘦削细高，也有着剃须后的黑黪黪的脸颊的人：那个在树上行走的陌生人是谁？

柯希莫想是做自我介绍的时候了。

他来到胖先生的梧桐树上，鞠一躬，并说道："柯希莫·皮奥瓦斯科·迪·隆多男爵，听候您的吩咐。"

"隆多？隆多？"胖子说道，"是阿拉贡人吗？（西班牙语）"

"不是，先生。"

"加泰罗尼亚人？（西班牙语）"

"不是，先生。我是本地人。"

"也被流放了？（西班牙语）"

那位瘦高的绅士觉得必须插进来充当翻译，他大肆夸张：

“费德利哥·阿隆索·桑切斯·德·瓜塔穆拉·依·托巴斯科殿下说是否先生您也是一位被放逐的人，因为我们看见您在这些树枝上攀缘。”

“不，先生。或者说，我不是由于别人的法令而流放的。”

“您是出于爱好而在树上走吗？（西班牙语）”

翻译说：“费德利哥·阿隆索殿下亲切询问阁下走这样一条路线是否出于您的爱好。”

柯希莫想了想，回答：“因为我认为这对我很合适，没有人强迫我这样做。”

“您真幸运！（西班牙语）”费德利哥·阿隆索·桑切斯惊呼，又叹了一口气，“真是这样，真是这样！（西班牙语）”

那位穿黑衣服的人，解释起来总是添枝加叶：“殿下说，阁下享有如此之自由理应是幸运之子，令人不免要对比我等所受之限制，然而我等也顺从了上帝的旨意。”他画了个十字。

就这样，从桑切斯亲王简洁的惊叹句和黑衣先生的详细的解释之中，柯希莫终于弄清了这些住在梧桐树上的侨民的来历。他们是西班牙贵族，为争夺封建特权而反叛国王卡洛斯三世，因此连同家属一起被驱逐。他们来到奥利瓦巴萨后被禁止继续前行，因为根据一项同天主教国王[1]签订的古老协议，此地不能

1　即西班牙国王。

向来自西班牙的流亡者提供避难场所，也不能让他们由此经过。那些西班牙贵族家庭的困境实在难以解决，然而，奥利瓦巴萨的行政长官们厌烦同外国领事馆打交道，但也没有理由不喜欢这些有钱的过路人，便找到一种妥协的办法：那古老协议的文字写的是流亡者不应当“踏上这片地面”，因而他们上树就做到了这一点，就算遵守了规定。流亡者们踩着市政府提供的木梯爬上了梧桐树和榆树，然后梯子被撤掉。他们蜷缩在那上面几个月了，倚仗温和的气候，指望卡洛斯三世的大赦令，听凭天意的安排。他们储备了大量的金币用以购买食品，给这座城市带来了生意。为了把盘子送上去，人们特意安排了一些升降装置，在有些树上安装了帷帐，供他们在里面睡觉。总之，他们懂得弄舒适一些，也就是说，是奥利瓦巴萨人替他们配备得这么好，因为能得到报酬。流亡者们自己一天到晚连一根指头也懒得动弹一下。

柯希莫是首次遇见住在树上的其他人，他开始询问起一些实际问题：

“下雨的时候，你们怎么办？”

“我们祈祷好天气，先生！（西班牙语）”

那位翻译，是苏尔皮齐奥·德·瓜达莱特神父，属于耶稣会，在他那个教派被从西班牙驱逐之后成了流亡者。他译道：“我们在帷帐的遮护下，一心想着上帝。感谢上帝的眷顾，知足常乐！……”

“你们不去打猎吗？”

“先生，有人偶尔使用粘鸟胶。（西班牙语）”

“有时候我们当中有人为了消遣，往树上涂粘鸟胶。”

柯希莫不厌其烦地打听他们如何解决他也曾遇到过的问题。

“用水呢，洗呢，你们怎么办的？”

“洗吗？有洗衣妇嘛！（西班牙语）”唐·费德利哥说着，耸耸肩膀。

“我们把衣服交给城里的洗衣妇，”唐·苏尔皮齐奥翻译道，“每逢星期一，我们准时把装着脏衣物的篮子放下去。”

“不对，我是说洗脸和洗身子。”

唐·费德利哥耸起肩头咕哝了一句，仿佛这对他来说从来都不是问题。

唐·苏尔皮齐奥自以为有责任解释：“殿下以为，这些纯属每一个人的私事。”

“那，我请求宽恕，你们在哪里行方便呢？”

“罐子，先生。（西班牙语）”

而唐·苏尔皮齐奥用他那谦恭有礼的语调回答：“说实话，使用一些小罐子。”

向唐·费德利哥告辞之后，柯希莫由苏尔皮齐奥神父带领着去拜访侨民中的各种人物，登上他们各自所在的树木。这些贵族老爷和贵妇人虽然在生活起居中有着无法消除的种种不便，却个个都保持着惯常的端庄仪态。有些男人垫上马鞍，骑坐在树杈上，这种方式令柯希莫十分喜爱，他在这些年里就没有想到过（“脚镫子最有用处，”他立即想到，“可以解除吊着两脚的不舒适，坐得稍久腿脚就发麻”）。有些人使用航海望远镜（其中一人有海军上将的军衔），大概只是用来从一棵树到另一棵树地互相观望，开开心和聊聊天。夫人们和小姐们都坐在自己绣的垫子上，做着针线（唯有她们还干点活）或抚弄着喂得肥肥的猫。在那些树上有大量的猫，还有同样多的关在笼子里的鸟（可能是粘鸟胶上的牺牲品），只有一些鸽子是自由的，它们飞到少女的掌心上，被爱怜地摩挲着。

在这些树上的沙龙里，柯希莫受到郑重其事的款待。他们请他喝咖啡，然后很快就谈起他们在塞维利亚和格拉纳达的宫殿，他们留在那里的财产、粮仓和马厩，邀请他在他们恢复名誉时去做客。这些人用深恶痛绝而又恭恭敬敬的混合语调谈到把他们逐出国门的国王，有时候能够精确地区分开那个同他们的家族争夺权力的人与那个行使权威的王位，有时候在情绪冲动时故意把两种对立的认识混在一起。柯希莫呢，每当话题落到君主身上时，他就不知道脸上的表情应当如何是好了。

在这些流亡者的一切举止言谈中都散发出忧愁和哀伤的气息。这多少符合他们的实况，也多少有些故作姿态，就像人们在说服别人的时候，道理讲不清就以威严的态度加以补充一样。

女孩子们——柯希莫第一眼看过去就觉得她们的皮肤多毛而无光泽——说话时活泼愉快的调子时隐时现，但总是及时加以控制。有两位在玩毽子，从一棵梧桐树击到另一棵梧桐树上。啪，啪，接着是娇声惊呼，毽子失落到街上。一个小淘气鬼捡了起来，要了两个比塞塔才肯把毽子扔上去。

在最后一棵树——一棵榆树上，住着一位老者，被称为伯爵，没有戴假发，衣着寒酸。苏尔皮齐奥神父走过去时压低了说话声，柯希莫学着他的样子跟过去，伯爵不时拨开树枝，向坡下眺望，一片青黄相间的平原向远方延伸。

苏尔皮齐奥轻声细气地告诉柯希莫，老人有一个儿子被关押在卡洛斯国王的监狱里，受尽酷刑。柯希莫明白了虽然所有的这些贵族老爷声称自己是流亡者，却不得不时刻提醒自己记住并反复唠叨为什么和如何来到这里，唯有这个老人才真正忍受着痛苦的折磨。这个拨开树枝的动作仿佛是在等待着另一片国土出现，这种把目光缓缓投向起伏的广袤大地的表情仿佛是希望不要遇见地平线，而能够望见那个遥远的国家，这是柯希莫看到的第一个真正的身处流放境地的表现。他明白了伯爵的形象对于那班贵族老爷所起的作用，也许起到了把他们团结在一起、赋予他们的生活一种意义的作用。而他，也许是最穷的，在祖国他肯定是他们中最没有权势的，现在却告诫他们应当如何忍耐与希望。

拜访归来的途中，柯希莫看见一个以前没有见过的少女，她在一棵桤木上。他跳两步就到了那里。

那少女长着一双极美的蓝里透紫的眼睛，皮肤芬芳。她提着一只小桶。

“为什么我刚才同大家见面时没有看见你？”

“我去井边打水了。”她莞尔一笑。水桶微倾，水从里面荡洒出来。他帮她提过水桶。

“那么您是要下树了？”

“不，有一棵弯曲的樱桃树伸到小井上。我们从那上边放下水桶。您跟我来看。”

他们走过一棵树，跨过一道院墙。她把他引至樱桃树的横枝上。下面就是水井。

“您看见了吗，男爵？”

“您如何得知我是一位男爵呢？”

“我什么都知道，”她粲然一笑，“我的姐妹们立即告诉我来过客了。”

“是玩毽子的那两个吗？”

“依雷娜和拉依蒙达，正是她们。”

“是唐·费德利哥的女儿吗？”

“是……”

“您的名字呢？”

“乌苏拉。”

“您在树上走得比这里的其他任何人都好。”

“我从小就在树上走。在格拉纳达我们家的庭院里有很大的树木。”

“您能摘下那朵玫瑰花吗？”一朵玫瑰花攀缘在一棵树的顶梢上开放。

“可惜不能。”

“好，我来给您摘。”他走过去，拿着那朵玫瑰返回。

乌苏拉嫣然微笑，伸出手来。

“我要亲自给您插上。请告诉我戴在哪里。”

“戴头上，谢谢。”她拉起他的手把花送到头上。

“现在您告诉我，您能够爬上那棵杏树吗？”他问道。

“那怎么行呀？”她嘻嘻地笑了，“我又不会飞呀。”

“您看，”柯希莫拿出一个绳套，“如果您肯系上这根绳子，我把您拉上去。”

“不……我害怕。”可是她在笑。

“这是我的办法。我在树上旅行多年了，一切全靠自己一人干。”

“我的妈呀！”

他把她运送到那棵杏树上。然后他自己过去，杏树幼嫩，树冠不大。他们彼此靠得很近。乌苏拉由于飞荡过来，还在红着脸喘息。

“吓坏了吗？”

“没有。”可是她的心在怦怦直跳。

“玫瑰花没有弄丢。”他说着，伸手把花扶正。

于是，他们在树上紧紧地相挨着，越挤越紧，渐渐地拥抱在一起了。

“哟！”她说。他主动，两人亲吻起来。

他们就这样开始了恋爱，小伙子幸福而又慌张，她愉快而毫不惊慌（对姑娘们来说，没有意外发生的事情）。这是柯希莫期待已久的爱情，现在突然到来，是如此之美好，他不明白为什么从前不能想象到它是很美的事情。最新奇的感觉是这美好的情感竟是如此之单纯，小伙子在那一时以为爱情应当永远是这样。

18

桃树、杏树、樱桃树开花了，柯希莫和乌苏拉一起在花树丛中欢度时日。春天也给这个家族死气沉沉的氛围涂上了欢乐的色彩。

我哥哥在流亡者的营地里很快就大显身手起来，他教人们以各种方式从一棵树上转到另一棵树上，鼓励这些贵族家庭摆脱矜持的旧习气，进行一些运动。他还架起一些索桥，让年老的人互相拜访。就这样，他在西班牙人之中留居不到一年的时间内，为营地安装了许多由他发明的设施：蓄水池、炉灶、皮睡袋。即使当这些贵族老爷不赞同他所喜欢的作家的思想时，创造的欲望也促使他迎合他们的习惯进行新的发明。比如，他看见那些虔诚的人想正规地进行忏悔，他在树干上挖出一间忏悔室。细瘦的唐·苏尔皮齐奥可以钻进去，从一个有格栏和布帘的小窗子里倾听他们的过失。

对于技术发明的单纯兴趣，还不足以使他摆脱那里的生活的轨道，他需要思想。柯希莫写信给书店老板奥尔贝凯，不久之后通过邮政渠道从翁布罗萨到奥利瓦巴萨给他寄了一批书籍，他就能够让乌苏拉阅读《保罗与薇吉妮》[1]和《新爱洛伊丝》[2]了。

流亡者们经常聚集在一棵大橡树上开会，起草给君王的信。这些信一开始总是写些表示愤怒、抗议和威胁的话，简直就是一份最后通牒。但是到某一时刻，他们中就会有这个或那个人出来建议用更温和更礼貌的格式写，于是最终写成一份请愿书，他们在书中卑顺地匍匐于仁慈的陛下脚前乞求宽恕。

这时伯爵站起身来，大家便缄口不言了。伯爵仰望高空，开始讲话，声音低沉而颤抖，他倾诉出他心中的那一切。当他重新坐下时，其余的人阴沉着脸不说话。没有人再提起请愿书了。

柯希莫已经参加了这个团体，出席会议。在那里，他以年轻人的纯真的热情，讲解哲学家们的思想，指责君主们的过失，以为可以用理性和正义来统治国家。可是在全体人员中，

1　法国作家圣皮埃尔（1737—1814）的爱情小说。

2　法国作家卢梭（1712—1778）的爱情小说。

听他讲话的只有那位年迈的伯爵，他一心想方设法听懂并做出反应，还有读过几本书的乌苏拉和两位比其他女孩子头脑稍稍敏捷一些的姑娘。其余的人的脑袋就像鞋底一样，只有钉子才能扎进去。

后来，这位伯爵慢慢地不再总是远眺沉思了，开始想读些书，卢梭的著作他觉得有点艰深，而喜欢孟德斯鸠，这已经迈出了一步。其余的贵族老爷什么书也不读，只有人背着苏尔皮齐奥神父向柯希莫借阅《少女》[1]一书，专挑里面那些描写色情的章节读。就是这样，在橡树上的集会，由于伯爵接受了新思想而发生又一次转折：现在谈论起去西班牙闹革命了。

苏尔皮齐奥神父起初没有觉察出危险。他本人不是很敏感，与整个上层宗教统治集团失去联系之后，他不太清楚什么是有毒害的思想，可是当他刚刚能够清理一下思想时（或者是，如其他人所说，刚刚收到一些盖有主教图章的信时），他便开始说魔鬼钻进了他们的团体之中，将有一场雷雨闪电，把树木连同树上的人一起焚为灰烬。

一天夜里，柯希莫被一阵呻吟惊醒。他提起灯笼赶过去，在伯爵的榆树上看见老人已被捆在树干上，那位耶稣会士正在

1　法国作家伏尔泰（1694—1778）的讽刺诗，取材于圣女贞德的故事。

系紧绳结。

“住手，神父！这是干什么？”

“宗教裁判所的权力，小子！现在处置这个可恶的老头子，因为他宣扬异端邪说，放出恶魔，接着就将惩治你了！”

柯希莫拔剑割断绳子。“小心，神父！有其他力量维护理性与正义！”

耶稣会士从披风中抽出一把出鞘的剑。“迪·隆多男爵，你们家早就同我有一笔未结清的账！”

“我那已故的父亲对了！”柯希莫阻挡住兵器大声说道，“耶稣会不容人！”

他们在树上站不平稳地刺杀起来。唐·苏尔皮齐奥是一个出色的击剑手，我哥哥几次处于下风。当他们打到第三个回合时，伯爵清醒过来，放声呼喊。其他的流亡者惊醒了，急忙赶过来，劝阻决斗的双方。苏尔皮齐奥立刻收起他的剑，好像不曾发生过事情一样，反而劝大家不要慌乱。

这么严重的事件得到平息，如果不是在这个团体中，在其他任何人群里都是难以料想的，他们一心所想的只是息事宁人，把脑子里的思想减到最少。唐·费德利哥极力从中斡旋，使唐·苏尔皮齐奥同伯爵之间实现了某种和解，一切便复归如前。

柯希莫当然不得不提防，当他同乌苏拉一起在树上行走时，总是担心被耶稣会士监视。他知道那人在唐·费德利哥的耳边说三道四，想使殿下不再让姑娘同他出去。那些贵族家庭，接受的礼教确实是难以开化的，但是他们居于树上，处于流放的境地，对很多的东西也就不那么讲究了。他们觉得柯希莫是一个正派青年，有爵位，有才干，没有人强迫他同他们一起留居在那里，尽管他们也明白在他同乌苏拉之间一定有了相互爱慕的感情，并看见两人经常跑到远处的果树林里去采摘水果和鲜花。他们对此睁一只眼闭一只眼，不想看见什么可以说长道短的事情。

可是现在，由于唐·苏尔皮齐奥的诋毁，唐·费德利哥不能再假装不知道了。他把柯希莫召到他的梧桐树上来谈话。苏尔皮齐奥在他身旁，一个黑色的细长条儿。

“男爵，人们告诉我，经常看见你同我的女儿在一起。”

“她教我讲你们的语言，殿下。”[1]

“你多大了？”

“我快满十九岁了。”

“很年轻！太年轻了！我的女儿是一个闺中待嫁的姑娘。你为什么同她在一起？”

“乌苏拉十七岁……”

---

1 这一章中，人物对话夹杂着不少西班牙语，以仿宋字体表示。——编注

“你已经想成家了吗？”

“想什么？”

“小伙子，我女儿没有教好你西班牙语。我说的是你是否想选择一位新娘，建立一个家庭。”

苏尔皮齐奥和柯希莫，同时地做了一个向前摊开两只手的动作。谈话转了方向，不如耶稣会士所希望的那样，也更出乎我哥哥的意料。

“我的家……”柯希莫说，他指指周围，指指更高的树枝、天上的白云，“到处都是我的家，一切我可以攀得上去的地方，我往上去……”

“不是说这个，”费德利哥亲王摇头，“男爵，如果你愿意在我们将来回去时到格拉纳达来，你将会看到西埃拉最富有的庄园，比这里好。”

唐·苏尔皮齐奥再也不能不说话了，“殿下，可是这个年轻人是一个伏尔泰分子……他不应当再同您的女儿来往……”

“噢，他很年轻，很年轻，思想不稳定，让他成家。一旦结了婚，这些想法就会消失，到格拉纳达来吧，来吧。”

“非常感谢您……我将会考虑的……”柯希莫翻转拿在手中的猫皮帽子，频频鞠着躬退出。

当他再见到乌苏拉时显得心事重重：“乌苏拉，你看，你父亲找我谈过了……他对我谈到一些事情……”

乌苏拉害怕了："他不愿意我们再见面吗？"

"不是这样……他要我，在你们不再被流放时，同你们去格拉纳达……"

"是吗！太好了！"

"可是……你看，我爱你，但我一直生活在树上，我要留在这上面……"

"噢，柯希莫，在我们那里也有一些美丽的树木……"

"对，可是在同你们一起旅行的时候，我不得不下去，一旦我下树……"

"你不要发愁，柯希莫。反正我们现在是流亡者，也许终生如此了。"

我哥哥不再苦恼。

但是乌苏拉没有预计正确。不久之后一封盖有西班牙王朝印章的信件送到唐·费德利哥的手上。经天主教国王陛下的仁慈特许，流放的成命被取消。流亡的贵族们可以回到自己的家园，可以重新拥有自己的财产。人们立刻在梧桐树上欢欣跳跃。"回家去！回家去！马德里！加的斯！塞维利亚！"

消息在城市里传开，奥利瓦巴萨城的人们带着木梯赶来。流亡者中有的人下树，接受人们的祝贺，有的人收拾行李。

"可事情并没有完结！"伯爵大声说道，"大臣们会听到的！还有国王！"由于他的流亡伙伴中此时无人表示出愿意听他说话的样子，而且贵妇们已经在为她们的衣饰过时而发愁，考虑全盘更新，他便开始向奥利瓦巴萨的居民们发表慷慨激昂的演说："现在我们回西班牙去了，你们看着吧！我们到那里去算账！我和这个年轻人将讨回公道！"他指指柯希莫。而柯希莫，慌忙做出否定的示意。

唐·费德利哥，由人架着胳臂下了地。"下来吧，勇敢的青年！"他朝柯希莫喊道，"勇敢的年轻人，下来吧！同我们一起去格拉纳达！"

柯希莫蹲在一棵树上，躲起来。

亲王说："为什么不去？你将是我的儿子！"

"流放结束了！"伯爵说，"我们终于可以把酝酿已久的事情付诸行动了！男爵，你留在树上做什么事情呢？没有理由呀！"

柯希莫张开双臂："我比你们早到这上面来，先生们，我也要留到最后！"

"你要后退吗？"伯爵大声嚷。

"不，是抵抗。"男爵回答。

乌苏拉早已跟着第一批人下树，正同姐妹们一起忙着把行李装进一辆马车，这时她扑向那棵树："那么，我同你一起留下！我同你一起留下！"她跑上梯子。

四五个人上前把她拦住，从上面拽下来，从树上撤走大梯子。

“再见了，乌苏拉，祝你幸福！”柯希莫说道。这时人们强行把她送进马车，车启程离去。

响起一阵欢悦的狗叫。短腿狗佳佳在主人留居奥利瓦巴萨期间经常不满地狂吠，也许是由于同西班牙人养的猫不断地打架被激怒的缘故，现在它显出恢复了愉快的神情。它开始追逐少数几只被遗忘在树上的猫，只是为了逗乐。那几只猫竖起浑身的毛，气咻咻地应战。

有的骑马，有的乘车，有的坐轿，流放者们走了。街道显得空荡荡的。在奥利瓦巴萨的树上只剩下我哥哥一人。枝头上还挂着几枝羽毛、几根发带或几条花边之类的东西，在风中飘来飘去，还有一只手套，一顶带花边的遮阳伞，一把扇子，一只钉着马刺的靴子等物品。

19

皓月当空，蛙声闹嚷，燕雀啁啾，这就是男爵回到翁布罗萨时看到的盛夏景象。他心绪不宁，像只小鸟似的从这个枝头跳到那个枝头，打听消息，伤感而无所事事。

很快就开始传出流言，说一个叫切奇娜的，住在山谷的对面，是他的情妇。这个姑娘必定是住在一座孤零零的房子里，同一个耳聋的婶子住在一起，一根橄榄树的树枝伸到她的窗下。广场上那些闲人讨论到底有无此事。

“我看见他们了，她在窗台前，他在树枝上。他像一只蝙蝠似的朝她招手，她嘻嘻地笑！”

“在适当的时机他跳下来了！”

“不对，他发过誓终生不下树……”

“算了吧，他替自己立了规矩，也可以提出例外……”

“嗨，一旦开始破例……”

“不，我告诉您：是她从窗口跳上橄榄树！”

“那他们怎么干呢？很不方便……”

“我说他们互相之间连碰都没碰一下。是的，他追求她，或者是她勾引他。可是他在那树上不下来……”

是，不是，他，她，窗台，跳，树枝……争论喋喋不休。未婚夫们，丈夫们，现在如果他们的恋人或妻子抬头望树，可要留神了。女人们嘛，一见面就“叽叽咕咕……”，她们议论谁呢？他。

切奇娜或者不是切奇娜，风流韵事是有，我哥哥却从来没有从树上下来过。有一次我遇见他肩上扛着床垫，就像平时他把火枪、绳子、斧头、行囊、水壶、火药瓶扛在肩上一样自然。一个名叫多罗泰阿的风尘女子曾告诉我说，她同他幽会过，是她自己主动要求的，不是为了赚钱，而是想对他有所了解。

“你的印象如何呢？”

“嗨！我很满意……”

另一位，那个叫佐贝依达的，对我讲了一个她梦见了“爬树的男人”（她这么称呼他）的故事，这个故事是那样的真实而详尽，使我相信这是她真正经历过的事情。

当然，我不了解这些风流韵事是如何进行的，柯希莫倒真是对女人们有某种魅力。自从他同那些西班牙人相处之后，他学会了更加注意修饰自己的外表，不再穿着兽皮像只狗熊似的到处跑了。他穿长袜子和考究的燕尾服，戴英国式的大礼帽，刮胡须，梳理假发。甚至，人们已经能够根据打扮而断定他是去打猎还是去幽会。

有那么一段风流佳话，翁布罗萨当地的一位贵妇人（我不披露其姓名，她的儿孙们还住在这里，说这些可能得罪他们，但在当时可是一件尽人皆知的事情），总是坐马车出门，独身一人，带着一个赶车的老车夫，沿着大路走一段之后进入森林。到了某一地点，“焦维塔，”她叫车夫，“林子里长出了许多蘑菇。你去吧，采满了这只篮子，再回来。”她交给他一只大篓子，这个可怜的人，拖着风湿病的寒腿，走下座位把大篓子背上肩，离开道路，开始在蕨草和露水中探路，一步步走进山毛榉林里，在每一片叶子下寻找，以便发现一朵牛肝菌或一朵马勃菌。与此同时，那贵妇人从马车里消失了，仿佛被从空中劫走，到了路边高高的树上的繁枝密叶里。其余的事情就不得而知了。只是好几次，有人从那里经过时，看见马车空着停在森林里。后来，就像她失踪时一样神秘，那贵妇人又端坐在马车里了，含情脉脉地凝视着。焦维塔回来了，腿上手上沾满泥土，篓子底部有很少几个蘑菇，马车又启动了。

诸如此类的故事人们说得很多，特别是在一些热那亚贵妇的家里，她们为有钱的男人们举行聚会（当我是单身汉时，也经常去），于是有五位太太产生了去拜访柯希莫的愿望。人们说他在一棵橡树上，现在那棵树还叫五雀橡树，我们上年纪的人都知道这名字的来历，是一个名叫杰的卖甜葡萄的小贩说起的，这个人诚实可信。那是一个出太阳的好天，这位杰到森林里打猎，走到那棵橡树边，他看见了什么呀？柯希莫把那五个女人都带上树了，这边坐一个，那边坐一个，她们全都脱光了衣服晒太阳，撑着小伞以防晒伤皮肤。男爵坐在当中，朗诵拉丁文的诗句。他没有听清是奥维德的还是卢克莱修[1]的。

这样的故事人们讲了许多，其中哪些是真的，我也不知道。那个时候他在这些事情上守口如瓶，并且显得一本正经的样子，老年时他却都说出来，甚至说得太多，可是大部分故事既不发生在天上也不在地上，连他自己也弄不清楚。事实是在那个时候开始出现一种习惯，当一个姑娘身子臃肿起来又不知道是谁造下的孽时，最方便的做法就是推到他身上。有一次一个女孩子讲述道：她去摘橄榄时，只觉得被两只像猴子似的长臂提起来……不久之后便生下一对双胞胎。翁布罗

1　卢克莱修（约前99—约前55）：古罗马哲学家、诗人。

萨遍地都有男爵的私生子，有真的也有假的。现在他们都长大了，有的确实长得很像他，但也可能是心理暗示作用，因为怀孕的女人看见柯希莫忽然从这棵树上跳到那棵树上，有时不免受到惊吓。

可是，我对那些指名道姓的故事一般是不相信的。我不知道他是否像人们说的那样有许多女人，但可以肯定的是，那些确实跟他相识的女人宁愿不声张。

此外，如果他有许多女人在身边的话，就不能解释他为何在月夜里像只猫似的在翁布罗萨城外的那一圈果园里，围着住宅周围的无花果树、梅子树和石榴树转来转去。他苦闷，发出一些叹息声，或者是哈欠声，或者是呻吟声。虽然他尽量控制，想表现得正常一些，让别人能够容忍，可是从他喉咙里发出的却是像狼嗥或猫叫的声音。已经了解他的翁布罗萨居民，从睡梦中惊醒，也不害怕，他们在床铺上翻个身，说道："是男爵在找女人，希望他能找到，让我们安生睡觉。"

有时候，某个老头儿，就是那种为失眠苦恼、一听到动静就喜欢跑到窗前的人，伸出脑袋朝果园里张望，看见柯西莫在无花果树上的身影，被月亮照到地面上。"您今天夜里不能入眠，阁下？"

"不能，我辗转难眠，我总是清醒着。"柯希莫说道，好像他是躺在床上，脸埋在枕头里，只等待着眼皮下沉的感觉到来似的，那时他却像个杂技演员一样吊在树上，“我不知道今天晚上是怎么了，一股燥热，一种烦躁，也许天气正在起变化，您也感觉到了吗？”

“呃，感觉到了，感觉到了……可是我老了，阁下，而您有热血在牵引……”

“对，牵引……”

“那么，您试试让它牵引得远一点，男爵先生，这里没有什么东西可以安慰你，这里只有一些黎明即起的穷人家，现在他们要睡觉……”

柯希莫不答话，钻进树里走向别的果园。他一向懂得掌握分寸，另一方面翁布罗萨的居民总是善于谅解他的这些怪癖，既是因为他总还是男爵，又是因为他是一个与众不同的男爵。

有些时候，这些从他的胸膛里发出的野性的音符传入了其他的窗口，一些更愿意听的窗口，只要有一支蜡烛点燃，只要有低低的柔和的笑声，只要有从灯光和暗影之间传出的女性的说话声，虽然听不甚明白，但肯定是拿他开玩笑，或者是学他的怪声怪调，或者是假装呼唤他，这对于那个跳上树了的流浪者已经算是一种正经的对待，已经算是爱抚了。

来了，一会儿一个厚颜无耻的妇人从窗口探出身来，好像要看看是怎么回事，她还带着床上的热气，敞胸露怀，披头散发，大张着两片嘴唇露出白牙嬉笑着，他们对谈起来。

“是谁呀？一只猫吗？”

他说：“是男人，男人。”

“一个男人学猫叫吗？”

“唉，我在叹气。”

“为什么？你缺少什么？”

“我缺少你有的那个。”

“什么东西呀？”

“你到这里来，我告诉你……”

他从来没有遇到过男人们的粗暴无礼的对待，或者是报复，这表明——我以为是——他没有构成大危险。仅有一次，很神秘地，他被打伤了。一天早上消息传开。翁布罗萨的治伤大夫不得不爬上一棵核桃树，因为他在那里呻吟。他的一条腿上嵌满了霰弹，是很细小的打麻雀用的那种，必须用钳子一粒一粒地夹出来，弄得他很痛，但是很快就痊愈了。永远没有人知道这是怎么回事。他说当他跨越一棵树时，冷不防挨了一枪。

养伤期间，他在核桃树上不能动弹，又重新开始了极为认真的学习。就在那个时候他开始写一份《树上理想国宪法草案》，在其中设想了一个由正直的人们居住的树木共和国。他开头写的是一篇关于法律和政府的论文，可是在写的过程中，他的虚构复杂故事的本领占了上风，写成了一本杂记，有惊险情节、决斗和色情故事，后者插在专讲婚姻问题的一章里。书的结尾应当是这样：作者创立了在树顶上的完善国家，说服全人类在那里定居并且生活得幸福，他自己却走下树，生活在已经荒芜的大地上。大概应当是这样。可是书没有写完。他寄了一个简写本给狄德罗，署名很简单：柯希莫·隆多，百科全书的读者。狄德罗寄回一封短信表示感谢。

20

关于这段时期，我不能说得很多，因为我第一次去欧洲的旅行正安排在那个时期。我那时年满二十一岁，可以领受一份家业了，得到的这笔财产令我喜出望外，因为我哥哥要得很少，我母亲也要得不比他多，这可怜的人在晚年衰老得很快。我哥哥要签署一份全部家产的用益权证书给我，只要我按月给他一笔生活费，替他纳税和料理一下家务。我要做的事情只是管理田庄，为自己挑选一房妻室，我已经看到自己面前的那种正规而宁静的生活，虽然发生了世纪之交的大骚动，我也还是过上了那样的日子。

可是，在这种生活开始之前，我做了一段时间的旅行。我到过巴黎，正巧赶上看见欢迎伏尔泰的盛大场面。老作家在国外多年之后归来排演他的一部悲剧。但在这里不是回忆我的生平，当然那是不值得一写的；我想说的是在这次旅途中的所到之处，翁布罗萨的树上人在外国名声流传之广着实令我吃惊。我甚至在一本历书上看见一张画像附有以下这些文字："翁布罗萨（热那亚共和国）的野人，只生活在树上。（法语）"他们把他画成一个全身长毛、有长胡子和长尾巴的活物，吃着一只蚱蜢。这张画像放在魔鬼一章里，夹在阴阳人和海妖之间。

遇到这一类的幻想，我一般都小心地不说出那野人是我哥哥。但是我在巴黎应邀出席为伏尔泰举行的一次招待会时大声承认了。老哲学家坐在他的靠椅上，承受一群贵妇人的宠爱，兴高采烈犹如过复活节，说话凌厉好比一只豪猪。当他知道我来自翁布罗萨时，他问我："骑士先生，那位像猴子一样生活在树上的著名哲学家就是在您的家乡吗？（法语）"

我感到很荣幸，情不自禁地回答他："阁下，他是我的兄弟，迪·隆多男爵。（法语）"

伏尔泰非常惊讶，也许因为那样一位奇人的兄弟竟然显得如此正常，他开始问我一些问题，比如："您的哥哥待在那上面，是想上天吗？（法语）"

"我哥哥认为，"我回答，"谁想看清尘世就应当同它保持必要的距离。"伏尔泰非常欣赏这样的答复。

"从前，只是大自然创造生命奇观，"他总结道，"现在是理智。（法语）"老哲人开始了关于他那虔诚的一神论的宏论。

我不得不很快中断旅行，回到翁布罗萨，一封急信把我召回去。我们的母亲气喘病突然加重，可怜的人从此卧床不起。

当我迈过门口，抬头看我们的别墅时，我相信会看见他在那里，柯希莫已经攀上了紧靠着母亲的窗台的一棵高大的桑树。“柯希莫！”我呼唤他，但是压低了声音。他朝我打手势，把所有要说的意思全表达了：妈妈的病情略有好转，但还是很严重，你上楼去，但脚步要轻。

房间里半明半暗，妈妈躺在床上，由一大堆枕头垫起的肩膀仿佛比我们过去看见的要宽大一些，她身边有不多几个女仆。巴蒂斯塔还没有来，因为应当送她来的丈夫，那位伯爵，忙于收获葡萄而分不开身。打开着的那扇窗户在阴暗的房间里显得很突出，柯希莫就正对着窗子站在树枝上。

我弯腰去吻母亲的手。她立刻认出了我，把手放在我头上。“哦，你来了，彼亚乔……”当气喘不太憋闷胸口时她说，声音细若游丝，但是她说话清楚，头脑很清醒。不过，当我听到她毫无区别地对着我同柯希莫说话，好像他也站在床头一样时，我很是吃惊。柯希莫从树上回答她。

“我吃过药很久了吗，柯希莫？”

“不，才几分钟，妈妈，您等一会儿再服药，现在对您不合适。”

一会儿她说：“柯希莫，给我一瓣橘子。”我很纳闷。可是当我看到柯希莫从窗外伸进一柄船上用的渔叉，从一张条桌上取了一片橘子，把它送到母亲的手上时，我更觉得惊奇了。

我发现她喜欢叫他来做所有这些小事。

“柯希莫，给我披肩。”

他便用那柄叉子从扔在椅子上的东西里找起来，挑起那条披肩，递到她面前。“找到了，妈妈。”

“谢谢，我的儿子。”

她对他说话总像是他只隔一步之遥，但我看出她从不吩咐他做从树上办不到的事情。在这种时候她总是叫我或者是叫女用人。

夜里妈妈不能安睡。柯希莫留在树上守护她，树上挂一盏小灯，使她能够在黑暗中看见他。

清晨是气喘病患者最难熬的时候。唯一的办法就是尽量分散她的注意力。柯希莫就用一支竖笛吹奏小调，或者模仿鸟叫，或者逮些蝴蝶，然后把它们放进屋里飞舞，或者摘几束藤萝花。

那是一个大晴天。柯希莫在树上拿着一只小碗，他开始吹肥皂泡，把那些泡泡吹进房间里，吹向病人的床头。妈妈看见彩虹色的泡泡飘动，飞满了房间，她说：“啊，你们在玩什么！”就像我们小时候一样，她总是不赞成我们的游戏，觉得太无意思和太幼稚。可是现在，也许是破天荒头一回，她喜欢我们的玩意儿。肥皂泡飞到她的脸上，她吹气把它弄炸，微笑起来。

一个泡泡落到了她的嘴唇上，停留在那里不动了。我们大家俯身趋前，小碗从柯希莫的手上掉落下来。她死了。

丧事过后或迟或早就会有喜事，这是生活的规律。在母亲去世一年之后，我同附近的一位贵族少女订婚了。我说尽好话劝我的未婚妻以后来翁布罗萨居住：她害怕我哥哥，她以为他是一个在树叶间行走，趁人不备从窗户窥视室内一举一动的家伙，这种想法使她心里充满恐惧，又因为她从未见过柯希莫，想象中他像个印第安人。为了消除她的恐惧，我举办了一次露天宴会，筵席摆在树下，柯希莫也被邀请出席。他在我们头上的一棵山毛榉上，就着放置在一个托架上的盘子进餐。我应当说虽然他久不练习如何同众人一起吃饭，但他的举止还是很得体的。我的未婚妻稍稍安心一些了，她觉得除了生活在树上之外，他是一个同大家完全一样的人；但是她对他还是怀有一种难以克服的不信任感。

当我们举行过婚礼，一起在翁布罗萨的别墅里安顿下来后，她还是竭力回避大伯，不仅不愿同他说话，而且还尽量不同他照面，虽然可怜的他经常给她送来一束束鲜花或者一些珍贵的兽皮。当孩子们开始一个个地出生并长大时，她就考虑同伯父接近可能对他们的教育产生不良影响，一直忧心忡忡。后来我们把我家在隆多的旧封地上久无人住的古堡重新装修一番，住在那里的时间比在翁布罗萨更多，使孩子们不至于学他的坏榜样。

光阴荏苒，柯希莫也感觉到时间的流逝。矮脚狗佳佳的变化是标志，它老了，不再有跟着一群猎犬去追狐狸的劲头了，也不再想同丹麦种的大母狗或马斯蒂内种的凶母狗进行荒唐的恋爱了。它总是趴在地上，仿佛不值得为了站着时肚皮与地面之间的那么一点点距离而站起来。它从头至尾地平躺在柯希莫所在的树脚下，眼睛疲懒地瞟着主人，勉强地慢慢摇动尾巴。柯希莫变得无精打采，时光消逝的感觉使他对自己成天在那些树枝上爬上爬下的生活感到不满意。无论是打猎、逢场作戏的情爱还是读书，都不能使他获得完全的满足。他也不知道自己想要什么。他发起疯来，飞快地爬上树枝最柔嫩的细弱梢尖上，好像要在树顶上找出一些新的树木，以便再往上攀。

一天，佳佳显得很烦躁。它好像嗅到春天的气息，它仰起脸来闻一闻，又垂落下去。它两三次起身，在周围转转，又躺下。突然间它跑起来，跑得很慢。后来，每隔一会儿就停下来喘一口气。柯希莫在树上紧跟着它。

佳佳跑上森林里的路。它好像认准了一个方向，因为尽管它不时地停歇、撒尿、伸着舌头看看主人，却很快地振作精神，毫不犹豫地又上路了。它就这样进入了柯希莫过去很少来、几乎是很陌生的地方，因为这里通向托莱马依科公爵的禁猎区。

公爵已是耄耋之人，不知有多少年不打猎了，但是任何偷猎者也不能涉足他的禁地，因为猎场的看守人数众多而且总是防范严密。他们对柯希莫早有议论，因此柯希莫宁可离得远一些。此刻佳佳和柯希莫钻进了托莱马依科公爵的禁猎区内，但是他们谁也没有想到去追逐那些众多的猎物。矮脚狗朝着一种神秘的召唤直奔而去，男爵则好奇地急于弄清这条狗要去哪里。

矮脚狗来到在森林的尽头出现一块草坪的地方。两头蹲在石柱上的石狮背负着一枚盾形纹章。或许从这里开始应当是一座园林，一个花园，到了托莱马依科领地中的私人住宅处了。可是只有那两头石狮子。草坪宽阔，浅草碧绿，只有远望绿草的尽头才能看见一片苍黛色的橡树背景。天边有一层薄薄的浮云。听不见一声鸟啼。

那片草坪的景象令柯希莫惊慌失措，他一直生活在树木繁茂的翁布罗萨，自信能够顺着他自己的路到达任何地点，然而面前出现一块天宇之下空旷坦荡、无法逾越的平地，他就感到头晕目眩不能自持。

佳佳冲进草地，好像青春重返似的跑得劲头十足。柯希莫蹲在一株白蜡树上打呼哨，呼唤它："这儿，回这儿，佳佳！你去哪里？"但是那狗并不理睬他，连头也不回，它沿着草地往前跑呀跑，跑得远远的，只见它的尾巴变成了一个逗号，后来这逗号也看不见了。

柯希莫在树上直搓手。虽然矮脚狗的逃离对他已是习以为常的事情，但是现在佳佳消失在那片他无法跨越的草地上，它的这次逃跑就与他刚才的焦虑连在一起，而且他还感到一种模糊的期待，等待着草地的那边出现什么。

正当他思量着这些时，听见白蜡树下响起脚步声。他看见一位猎场看守人走过，只见他手插在衣袋里，吹着口哨。说实在的，同领地里那些凶神恶煞似的看守相比，他未免有些衣冠不整和松松垮垮的样子，然而他穿的制服上有徽章，正是公爵家丁的那种样式。柯希莫靠树干隐蔽起来。后来，对狗的挂虑占了上风，他叫住那位看守："喂，您，军士，看见过一条矮脚猎犬吗？"

那看守抬起头来："啊，是您！会飞的猎人带着会爬的狗！没有，我没有看见那条矮脚狗！今天早晨，您打到什么好东西了？"

柯希莫已经认出他是最卖力气反对他的那伙人中的一员，于是说道："没有，我的狗跑了，我不得不追到这里来……我的枪没有装子弹……"

看守说："哟，您尽管上子弹，您开枪打个够吧！反正，已经这样了！"

"什么事情已经这样了？"

"公爵已经死了，谁还愿意再管这块狩猎禁地呢？"

“噢，是这样。他死了，我还不知道。”

“他死后已下葬三个月了。他的大房和二房的继承人以及新娶的小寡妇正吵得不可开交。”

“他有过第三房妻子？”

“是他死的前一年，八十岁时娶的，她是一个二十一岁或稍大点的姑娘，我跟您说这真是发疯，这新娘没有同他在一起待过一天，只是现在才开始来查看他的领地。她不喜欢这些地方。”

“怎么，她不喜欢？”

“可不是吗，她住进一座宫殿，或一座庄园，带着她的全班人马到来，因为她身后总是跟着一帮痴情的追求者。过了三天她就觉得一切都丑陋不堪，一切都令人厌烦，便扬长而去。这时其他的继承人就跳出来，拥到这块地方，争夺所有权。而她说：‘好吧，你们拿去吧！’现在她来到这里的狩猎行宫，可是能逗留多久呢？我说长不了。”

“狩猎行宫在哪里？”

“在草地那一头，橡树后面。”

“那么我的狗是去那里了……”

“它一定是去找肉骨头了……请原谅，我想阁下您没给它喂饱！”他放声大笑。

柯希莫不理睬他，望着无法穿越的草地，等待矮脚狗返回。

它一天未归。第二天柯希莫又来到白蜡树上，凝视着草地，仿佛内心的某种不安使他不得不朝那里看。

傍晚时分，矮脚狗出现了，只有柯希莫锐利的目力才能分辨出草地上的那么一小点儿，越来越清楚地走过来了。“佳佳！过来！你去哪里了？”那狗站住，摇摇尾巴，看着主人，狺狺狂吠，好像是邀请他过去，跟它走。可是它想到他不能跨越那段路程，便向后转身，摇摇晃晃地走开，又回头顾盼。“佳佳！回来！佳佳！”矮脚狗却跑远了，消失在草地的深处。

不久走过来两个猎场看守。“您一直在这里等候那只狗呀，阁下！可是我看见它在行宫里，受到很好的照顾……”

“怎么回事？”

“可不是嘛，女侯爵，也就是新寡的公爵夫人——我们称她女侯爵，因为她在娘家时是侯爵小姐——她热烈欢迎它，就像她过去一直是它的主人似的。那是一只一钱不值的狗，阁下，请允许我这么说，现在它可找到一个舒服的地方啦，它留在那里了……”

两名家丁嘲弄地笑着走开。

佳佳不再回来。柯希莫天天守在白蜡树上观望草坪，仿佛可以从草地上悟出长久以来在内心折磨着他的那个东西：对于远方的思念、空虚感、期待，这些思想本身可以延绵不断，比生命更长久。

21

有一天，柯希莫在白蜡树上观望。太阳金光耀眼，一道光芒直射草地，使豌豆似的黄绿变成了翡翠般的碧绿。远处深黛色的橡树林里有些树枝摇动，从里面跳出一匹骏马。马鞍上驮着一位黑衣骑士，穿一件披风，不对，是一条长裙。不是男骑士，而是一位女骑手，她疾驰而来，是一位金发女郎。

柯希莫的心开始怦怦直跳，他满心希望那位女骑士走近，以便能够看清她的脸，希望那张面孔将是美丽非凡的。可是除了期待她的到来和期待她的芳容之外，还有第三种期待。这与前两个企盼交织在一起的第三个企盼是希望这越来越光彩照人的美貌能够满足他内心的需要，唤起一个几乎淡忘了的熟悉印象，一个只剩下一种轮廓、一种色彩的记忆，并希望能使其余的记忆一起重新浮现，或者最好是在现成的某种东西里重新找到。

他这样思忖着，竟然没有看见此时她正靠近了他旁边的草地的边缘，那里耸立着狮子石柱，而这种期待开始变得痛苦起来，因为他发觉女骑士并不是朝着石狮直线地穿越草地，而是斜行穿插，因此她可能很快重新消失在森林中。

正当他快要看不见她时，她猛然拨转坐骑，现在从另一条斜线横越草地，这条路线肯定会使她离他稍近一些，但是同样可能导致她在草地的对面消失。

正在这时候，柯希莫发现两匹有人骑着的棕色马从树林里钻出，来到草地上。他很扫兴，但是尽力马上消除这不愉快的想法，坚决地认为那两个骑士无足轻重，只消看看他们如何跟在她后面东奔西跑就够了。他们当然是不足挂虑的，虽然，他不得不承认他们给他带来了厌恶之感。

这时，那女骑士没有离开草地，又一次掉转马头，但是向后转，离柯希莫更远了……不，此刻那马在原地转圈，在那里飞跑，那动作像是故意让两位乱跑的骑士摸不清方向。实际上那两位现在跑远了，他们还没明白她往相反的方向去了。

现在一切都真正朝着他来了：女骑士在阳光下飞驰，越来越美，越来越符合柯希莫记忆中渴求的东西，唯一令人不放心的是她的路线依旧是七弯八拐的，让人不能预先看出她的意图。两位男骑士也不明白她在往哪里去。他们竭力跟上她的变化，结果白走了许多路。但是他们始终显得意志坚定，身手矫健。

来了，出乎柯希莫的意料，骑马的女子来到离他很近的草地的边缘上，现在她从两根石柱之间穿过，蹲在那上面的两头狮子仿佛是为了欢迎她而放上去的。她转身向草地的那一头随便做了一个表示告别的动作，迎面向前跑来，从白蜡树下经过。柯希莫这时看清了她的面庞和整个人。她端坐在马鞍上，有一张带着少女气息的高傲女人的脸，前额恰当地生在那双眼睛之上，眼睛恰当地长在那张脸上，鼻子、嘴巴、下巴、脖子，她的每一部分都搭配得恰到好处。这一切的一切都使他回忆起十二岁时他上树的第一天见到的那个打秋千的小女孩：索福尼斯芭·薇莪拉·薇莪兰特·翁达利瓦。

这个发现，也就是在刚看见她的那最初一瞬间就产生了的说不清的感受，发展到了能够向自己宣告是这样一个发现的程度了，使柯希莫浑身热血沸腾。他真想大声呼唤，使她抬起头来看看白蜡树，看到他自己，可是从他的喉咙里发出的只是白鹬的鸣叫声，她没有转过身来。

现在白马跑进了栗子树林，马蹄踩破了散落在地上的长着毛刺的栗子球，使光亮的木质硬果壳露出来。女骑士忽东忽西地策马前行，柯希莫时而想她已经走远了，追不上了，时而在树上看见她突然重新出现在前面的两行树干之间。她忽隐忽现使他更加激动，回忆使男爵心中犹如一团热火升腾，他想让她听见一声呼唤，表示自己的存在，可是从他嘴唇上响起的只是山鹑的啾啾声，她没有注意。

两位紧追不舍的男骑士，似乎还没有弄清楚她的意图和路线，继续向错误的方向跑，不是闯进了荆棘丛就是陷入了沼泽之中，而她却安然无恙地飞驰，别人休想抓得着她。她还不时向骑士们发出种种命令或提示，有时扬起马鞭，有时从角豆树上摘下豆荚扔在地上，以告诉他们应当从那里走。骑士们立刻奔向那个方向，沿着草地或河岸疾驰，可是她却转向另一边，不再理睬他们。

“是她！是她！”柯希莫想着，希望使他越来越兴奋。他想大声叫她的名字，可是从嘴里出来的却只是一声吁鸟悠长的哀鸣。

现在，可以看出她的这些来去，对骑士们的欺骗和要弄的花招都是围绕着同一条路线。虽然它弯弯曲曲并不规则，仍不失为一种可能的意图。猜出这种意图，不再想白费力气去追她，柯希莫自言自语：“我要去她将到的地方。至少，她要去那边就不会停留在这里。”他跳上他的路，走向翁达利瓦家荒废的旧花园。

在那浓阴之下，在那芳香四溢的空气里，在那些颜色和形质独特的树木花草之中，他沉浸在对童年的回忆里，几乎忘记了女骑士，或者是他没有忘记她，只是觉得也可能不是她。虽然对她的等待和盼望已经是那么真切，就像她已经来到了那里。

他听见一阵响动，是白马踏在鹅卵石上的蹄声。她进入花园后不再疾驰，女骑士好像要仔细地打量和辨认每一件东西。听不见愚笨的男骑士们的任何动静，她一定是彻底把他们甩掉了。

他看见她了。她环绕着水池、凉亭和水缸走一圈，看见树木变得粗壮了，垂挂着气根，玉兰花树已成林。但她没有看见他，他用戴胜鸟的咕咕叫，用草地鹨的啭鸣呼唤她，这些声音汇入了花园中各种鸟雀的繁多的啁啾中。

她下了马鞍，握着缰绳，牵马步行。她来到别墅前，放开马，走进门厅。她大声嚷道:“奥尔登西亚！加埃达诺！达尔奎尼奥！这儿需要粉刷，需要重新油漆百叶窗，把壁毯挂起来！我要在这里放圆桌，那里放长条桌，中间摆小钢琴，所有的画都要换位置。”

柯希莫这时才明白，在他粗心大意地看来一直是无人居住的关闭的房子，现在却是敞开着的，里面有许多人。仆人们在打扫卫生、整理房间、开窗通风、布置家具、拍打地毯，是薇莪拉回来了。那么，薇莪拉重新定居翁布罗萨，重新拥有她小时候离去的别墅！但是，柯希莫胸中高兴的心跳与害怕的心跳没有很大区别，因为是她回来了，在他眼前的她是这样地超出预想和傲气十足，这可能意味着他失去了她，甚至于记忆中的她也不复存在了，那在树叶的神秘芬芳之中和阳光穿过的绿色里的她不复存在了。这就意味着他将不得不躲开她，那么对孩提时的她的最初的记忆也将消失。

柯希莫在这种变化了的心跳中看见她在仆人中走动，指挥他们搬动长沙发、钢琴、角柜，接着匆匆走进花园，重新骑上马，后面跟着一群仍然恭候吩咐的人，现在她对园丁们讲话，告诉他们应当如何重新修饰荒芜了的花坛，如何在小路上重新铺设被雨水冲掉的鹅卵石，如何重新安置柳条椅、秋千……

她高高地扬起手指指以前挂过秋千的那根树枝，现在应当重新吊起秋千，绳子应当多长，摆动的幅度应当多大。她这么指手画脚地说着，眼光投到了玉兰树上，从前柯希莫就是从那上面出现的。他在玉兰树上，就在那里，她又看见了他。

诧异，非常惊讶。他们都说不出话来了。当然，她立刻恢复了常态，像平素一样摆出一副骄矜的架势，但是就在她露出惊奇表情的那一瞬间，她的眼睛和嘴笑了，露出一颗牙齿，同她小时候一模一样。

“你！”接着她尽可能地用谈起一件寻常事情的自然语气，但没能掩饰住她的高兴和兴趣，“哟，你就一直这样留在那里，从没有下来过吗?”

柯希莫终于把快要冲口而出的麻雀的叫声改变成了一句话:“对，是我，薇莪拉，你还记得吗?”

“从来没有、真的从来没有把脚踏上地面吗?”

“没有。”

而她，好像觉得自己过分坦率：“噢，你看你不是做到了吗？那么看来不是很难办。”

“我等你回来……”

“好极了！喂，你们，把那幅窗帘放到哪儿去呀？！都放在这儿，我看着！”她回过头来打量他。柯希莫那天是一身打猎的装扮，头戴猫皮帽，肩挎火枪，显得粗野。“你像鲁滨孙！”

“你读过那本书？”他马上说道，为了向她显示自己也知道。

薇莪拉已经掉过头去：“加埃达诺！阿姆贝利奥！枯树叶！到处都是枯树叶！”又对他说：“过一小时以后，在花园的尽头见，你等着我。”她骑上马跑去发号施令了。

柯希莫跳进树林深处。他真希望这些树木比现在还稠密一千倍，他必须踏过大量的树叶、树枝、荆棘、香忍冬和铁线蕨并且钻进去，只有当全身都被草木淹没时他才开始考虑自己究竟是兴奋还是吓疯了。

在花园尽头的一棵大树上，他用膝盖紧紧地夹住树干，掏出外祖父冯·库特维茨将军以前用过的一只老式大怀表看时间，心里想，她不会来了。然而青年女子薇莪拉几乎准时到来，骑着马。她在树下停步，并不朝树上看一眼。她没戴帽子，也没穿女骑士装，镶花边的白色女衬衣配黑色裙子，简直像修女的打扮。她站在马镫上把手伸给他，他拉住她，她踏着马背上了树，然后还是不看他，迅速地向上攀缘，找到一个合适的树杈，坐下来。柯希莫蹲在她的脚边，他只能这样开始说话："你回来了？"

薇莪拉嘲弄地望着他。她依然像小时候一样金发碧眼。"你怎么知道呢？"她说道。

而他，没听懂她的玩笑话："我在公爵猎场的草地上看见你……"

"那猎场是我的。长满了大荨麻！你都知道了？我是说，关于我的事情？"

"不……我刚知道现在你成寡妇了……"

"当然，我是寡妇，"她拍了一下黑裙，解释道，并且喋喋不休地说开了，"你什么也不知道。你成天在树上探听别人的事情，结果你一无所知。我嫁给了托莱马依科老头子，因为我父母逼我嫁给他，他们逼迫我。他们说我卖弄风情，不能没有一个丈夫。我当了一年的托莱马依科公爵夫人，这是我一生中最无聊的年头，虽然我同那老头子待在一起的时间不满一星期。我再也不踏进他们的任何一处古堡、废墟和旧房子了。那些地方爬满了毒蛇！从今以后我将留在这里，这是我小时候住过的地方。我高兴住多久就住多久，大家知道，以后我还会走的。我是寡妇，我可以做我喜欢做的事情，终于如愿以偿了。我总是做我喜欢做的事情。说实话，托莱马依科也是我要嫁的，因为嫁给他对我很合适，说他们强迫我嫁给他是假的，他们只是希望我出嫁，不论好歹，那么我就挑选了求婚者中最衰老的。‘这样我将早日当寡妇。’我说了，而且实际上我现在就是了。”

柯希莫被滔滔不绝的消息和不容置疑的断言惊呆在那里，薇莪拉变得比任何时候都更为陌生了：卖弄风情，寡妇和公爵夫人，组成了一个不可捉摸的世界，他能够说出来的全部话语是：“你向什么人卖弄风情呢？”

她说：“瞧，你嫉妒了。当心，我以后决不允许你吃醋。”

柯希莫真的由于被煽起的妒火而感到了要吵架的冲动。接着他马上转念一想，“什么？嫉妒？可是她为什么认为我会为她生出嫉妒之心呢？她为什么说‘我以后决不允许你’这样的话呢？这好像是说她想我们……”

这时，他的脸涨红了，激动不已，他想告诉她，问她和听她解释。相反，却是她向他发问，干巴巴地说：“告诉我，你做了些什么？”

“哦，我做了些事情。”他开始说道，“我去打猎，连野猪也打到过，但是主要是猎狐狸、兔子、貂，还有大家都知道的鸫和画眉，后来海盗来了，一些土耳其海盗上岸，发生了一场恶战，我的叔叔死在那次冲突中；我读了很多书，为我自己读，也替我的一位朋友读，他是一名被吊死的强盗，我有狄德罗的整套百科全书，我还给他写过信，并且得到了他从巴黎寄来的回信；我干过许多活计，修剪树木，我从大火中抢救了一片森林……”

“……你将永远爱我，绝对地爱，爱我胜过一切，你会为我做任何事情吧？”

对她这番戏谑的话，柯希莫感到惊愕，说道：“是……”

“你是一个仅仅为了我而生活在树上的男人，为了懂得如何爱我……”

“是……是……”

“吻我。”

他将她挤靠在树干上，亲吻她。他抬起头来，发现了她的美丽容颜，仿佛以前不曾看到过似的。“告诉我，你为什么漂亮……”

“为了你。”她解开白衬衣的纽扣，青春的胸脯，玫瑰花般的乳头，柯希莫刚刚触摸到，薇莪拉就顺着树枝往上逃，好像飞起来一样，他跟在后面攀缘，她的裙裾拂着他的脸。

“你带我去哪里呀？”薇莪拉说道，就像是他在前面引导她，而不是她把他带在自己的身后。

“从这边走。”柯希莫说着，开始为她引路，每当从一根树枝跨越到另一根树枝上时，他就拉住她的手或者搂着她的腰把她接过去，他教她如何走。

“往这边来。”他们走上几棵从陡峭的山崖上向外伸出去的橄榄树，爬上其中一棵的顶端。他们觉得眼前豁然开朗，只见大海像天宇一般广阔、明净、安谧，在此之前他们从枝叶间只能窥见好像碎裂了的一片海水。地平线延伸得宽广又深远，蓝色的海面平展而空旷，不见一线帆影，略现水纹，显示有微波荡漾。唯有细微的轻响从海滩的沙地上掠过，犹如叹息。

柯希莫和薇莪拉半眯着眼睛往下溜，回到树叶中间深绿色的浓荫里："去那边。"

他们爬上一棵核桃树，在主干的顶部有一处盆形的凹陷，是很久以前斧头砍下的伤痕，这里就是柯希莫的藏身所之一。那里面铺着一张野猪皮，周围放着一只长颈圆肚的大酒瓶、一只碗和一些工具。

薇莪拉扑倒在野猪皮上："你带过别的女人来这里吗？"

他迟疑着。薇莪拉说："如果你没有带来过，你是一个毫无价值的男人。"

"带来过……一些……"

他挨了不折不扣的一记耳光："你就是这样等我的吗？"

柯希莫摸着被打红的脸颊，不知说什么好；可她却像是恢复了情绪，而且满不在乎地问："她们如何呀？告诉我，她们怎么样？"

"不如你，薇莪拉，不如你……"

"我怎么样你知道什么，喂，你知道什么呀？"

她变得温柔甜蜜，柯希莫对她瞬息骤变的情绪，连连吃惊。他挨近她。薇莪拉犹如黄金和香蜜。

“你说话呀……”

“你说……”

他们相互认识了。他认识了她和他自己，因为实际上他过去不了解自己。她认识了他和她自己，因为虽然她一向了解自己，却从来没能认识到自己原来如此。

22

他们首先去拜谒的就是那棵刻了字的树，字迹深陷在树皮里，已经陈旧变形，不像是由人手刻写的了，字母变得粗大：柯希莫，薇莪拉和——靠下一些——佳佳。

“在这上面？谁刻的？什么时候？”

“我，当年。”

薇莪拉很感动。

“这是什么意思？”她指了指那两个字：佳佳。

“我的狗。也是你的，矮脚狗。”

“图尔加雷特吗？”

“佳佳。我这么叫它。”

“图尔加雷特！那年我出发之后发觉他们没有把它装上马车时，我哭得好厉害呀……那时我并不在乎以后见不着你，而是为失掉了矮脚狗而伤心！”

“如果没有它，我就找不到你了！是它在风里嗅出你就在附近，在找到你之前它一直焦躁不安……”

“我刚瞥见它气喘吁吁地跑进行宫，马上就认出是它……旁边的人说：‘这东西从哪儿冒出来的？’我弯下腰查看它身上的毛色和花纹。‘这可是图尔加雷特呀！是我小时候在翁布罗萨养的矮脚狗！’”

柯希莫笑了。她忽然皱了一下鼻子：“佳佳……多么难听的名字呀！你从哪儿找到的这么丑的名字呢？”柯希莫顿时脸色黯然。

此时佳佳却感到志得意满，没有丝毫的不痛快。老猎犬那颗为两个主人分成两半的心终于得到了安宁，为了把女侯爵引到禁猎区边上柯希莫所在的白蜡树前来，它曾经煞费苦心地忙碌数日。它衔住她的裙裾拉她，或者叼走她的一件东西逃向草坪，让她追赶过来。她说：“你要干什么？你把我拖到哪里去呀？图尔加雷特！站住！我找回一只多么讨厌的狗！”但是矮脚狗的出现勾起了她对童年的回忆，对翁布罗萨的怀念。她很快就着手准备从公爵的行宫搬出，回到长满奇花异木的别墅旧居。

她回来了，薇莪拉。对于柯希莫来说，最美的季节开始了。对于她也是。她骑着白马在田野上奔跑，看见了出现在蓝天和树叶之中的男爵，她立即从马鞍上站起，抓住斜生的树干，顺着树枝爬上树，她很快变得几乎同他一样是爬树的行家里手了，跟着他到处转悠。

“啊，薇莪拉，我不知道，我不知道爬向哪里……”

“爬到我身上来。”薇莪拉悄声细语。他欣喜若狂。

对于她来说，爱情是非凡的经历，在欢愉之中体验到了人所具有的勇敢、慷慨、献身、力量这一切心灵之美。他们的小天地是在那最难以到达的枝叶错综复杂的大树之巅。

“上！”他指着树枝间最高的一个树杈大声说道，他们一起跑起来向那上面奔去，开始一场杂技竞赛，会合时的拥抱使竞赛达到高潮。他们悬在半空中相亲相爱，背靠着或手吊着树枝，她像飞来一般扑到他身上。

薇莪拉在性爱上的独特追求与柯希莫的特殊的性爱方式相一致，偶尔不和谐。柯希莫讨厌扭扭捏捏、娇滴滴、软绵绵、矫揉造作的那一套，他不喜欢任何不是天然情爱的表现。共和派的道德即将产生，既严肃而同时又很放荡的时代正在酝酿之中。柯希莫，这个现在不知餍足的情人，是一个信奉禁欲主义、苦行主义的清教徒。他一直在追求爱情的幸福，但一直都是对肉欲怀着敌意。他甚至怀疑接吻、抚摸、喁喁情话掩蔽或者破坏了原始的快感。是薇莪拉使他产生冲动，他同她做爱之后从没感到过神学家们所说的那种沮丧；他还就这个问题进行哲学上的探讨，写了一封信给卢梭，也许搅得卢梭思想混乱，他没有回信。

但薇莪拉也是风雅女人，任性骄纵，在血统上和心灵上都是天主教徒。柯希莫的爱满足了她的情欲，但没有使她的幻想得到满足。因此，有时发生口角和抱怨，但是吵闹的时间很短，他们的生活以及周围的世界毕竟是那么的丰富多彩。

他们感到疲乏了，就去找他们那些隐蔽在枝叶最茂密的树上的安乐窝：像一片卷曲的叶子一样包裹住他们身体的吊床，或者是帷幔随风飘动的悬空帐篷，或者是羽绒床铺。在这些设施上显示出薇莪拉女士的天才：女侯爵无论到何处，都有本事创造出舒适而讲究的环境。看起来很精致复杂，她却奇迹般地很快实现，因为她想做的事情，她一定不惜一切代价立即办到。

欧鸲停在他们这些空中洞房上歌唱，孔雀蝶成双成对地飞进帐篷。伏天的下午，当瞌睡袭击了两个偎依着的情人时，一只松鼠钻进来，寻找可以啃噬的东西，用毛茸茸的尾巴扫他们的脸，或者啃他们的大脚趾。他们仔细地关好帐篷，那么又有情况发生：一窝睡鼠啃破帐篷顶，摔落到他们身上。

那是他们互相了解的时期，他们讲述各自的经历，彼此提问。

“你感到过孤独吗？”

“我想念你。”

“有没有因为与世隔绝而孤独呢？”

“没有。为什么会呢？我一直同别人打交道：我摘收水果，修剪树木，我跟神父学哲学，我同海盗打仗。难道别人不是这样生活吗？”

“只有你一个人是这样，因此我爱你。”

可是男爵还没有弄清楚薇莪拉愿意接受他的什么和不愿意接受什么。有时候只因一件小事情，他的一句话或是他说话的语调就会使得女侯爵勃然大怒。

例如他说：“我同贾恩·德侬·布鲁基一起读小说，同骑士一起设计水利工程……”

“同我呢？……”

“我同你做爱。比如修剪，水果……”

她缄默了，身子一动不动。柯希莫立刻觉察出惹她生气了：她的眼睛突然变得冷冰冰的。

“为什么？怎么啦？薇莪拉，是我说了什么吗？”

她好像离开他一百里远，既看不见他也听不见他说话似的，脸板得像大理石。

“别这样，薇莪拉，你怎么啦？为什么呀？请你听我说……”

薇莪拉站起身来，不用他帮助，就灵活地从树上往下走。

柯希莫还是不明白他错在哪里，他还是想不出，或者根本不愿想，反正他不懂。为了更好地表达他的无辜，他说：“别这样，你没有听懂我的话，薇莪拉，你听我说……”

他跟着她一直下到最低处的侧枝上：“薇莪拉，你不要走，不要这样，薇莪拉……”

她这时开口说话了，然而是对马说的，她已经来到马跟前并解开拴马的绳子，跨上马鞍，走了。

柯希莫开始绝望了，从一棵树跳往另一棵树：“别走，薇莪拉，告诉我，薇莪拉！”

她飞驰而去。他在树上追赶：“我恳求你，薇莪拉，我爱你！”可是他望不见她了。他急忙往前赶，脚踩到一些不结实的枝条，冒着摔下去的危险，蹦跳着走。“薇莪拉！薇莪拉！”

当他肯定自己已经追不上她，抑制不住地抽泣起来时，又看见她骑着马从眼前一路小跑而过，并不抬头看他。

“你看，你看，薇莪拉，我在干什么！”他开始用光头朝树的主干撞击（说实话，他的头非常之硬）。

她还是不看他，她已经走远了。

柯希莫期待着她会绕着树木弯弯曲曲地折回来。“薇莪拉！我太伤心了！”他把身体倒悬在空中，头朝下，两只脚勾紧树枝，用拳头猛打一阵自己的头和脸。或者以一种破坏性的疯狂毁坏树冠，一棵枝叶茂盛的榆树在几分钟之内变得光秃秃的，仿佛下过冰雹一般。

但是，他从不以自杀相威胁，而且，他从不用任何方式威胁别人，他不会在感情问题上进行讹诈。他想怎么做就怎么做，在他做的时候宣告他的想法。他不会在还没有做时就扬言要如何如何。

在某个时刻，少妇薇莪拉像她突然生气一样出人意料地露面了，柯希莫的一切发疯的行为似乎都不曾使她感动，某一行动却出其不意地点燃了她心里的怜悯和爱情之火：“别这样，柯希莫，亲爱的，等着我！”她从马鞍上跳起，匆匆爬上一棵树，而他在高处早已伸出双臂，准备把她拉上去。

爱情像吵架一样疯疯傻傻地重新开始。这其实是一回事，但柯希莫对此一点儿也不开窍。

“你为什么让我痛苦？”

“因为我爱你。”

这时是他发火了：“不，你不爱我！恋爱的人需要幸福，不要痛苦。”

“恋爱的人只要爱情，也用痛苦来换取。”

“那么，你是存心让我受苦。”

“对，为了证实你是不是爱我。”

男爵的哲学拒绝走极端：“痛苦是消极的精神状态。”

“爱情包括一切。”

“痛苦总是会被克服的。”

“爱情不排斥任何东西。”

“有些东西我永远不会接受。”

“你接受了，因为你爱我并为此而忍受痛苦。”

在柯希莫身上，痛苦表现为摔打叫嚷，快乐也在心里装不住了，它要迸发出来。当他的幸福达到某一程度时，他不得不从情人身边离开，一边跳跃一边叫喊，宣扬他的情妇的美丽可爱：

“我拥有世界上最美丽的姑娘！”[1]

那些坐在长凳上的翁布罗萨的闲人和老海员，对于他这种倏然而至已经见惯不惊了。他们看见他沿着圣栎树跳跃过来，听见他吟诵：

姑娘，在你那里，在你那里，
我寻找我的幸福，
在牙买加岛上，
从黄昏到早晨！[2]

1 这一句话为意大利语、英语、拉丁语、西班牙语的混合语。——编注

2 这四行诗系由四种语言混合而成，第一行为德语，第二行为意大利语，第三行为西班牙语，第四行为法语。——编注

或者：

> 有一块金光灿烂的绿草坪。
>
> 带我去，带我去，我将在那里安息！[1]

随后就消失了。

不论他的古代语言和现代语言的知识是如何缺乏深度，都能让他将各种语言混合在一起尽情恣意地大叫大嚷，抒发他心中的感受。他的心愈是为强烈的激情所震动，语言就变得愈是含混不清。人们还记得有一次，翁布罗萨的居民聚集在广场上庆祝守护神节，广场上竖起一根夺彩杆[2]，拉起彩带，插起小旗子。男爵出现在一棵梧桐树顶上，以他特有的要杂技式的灵敏快捷的跳跃，纵身跃上夺彩杆，一直爬到杆顶，大声喊道："美妙的维纳斯的屁股万岁！"他顺着涂了肥皂的杆身滑下，几乎触地时停住，飞快地再向上爬至杆梢，从奖品中拿出一块粉红色圆形的乳酪，再一跳飞身上了梧桐树，不见了人影，让翁布罗萨的居民们个个惊得目瞪口呆。

---

1 这两行诗为法语、西班牙语、英语、意大利语的混合语。——编注

2 一种民间游戏，在木杆上涂上油脂或肥皂，爬到杆顶者，可得杆顶悬挂物为奖品。

没有比这种奔放的表露更使女侯爵感到幸福的了，感动得她以同样热烈的爱来回报他。翁布罗萨的人们看见她快马疾驰，脸几乎埋进白色马鬃里，就知道她是跑去同男爵幽会。她在骑马上也表现出一股爱的力量，柯希莫却不能在这件事情上与她相互依随，虽然他很欣赏她对骑术的爱好，但是这也是他心生嫉妒和忧虑的隐秘原因，因为他看见薇莪拉拥有一个比他的世界更广阔的天地，并且懂得他不可能独占她，不可能把她禁锢在他的王国的边境线之内。女侯爵呢，也许她为自己不能同时身兼情人和女骑士而苦恼：有时她模糊地希望同柯希莫的爱能是马背上的爱。她不满足于在树上追逐，她真想骑上她的骏马任意驰骋。

其实她的马在费劲地沿着斜坡或峭壁往上走时，就变得像一只鹿一样地举前足跳立了。薇莪拉有时驱使它冲向一些树木，从它们向外斜伸的枝上飞跃过去。比如一些苍老的橄榄树，白马有时会跳上主干的第一个分杈。她养成了不再把马拴在地上，而是拴在橄榄树上的习惯。她跳下马，让马啃食树上的叶子和嫩枝条。

因此，有一次一个多嘴多舌的人走过橄榄园并抬起好奇的眼睛，看见男爵和女侯爵在树上拥抱，马上去告诉旁人，还添枝加叶地说："白马也站在一棵树顶上！"这被认为是他的幻觉，谁也不肯相信。因此这对情人的那一次幽会也没有被打扰。

23

我刚才讲到的事实证明，对我哥哥过去的风流韵事从前是那么津津乐道的翁布罗萨居民们，现在对于可以说是在他们头顶上发生的这种爱情，保持了一种尊敬的克制态度，好像是面对着什么比他们自身更伟大的东西。女侯爵的行为并不是没有受到非议，但那也只是对于她的外露的表现，比如骑马飞奔（“谁知道她去哪里，这么着急？”人们说道，虽然他们清楚地知道她是去同柯希莫相会），或者是她放在树顶上的那些家具。那时已经出现一种态度，把这些都看成贵族们的时髦玩意儿，是他们的许多怪癖之一（“如今是男男女女都跑到树上去了。他们再也想不出新花样啦？”）。总而言之，虽然一个比较宽容的时代正在到来，然而它更虚伪了。

男爵每次在广场的圣栎树上露面的时间间隔长了，这是她已离去的标志。因为薇莪拉有时要远远地走开几个月，去管理她的那些分散在欧洲各地的财产，但是这些离别总是发生在他们的关系产生裂痕，而且是女侯爵由于柯希莫不理解她那些爱的表示而生气的时刻。薇莪拉并不是负气而去，他们总是在这之前就和解了。但是在他心里留下疑惑，他想她也许是对他厌倦了才决定做这次旅行的。因为他没能挽留住她，也许她已经同他离心离德，也许一次旅行的机会或者一段时间的思考将决定她不再回返。于是我哥哥忧心忡忡地打发日子。一方面他努力恢复他在遇到她之前的生活习惯，重新去打猎和钓鱼，干农活，读书学习，上广场吹牛皮说瞎话，装得好像什么事情也不曾发生一样（在他身上依然存在着年轻人的顽固的傲气，不愿承认自己受到别人的影响），同时又毫不掩饰爱情给他的活力和自豪；另一方面他发觉自己把许多事情都看淡了，没有了薇莪拉，他觉得生活失去了滋味，因为他的思路总是往她那儿跑。他愈是想排开由薇莪拉引起的纷乱的思绪，愈是感到她留下的空虚和等待她的焦灼。总之，他的恋情正像薇莪拉所希望的那样，而不是像他自以为是的那样；赢家总是那个女人，尽管她离得远远的。而柯希莫纵使不情愿，到头来还是沉湎其中了。

突然间，女侯爵回来了。在树上又开始了恋爱的季节，但也是嫉妒的季节。薇莪拉去过什么地方？干了些什么？柯希莫急切地想知道，同时又对她回答他的盘问的方式心怀恐惧，那是含义暧昧不清的答复。柯希莫觉得有理由对每一个回答产生疑问，他明白她这么做是为了折磨他，或者一切都可能是真的。在这种不稳定的精神状态中，他的嫉妒时而隐退时而猛然发作，而薇莪拉以总是变化莫测的态度回敬。有时他觉得她空前地依恋自己，有时又觉得自己再也不能点燃她的热情了。

再说女侯爵在旅行中的生活情形究竟如何，我们在翁布罗萨是无法知晓的，我们离大都市太远，那里的流言蜚语传不到我们耳朵里。但是就在那时候，我第二次幸游巴黎，是为几项生意合同而去（销售柠檬，因为那时许多贵族也开始做买卖了，我就属于最早动手干的那批人）。

一天晚上，在巴黎最有名气的一个沙龙里，我遇见了薇莪拉女士。她梳着讲究的发式，穿一件华丽耀眼的裙袍，真使人难以相认了，可是我还是第一眼就认出来了，因为她确实是一个与众不同的女人，不可能把她错看成任何别的人。她漫不经心地同我打个招呼，但是很快找到办法同我走到僻静的一角。她不等我回答就接二连三地问我："您有您兄弟的新消息吗？您很快就回到翁布罗萨吗？请您拿着，把这个作为纪念品交给他。"她从胸口掏出一条丝绸手绢塞到我手上。接着她立即就让身后的一群崇拜者追上来。

"您认识女侯爵？"一位巴黎的朋友轻轻地问我。

"只是匆匆地见过几面。"我回答道，说的是实情，薇莪拉太太在翁布罗萨逗留期间，由于沾染了柯希莫的野气，不大同左邻右舍的贵族们往来。

“如此美貌配上如此的不安分，实属少见，”我的朋友说，“那些多嘴多舌的人传说她在巴黎从一个情人转向另一个情人，这样不停地转换，使任何人不能自称拥有她或是最受宠。可是每隔一阵子她就会失踪几个月，据说是躲进修道院里苦苦修行以示忏悔。”

我拼命忍住才没笑出来，女侯爵在翁布罗萨的树上度过的时光竟被巴黎人当成忏悔的时候；但是同时这些流言让我深感不安，它们向我预示了我哥哥倒霉的日子还在后头。

为了预防他将来过分受惊，我决定把这些话说给他听。一回到翁布罗萨，我就去找他，他久久地向我询问旅途见闻，法国的新消息，我却没有能耐向他提供任何政治和文学方面的消息，因为他早已知晓。

最后，我从衣兜里掏出薇莪拉太太的手绢：“我在巴黎一个沙龙里遇见一位认识你的贵妇人，她让我把这件东西和她的问候一起转给你。”

他迅速放下系在细绳子上的小篮子，把那方丝手绢吊上去，把它捧到脸上，像是在吸那上面的香气：“哦，你看见她了？她怎么样？你告诉我，她怎么样了？”

“漂亮非凡，引人注目。”我慢吞吞地回答，“可是有人说这香味儿被许多鼻孔嗅过了……”

他把手绢塞进怀里，仿佛害怕别人从他手里夺走似的。他红着脸对我说：“你没有用剑把这些谎言送回对你说话的人的喉咙里去吗？”

我只能坦白地说我没想过要这么做。

他沉默了片刻，后来耸耸肩头：“全是谣言。我知道她只是我的。”他没同我告别就踩着树枝扭头而去。我再次目睹了他拒绝一切逼迫他走出他的天地的事情时的惯常态度。

从那之后人们看见他总是显得忧伤而烦躁，忽东忽西地跳来跳去。他什么事情也不做，即使有时我听到他与画眉鸟同声啼唱，他的声音总是越来越粗，火气越来越大。

女侯爵来了。像平素那样，他的妒火使她高兴。她觉得这有点刺激，有点令人开心。于是美丽的爱情季节又来到了，我哥哥很快活。

但是女侯爵不放过任何机会指责柯希莫在爱情上的狭隘思想。

“你想说什么？说我好嫉妒吗？”

“你感到嫉妒是好事。可是你想让嫉妒心服从理智。”

“当然啦，我认为这更有用处。”

“你用理性思考得太多了。为什么爱情需要理性呀？”

“我是为了爱你更深。做任何事情，经过理智思考，就增加了力量。”

“你生活在树上，却有公证人的头脑，一个患痛风的公证人。”

“风险大的事情要用最明晰的头脑去应付。”

他们不停地争论，不到她弃他而走不休。到了那个时候，他呀，追赶一番，失望而归，狠揪自己的头发。

在那几天里，一只英国的旗舰在我们港湾抛锚。旗舰邀请翁布罗萨的显要人物和其他过往船只上的军官一起联欢，女侯爵到场出席。柯希莫从那天晚上起又感到了嫉妒的痛苦。分属两只船的两个军官迷上了薇莪拉太太，总是在岸上晃，并且想方设法要压倒对方。一位是英国旗舰上的海军中尉；另一位也是海军中尉，然而是那波里舰队的。他们租了两匹棕褐色的马，在女侯爵的阳台下穿梭似的来来回回。当他们相遇时，那波里人朝英国人瞪一眼，简直要冒出怒火来把他烧死，而从英国人眯起的眼皮中射出的目光就像剑尖一样刺人。

而薇莪拉太太呢？她不那么卖弄风骚了，整天守在家里，站到窗前时身上穿的是晨衣，活像一个新近丧夫的小寡妇，让人想到她是不是刚刚脱掉孝服呢？柯希莫没有她跟他一起在树上，听不到白马奔腾而来的蹄声，就变得疯疯癫癫的了。最后他守卫在那个阳台前，盯着她和那两位海军中尉。

他正在琢磨着如何戏弄那两个情敌，让他们尽早回到各自的船上，可是他看见薇莪拉对这一位和那一位的追求都以同样的方式回报，这又使他心生希望，她可能只是捉弄这两位，并且连带他一起。但他没有因此而放松警惕，她如果对两者中的一个略为做出偏爱的表示，他就立即干涉。

好，英国人一大早来了。薇莪拉站在窗前，他们对视微笑，女侯爵扔下一张纸条，那军官在空中接住，看了看，鞠一躬，红了脸，扬鞭策马离去。一次约会！走运的是英国佬？柯希莫发誓要让他从早到晚整天不得安宁。

就在那个时候那波里人来了。薇莪拉也向他扔下一个纸条。那军官读了，把纸条按到嘴唇上吻起来，因此他自以为是优先者。那么，另一位呢？柯希莫应当对这两位中的哪一位下手呢？肯定是同二者之一的薇莪拉太太订好一次约会，对另外那位她只不过是像往常一样开了一次玩笑罢了。或许她拿他们两个一起寻开心？

至于约会的地点，柯希莫猜想是花园尽头的一座凉亭。不久前女侯爵曾叫人整理和装饰一新，柯希莫对此心生猜忌，因为不再是她往树上搬帐篷和沙发的时候了，现在她关心的是他永远不能迈入的地方。“我要监视这座亭子，”柯希莫自言自语，“如果她同两位中尉之一约会的话，无疑就在这里。”他潜伏在一株印度栗树密匝匝的枝叶里。

太阳快落山时，响起一阵马蹄声，那波里人来了。“现在我对他发起挑衅！”柯希莫想道，他用原始发射器把一团松鼠屎打到他的脖子上。军官吓了一跳，向四周张望，柯希莫从树枝间伸出脑袋，在探头时看见英国中尉正在篱笆外面跳下马鞍，把马拴在一根桩上。“那么是他了，也许那一位是偶尔路过这里。”一团松鼠屎射中英国人的鼻子。

“是谁在那里？（英语）”英国人说着，正要穿过篱笆，却与那波里同行面对面地撞上了。那位也下了马，同样在说：“是谁在那里？”

“对不起，先生，（英语）”英国人说，“我可要请您立即撤出这个地方！”

“既然我有足够的权利待在这里，”那波里人说，“我请先生您走开！”

“任何权利都不能同我的相等，”英国人反驳，“我很抱歉，（英语）我不能同意您留下。”

“这是一个有关荣誉的问题，”另一个说，“我还要自报姓名：萨尔瓦托列·迪·圣·卡达尔多·迪·桑塔·马利亚·卡普阿·维特雷，两西西里海岸王国！”

“奥斯伯特·卡索法特爵士，奥斯伯特三世！”英国人自我介绍，“我的荣誉要求你撤出。”

“决不在用这把剑把你赶走之前！”那一位拔剑出鞘。

“先生，您想较量一下？”奥斯伯特爵士说着，摆出防御的姿势。

他们打斗起来。

“这正是我的心愿，同行，不是今天才想起！”那波里人侧身反攻。

奥斯伯特爵士抵挡着说：“我早就跟踪您的行动，中尉，我等着你来打！”

他们势均力敌。两位海军中尉在进击和佯攻的假动作中累得筋疲力尽。正当激战到达高潮时，“以上天的名义请你们住手！”薇莪拉太太出现在亭子的门槛上。

“女侯爵，这个人……”两位中尉齐声说，垂下剑头，互相指着对方。

薇莪拉太太说：“我亲爱的朋友们！放下你们的剑，我请求你们！这是吓唬一个女子的办法吗？我喜欢这座亭子，它是花园里最清静的地方，你们看我刚要入睡，就被兵器的撞击声吵醒。”

“可是，夫人，”英国人说，“被您邀请到这里来的不是我吗？”

“您在这里是为了等我，太太……”那波里人说道。

从薇莪拉的喉咙里发出一声轻巧的笑，好像鸟儿的翅膀扑扇了一下：“哦，对，对，我先邀请了您……或者是您，我的脑子这么混乱……既然如此，你们等什么呢？快进来吧，请进，请……”

“夫人，我以为是一次对我个人的单独邀请。我弄错了。向您敬礼，并请求先告辞。”

“我想说的也一样，太太，我退避了。”

女侯爵笑道：“我的好朋友们……我的好朋友们……我是这么地粗心大意……我以为我邀请奥斯伯特爵士来是在一个时间……而唐·萨尔瓦托列在另一个时间……不，不对，请原谅我，是在同一时间里，但在不同地点……哟，不对，怎么可能是呢？……那好，既然你们两个都在这里，为什么我们不可以坐在一起斯斯文文地聊天呢？”

两位中尉互相看看，然后又去打量她：“我们应当弄明白，女侯爵，您接受我们的情意只是为了捉弄我们两个吗？”

“为什么这么说呀，我的好朋友们，正相反，正相反……你们的苦苦追求不可能让我无动于衷……你们两人都是这么的可爱……这就是我的不幸……如果我看中奥斯伯特爵士的温文尔雅的话，我将不得不失去您，我的热情的唐·萨尔瓦托列……倘若我接受圣·卡达尔多中尉的深情，我将放弃您，爵士！啊，为什么不……为什么不……”

“什么东西为什么不？”两位军官异口同声地问道。

那位薇莪拉太太，低垂着头说：“为什么我不能同时属于你们两个人……？”

从印度栗树的高处传来树枝断裂的一声响，那是柯希莫再也按捺不住了。

可是两位海军军官心里七上八下地折腾得太厉害，没有听见这响声。他们一起后退一步：“这不行，太太。”

女侯爵抬起美丽的面庞，露出最灿烂的微笑：“那好，我将属于你们当中第一个为了完全讨我的欢心，作为爱情的表白，宣称准备同情敌分享我的人！”

“太太……”

“夫人……”

两个中尉，向薇莪拉躬身施礼告别后，转身相对，彼此向对方伸出一只手，他们握手言欢。

“我相信您是一个正人君子，（英语）卡达尔多先生。”英国人说。

“我也不怀疑您的自尊，奥斯伯特爵士。”那波里人说。

他们转身背对女侯爵，向坐骑走去。

“我的朋友们……为什么这么生气……大傻瓜……”薇莪拉说着，但两位军官已经一只脚踏上马镫子了。

这是柯希莫等待已久的时机，他预先感受到了报复的快乐，他早已准备好了，现在这两个家伙将要毫无防备地吃苦头了。然而，柯希莫看见了他们向厚颜无耻的女侯爵辞别时的男子汉大丈夫气概，陡然感觉到前嫌尽释。太晚了！可怕的复仇设施已不能撤除了！在一秒钟之内，柯希莫慷慨地决定提醒他们。“站住！”他从树上大喝一声，“你们不要上马！”

两位军官迅速抬起头来：“你在那上面干什么？（英语）你要我们做什么？”

他们听见薇莪拉在背后发笑，是她的那种扑哧一笑。

这两个人困惑不解，好像有一个第三者，从头至尾观看着这出戏。情况变得更复杂了。

“无论如何，（英语）”他们互向对方说，“我们两人团结一致！”

“以名誉担保。”

“我们两人决不答应同什么人平分夫人！”

“一辈子决不！”

“如果你们当中的一个决定同意……”

“在这种情况下，我们仍然同心同德！我们将一起同意。”

“赞成！现在，你们走吧！”

听了这段新的对话，柯希莫气得直咬自己的一个手指头，他恨自己曾经打算放弃报复。“反正，就要有好戏看了！”他隐退进树枝里。两位军官跨上马。“现在他们该喊叫了。”柯希莫心里想，用手指堵住耳朵。同时响起两声惨叫，两个中尉坐到了藏在马鞍垫子下的两张野猪皮上。

“背信弃义！”他们摔落到地上，大叫大跳，满地团团转，好像是要同女侯爵算账。可是薇莪拉太太比他们更为气愤，向上面大骂：“黑心的猴子！魔鬼！”她冲上印度栗树的主干，从两位军官的眼里飞快地消失了，他们以为她被大地吞掉了。

在树上薇莪拉迎面碰上柯希莫。他们用冒火的眼睛互相狠狠地盯着，这愤怒使他们显出一种单纯，好像两个大天使。他们像是要互相撕咬起来，这时那女人尖声叫道：“啊，我亲爱的！”又说：“就是这样，我愿意你是这样，妒火中烧，按捺不住！”她已经把双臂搭上了他的脖子，他们拥抱在一起，柯希莫把一切都忘到九霄云外了。

她在他怀里扭动，把脸从他的脸上移开，好像在思考什么，然后说：“可是，他们两个也是，多么地爱我，你看见了吧，他们准备两人一起共享我……”

柯希莫好像要朝她扑过来，随即他向上跳去，口咬树枝，头撞树干，他说：“他们是两条爬虫……！”

薇莪拉把脸板得像石雕一般离开他：“你需要向他们学习很多东西。”她扭转身子，快速地从树上爬下地。

两位追求者忘记了过去的争夺，只感到疼痛，他们开始互相耐心地在身上找刺儿。薇莪拉打断了他们：“快！快上我的马车！”他们消失在亭子后面。马车出发了。柯希莫呢，还在印度栗树上，把脸埋进两只手掌里。

一个受苦的时期开始了，对于柯希莫是这样，对于两位对手也是这样。对于薇莪拉，可以说是一个愉快的时期吗？我认为女侯爵折磨别人只是因为想折磨自己。两位贵族军官总是形影不离地一起站在薇莪拉窗下，或者被一起邀请进她的客厅，或者两人长久地待在酒馆里。她哄骗他们两个，要求他们不断地在新的爱情考验中进行竞赛。他们每次都宣称准备接受这些考验，他们已经愿意平分秋色了，不仅是这样，还愿意与别的人一起分享她的爱情。他们沿着让步的斜坡滚下去，已经停不住了。每个人都企图用这种办法最终打动她并获得她许诺的好处，而与此同时，他们又受着必须同对方齐心协力的盟约的约束。他们互相嫉恨，一心盼着解除联盟，现在他们还由于这种不光彩的自我贬低觉得自己正在堕落而受到内心的谴责。

每当她迫使海军军官们接收新要求后，薇莪拉就骑上马去告诉柯希莫。

“我说呀，你可知道英国人愿意这样和这样……而且那波里人也是……”她刚看见忧郁地蹲在一棵树上的他，就对着他大声嚷起来。

柯希莫不回答。

“这就是绝对的爱。”她还说下去。

“你们都是绝对的浑蛋！”柯希莫咆哮着，隐退到一边去。

这就是那时他们互相爱恋的残酷方式，他们再也没有找到摆脱的出路。

英国旗舰起锚了。“您留下，是吗？”薇莪拉对奥斯伯特爵士说。奥斯伯特爵士没有上船报到，他被宣布为开小差了。为了行动一致和竞争，唐·萨尔瓦托列也脱离了军舰。

“他们退伍了！”薇莪拉得意扬扬地向柯希莫宣告，“为了我！而你……”

“而我？？？”柯希莫吼道，眼光是那么凶狠，吓得薇莪拉不再说话。

奥斯伯特爵士和萨尔瓦托列·迪·圣·卡达尔多，从各自的国王陛下的海军里退伍后，在旅店里下棋消磨时光。他们脸色苍白，闷闷不乐，一心想着要胜过对方。这时薇莪拉对她自己和她周围的一切不满到极点。

她骑上马，走向森林。柯希莫在一株橡树上。她在树下停住，站在一块草地上。

“我厌烦了。”

“对那两个人吗？”

“对你们大家。”

“哦。”

“他们向我做出了最伟大的爱情表示……”

柯希莫啐了一口。

“……但是没有使我感到满足。”

柯希莫把眼光投到她身上。

而她在说："你不认为爱情是绝对的献身，放弃自己……"

她站在草地上，显得比过去任何时候都漂亮，脸上的表情冷若冰霜。如果他的态度稍加改变就能够融化掉她的冷气，就能将她重新拥进怀……柯希莫可以说几句、随便几句迎合她的话，他可以说："告诉我你要我做什么，我准备……"他的幸福将重新到来，幸福不会再有阴影。而他却说："如果不充满力量地保持自我，就不可能有爱情。"

薇莪拉的心里激起了反感，也是倦怠。虽然她还是可能理解他的。正如她实际上理解他，甚至她想说的话已滚到了嘴边上："你是我想要的你……"与他重归于好……她咬住了一片嘴唇。她说出："那么，做一个孤独的你自己吧。"

"可是那样一来，做我自己也没有意义了……"这是柯希莫想说的话。可是他说："既然你喜欢那两条爬虫……"

"我不允许你蔑视我的朋友！"她大声说着，同时还在想："只有你对我才是重要的，我所做的这一切都只是为了你呀！"

"只有我可以被蔑视……"

"你的想法！"

"我和我的想法是统一的。"

"那么永别了。今天晚上我就走。你将再也见不到我了。"

她跑回别墅，打好行李，什么也没对中尉们说就走了。她说到做到，再也没有回过翁布罗萨。她去了法国。当她一心一意想回来时，历史事件阻挠了她的心愿。爆发了革命，接着是战争。起初女侯爵对于时局的新动向颇感兴趣（她那时就住在拉斐特大街旁边），后来移居比利时，从那里又到了英国。在伦敦的雾气之中，在同拿破仑交战的漫长岁月里，她经常梦见翁布罗萨的树木。她再嫁给一个在印度公司有股份的英国贵族，并且定居加尔各答。她从她的阳台上眺望森林，那些树木比她童年时花园里的树更加奇特，她时时觉得看见柯希莫拨开树叶走出来了，可是那是一只猴子或一只豹子的身影。

奥斯伯特·卡斯勒法特爵士和萨尔瓦托列·迪·圣·卡达尔多生死相连，一同投身于冒险家的生涯。有人看见他们在威尼斯的赌场上，在哥廷根的神学院里，在圣彼得堡叶卡捷琳娜二世的宫廷中，后来就不见踪影了。

柯希莫的心碎了，他不吃不喝，流着泪水在森林里久久地游荡。他像新生婴儿那样大声啼哭，以前成群地从这个神枪手身旁逃走的小鸟们，现在靠近他，飞落在他周围的树梢上或者干脆就在他头顶上飞来飞去。麻雀叽叽喳喳，红额金翅鸟声声高啼，欧斑鸠咕咕叫，鸫鸟啁啾，燕雀和柳莺鸣啭；从高处的树洞里跑出松鼠、睡鼠、田鼠，用它们的吱吱尖叫参加合唱，于是我哥哥就徜徉在这一片哀鸣之中。

接着毁灭性的时刻到来了：他使得每棵树的叶子从顶上开

始一片又一片地迅速往下落，看上去像冬天一样，连本来不落叶的树也给剥光了。他爬上树梢，把细枝全砍掉，只留下大的枝干，再爬上去，开始用小刀剥开树皮，看那剥开的树露出白生生的木头，瑟瑟战栗不已，仿佛受了伤。

在这种气恼之中，不再有对薇莪拉的怨气，只有悔恨，懊悔自己失掉了她，痛恨自己不懂得如何把她拴牢在身上，而用不正确的和愚蠢的傲气伤害了她。因为现在他明白了，她始终是忠实于他的，虽然在身后带着另外两个男人，那是为了表明她认为只有柯希莫才配做她的唯一情人，她的一切不满和任性的言行只是要使他们的爱情不断增长，永不停止热情的表露，她只是要把感情不断推进，不肯承认有一个极限。是他，是他，是他从前一点儿不懂得个中道理，使她生气，结果失去了她。

他在森林里待了几个星期，从来没有这么孤单过，他连佳佳也没有了，因为薇莪拉把它带走了。当我哥哥回到翁布罗萨时，他显得模样大变。连我也不能让自己再存幻想。这一次柯希莫真正地变成了疯子。

24

柯希莫可能是疯子。自从他十二岁时上树不肯再下地之后，在翁布罗萨人们一直是这么说他的。但后来，实际上，他的这种疯狂被大家接受了。我不只是说他坚持在树上生活，而是说他的性格中的各种乖戾之处，没有人不认为他是一个特殊的人物。往后，在他对薇莪拉的爱情顺利的那段时期内，他操着别人听不懂的语言做出一些动作，特别是在守护神节那天的举动，很多人认为是渎圣行为，把他的话解释成一种异教徒的呼喊，也许念的是迦太基语，贝拉基主义[1]者的语言，或者是追随索齐尼教派[2]的表现，讲的是波兰语。从那以后，人们开

1 公元五世纪由不列颠教士贝拉基等人首倡的基督教异端教义。

2 十六世纪兴起的教派，起源于意大利，盛行于波兰。

始纷纷传说："男爵变疯了！"而正统派们补充道："一个本来已经是疯子的人怎么能再变疯？"

在这些反对声中，柯希莫真的变成了疯子。过去他从头到脚穿兽皮，现在开始用羽毛装饰头部，就像美洲的土著人那样，把一些色彩艳丽的羽毛，像戴胜或白领翡翠鸟的毛，插到头上，还把羽毛插遍衣服的各处。最后甚至把燕尾服完全用羽毛覆盖起来，模仿各种鸟类的习性，比如学啄木鸟，从树干上挖出蚯蚓和虫子，并且把它们当成财宝似的拿来炫耀。

他还向围聚在树下来听他说话和讥笑他的人们赞美鸟类。他从猎人变成了飞禽的律师，他一会儿宣传银喉长尾山雀，一会儿讲猫头鹰，一会儿谈欧鸲，在身上进行相应的化装。他指责人们不懂得在鸟类中识别真正的朋友。他的讲话后来在比喻的形式下变成了对整个人类社会的谴责。鸟儿们也知道了他的这种思想变化，飞到他的身边来，不顾树下有一群听众。这样一来，他可以指着周围树上的活标本解释他的话题了。

由于他的这一特长，翁布罗萨的猎人们相互议论月他来诱鸟，可是谁也不敢朝停在他身边的鸟儿开枪。因为男爵现在虽然丧失理智，但仍然还能引起别人的某种敬畏。人们取笑他，是的，经常有一群顽童和闲汉在树下起哄，但是他还是受到尊重的，人们总是认真地听他讲话。

他的树上如今挂起一些写着塞内加[1]和沙夫茨伯里[2]名言的纸片和大的标语牌，还有各种物品：一簇簇羽毛、教堂用的大蜡烛、镰刀、花冠、女性胸像、手枪、秤杆，按一定的顺序一个个连接起来。翁布罗萨的人们花许多时间去猜想这些实物谜语的含义：贵族、教皇、美德、战争。而我以为有时候它们本身不具有任何意义，而只是用来锻炼智力，并使人明白超出常规的思想可能是正确的。

柯希莫还开始写一些有关的文章，比如《画眉的叫声》《猫头鹰的对话》《啄木鸟的敲打》，并且公开发行。正在精神错乱的这段时期内，他还学会了印刷技术，开始印制一些小册子和杂志（其中有《喜鹊杂志》），后来将全部文章汇集在一起，题名为《两足动物观察》。他往一棵核桃树上搬去一张长桌，一个排字夹柜，一箱字母，一玻璃酒坛油墨，整天忙于排版和印刷。有时候在排字夹柜和纸张之间落下一些蜘蛛、蝴蝶，它们的形象被印到了书上；有时候一只睡鼠跳到油墨未干的纸上，尾巴把整张印好的东西都扫脏了；有时候松鼠拿走字母盘中的一个字母，带回洞里，以为是可以吃的东西，比如大写的字母Q，它那圆而带把儿的形状被当成水果。柯希莫在这种情况下，只

1　塞内加（约前4—65）：古罗马雄辩家、悲剧作家、哲学家、政治家。

2　沙夫茨伯里（1671—1713）：英国政治家和哲学家。

好在一些文章中用大写的 C 凑合着代替。

他干的都是一些好事情，但我的印象是，在那个时期我哥哥不仅精神失常，而且还变得有点呆傻，这是更为严重的痛苦的事情。因为疯狂好歹是一种本质的力量，而愚蠢是本质的一种衰弱，无法弥补。

冬季他实际上处于一种冬眠状态。他躺在吊于树干上的一个棉睡袋中，只有脑袋露在外面，像一只未出巢的小鸟。他在里面待得久了，当天气较暖和时，跳出几步就到了长在麦尔当佐河上的那棵桤树上，他在那里方便。他躺在睡袋里吃力地读书（夜里点一盏油灯），或者呢呢喃喃地自言自语，或者哼哼唧唧地唱歌。但是大部分时间是在睡眠中度过的。

至于吃饭，他有一些秘密的储备食物，但是他允许别人给他一盘肉汤或馄饨，那时有些好心的人搭梯子给他送上去。因为在穷人中有一种迷信，说是给男爵送供奉会带来好运。这说明他激起了人们的恐惧或者好感，我相信是后者。迪·隆多男爵爵位的继承人靠公众的施舍活着，这种事情我觉得不合适，尤其是我想到我们已故的父亲，假如他能知道，将会有何感想。至于我，到那时为止我没有什么可自责的，因为我哥哥一贯蔑视家庭的舒适生活，他给我签了一张证书，我除了给他一小笔费用（他几乎全部用来购买书籍了）之外，不再承担任何义务。可是现在，看见他无力供给自己食物，我派了一名穿制服戴白色假发的家仆，搭木梯给他送去放在托盘里的四分之一只火鸡和一杯勃艮第酒。我想试一试，我以为他会为了某种神秘的原则拒绝接收。相反，他立刻非常乐意地收下了。从那以后，每当我们想起来的时候，就给在树上的他送去一份我们的饭菜。

总之，那是一种可怕的衰退，幸亏发生了狼群入侵事件，才能让柯希莫再次显示出他的长处。那是一个滴水成冰的寒冬，雪一直下到了我们这里的山林来。大批的狼由于饥饿从阿尔卑斯山上下来，来到我们的海滨地区。有的护林人遇见了它们，带回这个吓人的消息。翁布罗萨居民，从组织防火护林队的那个时候开始，懂得了在危急时刻联合起来，他们开始在城市周围的小路上轮流巡逻，以阻止那些饿急了的家伙靠近，可是谁也不敢在深夜里走出家门。

“可惜男爵不再是过去的那个样子了！”在翁布罗萨人们这么说。

那个讨厌的冬天对柯希莫的健康不是没有造成影响。他蜷缩在皮囊里，就像蚕儿在茧里一样，皮囊在树上荡悠着。他的鼻子里淌出一滴鼻涕，脸上的表情沉默而高傲。响起狼来的警报，人们从树下走过时大声对他说：“哟，男爵，过去是你在树上为我们站岗，现在是我们为你放哨了。”

他半睁半眯着眼睛，好像没有听懂或者就是根本不理睬，但突然间一反常态，抬起头来，往上吸吸鼻涕，声音嘶哑地说话了："羊，准备打狼。放一些羊在树上。捆住。"

人们拥到他的树下，以便听清他说些什么疯话，好借此嘲笑他。而他呢，气喘着，咳着痰，从睡袋里爬出来，说声："我让你们看看在哪些地方合适。"就在树上走动起来。

在野生森林和人工培植的林园里，在一些核桃树或橡树上，柯希莫仔细地挑选好位置，让人们送一些羊或羊羔来，他亲自把羊在一棵棵树冠上捆好，使那些活蹦乱跳咩咩直叫的羊不致跌下去。然后在每株树上藏一支上了子弹的枪。他也穿得像羊：帽子、上衣、裤子，都是拳曲的羊绒做的。他开始在这些树上露宿，等待夜晚到来，大家都认为这可能是他最大的一次疯狂行动。

然而，就在那天夜里狼来了。它们闻到了羊的气味，听见了咩咩的羊叫。后来又看见一只羊在树上，整群狼都在那棵树下站住了，它们嗥叫，向空中张开饥饿的嘴，用爪子抓树干。正当这时，柯希莫在树上蹦跳着，走近了。那些狼看见这个形状似羊似人的东西像一只鸟那么轻巧地在树上跳跃时，都张着嘴愣住了，直到"砰！砰！"的枪响，两颗子弹准确打中两只狼的喉咙。两颗！因为一支枪是柯希莫随身携带的（每打一枪后他重新上子弹），另一支枪是子弹上好膛放在树上的；因此每次有两只狼躺倒在冰冻的地面上。他就这样消灭了大量的狼。在每次射击时，狼群溃散，猎人们听到哪里响起枪声和嗥叫声，就赶到哪里去收拾残局。

关于这次猎狼，后来柯希莫对人们讲故事时，有许多种说法，我不知道哪种说法正确。比如："战斗进行得很顺利，当我朝最后一只羊的树上走去时，我遇见了三只狼，它们早已爬到树上，而且快要把那只羊吃完了。我因为患感冒而变得半瞎半聋，并没有先发觉它们，差一点踩到狼的脸上。是那些狼，看见我这另一只羊站立着从树上走过来，就朝我扑过来，龇咧着还沾有鲜血的嘴。我的枪膛是空的，因为在多次射击之后弹药打光了，而我又不能拿到这棵树上预先准备好的枪，因为那几只狼在上面。我那时站在一根侧枝上，这枝条还很嫩，但是在我头上伸手够得着的地方有一根很粗壮的枝。我开始在侧枝上倒退着走，慢慢地离开主干。一只狼也慢慢地追着我。但是我用手勾住了上面的那根枝。脚假装踩在嫩枝上走动，实际上我是将自己吊在上面的枝头上。那只狼上了当，放心地走过来，树枝在它脚下折断了，而我一纵身跃上了上面的树枝。那只狼刚刚发出一声狗似的嗥叫，就跌落下去，掉到地上摔碎了骨头，僵死不动了。"

"另外两只狼呢？"

"……另外两只狼打量着我，站着没动。就在那时候，我脱下羊皮做的上衣和帽子，一下子朝它们扔过去。一只狼看见羊的白影朝自己身上飞来，想用牙齿叼住它，但是由于它准备好接住一个重物，而那却是一张空的羊皮，它站立不稳，失去平衡，最后它也摔断了腿和脖子倒在地面上。”

“还剩下一只……”

“……还剩下一只，我因为脱掉皮上衣而突然间衣服变得单薄，打出一个惊天动地的喷嚏。那只狼听到这么突然的新的爆响，惊跳起来，结果它从树上栽落下去，像那两只一样摔断了脖子。”

我哥哥就是这样讲述他同狼群的夜战。千真万确的事情是他受了寒，他本来就是病恹恹的，这下几乎要了他的命。他好几天处于生死的边缘，翁布罗萨市政府出钱替他治疗，以示对他的感谢，他躺在一张吊床上，医生们在他身边的几架木梯上面上上下下地忙个不停。附近最好的医生都被请来会诊，有的为他灌肠，有的替他放血，有的给他抹芥子泥，有的让他进行热敷。谁都不再说迪·隆多男爵是疯子了，而且大家都说他是本世纪最伟大的天才和最杰出的人物之一。

在他生病期间人们一直这么说。当他痊愈之后，人们又像从前那么讨论他了，有人说他像从前一样神志健全，有人说他一直是个疯子。事实是他不再做出很多怪异的表现了。他继续印刷一份周刊，题目不再是《两足动物观察》，而是叫作《有理性思维的脊椎动物》。

25

我不知道那个时候在翁布罗萨早已建立了一个共济会支部，我参加共济会很晚，是在第一次拿破仑战争之后，同我们这地区的大多数富裕的资产者和小贵族一齐参加的，因此我说不清我哥哥起初同共济会是什么关系。关于这一点我引述一段发生在我正讲到的那个时期的故事，因为有许多证据说明它是真事。

有一天，翁布罗萨来了两个西班牙人，是过路的旅行者，他们去了一个名叫巴托洛梅奥·卡瓦尼亚的糕点师家里，此人是尽人皆知的共济会会员。估计那两个人自称是马德里支部的共济会会员，因而当晚他把他们带去参加了翁布罗萨共济会的一个会议，那是在森林里的一块空地，在火把和烛光中举行的。以上这些情况仅仅来自传闻和猜测，确有其事的是第二天两位西班牙人刚从他们住的小旅店走出来，就毫无觉察地被柯希莫跟踪上了，他在树上从高处监视着他们。

两位旅行者走进城门外一家小酒店的院子里。柯希莫隐蔽在一株藤萝树上。在一张桌子边有一个顾客正等待着这两个人，他看不见他的脸，那张面孔被一顶宽檐的黑帽子遮挡住了。那三个脑袋，也就是那三顶帽子吧，凑在方桌的白桌布上嘀嘀咕咕。他们密谈一阵，那陌生人的手开始在一张窄长条的纸上记下另外那两位念给他听的什么东西，从那一个词接着另一个词的排列秩序看来，可能是一份人员名单。

“向诸位先生问好！”柯希莫说道。三顶帽子抬起来，露出三张瞪大眼睛的脸，望着藤萝树上的人。可是三人之一，那个带宽檐帽的人，立即又低下头，低得鼻尖触到了桌面，我哥哥及时瞥见那人有着一副他并不觉得陌生的相貌。

“这位好哇！（西班牙语）”两位西班牙人说，“难道贵乡的风俗是像只鸽子似的从天上飞落到外地人面前吗？希望您马上下来向我们解释清楚！”

“站在高处好让别人从四面八方看个一清二楚，”男爵说，“可是有人为了遮住颜面而趴得太低了。”

“您要明白，我们谁都不必抬起脸来正眼看您，先生（西班牙语），就像不必朝您撅屁股一样。”

“我知道有些人以不露真面目为荣。”

“请问，是什么人？”

“间谍，就是其中之一呀！”

两个西班牙人惊跳起来。那个低首弓背的人没有动，但是头一回听到了他的声音。“哦，另外有一种，秘密社团的成员……”他一字一顿地缓缓说道。

这句话可以用几种不同的方式加以解释。柯希莫想到了这一点，然后大声说出来：“先生，这句话可以解释出几种不同的含义。您说‘秘密社团的成员’，暗示着我是，或者您是，或者我们两个都是，或者您不是我也不是但别的人是，或者因为无论怎么解释都通，这句话是用来试探我听了之后说什么，对吗？”

“什么，什么，什么？（西班牙语）”戴宽边帽的人慌忙说道，在慌乱之中他忘了应当保持低头的姿势，把头抬到了可以看见柯希莫的高度。柯希莫认出了此人是耶稣会士唐·苏尔皮齐奥，他在奥利瓦巴萨时的敌人！

“啊！我并没有弄错！别再伪装了，尊敬的神父！”男爵高声喝道。

“您！我早就知道了！”那西班牙人说着摘下帽子行礼，露出教士的头顶发圈，“唐·苏尔皮齐奥·德·瓜达莱特，耶稣会修道院院长。（西班牙语）”

“柯希莫·迪·隆多，共济会正式会员！”

另外两个西班牙人也略欠一下身子做了自我介绍。

“唐·卡利斯托！”

“唐·福尔亨齐奥！”

“你们两位先生也是耶稣会士吗？”

“我们也是！（西班牙语）”

“你们的教派最近不是由教皇下令取缔了吗？”

“决不停止同非教徒和你们这样的异教徒战斗！”唐·苏尔皮齐奥说着，抽出剑来。

他们是一些西班牙耶稣会士，在该教派被取缔之后分散到各地，企图在所有的村镇组织起武装民兵，向新思潮和一神论开战。

柯希莫也将剑套褪掉。许多人在他们身旁围观。“请下来吧，如果您愿意像骑士一般决斗一场。”西班牙神父说。

旁边是一片核桃树林，正值打果子的时节，农民们在树之间拉起一些布单，用来接打落下的核桃。柯希莫跑到一棵核桃树上，跳入布单里，他站稳脚跟，控制住自己不在那块像张大吊床的布上滑倒。

“您跳两步高就上来了，唐·苏尔皮齐奥，我可是从没有降到这么低的地方来过！”他也拔剑出鞘了。

西班牙神父也跳上张开的布单。他很难站稳，因为布单在他们周围下陷成一个口袋。可是这两位对手都很顽强，他们终于让兵器交上手了。

“为了上帝至高无上的荣耀！”

“为了宇宙的伟大设计者的荣光！”

他们互相劈砍。

“在我把剑头扎进您的胸膛之前，”柯希莫说，“请告诉我乌苏拉的消息。”

“她死在修道院里了。”

柯希莫受到这个消息的刺激（但是我想这是故意捏造的谎言），那位前耶稣会士乘机使出卑鄙的一招：他猛然扑向一根把柯希莫所踩的布单与核桃树系在一起的棕绳，一剑砍断了它。柯希莫如果不是机敏地跳到唐·苏尔皮齐奥那边的布单上并且抓住了布单边的话，他一定会摔落到地面上。他跃上前去，打乱了西班牙人的防御，一剑刺中他的腹部。唐·苏尔皮齐奥仰面倒下，顺着倾斜的布单朝被他砍断绳子的那边滑下去，坠落到地上。柯希莫爬上核桃树。另两位前耶稣会教徒抬起受伤或死亡的（人们始终没有弄清楚）同伴的身体，落荒而逃，一去不复返了。

人们围聚在血染的布单周围。从那天起我哥哥在公众中享有共济会会员的声誉。

会内的保密规矩不允许我知道更多的情况。当我进入共济会时，正如我刚才说过的那样，我知道应当称柯希莫为老资格的会员了。但他同支部的关系是不甚清楚的，有的人说他是“迷迷糊糊的”，有人说他是改信别的宗教的异教徒，有人干脆叫他做背教者，但是对他过去所做的事情总是表示极大的尊敬。我也不排除他就是传说中的那个共济会的“啄木鸟大师”的可能性，据说那是“翁布罗萨东部”共济会支部的创始人。从后来那里保留下来的关于最初的礼仪的记载中，可以看出男爵的影响，只要看看入会仪式就足以资证：新教徒要蒙住眼睛爬上树顶，然后用绳子吊放下来。

我们这地方最早的共济会会议于夜里在森林中举行，这确有其事。因此柯希莫出席会议是合乎情理的，情况既可能是他从外国通讯部那里收到了共济会章程的小册子并在这里创建了支部，又可能是旁的什么人大概在法国或英国学习到这些礼数之后将其引入翁布罗萨。也许是共济会在这里早已存在一些时候了，柯希莫并不知道。一天夜里他在森林里的树上转悠，偶然发现人们在林中空地上点着蜡烛，使用一些奇怪的饰物和器具集会，他在树上停下来细听，然后插进去发言，他讲些令人困惑的打趣话，造成思想混乱，例如：“如果你竖起一堵墙，想想留在墙外的东西哟！”[1]（这是我常听他说的一句话）或者讲了

1 共济会的原文直译为“自由的泥瓦匠”，取筑墙与世隔绝之意。

一句他特有的别的什么话，共济会会员们承认他的高超的学识，让他加入支部，并委任他一些特别职务，因此引入大量新的礼仪和象征物。

事实是在我哥哥参与的整个期间，野外共济会（我这么称呼它是为了与后来在室内集会的形式相区别）有一套内容丰富得多的礼仪，猫头鹰、望远镜、松果、水泵、蘑菇、浮沉子、蜘蛛网、九九表都被用上了。那时还展示骷髅头，但不仅仅是人头，还有牛、狼和鹰的头颅。这些东西和其他一些物品，连同共济会礼拜仪式中通用的镘刀、圆规、角尺一起在那时候被以古怪的顺序排列在树上，这也被看成男爵发疯的表现。当时只有少数几个人理解，现在看来这些谜一样的东西都有着严肃的含义。但是另一方面，从来也没有区分清楚哪些是共济会起初的标志物，哪些是后来的，而且不能排斥它们起初可能是某一秘密社团的秘传的标志物。

因为柯希莫早在参加共济会之前就加入过各种职业的联合会和行会，比如鞋匠联合会、美德制桶匠行会、正义枪炮匠行会、细心制帽联合会会。他几乎自己动手制作一切生活用品，学会各种手艺，他可以吹嘘自己是许多行业的成员。从匠人们那方面来说，他们很高兴有一个出身高贵、久经考验而大公无私的奇才怪杰做同行。

柯希莫对集体生活一直表现出如此这般的爱好，这如何同他对文明社会永远离弃的行动相协调呢？对此我从来弄不清楚，这只能是他的性格中不算小的怪癖之一。可以说他越是坚决地躲进他的树枝里，越是感觉到建立新的人际关系的必要。但是，每当他将心力和体力全部投入组织一个新的团体，认真地制定章程、细则，为各项职务物色合适人选，他的同伴们都从来不知道对他可以信任到什么程度，在什么时候和什么地方可以遇见他。而且当他突然恢复他那飞鸟的本性时，别人是抓不住他的。也许，如果要把这些矛盾的态度完全统一起来的话，必须想到他是一个同他那个时代盛行的一切人类集体格格不入的人，因此他逃避它们，顽强地竭力实验组织新集体，但又觉得这些没有一个是合理并具有足够的新特点的。因此他免不了时常表现出绝对的野性。

在他的心中有一个关于人类社会的理想。每次当他着手把人们联合起来，或者为了某些具体的目的如救火护林、打狼自卫，或者成立行会时，诸如锋利磨刀、光明制革之类的，他总是在黑夜里把人们集合到森林中，围坐在一棵树下，他就在那棵树上演讲，总是会产生出一种密谋的、宗派的、异端的气氛，在这种氛围中他的话题很容易从具体讲到一般，从一种手工技艺的简单规章制度浑然不觉地谈起建立一个公正、自由、平等的世界共和国的蓝图。

因此在共济会中柯希莫只是重复地做了他在从前参加过的

其他秘密的或半公开的社团中做过的事情。当一位利维伯克大人被从伦敦总部派来视察欧洲大陆上的共济会支部时，翁布罗萨支部的首领是我哥哥。这位大人对柯希莫的非正统行为是那么地愤慨，以至于写信上告伦敦，说翁布罗萨的支部一定是一种苏格兰式的新共济会组织，被斯图亚特家族收买，从事反对汉诺威王朝的宣传，图谋复辟。

从那以后才发生了我讲到的两个西班牙人向巴托洛梅奥·卡瓦尼亚自称共济会员的事情。他们被邀请参加支部的一次会议后，竟然觉得一切都很正常，还说什么完全与马德里的总会一样，就是这番话引起了柯希莫的怀疑，因为他很清楚在那种礼仪中哪些是他自己发明的。因此他开始跟踪这些间谍，揭露他们的真面目，击败了他过去的敌人唐·苏尔皮齐奥。

总而言之，我的想法是礼拜仪式上的这些变化可能是出于他个人的需要，因为他可以很容易采用各个行业的象征物，只有泥瓦匠例外，因为他从来既不需要建造也不需要居住用砖瓦砌的房子。

26

翁布罗萨也是葡萄出产地。我没有提到这一点是因为追随着柯希莫的行踪，我只能沿着高杆的树木走。但是这里拥有广阔的坡地葡萄园。一到八月份，在一行行的叶子下面一串串涨得紫红的葡萄里浓汁已经是酒的颜色了。有些葡萄是搭在架子上的。我要强调指出这一点也是因为柯希莫，他衰老之后身体变得小而轻，他很好地掌握了轻身行走的技巧，找到一些可以经受得住他的上架的葡萄藤。因此他可以从葡萄园上走过，借助周围的果树，踩在架子的木桩上他可以干许多活计，如冬天修剪，那时光秃秃的葡萄藤歪歪扭扭地搭在铁丝上。或者夏天打掉过多的叶子，或者捉虫子，最后是九月份摘葡萄。

摘葡萄的时节，翁布罗萨所有的人都整天待在葡萄园里，只见鲜艳的衣裙和带璎珞的帽子在行行绿叶丛中晃动。赶骡子的人把装满的篓子放上驮鞍，又把它们往酿酒桶内倒空。其余的篓篓葡萄被各种收税人拿走。他们带着一队队警察来监督人们向当地的贵族、热那亚的共和国政府、教会缴纳贡税和其他的什一税。每年都要发生一些争吵。

各方面对于收获的分成问题是引起在《控诉书》上提出抗议的主要原因，那时在法国发生了革命。在翁布罗萨也开始写各种控诉书，虽然在这里毫无用处。也许是一次尝试。这是柯希莫的许多主意之一，他认为那时候没有必要去参加共济会支部的会议，同那么几个没见识的酒囊饭袋讨论问题。他站在广场中的树上，港湾和乡村的全体居民都汇拢到他身边来，让他讲解政治新闻，因为他从邮局收到刊物，另外他还有一些与他通信的朋友，其中有后来当上巴黎市长的天文学家巴依，以及其他一些革命俱乐部成员，每时每刻都有新消息：内克尔[1]啦，网球场宣誓[2]啦，巴士底狱啦，拉斐特骑白马啦，路易十六化装成侍从啦。柯希莫从一棵树上跳到另一棵树上，连说带比画地解释这所有的事件，他在一棵树上表演米拉波在讲坛上的演说，

1 内克尔（1732—1804）：法国财政家和政治家。

2 一七八九年六月法国三级会议上，国民议会代表在网球场宣誓：没有制定法兰西宪法之前议会决不解散。七月国王免去内克尔职务，巴黎人民奋起攻占巴士底狱，法国大革命爆发。

在另一棵树上表演马拉同雅各宾党人的对话，在又一棵树上表演路易十六在凡尔赛宫接见从巴黎步行而来的妇女们，国王戴上红帽子表示亲善。

为了解释什么是《控诉书》，柯希莫说：“我们试着写出一份。”他拿来一个学生用的练习本，用一根细绳拴在树上，每个人走到它前面并把不顺心的事情记下来。各种各样的不满都跳出来了：渔民对鱼价，葡萄种植主对什一税，牧民对牧场的地界，护林人对于公产森林；后来是所有那些有亲属坐牢的人和被关押过的人对判决不满，一些人为女人问题对贵族不满，多得没完没了。柯希莫想虽然是一份《控诉书》，写得这么凄惨也不是美事，他想出一个主意，要求每个人写出他最喜欢得到的东西。每个人重新往那本子写上他的要求，这一次尽是好事情：有人写烤饼，有人写肉汤，有人要一个金发女郎，有人要两个深肤色女人，有人愿意整天睡大觉，有人希望全年可以采蘑菇，有人想要一辆四匹马拉的车，有人喜欢有一只母山羊，有人想重见死去的母亲，有人愿会晤奥林匹斯诸神。总之世界上的一切好事情都被写在本子上了，或者说被画上了，因为许多人不会写字，有人甚至画的是彩色图画。柯希莫也写上了一个名字：薇莪拉。多年来他到处写这个名字。

由此产生一本漂亮的笔记，柯希莫题名为“诉苦书与希望录”。可是当本子被写得满满的时，没有任何可以递交的议会，因此仍留在原处，被一根细绳子吊着，下雨时字迹被冲掉了，本子被浇得湿淋淋的。这幅景象使得翁布罗萨人因为受屈辱而感到心头的压抑，使他们产生造反的愿望。

简而言之，在我们这里也存在法国革命的一切起因。只是我们不在法国，革命没有发生。我们生活在一个事事有因而无果的国家里。

但是，在翁布罗萨同样也发生了大事件。共和军在与它相毗邻的地区进行反奥地利-萨丁尼亚的战争。马塞纳在科拉登特，拉阿普在奈尔维亚山上，穆雷特在科尔尼切河畔，拿破仑跟他在一起，那时只是炮兵部队的司令，因此在翁布罗萨随风而至隐约可闻的隆隆声，正是他打响的。

九月份时正准备摘葡萄，似乎正在秘密地酝酿着什么重大的事情。

挨家挨户地进行串联：

“葡萄熟了！”

“熟了！已经熟啦！”

“当然熟了！去摘吧！”

“去摘吧！”

“我们都去！你去哪里？”

“去桥那边的葡萄园。你呢？你呢？”

“去波里亚伯爵那儿。”

“我去磨房边的葡萄园。”

“你看见来了多少警察呀？就像是落下来啄食葡萄的画眉鸟。”

“他们今年可是吃不上了！”

“既然画眉鸟多，我们大家都当猎人！”

“但是有的不愿让人看见，有的逃跑。”

“为什么今年许多人不喜欢摘葡萄了？”

“我们想晚些摘。可是葡萄已经熟了！”

“是成熟了！”

第二天摘葡萄的工作都静悄悄地开始了。葡萄园旦顺着行垄站满了人，但是没有任何唱歌声响起，只是零星的招呼声，有人高声说：“您也来啦？是熟透了！”人们像排着队似的井然有序地走动着，气氛庄严沉重，天空也像是这样，虽然不完全是阴云，可是显得有些低沉。如果有人起头唱歌，也唱半句就戛然停止，因为得不到众人的响应。赶骡人把装满葡萄的篓子往酿酒桶那边运送。以前照例是分送给贵族老爷、主教大人和政府，这一年不送了，他们仿佛是忘记了这些事情。

来征收什一税的收税人，个个都很紧张，不知从哪儿下手好。时间越往前走，越是没有事情发生，就越让人感到会发生什么事情，警察们就越明白必须采取行动，但是又不知道做什么。

柯希莫已经开始在葡萄藤架子上走动，步履像猫一样轻巧。他手持剪刀，不按顺序，东剪一串，西剪一串，然后递给架子下面的收葡萄的男工或女工，对每个人低声说句什么。

警察头儿沉不住气了。他说：“好，那么，是这样，我们稍微考虑一下这些什一税吧。”他话一出口就后悔莫及了。葡萄园里响起一种介于轰鸣与尖啸之间的悲壮的声音：原来是一位收葡萄的男工人吹响了一只像海螺似的贝壳，向整个山谷发出警报。从各个山岗上回应起同样的响声，种葡萄的人们举起贝壳当号吹，柯希莫也吹起来，高高地站在葡萄架上面。

一支歌沿着田垄传播开来。起初这歌声分散，也不协调，使人听不出唱的是什么。后来各处的声音互相配合协同，变得和谐一致，形成冲击力。人们唱着，仿佛飞快地跑动起来，男人们和女人们忽隐忽现地站在行行葡萄藤中，桩柱、葡萄藤、葡萄串，全都跑动起来，葡萄在自动收摘，自动跳入酒桶，自动挤出果汁，空气、云彩和太阳都变得沾满葡萄汁，开始可以听懂这支歌了，首先是曲调，然后是一些歌词。他们唱：“就要到来！就要到来！”[1] 小伙子们用通红的赤脚踩挤葡萄果，“就要到来！”姑娘们在绿叶丛中挥动着像匕首一样锋利的剪刀，剪断葡萄串上弯弯曲曲的把柄，“就要到来！”大群大群的昆虫在

1 法国大革命时期一支流行的革命歌曲。

压榨机边一堆堆待用的葡萄上方飞舞，“就要到来！”这时警察们开始干涉：“停止！不要唱了！不许喧哗！谁唱就朝谁射击了！”并且开始朝天放枪。

回答他们的是一阵雷霆般的枪声，犹如军队在周围的山头上列好阵势开始战斗了。翁布罗萨的全部打猎火枪一齐打响。柯希莫在一棵高大的无花果树上用贝壳当军号吹响冲锋号令。在所有的葡萄园里人们都骚动起来，再也分不清哪里是在收葡萄，哪里是在混战了。男人-葡萄-女人-藤条-剪刀-叶子-枪支-果篓-马匹-铁丝-拳头-骡蹄-胫骨-蹄掌——都在唱：就要到来！

“给你们什一税！”警察们和收税的人们最后被赶进装满了葡萄的酿酒桶里，头向下倒栽着，腿伸在外面乱蹬。他们两手空空地跑回去，从头到脚沾满葡萄汁、葡萄籽、葡萄渣、葡萄茎，留在枪上、子弹盒上和胡须里。

摘收葡萄像节日一样继续进行，大家都相信他们把封建特权废除了。此时我们这些大大小小的贵族躲在家里，武装起来，准备拼命（我其实是限制自己不去过问门外的事情，尤其为了不让其他的贵族说我赞成我哥哥那个恶魔，他被认为是整个地区的挑唆者、雅各宾党和革命派）。在那一天，他们赶走了收税人和军队，却没有动别的人一根毫毛。

他们都忙碌着准备庆祝会。还赶法国的时髦摆起自由树，只是他们不知道那树是怎么做成的，再说，我们这里树木这么多，也不值得再弄假树摆设。于是他们把一棵真树装饰起来，一株榆树，在那上面挂上一朵朵花儿，一串串葡萄，一条条彩带，还写了横幅：“伟大的民族万岁！”在那树的顶尖上坐着我哥哥，三色徽章别在猫皮帽上，他在举行一个关于卢梭和伏尔泰的讲座，讲的话一句也听不清，因为人们全在那棵树下转圈唱歌，唱的是：“就要到来！”

欢乐持续时间不长，强大的军队来了：热那亚的，为了索要什一税和保持领土的中立状态；还有奥地利-萨丁尼亚的，因为到处都在传说翁布罗萨的雅各宾分子要宣布并入“伟大的世界共和国”，也就是法兰西共和国。造反者们设法抵抗，他们设置路障，关闭城门……可是，还需要外部的援助！军队从四面八方冲进城里，封锁住城外的每一条道路，那些有着发动者名声的人被捕了，柯希莫和另外几个跟随他的人幸免了。想抓住柯希莫的人得有真本事才行。

对革命者的审判草草开始，可是被告们成功地证明他们与造反行动无关，真正的首领正是那些逃脱的人。于是他们全都被释放，反正军队驻扎在翁布罗萨了，不怕再发生骚乱。一支奥地利军队也留下了，以防备外部敌人可能的入侵。在司令部里有我们的姐夫德斯托马克，巴蒂斯塔的丈夫，他随普罗旺斯伯爵从法国逃亡出来了。

因此我时时同我的姐姐巴蒂斯塔在一起了，那是什么滋味，我让您去想象。她带着当军官的丈夫、马匹、勤务兵住进家里来。她以向我们讲述在巴黎新近实行的砍头死刑为晚间的消遣，她还有一个小的断头台模型，带着一把真的刀，为了解释她所有的朋友和亲戚们遭受的下场，她斩断蜥蜴、蛇蜥、蚯蚓，甚至老鼠的头。我们就这样度过每一个夜晚。我羡慕隐匿在森林中不知哪棵树上的柯希莫，他清静地享受着他的白天和黑夜。

27

关于战争期间他在森林里完成的业绩，柯希莫讲过许多，而且讲得那样令人难以置信。我不想证实他的这种或那种说法了。我让他自己来说吧，我如实地引用他所讲的一个故事：

敌对军队双方的侦察巡逻队都进入森林冒险。我在树上，每当听见在灌木中踩响的脚步声，我就侧耳细听，以便弄清楚是奥军还是法军。

一个奥地利的年轻中尉，肤色很浅很浅，带领一支巡逻队，士兵们着装整齐，扎辫子，打领结，头戴三角帽，脚穿长筒靴，白色武装带交叉着，挂着枪支和刺刀，他让士兵们排成两行纵队在险峻的山路上尽量保持队形。小军官对森林的情况一无所知，却坚信能够准确执行得到的命令。他按照地图上标出的路线前进，不断地往树干上撞鼻子。他让部下穿着钉了钉子的鞋在光滑的石头上滑倒，或者把眼睛碰到栎树上，但总是注意保持帝国军队至高无上的神气。

他们是一些出色的士兵。我躲在一棵松树上伏击他们。我拿着一只足有半公斤重的松球，把它扔到队尾的那个士兵的头上。那步兵张开双臂，膝盖一软，倒在林下灌木丛中的蕨草上。没有人发现他倒下，小队继续行军。

我再次追上他们。这一次我把一张卷成一团的豪猪皮扔到一个二等兵的脖子上，二等兵垂下头并昏迷过去。中尉这次看见了发生的事情，派两个人弄来一副担架，又继续前进了。

巡逻队像是故意那么干，走进了森林中最密的刺柏丛里。总是有新的倒霉事等着他们。我收集了一纸包的毛毛虫，蓝颜色的那种，只要接触到它们，就会使皮肤肿起来，比大荨麻还厉害。我把上百条虫撒在他们身上。那一排人走过去了，消失在密林深处，他们再出现时，个个在身上抓搔着，手上和脸上净是红疹块，他们向前挺进。

了不起的士兵和杰出的军官。他们对于森林里的一切如此陌生，甚至没有分辨出这是一些非正常的干扰，他们的队伍减员了，依然前进，而且永远保持高傲而不可制服的气概。那么我只好使用一窝野猫了。我提着尾巴把它们甩下去，在空中甩了几圈后，它们会如何发怒就无须多说了。发生一阵喧嚣，猫叫得特别厉害，然后安静下来，休战了。奥地利人给受伤者治疗。巡逻队缠着白花花的绷带，重新踏上征途。

“在这里唯一的办法是活捉他们！”我对自己说道，急忙赶到他们前头去，希望找到一支法国巡逻队，告诉他们敌人靠近了。可是在这条边界线上好久以来似乎没有法国人活动的迹象了。

当我经过一些长满青苔的地方时，我看见有东西在活动。我停下来，仔细倾听。听见一种溪水似的淙淙流响，然后逐渐音节清晰，变成了一阵不断的嘀嘀咕咕的说话声，现在可以听出如下一些话语：“他妈的……滚他妈的蛋……你这个浑蛋……”我在半明半暗中睁大眼睛，看见那些柔软的植物主要是由毛皮帽子和浓密的大胡子和唇髭组成的。他们是一排法国轻骑兵。他们在冬天的田野里浸透了潮气，进入春天，身上的毛皮生出绿霉和青苔。

阿格利巴·巴彼庸中尉指挥前哨队。他来自卢昂，是个诗人，志愿参加共和军。他崇拜大自然的仁慈怀抱，要求士兵不要抖掉穿过森林时沾在身上的松针、栗子刺球、细枝、树叶、蜗牛。这支哨兵队伍已经同周围的自然界融为一体了，只有我这双久经锻炼的眼睛才能发现他们。

这位诗人军官站在他的露营的士兵中，拳曲的头发长长地围绕着宪兵帽之下的那张瘦削的脸，他对着森林朗诵道：“啊，森林！啊，黑夜！我投身在你们的怀抱里了！一根铁线蕨的嫩枝缠住了这些勇敢的士兵的脚踝，因此它就能控制住法兰西的命运吗？瓦尔米[1]啊，你是多么的遥远！”

我上前说道：“对不起，公民。”

“什么？谁在那里？”

“森林里的一位爱国者，军官公民。”

“哟！这里的？您在哪儿？”

“正对您的鼻子的上方，军官公民。”

“我看见了，那上面的是什么？一只人鸟，一个鸟身女妖的儿子！您也许是一个神话中的人物吧？”

“我是隆多公民，人之子。我向您保证，无论是父亲方面还是母亲方面，都是人，军官公民。而且，母系那边在王位继承战时代有过一位英勇的战士。”

“我懂了。时代呀，荣耀呀。我相信您，公民，并且急切地想听到您好像专程来要向我报告的消息。”

“一支奥地利巡逻队正进入您的防线之内！”

“您说什么？是战斗！到时候了！溪水啊，温柔的溪水，你看，一会儿你将被鲜血染红！起来吧！拿起武器！”

听到那个诗人兼中尉的命令，轻骑兵们去把武器和物品集

1 法国马恩省的一个城镇。一七九二年，由迪穆里埃和凯莱尔曼率领的法军在此击败奥地利军，从而结束了外国对法兰西共和国的武装侵略。

中起来，一面伸懒腰，咯痰，咒骂，以如此轻松而疲沓的方式行动，使得我开始为他们的战斗力担心了。

“军官公民，您有一个计划吗？”

“计划？向敌人进军！”

“对，如何进行呢？”

“怎么办吗？包抄过去！”

“不错，如果您肯听一个建议的话，我主张把士兵们分散开来，潜伏不动，让敌人的巡逻队自投罗网。”

巴彼庸中尉是个随和的人，他对我的计划没有异议。轻骑兵们分散在森林里之后，别人很难把他们同一丛丛草木区分开来，而那位奥地利中尉肯定是最不擅长看出这种差别的人了。帝国巡逻队按照地图上标出的路线行军，每隔一会儿就有一声生硬的“向右转！”或者“向左转！”的口令。他们就这样毫无觉察地从法国轻骑兵的鼻子下走过。轻骑兵们静悄悄的，周围只传出自然界的声响，如树枝的折断声和翅膀的扇动声，他们布好队形去包围敌人。我从树上用石鸡的啼呼或猫头鹰的叫声向他们说明敌军行进的情况和他们应当走的近路。奥地利人对这一切一无所知，落入陷阱。

“站住！我以自由、博爱、平等的名义，宣布你们全部被俘了！”他们突然听见从树上传来一声大喝，看见在树枝中出现一个人影，举着一支长筒枪。

“乌拉！民族万岁！（法语）”周围所有的草丛显形为以巴彼庸为首的法国轻骑兵。

响起了奥地利兵的低沉的咒骂声，但是他们在即将反抗之前，就已经被缴掉了武器。那位奥地利中尉，脸色煞白，但是高昂着头，把剑交给了敌军中的同行。

我成为共和军的可贵合作者，但是我宁愿单独去驱逐敌人。我利用森林里的动物来协助自己，就像那次我把一窝马蜂倒在敌人身上，赶走了奥地利的一个纵队那样。

我的名声在奥地利的军营里传开了，被夸大成森林里布满了隐藏在树顶上的武装雅各宾分子。行军时，王国军队和帝国军队都竖起耳朵，听到栗子从刺壳中裂出的最轻的响声或者是松鼠最细的叫声，他们就以为被雅各宾分子包围了，马上改变路线。我制造出刚刚听得见的响动和鸣叫，就这样调开了皮埃蒙特的军队和奥地利的军队，最终他们被我牵着鼻子走。

有一天我把一支军队引入了一片多刺而稠密的灌木林，让他们在里面迷了路。在灌木中隐藏着一窝野猪，它们从炮声隆隆的高山上弃穴而逃，一群群地下山来，躲藏进低处的森林里。那些被吓坏了的奥地利人行军时不看自己鼻子底下，突然间一群硬毛的野猪从他们脚边冲出，吼叫着扑向他们。这些畜生用嘴向前拱，钻进每个士兵的胯下，把他往上抛向空中，用尖尖的蹄子将跌倒的人胡乱践踏一通，用獠牙戳破他们的肚皮。整个一连的人都被打翻在地。我同我的同伴们隐蔽在树上朝他们开枪。那些回到了营地的人，有的说是一次地震突然把他们脚下多刺的大地震动了，有的说是同一群从地下钻出来的雅各宾党人打了一仗，而这些雅各宾党人不是别的，是一些魔鬼，半人半畜，生活在树上或是在荆棘丛里。

我对您说过了，我喜欢单独进行我的出击，或者是同少数几个翁布罗萨的伙伴一起，他们是在那次收葡萄之后同我一起逃进森林的。我尽量少同法国军队联系，因为了解这些军队的底细，他们每次行动都免不了要出纰漏。但是我很热爱巴彼庸中尉的前哨排，我为他们的命运实在担心不少。事实上，潜伏在战线上静止不动对于诗人指挥的这个排来说是致命的威胁。青苔和地衣在士兵们的制服上生长，有时还长出石楠和蕨草；鹪鹩在皮帽顶上筑窝，或者铃兰在上面生长和开花；靴子同泥土粘在一起变成了一只结实的蹄子——整个一排人正在那里生根。阿格利巴·巴彼庸中尉顺从自然的温情使得那一小队勇敢的士兵变成了动植物混合体。

必须提醒他们。怎么个做法呢？我有了一个主意，我来到巴彼庸中尉面前向他提出建议。诗人正在对着月亮吟诗：

“月亮啊！圆似一张火热的嘴，又像一颗火药推动力已耗尽的炮弹，继续沿着弹道在天上缓慢而无声地转动！月亮，当你爆炸时，将升起高高的烟云和火花，把敌军和帝王宝座淹没，为我在同胞们对我漠然的坚壁上打开赞美的缺口！啊，卢昂！啊，月亮！啊，命运！啊，习俗！啊，青蛙！啊，少女！啊，我的生命！”

而我说：“公民……（法语）”

巴彼庸总是被人打断，很不耐烦，干巴巴地说：“有事吧？”

“军官公民，我想说，有办法把您的士兵从已经很危险的冬眠状态中唤醒。”

“但愿天意如此，公民。我，您看，渴望着行动。这办法是什么呀？”

“跳蚤，军官公民。”

“我很遗憾要让您失望，公民。共和军没有跳蚤。它们由于围困和生活费用昂贵的原因而饿死了。”

“我可以向您提供，军官公民。”

“我不知道您是认真说的还是开玩笑。反正，我将向上级指挥部打个报告，看他们怎么说。公民，我感谢您为共和事业所做的一切！啊，荣誉！啊，卢昂！啊，跳蚤！啊，月亮！”他胡言乱语着走了。

我明白我应当着手实施我的提议。我准备了大量的跳蚤，守在树上，一看见一个法国轻骑兵走过，就用发射器把一个跳蚤弹到他身上，尽量准确发送到他的衣领里去。然后我开始在整个支队里大把大把地撒播。这是危险的使命，因为如果我被当场拿获，我的爱国者的名誉就会扫地。他们会把我监禁起来，押送至法国，当作皮特[1]的特务处死。然而，我的疗救方法得到老天的保佑。跳蚤引起的痛痒在轻骑兵们身上燃起了火辣辣的人的文明的需要，他们在身上抓挠、搜寻、捉拿，他们把发霉的衣服、长满蘑菇和蜘蛛网的背包和包袱扔掉，他们洗澡、刮胡子、梳头，总之他们恢复了各自的人性的良知，恢复了文明的意识，产生了从无理性的自然中解放的要求。而且还刺激了他们遗忘已久的行动的动力、发奋的精神和战斗力。在进攻的时刻，可以看出他们浑身沉浸在这么一种冲动之中。共和军抵抗敌人理直气壮。他们越过阵线，一直向前挺进，取得了攻克德戈城和米莱西摩城[2]的胜利。

1 皮特（1759—1806）：曾任英国首相，反对法国大革命。

2 意大利北部小城镇。

28

我们的姐姐和流亡者德斯托马克正确地及时逃跑了，没有被共和军捉住。翁布罗萨的人民仿佛回到了收葡萄的那些日子里。他们竖起自由树，这一次比较符合法国的标准，也就是有点像根夺彩杆了。柯希莫呢，我忘记说他了，他戴着一顶弗里吉亚[1]爬了上去，但他立即感到厌倦，便走开了。

在贵族们的宅邸周围吵闹声沸沸扬扬，有人在喊：“贵族！贵族！上绞刑架！”对我，由于我是我哥哥的弟弟，并且由于我们一向很少摆贵族的架子，他们没有来惊动我，甚至接着把我也看成一个爱国者（于是，当形势再变时，我就有了麻烦）。

1　红色锥形高帽，尖顶向前倾折，法国大革命时期把它作为自由的象征。

他们成立了自治市[1]，选出了市长，一切都照法国的方式办。柯希莫被任命为临时市政府的委员，虽然许多人不赞成，认为他精神不正常。那些站在旧政权一边的人，则讥笑说新政府完全是一座关了许多疯子的牢笼。

市政府的会在热那亚总督的古老宫殿里举行。柯希莫蹲在一棵角豆树上与窗户等高的地方听人们讨论。有时候他发言，就某事议论一通，并且履行他的表决权。众所周知，革命派比保守派搞形式主义有过之而无不及，他们找到了可挑剔的东西，如体制不合适，降低了议会的尊严等等。当利古里亚共和国取代了热那亚的寡头统治共和国时，不再把我哥哥选进新的行政领导机构了。

还要提到的是，柯希莫就在那段时期内写成并出版了一部《共和体城市的宪法草案以及关于男人、女人、儿童、鸟兽虫鱼等一切家养及野生动物、林草蔬果等一切植物的权利声明》。这是一本写得很好的著作，可以作为一切执政者的指南。可是没有人认真看待它，它成了一堆死去的文字。

但是柯希莫自然在森林里度过他的大部分时间，法军工程兵部队的工兵们在那里开辟一条运送大炮的道路。工兵们在皮帽下露出长长的胡子，穿着宽大的皮工作服，显得与其他的一切

1　本章中的仿宋体文字在原文中均为法语。——编注

军人都不相同。也许这是工作性质造成的。他们没有在身后留下像其他部队那样的灾难和破坏的遗迹，相反他们心里对自己留下的东西感到满意并且有着尽一切努力做好的雄心壮志。而且他们有许多可讲的见闻：他们到过许多国家，经历过被包围和反包围的战斗；有些人还见过巴黎发生的大事件，攻克巴士底狱和断头台。柯希莫晚上去听他们讲这些事情。工兵们放下镐和铲之后，围着一堆火坐下，抽着短烟斗，便在记忆里进行开掘。

白天，柯希莫帮助绘图员测量路线。没有人比他更能胜任这项工作了。他熟悉一切通道，因此大车路可以坡度小些和少损失一些树木。与法国炮兵部队相比，他想得更多的是这些没有道路设施的村镇居民的需要。至少，这些偷鸡摸狗的大兵的到来带来了一项好处——用他们的钱修成一条路。

这很难得：因为现在占领军，尤其是自从他们从共和军变成了帝国军之后，已经变得让人厌恶了。大家都找爱国者们发泄："看你们的朋友都干了些什么！"爱国者们摊开双臂，仰天长叹，回答说："唉！那些兵呀！希望他们撤走！"

那些拿破仑的士兵从畜栏里征调猪、牛，甚至母山羊。至于税款和收获物什一税比从前更多。还增加了服兵役。去当兵这件事情，在我们这里无人想得通。被召的年轻人躲进森林里。

柯希莫为减轻这些祸害做了一些事情：当一些小产业主因害怕遭抢劫，把牲畜赶进丛林里时，他替他们守护；或者为他们秘密转移送到磨房里的粮食和送到榨房里的橄榄，使得拿破仑的士兵无法抢走这一部分财产；或者给被抽丁的青年们指示可以藏身的洞穴。总之，他尽力保护处于强权之下的人民，可是袭击占领军的事情他从来也不干，尽管那时候森林里开始有一支叫“短胡子兵”的武装队伍活动，使法国人不得安生，柯希莫还像过去一样固执，他不愿否认自己，由于从前是法国人的朋友，他仍然认为自己应当忠实于友谊，虽然许多情况变化了，并且完全不是他当初所希望的那样。其次也应当考虑到他开始进入老年，不能做很多事情了，无论从哪方面。

拿破仑到米兰给自己加冕，然后在意大利一些地方旅行。所到之处人们热烈欢迎，带他参观稀世珍宝和古迹。在翁布罗萨，拜访“树顶上的爱国志士”也列入了日程，因为往往就是那样，在我们这里无人注意柯希莫，可是在外面，尤其是在国外，他被人们谈论得很多。

这不是一次随随便便的会见，是由市接待委员会为了讨好卖乖而事先精心安排好的。必须挑选一棵漂亮的树，他们想要橡树，可更适合展示的是核桃树，于是他们用一些橡树的叶子来装点核桃树，在上面挂上法国三色彩带和伦巴底三色彩带、三色徽章和旗帜。他们让我哥哥蹲在那上面，穿着节日的盛装，但是头上戴着那顶有特色的猫皮帽，肩上搭着一只松鼠。

全部活动预定在十点开始，周围有一大圈人，可是到了十一点半拿破仑理所当然地没有出现，我哥哥等得很不耐烦，因为年纪大了，他开始患上膀胱疾病，他不时要躲到树干后面去撒尿。

皇帝来了，一帮戴二角帽的高级军官和外交官前呼后拥，像是一些二桅小帆船在前后颠簸。时间已是正午，拿破仑抬头从树的枝叶中向柯希莫望去，太阳光射进他的眼里，他开始同柯希莫就他的处境扯了几句："我很了解您，公民……"他用手遮着太阳光，"……在森林里……"他往旁边跳开一点，避开阳光对眼睛的直射，"在我们绿油油的大树干之间……"他往旁边再跳开一点，因为在柯希莫点头表示同意时，阳光重新照在他身上。

看见波拿巴着急的样子，柯希莫礼貌地问道："皇帝陛下，我能为您做点什么吗？"

"是的，是的。"拿破仑说，"您往这边过来一点，我请求您这么做，替我挡住太阳，好，就这样，别动……"接着他沉默不语，好像在想什么，他转身问埃乌吉尼奥总督："这一切使我想起点什么……想起我见过的东西……"

柯希莫来援助："陛下，那不是您，是亚历山大大帝[1]。"

---

1 根据普鲁塔克的记载，古希腊犬儒派哲学家第欧根尼（约前404—约前323）与亚历山大大帝在科林斯会见，亚历山大表示要帮助他时，他淡然回答："请你不要遮住我的阳光。"亚历山大仰慕地说："我若不是亚历山大，我愿做第欧根尼。"此处套用这个典故。

“啊，对了！”拿破仑说，“是亚历山大同第欧根尼的会晤！”

“您永远不会忘记普鲁塔克写的传记，我的皇帝陛下。”博阿尔内子爵说。

“只是在那个时候，”柯希莫补充道，“是亚历山大大帝问第欧根尼他可以为他做什么，第欧根尼让他挪动一下……”

拿破仑打榧子，表示终于得到了他一直寻思的话。他用一个眼色示意随行的大臣们注意听他说话，然后用极好的意大利语说：“如果我不是拿破仑皇帝的话，我很愿意做柯希莫·隆多公民！”

他掉转身走了，身后随从们的马刺互相碰撞，弄出一阵响声。

一切到此结束。事后人们曾盼望在一星期之内会给柯希莫送来荣誉军团十字勋章。可是什么也没有。我哥哥对此毫不在意，可是对于我们家里的人来说本应当是件喜事。

29

青春在大地上匆匆而过，树上的情形，你们可想而知，那上面的一切注定是要坠落的：叶片，果实。柯希莫变成了老人。多少年来，他在冰剑霜刀、凄风苦雨中度过了一个个夜晚，住在那飘摇不定的栖身所里或者是身旁毫无依托，他被空气护围着，从来没有一个家、一炉火、一盘热饭菜……柯希莫已经是一个垂垂老者，罗圈腿和像猴子一样的长胳臂，驼背，套一件长长的皮斗篷，连脑袋也裹在风帽里，像一个毛茸茸的修士。他那经过太阳烤晒的脸，粗糙得像一颗毛栗子，在皱纹的包围中一双圆眼睛清澈明亮。

在贝雷西纳拿破仑的军队溃败，英军在热那亚登陆，我们日日等待着巨变的消息。柯希莫不再来翁布罗萨，他趴卧在森林中的一棵松树上，那松树生在炮车大道边上，从前运往马伦戈的大炮从那里经过。他望着东方，在荒芜的路面上现在只能遇见赶着羊群的牧人和驮着木头的骡子。他期待什么？拿破仑他见过，革命如何结束他知道，除了最坏的事情，他没有什么可企盼的了。他还在那里，眼睛死死地盯着，仿佛依然挂着俄罗斯的冰凌的帝国军队随时都会在拐弯处出现，波拿巴坐在马鞍上，没刮干净的下巴低垂在胸前，发着烧，面容苍白……他将会在松树下停住（在他身后，一个人步履蹒跚地愈走愈慢，一个人的背包和枪支掉在地上，一个人在脱掉累倒在路边的士兵的靴子，一个人解开伤腿上的绷带）并且会说："你是对的，隆多公民，把你起草的宪法再交给我吧，把五人执政内阁[1]、领事馆和帝国都不愿听的你的建议再交给我吧！我们从头开始，再树立起自由树，拯救全球祖国！"这些当然是梦想，是柯希莫的希望。

然而，一天，炮车大道上有三个人吃力地从东边走过来。他们一个瘸腿，拄着一根拐杖，另一个头上缠满绷带，第三个最健康，因为他只是在一只眼睛上有一条黑色束带。他们身上穿着肮脏破烂的衣服，有着胸饰纽的布条从胸前向下垂挂着，皮帽没有了帽顶，但是其中一人帽子上带有羽饰，长靴子顺着腿裂开，好像是属于拿破仑卫队的军服。但是他们没有武器，也就是说他们

1　法国一七九五年至一七九九年间的政府机构。

中有一个挥舞着空的军刀鞘，另一个在一只肩膀上扛着一支长枪筒当木棍，挑着一个包袱。他们唱着走过来：“从我的祖国……从我的祖国……从我的祖国……（法语）”好像三个醉汉。

“喂，外国佬们，”我哥哥对他们大声喝道，“你们是什么人？”

“看看这是哪种鸟呀！你在那上面干什么？吃松子吗？”

另一个说：“谁愿意给我们一些松子呀？我们早就饿了，你能请我们吃点松子吗？”

“口渴！吃了雪之后就口渴！”

“我们是轻骑兵第三团！”

“完整的一个团！”

“剩下的全体人员！”

“三百个剩三个，不少啦！”

“我，我逃出来了，知足啦！”

“嗬，还不能说出来，你还没有到家哟！”

“叫你不得好死！”

“我们是奥斯特利茨[1]的胜利者！”

“维尔纳[2]的凶神恶煞！快活！”

1 一八〇五年拿破仑曾在此附近决定性地击败俄奥联军。

2 即今立陶宛首都维尔纽斯。一八一二年，法军在侵入俄国前，曾攻占维尔纳。

“说吧，会说话的鸟儿，告诉我们在这附近哪里有一家酒店呀！”

“我们喝干了半个欧洲的酒桶，可是还不解渴！”

“这是因为我们被打得浑身是窟窿眼，酒漏掉了。”

“你的那个地方被打穿了！”

“一家让我们赊账的酒店！”

“我们下次来付账！”

“拿破仑掏钱！”

“呸……”

“沙皇付账！他追过来了，你们把账单拿给他看！”

柯希莫说：“这附近没有酒店，但是那边有条溪流，你们可以去解解渴。”

“你到溪流里去淹死吧，猫头鹰。”

“如果我没有把枪丢失在维斯图拉[1]的话，我早就把你毙了，像一只雀子一样插在肉扦上烤熟了！”

“你们等一等，我到那条溪流里去洗洗我的这只脚，疼得像火烧一样……”

“依我看，你在那里再洗洗屁股……”

结果三个人都去了溪流边，脱下鞋，洗脚、洗脸和洗衣

1 波兰境内的一条河。

服。他们从柯希莫那里得到肥皂。他是那种老了以后变得干净起来的人，因为他开始对自己的身体产生厌恶感，这是年轻时没有的感觉，于是总带着肥皂。清凉的水使三个喝醉的逃兵清醒了一些，醒了，快乐消失了，他们为自己的处境发起愁来，唉声叹气，呜咽抽泣。可是就在这忧愁之时，清澈的水给人带来了愉悦，他们享受起水的乐趣，唱着："从我的祖国……从我的祖国……（法语）"

柯希莫回到路边的树顶上，他听见马蹄声。原来一小队轻骑兵奔驰过来，卷起飞扬的尘土。他们穿的制服是从未见过的，沉重的皮帽之下露出稍微扁平的白脸，胡须浓重，生着眯缝的绿眼睛。柯希莫挥动帽子招呼他们："从哪儿吹来的好风呀，骑士们？"

他们停步："你好！老大爷，（俄语）请问，还要走多远才到呀？"

"你们好，（俄语）士兵们！"柯希莫说，他过去各种语言都学了一点儿，也懂点俄语，"去哪里？（俄语）要到哪里去呀？"

"到这条路可通的地方去……"

"哟，这条路嘛，通许多地方……你们去哪里呢？"

"去巴黎。（俄语）"

"哦，去巴黎有更方便的路线……"

“不，不去巴黎。去法国，找拿破仑。这条路通哪里？（俄语）”

“哦，可以去许多地方：奥利瓦巴萨，沙索科托，特拉巴……”

“什么？奥利瓦巴萨，不对，不对。（俄语）”

“那么，想去的话，还可以去马赛……”

“去马赛……对，对，马赛……法国……（俄语）”

“你们去法国干什么？”

“拿破仑跑来同我们的沙皇打仗，现在我们的沙皇追赶拿破仑。”

“你们从哪里出发来到这里？”

“从哈尔科夫，从基辅，从罗斯托夫。（俄语）”

“那么你们见过许多美丽的地方！你们喜欢我们这里还是喜欢俄罗斯？”

“好地方，坏地方，我们喜欢俄罗斯家乡。”

一匹马奔跑而来，挟带着一股烟尘，马停下来，马背上坐着一位军官，他向哥萨克士兵们训斥道：“走开！行军！谁允许你们停下来的？（俄语）”

“再见，老大爷！”那些人对柯希莫说，“我们也该走了……（俄语）”他们挥鞭策马而去。

军官停留在松树脚下。他高高的个子，生得单薄，有着贵族风度和忧郁表情。他将没戴帽子的头抬向飘着几丝浮云的天空。

“您好，阁下，”他对柯希莫说，“您懂我们的语言？（法语）”

“是的，略懂一些，（俄语）”我哥哥回答，“但是不如您的法语说得好。（法语）”

“您是本地人吗？拿破仑来此地时您是否在这里？（法语）”

“在，军官先生。（法语）”

“您认为他如何？（法语）”

“我尊敬的先生，军队总是造成许多破坏，无论那些军队带来了什么思想。（法语）”

“是的，我们也造成了大的灾难……但是我们没有任何思想可言……（法语）”

他忧伤而恼火，虽然他是一个胜利者。柯希莫对他产生同情，想安慰他：“你们打胜了！（法语）”

“是的。我们打得很好，太好了。但是也许……（法语）”

只听见突然爆发出一声尖叫，接着是一声跌倒的“扑通”声和兵器声。“干什么？（俄语）”军官问道。哥萨克士兵们转回来，把几个半裸着的人的躯体拖在地上走，左手里提着什么东西（右手握着一把弯弯的马刀，刀不带鞘——是的，而且——滴着血），那东西原来是那三个喝醉了的轻骑兵的满是胡须的脑袋。“法国人！拿破仑！（俄语）全都砍了！”

年轻的军官不耐烦地命令他们把死尸弄走。他转过脸来，仍旧同柯希莫说话：

“您看……战争……有好几年了，我把一件可恨的事情尽我们之所能地做好了。这场战争……所有的一切，都是为了实现一个我根本无法解释的理想……（法语）”

“我也是。”柯希莫回答道，“许多年以来，我为一些连对我自己都解释不清的理想而活着，但是我做了一件好事情：生活在树上。（法语）”

那军官由忧伤变得激动不安起来。“那么，”他说，“我该走了。”他行军礼告别，“再见，先生……请问尊姓大名？（法语）”

“柯希莫·迪·隆多男爵。（法语）”柯希莫在他身后大声说道，“再见，一路平安……（俄语）您的姓名呢？（法语）”

“我是亲王安德烈……”奔驰的战马把他的姓氏卷走了。

30

我不知道这个十九世纪将给我们带来些什么。它一开头就不好，接着越来越糟下去。复辟的阴影笼罩着欧洲，一切革新者——雅各宾党或波拿巴分子——几乎都失败了。专制制度和耶稣会重新掌权。青年时代的理想、光明、我们的十八世纪的希望，统统化作灰烬。

我把我的思想寄托在这本书中，我不知道用其他的方式表达。我始终是一个冷静平和的人，没有强烈的激情或狂热，是一家之主，是世袭贵族，思想开明，循规守法。政治上的急剧动荡从来没使我经受大起大落，而且我希望如此继续下去。可是内心里，又是多么的难过哟！

从前不一样，有我哥哥在。我对自己说“有他替我们大家着想”，我只爱过日子。世事变化的标志，对于我来说，不是奥地利人、俄国人到来，不是并入皮埃蒙特，不是新的税捐或其他什么事情，而是打开窗子看不见他的树晃动了。现在他不在了，我觉得我应当考虑许多事情，哲学、政治、历史，看报、读书，脑袋都快撑破了。可是他说的那些都不在里面，那是他的理解，一种包容一切而不能用语言说清的东西，只有像他那样身体力行地去体验，只有像他那样一生到死都坚持我行我素的人，才能给大家做出奉献。

我记得他生病时的情景。我们看出来了，因为他把他的简陋的卧具搬到了广场中心的那株大核桃树上。而从前，他出于野生生物的本能，总是把睡处隐蔽起来。现在他感到需要时时有人照看。我的心紧张起来。我过去总想他将来不会喜欢孤独地死去，这可能就是一种先兆。我给他派去一个医生，爬梯子上去的，他下来后做了一个苦脸，并摊开双手。

我爬上梯子。“柯希莫，”我开始对他说，“你活了六十五年了，怎么能继续待在树上呢？你想说的你都说了，我们理解，你向我们表现出了一种伟大的精神力量。现在你可以下来了。那些终生在海上漂流的人也有一个离船上岸的年龄呀。”

不行。他摆摆手做了否定的表示。他几乎不再说话了。有时候，他起身，用被子连头裹住，坐到一根树枝上晒一会儿太阳。更远的地方他去不了。那时有一个平民老太太，一位神圣的妇女（也许是他过去的情人），去给他清理换洗，给他送热的饮食。我们把木梯子靠树干架着，因为时时需要有人上去帮助他，也因期待他什么时候决定走下来（别人这么想，我可了解他是个什么样的人）。树下广场上总是有一群人来陪伴他，他们互相之间闲聊，有时也同他说一两句，虽然他们知道他不想再说话了。

他的病情恶化。我们把一张床抬上树，成功地把床架平稳，他很乐意躺在上面。我们有些后悔没有更早一些想到。说实话，他并不是要存心拒绝舒适的享受，尽管生活在树上，他总是设法尽可能生活得好一些。于是我们赶紧提供其他的方便：一些替他挡风的席子，一顶帐子和一只火盆。稍微好一些了，我们送上去一张安乐椅，把它固定在两棵树之间。他开始坐在椅子上度过白天的时光，裹着他的被子。

一天早上，我们看见他不在床上也不在椅子上，当大家抬头向上看时，都吓坏了：他爬到了树顶上，骑坐在一根极高的枝头上，身上只穿了一件衬衣。

“你在上面做什么呀？”

他不回答。他已经半僵硬了。他能爬上树顶简直是奇迹出现了。我们准备了一张收橄榄时用的那种大布单，派二十来个人撑着布单，等待他摔落下来。

同时一位医生上去了。那是一次极费事的攀登，必须把两架梯子连接起来。他下来说：“请神父上去吧。”

我们事先已商量好让一个叫唐·贝利克莱的神父上去试一试。此人是他的朋友，在法国人执政期间是立宪派教士，在还没有禁止神职人员入会时参加过共济会。吃尽苦头之后，新近被主教恢复神职。神父穿着祭礼服，托着圣体盘，后面跟着辅祭人，在那上面停留了一会儿，好像是闲谈了几句，然后就下来了。“唐·贝利克莱，他接收圣礼了，是吗？”

“没有，没有，但是他说很好，他觉得这样就很好了。”没能从他嘴里套出更多的话来。

撑着布单的人们累了。柯希莫坐在树上，纹丝不动。此时刮起了风，是西南风，树梢摇曳，我们准备好接人。就在这时候天上出现一只热气球。

一些英国的气球驾驶员在海边做飞行练习。那是一只漂亮的大球，装饰着彩穗、飘带和花结，挂着一个柳条吊舱，里面坐着两名军官，尖尖的三角帽，金光闪闪的肩章，用望远镜观看下面的风景。他们把望远镜对准广场，观察树上的人、摊开的布单、人群，真是世界奇观。柯希莫也抬起头，注意地望着气球。

正在这时热气球被卷入从西南吹来的旋风中，开始像陀螺一样飞快转动起来，向海上飘去。飞行员们没有惊惶失措，他们动手减小——我想是气球的压力，同时抛出锚，以便抓住什么支撑物。锚带着长长的绳子在空中飞舞，闪耀着银白色的光，随着气球斜向飘行，现在飘到了广场上空，在大约与核桃树尖相齐的高度上，我们很担心碰到柯希莫。但是我们万万没想到一瞬间后将目睹的事情。

奄奄一息的柯希莫，当锚的绳子靠近他之际，一跃而起，就像他年轻时经常蹦跳的那个样子，抓住了绳索，脚踩在锚上，身体蜷缩成一团，我们看见他就这样飘走了，被风拽扯着，勉强控制着气球的运行，消失在大海那边……

热气球飞过海峡，终于在对岸的海滩上着陆了。绳子上只拴着那只锚。飞行员们一直忙于掌握航向，对别的事情毫无觉察。人们猜测垂死的老人可能是在飞越海湾时坠落了。

柯希莫就这样逝去了，没有让我们看见他的遗体返回地面。在家族的墓地上竖起一块纪念他的墓碑，上面刻写着：“柯希莫·皮奥瓦斯科·迪·隆多——生活在树上——始终热爱大地——升入天空。”

我写这本书时，时常搁笔，走到窗前。天上空荡荡的，我们这些翁布罗萨的老人在绿色的苍穹之下生活惯了，觉得看这样的天空很是刺眼。人们说在我哥哥离去之后，树木就撑不住了，纷纷倒落，又说是因为人们玩弄斧子发了疯。后来，植被大为改观，不再有圣栎树、榆树、栎树，现在非洲、澳洲、美洲、印度都把它们的树木和树根伸到了我们这里。古老的树种留在地势高的地方，小山上是橄榄树，高山上是松树林和栗树林，海滩上是红色的澳大利亚桉树和印度榕，这样一类庭院观赏型的巨大的和单棵的树，剩下的就是棕榈树，它们一副披头散发的样子，沙漠地区的不宜居住的树木。

翁布罗萨不复存在了。凝视着空旷的天空，我不禁自问它是否确实存在过。那些密密层层错综复杂的枝叶，枝分杈、叶裂片，越分越细，无穷无尽，而天空只是一些不规则闪现的碎片。这样的景象存在过，也许只是为了让我哥哥以他那银猴长尾山雀般轻盈的步子从那些枝叶上面走过。那是大自然的手笔，从空白开始不断添枝加叶，这同我让它一页页跑下去的这条墨水线一样，充满了画叉、涂改、大块墨渍、污点、空白，有时候撒成浅淡的大颗粒，有时候聚集成一片密密麻麻的小符号，细如微小的种子，忽而画圈圈，忽而画分叉符，忽而把几个句子勾连在一个方框里，周围配上叶片似的或乌云似的墨迹，接着全部连接起来，然后又开始盘绕纠缠着往前跑、往前跑。纠结解开了，线拉直了，最后把理想、梦想挽成一串无意义的话语，这就算写完了。

后记

(1960)

我在此卷《我们的祖先》中收集三篇写于1950—1960年代的故事，它们的共同之处在于事件是非真实的，发生在久远的时代和想象的国度中。由于这些共同的特点（尽管还有其他不相同的特点），人们认为，它们组成了，像通常所说的，一部“套曲”，甚至是一部“完整的套曲”（也就是说写完了，因为我不打算写类似的新故事）。这给我提供了重读它们和回答问题的好机会，迄今为止每当人们提出之后我避而不答的问题是：我为什么写这些故事？我想说什么？我实际上说了些什么？这种类型的叙事在当今文学中有什么意义？

我起初写过一些当时所谓“新现实主义”的故事。也就是说，我讲述了一些不是发生在我身上而是发生在别人身上的故事（或者说是想象发生过或可能发生的），如通常所说，这些人是“人民”大众，但总是一些有点非正常的人，至少是一些奇怪的人，不会过多迷失在思想和情感中，而能够只通过他们所说的话和所做的行为来加以描写。我写得很快，使用短句型。那时我想表达的是某种突破，某种写法。我喜欢故事发生在户外，在公共场所，如在车站，许多人际关系在那里产生于偶然相遇的人们之间；心理学说、内心世界、室内场景、家庭、风俗、社会（尤其是上流社会），我对这些不感兴趣，也许从那时起我不曾有过大的改变。

我毫不经意地用游击队员的故事开始写作：结果很成功，

因为这些故事是历险记，充满搏斗厮杀，枪林弹雨，有一点残酷也有一点儿吹嘘，符合当时的精神，还运用了“悬念”，这在小说中像调味的盐。在我于 1946 年写的中篇小说《通向蜘蛛巢的小径》中，我也大量地运用了新现实主义的生硬手法，而批评家们开始说我是“寓言式的”。我这是在赌博：我深知当讲述无产者和八卦新闻时带有寓言性是优点，而当讲述城堡和天鹅时寓言性就不足以称道了。

于是我尝试写别的新现实主义小说，以那些年里的大众生活为主题，可是我没能写好，将手稿留在了抽屉里。倘若我采用一种欢快的语调述说，显得假腔假调；现实复杂得多，任何风格的模仿终归是装腔作势。倘若我使用一种更加深思熟虑和悲天悯人的语调，一切将变得灰暗、忧伤，我就失去了那种属于我的特征，也就是对写作的是我而不是另一个人这个事实的唯一证明。

是世道变调了：游击战争时期和战后时期的散乱生活随时间转移而远去，再也遇不见那些向你讲述非凡经历的非同寻常的人物，即或还能遇见，却再也辨认不出他们的人和事了。现实步入各种轨道，表面上更正常，变成机构式的；如果不通过他们所在的机构很难判定人们所属的阶级；我也步入一种阶层成为其中的一分子——那种大城市的知识分子，身着灰色套装和白色衬衣。但是我想，归咎于外部环境是太方便的做法；也

许我不是一个真正的作家，我是一个写作过的人，像许多人一样，被推进变革时期的浪潮；过后我的灵感就枯竭了。

于是，我怀着对自己和对一切都感到厌烦的情绪，作为个人消遣，于 1951 年开始写《分成两半的子爵》。我无意特别支持某一种文学观念，也不想进行道德讽喻，或者狭义的政治讽喻，从来都不。当然我感觉到了那些年里的气氛，尽管不是很理解。我们处于冷战中心，空气中弥漫着一种紧张，一种难以言表的不安，它们不具有看得见的形象，可是主宰着我们的心灵。于是，当我写一个完全是出自幻想的故事时，我不仅在不自觉地宣泄那个特殊时期的压抑感，而且还找到了走出困境的推动力；也就是说，我不是被动地接受消极的现实，而且能够对其注入活力，颂扬、野性、简约风格、强烈的乐观主义，它们曾经属于抵抗文学。

起步时我心里只有这股动力和一个故事，或者更恰当地说是一个形象。在我写每个故事的起始之时，都有一个形象在我脑子里转动，不知是何时诞生的，而且跟随我多年。这个形象逐渐在我头脑里发展成一个有头有尾的故事，而且同时——两个过程经常是平行而又独立的——我相信这个故事蕴含某种意义。但是，当我动手写作时，这一切在我心中初具轮廓，还处于空白状态，只能在写的过程中，一切事物最终各就各位。

那么，一段时间以来我一直在想一个从纵向劈为两半的人，那两半中的每一半都自行其是。一个士兵的故事，发生于一场现代战争？但是常见的表现主义讽刺作品被反复炒腻了：一场远去时代的战争更好一些，土耳其人，一刀劈开——不，一次炮击更好一些，因此一半被认为已经毁坏，后来却又跳将出来。那么是土耳其人开的炮？对，奥地利-土耳其战争，十七世纪末期，埃乌杰尼奥亲王，但是让这一切都显得影影绰绰，那时我对历史小说不感兴趣（现在依旧）。那好：一半活下来，另一半以后再出现。如何区别他们？行之有效的可靠方式就是让一半善良而另一半邪恶，一种史蒂文森式的对立，就像《化身博士》，以及《杜里世家》中的两兄弟。故事就这样完全按照合乎几何逻辑的推理编织起来。而批评家们可能开始步入歧途：他们说我心里想的是善与恶的问题。不是，它在我心中根本不存在，我没有想过善与恶，一分钟也没有。正如一位画家可以使用色彩的鲜明对比来突出某一种图形，同样地我采用了一种众所周知的叙事的对立来突出我所感兴趣的那个东西，这就是分裂。

现代人是分裂的、残缺的、不完整的、自我敌对的；马克思称之为“异化”，弗洛伊德称之为“压抑”，古老的和谐状态丧失了，人们渴望新的完整。这就是我有意置放于故事中的思想-道德核心。但是除了在哲学层面的深入探索工作之外，我注重给故事一副骨骼，像一套连贯机制良好运行，还有用诗意

想象自由组合的血肉。

我不能将现代人所有的残缺类型都安放在主人公身上，他已经肩负推动故事进程的一大堆事情，我分散给一些配角。其中之一——可以说是唯一具有单纯教育作用的——木匠彼特洛基奥多师傅，他建造精良的绞刑架和刑具而试图不想它们做什么用途，这就像……这当然就像现在的科学家或技术人员，制造原子弹或者任何他们不知道社会用途的设备，他们单一的“做好自己的职业”的责任感不足以使良心安稳。“纯粹的”“自由客观的”（或不自由的）科学家与人类现实生活脱节的问题也表现在特里劳尼大夫这个人物身上，但是他的出身完全不同，作为一个史蒂文森意味的小人物，从其他地方流落到那种环境中，他还有着自己独立的精神世界。

麻风病人和胡格诺派教徒属于一种更加复杂的虚构方式，从浪漫幻想的深层背景中诞生，也许受到古老的地方历史传统的启发（麻风村在利古里亚或普罗旺斯腹地；从法国出逃的胡格诺派教徒定居在库尼塞，在南特谕令[1]被撤销之后，或者更早一些，在圣巴托罗缪之夜[2]以后）。对于我而言，麻风病人代表

1 法国国王亨利四世颁布的准许国民信仰自由的谕令，1685年被路易十四撤销。

2 1572年8月23日午夜到24日凌晨，巴黎天主教徒屠杀新教徒事件。

享乐主义、无责任感、快乐的颓废、唯美主义与病态的集合，在某一方面代表了当时流行的也是永远存在的文学艺术上的颓废主义（世外桃源阿卡迪亚）。胡格诺派教徒是与之相反的另一半——道德主义，但是作为艺术形象，有着更为复杂的意义，还因为隐含一种家族秘传（猜测是我的姓氏的起源[1]——迄今尚未证实），是对马克斯·韦伯资本主义新教起源说的一种图解（讽刺与欣赏兼备），以此类推，是对其他一切建立在实用道德主义基础上的社会的图解；是对一种没有宗教的宗教伦理的描写，这种观照赞同多于讽刺。

我认为《分成两半的子爵》中所有的其他人物除了在小说情节中的作用外没有别的意义。有的人物我觉得相当好，即获得了自己的生命，比如奶妈赛巴斯蒂娅娜，还有老子爵阿约尔福，他出场短暂。少女人物（牧羊女帕梅拉）仅仅是与半身人的非人性相对立的一个图解式的女性形象表意符号。

而他，梅达尔多，半身人呢？我说过他比别人少一些自由，按照故事情节走预定的路线。但是，尽管他如此地受强制，却仍然能够表现出一种基本的不确定性，符合作者心中还不很清晰的某些东西。我的宗旨是向人的一切分裂开战，追求完整

1 胡格诺教派属加尔文宗，加尔文与卡尔维诺是同一个词（Calvino）。

的人，这是确定无疑的。但是实际上，开篇时完整的梅达尔多，是无定型的，没有个性也没有面容；结尾时重归完整的梅达尔多让人一无所知；生活在故事里的人只是以半个自己出现的梅达尔多。而这两个一半，两个非人的相反形象，结果表现得更具人性，形成矛盾关系；邪恶的一半，那么地不幸，令人同情，而善良的一半，那么地愧疚，迂腐可笑。我从两种对立的观念出发，对以分裂作为真正生存方式的双方都给予赞赏，并且痛斥“愚蠢的完整”。小说最终不由自主地表达分裂意识，是否因为生活在分裂的时代？或者更恰当地说，是否因为真正的人的完整不是幻想中的一种不明确的总和，或者说齐备，或者说多面，而是坚持不懈地深入认识实在状况，认识自己天然的和历史的条件，个人的自愿选择、自我构建、能力、风格，包括内心自律和主动放弃的个人准则，始终不渝？这个故事以它自然的内在动力将我推向这个我过去和现在一贯的真正主题：一个人心甘情愿地给自己立一条严格的规矩，并且坚持到底，因为无论对他还是对别人，没有这条规矩他将不是他自己。

我们再次遇上这个主题是在另一个故事《树上的男爵》里，它写于几年之后（1956 年至 1957 年间）。这一次也是写作的年代影响精神状态。那是一个对我们在历史运行中可能起到的作用进行反思的时代，新的希望和新的痛苦相互交织。尽管有这

一切，时代朝更好的方向走去；问题在于寻找个人良知与历史进程之间的正确关系。

这一次也是我的头脑里先有一个形象多时：一个攀爬在一棵树上的少年；他爬，会发生什么事情？他爬，走进另一个世界；不对，他爬，遇见奇妙的人物；对了，他爬，每天从一棵树到另一棵树地漫游，甚至不再回到树下，拒绝下地，在树上度过一生。我应当为此编造一个从人际关系、社会、政治等中脱逃的故事吗？不是，那样就太肤浅和无聊，我让这个不愿像别人一样在地上行走的人物不变成一个厌世者，而变成一个不断为众人谋利益的男子汉，投身于那个时代的运动，愿意全面参与积极生活——从技术进步到地方治理和精致生活。只有这样写，我才有兴趣动笔。但是他始终认为，为了与他人真正在一起，唯一的出路是与他人相疏离，他在生命的每时每刻都顽固地为自己和为他人坚持那种不方便的特立独行和离群索居。这就是他作为诗人、探险者、革命者的志趣。

举一个例子，西班牙人的插曲是为数不多的我从一开始就似乎很清楚的情节之一：他们由于偶然的原因生活在树上，当起因消除后就下树了，而那个“攀缘者”相反，他出于内心的志趣，当不存在任何外部理由时他仍然留在树上。

完整的人，在《分成两半的子爵》中我还没有清晰的设想，而这一次在《树上的男爵》中体现在通过自觉进行艰苦磨

砺而充分完成自我的那个人身上。写这个人物时发生了对我来说是不同寻常的事情：我认真地对待他，相信他的所作所为，我把他认同为自己。补充一点，当我为安排一个被树木覆盖的非真实国度而寻找一个往昔的时代时，我被十八世纪及其与后一个世纪之间的动乱时期的魅力吸引住了。于是，主人公柯希莫·迪·隆多男爵走出了可笑的情节框架，来到我面前，成为一个道德楷模，具有精准的文化特质；我的历史学家朋友们关于意大利启蒙主义者和雅各宾派的研究，成为幻想的可贵推动力。那个女性形象（薇莪拉）在文化与伦理方面也发挥了作用：与启蒙主义者的坚定相反，那种对一切事物巴洛克式的和后来浪漫主义的冲动是危险的，险些变成破坏力量，跑向毁灭。

于是，《树上的男爵》在我笔下变得与《分成两半的子爵》大不相同。不是一个时代不详、背景模糊、人物单薄而象征化、童话结构的故事，我在写作时不断地被诱导进行历史的“模仿”，写出一系列十八世纪的人物形象，标明日期和与之相关的名人逸事；风景和自然环境是虚构的，但是以怀旧之情细致描绘；精心设计合情合理和接近真实的情节，甚至包括非真实的开头；总之，我最终品尝到了**小说**的滋味，这个词最传统的含义。

关于那些次要人物，由于浪漫气氛中的自然繁衍而诞生，可说的不多。做孤独的人似乎是他们共同的特征，每一个人都以一种错误的生存方式，围绕在主人公唯一正确的方式周围。

请看骑士律师，他重现特里劳尼医生的许多特点。十八世纪，奇闻逸事倍出的伟大世纪，仿佛特意为安置这座怪诞人物画廊而存在。那么柯希莫可以被看成一个使自己的不合常规行为具有普遍意义的另类人吗？这样想来，《树上的男爵》没有穷尽我提出的问题。显而易见的是现在我们生活在一个没有奇迹的世界，人们最简单的个性被抹杀了，而且人被压缩成预定行为的抽象集合体。今天问题已经不再是自我的部分丧失，是全部丧失，荡然无存。

我们从原始人缓慢进化成非自然的人，原始上由于与天地浑然一体，因而与生物没有区别，可以称之为还不存在；非自然的人由于混同在产品和环境之中，因而不与任何东西发生摩擦，同周围的事物（自然或历史）不再有关系（斗争与通过斗争得到的和谐），而只是抽象地“发挥作用”，也是不存在的。

这个思考的焦点渐渐地与长久以来占据我心中的一个形象重合：一副行走的盔甲，中间是空的。我尝试着将它写成一个故事（在 1959 年），这就是《不存在的骑士》，它在三部曲中更可能位列第一而不是第三，因为查理大帝武士的年代更早，还因为与其他两个故事相比，它更可以被认为是一个序曲而不是尾声。而且这本书写于历史背景比 1951 年和 1957 年更加动荡不安的年代，强调哲学提问，同时却以激越的抒情方式解决。

阿季卢尔福，不存在的武士，有着广泛散布于当今社会各行各业中那一类型人的精神面貌；我写这个人物很快就得心应手。我从阿季卢尔福的模式（具有意志和意识的不存在）出发，用一种反向逻辑程序（从思想出发走向形象，与我通常所做的相反），挖掘出一个没有意识的存在模式，即同客观世界浑然一体，我创造了马夫古尔杜鲁。这个人物没有能力拥有前者的独立精神。这是可以理解的，因为阿季卢尔福的原型随处可见，而古尔杜鲁的原型仅在人类学家的著作里才有。

这两个人物，一个没有生理个性，而另一个没有意识个性，他们不可能扩展成一段故事；他们只是宣告了主题，应当由其他的人物加以展开，存在与不存在也在他们每一个人的内心搏斗。还不懂得存在与不存在的人，是年纪轻的人；因此一位青年应当是这个故事的真正主人公。朗巴尔多，司汤达式武士，像一切年轻人所为，追求生存的证明。存在的证实在于行动；朗巴尔多将寓意实践、经验、历史。我需要另一位青年，托里斯蒙多，我让他成为绝对精神，对于他存在的证实应当来自别的什么而不是他自己，来自在他之前就存在的，与他相分离的那一切。

对于年轻男性，女人是肯定存在的；我写了两个女人：一个是布拉达曼泰，爱情是冲突，是战争，这就是朗巴尔多的心上人；另一个——寥寥几笔而已——索弗罗妮亚，爱情是和平，是前世的梦中思念，托里斯蒙多的心上人。布拉达曼泰，爱情如战

争，她寻求异己者，即不存在的人，因此她爱上了阿季卢尔福。

我最后该做的事情是举例证明存在是神秘经验，四大皆空、瓦格纳、日本武士的佛教思想；圣杯骑士们现身了。还有与此相反的观念——存在是历史经验，被历史抛弃的人民的觉醒（被卡罗·莱维多次阐述过的观点）；库瓦尔迪亚的居民与圣杯骑士对立，他们穷困并遭受欺压，不知如何活在世上，将在斗争中学会生存。

至此我需要的人齐全了，让他们受自身那许多生存焦虑的支配而活动就行了。但是这一次我不会像在写《树上的男爵》时那样让自己掉进故事里，也就是说我最终不会相信我所讲述的那些东西，这一次故事是并且应该是人们所说的一种“娱乐”。我一贯认为享受这种“娱乐”的人是读者：这不是说对于作者也同样是一种娱乐，作者应当在叙事时保持距离，调节好冷热情绪，自我控制和自发冲动交替，其实写作是最使人疲劳和神经紧张的工作方式。当时我想倾诉写作的甘苦，为此编造一个人物：我变成修道院的文书，假托她在写小说，这使我获得平静而自然的动力，完成最后的篇章。

你们可能会发现在这三个故事中我都需要一个自称“我”的人物，也许通过这个人起到调和与抒情的作用，可以纠正讲寓言故事时完全客观的冷漠态度。我每次选择一个边缘人物，或者至少是与情节无关的人：在《分成两半的子爵》中是一个

少年的“我”，一个卡尔利诺·迪·弗拉塔式[1]的人物，因为在那样一些场景中没有比通过儿童的眼睛看一切更好的方式。至于《树上的男爵》，我的问题是纠正我将自己认同为主人公的强烈冲动，这一次我在作品中放进很著名的塞雷努斯·蔡特布洛姆[2]式的辅助人物，即从起头几句开始我就派出了一个性格与柯希莫相反的人物充当“我”，一个稳重而通情达理的兄弟。而在《不存在的骑士》中，我采用了一个完全置身于故事之外的“我”，一位修女，这样做更是为了增加一种冲突的游戏。

一个叙述者兼评论者的“我”的出现使得我的一部分注意力从故事情节转移到写作活动本身，转移到复杂的生活与以字母符号排列出这种复杂性的稿子之间的关系上。从一定意义上说，与我相关的只有这种关系，我的故事变得只是修女手中那支在白纸上移动的鹅毛笔的故事。

同时我也感觉到，往下写，故事中所有的人物彼此相似起来，他们遭受相同忧虑的摆布，那位修女、鹅毛笔、我的自来水笔、我本人，也是如此，我们大家是同一个人，做同一件事情，感受同一种焦虑，经历同一次结果不满意的追寻。我相信，像小说家一样，任何正在做某件事情的人，他所想的一切都变

1 见于涅埃沃的小说《一个意大利人的自述》。
2 托马斯·曼的小说《浮士德博士》中主人公的挚友兼传记作者。

成他所做的那件事情，于是在小说中，我将这一想法通过最后一次情节转折表达。就是说，我将写小说的修女与女武士布拉达曼泰变成了同一个人。这是我在最后时刻想出的一个戏剧性变化，我认为它的含义不比我刚才对你们所说的那些更多。但是如果你们愿意相信我之所想，那就意味着内心的智慧与外在的活力应当是一个统一体，信不信也由你们自己做主了。

你们既然是随心所欲解释这三个故事的行家里手，就不应该被此刻我对它们的诞生所做的证言所束缚。我想使它们成为关于人如何实现自我的经验的三部曲：在《不存在的骑士》中争取生存，在《分成两半的子爵》中追求不受社会摧残的完整人生，《树上的男爵》中有一条通向完整的道路，这是通过对个人的自我抉择矢志不移的努力而达到的非个人主义的完整——这三个故事代表通向自由的三个阶段。同时我希望它们是三篇如人们所说的“开放性”的小说，首先遵循人物的发展逻辑，它们作为故事是站得住脚的，但是我希望在读者中引发的未曾预料的提问与回答过程中开始它们真正的生命。我希望它们被看成现代人的祖先家系图，在其中的每一张脸上有我们身边人的某些特征，你们的，我自己的。

伊塔洛·卡尔维诺

1960 年 6 月